我永远爱你

过去的你 现在的你

被时光偷走的情书

周沅 著

上册

（全2册）

江苏凤凰文艺出版社
JIANGSU PHOENIX LITERATURE AND ART PUBLISHING

图书在版编目（CIP）数据

被时光偷走的情书：全2册 / 周沅著. -- 南京：
江苏凤凰文艺出版社，2022.3
ISBN 978-7-5594-6629-7

Ⅰ.①被… Ⅱ.①周… Ⅲ.①长篇小说–中国–当代
Ⅳ.①I247.5

中国版本图书馆CIP数据核字(2022)第034062号

被时光偷走的情书：全2册

周　沅 著

责任编辑　白　涵
特约编辑　孙昭月
装帧设计　蒋　晴
责任印制　刘　巍
出版发行　江苏凤凰文艺出版社
　　　　　南京市中央路165号，邮编：210009
网　　址　http://www.jswenyi.com
印　　刷　三河市良远印务有限公司
开　　本　640毫米×920毫米 1/16
印　　张　35
字　　数　435千字
版　　次　2022年3月第1版
印　　次　2022年3月第1次印刷
书　　号　ISBN 978-7-5594-6629-7
定　　价　69.80元（全2册）

目　录 ㊤㊥

目　录 ㊦㊥

第一章

不爱了，没结果

午后的阳光透过窗户洒进病房，整个病房被光映得更白。医疗器械发出细微的声响，医生、护士的声音遥遥传来。

周西的大脑嗡鸣，记忆开始复苏。

她叫周西，今年二十六岁，就像一本书中的女配角，觉得爱情至上，只为了男主角而活。在上大一时她对男主角陆北尧一见钟情，狂追三年。陆北尧被星探挖掘进了娱乐圈，她也跟着进了娱乐圈，靠着死缠烂打和财大气粗成为他的正牌女朋友，至今已经四年。

陆北尧只在公开恋情的当天跟周西在微博上互动过，之后再也没有在公共场合提过她。而周西在这四年中疯狂地刷存在感——单方面秀恩爱。

因为有周西这个喜欢刷存在感的女朋友，陆北尧原本火爆的人气直线下降，跌到普通演员行列。在她秀了几年恩爱之后，陆北尧的经纪人找到她，希望她能少秀恩爱，这样的行为给陆北尧造成了很大的困扰。

她放弃了演艺事业，克制住了秀恩爱的欲望，专心致志地等陆北尧娶她，做全职陆太太。

但陆北尧并没有娶她。

去年，他因古装剧《帝业》翻红，和剧里女主角的扮演者成了大热搭档，红遍大江南北。半个月前，周西的爸爸破产并中风这件事上了热搜。周西低调了两年，陆北尧庞大的粉丝群体可以当她不存在，但周家的事上了热搜，周西就被带出来了，顿时被他的粉丝喷成了筛子。

周西知道接下来的剧情——她白富美的身份没了，越来越没有安全感，开始疯狂地作死。最后陆北尧忍无可忍，跟她提出了分手。至此，女配角周西永久“下线”。

医生俯身拍了拍周西的脸。她的眼睛是典型的杏眼，本应是秋水无痕、楚楚动人的样子，此刻眼里却一片空洞。

“醒了吗？”

周西的眼睛动了一下，呆呆地看着医生。

“瞳孔正常，心跳正常，呼吸也正常，按理说——”

“醒了。”周西开口道，嗓音沙哑，然后狠狠地咳嗽起来。

“你的手机密码是多少？你家人的联系方式是什么？”旁边的护士连忙问。

周西抿了抿嘴唇，转头避开窗外射进来的光，未经思考，便脱口而出：“920311。”

周西的话音刚落，眩晕和呕吐感席卷而来，她捂着嘴干呕。

“你别动了，撞到头了，知道吗？赶紧躺好。”护士把周西按到病床上，说道，“你刚刚说的数字是什么？”

“密码。”这串数字是陆北尧的生日，早已刻在周西的骨子里了。

周西在头晕目眩中看到护士拿着玫瑰金色的超薄手机，手机的摄像头旁贴着亮钻，在阳光下闪烁着光芒。她感觉手机有些眼熟。

“你好，你的太太出车祸了，在第一人民医院急诊科，请你尽快过来。”

周西突然清醒过来，护士拿的是她的手机。

“太太？”

周西立刻伸手想拿回手机，但再次干呕。护士迅速把一个塑料盆放到她的面前：“吐在这里面。”

周西又不觉得恶心了，脑袋里嗡嗡响。

护士把她的手机放到了床边。她伸手够了一下，没够到。

“老实躺着吧，等你老公来。你需要住院观察，让他去办住院手续。”

周西眨眨眼，想解释说没有老公，但一张口就觉得头晕，于是彻底死心了。

她拼命地回忆之前发生的事，未果。但她的脑子里多了一段小说里的剧情——她这个恶毒女配角下场凄惨。

周西拿到手机，看到通讯录里的第一个人是：A. 老公。

通讯录默认按字母顺序给联系人排序，A 排在第一位。而周西一直想嫁给陆北尧，所以给他的备注是老公。刚刚通话了五十六秒，护士打给了他。

通讯录里备注为“老公”的人不一定是老公，周西和陆北尧这对貌合神离的情侣即将结束关系，她再叫他老公也是有点儿过分了。她把“老公”改成了“陆北尧”——陆北尧不是她的老公，现在不是，以后也不会是。

她看着改好的通讯录，L排在后面。一下子将七年的感情连根拔起，到底还是有些难受。

等到手机屏幕暗下去，她把手机放回铂金包里。

周西在急诊室里待了两个小时，没等到陆北尧。她身上的伤并无大碍，只是脑袋昏昏沉沉的，像是空了一块。

她仿佛置身于荒野，天地之间只有她一个人。她有些心慌，又不知道要干什么，在这种焦虑中起身。医护人员并没有注意到她走出了急诊室。

穿过长长的走廊，便是医院的门诊大厅。夜幕降临，门诊大厅的人越来越少，最后只剩下药房前零零散散站着的几个人。

周西心里平静了，坐到了门诊大厅的长椅上。

晚上八点，陆北尧的助理赶到了。助理叫小飞，体形偏胖，戴着巨大的墨镜、鸭舌帽及黑色口罩，从外面直冲过来停在周西的面前。忽然看到面色惨白的周西，小飞吓了一跳。

周西一直都是明艳动人的，穿着十厘米的高跟鞋，一身名牌，开着一辆火红色的阿斯顿·马丁，身上像是带风带电，唯独没有柔弱感。此刻她目光黯淡，唇色苍白，巴掌大的脸一半藏在散下来的长发里，往日浓艳的妆容此刻全无，额头上还有一片擦伤，细碎的伤口愈合成褐色斑点。

难怪别人没认出周西，就这个模样，陆北尧来了都不一定认得出来。

小飞摘下墨镜，上下打量着周西：“你是西姐？”

周西的裙子破了，凌乱地挂在身上，露出的膝盖上有伤，伤口已经生成血痂，暗黑一片。她掀开眼皮看向小飞，眼睛里有了光，陡然锐利起来。

这是周西本人没错了，这嚣张跋扈的眼神，还是原来的“配方”。小飞立刻上前扶起周西：“怎么会出车祸？要住院吗？伤到哪里了？”

“不用。”

“我接你回家，北哥今晚有工作，实在回不来。”小飞扶着周西说，“车停在后面。”

黑色的奔驰越野车停在住院部，是陆北尧的车。准确来说，是周西送给陆北尧的车——他们在一起第一年时，她送给他的生日礼物。他们在一起四年，每一年她都绞尽脑汁为每一个节日、纪念日准备礼物——二月情人节、三月陆北尧的生日、四月他们在一起的纪念日、五月网络情人节……一直到春节，因为每一个节日、纪念日的意义不同。但终究只是她一厢情愿，陆北尧对所有礼物都没有回应。她当年为了买这辆车，特意跑到德国原厂花重金定制，在车上藏了很多心思，估计他这辈子都不会发现。

爱情让人卑微。

周西把脸埋进臂弯里，女配角始终是女配角，她的存在就是为了推进男女主角感情的。陆北尧在 B 市，江乔也在 B 市。江乔就是陆北尧的“白月光”，《帝业》女主角的扮演者。

现在江乔的戏份上线，周西的表演可以结束了。

小飞拉开车门让周西上车，然后快步绕到驾驶座上，一打方向盘把车开了出去：“北哥忙完就会回来，他也很担心你的。”

周西闭上眼睛，暗自冷笑——在感情中放下尊严，单方面付出的人，注定没有好下场。她的膝盖疼得厉害，头也疼。

车子缓缓地开进玫瑰园。玫瑰园的面积有八百多平方米，是陆北尧前年购买的，购入价为九千万元。

陆北尧花钱谨慎，善于理财，买房是他花过最大的一笔钱，买房子没有贷款，是全款一次性付清的。曾经有八卦记者跟踪他，曝光了玫瑰园的价格，后来他接受采访时坦然称这是婚房，自然要最好的。当时周西兴奋不已，以为他要跟她求婚了——没想到这是他跟别人结婚的婚房。

车进入车库，小飞快步跑过来打开后排座位的车门，伸手要扶周西。她抬手示意小飞退开，才缓慢地下车。

她膝盖肿得厉害，不能打弯，拖着两条沉重的腿缓缓地往别墅正门走。

白色欧式三层别墅花园里的玫瑰正开得热烈浓艳，大片大片地簇拥着。巨大的玫瑰园延绵到了夜色深处。初夏的暖风裹着花香扑鼻而来，香得浓烈霸道，极具侵略性。

周西拖着沉重的腿迈上台阶，按下指纹锁，门应声而开。家里的保姆飞快跑来，突然看到她的狼狈相，连忙扶住她。

“这是怎么了？”

“车祸。”周西头疼得厉害，没有多余的精力应付其他事，“扶我回房间。”

“陆先生知道吗？怎么摔成这样？去医院了吗？”许阿姨一边念叨，

一边扶着周西到房间，又去拿药箱，“身上的伤处理了吗？”

“不用了，我刚从医院回来。头疼，想睡觉。”周西扶着家具往床边走，“出去时把门带上。”

“啊？好，你休息，我给陆先生打电话。”

周西在医院门诊大厅等待时，想着今晚就搬离这里，放陆北尧一条“生路”，可现在她实在太头疼了，挪到床上就起不来了。她掀开被子把自己裹住，松软的羽绒被盖过脖子，闭上眼睛，黑暗铺天盖地压下来，一瞬间就被拉扯进深度睡眠中。

周西是在剧痛中清醒的，想缩回腿时，男人低哑的嗓音响起：“别动。”

周西睁开眼睛，房间里亮着灯，十分刺眼，一时间还没分清梦境与现实，隐约看见床边高大模糊的身影。她膝盖刺痛，用力缩回腿，泪也流了出来。男人俯下身来，她的视线彻底清晰了。

陆北尧生得极英俊，剑眉之下的眸子深沉，鼻梁又直又高，光从他的鼻尖打下来，落到薄唇上。他撑在周西上方，修长的手指握住周西的脚踝。他最近在拍打戏，指腹有薄茧，刺痛了周西柔嫩的肌肤，问道：“怎么没处理膝盖的伤口？”

陆北尧好看的眉眼近在咫尺，眼睛黑得纯粹，灯光映入其中，亮如星辰。周西这才看清陆北尧在给她膝盖上的伤口做清理，睫毛无意识地动了下。陆北尧抬手用力地擦拭她的脸，她顿时疼得眼泪滚下来，这是往她的伤口上撒盐？她用力地推开陆北尧：“你干什么？”

“脸上的是伤？”寂静的深夜里，他嗓音沙哑，透出一股疲倦感。

周西抱着膝盖坐在床头，眼睛直直地看着陆北尧，微卷的黑色长发披散着，漂亮的杏眸黑白分明，眼中有着陌生的审视的神色。

陆北尧不知道她又要干什么：“怎么搞的？”

周西抿着唇沉默不语，她的脸颊处还有污渍，在白皙的肌肤上十分明显。刚刚陆北尧以为是脏东西，现在看来应该是血痂。陆北尧注视她许久，退回原处拿起酒精棉，握住她纤细的腿拉到怀里。

“伤口不处理会发炎的。”

他的手指有力，紧紧地扣着周西的脚踝。

陆北尧因为拍戏剪了头发，低头时，五官落入阴暗之中。娱乐圈里不缺好看的人，但他的好看是独一无二的。

周西初见他时，他才十九岁，穿着非常土气的黑色T恤和一条洗到泛白的蓝色牛仔裤，身高一米八五，高高瘦瘦的。在阳光下，他的皮肤白皙，站在校门口，给人一种鹤立鸡群的感觉。周西多看了他一眼，恰在这时他回头，周西的目光彻底停住。那一瞬间，她听到了自己的心跳声，从来没有见过这么好看的男生，干净俊秀，一尘不染。烈日之下，燥热的气息与年轻的男生们身上散发的汗臭味交织，让人觉得烦躁。唯独他，犹如覆盖着白雪的高山，清冷地矗立着。

只因在人群中多看了他一眼，周西就彻底沦陷了。

酒精棉擦到伤口上，她疼得犹如被火烧。她再次想缩回腿，陆北尧看了她一眼："知道疼了？以后别再做这种蠢事了。"

周西的头疼得厉害，又开始犯恶心，说不了太多话，不能辩解，只能在心里吐槽，这说的是人话吗？出车祸是她愿意的吗？她是个笨蛋，自己往车上撞吗？什么叫她做蠢事？

周西捂着嘴仰头躺到柔软的枕头上，一阵眩晕，晕得她什么话都说不出来，闭上眼睛想大学时期的陆北尧。她是在新生大会上真正认识陆北尧的，他是从全国经济倒数的贫困县考上来的，因为S大奖学金最高，才选择S大。而周西，是因为她爸给S大捐了一座图书馆，以特长生被特招进S大的。开学第二天，她在餐厅一楼堵住陆北尧要电话号码，他眼神冷漠，蹙眉看了她许久，转身走了……

周西的头疼得几乎要炸开，觉得想这些卑微的往事没有意义。陆北尧就像是这个世界的男主角，他就应该属于女主角的，而周西只是个恶毒的女配角。

陆北尧清理完周西膝盖处的伤口，起身走进洗手间，取下毛巾，然后弯腰拉开柜子拿水盆，又直起身打开水龙头清洗毛巾，拧干，拿着毛巾走出来。

周西的裙子破了，露出笔直的腿。陆北尧移开视线，俯身细致地擦她额头上的污渍。

"把手拿开。"

周西把手拿开，抿了下唇："陆北尧，我们分手吧。"

空气仿佛凝固。陆北尧浓密纤长的睫毛动了一下，抬头，黑眸盯着周西，剑眉微动，片刻后若无其事地收回目光，继续给周西擦脸："又看上哪款包了？"

"我不需要包，只是要跟你分手。"

"手。"陆北尧不接她的话，抓起她的手擦掉上面的污渍，"这部戏还有一个月就拍完了，拍完陪你去国外购物。”

“我说了，我不是为了买东西。”周西一激动就头晕目眩，忍着恶心道，“我要跟你分手。”

她和陆北尧分手是早晚的事，周家破产，媒体、二人的粉丝、不追星的网友都在等着看周西被甩，先提出分手还能保留一丝尊严。

陆北尧给她擦干净手，冷冷地看着她，然后直起身迈开长腿走向洗手间。

她躺在床上看头顶的水晶灯，灯光太亮了，十分刺眼。片刻后，她听到脚步声响起，用余光去看陆北尧，看他走进了衣帽间。

她打开手机一看，凌晨三点，手机推送的新闻躺在屏幕上：“微博之夜，帝后搭档在线发糖，网友直呼糖量超标。据知情人爆料，两人疑似合作新戏，再续帝后搭档。”

在陆北尧的上一部戏中，他和江乔在剧里是一对情侣，被网友称为“帝后搭档”。

周西点开链接，声音立刻响起，竟然是视频，连忙按关机键返回。寂静的房间里，刚才发出的那一声非常响亮，不知道陆北尧有没有听见。片刻后，陆北尧走了出来，穿着牛仔裤，勾勒出腿部修长笔直的轮廓。短发让他的五官更清晰，较之少年期，现在的他身上多了一份成熟男人的魅力。粉色睡裙搭在他深蓝色的睡衣上，他走过来把睡裙放到床边，淡淡地道：“把身上的衣服换掉，我去洗澡。”

“我没有跟你开玩笑，也没有跟你闹。”周西把手机放到枕头下面，郑重地道，“我确实要跟你分手。”

陆北尧抬起手，用骨节分明的修长手指按了下眉心：“明天再谈，先换衣服。”

他言罢，没有再看周西，迈开长腿大步走向浴室。浴室的门被重重地关上。跟谁发脾气呢？什么男人？周西也嫌身上的衣服恶心，强撑着坐起来换上睡裙，把脏衣服扔进垃圾桶，然后重新拿起手机，在视频加载出来之前，迅速退出微博——没什么好看的，都与她无关。她将手机放回去，侧躺着想事情，有些事想不起来，空落落的感觉非常难受。

许久，浴室的开门声响起，他沉闷的脚步声越来越近。周西闭着眼睛，但神经紧绷着，特别清醒。床的另一边微动，男人身上的柑橘香气传了过来，裹挟着洗澡后的潮热气息。她睁开眼睛，转头看过去。灯光下男人脸上的神色冷峻，穿着深蓝色的衬衫式睡衣，扣子扣得整整齐齐，从下颌到脖颈，线条流畅，在灯下泛着光。他握着黑色手机，手指滑动手机屏幕，调完闹钟后，把手机放到床头柜上，伸手关掉房间主灯，转头，猝不及防地跟周西对上视线。

周西不折腾的时候看上去十分无害，像某种小动物，大眼睛水灵灵的，楚楚动人。陆北尧躺下去，要关床头灯的时候，周西开口了："我们要分手了，睡在一起合适吗？"

陆北尧不看周西，关掉床头灯，房间陷入黑暗，于是闭上眼睛。

"你应该睡隔壁的客房。"

陆北尧霍然起身，俯身朝她压下去。她闷哼出声——他碰到了她的伤口。陆北尧用指尖轻抚她的脸，动作停住，将身体撑在她的上方。房间黑暗，他看不清她的面孔，但能感受到她的气息，短暂地停顿后，又躺了回去。

"睡吧。"

"我明天搬走。"周西说。

"想搬去哪里？"陆北尧问了一句，问得很随意，甚至没有想到她这句话背后的深意。他昨天拍大夜戏，白天又连着拍戏，只休息了三个小时，晚上又参加了微博之夜，结束后立刻飞回S市，现在已经被困倦席卷。

周西转头看向陆北尧，他已经发出均匀的呼吸声——他睡着了。

周西静静地看着眼前的黑暗，脑子里的剧情更加完整了。陆北尧提出分手，她这个偏执的人自然是不同意的，会疯狂地纠缠陆北尧，一哭二闹三上吊，结果真的失手——被车撞死了。她的死是陆北尧和江乔的感情催化剂，陆北尧内疚，江乔安慰他，两个人一来二去就相爱了，他们郎才女貌，成为娱乐圈的模范夫妻。她这个纠缠陆北尧七年的恶毒女配角彻底消失了，从这个世界上永远消失了。

恶毒女配角嘛，这是本该得到的下场。可她是活生生的人。她不想消失，这个女配角她不当了，要活着走出剧情。

陆北尧早上七点接到了经纪人陈舟的电话，拿着手机快步走向洗手间："十分钟。"

"好。"

他洗漱、换衣服后，看着埋在被子里睡觉的女人，脚步稍稍停顿。手机突然振动起来，他迈开腿快步走了出去。

早上七点十分，阳光已经普照，白色的光透过一楼巨大的落地窗洒进来，铺满客厅，窗外玫瑰铺满花园。他快步走出门，门前的香槟玫瑰含苞待放。除了车库方向，其余地方都种满了鲜花——周西喜欢这样的环境。

陈舟把黑色的保姆车开了进来，陆北尧拉开车门坐进去，压低帽檐，伸手接过他递过来的剧本翻看。

“嫂子怎么样？”

“没事。”陆北尧的语气平淡。周西的闹腾是分周期的，一年四次，一次三个月。

“嫂子好像是真的出车祸了。”陈舟把车开出院子，单手握着方向盘，另一只手把早餐递给陆北尧，“今天论坛上有人扒出昨晚S市《晚间新闻》上一个交通事故的受伤者很像嫂子。”

“把新闻压下去，不要让人往下扒。”陆北尧根本没看新闻，周西所有的把戏都是为了引起他的注意。他们认识七年，她花样百出地作死，他对这些戏码已经麻木了。他一边看剧本一边打开早餐包装，“跟江乔的团队打个招呼，炒作适可而止，我有女朋友。”

周西睡到下午两点才醒，房间里很安静，床的另一边空荡荡的，被子整整齐齐地摆放着，枕头规规矩矩地放在原来的位置，跟她这边的凌乱泾渭分明。

陆北尧离开了。

房间里有些凉，她把脸埋在枕头里。房门被敲响，她不想动弹，继续趴着。陆北尧睡觉永远占据大床的边角，以前租房住时，租的房子便宜，里面只有一张一米二的小床，她故意挤他，他宁愿半边身子悬空，也坚决跟她保持距离。有些事，很早就有了答案，只是她不甘心。女追男隔层纱，那是因为两情相悦；单方面有感情的女追男，中间隔着的是铁丝网，这辈子她都不可能穿过那层网。

“陆太太，醒了吗？该起床吃饭了。”许阿姨进门，柔声道，“窗帘打开一些好不好，留个纱帘？”

“嗯。”周西从枕头里发出声音，转头看向许阿姨模糊的身影，“以后叫我周西。”

许阿姨打开窗帘，金色的阳光从右侧窗户照进来，铺到柔软厚实的地毯上，晃得周西眯起了眼。

“那把窗户也打开，通通风怎么样？”

周西又嗯了一声，声音软绵绵的没什么力气。

“你不是喜欢我叫你陆太太吗？怎么又改主意了？”许阿姨打开窗户，让暖风进来，窗户是内开的，窗棂反射出金色的光芒。

“我和陆北尧又没结婚，叫什么陆太太？”周西重新把脸埋进枕头里。她之前以陆北尧的太太自居，就逼所有人叫她陆太太，现在想来，实在是过分。

“就差一张证书，你早晚都是陆太太。”许阿姨说，“吃馄饨怎么样？早上吊的土鸡汤，味道好着呢。皮儿我已经做好了，是你喜欢吃的薄纸皮儿。刚起床喝点儿热汤对身体好。”

周西没有饥饿感，就是头晕。

“嗯。”

“那我下去了，你赶快起床。”

许阿姨离开后，周西闭上眼睛缓了一会儿，起床找到拖鞋走进浴室。身上疼得厉害，头也疼，她洗完澡换上舒服的裙子下楼。馄饨的香气飘荡在空气中，午后的阳光柔和，她的心情好了些，饥饿感席卷而来，铺天盖地地把她吞噬了。她刚到厨房门口，许阿姨就端着盘子出来了，盘子上放着白釉汤碗，里面盛着热气腾腾的馄饨，许阿姨道：“去吃饭，别待在厨房门口。”

周西拉开椅子坐下，许阿姨把木汤勺放到盘子上：“你吃着，我去给你榨一杯果蔬汁。”

馄饨馅大，汤头鲜香，周西吃得鼻酸，眼睛也发胀。片刻后，许阿姨过来把果汁放到她手边，说道：“陆先生交代了，最近两天你就别出门了，在家好好养你的腿。”

馄饨里有虾仁和马蹄碎，是周西喜欢的口味。

“他几点走的？”

“我过来时陆先生就走了，早上七点半之前吧。”许阿姨边收拾厨房，边说道，“先生还是很疼你的，知道你受伤了，连夜赶回来的。”

果蔬汁里有少量蜂蜜，淡淡的花香盖住了蔬菜原本的味道，清爽微甜。一碗馄饨吃完，周西的额头沁出了汗，身体也舒服很多。

“你和陆先生打算什么时候结婚？快了吧？”许阿姨过来收拾碗筷，随口问了一句。

“我们不结婚，要分手了。”

“啊？”许阿姨倏地抬头，惊得手里的盘子都差点儿掉了，盯着周西看了半晌，上前用手探她的体温，“你发烧了？”

“没有。”周西扬起下巴，杏眸清澈，“是真的，以后我可能吃不到你做的馄饨了。”

“真发烧了？烧得都说胡话了？”许阿姨连忙去拿体温计，“要不要去医院？夏天伤口很容易感染，伤口感染就会发烧。”

周西听到手机响了一声，拿起来看到微博推送：“周西和陆北尧疑似分手”。

这些营销号是她肚子里的蛔虫吗？她刚想分手，那边就把这事公开了？她点开推送链接——

昨天，S市《晚间新闻》上播出了一则事故新闻。一个穿着黑色裙子、高跟鞋的女人，不看红绿灯，也不看车流，仿佛碰瓷，径直迎着车流走过去，一辆福特刹车不及时直接撞了上去，汽车司机下来扶起女人。正在路边做节目的《晚间新闻》交通栏目的工作人员上前采访，女人的额头有擦伤，一脸茫然地看着镜头。

“你怎么迎着车走？知不知道这是机动车道？”主持人问，“为什么还要往前面走？多危险啊！”

女人脸上有灰，裙子也破了，显得很狼狈，似乎没听清记者在说什么，偏了下头，大眼睛非常明亮：“什么？”

“你知不知道行人是不能走机动车道的？”主持人犀利地追问，“你对交通规则知道多少？《道路交通安全法》第七十六条明确规定：‘交通事故的损失是由非机动车驾驶人、行人故意碰撞机动车造成的，机动车一方不承担赔偿责任。’这个你知道吗？”

女人低着头擦脸上的灰尘，陷入沉默。交警登记事故双方信息，让汽车司机先走，带着女人到路边继续进行口头教育。

新闻播出之后，有网友说这个女人长得像周西。

网友在讨论组扒，东拼西凑，扒出来这真的是周西。周西怎么成这样了？难道她失恋了，跟陆北尧分手了？

这是大喜事啊！

…………

把这件事发到微博上的博主叫“陆北尧、周西今天分手了吗”，这个博主微博账号的注册时间是陆北尧和周西公开恋情的当天。博主每天都问陆北尧和周西什么时候分手，这次一看是她失恋的消息，喜出望外，迅速在微博上搞了个一千元钱的抽奖。

这一抽奖，牛鬼神蛇就来了。

营销号转发了这条微博，最后总结：周西和陆北尧分手了，她大受打击才会做出失去理智的事。

周西和陆北尧分手就这样上了热搜，这条微博下已经有一万多条评论了。

“北哥在剧组里好好拍戏呢，至于某人是演戏还是碰瓷都跟我们北哥没有关系。”

“西娘娘和北哥分没分手都和营销号无关，西娘娘做的事也和北哥无关，请不要给敬业的演员泼脏水。”

“请关注北哥的新作《将军》。”

事情已经被压了下去。周西对他的粉丝讽刺她这件事没有什么反应，常年被这群人讽刺，已经麻木了。可出车祸这段是怎么回事？她重新看了一遍视频。

今天的气温高达三十摄氏度，周西还坐在阳光下，但后背一阵发寒。她的记忆里没有这段，她是失忆了？

她找到完整的新闻，看到自己跟交警认错，随后前往医院。这个过程有一个小时，但她完全处于失忆状态。

她还忘记了什么？这种感觉非常奇怪，仿佛生命里缺失了一段，记忆是浮在空中的，上不接天，下不着地。

手机响了起来，她看见来电的是董阿姨，接通了电话。

“西西，你爸清醒了，你赶快来医院。”

周西起身拿起一件外套穿上，又去找车钥匙，发现自己常用的车钥匙不见了。

“量体温了，你干什么去？”许阿姨终于找到了体温计，快步走过来。

“我去医院，你见到我的车钥匙了吗？”周西拉开放车钥匙的抽屉一通翻找。

“你就没带回来，昨天回来就拎着一个包。”

周西抬头看着许阿姨。

许阿姨说：“你现在这样的情况怎么开车？要不打车去？你去医院干什么？”

周西的车钥匙呢？她拼命地想了半天，也没想起来。

“我去医院看我爸，那我打车去。”周西穿上运动鞋，拎起包往外面走。

“晚上回来吃饭吗？”

“不回来。”

周西打车到医院，死活想不起那辆红色的阿斯顿·马丁去哪里了，车库里只有陆北尧的黑色奔驰。

出租车到达医院门口，她下车，燥热的空气直面扑过来。她压低帽檐遮住大半边脸，快步往病房走去。这时手机发出叮的一声响，她拿出来看到到账提醒信息：“××银行到账两百三十万元，余额两百三十一万元。”

这是什么钱？周西翻看手机，微信上一条消息传过来，来自她从小玩到大的闺密孟晓：“买家把车款给你打过去了，你查下有没有到账。”

周西把阿斯顿·马丁给卖了？她停住脚步，迅速拿起手机找到孟晓的电话号码拨过去，那边接得很快。

“宝贝，房子帮你找好了，就在我家隔壁。刚要给你发微信，你就打电话过来了。”孟晓风风火火的声音传过来，“车款收到了吗？”

“我委托你卖车？”周西说话的语气里有几分疑惑。

“什么意思？你昨天火急火燎地让我帮你卖车，现在是不是后悔了？我就说你会后悔，这辆车是限量款，以这么低的价格卖出去，以后肯定买不回来了。”

“不是，我没有后悔。”周西不能说自己出车祸的事，主要是太丢人了，希望现实中没人把昨天的新闻往她头上猜，“你现在忙吗？”

“不忙，怎么了？”

“我请你吃饭，我现在在医院，你来接我。”

“今晚跟我吃饭？周西，你没事吧？”

“我能有什么事？”周西径直往住院部走，说道，“我请你吃饭，有什么问题？”

孟晓咝的一声，说道：“昨晚S市《晚间新闻》上那个在机动车道碰瓷的人不会真的是你吧？你是傻了还是失忆了？今天是你和陆北尧在一起四周年纪念日，你不是去找陆北尧了吗？”

周西沉默了一会儿，把墨镜紧紧地压到鼻梁上，整张脸遮得严严实实：“那个人是我。”

她一顿，说道：“我和陆北尧分手了。”

陆北尧真是个人渣，他大红大紫赚得盆满钵满，周西却穷到卖车。周西之前以为失去的是一个小时的记忆，现在看来，应该是失去了很长一段时间的记忆，具体多长时间还不清楚，但他的“渣”不需要记忆，靠逻辑推理就能推出来。

“陆北尧真不是人！竟然在这个时候跟你分手，我去弄死他。”孟晓提高声音，气急败坏地道，“渣男！”

“是我甩了他，是我跟他提的分手。”周西卑微了七年，在分手这件事上一定不能落下风，“我清醒了，不喜欢他了。”

周西话说出口的瞬间，心脏忽然疼了一下。遥远的黑暗深处，仿佛有什么被生生地撕裂了。呼吸无端地开始不畅，于是她小幅度地接连呼吸了几次才缓过来。

“三条腿的蛤蟆不好找，两条腿的男人到处都是，我何必在他这一棵歪脖子树上吊死？累了，不爱了。”

“我这就过去，见面再说。”孟晓更惶恐了，说道，“你可千万别做傻事，周西，你没到山穷水尽的地步，还有我。”

“我还能做什么更傻的事？”周西听出了孟晓话里的意思，“我不会因为陆北尧做傻事。”

周西知道全部剧情后，对陆北尧已经没有任何留恋了。可悲的单相思，哪有命尊贵？

“你等我。”孟晓对周西说道。

周启宇因为周氏传媒的破产被气得脑出血，在 ICU（重症加强护理病房）住了一周，又在普通病房住了一周，现在他清醒了。

周启宇确实醒了，瞪着眼哇哇地叫，听上去似乎是在叫西西。他脸上的肉都跟着喊声颤抖。周西跟董阿姨打了招呼后，上前盯着他看了半晌，道：“你认识我吗？”

“西——”

周西捏了一下周启宇的脸：“这次病好了，赶紧减肥。胖子很容易得病，你就是胖、‘三高’，才得脑出血的。”

周启宇又激动起来，满脸通红。董阿姨连忙过来抚着他的胸口顺气，看了周西一眼，斥道：“你刺激你爸干什么？他好不容易清醒，被你一刺激，再脑出血怎么办？”

董阿姨在他们家做了很多年的保姆，看着周西长大的，周西还是很听她的话的。

“医生有没有说什么时候能出院？”周启宇的头发乱了，周西给他理顺，又摸了摸他的额头。

周启宇冷静下来，躺在病床上看着她。周西十岁的时候，周启宇跟她妈离婚了，她妈去了德国，再没有回来过。她一直认为家庭破裂是周启宇的责任，对他丝毫不客气。

“再做一次检查就可以了。”董阿姨拿湿毛巾给周启宇擦了手和脸，又碰了一下周西的肩膀，说道，“你出来一下。”

周西又捏了捏周启宇的胖脸，引得周启宇一阵哇哇乱叫。然后她起身跟董阿姨出去，带上病房的门，转头看向董阿姨：“怎么了？”

“你这额头是怎么弄的？”董阿姨这才看清周西额头上的血痂，“哎哟，怎么回事啊？去医院了吗？”

“没事，我昨天下楼梯不小心滑倒了，摔的。”

“你真是粗心大意。”

周西也不辩驳，说道：“怎么了？”

“房子找好了吗？”

周西点头。

“你爸爸不是不能去你那里住，但你和小北毕竟没结婚，他住过去不合适，也会多想，不利于康复。”

原来房子是董阿姨让周西找的，这段记忆她也没有。

“我明白。”

“小北最近还好吗？”

陆北尧处于事业巅峰，有美人在怀，没有人比他更好了。周西根本不想谈他，说道：“你比我想得周到，谢谢阿姨。”

董阿姨一愣，伸手就去探周西的额头：“你没发烧吧？怎么突然这么反常？”

周西任性跋扈、不说人话的形象真是深入人心。

“我还不能长大吗？哪能一辈子都是小孩儿？”周西抬手抱住董阿姨，自己的脑子里确实多了很多剧情，关于董阿姨的，关于她爸的，他们是真的爱她。

“谢谢。”

董阿姨被她说得眼眶一热，张着手不知所措：“谢什么啊，这都是我应该做的。”

周西的手机响了起来，她拿起手机看到来电是孟晓，便接通了。

“我到了，你在哪里？”孟晓气喘吁吁的声音传过来。

“我在我爸的病房里。”周西说，“你慢点儿。”

“谁打的电话？”

“孟晓。”周西把手机装进背包，转身往病房走去，“她帮我找的房子，一会儿我要去看房子。”

“你可别跟你爸说房子是租的，他心里不好受。”

周家破产，所有的固定资产都被查封了，周西和她爸现在身无分文。

“我知道。”

“辛苦你了。”董阿姨看着周西。周西偏瘦，长发柔顺地披散在单薄的肩膀上，在凝脂般的肌肤上，有褐色疤痕。

周西从小就爱漂亮，脸上被蚊子叮一下都要大叫，现在摔得这么严重，却不声不响的。周家破产了，她也不再是千娇百宠的小公主，被迫长大。被娇宠的宝贝长大了，要面临风雨了。

周西刚喂周启宇喝了两口水，孟晓就风风火火地到了。她穿着高跟鞋，火箭似的冲进门，突然对上周启宇的视线，点头道：“周叔好。”

“泥——泥——嚎。”周启宇艰难地发出声音，周西放下勺子。

“别泥了，好好休息，晚会儿我再来看你。”

周启宇的眼睛又红了，跟个小孩儿似的。周西用余光瞥到孟晓在抽搐似的给她使眼色，握了一下周启宇的手：“爸爸，我先走了。”

周西松开周启宇的手，转身跟孟晓出去，刚出病房门就被孟晓直接扑过来按到墙上。

周西瞪大眼睛：“强抢民女？”

孟晓上下端详周西的脸，突然看到她额头上的伤，顿时炸了：“那个男人打你了？”

周西扯了一下唇角：“陆北尧会打人吗？”

孟晓凤眸上扬，这倒是，陆北尧虽然不爱说话，但确实是不会动手的人：“怎么回事？你头上的伤是怎么弄的？”

“摔到绿化带里蹭的。”周西推开孟晓，整理自己的衣领，抬起漂亮精致的下巴，杏眸明亮显出些许锐利，“我们去看房，我要尽快搬出来。”

“你真的是周西吗？”

“不然呢？天底下还有跟我一样美的脸吗？”

周西的自恋劲还是原汁原味，孟晓快步跟上她："陆北尧和江乔的事是真的？陆北尧敢负你，我找人废了他。"

周西停住脚步，转身看着孟晓。

"怎么了？看我干什么？你这么看人很可怕。"

周西抱住孟晓，把脸埋在她的肩膀上深呼吸："我跟他分手了，从今往后我们没有任何关系。什么都不要问，没有谁负谁，只是结束了。"

他们得罪不起男主角，根据周西多年看书的经验，男主角带着主角光环，孟晓大大咧咧的，真的惹了陆北尧，她肯定会沦为炮灰。

"啊？"孟晓没见过这样的周西——理智通透，不知道为什么，她的眼睛酸涩，有些想哭，"你们在一起七年，就这么结束了？"

"我才二十六岁，我的余生还有几十年。"周西松开孟晓，杏眸清澈通透，"就算我活到七十岁，我的余生还有四十四年，七年算什么？"

孟晓怔怔地看着周西。

"在四十四年面前，七年只是一瞬间。"周西笑了一下，迎着夕阳往走廊另一头走去，"走了，看房子去，合适的话我今天就搬家。我的人生重新开始了。"

周西走进电梯，孟晓也跟进了电梯。孟晓紧攥着包，看着周西的侧脸，她的漂亮是夺目的，具有侵略性。她们自幼儿园相识，如今已有二十多年，孟晓第一次看到这样的她。

"你昨天真的出车祸了？"

听孟晓的声音有些不对劲，周西回头，道："是啊，我还进了医院。"她唇角上扬，笑着道，"我被撞毁容了。你这是什么表情？"

电梯里广告屏幕闪动，蓝色的光映入周西眼中，亮得有几分冷意。

孟晓一把抱住周西："你真的决定分手了？永远不回头？"

周西又不想死，为什么要回头？

"明天我就要开始新的生活了，让陆北尧独自好好发展去吧。"

"周西，我永远爱你。"孟晓朝着周西的脸狠狠地亲了一口，亲出了响声。周西一脚踹开她，身上的鸡皮疙瘩都起来了。

孟晓揽住周西的肩膀："姐们儿是你坚强的后盾，无论你做什么选择，我永远站在你这边。"

房子是叠墅户型，一楼，带花园，四室两厅，租金一个月三万元，一次性付半年的租金。

“虽然没有你们家之前的房子好，可好歹也有花园，还有楼梯，落差不是很大。这里离松海医院近，交通也发达，叔叔做康复训练什么的都方便，你们家现在——”孟晓想说车也卖了，但没说出口，“一切都会好起来的。”

周西看着比他们家之前房子里窄一半的楼梯：“一切都会好起来的，什么时候能签合同？”

“等会儿，我给房东打个电话。”

“谢谢。”

院子里有个小水塘，种着睡莲，小片的叶子浮在水面上碧绿茂盛。周西走过去蹲下，小水塘里的水清澈，还养着几条锦鲤。她以前从来没有考虑过生计问题，但收到两百三十万元的车款之后，她开始思考这个问题，一年房租三十多万元，不能坐吃山空。

周西在大学读的是哲学专业，但只是有了个学历而已。她和陆北尧都没有从事与所学专业相关的工作，他进了娱乐圈，她也跟着进了娱乐圈。她的影视作品只有一部，是她爸投资的。剧里讲的是一个校园爱情故事，她和陆北尧本色出演男女主角。电视剧播出后收视率还不错，剧情的设定就是男主角不喜欢女主角，但女主角死皮赖脸地倒贴。可惜没等热度发酵，他们就公开了恋情。

当时陆北尧的事业正如日中天，公开恋情后，他的粉丝当场就把周西喷成了筛子，她在演艺之路上还没“起飞”就“坠机”了，之后她只参加过几次综艺节目，但参加一次就被狂喷一次。后来被陆北尧的经纪人劝说退出，她的演艺事业就结束了。

房东阿姨很快就到了，跟周西签完合同后，盯着她看了又看：“你是不是明星？”

周西顿时头皮一紧——她没戴口罩，被认出来了？她现在的状态这么差，传出去又是负面消息。

“我想起来了！”房东阿姨一拍合同，指着周西笃定地道，“你是《西宫传》里被毒死的齐贵人的扮演者。”

《西宫传》里被毒死的齐贵人是江乔扮演的。

周西的一颗心瞬间跌入谷底。她扬了下唇，讽刺地笑着说道：“我长了一张大众脸吗？”

“你不是齐贵人的扮演者？眼睛有点儿像。”房东阿姨笑着说，“你长了一张明星脸。”

孟晓啧了一声，道："我们西西可比那个江乔的整容脸好看多了，阿姨，你该去配一副眼镜了。"

房东阿姨被损了一通，脸上有点儿挂不住："齐贵人的扮演者整过容？"

"江乔整容之前可丑了，大鼻子、短下巴。"孟晓似笑非笑，"你看她现在的鼻子，尖得能戳死人。"

"我不知道你们年轻人的事，不懂什么整容，反正我就看电视剧，那个女演员挺火的。合同签完了，我拿走了。"

孟晓简直想翻白眼，因为周西，她跟江乔势不两立，说："就算像，也是江乔像我们西西。"

周西红的时候，江乔还不知道在哪里"打酱油"（跑龙套、走过场）呢？

"房子有什么问题，直接在微信上跟我联系就行。"房东阿姨懒得跟孟晓这个"杠精"掰扯，收起合同装进手提包，"我先走了。"

孟晓还想说什么，周西握住她的手腕。她心中惊讶，回头看过去，周西的目光很平静，静得有几分温婉。

"谢谢阿姨了。"周西很轻地捏了一下孟晓的手腕后松开，拉开门送房东阿姨，说道，"麻烦您了。"

周西送走房东阿姨，重新设置入户门密码。

"周西，你竟然没有穷追猛打地吐槽江乔？"孟晓觉得周西的变化太大了，一夜之间仿佛换了个人，"江乔的整容脸跟你的脸没法比，你比她好看几十万倍。"

"可江乔比我红。"

孟晓眨眨眼，沉默了几秒，开口道："这还是你吗？"

以前的周西每次提及江乔，就要疯狂地吐槽她是炒作女王。周西一直讨厌她，今天是怎么了，竟然会承认她比自己红，也没有吐槽她长得丑？

"要不是你退出娱乐圈，能轮得到江乔？"

周西还是周西，是拿到了他们这个世界的剧本的周西。

"那我现在重新进娱乐圈怎么样？"周西设置好密码，抬头道。

"你疯了吧？现在进娱乐圈是给人当垫脚石吗？还会被人嘲笑，你现在肯定不能再回去了，好马还不吃回头草呢。"

"可我能做什么？"

周围一片寂静，午后的阳光穿过院子里的树木，落到周西的身上。她长发披散，在阳光下的侧脸漂亮清秀，浮尘缓缓地下沉，窗外池塘里的金鱼吐着泡泡。孟晓张了张嘴没有发出声音。

“我家破产了，我做什么工作能付得起这一年三十六万元的房租？”

周西的个性一直都是骄傲、飞扬跋扈的。孟晓总认为她一辈子都会这样，即便周家破产，她依旧会背最新款的限量包，买高定礼服，吃穿都是最好的。现在她变了，不再是那个高高在上的小公主，而是变得越加通透、成熟，但这种成熟是要付出代价的，她付出了什么？

“我想重回娱乐圈，不是玩儿票，是认真地谋生。”周西进门，说道，“我总要生存下去的。”

“你还有经纪人吗？”孟晓抿了下唇，说道，“还有经纪公司吗？你现在什么都没有，要想清楚，现在重回娱乐圈等着你的只有大量喷你的人。”

“就算不回娱乐圈，他们每天也都蹲着喷我。既然如此，为什么不收他们一点儿钱呢？我原本就一无所有。”

周西没签过正经的经纪合约，之前进娱乐圈是玩儿票的，在周氏传媒旗下。后来她的经纪人跟周氏传媒解约了，她就成了自由人。她的风评很差，想重新签经纪公司，怕是有些难。

周西跟孟晓一起吃完晚饭，孟晓接了个电话，说工作室有事，就匆匆忙忙地走了。

周西在网上找了搬家公司，他们答应今晚八点半过来搬家。她现在迫不及待地想离开陆北尧，尽快脱身。因为她是个惜命的人，怕再住下去命丧于此。

周西打车到玫瑰园，出租车不能进小区，只能在门口下车步行进小区。

夜晚静谧，空气中弥漫着香气，她以为会在这里住一辈子，没想到这么快就要搬走了。她穿过林荫小路，走进唯一的一栋三层别墅。院子里亮着一盏灯，但房间里是暗的。她晚上不在这里吃饭，许阿姨以为她也不过来住，就回家了。

满园鲜花，香气逼人。

周西穿过花门走上台阶。

以前她喜欢玫瑰，现在忽然觉得玫瑰太过于娇艳，浮夸又张扬，香得很没有自知之明。她进门后打开灯，巨大的水晶灯从三楼垂下，亮得刺目。搬家公司的人还没到，她站在客厅里，心里蓦然觉得空荡荡的。

七年时间，虽然她嘴上说得轻描淡写——只是生命的十分之一，但七年的感情还是深入骨髓的。这里的一切，终将成为过去式。

她转头看到一楼落地窗边的蔷薇，随风拂动，花香四溢。

她原本不喜欢蔷薇，但有一次在电视上看到粉红色蔷薇的花语是“我要和你过一辈子”，就非要拉着陆北尧一起种。陆北尧自然不会参与这么无聊的活动，当场拒绝。她就买来花苗，把他骗来，一起把花种了进去。她想跟陆北尧过一辈子，从初恋到白头。

周西一个“空盆道长”为了这个美好的向往，学养花比高考前复习都认真，把这棵蔷薇养得枝叶茂盛。

周西打开柜子，从工具箱底部拿出花剪拎着出门。蔷薇长了两年，枝头攀起两米多高，根茎肥硕。她蹲下用尽全力去剪，手心发麻，根茎却纹丝不动。养花难，毁花也不容易。她把工具箱搬出去，挨个儿试都没把这棵花弄断，手背上还扎了刺。电话铃声在屋内响起，她放下工具起身去接，搬家公司的人到了。

周西的东西又多又乱，两个衣帽间里的衣服、鞋子装了满满一车还没装下，搬家公司的人又临时找了一辆车来。

孟晓的黑色保时捷从夜色中开进小区，横到车库入口，穿着高跟鞋下车，关上车门大步走向周西：“还没好？”

“已经搬过去一车了，还有一部分东西。”

孟晓往客厅里看了一眼，被周西的东西的数量惊到了——客厅里堆满了箱子：“你真是个购物狂魔。”

“已经整理出来了，就剩下搬了，让搬家公司的人搬，你来帮我一个忙。”

“干什么？”

“你帮我把这棵蔷薇剪掉。”周西指着院子里最大、最艳丽的蔷薇，“把根也除掉。”

“你大半夜的剪花，没病吧？”孟晓话虽然这么说，但还是走过去接过剪刀，一撸袖子猛地用力，剪刀嘎巴一声断了，蔷薇根茎纹丝不动。

两人四目相对，周西看着孟晓手里的半截剪刀：“这剪刀质量真差。”

孟晓道：“非常差。”

要是在古代，孟晓都能上阵杀敌了——作为力大无穷的女将军。孟晓保证只用了三分力气，剪刀断了实在不能怪她：“缘分让这棵花继续生存，没办法。”

“这棵花是我跟陆北尧一起种的。”周西把剪刀扔进垃圾桶，“剪不断，那就让它长着吧！”

"你等着，我去借个铲车过来。"孟晓短发一甩，拿起手机就开始拨号，"我就不信了，这世界上还有除不掉的花。"

"铲车？"

周西蒙了，这是什么操作？

"太兴师动众了吧？真的不用。"

孟晓抬手打断了周西的话，跟电话那边的人说道："马上把铲车开过来，我现在就要用，十万火急，人命关天。今天我见不到铲车，三哥，你就来给我收尸吧。"

孟晓快速地说完挂断电话，然后单手插兜，抬高下巴道："十分钟后铲车开过来。"她手一挥，"我可以把这片玫瑰全部铲掉，把花园铲平，不能留给陆北尧和其他女人欣赏。"

对于陆北尧和周西分手这件事，孟晓比周西还愤怒。如果可以，她还想铲掉陆北尧的脑袋。周西只觉得头皮发麻，她太"优秀"了。

"需要把房子铲平吗？"

"九千万元。"周西拿出湿巾擦手，顺便递给孟晓一张，"这两年房价飞涨，可能上亿元了。"

"算了，只铲花。"孟晓虽然家里不穷，但九千万元的房子可铲不起。

"也别铲花了，东西快搬完了，搬完我们就走，这里我以后也不会再过来了。"周西注视着身后的别墅，夜幕之下，别墅孤独矗立着，这里的一切，都和她没有关系了，"铲车也开不进小区吧？"

"只要想开，火箭都能开进来。"

孟晓是个猛人，周西这辈子第一次见到用铲车铲花的，声势浩大，夸张得像是在拍电影。

小区里的保安站了一排，但在看到周西后又默默地退了回去。主人都在这里，他们也不敢拦着，只能提醒她声音小点儿，不要影响邻居。铲车威力十足，所到之处寸草不留，连草皮都能铲掉。凌晨一点，铲车卷走了全部花枝，浩浩荡荡地开走了，一切彻底结束。

周西把东西全部搬到了新家。新家太乱了，还不能入住，晚上要睡孟晓那边，孟晓家是叠墅。洗完澡，周西穿着吊带长裙趴在二楼的栏杆上，夜凉如水，万物被黑夜笼出轮廓。风拂过高大的树木，树影晃动。

她的身后有脚步声响起，片刻后旁边出现一道身影。她回头，孟晓把一杯红酒递给她，说道："你决定了吗？一切重新开始？"

"嗯。"周西端起酒杯一饮而尽，忽然觉得有些头疼，用修长漂亮的手指拿着红酒杯，眺望远处的黑暗。

"那我联系我大哥，他那边应该能帮你。"

"谢谢。"

周西的脸生得极漂亮，又小又精致。长发披散，她转头时露出单薄白皙的肩头。

她很美，从小美到大。陆北尧眼瞎，才会这么对待她。

"单身快乐！"孟晓举起酒杯碰了一下周西的空杯，一饮而尽。

周西伸手像是在抚摸风，抬起下巴，长发在风中飘舞，又美又艳，风华正茂，笑得明艳，许久才转头看向孟晓："我一直怕陆北尧离开，害怕失去他。现在，我再也不用怕了。"

周西醒来后，脑子里多出了一段剧情，原来陆北尧从头到尾都不属于她。她忽然释怀了，再也不用怕失去了，因为不曾拥有过。

周西是被电话铃声吵醒的，眼睛未睁开，思绪还在梦里跟周公大战，迷糊着在枕头下面摸到手机并接通。

"喂？"

"你在什么地方？"男人冷冷的声音传过来，清楚地叫周西的名字，带着几分寒意，"周西。"

"有什么事？"周西彻底清醒了，睁开眼睛，见天光大亮，阳光穿过半透明的窗帘铺洒进来，照耀在她裸露的手臂上。

"醒了，是吗？"陆北尧冷声道，"醒了，那我要跟你谈谈。我现在需要一个正当而充分的理由，接受家里被搞成偷盗现场这件事。"

"我们已经分手了，我带走属于我的东西，理由够充分吗？"

"我们什么时候分手的？"在刚刚拍戏时陆北尧的手指上溅到了血浆，他接过小飞递过来的水后，先冲洗手指，才仰头灌了一大口。阳光下，他喉结滑动，非常性感，说："我怎么不知道？"

"前天晚上。"

陆北尧的外形非常好，拍古装戏比大多数人更有优势——挺拔修长的身姿，完美的身材比例，黑色的劲装勾勒出窄腰、长腿的轮廓，剑眉、星目、高鼻梁、薄唇，肤色偏白但不显阴柔，整个人又潇洒又俊美。

"所以你把花园铲了？"陆北尧把水递给小飞，往另一边树荫下走去，

“你把东西搬到哪里去了？”

“房子是你的，我搬走。花是我种的，我铲掉。”周西起床，道，“我没有直接发微博是考虑到你的职业特殊性，你选个时间，我们同时发分手声明。”

电话那头沉默了，周西不想和陆北尧过多纠缠：“好聚好散。”

“周西。”陆北尧冷冷的声音传过来，“我非常不喜欢你用分手威胁我，这不是好的沟通方式。”

周西蹙眉：“陆北尧，我通知你，我们结束了，以后各走各路。”

陆北尧永远这样。过去他们也吵过架，无论她的情绪有多崩溃，陆北尧都是如此——冷冷地旁观。如果她愤怒地摔门而去，陆北尧也不会追，毕竟以她的性格撑不了半天就会回来。等她回来后，陆北尧会理智地告诉她这些行为有多么幼稚。他不会追她，她总是会自己回来。

“我不知道你又看到了什么，产生了这样激烈的情绪。”陆北尧语气平静地道，“我希望你能理智点儿，能成熟一点儿。拔掉的花，我不会再帮你种；搬出去的东西，我也不会再帮你搬回来。”

这时有人喊道：“北哥，准备开工了。”

“我在拍戏，不能离组，你再怎么闹，我也回不去，这是事实。”陆北尧的声音一如既往地平静，“我们都是成年人，做事要考虑后果。周西，你不能做一辈子小孩儿。我会处理热搜的事，你好好反省一下你最近的行为。”

陆北尧干脆利落地挂断了电话。周西的心情难以言喻，成年人就不能提分手了？陆北尧的话什么时候这么多了？她要分手，还陆北尧自由不是两全其美？

她的手机发出叮的一声响，收到了来自陆北尧的消息：“礼物没了。”

周西不知道他说的是什么礼物，反正什么礼物都不重要了。她已经跟陆北尧没有关系了，回复：“请你的团队尽快发布分手声明。”

周西发完消息后，迅速把陆北尧拉黑，看时间已经中午了，转身走向洗手间，洗漱完换上衣服往租的房子走。艳阳高照，晒在皮肤上有一些刺痛。她一边走一边刷微博，陆北尧刚才说热搜，她上热搜了？

热搜第六位：“陆北尧和周西疑似感情破裂”。

周西点进热搜，第一条微博是营销号发的：“闯红灯和机动车比头‘铁’，深夜铲花高调炒作。陆北尧什么时候和她分手？能不能有个准话？”

深夜铲花这事源自今天早上的一个热搜话题：“人类迷惑行为大赏”。其中有一个搞笑博主发了个视频，今天凌晨他们小区的一位业主开铲车把一个花园里的花给铲平了。搞笑博主也是无聊，还配上了讲解。网友都在猜测是什么狗血剧情，因为铲车旁边站了一个非常漂亮的女生，大家想象出女生遭分手怒铲渣男花园的戏码。

配文实在太搞笑，大家哄笑起来，视频因此上了热搜，有两万多条转发。突然有网友提出疑问：视频里的别墅，怎么那么像陆北尧的房子？这么一联想，大家就热切地扒了起来，还真是他的房子。放大视频，铲车旁边站着的女人似乎是周西，网友顿时炸锅了。周西又想干什么？是蹭热度还是疯了？为什么半夜铲花园？网友在评论里已经骂疯了。

“西娘娘总是出人意料地作死，人间迷惑行为，求北哥赶紧跟她分手，这对情侣分手了，我把全城的鞭炮都买回来庆祝。”

“西娘娘能不能放过北哥？真没见过比西娘娘更能作死的嫂子，说话办事不带上北哥是不是就不能活？求西娘娘独立行走。”

“分手铲花是吗？赶紧分，西娘娘不分就是炒作了。”

“这件事是真恶心，明眼人都看得出来北哥又被坑了。西娘娘热搜一上，所有人都知道她跟北哥同居。北哥刚翻红，手里的影视资源刚好一点儿，西娘娘就来作死了。”

“北哥倒了八辈子霉才遇到你。”

“北哥应该告西娘娘毁坏私人财产。”

没人相信周西和陆北尧真的分手，网友只觉得她在炒作。她那么爱陆北尧，爱得发疯，怎么会分手？在他们眼里，她这辈子都会像水蛭一样贴在陆北尧身上吸血。

周西把几个热搜看完，再返回首页，“陆北尧和周西疑似感情破裂”已经从热搜榜上消失了。

哪里是疑似？陆北尧和周西真的分手了。

艺人分手和普通人分手不太一样，分手声明关系到分手产生的是正面影响还是负面影响。这会影响艺人以后的发展，陆北尧出道以来最大的黑点就是跟周西的感情，所以他们分手的影响是正面的，但双方也需要正面的措辞，才能维护他的形象。周西只是想跟他分手，并不想毁了他，所以分手声明还是会尊重他团队的意见，和对方共同发布。

新家里堆了满满当当的东西，全是纸箱，周西刚要打电话给保洁公司，董阿姨就打电话过来了。她走到窗边接通电话。

“阿姨。”

“下午你爸就可以出院了，房子收拾好了吗？”

“我正要找人收拾，快了。”

“不用找外人了，我过去给你收拾，不要浪费钱。”董阿姨顿了一下，说道，“我说句话你不要嫌难听，今非昔比，能省则省。”

“我会赚到钱的。”周西肯定地说道。

“等你赚到钱后，再考虑大手大脚地过日子。”

董阿姨来得很快，不到二十分钟就到了。她做事麻利，整个房间很快就井井有条了，边整理纸箱，边说道：“你去医院接你爸，我把房间打扫干净后去买菜。”

“谢谢阿姨。”

“快去吧。”

周西出门后才反应过来车已经卖了，那怎么接爸爸？她打电话给孟晓，五分钟后孟晓赶到小区门口，还换了一辆奥迪Q7。

“上车。”

周西坐上车，孟晓看了她一眼：“你怎么不把送出去的奔驰大G要回来？”

周西从车上找到一瓶水拧开喝了一口：“送出去的东西，哪有要回来的道理？姐没那么穷酸。”

“得了吧，你现在还不够穷酸吗？”孟晓单手握着方向盘，把车开上主道，另一只手把一张纸递给周西，“要不你先找个戏拍？蹭点儿观众缘，再签经纪公司，你身价会高一点儿。”

孟晓找到她大哥，让他以后签周西，他当场就拒绝了。周西是个烫手山芋，商业价值不高，但跟孟晓是好朋友，他不给好的影视资源，没法对孟晓这边交差；他给好的影视资源，实在不值，不如直接拒绝。

孟晓气得发了一通脾气，但也无济于事。孟庭深铁面无私，反正这烂摊子他不收。孟晓退而求其次，让他给周西介绍影视资源。

孟晓死缠烂打一中午，加上一顿饭的贿赂，他才赏了一个剧本。

周西看着手里《深宫乱》剧组发布的通告——招募演员，主要角色都定了，现在招的都是一些配角和龙套，以前这种东西怎么可能落到她手里？

“女四号，宫女青黛？”

“我看不上青黛这个角色，就替你选了皇帝的白月光。”孟晓看着前方的马路，“整部剧最高光圣洁的女神，形象比青黛好，但戏份没青黛多。”

周西从最下角找到皇帝的白月光，看起来戏份是不多。

“你准备一份资料，配一张照片，然后把电子版发给我，我帮你交到剧组。还有一件事我跟你说一下，你先不要奓毛。”

“嗯？”

“这部剧演女主角的是江乔。”

周西后颈一麻，但很快平静下来。

“我也不喜欢江乔，不想要这个剧本，但最近没有其他好剧本。这个剧的导演是郑荣飞，你演郑荣飞的剧会镀层金，我觉得这是个机会，你演白月光的话，跟江乔没有对手戏。青黛也能争取到，可这个角色是女主角身边的贴身宫女，你明白了吧？”

“明白，可我还是想试试演青黛这个角色。”

前方红灯，孟晓转头看向周西。

《深宫乱》这个剧是小说改编的，宫斗戏，周西看过原著，拍完《小暗恋》时，这个剧的剧组还找过她，当时导演是另一个人，想让她演女主角，顺便拉周氏传媒的投资。当时她对演戏没有任何兴趣，当场就拒绝了。兜兜转转，这个剧本又回来了，如今导演已经换成了炙手可热的人，让她高攀不起了。

青黛这个角色更有角色冲突，是恶毒女配角，前期一直跟在外表高洁、内心阴暗的女主角身边，为女主角办事，后期趁皇帝喝醉爬上龙床，成功怀上皇子上位。

“为什么？你愿意去看江乔的脸色？她‘踩’你这么多年，你给她‘抬轿子’，她肯定折腾死你。”

“青黛的戏份多。”

“嗯？”

“片酬也高吧？”

前方直行早变成了绿灯，后面车的喇叭声响彻天际。孟晓连忙发动车开出去，握着方向盘的手紧了下：“青黛的戏份是多，但是吧，毕竟是女四号，需要细腻的演技。如果你执意要这个角色，那得按流程来了。”

“什么流程？”

“投简历试镜，和其他演员一样去竞争这个角色，让导演来选择你。”孟晓尽可能地把话说得委婉，“其实白月光挺好的，你只管美就好了，美不需要演技。”

第二章

记忆里的深情

“你看不起我的演技？”周西把招募海报放回去，喝了一口水，唇角一扬。阳光下，她的长发柔顺，杏眸微微上扬，透着一股清透的骄傲。

“你的演技非常好，只是这么多年不拍戏了，起点这么高，我怕你摔了。”孟晓谄媚地道，“我当然希望你选择更稳妥、演起来更轻松的角色，演白月光的话，你站在那里就是白月光本人。”

以周西的演技，去试镜青黛这个角色可能会被郑荣飞导演打出去，他对演员演技的要求格外严苛。

“其实我的演技很好。”周西把水瓶盖缓缓拧上，到最后一下，用尽全力把瓶盖拧死，“只是我不想演而已。”

孟晓从孟庭深那里要一个试镜的机会还是很容易的。

他毫不犹豫地就把剧组的联系方式给孟晓了：“周五让周西过去试镜，郑导这边会公事公办。周西选没选上与我无关，不要提我。”

孟晓狠狠地翻了个白眼，但周西在旁边，不好多说。孟庭深一直看不上周西，嫌她是娱乐圈的一颗老鼠屎。孟晓非常想吐槽：一颗珍珠掉进老鼠屎里，那些老鼠屎没见过世面，就高贵起来了，自以为珍珠低人一等。

孟晓挂断电话，把剧组的联系方式给了周西：“周五，中城大厦，鲸鱼传媒。你看看原著，我不知道你们演戏的事，但我希望你成功。”

“谢谢。”周西微微偏头，唇角噙着笑，嗓音清越，“我钮祜禄氏·周西重生了。”

周西美起来是带着锋芒的——漂亮、冷厉，只是这几年一直压抑着本性。此刻她本性暴露，是没有认识陆北尧时的样子——骄傲、自信。

周五，试镜地点是中城大厦十七楼的鲸鱼传媒。

周西第一次试镜，以前是她挑剧本、挑编剧，因为她有爹、有资本，现在只剩下爹了，还是生病的爹。

周西首次没有化浓妆，试镜的规矩是化淡妆，这样导演能看清演员真实的五官和表情。

她跟陆北尧在一起时一直对自己的长相不自信，每次出门必须妆容精致，从头伪装到脚，生怕因为自己不好看，让陆北尧丢脸。她画完眉毛后，从那堆浮夸奢华的小裙子里找到唯一的一套T恤、牛仔裤，把鬈发夹直，黑长的头发散在身后。

第一次不化浓妆出门使她有种在裸奔的感觉，于是从柜子里拿出一副窄边平光镜戴上，是自我安慰的伪装。她的唇本就是粉红的樱花色，倒不需要过多的点缀。

周西拎着包走出房间，周启宇正在客厅看《小猪佩奇》，乍一看到周西，他的一双小眼睛像是要从横肉里瞪出来，直直地看着周西。

“宝——宝？”

董阿姨从厨房出来，脚步一顿，震惊地看向周西，张了张嘴发出声音道：“你就这么出门？”

“不好看？”

董阿姨迅速摇头，不是不好看，是太好看了。

周西不化妆时，令人眼前一亮，是清澈干净的美，如同新春树木发出的嫩芽，清新里透着一尘不染的嫩。她化妆时是七月烈阳下的红玫瑰，不化妆时是三月冰雪消融破土而出的野百合。她的皮肤原本就白，漂亮的杏眸黑白分明，高鼻梁下是水润的唇。

董阿姨有一瞬间想哭，周西终于不化那些不合适的妆了。

“好看。”董阿姨回过神，连连点头，“特别好看，你不化妆比化妆还要好看。”

这夸奖周西很喜欢。

周西打车去的鲸鱼传媒。早上九点，十七楼的走廊里已经站了不少人，她去找工作人员领号码牌。工作人员没认出周西，看了她一眼，目光停顿了一下才开口道："几号试镜厅？"

"二号。"

工作人员扯了一下唇角，这个人长得挺漂亮，但今天的试戏结果已经出来了，二号试镜厅的角色早就内定了。

"这是你的号码牌。"

郑荣飞的戏，女四号也是抢手的香饽饽，周西走到二号试镜厅前，看到三个戴着墨镜和口罩的女星已经在等待。为首的女人是皇家娱乐的郑秀，前几年在X市混电影圈，爆红过一段时间，最近到这边发展了。她竟然来竞选女四号？周西还没看仔细，房门就打开了，工作人员恭敬地把她请进了二号试镜厅。另外两个人，一个人是今年刚火起来的小花叫陈希圆，另一个人周西没认出来，但这个人带了一堆工作人员鞍前马后地伺候着。

周西站在楼道最末端继续看剧本。剧本改动不大，主要剧情还是按照原著走。

青黛的形象很复杂，她和女主角一样是选秀进宫。女主角上位了，她却成了宫女。她没有女主角的好运气，在宫中举步维艰，曾为了保护女主角差点儿被皇后打死，剩最后一口气时被女主角抬回去，别人道女主角是她的救命恩人，可到底是谁救了谁的命呢？后来青黛的哥哥惨死，她跪求女主角帮忙，女主角并不想为她丢掉即将到手的贵妃之位，便拒绝了。她愤怒地跟女主角决裂，开始咬牙往上爬，怀上皇子，步步为营，处处与女主角为敌。女配角没有主角光环——儿子夭折，恶毒面孔被女主角揭穿，青黛被打入天牢，最后自尽，喷了女主角一脸血，成为女主角余生的噩梦。她委屈了一辈子，只刚烈这一回，却付出了生命的代价。

周西第一次看《深宫乱》这本书就很喜欢青黛这个角色，这是为了衬托女主角、为了推进剧情而存在的角色。可她有血有肉、有灵魂，活着也有争取的权利。

片刻后，陈希圆也被叫了进去。走廊里只剩下周西和另一个女孩儿，那个女孩儿也斜着她，用傲慢的语气道："素人也敢来争青黛这个角色，真是不知天高地厚。"

周西懒得跟那个女孩儿说话。

周西的手机响了一声，收到了来自孟晓的微信："刚刚得到一个消息，青黛这个角色内定由郑秀扮演，今天所有人都是陪跑。抱歉，我也是刚知道这事，你到了吗？我去接你，中午请你吃饭赔罪！”

青黛由郑秀扮演？那这个内定也合理，人家毕竟是老演员，地位和人气都摆在那里。周西看着手机，抿了下唇。

“周西、徐亚飞，你们进来。”房间门打开，工作人员面无表情地道。

徐亚飞倏地回头，拿下墨镜，圆眼睛里带着探究：“你是周西？陆北尧的女朋友周西？”

周西看了徐亚飞一眼，越过她径直往里面走。周西不施粉黛，只戴着平光眼镜，肤白貌美，眼神清澈又冷厉。

她心惊，周西上新闻时都是化着精致的妆，穿着华贵的衣服，戴着夸张的钻石首饰，开着张扬的跑车。谁能想到，她能在这里见到素颜的周西！

周西走进试镜厅便拿下了眼镜，穿着白色T恤、浅蓝色牛仔裤，细腰长腿，脚上穿着一双黑色运动鞋。

郑荣飞收拾文件正打算离开。郑秀的团队强势地进入《深宫乱》剧组，郑秀自降片酬，演技好，观众缘也很好，有一定的人气，他没有不用郑秀的理由，今天没有挑选的意义了。但他一抬头，目光停住了——阳光穿过玻璃窗落进试镜厅，清瘦的女孩儿站在金光里，肤白如雪，黑白分明的杏眼如同一汪清水。

“导演好，大家好，我是周西。”周西的嗓音清越，如同珠落玉盘，动听至极。

周西不施粉黛，脸是原装的，身上的气质古典优雅，这种漂亮很难得。

郑荣飞又坐了回去，翻看眼前的演员资料。周西的演员履历一塌糊涂，在绯闻方面，她倒是战绩赫赫，可以说是声名狼藉。他看看眼前这张脸，又看看履历，实在难以想象这是同一个人，有这么一张脸的周西会做出那么多傻事？

“郑导？”一同过来的制片人低声道，“周西不行，就是个草包，这种人，进不了我们的剧组。”

郑荣飞从文件夹里取出一页剧本递给他的助理，身子往后倚靠，重新戴上耳机，手一抬：“让周西试演这一段戏。”

周西离得远，听不清郑荣飞说什么，但很快他的助理就过来把剧本递给她：“导演让你演这一段戏。”

“我呢？”旁边的徐亚飞愣了一下，说道，“我没有剧本吗？”

郑荣飞的助理看了一眼徐亚飞，毫不客气地冷声道：“去洗手间把妆卸了再过来。”

“啊？”

“或者转身出去，郑导的戏试镜时不能带妆。”

徐亚飞的脸涨得通红，转身快步走向洗手间。周西看着手里的剧本，这是青黛的最后一场戏——牢中喷血，自尽身亡，是最惨也最华丽的一场戏。

郑荣飞让周西试戏了，不管有没有内定，这都是她的机会。

时隔四年，她重新演戏，没有人搭戏，也没有表演老师跟在她后面手把手地教了。她现在不是曾经的周西了，没有什么机会，错过这一次，不知道下一次机会在什么地方。她看完剧本后，把剧本放到地上，摘下包压着，活动手腕，冲郑荣飞点头示意。她垂下眼帘，浓密的睫毛在白皙的肌肤上映出阴影，再抬头，她的目光陡然变了，妖娆地往前走了一步。

“姐姐，您来看我了。”

周西的话一出口，整个房间瞬间寂静。她台词说得太稳了，把这句话里欣喜、娇嗔的感觉拿捏得非常到位，分毫不差。

“我就知道，姐姐不会忘记我。”

坐在旁边的郑秀脸色变了，周西不是傻瓜、草包吗？什么时候台词功底这么好了？

没有人跟周西搭戏，她一个人演全部情绪。郑荣飞把手里的剧本放下，抱臂看着她。

周西穿的这个白T恤很有讲究，演员不能让自身抢了角色的戏，这点她做到了。她的第一句话说出口，所有人都与她演的角色感同身受。

剧情变了，女主角告诉青黛即将奔赴刑场，要为自己犯的罪付出代价。

周西也变了，突然往前冲了一步。郑荣飞看着屏幕，只见她目光狠厉，似乎要冲出屏幕，一把抓住前方不存在的人，唇角上扬，眼尾也扬起，露出癫狂绝望的表情，仰头大笑。

“我们同进储秀宫，结为姐妹。你说我们同生死、共富贵，我为你出生入死时，你在哪里？我伏地乞求磕破头时，你何曾看过我一眼？赵凌雪，你说我贪慕虚荣忘了初心，你呢？又何尝不是？只不过你赢了，你活着，你有资格高高在上。”青黛笑中带着哭腔，悲戚绝望中更多的是嘲讽，“这吃人的皇宫，白骨累累。上位者高谈阔论，跪伏在底下的奴才苟且偷生。”

“尊严和梦想被踩在脚下，可命运依旧不放过我。我与天搏，我输了。”青黛幽怨的嗓音字字泣血。她往前走了一步，纤瘦的身姿摇晃，又缓缓地退回去。她笑，笑这世间荒唐，“一败涂地。”

周西知道，青黛和她一样，始终是配角，不能成为主角。

“我命不好，搏不过天，我认。赵凌雪，你没资格在我面前高谈仁义道德，你不配。”青黛长发披散，尖翘的下巴微扬，似疯似癫，声音嘶哑凄厉，“我咒你，永世孤独，无爱、无信、无忠、无孝。赵凌雪，我以命诅咒你永远噩梦缠身。”

没有特效，没有服装、道具，周西把一场血泪交织的戏演绎得淋漓尽致。整个试镜厅寂静无声，纤弱的女人如海藻般的长发披散着，遮住了绝美而疯狂的脸。

青黛犹如烟花，绽放在黑暗当中，最灿烂、最夺目的时刻便是死亡之时。她是配角，没有主角的光环，斗不过命运。

在场的所有人都沉浸在青黛死亡的悲伤当中，久久不能平息。郑荣飞情绪激动，青黛的个性就该这么刚烈鲜明，如果有颜色，青黛应该是太阳底下浸满血的白衣上的鲜红色，血淋淋的。郑荣飞身体里的血液在沸腾，青黛这个角色活了。郑秀的演技也很好，是个合格的演员，但周西是青黛本人。

大约过了一分钟，郑荣飞拿下眼镜捏着眉心。制片人狠狠地咳嗽起来，后颈发麻。

周西的演技好得惊人，现在制片人简直想将刚刚对她的评价吃回去：“周西的演技什么时候这么好了？还是她瞎猫碰上了死耗子？”

郑荣飞拿起另一页剧本递给他的助理，手指轻点，吩咐道：“让周西试演这一段戏。”

郑荣飞的助理看到剧本的内容后倏地抬头。郑荣飞把眼镜戴上，抱臂看着屏幕。

周西已经站起来，眼睛泛红，但整个人的气质已经变成了内敛沉静。她接过工作人员递来的水，喝了一口，看向郑荣飞的方向。刘制片人和鲸鱼传媒的许总都眉头紧蹙，一言不发。冰凉的水滑过她的喉咙落入胃中，房间里的冷气开得非常低，寒气扩散到四肢，她的手指擦了一下水瓶边缘。

周西忽然想到很多年前陪陆北尧试镜的情景。那时候他们都还小，陆北尧刚红就因为性格得罪了当时的经纪公司，被公司半雪藏。他的性格傲气，不想动用周西家的关系，也不会求人，但新艺人或存在感低的艺人一不小心就会彻底失去人气，没人会主动来找他。周西只好一个个剧组递简历，一家家公司求人让他试镜，周西的脸皮因为他才练得厚如城墙。之前为了一部剧，她前前后后找了导演五次，堵着导演家的门坚持递上他表演的录像带。最后导演让他试镜，并用了他，使他红遍大江南北。

周西在这方面很有韧性。不到最后一刻，所有人就都有机会，只要导演没把她赶出去，她就能把这戏演下去。

见郑荣飞的助理快步走过来，周西的心猛地提起来，把水瓶盖拧上放到脚边："你好。"

"导演让你试演这一段戏。"郑荣飞的助理把一页剧本递给周西，说道，"皇后的戏。"

女二号？周西惊讶了几秒，抿了下唇迅速反应过来，双手接过剧本说道："谢谢。"

女四号定了，可女二号也定了，这是什么意思？给她演女二号的机会？可这很不合规矩，没有人会这么试镜。她看向郑荣飞，见他没有任何表情。

"我有多少准备的时间？"

"二十分钟。"

周西迅速地看剧本，这段戏是皇后跟女主角的对手戏。

皇后是剧里唯一爱皇帝的人，也是剧里最大的反派。她嫉妒女主角得到皇帝的宠爱，设计陷害女主角，却被聪明的女主角躲了过去，为了泄愤打了女主角的贴身宫女青黛，因此和女主角结仇，斗到最后不敌女主角光环惨死在冷宫里。

"郑老师，你跟周西搭个戏可以吗？"郑荣飞冷不丁地把话递给了郑秀。她张了下嘴，脸色有些难看。

"不合适吧？"刘制片人碰了一下郑荣飞的手臂，低声说。

"不方便就算了。"郑荣飞收回目光，可意思很明显——郑秀不搭戏就是不敢。

“可以啊，我没问题。”郑秀霍然起身，自己一个前辈会输给晚辈？她把外套递给助理，走向镜头。周西刚刚占了长相的便宜，皇后这个角色就太考验演技了。

“可以了吗？”郑秀笑着看向周西。走近看，她的脸嫩嫩的，没有化妆，是为了青黛这个角色而来。这是一张非常年轻的脸，很难压住皇后这个角色。

周西放下剧本，看了一圈，大步走向另一边，从角落拉出一把椅子放到中间，然后打开包，从里面取出一支眉笔把头发绾起来，使得整张脸都露出来。

周西欠身跟郑秀握手，道：“您要看剧本吗？”

“不用，我就两句台词。”郑秀笑得疏离，姿态有些高高在上，松开手说道，“不需要。”

周西往后退了两步，坐到椅子上，身子轻轻一歪，抬头，用修长的手指缓缓地点了下椅子的扶手，那股威严的气势尽显，房间里静下来，只有拍摄的机器发出轻微的声响。郑荣飞放下手，摸了下剧本边缘，身子微微前倾盯着屏幕。

“皇后这个角色李薇可不会让，也换不掉。”刘制片人低声道，“郑导，你怎么想的？”

“嘘。”郑荣飞专注地看着屏幕，声音压得极低，怕打扰正在演戏的人，“看着。”

周西只不过是把头发绾起来，现场多了一把椅子，整个气场就变了。皇后就应该这样，庄严霸气，哪怕是嫉妒也得体优雅、一丝不苟。她是皇后，绝不是蠢人。

周西的表演非常到位，一颦一笑都带着高高在上的气势。刚刚不甘、愤怒的青黛，眼中尽是对老天不公的愤恨，现在的皇后身上没有一丝一毫青黛的痕迹，她就是皇后。周西并没有被郑秀压戏，她的演技凌驾于郑秀的演技之上。

周西对皇后这个角色的感情不深，这段戏演完心里并没有底，最后一句台词结束，习惯性地停顿了几秒，起身走向郑秀。郑秀是半蹲着的，表情怔了一下才移开视线，并没有与她握手，而是转身离开。

周西朝郑荣飞方向鞠躬，站直等结果，迟迟没有得到回应。大约过了两分钟，郑荣飞起身和刘制片人快步从另一边离开，根本没有过来。什么情况？

“怎么回事？试戏结束了？”徐亚飞顶着湿漉漉的脸刚到现场，可是现场已经没人了，愣愣地看向周西。

工作人员快步走过来，说道：“你们可以回去了，等通知。”

“等通知”三个字就等于没戏。徐亚飞一句脏话差点儿脱口而出，旁边大概是她的经纪人，狠狠地戳了她一下。她戴上口罩和墨镜转身大步走了出去。

周西想发挥死皮赖脸的精神上前询问结果，刚刚演青黛时太卖力，最后一下膝盖上刚刚长好的伤口再次受到重创，疼得眼泪都出来了。她不甘心就这样离开，还没上前，就见郑荣飞的助理抱着文件路过，看了她一眼：“最近把档期空出来，等通知。”

青黛还是皇后？周西的话还没问出口，郑荣飞的助理已经快步离开了。这是有戏了？

周西捡起地上的包和没有水的瓶子往外面走，路过垃圾桶将瓶子扔进去。走廊里突然咔嚓一声响，她抬头，看到一个拿着手机的男人。男人愣了一下，但还是用手机咔嚓一声拍了一张她的正面照，然后转身快步走远。

她什么时候红到了要被跟拍的地步？真是让人不可思议。

周西从包里拿出口罩戴上，手机响了起来，来电的是孟晓。她接通电话并按下电梯按钮：“今天这个试镜成不成都是一个学习的机会，毕竟我已经很多年没有演戏了，多试几场戏不是坏事，不成在情理当中，你不用觉得内疚。”

电梯门即将合上时，一只长手伸了进来，周西连忙去按开门键，一个穿条纹西装的男人快步往里走，两人目光突然对上，男人脚步一顿，原地一百八十度转弯，迈开长腿疾步走出去。她深吸一口气，松开手，电梯门缓缓地合上。

周西的电话里传出孟晓的声音：“我已经到了，我叫我大哥中午一起吃饭，让他再帮你找个好的剧本，要比这个剧本好几百倍。”

“你大哥已经被我吓跑了。”周西一想到刚刚孟庭深跑路的样子，就想送他一万句祝福。他毫不掩饰嫌弃之意，让周西怀疑是不是自己梦游时挖过他家的祖坟，就这么招他恨？

“啊？”

“刚刚你大哥要进电梯，看到我掉头就走了。”

“这个男人怎么这么现实？！”孟晓嘶吼道，“我不用他，这辈子都不用他。周西，你一定要大红大紫，让他们后悔得痛哭流涕！”

周西想去横店跑龙套了。

周西的手机又有一个电话进来，来电的是陈舟。

“我接个电话，等会儿跟你聊。”

“我在门口，你出来找我，中午一起吃饭。”

“好。”

周西挂断电话，接通陈舟的来电。难道是分手声明写好了？

“陈——”

“西姐，作为多年的朋友，我劝你一句，这么作死下去，你和北哥的关系不会拉近，只会越来越远。”

“虽然我不知道发生了什么事，让你有这样的言论，但你这番话中有两个错误，我纠正一下。第一，我和你不是朋友。第二，我和陆北尧已经分手了。我早就通知过他，不知道为什么他没有通知他的团队。希望你们尽快统一口径，你们不发布分手声明，那我只好单方面发布了，对于可能造成的影响，我不负责。”

“你们分手了？”陈舟停顿了几秒，语气严肃下来，“西姐，我不知道你是跟北哥赌气还是怎么的，我这边没有接到他的通知，我想北哥应该没有分手的意思。你们在一起这么多年了，走到现在不容易，我劝你三思，分手一旦闹到明面上，就没有转圜的余地了。你也知道你的形象在公众眼里并不那么正面，闹分手其实威胁不了北哥什么。”

“不需要三思，我也不是以退为进，只是想跟陆北尧分手。既然不会影响他的名誉，我会尽快发布分手声明，跟他划清界限，往后我们没有任何关系，他不必再受我负面新闻的拖累，我也不用再顾及他。”

“你是想复出？”陈舟突然问，“你签了哪家经纪公司，给你出了这么不专业的馊点子？”

周西皱眉直接挂断电话。陆北尧的团队是不是有问题？老怕她蹭热度，她要是想蹭热度，当初退出娱乐圈干什么？不过这些很快都跟她没有关系了，她只是一个毫无感情的女配角。

电梯门在一楼打开，周西一边往外走一边打开微博搜索周西，看到词条“周西复出”。

第一条微博是半个小时前发的，有人爆料在《深宫乱》的试镜现场见到了周西，并发了一张她很模糊的背影照。博主当场被网友喷成了筛子，称这个爆料太假了，以周西的演技去试镜郑荣飞的戏，简直是天方夜谭。以郑荣飞对演技要求的严苛程度，她是去自取其辱吗？虽然大众都讨厌她，但这么扯淡的爆料，也很让人鄙视。

五分钟前，这位博主又发了一张周西的正面照。

“真的是周西，我看到她了，她试镜《深宫乱》的青黛这个角色。这是周西吧？如果不是的话我删微博道歉。”

照片里的人未施粉黛，素面朝天，穿着朴素的T恤、牛仔裤，看上去面色有几分苍白，正看向镜头，虽然跟平时的浓妆艳抹有差别，可也确确实实是周西。立刻有营销号转载，并配文：“周西面容憔悴地出现在《深宫乱》的试镜现场，疑似分手后复出，之前的所有动作都是为复出做铺垫？有网友称她不可能分手，只会无所不用其极地吸陆北尧的血，大家怎么看？”

陆北尧的粉丝立刻炸了，他们怎么看？他们想炸了周西。周西素面朝天的，是演给谁看呢？估计是想引导人们往分手上猜，她现在没有热度，没有影视资源，周家也倒了，只能拼命地抱住陆北尧的大腿，疯狂蹭热度，蹭上就有机会上大导演的戏。

“求西娘娘赶紧和北哥分手！正面照片拍得这么清晰，一看就是摆拍，真受够了她。”

“试郑导的戏，西娘娘是有多不自量力？”

“我就知道西娘娘要复出。”

下面回复：“西娘娘没有心，只会炒作‘吸血’。北哥再这样，我真的爱不起了，想脱粉（不再做某人的粉丝），喜欢陆北尧真累。”

陆北尧的粉丝骂骂咧咧，竞争对手的粉丝也不甘示弱，阴阳怪气，两边激火，把周西推上了热搜。

原来陈舟打电话来是因为这个热搜，周西不想上热搜也没有摆拍。但没有人相信。她跟陆北尧在一起，仿佛连呼吸都是错的，就没有对的时候。

周西返回自己的微博，编辑好内容：“已分手。”

她将手指对准发送键，心口仿佛被堵上了厚厚的棉絮，喘不过气。其实这个分手声明前几天就应该发布，他们分手不会对陆北尧有丝毫影响，陆北尧的粉丝都在等着他们分手。

周西的手指落下去，她以为自己会特别轻松，但并没有。手指按下的那一刻，她的心脏骤然一痛，那种痛感尖锐得如同被寒冬腊月零下几十摄氏度的风雪裹挟着的冰碴儿直击心脏。她捂着胸口蹲下去。

“西西，你怎么了？”孟晓的声音由远而近。周西抬起头，模糊的视线渐渐清晰，看到孟晓关切的眼神，想说没事，一开口却哽咽了。

“不就是没面试上吗，怎么还哭了？不是什么大事，我大哥不帮忙，我还有其他的办法。”孟晓拉周西起来，“走，请你吃日料，先吃饱我们再想其他的办法。”

周西看着孟晓许久，脑子清醒过来，她不爱陆北尧了，他们分手了，就觉得心里莫名地空了一块。

“怎么了？”孟晓擦掉周西脸上的泪，左右看了看，说道，“你是公众人物，不要在大庭广众下哭。会有人借题发挥，给你写‘小作文’的。”

周西心脏的痛感渐渐地消失，恢复如初，只是心里还有些空虚。她刻意忽略了这种感觉，站起来，擦了一把脸，把手机递给孟晓，说道：“我公开分手的消息了。”

“啊？”

孟晓刚接过周西的手机，铃声就响了起来，吓得她差点儿把手机扔出去，连忙还回去：“你的电话。”

来电的是陈舟，周西调整好情绪，拉着孟晓朝路边的保时捷走去，等电话响到第二遍才接通：“陈先生。”

“西姐，你这就发布了？西姐，你知道这意味着什么吗？你为什么这么冲动？”

“我通知过你。”周西系上安全带，嗓音清越，干干净净，“我复出了，也需要独立的宣传，我并不想跟陆北尧捆绑在一起。”

“你的团队让你这么做的？太疯狂了，除非你不想跟陆北尧继续在一起！”

“我们已经结束了，还有其他的事吗？”

“你能不能清醒点儿，发布分手声明是最后一步，一旦走出去，你们就回不了头了，后期公关很难做。你们有什么事不能私底下解决，非要走到这个地步？”

“再见。”周西不想跟听不懂人话的人继续聊天，那是浪费她的时间。

她干脆利落地挂断电话，把陈舟拉黑，将手机放进背包，转身从后面拿了一瓶水，拉下口罩，唇角上扬，笑得有些讽刺。

“谁打的电话？”

“陈舟。”

“给老板的前女友打什么电话？请陆老板独立行走，勿提其他人。”孟晓把化妆包递给周西，说道，“赶紧把妆补上，你素颜我看不习惯。”

“看久了就习惯了。”周西找到一支口红，把唇涂成了艳红色，合上口红盖子，“我素颜又不丑。”

“是不丑，我就是看惯了你化妆。这年头，不化妆有种——”孟晓斟酌用词，说道，“裸奔的感觉。而且你和陆北尧分手，他风风光光的，凭什么你灰头土脸的？你也要风光。套路玩得深，谁把谁当真？”

“谁说素颜就是灰头土脸？试镜时要素颜，导演才能看清演员的真实五官，这是行内规矩，我并不是因为谁堕落。”周西把化妆包还回去，拿出手机刷论坛查看各地群众演员招募情况。最近两年影视行业不景气，下层演员没饭吃的比比皆是。

“今天这个事很抱歉，我是早上才收到消息的，孟庭深办事不靠谱。”孟晓说着就疯狂地甩起了“锅”，“都怪他。”

周西存了几个招募演员的联系方式，现在本就一无所有，也没什么可失去的，两耳不闻窗外事，一心只想赚片酬。孟晓提到这个事，她就想到了刚刚孟庭深跑路的情景：“我什么时候得罪过你大哥？让他避我如蛇蝎？”

“我也想知道你什么时候得罪过我大哥，他真是有毛病。算了，不聊他，他是狗眼看人低。”

周西看了孟晓一眼。孟晓真狠，为了她连自家大哥都骂。不过最后一句话她听明白了，大概是孟庭深看不起她，怕她强行贴上去蹭关系。她演技不好、爱炒作尽人皆知，如今周家又落魄了，没人愿意跟她沾上关系。

“我会有那么一天的。”

“晚上我二哥开游艇派对，你要不要过去玩？我给你介绍个比陆北尧更帅的男人。你的新形象是敢爱敢恨，又美又飒爽的御姐（气质成熟的年轻女性）西西杀回来了。”

周西的手机再次响了起来，来电是个陌生号码。她迟疑了片刻才接通，电话那头没有立刻说话——熟悉的沉默开头。

她蹙眉，刚要挂断电话，陆北尧冷冷的声音传过来："我晚上回去，你把微博删了。"

陆北尧这是命令谁呢？

"我为什么要删微博？"周西降下车窗的玻璃，让风灌进来，迎风握着手机说道，"陆北尧，我们结束了。"

"我今晚九点到家，我们谈谈，你先把微博删了。"陆北尧喉结滑动，脸色阴沉地大步往宫殿外走去。

小飞迎上来提醒陆北尧补妆，他看都没看小飞一眼，两三步走下台阶，走到宫殿第二层汉白玉栏杆处。他穿着一身黑色的衣服，暗纹在灯光下显出形状，腰带勾勒出腰部的轮廓。

"或者我让小飞回去接你，你来剧组，我们当面谈谈。"陆北尧剑眉微蹙，眼帘低垂，睫毛在肌肤上投下阴影。

"我们没什么好谈的。"周西的声音很轻，说道，"我们结束了，我不会删微博，你那边怎么发布分手声明是你的问题，不用再打电话过来，也不用回来，我不会见你。"

夏天的中午，艳阳高照，横店影视城的气温直逼四十摄氏度，但陆北尧一瞬间感到身体彻骨的寒，皮肤上的汗毛全部竖了起来。他静静地看着大殿前的花树，花香浓郁。他一直很讨厌各种花，又不能吃，种那么多浪费土地。

"周西，你可以跟我闹、跟我吵架，我们私底下怎么吵都行。"陆北尧的喉结再一次滑动，站得笔直，修长的手指抬了一下，滑过眉心，但没抚平眉心的痕迹，手再次垂落，敞开腿，脚尖抵在汉白玉栏杆底部边缘，"但闹到微博上，周西，你过分了。"

"我们不适合在一起，分手互相成全，陆北尧，我不是跟你闹。"周西的声音前所未有地冷静，让陆北尧感到陌生。

她很平静地说："陆北尧，我们分手了，我不爱你了。我会把你的所有联系方式拉黑，江湖不见。"

周西不等他回应，迅速挂断电话，松了一口气。人搏不过命运，女配角也不会变成女主角。

周西把他的电话号码拉黑，喝了一口水，转头对上孟晓探究的目光。

周西把水咽下去："你看什么？"她抬手一指前面的信号灯，"绿灯了，姐们儿。"

孟晓把车开出去，啧了一声：“刚刚是陆北尧打的电话？”

“嗯。”

“你们两个彻底分手了？”

“哪里像假的？”周西喝完水，将水瓶放到一边，抽了张纸擦手上的水渍。

孟晓幽幽地叹气：“我第一次见你在陆北尧面前说这么硬气的话，挺不可思议的。”

“我以前到底有多卑微？”

“就是你被气到火冒三丈，扬言马上跟陆北尧分手，但他来一个电话，甚至都不是道歉，轻飘飘地说一句话，你就会屁颠屁颠地跑回去。”

“以后不会再发生这样的事了。”

“周西同志，采访一下，你是怎么想通的？”

周西不想回答这个问题，在手机上翻到一个广告页面递到孟晓面前，说道：“我参加这个节目怎么样？”

孟晓看了一眼，群“星”璀璨，广告页面的右上角写着巨大的三个字：“演技派”。

孟晓嗤笑出声：“你能挑战点儿低难度、适合你的吗？”

“你为什么会认为我的演技差？”

“我没有认为你的演技差，就是这个节目中评委的嘴特别‘毒’，舞台剧会放大演技的瑕疵。别人拿放大镜找你的碴儿，我怕你受不了。”

“我的演技可是无懈可击的。”

“我再帮你打听打听，看哪个剧组要人，再帮你找试镜的机会。这种综艺节目就不要参加了，现在节目组就算找你去，也会千方百计地整你。他们知道观众想看什么，会放大你的缺点，把你剪辑成傻子。”

过去的几年，周西的形象非常差，现在就算《演技派》节目组答应让她去，也是为了让她出糗炒热度，绝对不会安什么好心。她本身演技也不行，再加上恶意剪辑，真的会臭名昭著的。

“无所谓，我现在还不够傻吗？”周西打开通讯录，找《演技派》节目组导演的电话，“我查了一下，普通艺人参加一期节目给很多通告费。”

“你什么时候缺这点儿钱了？”孟晓没想到周西会为通告费折腰，虽然周家破产了，但瘦死的骆驼比马大，怎么都不会沦落到为了通告费签订不平等的条约。

“我缺。”周西唇角上扬，笑起来有几分陌生的冷厉。

“你——”孟晓气得差点儿原地爆炸，狠狠地瞪了周西一眼，“你有点儿出息好吧！”

“娱乐圈更新换代非常快，我退出三年了，这里早没了我的位置。现在我跟陆北尧分手的新闻还有余热，骂也好，抹黑也罢，都能提高关注度。我趁着热度参加综艺节目，混身价，再进组演戏至少不用从跑龙套开始。”

“那你不就成了陆北尧的粉丝骂的那种人了？”

阳光穿过挡风玻璃落入车厢，映在周西白皙的肌肤上。她娴静如水，唇角噙着笑，纤细的手指滑过手机屏幕，打开微博，对孟晓说道：“骂了我这么多年，我还不能收点儿利息？”

周西这条分手微博下的评论已经五万条了，这热度都赶上当年她跟陆北尧公开恋情了。她没有看评论，而是直接点开热搜榜。热搜第一位：“陆北尧分手”。后面跟着深红色的“爆”字。

“晚上的派对你去吗？”

“不去。”如果周西去了，被八卦记者拍到，一定会被贴上为爱堕落的标签。她不堕落，只是跟陆北尧分手了。

周西点开陆北尧分手的热搜链接，第一条就是陆北尧的一个大粉丝公开在微博上抽奖，十个六百六十六元。

陆北尧的分手热搜没有带周西。词条下面全是庆祝他们分手的抽奖微博，普天同庆，鼓乐齐鸣，喜气洋洋，堪比过年。

周西预想的辱骂没有出现，返回自己的微博，已经有八万条评论了，前排全是谢谢成全、谢谢放过、谢谢陪伴、各自安好，往下才有几条不一样的评论。

北哥的保温杯：“请一定要履行承诺，分得干净，别回头，外面有大好的世界等着你，不要再回头找北哥。”

今天陆北尧和周西分手了吗：“周西，请你一定要履行承诺，我以后不骂你了。”

一路向南：“有生之年系列，蹭蹭喜气，希望我的偶像也早日分手。”

“周西追了陆北尧三年，他们在一起四年，整整七年时间，现在分手了。那还有什么不可能的？一切皆有可能。”

八万条评论，周西翻到底都没看到自己的粉丝，自己是彻底没粉丝了。

娱乐圈不成文的规则：高人气男明星的女朋友最好保持沉默。周西就是跳得比谁都高，越跳陆北尧的粉丝就越骂她，他的粉丝越骂，她就越没有安全感，渐渐地双方都失控。她没有关评论，这些评论会让她清醒。

周西和孟晓吃完饭就分开了。

周西没有立刻回家，打车去了最近的汽车城看车，她爸的腿脚不方便，必须得有一辆代步车，不能每次都麻烦孟晓。艳阳高照，周西下车后差点儿窒息在热浪中，迅速拿出口罩戴上，又戴上了墨镜。一辆黑色的路虎停到周西身后，车喇叭嘀地响了一声。她回头看了一眼，走上台阶，打算就近找个 4S 店随便买一辆车。

“周西？”路虎的车窗降下来，一个男人微低头，目光越过车窗看向路边的周西。

孟辰——孟晓的三哥，怎么在这里？

“你怎么在这里？”孟辰先开口道。

“买车。”

“买车还用你亲自跑一趟？”孟辰解开安全带，推开车门下车。孟家的男人都是高个子，他穿着烟灰色的衬衣，没有系领带，衬衣下摆利落地放在西装长裤里，“晓晓打个电话，就能办了。”

周西沉默了几秒，只知道孟辰是做车行生意的，这里不会是孟辰的地盘吧？

“就随便看看。”周西跟孟辰不算熟，孟辰是孟晓三叔家的孩子，比孟晓大一岁。她和孟辰只是高中在一个学校读书，没怎么说过话。

“想看什么车？上车，我带你去看。”孟辰走到周西身边，手指抬了一下，“孟家这边的 4S 店是我在管理，比较了解。”

果然是孟家的产业。

“不麻烦了，我随便看看。”

“我下午没什么事，不麻烦。”孟辰拉开副驾驶座的车门，长手搭在车门上，“车这方面，我可能懂得多一些，我帮你介绍，你是晓晓的朋友，不用客气。”

“那谢谢了。”周西没想到会在这里遇到孟辰，话说到这个地步，再推辞就显得难看了。

周西上车，孟辰绕到另一边上车，发动引擎：“想买什么牌子的车？

什么价位？”

“二三十万元钱的就行。”周西现在的处境尽人皆知，没必要掩饰她的落魄。她摘掉眼镜说道，“让我爸出行方便点儿。”

周西的车是通过孟晓卖的，这事孟辰肯定知道。

“明白。”孟辰对她的话没有过多评价，甚至表情都没变化，握着方向盘开车，说道，“你最近怎么样？”

“还可以。”

“听说你又开始演戏了？”孟辰说完，觉得词用得不太精准，改口道，“就是，又进娱乐圈了？”

“嗯。”

孟辰把车停到一家中档价位的4S店前，转身从后排冰箱里取出一瓶水，拧开瓶盖递给周西：“挺好。”

孟辰明明只比她大一岁，但说话沉着稳重，每次一开口，周西都觉得是在跟长辈说话。

“谢谢。”

“这家店刚出了一款车，车厢大，开起来也可以。”孟辰推开车门下车，说道，“你可以试试，现在折扣很大，打完折加税三十万元左右，性价比很高。”

孟辰认真地介绍起了车。周西握着冰凉的水瓶也下了车。

店员迎了上来：“孟总。”

“我陪朋友看车，你们忙。”孟辰把人打发走，带周西去看车。

这款车原价四十六万元，热款。不知道孟辰打的是什么折扣，竟然能折下去二十万元？周西原本不想麻烦孟辰，也不想占便宜，看看就算了。可他实在太能说了，周西就没有插话的机会，等回过神来，已经付完钱、办完手续了。

今天没有现车，新车明天才能到。

“你明天过来提车，住得离这里远吗？”孟辰带着周西往外面走，说道，“太远的话，我明天安排人给你送过去。”

“不用，不远。”周西连忙拒绝，“我和孟晓住一个小区。”

“那是挺近的。”孟辰拉开车门说道，“上车，我去晓晓那边拿点儿东西，顺便带你过去。”

这可真够顺便的，周西想拒绝都没有理由。

“晚上请你吃饭，你有时间吗？”这么麻烦他，她实在不好意思。

“好啊。”孟辰毫不客气，坐上车，唇角一扬，“去哪家饭店？”

周西顿时有种掉坑里的感觉，但孟辰实在太正经了，买车就是买车，吃饭就是吃饭，仿佛只是一个热心的大哥。他们吃完饭已经晚上七点了，城市被华灯环绕，夜晚降临了。孟辰说了要去孟晓那边取东西，自然跟周西一路。他跟孟晓关系好，车绑定了小区通行系统，刷牌就能进入，直接把周西送到了家门口。

“今天谢谢了。”周西下车道。

“客气。”孟辰摆摆手，“再见。”

“再见。”

孟辰的车开走，周西转头，猝不及防看到门前站着一个男人。他穿着黑色衬衣、黑色长裤，挺拔修长的身材格外引人注目，站在楼道入口的阴影中，脸色阴沉，眼睛注视着周西。

陆北尧？他来干什么？

周西皱了一下眉，穿过花园走上台阶。陆北尧笔挺地站着，看着她走过来，抬手插兜，眼珠微动，目光落到她身上。

陆北尧站在这里，不会是路过。

她踩上最后一个台阶，停住脚步：“怎么找到这里的？”

周西的眼神很冷，显得有些陌生。

陆北尧蹙眉，喉结滑动，转身拉开门往里走，嗓音压得极沉：“晚饭做好了，先吃饭。”

“谁让你来我家的？谁放你进来的？”周西上前要拦陆北尧，他长手一捞，直接把她带进了门。

他身材高大，抬手间就把周西带入怀里，身上的气息直逼而来。周西很不爽，抬头，视线撞入他的眼睛，他微蹙眉：“你闹够了吗？当着叔叔的面也这么闹？”

周西的话卡在喉咙里，她爸不能生气。

清脆的一声响，陆北尧反手关上了门，打开柜子取出拖鞋放到周西面前：“洗手吃饭。”

“西西回来了。”董阿姨从厨房里出来，说道，“赶快去洗手，饭做好了。”

“我在外面吃过了。”周西没有换拖鞋，转身拉开门往外面走，“你和爸爸先吃，我和陆北尧有事要谈，他不在这里吃饭。”

董阿姨看向陆北尧。陆北尧换鞋，拿起车钥匙转身大步走出门。

叠墅很不好的一点是入户门公用，人来人往的，陆北尧和周西都是公众人物，在这里说话很不方便。周西走出院子，陆北尧在她身后开口道：“车停在外面。”

周西霍然回头，往后退了半步，看着陆北尧道：“我在电话里说得不够清楚吗？”

陆北尧拿出口罩戴上，剑眉下一双炯炯有神的眼睛，眼神仿佛淬了冰，沉沉地道：“不是很清楚，你重复一遍。”

“我们分手了。”

陆北尧蹙眉：“理由？”

“我不爱你了。”

夜幕降临，天暗得发沉。小区里树木高耸，走道另一边的湖中月开得灿烂，香味浓郁，夜风微暖，拂着花瓣与枝叶。

周西穿着简单，斜挎着包，长发松散地落在消瘦的肩头，杏眸清澈，在路灯的映照下，看上去有几分陌生的寒意。

“我累了，不想爱你了，我们的关系彻底结束了。”

有人牵着狗出来，看到陆北尧堵着路，低声说：“能让让吗？谢谢。”

陆北尧抬手整了一下口罩，退到花圃边缘。牵狗的人看向周西，她眼神冷厉地看了回去，那人连忙收回视线离开。

“我们也没什么东西可分，我搬走，其他的东西属于你。我们的关系到此结束，以后你走你的阳关道，我走我的——”周西顿了一下，说道，“反正我走我的……”

她才不要走独木桥，要走就走“星光大道”，一路鲜花，一路灿烂。

陆北尧的手指动了一下，他的手很长，指腹滑过裤子，眉头皱得更紧。他抬手按着眉心，手指在脸上笼出阴影，闭眼，随即放下手，目光落在她的脸上：“现在把你所说的话收回去，你想要的东西我照单全收。全部，包括你去年看上的两百万元的包。”

陆北尧抬起手腕看时间。今天他是请假过来的，晚上还要拍夜戏。

“我说了，不是威胁，也不是跟你要东西。”周西直直地看着陆北尧。

读书时，陆北尧是众星捧月的校草，追他的女生排成队；现在，他是男神，微博上他的粉丝有千万人。他发一条微博，转发评论直奔百万条，是顶级明星，各大品牌的宠儿。他耀眼夺目，事业如日中天，集万千宠爱于一身，追他的人更多，周西算什么？

周西扬了一下唇角："我确实是跟你分手了，放你一条'生路'，也放我自己一条'生路'。你那边尽快发布分手声明，你要'甩锅'给我，我也接受，不会在外面诋毁你。这是最后一次交集，以后我们没有任何关系了。"

周西越过陆北尧往里走，手腕一紧，那个力道非常大。她回身条件反射地抬手抽到陆北尧的脸上，隔着口罩并没有太大的声响，只是感觉非常奇怪，心痛了一下，但很快就清醒了。

"你干什么？"

陆北尧没有松手，紧紧地攥着周西的手腕。周西偏瘦，手腕纤细柔弱。他非常用力地咬了一下牙，眯眼，声音又沉又哑："我倒是不知道，你还会打人。"

"喜欢你的时候，我愿意放下尊严，单方面付出；不喜欢你的时候，你什么都不是，我为什么还要伪装？我不仅会打人、骂人，还会报警。你继续抓着我，我就报警。我光脚的不怕穿鞋的，你一个明星会损失多少就不清楚了，我不会再对你负责。"

周西急不可待地想跟陆北尧撇清关系，认清自己的处境后，陆北尧就是她生命中的过客。

"松手。"

陆北尧的手机响了，他垂下眼帘并没有松开周西，调整好情绪才从口袋里拿出电话。来电的是陈舟，他接通电话放到耳边。

"你去哪儿了？"

"S市。"面前的女人很漂亮，卸掉了浓妆，仿若初见。她漂亮是一直都很漂亮，就是气人。

陈舟气急败坏地道："北哥，你知道陈导有多讨厌私自离组，你想什么呢？现在你私自离组要是被陈导知道了，往后陈导的戏你就别想上了，还会被抹黑，苏晨严那边等着抓你的小辫子呢，你怎么这么不谨慎。"

手背突然剧痛，他低头，看到周西温热的唇贴着他的手背，唇倒是柔软，可不是亲他。

她锋利的牙齿咬破了他的皮肉，血已经涌了出来。

她夺不回手，就咬了他。

周西第一次咬陆北尧是大二那年，喝多了哭着给他打电话。深夜十一点，陆北尧用全部的生活费结清了周西的酒钱，没钱打车了只能步行回去。周西娇滴滴的，走两步就喊脚疼，陆北尧背着她回学校。不知道她是喝多了耍酒疯，还是故意的，到了学校门口，一口咬到他的后颈上，结结实实地咬出了一个牙印。那个牙印在他的后颈上留了一个月，好在是冬天，他可以拿围巾遮住。

手不能遮，他拍戏时必须露出手。

他松开手，周西抬手狠狠地擦了一下殷红的嘴唇，看都没看他，转身快步走向台阶，径直走回去，狠狠地摔上门。他看着那扇门，心里堵得慌。

"北哥？北哥，你还在吗？"陈舟在电话里叫道，"陆北尧，你在干什么？你真的不用着急回去，嫂子那么爱你，不会轻易跟你分手的。"

周西把客厅的窗帘拉上，遮住了客厅。陆北尧在浓郁的花香中，抬头看向二楼，站得笔直，后背绷成一条直线。周西的房间在二楼，灯光亮了，随即窗帘也拉上了。

"你们大一就认识了吧？到现在都七八年了，能有什么事让周西坚决分手？没有吧？你没有出轨，也没有做对不起她的事，她有什么理由跟你分手？"

陆北尧抬手看着手背，牙印清晰可见，有几处渗血严重，血珠顺着牙印往下滚。

"赶紧回剧组，不要给竞争对手'踩'你的机会。"

主演们在剧组里拍戏，在剧里是搭档，在剧外是竞争对手。

每一部戏都或多或少存在明争暗斗，这次跟陆北尧搭戏的是苏晨严。其实这部戏的定位是双男主。但双男主也有讲究，演员表里谁的名字在前面谁就是一番，两个名字又不能摞着放。双方较劲了几个月，最后苏晨严一方败给了陆北尧一方。

苏晨严和陆北尧表面上是好兄弟，在微博上秀友谊，私底下苏晨严千方百计地给陆北尧找麻烦，恨不得立刻"踩"死他。这次陆北尧离组，如果被苏晨严知道，他不敬业的新闻很快就会上热搜。

陆北尧收回视线，转身迈着长腿往外面走："我这就开车回来，没人会知道，现在回去能赶上拍夜戏。"

"北哥，我想到一件事，既然西姐闹大了，要不我们真炒作你们分手？你的人气肯定能上涨，过一两年你们再公开复合。免费的热搜，我们不吃亏。”

“我们不可能分手，我不会跟她分手，也不可能这么炒作。”陆北尧走出小区，拉开车门坐进去，抽出湿纸巾擦手背上的血，“微博那边先不回应，把微博热度压下去，媒体记者的电话不接，等她冷静下来会删除微博内容的。”

“那让西姐尽快冷静下来，我先去处理一下。这都什么事呀？”

陆北尧看着窗外的灯光恍惚了片刻，继续擦手，用了两张湿纸巾才把手背擦干净，插上耳机把手机放到一边：“你有朋友在法国吗？”

“有啊，什么事？”

“帮我买个包，我把图片发给你，这款包国内买不到，我这周就要，让你朋友快一点儿。”

陆北尧挂断电话，把图片发给陈舟。

陈舟：“北哥，你疯了？这款包现在都炒到三百万元了，三百万元啊！这是金子做的吗？！这么贵！能吃还是能喝？”

陈舟跟陆北尧都是穷苦家庭出身，现在合伙开公司，“臭味相投”——都很抠。陆北尧身上若是出现奢侈品，一定是借的或者品牌方送的。

陆北尧解开衬衣袖扣，露出腕骨，单手握方向盘把车开出去，另一只手隔着口罩摩挲唇，片刻后拿起手机回复：“‘包’治百病。”

周西不会不爱他。

“我们已经分手了。”周西打开水龙头洗手，眸子清澈，眼神没有丝毫波澜，“以后不要再让陆北尧进来了。”

董阿姨一脸茫然，张着嘴半天才发出声音：“你们又闹别扭了？这回是因为什么？”

“我们不是闹别扭，是真的分手了，彻底没有关系了，我不喜欢他了。”周西抽了张纸擦手，眉梢眼角秀气中透着冷漠。

“啊？”

“再让他进门，我很尴尬。”周西把纸巾扔进垃圾桶，看向董阿姨：“你去吃饭吧，不要操心我的事，我有分寸。”

“你有什么分寸？你就是个傻子。你们在一起这么多年了，哪能说分就分？回头跟人家好好聊聊。”周家现在破产了，周启宇半瘫痪，周西被养成了不谙世事的人，怎么撑起这个家？董阿姨继续道，“两个人在一起，发生矛盾是难免的，但不能一有矛盾就说分手，多伤人啊？陆北尧又没有犯什么原则性的错误。今天人家这么有诚意地来了，对你也有心——”

“他只不过是接受不了我先提出分手，我们之间的矛盾不是一时半会儿产生的，很久了。”陆北尧那么骄傲的人，周西提前结束了剧情——先一步提出分手，他当然不能接受了。

“我打算复出，有他在，对我复出也不利。”周西不能告诉别人，其实她是这个世界的女配角，知道所有的剧情，不分手就会死得很惨，“我们家破产了，而他越走越高，我们之间失去了平衡，分手是早晚的事，现在不分手，以后分手我会更惨。娱乐圈靠脸吃饭，趁着年轻还有饭吃，再拖几年，他是男人什么都不耽误，而我只能去演别人的妈妈了。不要想太多，我是权衡过利弊才做的决定，并不是恣意妄为。”

周西揽住董阿姨的肩膀，撒娇似的抵了一下她的头，董阿姨在他们家很久了，周西跟她有很深的感情。周西道：“阿姨，先不要告诉爸爸，他身体不好，容易胡思乱想。我会把周家扛起来，以前有多辉煌，以后就有多辉煌。”

董阿姨忽然觉得鼻酸：“你不要想太多，这都是暂时的。”

周启宇出院时，董阿姨就有这方面的考量。毕竟周西和陆北尧没有结婚，如果周启宇住进陆北尧的房子，将来周西和陆北尧相处时，恐怕会低人一等。周西敏感脆弱，又非常骄傲。

只是董阿姨没想到，两个人分得这么快。

“都是暂时的。”周西松开董阿姨，下巴微抬，灯光落到她漂亮的眼睛中，闪烁着晶莹的光，“我会东山再起。”

董阿姨抱住周西哭出了声，周西什么时候在乎过这个？她一直都是无忧无虑的大小姐。

“别哭。”周西知道董阿姨为什么哭，抬手擦掉她脸上的泪，认真地解释道，“我很好，感情会很好，事业也会很好。”

董阿姨哭得更大声了。

第二天陆北尧那边还没发布分手声明，大概是在思索怎么发布，不过关于她说分手的热搜已经没了。周西搜了一下，现在她的名字挂在热搜尾巴上，随手翻了翻，发现也没什么好看的。

有营销号出来说陆北尧在这个时候跟周西分手，就是落井下石。

她懒得搭理这群人，起床洗漱，然后走到窗边翻通讯录。

《演技派》的导演是柳琴，三年前周西上的最后一档综艺节目，就是跟她合作的。虽然合作得不是很愉快，可出于礼貌她还留着周西的电话号码。

电话号码拨出去，铃声响到第二遍那边接起来，一个冷硬的女声传过来："你好。"

"您好，柳导，我是周西，您——"

电话里的声音戛然而止，周西看着手机屏幕，沉默了几秒，再次拨通柳琴的电话。只要柳琴没有拉黑她，一切皆有可能。

这回电话很快被接起来，周西径直自我介绍道："导演，您好，我是演员周西，《小暗恋》里女主角的扮演者，三年前我们合作过《美好时光》……"

"陆北尧的女朋友？你有什么事？"柳琴想立刻挂断周西的电话。当年周西目中无人，性格张狂，签好的合同说毁约就毁约，周家有钱付得起违约金，只是她这个人被柳琴拉黑了。

柳琴没想到周西会给她打电话，第一次接电话时根本没听清楚电话那边说的是什么。柳琴的助理把新一期的演员名单送过来，她翻看着，握着手机听到周西的声音，发现没有了记忆中的飞扬跋扈。

"打扰您了，我最近看了您的节目，非常优秀。柳老师，《演技派》接不接受自荐？参加节目需要准备什么？我最近……"

"不要你。"柳琴毫不犹豫地挂断了电话，把手机放到一边，摇头嗤笑。

"柳姐，怎么了？"

"周西打电话自荐，她也有今天，真是稀奇。"柳琴翻看着名单，不屑一顾地道，"周西，我这辈子都不会跟她合作，演技不行，只会耍横毁约。"

"周西？陆北尧的前女友？最近这么能作死，原来是为了复出。"柳琴的助理也跟着笑，说道，"西娘娘名不虚传，真是要榨干陆北尧身上的最后一滴血，分手也能成为她的助力，真是个营销鬼才。"

柳琴抬头道："陆北尧跟周西分手了？"

"分了，上了热搜。"助理打开手机递给柳琴，"周西发布了分手声明，陆北尧那边还没回应，不过应该也快了。因为她，陆北尧被骂了几次，人气大跌。他们终于分手了，大快人心，陆北尧的团队应该迫不及待了……”

柳琴看了自己的助理一眼，翻看热搜。

“让周西参加也好，她那个演技，自带热搜，省宣传费了。”

这件事有很高的热度，目前排在热搜第十六位。周西最新的微博评论有十万条，转发三万条。这热度，一如她退出娱乐圈前。

柳琴滑动手机屏幕，大致看了一遍评论，把手机还回去，打开电脑查询周西的资料。周西这个退出娱乐圈几年没有作品的人，竟然还进了某大型搜索引擎网站指数半年女星前二十，这个月上了五次微博热搜，都是实打实地上去的。

“周西现在签的哪家公司？”柳琴抬头道。

“没有签吧？没听说哪家公司跟她签约。”

柳琴若有所思地道：“找找周西的资料，发给我。”

周西握着手机，听着里面的嘟嘟声，再一次拨号，这回对方非常有礼貌——机械的女声：“您拨打的用户正在通话中，请稍后再拨。”她放下手机，董阿姨正在厨房里做早餐，护工在给周启宇喂药，周启宇歪着脖子看客厅里的电视，终于换了个节目，开始看《喜羊羊与灰太狼》了。

《深宫乱》那边的机会不大，毕竟跟周西竞争的人是郑秀。周西还得找其他机会，找谁呢？

周西走到厨房，董阿姨递给她一杯果蔬汁。她端着杯子喝了一口：“早上吃什么？”

“蔬菜蛋饼，低脂。你去餐厅等着吧，快好了，厨房有味儿。”

周西的手机响了，她拿出来看到来电的是孟晓，走到餐厅接通。

“你什么时候跟我三哥见面了？”

“昨天，我去买车时碰到的。”周西又喝了一口，无糖果蔬汁的味道有些奇怪，“恰好碰到，他就帮忙了。”

“哇，你买车了？怎么不跟我说一声，我帮你买，拿最低折扣。”孟晓生怕周西吃亏，“我三哥给你什么折扣？”

孟辰就差把车白送给周西了，周西放下杯子：“非常非常低，‘白菜价’。”

“那就好，哎，我找你有什么事来着？哦，想起来了，我三哥要你的电话号码，我问问你，要不要给他？”

“可能是买车的事，你把你三哥的电话号码给我，我跟他联系。”昨天他们竟然没有互留电话号码，是周西考虑不周。

“你觉得我三哥怎么样？”

“什么怎么样？”

“没什么，我昨天从陈哥那边听到一个消息。郑荣飞对你很满意，想让你演女二号。你后来是不是又试了皇后的戏？你知道为什么吗？”孟晓口中的陈哥是孟庭深的助理，《深宫乱》的最大投资人是孟庭深，但他看不上周西，孟晓只能从他的助理那边打探消息。

“为什么？”

不过周西觉得没戏，这部戏对孟庭深挺重要的，他不会让周西上。

“郑荣飞说你要是演青黛，皇帝能看上赵凌雪？观众的眼睛又不瞎，太没逻辑了。笑死我了，郑荣飞导演的意思是，你比江乔好看多了。”

董阿姨把蔬菜蛋饼端上来，周西吃了一口：“女二号已经定了。”

“不一定，原定的那个演员有问题，大哥想把她换掉。你也知道，如果用了这种演员，整个剧组会跟着一起完蛋，太严重了，他们不会冒险。”

“那也轮不到我。”

“万一呢？明天晚上有时间吗？”

“什么事？”

“我大伯六十岁大寿，我带你一起去，我大伯很喜欢你主演的电视剧，就是那个《小暗恋》，他一集不落地看完了。我再去‘吹吹风’，我大哥敢给你‘穿小鞋’，我就找我大伯收拾他。”

“大伯辛苦了。”周西由衷地说，孟庭深他爹可真是闲。

“不跟你贫了，明晚我来接你。”

周西吃完早餐，打开微信，看到了孟辰的好友申请，他中规中矩地申请，连事件都写清楚了——今天不能提车，明天给送上门。周西点击通过。

他只是帮忙买个车而已，怎么感觉她还赖上他了？周西刚要回复太麻烦了，消息就过来了：“你今晚有时间吗？”

周西把聊天框里编辑好的字删了，重新输入。

孟辰：“很抱歉让你多等一天，晚上请你吃饭，算是赔礼道歉。”

这话说得太严重了。周西立刻拒绝，表情包在手机屏幕上飞舞。孟辰发了一段语音过来，周西点了一下就听到他低沉的笑声：“嗯，就是想请你吃晚饭，不要激动，你有时间吗？”

周西现在确实不方便跟人出去吃饭，刚和陆北尧分手，就随意跟异性出去吃饭，被八卦记者拍到，对她很不利。哪怕是朋友，也不好澄清。

“最近大概不行，过一段时间我请你吃饭。”

“那好，我先预定。”

周西发了个表情过去，继续翻通讯录，看看谁那里还有机会，再打电话骚扰。手机骤然响起，是陌生号码，她迟疑了片刻才接通：“你好？”

“你好，是周西吗？我是《演技派》C组策划许萌，我们想邀请你参加《演技派》最新一期的录制，你有档期吗？”

周西现在只剩下档期了。

《演技派》节目组邀请周西参加最新一期节目的录制，是有偿邀约，出场费只有一万元，但她没得挑。她爱去不去，想去的艺人非常多。

她不知道节目组为什么拒绝了她后，又来找她，但既然找来了，她当然是欣喜地跟节目组签下一期合同。曝光就是脚下的台阶，没有台阶她永远爬不上去。

《演技派》节目组把剧本给周西发了过来，周三早上八点去电视台彩排，晚上七点录制，但明天她就开始跟她的搭档对戏了，一共就三天时间。剧本是以民国时期为背景的经典电影片段，跟她搭戏的是一个叫覃世坚的人。这个人没演几部戏，到处炮轰人。

《演技派》节目组的意图真是司马昭之心，路人皆知。

周西不可能让《演技派》节目组得逞，她要借这个机会复出。孟家的生日宴，她就不能参加了。她不能出一点儿差错，第一炮必须打响。孟庭深讨厌她，很难出演孟庭深投资的剧中的女二号，对比之下，已经签约的《演技派》要靠谱得多。

周日，周西直奔覃世坚的住处，扑了个空——他去郊外打高尔夫球了，让周西在小区门口等。周西一直等到晚上九点都没见到人，周二下午他才露面。他早年拍青春剧火了一把，眼高于顶，看谁都觉得是废物，前几年在剧组跟导演叫板，被封杀过一次。他心比天高，命比纸薄，现在四十岁，接戏更难，长时间的不得志，导致身上那股刻薄劲特别明显。

周西进门，覃世坚睁开困倦的眼睛上下打量她，嗤笑一声：“进来吧。”

房间里飘散着浓浓的酒气，周西皱了一下眉，说道："覃老师，明天就要录制了，我想提前跟您对一下戏，大家先熟悉熟悉。"

覃世坚趿拉着拖鞋拉开冰箱门，取出一瓶水，打开瓶盖灌了一口。他穿着家居服，头发留得很长，看起来很油腻。

覃世坚乜斜着周西，嗤笑道："你还需要对戏啊？"

他认为像周西这种类型的演员参加综艺节目也就是刷个存在感，没有什么演技。周西一开始来找他对戏，他都觉得搞笑，周西还用对戏？他都不用看周西的作品，就营销号截出来的"精彩"演技片段，都够他笑一年的。她是来搞笑的吗？

"台词背会了吗？"覃世坚拉开客厅的椅子，懒洋洋地坐下，长腿一跷，"我建议你背台词就行了，不要忘词。实在背不下来，就写到手上。"

周西原本打算拿出台词本，闻言又把台词本装了回去，下巴一抬："覃老师的意思是，您不需要对戏是吗？"

覃世坚手一摊："你觉得我需要吗？"

覃世坚是科班出身，早期在话剧团打拼，十五年前演技就被誉为教科书级别的演技，虽然这十五年内没有什么像样的作品，但教科书就是教科书，不会因为时间流逝降低质量。他需要跟周西对戏？

周西是来干什么的？最近她跟陆北尧分手的事闹得沸沸扬扬，尽人皆知，陆北尧的粉丝正在围攻她，《演技派》节目组想蹭这个热度，让大家一起骂周西。周西这一组根本没有晋级的可能，就是单纯来混个脸熟的。

节目组要覃世坚陪跑已经够让他郁闷的了，还想让他陪周西玩过家家？

"覃老师，既然您不需要对戏，那我就回去了。"周西唇角一扬，笑得明艳又有几分张扬，目光顿时锐利起来，"希望明天您不会拖我的后腿。"

周西今天穿了一条黑色裙子，V领露出精致的锁骨，长发披肩，化着淡妆，红唇一抿，美得惊艳。她转身大步离开，带上房门，砰的一声响。覃世坚回过神，骂了一声，拖她的后腿？她在说什么？就她的演技，谁能拖了她的后腿？他的演技再差，对她来说跟他对戏也能提升演技。

周西快步出门上车，面无表情地系上安全带，一打方向盘，SUV汽车干脆利落地退出车位直冲出去。

将车开出小区后，她才冷静些许。

她出道以来就拍了一部戏，《小暗恋》刚上线，和陆北尧的恋情就曝光了。两人公开恋情后，《小暗恋》这部戏遭到陆北尧粉丝的抵制。哪怕让陆北尧没有成绩，也不能让她有成绩。随后有一个电视剧吐槽营销号煽风点火，吐槽《小暗恋》拍得烂，说这部戏就是周氏传媒为了捧小公主拍的烂戏，有资本可真牛，什么人都能捧，还故意截取她演得尴尬的部分来嘲讽。

以周西的脾气肯定坐不住，当场就给这位博主发了律师函。这位博主也很刚，抹黑了周西整整一个月，又挖出了她的微博小号。

周西微博小号里的内容精彩极了——她从三年前就开始疯狂地追求陆北尧，可以说是死缠烂打了，拍《小暗恋》就是为了接近陆北尧。

周西高贵、冷艳、白富美的形象崩塌了，网友说她玻璃心禁不起批评，没有尊严，没有事业心，进娱乐圈就是为了追男人。她的粉丝气急败坏——他们喜欢的到底是一个什么样的废物？他们纷纷脱粉回“踩”。

那几年陆北尧也不好过，《小暗恋》失败对他的影响挺大，后来又拍了一部同样失败的电视剧，经历了跟经纪公司解约、失去代言，人气一落千丈。

直到周西退出娱乐圈不再频繁地露脸，陆北尧的处境才好起来。

周西进修了两年表演课，满分毕业，但没有人关注她的演技，大家都希望她从娱乐圈消失，她也真的从娱乐圈消失了。覃世坚的歧视不无道理，没有人看得起她的演技。

周西回到家就把自己关进房间开始背台词，十分钟的表演，不指望能晋级，这种综艺节目的晋级都是提前定下来的，她只想在这十分钟里，让人记住她。

第二天早上六点周西就起床了，没有吃东西，饿着更容易进入状态。但要录一天，董阿姨还是往她的包里塞了不少吃的，她吃了一块黑巧克力提神，开车直奔电视台。

周西到电视台的时候刚好八点，可覃世坚还没到。参加节目的其他四组演员全是有些名气的，自然看不上周西。在化妆间他们就自成一派——对台词，商量接下来的表演。

早上九点覃世坚才姗姗来迟，随后柳琴也到了。周西上前跟柳琴打招呼，柳琴看了她一眼，目光停在她的身上。她穿着红色旗袍，头发松松地绾起来，用一支旧钗别着，还没有化装。

灯光昏暗，她站在阴影当中，在红色旗袍的衬托下，白皙的肌肤更加夺目，灯光掠过清透的杏眸，勾魂摄魄。

“柳老师。”周西开口道，“好久不见。”

柳琴回神，这竟然是周西，什么时候这么艳了？

“陆北尧的女朋友？”

“周西。”周西伸出手，不卑不亢地道，“东西南北的西。”

周西的颜值很高，但柳琴没想到这么“能打”（在某方面优于他人），她穿这套衣服太合适了。

“也是洗心革面的洗。”周西唇角一扬，目光透着冷意，嗓音却是柔和的，“曾经有得罪的地方，希望您大人不计小人过，多多包涵。”

周西什么时候这么懂事了？

柳琴跟周西握了一下手，又看了她一眼：“准备彩排。”

柳琴转头对覃世坚说道：“你们是第三组。”

早上九点半，所有的评委就位，彩排正式开始。前面两组表现得都很好，直接过。第三组就是周西和覃世坚，周西把台词本放下，覃世坚讽刺地道：“多看一会儿吧，别忘词了。”

周西没有回应，垂下眼帘不知道在想什么。装腔作势，覃世坚不屑地想。

一分钟后，周西先上台。灯光暗了下去，高跟鞋落到舞台地面上发出声响。陡然，灯光大亮，穿着红色旗袍、高跟鞋的女人出现在灯光下，低沉的嗓音响起来，唱的是《今夕何夕》，声音低得性感勾魂。黑色的丝网面纱遮到她的眼睛处，肤白如雪，唇红妖冶，貌美倾城，腰身微微摇动，明艳夺目的红色旗袍下露出的腿笔直修长。她一只手握着话筒，另一只手白皙修长的手指间夹着火红的玫瑰，花艳，人更艳。极致地性感，极致地美。

一瞬间，在场所有人的目光都落到了周西身上。柳琴蹙眉，这真的是周西吗？太不像她了。她就是站在那里，所有人就跟着她入了戏。大上海的台柱子，美艳动人，跟之前的周西毫无关系。

这部电影是谍战题材，非常经典。周西演的是如烟，这部电影里的女配角。如烟身世凄惨，父母早亡，她沦为舞女，靠出卖身体在乱世中苟活。后来她加入了民间组织的救国团，在阴霾笼罩之下的上海，周旋在各个势力之间为组织传递消息。

覃世坚饰演的角色陆景琛是如烟的情人之一，也是最爱她的男人。

歌罢戏启，灯光全亮，身着旗袍的女人踩着高跟鞋进门。陆景琛手里的枪就抵到了她的额头上，黑色的金属和雪白的肌肤形成了鲜明的对比。

如烟目光一怔，似乎不相信，随即妩媚一笑，抬手意有所指地抚上枪口，意味深长的笑在她眼中荡漾开来。

“陆长官，这是做什么？”

覃世坚是直接面对周西本人的，这给他的冲击太大了，周西仿佛是如烟本人从剧本里走出来，活灵活现地站在他面前，性感撩人。他之前太小看周西了，以至于差点儿接不住戏。

“你不知道我要做什么？”

如烟的手搭到陆景琛的肩膀上，微一倾身：“今天要玩花样？”

周西气场强大，美艳不可方物。她的台词太稳了，每一个字都在节奏上。好的演技能让人忘记演员本身的存在，此刻的周西，就让人忘记了她的存在。她是大上海的如烟，最迷人的舞女，受万人追捧。

“代号夜莺。”覃世坚手里的枪仍然抵着她的头，台词说出口后，他的后背沁出了汗。他被周西压戏了，他一个老戏骨，科班出身，却感受到了周西身上的压迫气势，“救国团三号人物。”

“夜莺？我还是百灵鸟呢。”她转身优雅地坐进沙发，拿着玫瑰的手支着下巴，花在眼前，花美人娇。她微抬头，漂亮的眼睛里闪烁着晶莹的光，嗓音柔和地说：“在我这里没有什么莺莺燕燕，只有爱情，只有最美丽的如烟。”

覃世坚怔了一下才接台词，气势明显弱了下去。十分钟的戏，他被周西碾压得很狼狈。到最后两分钟，他才跟上周西的节奏，他的戏也要结束了。

他到底没舍得杀如烟，却死在如烟手里。牡丹花下死，死得心甘情愿。

她握着枪决绝地扣下扳机，眼中噙泪，却始终没让那滴泪落下来。她穿的红色旗袍似浸染鲜血。

她爱的人死了，恨的人也死了，肩膀单薄消瘦却身姿挺拔，风掀起裙摆，楼下枪林弹雨。灯翻，火舌舔上家具。火光之中，她的侧脸一半在明一半在暗，明时美艳，暗时若暮光。她拿着枪走入烈火中。陆景琛死了，这世间再没人爱她了。她再无念想，无牵无挂。生得随意，活得苟且。她就勇敢这一回，为梦想英勇刚烈，如同干蒲草，沾上火星便熊熊燃烧。

整个舞台落入无尽的黑暗，极致的红与黑形成强烈的对比。女人低沉的嗓音在黑暗中响起，悠扬中带着几分少年的期盼。

“天涯海角觅知音……”

这是舞女如烟第一次遇到陆景琛时唱的歌，他是翩翩公子，她是绝代佳人。

歌声渐渐低下去，最后消失在炮火声中。

灯光再次亮起时，评委徐丰先深深地哽咽，抬手捂住了眼睛。电影中扮演如烟的演员是他的朋友，去世得很早。这段戏很多人模仿，却很少能让人动情。表演结束的那一刻，他仿佛看到了曾经的老友，风华正茂，惊艳绝世。

覃世坚坐在地上，耳朵滚烫，脸上火辣辣的，他的演技被周西的演技"按在地上摩擦"了。这是周西吗？穿着旗袍的女人重新上台，把手伸到他面前，女人的手纤细白皙，目光却全然冷漠，是周西。

覃世坚起身擦掉嘴角的血浆，跟周西握了一下手，看向周西的目光中多了几分敬重。周西的演技好，是整容式的演技。

柳琴推了一下鼻梁上的眼镜，半晌没发出声音，当初叫周西来干什么的？是让周西被大家嘲讽，提高节目的关注度的。可周西的演技是怎么回事？无论谁来了，也没法把周西剪辑成演技不好的样子，表演每一帧都精彩，按不住啊。

"这是周西吗？"柳琴的助理声音哽咽，深深吸气，"她好像变了一个人。"

柳琴也这么认为，周西的变化太大了。三年前她们合作时，每一秒她都想把剧本砸到周西的脸上。现在的周西又飒爽又美丽，还有整容式的演技。

柳琴翻着剧本正想着，徐丰先从评委席起身，大步走上台。这段没有剧本，柳琴抱臂往后靠在椅子上，握紧了手里的剧本。

徐丰先是业内大拿，评委席里最有分量的大佬。他走到周西面前，伸出手声音低沉地道："我喜欢你的表演。"

柳琴的助理打开手机，看到陆北尧的粉丝群里都在骂周西。她也是陆北尧的粉丝——"北极光"之一。

"西娘娘到底想怎么样？这个时候上综艺节目找骂、自嘲、卖惨吗？"

"西娘娘心里一点儿数都没有。"

"西娘娘"是简化了的黑称（对明星的恶意称呼），全称是"西宫娘娘"——在一些民间故事里，皇后住在东宫，和皇后作对的嫔妃住在西宫。陆北尧的粉丝一直不承认周西和陆北尧的关系，但她确实是他的女朋友。因为她一天到晚彰显对陆北尧的"所有权"，找存在感，他的粉丝为了恶心她，就叫她“西娘娘”。

“西娘娘还敢参加《演技派》，她怕是都不知道演技两个字怎么写？”

“来来来，大家欣赏一下西娘娘精彩绝伦的演技十连拍。”群友立刻甩出十个动图：周西浓妆艳抹，贴着夸张的假睫毛，对着镜头眨巴眼睛；周西假摔，张大嘴，瞪大眼睛；周西在剧里勾引男主角，夸张地扭腰等。动图刷屏了。

柳琴的助理看着那些特意截出来的动图，又看了看台上的周西，打字道：“西娘娘的演技其实没有那么差，大家要不等节目播出后再说？”

群友聊得热火朝天的群里瞬间寂静，片刻后，柳琴的助理被踢出群。

柳琴站起来，面色阴沉，转身对助理说道：“通知下去，马上开会，我要重新布置流程。今天二次彩排的时间是下午两点。”

周西的演技太好了，节目原本的流程需要改。周西是个看点，柳琴做这个节目大半年了，第一次因为演员的现场表演而激动。舞台剧没有经过剪辑，不像电视剧、电影会有修饰，这个非常直观，能在这里把所有的观众带进她的角色里，可以想象节目播出后会有多火爆。

周西凤凰涅槃，浴火重生了。

横店影视城。

穿着黑色劲装、身材修长挺拔、长发高高束起的男人吊着威亚从大殿跃下，落地，长剑滑出便和白衣男子兵刃相见，招式狠毒，直逼得白衣男子节节败退。铮的一声，白衣男子手中的剑被击落，下一刻锋利的剑刃便划破了他的脖子，鲜血直溅。

导演喊道：“上血浆，近镜头。”

一刀致命，鲜血飞溅。

陆北尧抬头，目光冷厉，泛着猩红，手指修长的手握着血淋淋的长剑，俊美的脸上神色阴沉，冷声道：“找死。”

“停！”

陆北尧抬手把长剑扔给助理，伸手到白衣男子面前。

“谢谢北哥。”

陆北尧松开男配角的手，身上的杀气敛起，化妆师上前补妆，夏天拍古装戏很麻烦，衣服厚重，沉闷燥热，出汗就会脱妆。

陆北尧的五官生得俊美，剑眉之下的眼睛深沉，笔直高挺的鼻梁下，薄唇显出凉意。这部戏演到现在，导演对他极为满意——长得好，演技好，性格也好。

小飞递来湿纸巾，陆北尧抽出一张擦手，抬头看了一眼，化妆师瞬间心跳加快。他的皮肤好，不需要化过浓的妆。

“好了吗？”陆北尧问。

“好了，好了。”

化妆师离开，小飞递过来一瓶水：“舟哥在车上。”

陈舟手里还有其他艺人，不会跟陆北尧到剧组，今天过来找他大概是有事。

陆北尧仰起头喝了一大口水，手指收紧，指关节在阳光下微微泛白。他的保姆车在侧殿下面停着，他身高腿长，步伐很大，三两步便走了过去，拉开车门看到陈舟在打电话。陈舟一边跟电话那边的人说话，一边把平板电脑递给他，他关上车门坐到另一边的座位上，打开平板电脑，看到微博推送：“周西蹭着分手的热度复出，参加《演技派》的录制。”

陆北尧取出一支烟叼着，拿过陈舟的打火机点燃，喉结滑动，脸上有了不明的表情，眉头微蹙：“周西去参加《演技派》了？”

“前几天我就听到过这个消息，今天柠檬卫视内部的工作人员传出图来，确实是嫂子。”陈舟不那么乐观了。周西一直没删微博，他开始想后事了。若周西真跟陆北尧分手，就凭她那偏执的爱，做出点儿什么事来，能让陆北尧一败涂地。

“你上次回去跟她怎么谈的？她想复出吗？复出的话也不用参加《演技派》啊，我们这边有资源给她。”

陆北尧翻看着新闻，在最下面有一张配图，拍得很模糊：穿着红色旗袍的女人身材婀娜，楚腰纤细，盈盈一握。

除了周西，谁还能美得这么动人？陆北尧看着照片，忽然想到那天她从孟辰的车上下来，顿时有种被人攥着心脏的不适感。

“我晚上回去一趟。”陆北尧的指尖沾上了烟灰，抽了一张湿纸巾用力地擦了一下，放下平板电脑说道。

“你回哪儿啊？上次你擅自离组导演就很不满意，苏晨严那边明里暗里给你塞了好几篇‘小作文’。”

陆北尧冰冷的视线向陈舟扫过去，陈舟被看得后颈麻了一下。陆北尧没了少年模样，身上有着强悍的气势，如今已经不是任人搓圆揉扁的少年，虽然脾气好，但不是没脾气。

陈舟缓和语气，说道："北哥，你要想清楚。"

周西参加《演技派》不是重点，重点是她复出为什么不找陆北尧？以她的演技，参加《演技派》是想被大家嘲讽吗？何苦呢？陆北尧是她的男朋友，正牌的，难道不能给她一些复出的建议吗？难道不能给她提供资源吗？但陆北尧对这些事一无所知，今天还是在新闻上看到她复出的消息。

"我明天早上回来。"想到上一次和周西见面，她一脸对待陌生人的神色，陆北尧有些烦躁，俊美的脸再次变得阴沉。

他把烟按灭在烟灰缸里，转身推开门，长腿迈下车："我开车回去，你把车留给我。"

陈舟"哎"了一声，没叫住陆北尧，陆北尧已经大步离开了。

陈舟翻看着微博，搜索周西的相关信息，看得心烦意乱，有种不好的预感。陆北尧原本话就少，最近几天简直到了哑巴的地步。以前陆北尧和周西吵架，陆北尧从没回去过，但这次吵架后已经回去过一次了，她还没有收敛。

这件事并没有缓和的意思，到底是怎么回事？他们两个的感情真的出问题了？要是陆北尧跟她真的分手了，情况可没有网上的粉丝以为的那么乐观。如果他们换个时间段分手没有任何问题，可在这个节骨眼儿上分手……

周西去参加《演技派》，肯定会被众人嘲讽。这是要破罐子破摔了？破产、分手，再艰辛"营业"，这个套路确实有机会让她火起来。但这个火起来，是踩着陆北尧火起来的。

她艰辛"营业"是因为什么？因为她跟陆北尧分手。不管因为什么两个人分手，在大众看来，周家破产了，陆北尧就跟她分手，只能和女友"同富贵"，不能"共患难"——这个形象在陆北尧的粉丝中影响不大，但在观众群体里的影响会非常大。

这个联想让陈舟后背的汗毛再次竖起来，她不会想毁了陆北尧吧？

陆北尧走进大殿，导演通知大家准备开拍。陆北尧接过道具长剑，潇洒地挽了个剑花，并入身侧。

"北尧，你的手怎么回事？"导演拿剧本戳了一下陆北尧的手，转身喊道，"化妆师，来，补妆。"

黑袍滑落，手背上的牙印分明，他恍惚了一下，把手递给化妆师。他刚刚在车上擦手，一不小心把遮瑕膏给擦掉了。

“注意点儿，一会儿要拍手的细节，手上有伤就穿帮了，观众也会出戏。”导演皱眉，非常不悦，陆北尧是个挺懂事的演员，竟然会让露出来的位置受伤！

“北哥的手受伤了？怎么回事啊？也不早说，我这里有祛疤膏。”剧里女三号的扮演者叫周昕，凑上来就要碰陆北尧的手。他生得俊美，十分招人喜欢，最近又跟周西闹分手，周昕就蠢蠢欲动了。

陆北尧侧身避开，抬起头，目光冷漠：“最近睡得不安稳，夜惊碰到手了，已经消得差不多了，今天不小心脱妆才露出来。”

第一次表演结束，周西心里便有了底。二次彩排，她的台词更稳，比早上还要动情。覃世坚心里的弦一直绷着，就怕一不小心接不住她的戏，她的演技具有侵略性，来势汹汹。

休息两个小时，准备录播。

周西披着一件外套走到休息区，边吃饭团，边翻看手机，想看看八卦新闻，结果看到了自己的八卦新闻。

中午有人爆料周西参加《演技派》，网上吵了一次。

周西翻看帖子，已经盖了五页的楼，前排全在嘲讽她。

“西娘娘为什么要去参加《演技派》啊？她就那么缺骂？想不通，想不明白。她刷一次存在感，北哥就掉一次人气，无语。”

“西娘娘没有心。”

“听说西娘娘的搭档是覃世坚，那个炮轰一切的演员，节目组也很会安排啊，就是想看她的笑话。西娘娘没脑子，这都看不清楚。”

“节目组坏，西娘娘的搭档是覃世坚，西娘娘蠢，天造地设的一对。只是北哥比较惨，肯定会被骂。一想到这个我就来气。北哥那个废物团队，什么时候能干点儿事？出来打西娘娘的脸。”

“你们真搞笑，虽然我看不上周西，但她参加《演技派》是她的自由吧？她的演技如何观众会评判，你们跳得这么高来批判，算哪根葱？陆北尧的粉丝心里有点儿数吧，她已经跟陆北尧分手了，你们能不能睁开眼睛看看世界？”

“西娘娘的粉丝偷窥我区？好可怕。”

那位空降的网友再次留言：“没有周西，陆北尧什么也不是？陆北尧当初怎么爬上来的，你们这些粉丝心里能不能有点儿数？她为陆北尧做过的事，陆北尧选择性失忆，还是假装看不见？她是不好，但她再不好也轮不到陆北尧来‘踩’她。谁都有资格看不起她，唯独陆北尧不能，陆北尧的粉丝也不能，你们不配！”

周西的手机响了起来，来电是孟晓。她把饭团咽下去接通电话。

“你参加《演技派》了？”

“嗯。”周西一只手拿着电话，另一只手用力也没拧开水瓶盖，放下电话双手去拧。

“需要帮忙吗？”低沉的嗓音在周西的头顶响起，她抬头，看到今天《演技派》的评委之一——胡应卿。他穿着白色衬衣，领口敞着，露出里面同样是白色的打底衫，衬衣下摆束在黑色长裤中，干净儒雅。

“谢谢。”周西把水递过去，今天胡应卿第一次跟她说话。她立刻就攀关系。

胡应卿的履历很惊人，二十岁因出演一部小众电影的男主角斩获金马影帝，一直活跃在电影圈。今年三十一岁，传闻他要出演《深宫乱》的男主角，这是他演的第一部电视剧。今天在她表演时，其他两位评委都说话了，只有他全程沉默。

胡应卿的手指间夹着烟，白烟袅袅。他把烟放回嘴里，接过水瓶拧开递给周西。

“谢谢。”

胡应卿靠在一旁的栏杆上，又抽了一口烟，把烟按灭，薄烟在空气中散开。他用挑剔的眼神上下审视周西：“你的表演可以再收几分，就恰到好处了。”

“西西，谁在说话啊？”孟晓说道，“听起来有点儿熟悉。”

“你前‘墙头’（暂时喜欢的公众人物）。”周西看胡应卿走进演播厅才说道，“胡应卿。”

“啊？他怎么会参加《演技派》？”

“可能他缺钱了？听说评委的出场费很高。估计《演技派》今晚就要公布消息了，不知道他是常驻嘉宾还是飞行嘉宾。”以前周西只喜欢陆北尧，都没怎么关注过其他人，也就是跟陆北尧分手了，她才会看看别人的履历。

“你胡说！谁缺钱胡应卿也不会缺钱，你赶紧闭上嘴吧。”

“墙头”是禁忌，前“墙头”也是禁忌，闺密也不能提，只能孟晓说，别人说都是抹黑。

“你给我打电话就为了问我是不是参加了《演技派》？”

“我晚上去看你，给你举最酷炫的灯牌。一个人喊出一千个人的效果，让你成为全场最瞩目的妞儿。”

周西头皮发麻：“你能进来吗？”

“孟庭深弄不到票的话，我就让我大伯给他介绍对象，让他天天相亲。”

狠！孟庭深跟各家电视台的关系都不错，不可能弄不到内场票。当年孟晓追星，顶着孟庭深妹妹的名头“一票通”。

周西突然想到一件事：“你不要去微博的匿名区跟人撕，也不要跟别人骂架。”

“没有啊。”孟晓语气天真地道，“你说什么呢？”

“我参加《演技派》不是为了恶心陆北尧，也不是为了拖他的后腿，我就是想证明自己的演技。不要去管他的粉丝说什么，我不在意，我会用实力证明自己。”

没人知道周西为陆北尧付出了多少，陆北尧也不知道。帖子里那个为她说话的水军，除了孟晓，她实在想不到第二个人。

孟晓叹了口气：“我不会再上去说什么了，我就是气他们看不上你的样子，凭什么？他们配吗？你一定要打他们的脸，你要火起来，要晋级，一路杀到冠军。”

“好。”

“周西大胆往前飞，‘西米露’永相随！”孟晓憨兮兮地喊口号，“你一定要让陆北尧高攀不起。”

周西忽然眼眶发热，这是她当年的应援口号，有着富有年代感的土气，已经很多年没有听到了。做事业多好，有那么多人爱她！选择爱情有什么好的？卑微偏执的爱只会让她身败名裂，惨死车轮之下。

“好。”

周西挂断电话，狠狠地擦了一把脸，拿起水瓶喝下一大口水。冰凉的液体落入胃中，她深吸一口气，把所有的情绪压了下去。

晚上七点，正式录播，现场有观众。周西已经很多年没有上过舞台了。化妆师给她化好妆，换上衣服，站在后台看台下挥舞的荧光棒和应援牌，心情异常平静。

她和覃世坚依旧是第三组表演，前面两组演完，轮到他们上台了。周西一闭眼睛，穿着高跟鞋走上台阶。

全场陷入黑暗，一丝灯光都没有。

孟晓紧张得快要吐了，身边全是胡应卿的粉丝，她一个人抱着周西的灯牌都不敢举起来，怕挨打。她本来约了孟庭深，但孟庭深当场就拒绝了，不管她怎么威逼利诱，孟庭深坚决不来。

女人略带沙哑的歌声响起，灯光缓缓地亮起来，舞台中央的女人低垂眼帘。手里的玫瑰红得如火，脸上的黑纱魅惑，映衬着女人雪白的肌肤、鲜艳的红唇，黑暗退去，她的美极具侵略性。

孟晓一咬牙，尖叫出声："周西！加油！啊——"

全场寂静，孟晓的声音具有穿透力，声嘶力竭中还带着几分歇斯底里，顿时观众席的所有人都看了过来。孟晓把脸埋在灯牌后面，默默地坐了回去。

周西出来的一刹那，现场的观众还是挺震惊的。多少年没在舞台上见到她了？除了微博上的口水战，几乎没见过她。她的演技怎么样？如果这是知乎上的一个话题，下面的评论应该都是尴尬、令人头皮发麻、给鸭子装扮好扔台上都比她演得好、不敬业、台词记不住等评论。

周西唱歌还行，毕竟当年也混过女团，但开始这段戏几乎没人认为她是真唱，因为实在太惊艳了，她的声音怎么会那么性感？

灯光全亮，开始了周西跟覃世坚的对手戏，她媚眼如丝，红唇上扬，似笑非笑。她的台词出口，观众瞬间沸腾，真的是她的声音。

周西之前说她的演技不差，孟晓以为她是自我安慰，顾全最后的面子。她在台上勾魂摄魄，把一个舞女演绝了。孟晓的下巴都要惊掉了，这是周西？不止孟晓，全场观众的脑子里都是这个疑问，这是周西？

太绝了，她和覃世坚在舞台上飙戏，确实是飙戏。覃世坚被她杀死，她第一次拿枪杀人，噙着泪抬起下巴，泪不落，笑得绝望。无爱无恨，美得触目惊心。

台上特效升起，燃起了汹涌的烈火，周西拿着枪走入其中。歌声回荡，灯光一点点暗下去，直到恢复最初的黑暗。

孟晓捂着脸，满手湿润，想尖叫，咬着手始终没叫出来。直到评委席发出鼓掌声，大家才回过神来，掌声如雷。第四组已经上台了，大家还在尖叫，主持人不得不出声提醒。有了周西和覃世坚那一组的强烈对比，后面两组的表演让人觉得索然无味。

孟晓的手都在颤抖，拿出手机给孟庭深发微信："你要是不用周西，一定会后悔的，你这辈子都会后悔。这是《深宫乱》的遗憾，也是所有影视人的遗憾。你如果用了她，《深宫乱》会成为经典！她值得！她的演技配得上所有赞美之词！

"周西会让你们这些看不起她的人重塑三观！她会让你们高攀不起！你们这些资本家凭什么看不起她！"

孟庭深："请说人话。"

孟晓太激动了，已经说不出话了，打开微博，编辑道："我西回来了，你们洗干净脖子等死吧！渣渣们！"

所有人表演完都站在台上等待评分和观众投票。观众投票后，三位评委再投票。三位评委一人拥有十票，每一组都有一分钟拉票的时间。

周西和覃世坚就是来露脸的。按照彩排，他们这组现在就应该被淘汰，因为他们就签了一期合同。覃世坚看向周西，抬手做了个请的动作，他把这个独秀的机会让给了周西。他做人不行，但对表演爱得纯粹，周西的演技优秀，他心服口服。

周西身穿红色旗袍，长发用一枝玫瑰别起，花美人娇。她拿起话筒走上前，垂眸一笑，孟晓的尖叫声直冲上空，真喊出了一千个人同时尖叫的效果。

"我叫周西。"周西抬眸，眼神平静地道，"是一名演员，过去我做过很多错事，误入过歧途，迷失了自己，辜负了你们的期望，对不起。"

周西郑重地鞠躬，直起身，单薄的脊背挺得笔直，已全然收起了笑："现在，我回来了。我不会辜负你们的期望，不会辜负爱，不会再辜负自己。谢谢大家的厚爱，这是我的荣幸。"她眼睛红了，再次鞠躬，随后退了回去。

演播厅寂静了几秒，孟晓一声尖叫，嗓子都喊劈音了，声音尖锐刺耳，周西转头看过去，一片胡应卿的灯牌中，孟晓手里巨大的跑马灯灯牌格外引人注目。周西扬唇一笑，摄像师立刻把镜头拉了过来。她随即敛起笑看向镜头。

忽然欢呼尖叫声一齐响了起来，周西回头看过去。

主持人道："三百零一票！这是非常好的成绩了。"

现场观众一共四百个投票器。第二组是三百七十票。

第三组就是周西和覃世坚。周西只签了一期节目的合同，所以这场比赛根本没有悬念，只求《演技派》节目组剪辑时不要将她剪成“碎尸”。

“三百五十一票！周西和覃世坚第一次参加节目，拿到这样的成绩已经非常好了。”

这个票数是给周西和覃世坚面子了。周西看向柳琴，只见她抱臂站着，一脸严肃，旁边的制片人正跟她说着话。这种节目说是观众投票，实际上大部分投票器还掌握在节目组手里。

覃世坚低声骂了一句：“这黑幕真是一点儿水准都没有。”

台下的观众也很惊讶，有人看着手里的投票器，怀疑投票器出了问题。

《演技派》这一期节目主要是捧第二组世嘉传媒的两位演员——“95”后小花和同期小生，他们是演偶像剧出道的，最近在转型做实力派。周西不愤世嫉俗，太清楚这里面的规则了。

第四组表现一般，三百二十票，第五组三百三十票，目前票数最高的是第二组。没有意外的话，第二组会是今晚的第一名。

“三位评委每人手里有十票，可以选择加给其中一组。”主持人握着台本，说道，“如果三位老师把票加给第三组，第三组还有出线的机会。第三组是否能拿到全票？三位老师，请做出你们的选择。”

“胡老师？”

投票器声一响，全场哗然，周西回头，胡应卿已经把手里的投票器放了回去，抱臂靠在椅子上：“周西的表演非常精彩，她的进步非常大，她是个值得期待的演员，我期待她接下来更优秀的表演。”

周西蒙了几秒，胡应卿将票投给她？

“胡老师投给了第三组，周西、覃世坚，他们现在是三百六十一票。哇！比分非常接近了。”主持人做了个非常夸张的表情，“周西和覃世坚能不能逆袭呢？”

“能来参加比赛的所有选手都是优秀的。”徐丰先拿起投票器，看向周西，“但有一个人的表演我非常喜欢，她让我想到了一位故人。”

所有人都知道徐丰先说的是谁，台下有人鼓掌。徐丰先说：“小姑娘非常棒，我没有理由不选择她，我选择第三组，周西、覃世坚。”

“三百七十一票！大逆转！周西和覃世坚成了第一名！”

周西也没想到会得到两位评委的票数，她看向评委席。第二组的小姑娘攥了一下衣角，死死地盯着最后一位评委。

这位评委叫易秀，不算红，是老演员了。她环视四周，脸上挂着笑，在心里骂人。三位评委说好的一起选第二组，那两位评委飞快地把周西抬了起来，让她做坏人。她道："虽然周西这一组表现得很优秀，可另一组的表现进步更大。他们才二十岁，年轻、学习能力强，前途无量。我从彩排认识他们，一步步地走到现在，我见证了他们的成长。我想，我们应该给新演员一些机会。这个舞台上，每一天都有新的希望，年轻代表着未来。"

易秀在说什么？

"我选择第二组！期待着他们接下来的表现。"

预料之中的事，周西并不算失望。她鞠躬，转身下台，换好衣服正涂口红补妆。孟晓从外面直冲进来，她立刻抬手避免口红弄到孟晓身上，然后就被抱住了。

"那个易秀在说什么？这就是黑幕！"

"闭嘴吧，我就签了一期节目的合同，你让节目组怎么做？"周西把口红合上，装进背包，拽住孟晓的衣领就拉着她往外面走，"走了。"

"气人，想搞事。"

"周西。"低哑的嗓音在走廊的另一头响起，周西身边的孟晓倏地站直，脊背僵硬。周西看了她一眼，她紧张得都快成虾子了。

胡应卿大步走过来，停到周西面前，他的气质温文尔雅，说话时声音低沉："你的表演很好，没有任何问题，不必因此怀疑自己。"

周西没想到胡应卿会说这些，以为胡应卿会是高高在上的，毕竟胡应卿是少年成名。

"好的，谢谢老师。"

"关于你的过去，我并没有太多的了解，但你今天在台上说的那番话，我想给你一些建议。"胡应卿来参加这期节目是还人情的，本以为混一天就过去了，但早上彩排时，他注意到了周西。一直到录制结束，他从周西身上看到了信仰，周西对表演有敬意。当今娱乐圈，大部分人浮躁、急功近利，难得见到老老实实拼演技的年轻女孩儿，他就留意了，"如果你要做演员，这条路漫长且艰辛，需要踏踏实实地走好每一步。这是一条并不讨喜的路。"

"谢谢胡老师。"

"这是我的联系方式，如果有需要，你可以跟我联系。虽然帮不了你太多，但能帮的我会尽力而为。"胡应卿递给周西一张名片，说道，"我希望娱乐圈里多一些演员。"

周西第一次被人这么认真地对待，双手接过名片，道："谢谢。"

胡应卿看了一眼周西身边的小姑娘，觉得有些眼熟，但很快就移开目光："我先走了。"

"再见。"

胡应卿离开，孟晓一把抓住周西的胳膊，拼命压制住要脱口而出的尖叫，嗓音压得极沉，激动得直跺脚："胡老师好温柔！啊啊啊！我要死了！"

"你不是脱粉了吗？"

"我随时可以继续喜欢胡应卿。"

"晚上请你吃饭。"周西收起名片，揽着孟晓的肩膀说道。

"蹦迪吗？"孟晓快要眩晕了，近距离看胡应卿更加英俊。不管过去多少年，她都扛不住胡应卿的魅力，心跳加快，胡言乱语，"我带你去蹦迪！"

"名片上还有微信号，你要加吗？"周西逗孟晓，"有胡老师这样的男神，什么样的帅哥能入你的眼？"

"我有他的微信，加了好多年，一直没删。"孟晓看上去野，实际上纯洁得就像一张白纸，没谈过恋爱。

"不敢发信息？"

"男神就应该待在神坛上接受供奉。喜欢并不是占有，我的喜欢就是单纯的喜欢。"孟晓两只手捧着脸，等脸上的热度退下去，立刻拿出手机，"我要重新加回胡应卿的粉丝群，我又喜欢他了。"

周西就是占有欲太强，之前对陆北尧的占有欲都到了变态的地步。她逼得越紧，他就越累，最终以惨败收场。她也拿出手机，开始删微博，这几年她一共发了六千多条微博，大部分都是关于陆北尧的——陆北尧的新剧要上映了，陆北尧的代言宣传，探班陆北尧。她每发一次，就被陆北尧的粉丝骂一次，下面的评论多半不堪入目。这种微博，以陆北尧的高冷是不会回应的，留下她一个人接受陆北尧粉丝的怒火洗礼。她真是卑微！

周西出门坐上孟晓的车，继续删微博，这时手机响了起来，来电的是董阿姨。

"阿姨。"

"小北过来了，你要回来吗？"

周西蹙眉。

"我本来不想放小北进来。可他大老远地回来想看看你爸爸，我又不忍心，就留他吃晚饭了。你看，要不你们见一面？”

“晚上我不回去了。”陆北尧又来干什么？为什么不干干脆脆地分手，他有什么纠缠的理由？他们哪有那么深的感情？他就因为不甘心周西先提分手？

“我们已经分手了，在一起吃饭或者进出同一座房子，闹出绯闻会影响我的前途。”

“啊？”

“你愿意留陆北尧吃晚饭，你就留，我不会跟他见面。”周西挂断电话，拿起车上的水瓶喝了一口，继续删微博。

“怎么回事？”孟晓问道，“陆北尧回来了？”

“嗯。”

孟晓一打方向盘，直接变道：“我倒要去看看陆北尧想干什么，他还有脸来找你？你们没分手的时候，他在干什么？以前忙忙忙，忙死他，现在怎么不忙了？继续忙啊。他没问题吧？失去了才追悔莫及、痛哭流涕？”

“你别凑热闹了，我们是和平分手，没有谁对不起谁。去吃饭，我饿了，今晚我住你家。”周西都不敢想陆北尧痛哭流涕的样子，可能这辈子都不会看到这一幕，他对周西的感情也没到那个分儿上，“乖，别闹。”

孟晓掉头直奔餐厅，因为周西饿了，吃饭是大事：“我以前觉得陆北尧还可以，现在我收回这个话。对我姐们儿不好的，都是渣男！”

孟晓就是在护犊子。

“臭男人！”

周西删微博删到手疼，也才删了一百多条。她和孟晓吃完火锅，打算回到孟晓家拿电脑删，记得电脑上有一键删除的功能。

晚上十一点，周西和孟晓才到孟晓家。

孟晓家楼下的地下停车场不能直接通往她家，她们停完车步行到一楼。孟晓正在吐槽《演技派》评委的愚蠢行为，喷得激情洋溢，周西抬头就看到了陆北尧。他穿着黑色T恤，单手插兜，浅蓝色的牛仔裤勾勒出笔直的长腿的轮廓，身材挺拔，在夜色下格外夺目，鸭舌帽檐让他的五官笼罩在阴影中，黑色的口罩遮到眼睛下，只露出眼睛。

周西的脚步顿住。孟晓愣了一下才回神，指着陆北尧道：“是你？你来干什么？”

陆北尧剑眉微蹙，走向周西，道：“我有话跟你说。”

“谁要跟你这个前男友单独谈？如果被八卦记者拍到，是不是你们还要出个再续前缘的通稿？然后把事情赖到西西身上，说西西炒作，引导你的粉丝对西西网络暴力？陆先生，我劝你莫要碰瓷。”孟晓直接挡在周西的前面，“陆先生，你们既然分手了，就应该放彼此一条生路。”

陆北尧的眉蹙得更深，目光落到孟晓身上，孟晓后颈的汗毛直竖。陆北尧平时话很少，也不知道周西为什么那么迷恋他？

孟晓心里有些恐惧，但她英勇，为友谊而战：“你们已经分手了，麻烦陆先生不要再纠缠西西了，可以吗？”

“我从来没有拿周西炒过话题。”陆北尧的嗓音沙哑，一字一顿地道，“我不知道你是从哪里听到的谣言，你有这方面的疑问，可以直接来问我，我给你解答。”

“你是没有拿西西炒过话题，都是跟别人炒。你的新闻里永远不可能有西西的身影，她是你的正牌女朋友，就那么不配跟你同框？既然她不配，你为什么不早点儿放手？放过她也放过你自己。”

陆北尧抬起修长的手指按了一下眉心，周西跟孟晓真是闺密，一样的胡搅蛮缠，无理闹三分，从不正面回答问题。你跟周西讲道理，她非要跟你谈感情；你跟她谈感情，她又要发散思维谈逻辑。

“我跟他单独谈谈，你先上去吧。”周西握了一下孟晓的手，说道，“我一会儿就上去，我有分寸，放心。”

他们一直这么僵持着也不是办法，总要解决问题。陆北尧看着周西，眼里仿佛淬了冰。

“我就在楼上看着。”既然周西要单独跟他谈，孟晓没有理由横在这里，毕竟这是周西的私事。孟晓看向陆北尧，又对周西道，“有人欺负你，我就报警。”

陆北尧的脸色更难看了。

他再次单手插兜，指尖碰到了口袋里冰凉的金属，钻石的切角锋利，刺痛了他的肌肤。他拿出了手。

“我知道。”

孟晓一步三回头地进了门。

陆北尧盯着周西的眼睛，开口时嗓音有些哑：“你参加《演技派》了？”

“嗯。”

“你想复出？”陆北尧看着周西。周西直直地站着，身上有几分陌生感。他心里无端地生出烦躁，刚刚孟晓的话让他的烦躁感更重了：“怎么不跟我提？”

“我为什么要跟你提？”

“我是你的男朋友。”陆北尧往前走了一步，周西退后一大步和他拉开距离。他顿住，直直地看着周西：“你想复出，是不是应该跟我说一声？”

周西讨厌一个人，就会不由自主地跟他拉开距离，这个微反应让陆北尧更加不舒服，他的心里仿佛长了草。

“前男友，我们分手了，我找谁也不会找你。”周西提醒他，纤细白皙的手指搭在背包上，长发微卷，披在消瘦的肩头，柔美的五官此刻多了冷意，红唇明艳，夜色之下美得惊心动魄，“陆先生，我以为上次跟你说得很清楚了。”

陆北尧转头看向远处，眯了一下眼，又回头注视着周西，感觉心里骤然空了一块，耐着性子道：“周西，不要拿分手闹着玩，其他的随你，我很不喜欢你有什么问题不沟通，直接拿分手要挟，这样解决不了问题。”

“跟你在一起四年，我得到了什么？什么都是玩，什么都是闹。”周西抿了下唇，轻笑着抬手拂过耳边的长发，看着夜色里陆北尧的面部轮廓。陆北尧的眼睛很漂亮，她曾经疯狂地迷恋：“一身骂名，还有你的冷漠对待。不过这些是我自找的，怪不得你。我一心一意地喜欢你，现在我累了，不想继续了，就结束吧。”

“这是你认为的？”陆北尧一把抓住周西的手腕，手指收拢，死死地扣住，欺身上前，黑眸中情绪翻涌，带着一丝猩红，嗓音沙哑地道，“周西，这些话你从来没有对我说过。”

“我说你也不想听，你哪一次让我把话说完了？你永远都是不要闹、不要给你找事，你什么时候问过我需要什么？”周西眨了一下眼睛，唇角上扬，“我出车祸，你连看都不看我一眼，你知道当时我在经历什么吗？你什么都不知道。你只是觉得我在装，在找存在感。”

“我为什么要找存在感？你有你的事业、你的朋友、你的社交，而我只有你，我每一天都担心你会离开我。我们在一起就是互相折磨，根本就不合适，这几年委屈你了，我跟你道歉。”周西的声音很轻，裹挟在风里，透着一股寒意，“以后我不会再打扰你了，我们结束了，松手。”

陆北尧拉下口罩，露出俊美的脸，那双浸着寒意的眼睛注视着周西，手并没有松开。他心里空了巨大的一块，仿佛整个人浮在空中。

“我不会离开你。”陆北尧的话说出口的一瞬间，他的心疼了起来，这种疼连绵不绝，一直延伸到了神经末梢，“我也不会和你分手。”

“陆北尧，”周西不想咬他第二口，也不想报警毁了他，毕竟他是周西用了整个青春去爱的男人，“松手。”

他们对峙了大约一分钟，陆北尧垂下眼帘，再抬头时，已经恢复了往日的冷漠，嗓音也沉了下去：“你想复出，我给你找剧本，有合适的剧本就给你，你先不要去参加那些乱七八糟的综艺节目，回头网友骂你，你又生气多想。今年忙完，我会留出半年时间陪你。你说的问题我会调整，我们要面对问题并解决问题。西西，你冷静下来想想，你是不是也有很多问题？你不能永远长不大，什么都意气用事，冲动不计后果。”

“我正在拍的这部戏的片酬定金已经到账，你不高兴就出去走走，或者买东西，随便你买什么。”陆北尧的手往下移，钩住周西的手指，她的手一如既往地柔软。陆北尧心里安定了一些，这还是她，柔软温热：“西西。”

“我不要任何东西，也不要你。”周西的眼睛看着陆北尧，手在掰他的手指，“你坚持不分手，是不是因为我提出分手让你很没有面子？那你提也行，你抛弃我。”

“我不可能提分手。”陆北尧嗓音沙哑，目光中带着一丝说不出的锐利，字句清晰地道，“周西，我不和你分手。”

“我并不知道车祸是意外发生的。周西，我只是不喜欢你用伤害自己的方式来引起别人的注意。”陆北尧压下翻涌的情绪。他不喜欢周西身上有疤，周西的肤色白，肌肤细嫩，留一片疤十分刺眼：“你不是第一次这样做了，我无法分辨你哪一次是真的，哪一次是假的。”

“你以后不用分辨了。”周西终于掰开了陆北尧的手，他以前是多么高冷的一个人，现在怎么这么无理取闹？分手就这么难？

周西甩开陆北尧大步往台阶上走，下一刻，天旋地转，撞入男人结实的胸膛。周西抬头，他的唇就吻了下来，清凉柔软的唇，带着一丝烟草气息。

他抽烟，但没有烟瘾，生闷气的时候就抽，性格很闷。

他们吵架，永远是周西单方面吵，他拒绝跟她吵，气急了就出去抽烟。周西正在气头上，突然没对手了。冷战只会让她更难受，她就千方百计地去找他的麻烦，不让他抽烟，他也会把烟掐了。周西再得寸进尺，他那带着烟草味的唇就会吻过来。

这一招百试百灵，因为周西很喜欢跟他接吻。

清脆的巴掌声响起，陆北尧停顿了一下，眼睛泛红，修长的手指还扣着周西的后颈，抿了下薄唇，脸上还有些麻，嗓音沙哑地道：“周西。”

周西推开他，退后两步，狠狠地擦了一下嘴唇：“我们分手了，你这样的行为我可以报警。你以后不要再来找我了，我不欠你的。”

“我签了别的公司，签约的条件是保持单身。”周西单手插兜，又往后退了一步，“我不喜欢你了，你听不明白吗？我不要你了，腻了。”

周西只是女配角，跟陆北尧纠缠个什么劲啊？她不管有多难过，都要尽快抽身，让陆北尧赶紧跟正牌女主角相亲相爱去。她要追求自己的事业。

她现在有些懊恼刚刚说过的话，不应该说那些话，像个怨妇，一点儿都不体面。

周西快步走进楼里，一楼灯火通明，灯光透过巨大的落地玻璃照亮了院子里高大的树木。陆北尧看着周西走入电梯，恍惚了片刻，抬手捂着嘴狠狠地咳嗽起来，咳得撕心裂肺，眼睛发红。

他将手放进裤子口袋，再次碰到冰凉的金属，戒指是上个月买的，当时打算在他们恋爱四周年纪念日那天求婚，但那天周西出了车祸，他非常生气，戒指就没送出去。

唇上的温度还在，他攥着戒指站了许久，从口袋取出烟盒，拿出烟叼着。风很大，打火机几次都没点燃，他微偏头抬手拢着打火机，火苗卷上香烟。他狠狠地抽了一口，烟头被风吹得猩红。

陆北尧长腿微微分开，脊背笔挺，有些茫然地看着遥远的夜空，心里空荡荡的，有些不知所措。他的手机响了一声，他拿起手机看到微信上陈舟发来的信息。

陈舟：“北哥，你们谈得怎么样？怎么西姐一直在删微博？你们没事吧？”

陆北尧又抽了一口烟，狠狠地咳嗽起来，拿起手机打开周西的微博，手机卡了一下，等了一会儿才进去。他关注的人很少，下滑就看到了周西的微博，首页只有一条微博，他往下拉没拉下去，整个页面只留了一条分手微博。

陈舟：“北哥，西姐好像把微博清空了。”

陆北尧眼睛不瞎，看到了。

周西喜欢在微博上晒他们的生活，陆北尧虽然不赞同她在微博上秀隐私，但也不干涉，偶尔会去微博上看一眼，提醒周西不要晒过于暴露隐私的微博，“私生饭”（为满足私欲而跟踪、偷窥、偷拍明星的人）无孔不入，不得不考虑。

周西的这个微博账号申请了四年半，一千多天，她共发了六千多条微博，大半的内容都是关于陆北尧的，现在全部清空了，包括他们公开恋情的微博。

“我是不是电脑小天才？”孟晓一键清空周西的微博后，把电脑推到她面前，“不用太感动。”

“二十四小时内可以一键恢复，如果你后悔了，有二十四小时。”孟晓的大眼睛看着周西，“宝贝，无论如何，我希望你是快乐的。”

“我不会后悔。”周西坐回小沙发，拿起手机加胡应卿的微信，姿态优雅，眼神冷漠，“我的下一个形象就是涅槃重生的单身女王。”

早散早了，下一个更好。

“我先去洗澡，晚上跟你一起睡。”孟晓拎起手机去拿睡衣，突然发出一声惨叫。

周西将腿缩到沙发上，道：“蟑螂吗？”

她非常怕蟑螂，最初跟陆北尧租房住，那个小区老旧，是老式下水道，南方城市蟑螂遍布。她最怕晚上去洗手间，迷迷糊糊中摸到蟑螂坚硬的外壳能吓得恨不得当场长出翅膀。她从小生活环境优越，没经历过这种灾难，惊吓过几次，晚上就不敢自己去洗手间了，只能找陆北尧陪她去。他先进洗手间看一遍，确定没有奇奇怪怪的东西后，再让她进去。他困倦极了，闭着眼睛靠在门边等她的样子格外动人。那时候陆北尧很穷，但什么都纯粹。

后来陆北尧有钱了，他们搬进了大房子，请了保姆，有人做饭，有人打扫卫生。她再也没有见过蟑螂，他也没了靠在洗手间门口等她的习惯。

“不是蟑螂！怎么会是蟑螂？”孟晓一路冲出来，狂奔到周西身边，把手机放到她面前，“胡应卿关注你了！我们卿宝关注你了！上热搜了！嗷，男神！”

孟晓将手机屏幕放得离周西太近，上面的字很模糊，周西往后退了退，老太太似的眯着眼，看到胡应卿关注列表里的最新关注人：周西。

“啊？”

“苟富贵，毋相忘！”孟晓抱着周西，狠狠地在她额头上亲了一口，“男神关注你，你就是我的‘大熊猫’，我喜欢我‘墙头’的同时，也会顺便给你喂竹子的。”

周西一脚把孟晓踹开，滚吧，她们二十几年的友谊还比不过一个只见过一面的偶像。

胡应卿关注周西不是手滑，因为很快就发了一条微博，并提到了周西。

“这里有个小姑娘，演技很好，她的个人资料在主页，有需要的导演可以联系她。”

胡应卿微博下的评论里炸开了，胡应卿这几年很少发微博，网友没想到一上来就发这种广告微博。

“胡总，你被盗号了？”

“卿哥，咋回事？”

“胡总，你了解过周西吗？她有很多黑历史，演技很差。没有导演找她才是正常的，找她就会赔钱、坏口碑。”

胡应卿回复：“人会成长，我看到的周西是一位努力上进、对表演有初心的年轻演员。”

胡应卿的微博真的不是被盗号了？胡应卿的粉丝都蒙了，周西是怎么回事？她刚从陆北尧那里“吸血”结束，就攀上胡应卿了？胡应卿和她是怎么认识的？这两个人有交集吗？

随后有人爆料称胡应卿和周西都参加了《演技派》。《演技派》现场有黑幕，周西碾压式的演技被节目组以黑幕淘汰，胡应卿很不满意，就在微博上隐晦地说了一句。

周西碾压式的演技？这可能是年度最佳笑话，她的那个演技就是纸风车，听上去是车，连个轮子都没有，能碾压谁？她被《演技派》节目组的黑幕淘汰了？向来都是她用黑幕淘汰别人，还有别人用黑幕淘汰她的余地？听上去太扯淡了。可事实确实是胡应卿出来给她“站台”，现在周家破产了，不存在利益关系。

当然，胡应卿的粉丝也不承认，他是对周西有非分之想才会出手。这不可能，他的眼光那么高，感情专一，怎么都不会看上声名狼藉的周西。

周西翻看热搜，胡应卿的粉丝目前还很克制，没有骂人。大家都蒙了，其实周西也蒙了，胡应卿公开推荐她，这谁能不蒙？他们不是一个地位的，她这种十八线的艺人，竟然会被胡应卿推荐！

周西也关注了胡应卿，并转发他的微博：“谢谢胡老师的推荐，非常荣幸。我会脚踏实地地在这条路上走下去，谨记初心。”

周西转发胡应卿的微博之后，胡应卿回复：“加油。”

微博热搜炸开了，周西清空了关于陆北尧的微博，只留了一条分手微博，第二条微博就是转发胡应卿的推荐。这到底是怎么回事？周西复出，胡应卿这个八竿子打不着的人帮她推荐，为什么陆北尧不帮她推荐？陆北尧和她真的分手了？陆北尧的团队为什么不声不响的？这太诡异了。

胡应卿和周西先后上了热搜，随后陆北尧也上了热搜。周西果然是自带热搜的体质，无论退出娱乐圈多久，她一复出就自带高人气。

微博实名区大家还克制，骂声和质疑声都很谨慎，毕竟这件事现在只是猜测；微博匿名区已经疯狂地刷屏了，满屏都是西娘娘。

“不怕笑话，以前我是西娘娘的颜粉加事业粉。等了这么久，他们终于分手了。我以为她该收心搞事业了，没想到掉头跟影帝炒起来了，心情复杂。”

周西看到这条评论震惊了，她还有粉丝？好奇心促使她点了进去。

“我算是老粉丝了，虽然她只参加了一期节目。她的颜值太高了，巅峰时期的她相对于所有女团成员而言，具有压倒性的优势。喜欢她有多悲哀？都买不到她的周边。她太能作死了，想一出是一出，我就没见过这么能作死的人。

“周西谈恋爱时人神共愤，粉丝都走得差不多了，我想都这样了，她也该搞搞事业了吧？好歹不能让北粉看不起。谁能想到她退出娱乐圈了？女演员，二十三岁，黄金年龄，退出娱乐圈，好嘛，又气跑了一拨粉丝。

“周西跟北粉吵架，舌战群儒，那么丢脸、降格调的事，我还是站在她这边。她爱得卑微，我能理解。她跟陆北尧分手，我很欣慰，以为她要洗心革面搞事业，没想到她竟然跟影帝炒上了！

“你二十六岁了，周西，你二十六岁了，就不能搞搞事业吗？搞事业不好吗？你的颜值都要垮了，你就不担心吗？被陆北尧踢出门还不能让你醒悟吗？男人靠得住，母猪都会上树。你搞什么男人？你搞事业啊！

“累了，累了！彻底脱粉了。喜欢周西快五年了，想学别家粉丝扔周边杂志、烧海报，把家里翻了个底朝天，只有一张《小暗恋》的海报，还是跟陆北尧的双人合照。我为什么要喜欢这个人？”

“哈哈哈！虽然惨，但真的好好笑。西娘娘的任性无人能敌，当年她给杂志社拍封面，这家好歹也是四大杂志社之一，拍到一半的时候嫌摄影师长得丑，跑路了，笑死我了！”

“哈哈哈。”

“西娘娘参加综艺节目因为砍竹子划破了手，她一个常驻嘉宾像是成了飞行嘉宾——跑了，气得导演都出来阴阳怪气地讽刺她。她晒了下手上的伤，真的，再晚几秒钟她的伤口就愈合了。”

“西娘娘给某品牌‘站台’，站到一半，说现场的背景板颜色低端，回家了，气得那个品牌的经理在微博上破口大骂。这是人干的事吗？”

“西娘娘这么好玩吗？”

“西娘娘是宝藏，楼上要是有兴趣的话，去搜一下她的黑历史，关键字是‘西娘娘’，真的非常‘优秀’，如果你不是她的粉丝的话，看这个特解压，会觉得这是轻松搞笑题材；你是她的粉丝的话，可能就扎心了。”

这栋楼盖了两百多层，都是在科普周西的黑历史，伴随着网友嘲讽的话。周西以前主观意识太强，看到这些评论，看到别人骂她，就会心态崩溃继而做出更疯狂的事。

周西拍杂志封面时嫌摄影师丑这件事是有根源的。那个摄影师骚扰周西，她是吃素的吗？她当场就把人给打了。这位摄影师是有背景的，带动整个杂志社来抹黑她。她就把那个杂志社给搞黄了，那群人更恨她了，恨不得弄死她。

周西因为砍竹子划破手而跑路，只是一个借口，主要是因为参加那个节目压力太大了，每天累得半死，做牛做马的还被骂——网友今天骂她贪吃，明天骂她干活不卖力，后天骂她妆容刻意。网友什么都骂，她就回掉，掉得天昏地暗，影响特别坏。

她当时抑郁情绪很严重，太在意网友的评论了，每天都陷入崩溃的情绪当中，歇斯底里。

那时陆北尧正在争取出演一部电影，一直在电视圈，好不容易才有电影资源。陈舟来找周西，虽然没有明说，但话里就是那个意思——影视方看中陆北尧了，因为他有周西这么一个爱作死的女朋友，他们就很犹豫。陈舟劝周西不要再制造话题了，减少一些存在感，也避免挨骂。

于是周西退出了综艺节目，退出了娱乐圈，并云淡风轻地发了一条自嘲微博，自以为顾全了大局，却成了她作死的罪证之一。她只看到了滔天的恶意，没有看到爱，也没有看到她粉丝的守护。

周西继续往下翻，现在看这些评论，她有种旁观的感觉。这可以是她，也可以不是她，她可以是自己人生的旁观者。

第三章

布偶熊不会凋零

旁观者看得最清楚——对错是非。

帖子的最新回复："六月十日的《演技派》第六期有周西，她在第三组，搭档是覃世坚，看完节目楼主一定会再次喜欢她。《演技派》节目组有规定不能多说，我能说的只有一句话，胡应卿支持她不一定是因为男女感情，可能是欣赏她。这个帖子我先收藏，六月十日来看'打脸'。"

《演技派》的官方微博公布消息，并提到了周西。参加这一期节目的大佬太多，这条消息直接排到了热搜第五位。

周西转发微博，配文："我回来了。"

周西微博下的评论瞬间炸了，炒了这么久，终于上"主菜"了。周西又是分手又是破产的，就为了这一出？

《演技派》节目组下面的评论不堪入目。

"真是什么烂饭都吃，请周西来参加《演技派》，她怕是都不知道演技两个字怎么写。"

周西继续往下翻，看到孟晓的微博小号舌战群儒，跟人吵得热火朝天。

"蹭什么热度，从头到尾，周西提过一句陆北尧吗？周西出道跟陆北尧没有任何关系，请陆北尧学会独立行走。"

"娱乐圈是你家开的？周西愿意来就来，愿意走就走，有能力的人才能随意进进出出的。"

周西眼前一黑，抬手按了一下眉心，孟晓这么闲吗？她的工作室最近不是有新项目吗？周西刚要给她打电话，让她冷静点儿，电话就响了，是一个陌生号码。

周西迟疑了片刻，接通电话，道："你好，我是周西。"

"我是《深宫乱》的制片人，我姓刘，上次你的试镜片子我们反复看了，也开会讨论过，我们对你的表演很感兴趣，但毕竟女二号是重要角色，我们需要更慎重，你明天有时间吗？"

"有的！我有时间。"周西激动得毛孔都张开了，仿佛阴了很久的天突然亮起来，发出万丈光芒，让她有些想哭。她从来没有在事业上努力拼搏过，这是第一次尽力去做事业，努力地活得像个独立的人。

"明天你过来再试一次镜，还是上一次那个地方。"

"好。"

"再见。"

周西挂断电话，走到落地窗前，阴了一早上的天突然晴了，太阳强势地拨开乌云，光芒照射大地。

她抬起下巴，半晌后把手盖在脸上，深吸一口气，手放下时彻底平静下来。

上一次试镜周西准备得还不算全面。她主要是去争取饰演青黛这个角色的机会，郑荣飞突然给了她皇后的剧本，她有些措手不及。皇后这个角色和青黛有强烈的反差，她当时的表现应该是有瑕疵的，但《深宫乱》节目组给她第二次机会，就说明她的表现也不是那么差。这就像买衣服，没有买的意向，不会试第二次，试了第二次就有可能买走。

中城大厦，鲸鱼传媒。

孟庭深穿着一身黑色西装，单手插兜，从电梯里走出来，身后跟着鲸鱼传媒的总经理许诚。

郑荣飞正在跟胡应卿说话，转头看到孟庭深，心中一惊："孟总？"

孟庭深怎么会在这里？

孟庭深往前走："几点开始？"

郑荣飞立刻看向跟在孟庭深身后的鲸鱼传媒总经理许诚。许诚清了清嗓子，开口道："孟总过来看看选角。"

《深宫乱》是鲸鱼传媒联合孟氏娱乐打造的大型宫廷剧，是今年的重点项目。孟庭深在鲸鱼传媒有股份，又掌管孟氏集团旗下娱乐公司的运营。

“早上九点半开始，周西还没到。”郑荣飞也跟着孟庭深往里面走。

孟庭深微一蹙眉，用低沉的嗓音评价道：“不守时。”

“现在才九点二十分。”郑荣飞再次开口，帮周西辩解道，“还没到九点半呢。”

孟庭深冰冷的目光缓缓地移了过去，郑荣飞闭嘴了。孟庭深对周西有意见，那天试镜结束他就知道了，难道今天孟庭深就是来踢走周西的？

郑荣飞对周西的演技非常满意，现在想在娱乐圈里找个演技好、长相好的演员不容易，她的长相好已是珍宝，演技更是珍宝中的珍宝。

青黛这个角色，周西演绎得非常好，但女主角赵凌雪是江乔演的，她和周西撞类型，而且不如周西长得精致美艳。江乔整过鼻子，两个人同框对比，周西具有压倒性的优势。如果由周西来演青黛的话，青黛和赵凌雪同时进储秀宫，皇帝是眼瞎了不选青黛选赵凌雪？这很不符合逻辑。周西演皇后就符合剧情了，皇帝宠幸赵凌雪是因为跟皇后闹别扭，赵凌雪是皇帝找来的替身，皇帝宠着宠着就爱上了。

郑荣飞提出了自己的选角意见，孟庭深那边当场拒绝。周西演女二号？开玩笑呢？这部戏是鲸鱼传媒的重点项目，不是她的试验田。

孟庭深走进试镜厅，拉开椅子坐下，修长、骨节分明的手指微微抬起搭在银色的手表上，缓缓地转了一下。

郑荣飞把剧本递过去，说道：“试两个片段怎么样？”

“你决定，你是专业的。”

孟庭深的手机在西装裤兜里振动，他拿出手机看到了孟晓的微信轰炸——一连八条六十秒的语音。他按了下眉心，点击转换文字。

孟晓：“你不准为难西西听到了吗？你会‘做人’的，对吧？你不要戴着有色眼镜看她表演，要沉下心来细细感受她演技的细腻，她是一位非常优秀的演员。你如果‘不做人’，我会告——”

孟庭深直接把孟晓拉黑，将手机装回去，世界瞬间清静了。

“周西虽然现在人气不行，没到演女二号的地位，但目前试镜了这么多演员，没有谁比她更合适。我们是选演员，不是选明星。演员的根本是什么？演技。”郑荣飞激动地跟许诚辩论，“合适的演员就像一件家具中的适配零件，就算是一颗钉子，金钉、银钉都比铁钉贵，但最适合这件家具的就是铁钉，它就是契合，做出来就是完整。”

郑荣飞什么时候这么吹捧周西了？就她的那个演技，有的吹捧吗？世界真魔幻，郑荣飞吹捧周西的演技，吹捧得真情实感。

一阵急促的脚步声传来，是高跟鞋踩到大理石地板发出的声音，孟庭深抬了下眼，目光停住。女人黑色的长发如瀑，肤色白皙，眉眼清晰分明，黛眉明眸，红唇明艳，一身红裙如火，娇艳明媚。

孟庭深忽然想到一句诗：“巴东有巫山，窈窕神女颜。”

周西没有像试镜青黛这个角色时一样素面朝天、穿着随意。她今天涂了口红，选了一条红裙，纤纤脚踝如玉，没入银色高跟鞋中。她整个人美得端庄，美得明艳，美得落落大方。也就是这般高贵，九五之尊才会爱这么久。

郑荣飞把剧本递给孟庭深，说道：“让周西演这段戏。”

孟庭深拿起剧本翻看，这段剧情是皇帝已经宠上了赵凌雪。赵凌雪孤身一人在深宫中被迫成长，皇后三番五次谋害她，全被她聪明地躲开了。她的第一个孩子夭折，她为了利益最大化，用孩子的死诬陷皇后。皇帝正宠她，她的孩子夭折，皇帝就扇了皇后这个恶毒的女人一耳光，下令把她禁足在坤宁宫。这就给了赵凌雪喘息的机会，就此上位。后来，迫于皇后家族势力的庞大，皇后虽还是一国之母，可皇帝再也不爱皇后了。

从赵凌雪的角度看，这是打脸爽套路。

镜头前的女人垂下眼帘，细看才发现她没有化全装，只是涂了口红。大约有一分钟，她把剧本放下，往后退了两步，再抬头，漂亮明媚的眼睛此刻黯淡，下巴微微上扬，灯光从她的另一侧打过来，落到白皙的肌肤上，白得发光。一颗泪挂在她的睫毛上，似落非落。她是皇后，有她的骄傲、她的矜贵，哭不得，骂不得，恨不得。欢情薄，薄如纸，轻轻一碰便破。

周西跌跌撞撞，但维持着最后的体面，一步步往回走，最终不堪打击，跌到地上，跌得太重，疼得彻骨。一瞬间，在场所有人的情绪都被她牵动，有上前拉她一把的冲动。

周西为什么穿红裙？红裙很艳，摔在地上的狼狈相和红裙的鲜艳色彩形成强烈的对比，让人触目惊心。这是她的小心机，但很有用。

皇后被扇那一耳光时，大概便是如此——尊严扫地，顿觉爱情凉薄，一无所有，曾经她以为情深似海，不过是她的单相思。

“青梅竹马，山盟海誓，以为情深似海，到底都是空。”女人的声音含着恨，但恨得迷茫。她太爱皇帝了，在这深宫里，爱就是错，“一往情深终错付。”

开始时周西不喜欢皇后这个角色，皇后太傲了，看不起宫里争宠的女人，可她也是其中一个。她太能作死，发现皇帝不爱她之后，没有为自己谋算，没有守住固有资产。如果她聪明一点儿，在皇后的位置上，她身后的家族庞大，只要不作死她永远都是皇后。熬到皇帝死了，她的儿子登基，她就是皇太后。可她爱皇帝，爱得真情实感。她失去了爱不甘心，非要跟女主角斗，最后自尽在坤宁宫，她的儿子也失去了太子的位置，一辈子被囚禁，她的家族没落了。

这本书连载时，很多读者都骂这个皇后恶毒愚蠢，周西也骂过。

当周西进入皇后这个角色时，瞬间就明白了，这个皇后不就是她吗？她还不如皇后呢，有什么理由吐槽皇后愚蠢？她一直都是西娘娘——西宫娘娘，陆北尧还没给过她“东宫”的地位呢，她就要把命弄没了。

周西轻笑，泪滑过脸颊落到地上，凄楚绝美，她的声音低了下去，幽怨到闻者心酸：“誓言犹在，人亦非。”

周西的演技又进步了，这次现场的效果太惊艳了。她加入了自己的理解，把皇后这个角色演活了。她的声音落下，这一段戏结束。周围寂静了几秒，这几秒反倒牵动人心。

郑荣飞抬手捂着脸深深地吸了一口气，好的剧本中所有角色的行为都有迹可循。没有单纯的恶，也没有单纯的善，想要人物不空，得用细节去构架。只要恶得有缘由，皇后就是活着的，存在于某个空间。刚刚有一刹那，郑荣飞觉得皇后从屏幕里走出来了，走到了他的面前，皇后爱得热烈，恨得悲伤。

孟庭深不懂演技，但演员能不能让观众入戏，这个很好分辨。从周西一开口，孟庭深的情绪就被感染了。有那么一刻，孟庭深想伸手拉她起来，她何必爱那个男人？那么优秀的她，一定有很多人爱。

之前，孟庭深根本无法想象由周西来演皇后是什么画面，以她那拙劣的演技，演皇后？为难谁呢？但看完她的表演，孟庭深的脸有些疼。

没有夸张的表演方式，没有卡台词，没有停顿，情绪饱满到位，丝毫不让人觉得浮夸尴尬，那么长的台词她一口气说了出来。

孟庭深突然明白了孟晓为什么对他歇斯底里，这样的表演，谁不希望将其投放到大屏幕上呢？

孟庭深将修长的手搭在剧本上，沉默良久，屈起手指轻轻地叩了一下，靠到椅背上，呼出一口气。她表现得太好了，这个皇后让人心疼。

周西站起来，喝了一口水，晶莹的水滴落到红唇上。她还没从刚刚的戏中走出来，眼睛泛着红，下巴微抬，有着美艳的傲气。

"还要演第二段戏吗？"郑荣飞看向许诚，话却是问孟庭深的。

还用吗？郑荣飞的尾巴都要翘起来了，周西的演技还用挑吗？还有必要质疑吗？没有比她更合适的演员了。

"继续。"孟庭深嗓音冷淡，右手肘往下落到扶手上，注视着试镜厅中间的女人。

孟庭深不喜欢周西的原因有很多：演技浮夸；性格张扬；做事直截了当，不给自己留任何余地，比如追陆北尧，追得尽人皆知，真是丢人现眼。

"应卿，你去跟周西搭一段戏。"郑荣飞把剧本递给胡应卿。

胡应卿接过剧本，站起来走向周西。上次在《演技派》的舞台上，他就想跟周西飙戏了，没想到机会这么快就来了。

在《演技派》舞台上电影片段里的如烟和《深宫乱》里的皇后，虽说都明艳，但不是一个类型。胡应卿之前还在想，她演如烟演得好，会不会因为是本色出演，才有那个效果？他怕看错人，推荐错了。但她一开始演，他心里的那块石头就落了地。她演得太绝了。

"胡老师？"

胡应卿跟周西握了一下手，剑眉上扬，温和地道："我跟你搭个戏，再试一遍。"

周西愣了一下，随即才点头："谢谢胡老师。"

"不用紧张，演你的就好。"

"好。"

周西没想到胡应卿会上来跟她搭戏，两人先对了一遍台词，胡应卿怕她跟不上，特意放慢了节奏。

周西一开口，声音柔美，是少年时的皇后。

胡应卿看了她一眼，血液沸腾起来。

她的表情已经变了，全然是一副少女才有的神态。

周西非常认真，入戏了。

胡应卿往后退了半步，接台词。

演少年时的皇后，周西没了刚刚的庄严、尊贵，没了爱而不得的悲哀。她娇俏得如同三月桃花，沾着清晨的露珠，晶莹剔透。人还是那个人，但气质完全变了。

胡应卿和周西对台词三分钟，竟感受到了压力，稍不留神便会被周西压戏。这种压戏不是抢戏，是气场的压制。他越演越兴奋，这段戏结束时他的手停在空中，大脑还在高速运转，在剧情里沸腾。

周西微欠身："胡老师。"

胡应卿沸腾的血液未散，感觉棋逢对手，酣畅淋漓，手落下去跟周西用力地握了一下，嗓音有些哑："可以试戏了。"

台上胡应卿和周西飙戏，台下郑荣飞头皮发麻。郑荣飞已经很久没有看到过这样的胡应卿了，他的眼里有光，那是一种入戏的状态。

周西不紧不慢，对上胡应卿这样演技老辣、台词稳健的演员，丝毫不落下风，她台词说得一遍比一遍稳，五分钟的戏，他们演得绝了。

这段戏结束，大家都意犹未尽。郑荣飞甚至想把剩余的剧本给胡应卿和周西，让他们继续演下去。虽然郑荣飞已经知道后面的剧情，但还是迫不及待地想看胡应卿和周西演绎的版本。

郑荣飞起身拍手，绕过机器快步走向试镜厅中央，一直走到周西的面前。

他近距离地看她。她抬头，更显清丽，没有化妆，肤色细白如瓷，细眉明眸，鼻梁高挺，红唇明艳。她的杏眸看向郑荣飞时，郑荣飞才正视她的年龄，二十六岁。周西，非科班出身，演技好，无与伦比。

郑荣飞把手伸到周西面前。今天要是孟庭深不同意用周西，他就一头磕死在孟庭深面前。试了这么多演员，只有周西让他震撼。

"郑老师。"周西欠身用双手跟郑荣飞握手。

周西心里跟明镜似的，在郑荣飞这里她是过关了。但是，今天孟庭深来干什么？她的余光落到端坐的孟庭深身上。孟家什么时候落魄到需要太子爷来参与选角了？还是孟庭深故意来使绊子的？她到底哪里得罪孟庭深了？

"你的演技……"郑荣飞顿了一下，郑重地道，"可以。"

郑荣飞嘴里的可以，评价已经很高了，周西连忙欠身："谢谢郑老师。”

郑荣飞顺势拍了一下胡应卿的肩膀，转身又走回去。那边孟庭深已经站起来，单手插兜，迈开长腿就走，郑荣飞拔腿就跟了上去，只吸到了尾气，孟庭深走得飞快。郑荣飞转身抓住许诚，直逼过去：“你说那个小姑娘的演技怎么样？”

许诚点头。他刚刚一直在翻周西的资料，二十六岁，非常年轻，但演技达到了老戏骨的水准。

“孟总是什么意思？”郑荣飞握住许诚的肩膀晃了一下，语重心长地道，“演技好不怕没热度，这几年的市场，你想、你细想，高质量剧有被埋没的吗？没有吧。用有高人气、没演技的演员拍出的电视剧有几部有好下场的？也没有吧。”

“你再晃我，我就吐了。”许诚推开郑荣飞，单手插兜往外面走，“周西签经纪公司了吗？”

“我怎么知道？”

“把这个角色给周西也不是不行，前提是……”许诚信步往前走，偏了一下头，“她得签给我，我看她不错，有前途，我会尽快让人去联系她，你不用急。”

“孟总同意？”

“我看孟总挺同意的。”许诚按下电梯键，看向电梯门口金属条中自己的身影，照了照自己的脑袋，“你放心去吧。”

孟庭深看得眼睛都红了，明显很入戏。这还不同意的话，是周西挖他家的祖坟了，还是他们之间有什么深仇大恨？

周西在试镜厅等了几分钟，胡应卿取出一瓶水拧开递给周西，自己也打开一瓶水，靠在一旁的桌子上，仰头喝了一口，喉结滑动，放下手，看向周西：“你的演技进步非常大。”

“谢谢。”

胡应卿想再说点儿什么，修长的手指在空中划了下，最后落到冰凉的水瓶上，看向周西：“不要在意别人的言论，做自己的事，成绩会说话的。这个圈子本就浮躁，各方信息纷至沓来，没有强大的分辨能力与心态，很容易迷失。”

“想要走得长久，得有个大心脏，得有点儿无畏精神。”胡应卿站直，想了想，挥了下手里的水，“加油！”

周西的鼻子忽地就酸了。她别开脸看向窗外，片刻又回过头，眨了一下眼睛，压下翻涌的情绪，郑重地对胡应卿点头："谢谢胡老师。"

胡应卿在《演技派》的舞台上看到周西的演技，非常震撼，有这样演技的人为什么不红？他回去找了周西主演的电视剧看了一晚上，作为非科班出身演员的第一部作品，周西的表现不算太差。他又看了周西的履历，周西的起点挺高，按理来说应该是步步高升。可能最初骂她的人也是这么想的，想鞭策她，结果她心态崩了，一路放纵，到最后彻底被大众"流放"。

胡应卿跟周西聊这些已是交浅言深，可她是最近唯一一个让他生出感动的人，如果她彻底沉没在时间的长河里，那将是遗憾。

"先走一步了。"胡应卿朝周西点头。

"再见。"

胡应卿离开，郑荣飞的助理走了过来，递给周西一份资料："你把这份资料填完就可以回家等了，档期留出来。七月进组，拍三个月。"

周西正在填资料，闻言倏地抬头："成了？"

周西毫不掩饰眼神中的天真。郑荣飞的助理被她逗笑了："成不成我现在不能给你打包票，合同作数。你赶快把资料填完，我要拿去送审。"

周西唇角扬了一下，拿起笔快速填写资料。

"你有兴趣签经纪公司吗？"

周西把笔下的那个西字收尾，放下笔，若有所思地道："有经纪公司肯定会更好，不过目前我还没有签经纪公司。"

"你觉得鲸鱼传媒怎么样？"

"很好。"什么意思？鲸鱼传媒想签她？

"那你回去等消息，我们这边开完会再联系你。"

"谢谢。"

周西从鲸鱼传媒走出去，太阳正盛，炽烈的光穿透淡薄的云层炙烤着大地。天地被烤得泛白，晒得人眩晕。她站在太阳光下，迎着太阳看，极致的光看久了是极致的黑。她抬起下巴，单薄的脊背挺得笔直，久违的自信让她神清气爽。她就应该这么无所畏惧、这么自信。她有这个实力。

现在是新的周西，她重生了。

周西的电话在包里响了起来，她拿出来接通，来电的是快递员，说她有个包裹到了，需要当面签收。

她最近买过什么东西吗？她穷得只剩下一张脸了，能买什么？

“是什么东西？”

“海外寄过来的，上面没写。”快递员说，“东西比较贵重，需要当面签收。”

半个小时后，周西在小区门口拿到了包裹，确实是海外寄来的，发件人不认识，但收件人确实是她，电话号码和地址都是她的。

周西在车上找到裁纸刀，小心翼翼地拆开包裹，拿走空气袋，看到一个金色的盒子。她的手顿住，已经看到了上面的品牌商标。这不是谁的恶作剧，盒子里躺着一个银色小包，钻石搭扣，精致贵气。她曾经喜欢过这款包，但那时周家已经落魄了，而且她平时没有理财观念，突如其来的变故让她措手不及，陷入财务危机。她的喜欢显得苍白无力，她被迫单纯地收藏在手机里，偶尔看一眼——买不起。包的最新拍卖价是两百六十万元，但市场上已经断货，从别人手里买会更贵。陆北尧竟然舍得买，真大方。

周西把包装盒的盖子盖回去，推到一边，转头看向窗外。烈日炎炎，树叶在热风中困倦地摇晃着，远处传来蝉鸣声，彻底入夏了。他们在一起这么久，陆北尧第一次送她这么贵的礼物，还是分手后送的。

周西在车里坐了许久，重新打开包装盒对着包拍照，拿出手机登录奢侈品二手平台，发布照片并编辑文字：“忍痛出藏品，价格实惠，非诚勿扰”。

“周西签收包裹了吗？”陆北尧站在太阳光下，手里握着手机，确认后，抬手按了一下眉心，“谢谢。”

他挂断电话，抬头看向远处起伏的山峦，薄雾笼罩，山的线条延伸到了天的尽头。他身穿黑色长袍，金纹腰带勾勒出腰身精瘦的轮廓，宽肩长腿，冷峻的脸上没有什么表情。他看了手机片刻，拨打周西的电话号码，是机械的女声：“您拨打的用户正在通话中，请稍后再拨。”

周西把陆北尧拉黑了。

“北哥，你没事吧？”小飞接过陆北尧的手机道。

周西突然宣布分手，陆北尧回去了两次都没有任何转机，他这几天的精神状态不太好。他拿起一瓶水拧开，仰头喝了一大口，眼睛注视着远方，喉结滑动，水咽了下去。

“没事。”陆北尧站得笔直，黑色暗纹的古装衣领贴着他的脖颈。他把空了的水瓶扔进垃圾桶，抽了张纸擦干手上的水渍，迈开长腿大步往前走，走出两步回头道，“胡应卿有女朋友吗？”

“没有吧。”百分之百没有，谁不知道胡应卿单身？但胡应卿刚在微博上跟周西炒了绯闻，小飞怕陆北尧失控杀人就加了个“吧”，希望他还有理智，“胡应卿跟西姐肯定不会有事，我只听说西姐在《演技派》舞台上的表现很好。”

虽然小飞不知道以周西的演技，能怎么表现得好，但胡应卿的粉丝信誓旦旦的，他们只能信了。小飞说道：“胡应卿很欣赏西姐的演技。”

陆北尧蹙眉，盯得小飞后颈发麻。小飞也觉得胡应卿欣赏周西这个事有点儿扯，硬着头皮说：“也可能是胡应卿看在孟家的面子上，最近他接了孟氏集团旗下传媒公司投资的戏，孟晓姐跟西姐关系那么好，孟家拉一把西姐也合理。”

陆北尧垂下眼帘，沉默许久，抬头道：“你平时怎么跟你的女朋友相处？”

小飞沉默了几秒：“哥，我单身，没谈过恋爱。”

陆北尧站了一会儿，迈步走了，这回走得非常干脆。

周西回去等了一天，鲸鱼传媒和孟氏娱乐同时打电话过来，都问她签约的相关事宜。这两家公司都跟孟庭深有关系，难道他们没有提前商量好？两家公司开出的条件差不多，都是五年合约，而且是同时发合同模板过来。但鲸鱼传媒是普通合约，而孟氏娱乐给了A级合同，享受孟氏娱乐旗下艺人的最高待遇，经纪人是萧晨。只要她不作死，公司保证她一年至少有一部电影或一部电视剧作品，代言和广告都是一线艺人的标准。

萧晨在娱乐圈非常有分量，是金牌经纪人，没有他救不活的艺人。他的手段了得，最擅长的就是将黑的说成白的，洗白能力被称为“圈内84”。孟氏娱乐的目的很明确，他们要捧周西，要给她洗白。

周西看完合同，拿起手机打给孟晓。孟晓接得很快。

孟晓道：“朋友，我在机场赶飞机，要去一趟B市。快飞了，有两分钟时间，你有什么事快说。”

“那没事了。”

“说，快点儿，借钱的话，我下飞机给你转账。如果要跟我表白，赶快，两分钟够你说爱我了。”

“嗯，我爱你。工作上的事，我收到了孟氏娱乐的经纪约，你牵的线？你家那位‘阎王爷’大哥是怎么同意的？”

“啊？我大哥给你经纪约了？这事我不知道，我大哥把我拉黑了，我还没来得及回家告状，最近工作室的事比较多。”

电话那头响起空姐的声音，提醒大家关闭电子设备。

“那你落地之后我们再聊。”周西的心里有了数，这事跟孟晓没关系，但自己现在的地位值得给 A 级合同？“你什么时候回来？”

“明天。”

“回来请你吃饭。”

“好！”

周西挂断电话，若有所思，最后也没想明白，但签经纪公司对她来说是好事。她现在需要洗白，需要团队的运作，需要资源。她拿起杯子出门接水，一边走一边想事，差点儿撞到董阿姨身上，连忙举起手绕开。

“你想什么呢？”董阿姨护着手里的汤盅，“不看路，摔倒有你疼的。”

“炖的什么？”周西闻到淡淡的甜香味。

“燕窝，给你补补。”

周西拿着杯子下楼：“我不想吃，给我爸吃。”

“嚯，你爸比你更抗拒。”董阿姨追上周西，说道，“你少喝一点儿，燕窝对女孩儿的皮肤好。你就当是银耳，眼一闭就喝下去了。”

董阿姨是个养生狂，周西从小就被董阿姨追着喂补汤，大学住校才躲过一段时间。毕业后，周启宇让她一周回来一次，只要她回来，董阿姨就疯狂地喂她补汤。

陆北尧在的话，周西会全部推给他，他不挑食，来者不拒，现在——周西立刻刹住，想什么陆北尧？她不想吃可以喂给院子里的乌龟吃啊。

周西走到厨房接水，董阿姨端着白色汤盅，道：“我挑了大半天的燕窝，今天又泡了一早上，刚刚炖好。我这么辛苦，你就吃一口。”

周西放下杯子，接过燕窝闭眼一饮而尽，放下汤盅：“怎么突然想起炖燕窝了？”

“你最近是不是睡眠又不好了？我看你有黑眼圈，挺明显的。”董阿姨收起汤盅，抚了一下周西的背，“燕窝对睡眠好，多喝点儿，没坏处。”

周西最近的睡眠确实不怎么样，但那是想剧本想的。她想现实中的剧本，想她所在的这个世界，也想自己的出路。

燕窝没有特殊的味道，放了冰糖，后味清甜。但周西一直不喜欢黏稠的口感，端起水杯喝了一口水，压下不适，走向客厅。

周启宇正在看电视，看到周西过来，混浊的眼睛里瞬间有了光。他抬起手呀了一声：“西——”

周西走过去在周启宇旁边坐下，握住他的手：“电视好看吗？”

周启宇的脑子有些糊涂，他歪头想了半天，口齿不清地道：“裸熊——好。”

周西拿起遥控器找《咱们裸熊》，周启宇现在的智商相当于幼儿的智商。

“北——北尧——呢？”周启宇艰难地开口，攥着周西的手道。

周西按遥控器的手一顿，随即扯了一下嘴角：“你不是不喜欢他吗？怎么还这么关心他？”

当初周西跟陆北尧公开恋情，周启宇坚决反对，并且严厉打击。但周西太喜欢陆北尧了，不顾所有人的反对就要跟他在一起。周西在心里狠狠地吐槽自己，这样的人没有好下场。

“他在拍戏，最近很忙。”

陆北尧忙到他们分手都要分上下集进行。

周启宇费劲地想了半天：“周末……叫他……回来吃饭。”

“他回不来，每天都要拍戏，导演要求很严格。”周西找到《咱们裸熊》放给周启宇看，然后把他的帽子戴好，“我刚刚接了戏，七月要进组，可能没有那么多时间陪你——”

“不要——老欺负他。”周启宇插话插得毫无征兆，嘴唇翕动，艰难地说，“北——也不容易。”

周西转头看着周启宇，医生说他现在思维混乱，想到哪里就说到哪里，根本不在意别人说什么。周西有些难过，以前总觉得天塌下来有他顶着，总是肆无忌惮地叛逆、张扬、任性，想干什么就干什么，反正他什么都能扛住，可他现在倒下了。

周西看到他鬓角有白发，摸了一下他的头发，把额头抵在他的肩膀上。

“爸爸。”周西说，“你养我长大，我以后陪你变老，我们一直在一起。”

周西有值得爱的事业，值得爱的人，离开陆北尧，她的生活很好，并没有那么艰难。配角也好，主角也罢，她都会热爱生活，努力过好每一天，不虚度这一生。

周西打算上楼，余光扫到周启宇，眼睛通红。周西回身抱住他：“我爱你，爸爸。”

自从周西的爸爸妈妈离婚后，周西就开始恨她爸，总觉得爸妈离婚最大的原因是爸爸工作忙碌，顾不上妈妈，妈妈才会走。周启宇让她做什么，她偏不做。她的叛逆期很长，来得也早，那时她说话极其难听，毫不客气，夹枪带棍的全是刺激周启宇的话。她理所当然地折腾，知道无论怎么折腾爸爸都在，被偏爱的人总有恃无恐。可她爸也会老，也有倒下的一天。

周启宇呜地哭出了声。董阿姨从厨房跑出来，直奔他而来，对周西道：“你怎么招惹你爸了？你这孩子，他哭起来都能把毯子哭湿了。”

周西扬起唇刻意地笑了笑，压下了流泪的感觉，转身抱住董阿姨：“我也爱你，这么多年辛苦你了，阿姨。”

董阿姨一愣，眼眶随即红了：“这是我应该做的，你怎么突然说这些话？”

“就是觉得以前的我挺不懂事的，总惹得你们不高兴。”

董阿姨抹着眼泪道：“那以后你听话，乖乖地吃炖品，我还买了花胶。”

周西不煽情了，花胶的口感还不如燕窝呢！她的电话响了起来，她坐起来拿起手机，看到来电是陌生号码，可能是经纪公司的电话。

“我接个电话。”周西松开董阿姨，转身快步上楼接通电话。

一道温润的男声传过来：“你好，我是萧晨。”

萧晨亲自给周西打电话？这是什么排面？

“你好，我是周西。”周西反手关上卧室门。

“合同你看了吗？”

“在看。”

“你现在有时间吗？”萧晨说，“有时间的话，我们中午见个面，谈合同顺便吃饭。合同上有很多细节，不是专业人士的话可能会看得吃力。我会带上公司法务部的人，当面跟你解释合同上每一条款的细节。”

孟氏娱乐背靠大山，身后有孟氏集团爸爸。公司每年都有影视项目，就算接不到外面的戏，自家的戏也足够演员的曝光度。孟庭深再看不上周西，也不会在合同上坑她，毕竟还有孟晓那层关系。她签到孟氏娱乐，只要不作死，前途无量。

“那麻烦你了，我们在什么地方见面？”周西走进衣帽间，换了一只手拿手机，态度谦恭温和地道，“我这就过去。”

周西跟萧晨约好餐厅后，挂断电话，快速找到要换的衣服，准备出门。机会来了，这回她一定要好好把握。

她洗澡、换衣服、化妆一气呵成。她穿着衬衣搭配长裤，长发及腰，细眉明眸；对着镜子涂上口红，抿了下唇，唇色自然，镜中的女人明艳大方。其实她不需要化太浓的妆，原本五官就长得不错。

手机叮地响了一声，奢侈品二手平台发来了一条买家私信：“包的编码确定是这个？你卖的不会是假包吧？”

“一包一码，麻烦你去官方网站查，假一赔十，所有证书都在首页。包是全新的，没背过，不还价，非诚勿扰。”

这人不买包别私信。

周西从柜子里挑出较为低调的黑色铂金小包，跟衣服搭配显得利索。她把证件放进去拎着包出门，刚坐上车，手机又响了，这回是奢侈品二手平台发来的信息。

“买友 ×××× 举报您售卖的物品涉嫌造假，涉嫌造假的物品已被屏蔽，请您在一个小时内提交全部信息，审查通过后物品将重新上线。”

周西有几十个这个牌子的包，她还是分辨得出真假的，不可能是假的。

到底是哪个傻子举报的？这家平台也有问题，有人举报他们就屏蔽？

“我为什么会被举报？我的所有证书都齐全，这样的投诉你们为什么会受理？”周西打开人工客服发信息质问。

人工客服：“亲，对方带证据举报，您所售卖的物品确实涉嫌造假。请您尽快提交发票单据，以及鉴定书。一个小时内不提交，系统会自动封禁三百六十个月。”

三百六十个月？这是要封一辈子？周西直接放下手机，想着回头去典当行交易。这个包她不会要，但退还给陆北尧，他们就一定会有牵扯，现在她并不想跟陆北尧有一丝一毫的关系。东西丢进垃圾桶太浪费了，二手出售是最好的选择。

周西到达约定的餐厅时是中午十一点半，下车时没有戴墨镜，只戴着黑色口罩，转身就听到咔嚓一声，抬头跟八卦记者正面撞上。她愣住，八卦记者又迅速拍了一张照片。

周西口中的一句脏话几乎要脱口而出，及时压住，拉下口罩冲八卦记者点点头，唇角上扬，笑靥如花，说："辛苦了。"

周西穿着白色衬衣，搭配高腰的墨色裤子，脚上穿一双高跟鞋，细腰长腿，露出来的脚踝在阳光下白得发光，长发披散，又飒爽又美丽。

八卦记者其实不是在蹲周西，他刚刚偶然看到萧晨，就想蹲蹲看有没有什么"料"，没想到会撞见周西，而且周西第一次没骂人，还主动跟他打招呼。

"西姐。"八卦记者摸了一下鼻子，迅速回神，最近周西的新闻非常多，蹲到她也是好事，如果她骂人了，他的头条新闻就有了，"你是来见谁的啊？"

"跟朋友吃个饭。"周西探身从车里拿出一瓶没开封的水，关上车门，走向八卦记者，递过去，像个老朋友似的跟他闲聊道，"这么热的天你不休息？"

对八卦记者友好不是坏事，之前周西就是得罪太多人了。

八卦记者被周西的笑晃了一下眼睛，呼吸一顿。近距离看，周西美得更具有侵略性，肤如凝脂，鼻梁挺直，五官精致得挑不出瑕疵。这几年大众跟风抹黑周西，他都快要忘记周西原来是偶像，凭高颜值出道。他回过神，接过周西递来的水："谢谢，我就是做这个工作的，没什么假期。"

八卦记者的脸竟然有些热，空气中洋溢着橘香，甜得清新。

臭名昭著的周西怎么会给人如沐春风的感觉呢？她这也太温柔了吧！和传闻中完全不一样，这个八卦记者是第一次拍她。她没有骂人，也没有讽刺，还递给八卦记者一瓶水。

"那我先走了，谢谢你拍我。"周西非常认真地冲八卦记者点了一下头，戴上口罩往里走。

"哎，西姐，要不我再给你拍一张照片吧？"八卦记者不知道怎么了，心里忽然有些愧疚，周西没有传闻中的那么跋扈，可他偷拍是真的猥琐，"刚刚拍的角度没那么好。"

“不用，拍得不好点击率会高，对你也好。”周西漂亮的杏眸清澈，一尘不染，“再见。”

抹黑周西有点击率。她嚣张跋扈，大家都喜欢抹黑她，她还是陆北尧的女朋友——哦，分手了——前女友。陆北尧有那么多粉丝，媒体可喜欢做她的文章了，一抹黑她，陆北尧的女友粉就疯狂地冲上来，给媒体制造话题。

周西窈窕的身影消失了，八卦记者回过神，拿起相机看着照片。周西落魄到开低档次的车，跟陆北尧分手后经济崩溃？她穿着朴素自甘堕落？照片处理一下就可以用在任何一个标题下。可周西不落魄啊，笑起来很温柔，也很漂亮。这个女人太有魅力。

周西跟着服务员来到贵宾厅，推开门就看到主座上的孟庭深。

孟庭深穿着黑色商务衬衣，没有打领带，领口微微地敞着露出脖颈，他的五官轮廓偏冷硬，身上有着长居高位的威严气质。

周西一直不太喜欢孟庭深，他天生一张棺材脸，看着像个长者，随时都会教训人。小时候孟晓住过他家，周西想去找孟晓玩都要提前打电话问清楚他在不在家。他在家的话，周西坚决不去，因为他太吓人了。

孟庭深旁边坐着萧晨。萧晨长着一张娃娃脸，穿着白色T恤，一只手搭在桌子上玩杯子，侧着身跟孟庭深说话。他听到声音，微一转头，目光落到周西身上：“周西。”

孟庭深正喝水，闻声抬了一下眼，手搁在桌子上，手指抵着褐色茶杯，目光落到周西身上。

“孟总，萧老师。”

“坐吧。”萧晨起身帮周西拉开椅子，周西坐下，看向孟庭深，又往门口看去。

孟庭深是解释合同条款的人？萧晨在逗她？孟庭深怎么会在这次饭局上？他意欲何为？

“秦律师还没到，你想吃什么？我们先吃饭，一边吃一边谈。”萧晨看出周西的意思，笑着倾身给周西倒了一杯水，招手叫服务员过来，对周西道，“点你想吃的。”

萧晨面上微笑，心里骂娘。孟庭深今天早上把周西的资料撂到他的办公桌上，让他带周西。孟庭深这么多年来什么时候管过签约艺人的事？签的还是周西，娱乐圈第一作死精？光听周西这个名字，他就头皮发麻。周家小公主已经把周氏传媒折腾垮了，又来孟庭深这里闹着玩？别人进娱乐圈的最低限是失去人气、沉寂回家，周家这位小公主是拆公司，直接带公司一起灭亡。

萧晨审视着周西，她还是足够美的，作死归作死，颜值是真高，她任性了这么多年，依然皮肤白皙、光洁，白得发光，看不到毛孔，眼睛水润，美得明艳。

萧晨的眼睛很毒，他在这个圈子摸爬滚打了多年，看人挺准的，演员能不能红，他一眼就能看出来。但周西，他是真看不透。

“你怎么又回来演戏了？”孟庭深突然开口，低沉的嗓音在房间里响起，萧晨转头看了他一眼。

周西也抬头，随即坐直，接触到孟庭深的目光，思忖后开口道：“没钱了，其他的我也不会做。”

她这么实诚？萧晨嗤笑出声，端起杯子喝水掩饰，周西真是个宝藏。

孟庭深沉默了片刻：“你这倒是——”他的手指一点桌面，评价道，“坦荡。”坦荡得有些过分。

周西从小就是个混世魔王，只不过后来栽到了陆北尧的身上。现在的她沉静，身上有着看透一切后的冷漠。孟庭深又想到那天她试镜的情景，她倔强地仰起头，不让泪落下。她心里很疼吧，她也分手了，也是爱而不得。

周西追求陆北尧追得很高调，孟庭深只听孟晓说过几次——周西在狂追一个人，最近变化很大。孟庭深看到的那次，周西跟陆北尧还没有公开恋情。她陪陆北尧去试镜，按照规定非工作人员是不能入内的。她站在外面等，没有豪车，没有司机，没有保姆，一个人站在寒风里，连个遮挡物都没有。S 市的冬天又潮又冷，那种冷是渗到骨头缝里的。孟庭深单手插兜，站在窗边看楼下的人，她冷得直哆嗦，但也没走，穿着粉色的羽绒服，戴着粉色的帽子，像只兔子般蹦了两个小时。陆北尧出来，她跳着迎了上去，两个人牵着手走了。

孟庭深“牙疼”了半天，想到孟晓在他耳边恨铁不成钢地骂周西：“周西被陆北尧下蛊了。”

后来周西跟陆北尧公开恋情，大家隔三岔五就能看到她上热搜。他们的分手传闻，每三个月一次。最后她因为陆北尧退出娱乐圈了，回家洗手做羹汤。她做羹汤？十指不沾阳春水的大小姐为了爱情什么都可以做。

“认清自己是个什么东西，才能洗心革面，重新做人。”周西双手把菜单递给孟庭深。孟庭深提到私事，她的心一下子就落了回去，孟庭深应该不会给她使绊子。她也顾不上讨厌孟庭深了，话锋转得飞快，微笑着攀关系，“大哥，您点菜。”

孟庭深看了周西一眼，接过菜单递给了萧晨，对她道：“也不必妄自菲薄。”

“检讨是进步的第一阶梯。”周西这几年也不是毫无长进，至少脸皮厚了。

萧晨点完菜看向周西，她的性格变化真大，难道真的因为家庭的变故，洗心革面，重新做人了？她简直像是变了一个人。要是以前，谁批评她，她就会跳起来泼那个人一杯水。谁敢说她不是东西？谁敢让她检讨？

“你以后有什么打算？”孟庭深继续问。

“签到您的公司，听您的安排。”

这个“您”字听得孟庭深的牙又“疼”了，他把面前的凉茶一饮而尽，转头对萧晨说：“打电话问问秦律师，他什么时候能到？”

孟庭深确实是要签周西，秦律师过来时带了全套的合同，厚厚的一沓。

“你现在的情况，签约仪式办不了。等《深宫乱》拍完后公布消息。”萧晨说，“你没意见吧？”

周西现在的名声不好，萧晨不想冒险。

“没有意见。”周西拿过合同翻看了一遍，在下面签字，“谢谢。”

周西前所未有地配合，没有砸场子，也没有半道掀桌子。签完合同，这个饭局算是结束了，他们分开出门，周西先走。

孟庭深起身拿起车钥匙，萧晨也起身。萧晨道：“周西的变化挺大的，她像是变了一个人，不会再作死吧？我真是怕了她。小公主闹起来，那是生化武器。”

“应该不会。”孟庭深迈开长腿往外面走，“周西跟陆北尧分手了，她不谈恋爱时，还算正常。”

周西不谈恋爱，孟庭深看她顺眼了很多。

“《深宫乱》的女二号由周西扮演，”萧晨跟上孟庭深，深深地看了他一眼，“这有点儿冒险吧？”

《深宫乱》可是孟氏娱乐今年的重头戏。

“周西的演技，”孟庭深单手插兜，睨视萧晨，“值得拥有所有的夸赞之词，她不会让大家失望。”

萧晨像看怪物似的看着孟庭深，他夸人，还夸得这么真情实感？

“孟总，您没事吧？”

“六月十日播出的《演技派》，有周西表演的片段，你可以看看，也提前做做功课。”孟庭深看完周西的试镜片段，立刻就去找电视台要了《演技派》的片子，他循环播放了一夜，意犹未尽。

“周西认真起来，”孟庭深斟酌着，找了个不那么夸张的词，“非常迷人。”

“报！西娘娘可能真的要回来了，有记者拍到她跟萧晨吃饭！最近萧晨接受采访时，透露要签一位重磅艺人，不会是西娘娘吧？”

“西娘娘？萧晨？萧晨失心疯了？”

“我就说西娘娘要回娱乐圈了！最近铺天盖地都是她的通稿、营销，太大手笔了，她不回娱乐圈都对不起营销费。”

“以萧晨的投资眼光，投资西娘娘？是周家穿上了‘复活甲’，还是萧晨的脑子被外星人踹了？”

“说句题外话，陆粉先别咬人。西娘娘的演技绝了，我觉得《演技派》播出后她会翻身，而且是彻底翻身的那种。”

…………

“看过《演技派》现场西娘娘表演的表示真的很震惊。电视台不胡来的话，西娘娘绝对翻红。西娘娘这几年也不单单是作死、秀恩爱、杠网友、骂记者，还修炼了演技。”

随后跳出一个号，一直刷：“六月十日的《演技派》，坐等姐姐的表现！”刷了三百多楼，帖子被封了。

周西签约孟氏娱乐了？陈舟看着帖子消失，随后论坛里又出现了几个类似的帖子，全被这个号复制粘贴的内容给覆盖了。随后帖子的版面干净了，再也没有周西的消息了。

陈舟拿起手机拨给周西，放到耳朵边，清了清嗓子，手机里传出机械的女声：“您拨打的用户正在通话中，请稍后再拨。”

周西把陈舟拉黑了。

陈舟陷入沉思，抬头看向不远处正在做俯卧撑的男人。

陆北尧对身材管理得非常严苛。此刻他穿着黑色的T恤、黑色的短裤，长腿撑得笔直，手臂的肌肉线条美而流畅。他还年轻，正是青春年华，不必刻意练肌肉。这几年很多男明星年纪轻轻的，就去举铁练出大肌肉，反而失去了这个年龄该有的美感。陆北尧的肌肉偏薄，覆在精瘦的身体上，保持体态，但那种青春气息仍在。

汗顺着陆北尧的下巴滴落，他做完最后一个交替俯卧撑，起身抽出一张纸擦汗，活动着手腕，长腿微分地站着，身姿挺拔，一米八五的身高在外形上有很大优势。

“北哥。”

陆北尧抬了一下眼，因为出汗，睫毛微湿，显得黑眸有些潮。

“说。”陆北尧走上跑步机，做平衡训练。

“西姐把我拉黑了。”

陆北尧在心里冷笑，周西不拉黑陈舟才不正常。陆北尧都被她拉黑了，她不拉黑陈舟，陆北尧就要拉黑陈舟了。跑步机的履带发出声响，陆北尧懒得跟陈舟说话。

“你这两天给西姐打电话了吗？”

陆北尧有不被周西拉黑的电话号码吗？没有。

陈舟还嫌自己不够讨厌，绕到陆北尧面前，继续道：“西姐这次怎么闹得这么大？你送的那个包有效果了吗？”

陆北尧不知道，有些迷茫。周西说她累了，不想继续了。他仿佛成了水上的浮萍，没有着落。他们在一起太久了，久到陆北尧根本没想过她离开的那天会是什么样的。

他初见周西那天，天气很好，S市天空碧蓝，一望无际。阳光强烈，她从黑色的轿车中出来，那个车标陆北尧没见过，车看上去很贵。她白得发光，娇滴滴的，很美。后来他知道那款车叫宾利，她是周氏传媒的千金，她家给学校捐了上亿元。

陆北尧和她，一个在天上一个在地下。周西向他表白，开始追他，他觉得像做梦一样。

他不能做这个梦。他非常清楚自己是什么样的人，是什么家庭出身。他清醒又理智，克制一切欲念，拒绝了周西。他不能面对这段感情，也没有资格。

周西追了他两年，执着到他都不敢相信。她一天发一条短信、一周送一封情书，他的世界里全是她的影子，全是她的痕迹。

大二那年暑假，陆北尧不回家，要做家教、打零工赚生活费，每天麻木地忙碌着，等待黎明。一天，他从最后一个学生家出来，已是午夜十二点，当时暴雨倾盆，抬头时看到了抱着伞、被风吹得几乎站立不稳的周西。

她的裙子全湿了，小区保安不让进，她就侧身贴着围墙避雨，上面只有一点点屋檐，什么都遮不住。风雨肆虐中，她回头看到陆北尧，笑了起来，眼神清澈。她是来给陆北尧送伞的，怕陆北尧淋雨感冒。但陆北尧因为要教学生，手机调成静音了，她打不通电话，只好在门口等。

“伞给你，我就走。

“我没有特别想见你，就一点点吧。

“我不会打扰你。”

陆北尧什么都没做，很克制地拿过伞，撑在周西头顶，手肘碰到周西温热潮湿的肩膀——消瘦单薄，使他想起第一次碰触女孩儿的场景。他送周西到家，看周西欢快地进门后，转身往回走，从S市著名的富人区走到郊区，用了四个多小时。他到家时，天边泛起了白，站在楼下看远处的天。他没有第二个选择了，只能一条道走到黑。

陆北尧从没想过周西会离开。最近他一直做梦，午夜惊醒时突然害怕，周西走了怎么办？周西不要他了。

“北哥？”

陆北尧关掉跑步机，握着跑步机扶手垂下头看着跑步机的履带，汗一滴一滴地落下去。许久后，他把脸埋在胳膊里狠狠地擦了一下，抬头道：“什么？”

“你有没有听我说话？”陈舟说，“包没用吗？西姐挺喜欢包的，这回怎么没用？”

陆北尧走下跑步机，拿起桌子上的水瓶，拧开灌了一大口水，喉结滑动，仍是沉默。陈舟把自己的手机递给他，说道：“有人拍到西姐跟萧晨吃饭，西姐要签给孟氏娱乐了？”

陆北尧什么都不知道，用沾了水的手指滑动手机屏幕，模糊了一片。他腾出手擦汗，陈舟的手机叮的一声，系统提示：“您举报的卖家已被处理，谢谢您的监督。”

陈舟就是个举报精，不是举报这个就是举报那个。陆北尧垂下眼帘，陈舟的手机里又跳出一个应用程序的通知："爱 × 仕 ××× 已下架"。

陆北尧的目光停在这条信息上，这款包是他买给周西的，点进通知，点开链接。陈舟举报的卖家名叫 queen，现在已经被封号，卖家卖的那款包就是他买的。

陆北尧把手机递到陈舟面前："你为什么要举报？"

"这个卖家也太傻了，买百万元的奢侈品谁不查编码？要仿也仿个国外不知名的买家买的包，仿到我们头上了，这个包的编码跟你买的包的编码一样，恰好被我看到，我当然要举报这个卖家。我这里买包的手续齐全，一提交，他就被封号了。"

"queen 是周西的账号名。"陆北尧说。

陈舟怔了几秒，深吸一口气："西姐卖包？她卖包？西姐要把你给她买的包卖了？我没有骂西姐的意思。我错了，刚刚没有骂西姐。我去联系平台解释这件事，这是误伤。"

周西要把陆北尧送的包给卖了！

六月三日，《演技派》的最新预告出来了，这一版预告周西也是第一次看，她特意坐到电视机前看直播。

《演技派》的预告暂停，插播广告，周西起身去厨房倒水。董阿姨在客厅里尖叫道："西西，快来！你出来了！"

周西拿着杯子回去，镜头已经闪过去了，落到了胡应卿和易秀的争吵上。

"你懂吗？他们身上的那种进步精神非常吸引人，这是他们的亮点，这也是一种精神。我们应该给年轻演员机会，给他们鼓励。"

镜头落到胡应卿身上，他手一摊，冷酷地道："这是竞技比赛，不讲感情，只讲实力。"

这个剪辑太猛了，两个人完全不同时段说的两段话，竟然能剪到一起！但放在一起，效果确实很震撼。

"我看到了！你刚刚特别好看！"董阿姨激动得抓着周西摇了一下，"我们的美西西，旗袍太好看了！以后你就穿旗袍。"

周西蒙了，就一个一闪而过的镜头，有什么好看的？好看在哪里？董阿姨这滤镜也太厚了，这是亲阿姨滤镜。

周西继续回去倒水，手机响了一声，她拿起来看到孟晓发来的微信语音，点开，孟晓的尖叫声就冲了出来：“《演技派》节目组胡来，太过分了，只给你一个镜头！你有那么好的演技，他们只给你一个镜头，这是什么节目组！”

周西按着手机微信语音回复：“宝贝，我有镜头已经很不错了，你也看看我现在的情况。”

孟晓：“啊啊啊！西西，你的表现真的太强了，两秒的镜头美哭了！你是不是偷偷地报了什么演技提升班了？电视台胡来，多给几秒镜头你今晚就能火，全网一起欣赏你的高颜值。”

亲闺密的滤镜不比亲阿姨的滤镜薄。

孟晓：“六月十日！还有七天！我一天烧三炷香，求剪辑组把你的优秀全部留下来。要是留不下来，我就把香点到柳琴家，把她的命留下来。”

周西回复：“冷静点儿。”

孟晓：“朋友，我是你的颜粉，请不要怜惜我，尽情大胆地美死我吧。我为你摇旗呐喊，为你肝脑涂地。”

周西真想把孟晓喜欢胡应卿时的微博甩到她脸上：“你喜欢胡应卿时，也是这个台词。”

“只要‘墙头’爬得快，没有悲伤只有爱，我现在的挚爱是你。”

周西听着语音，笑着笑着眼睛忽然有些湿。

孟晓的吹捧花样百出：“我西回归，妖魔鬼怪全给西爷爬。你会拥有成千上万粉丝的宠爱，千娇百宠。我的西，飞翔吧，你值得！”

二十一点三十五分，《演技派》的官方微博放出预告片段，周西点进去特意看了自己的部分。只放了一段，满屏黑暗中只有中间一束光，她站在那束光中，微垂头，有些沙哑的嗓音响起，鲜艳的旗袍，婀娜的身姿，玫瑰别在乌黑的长发中，黑纱之下的脸半遮半掩。这一期节目恰好其他女演员选的电影片段里的服装的颜色都浅。最后是一张海报，所有参赛的明星聚在一起，下面是巨大的三个字：演技派。

镜头里的周西，修长的手指抵着微抬的下巴，一只手抱臂，没有笑，目光冷淡。她的位置不起眼，却艳压全场，太惊艳了，这张海报里的她像个女王。

热评里，周西占据第一位。

“谁来掐我一把，我怎么觉得西娘娘有点儿好看？最后那张海报里，她的颜值真的绝了，惊到我了，不知道是不是修图师的功劳。我竟然有点儿期待下一期《演技派》，颜控没治了。”

下面一排：“我也……”

“我也”里夹着几个原创评论：“只有我一个人是声控吗？周西的声音太性感了。两秒，我的汗毛已经‘群舞’起来了。”

“同汗毛‘群舞’，但这应该是节目组的配音，这种一般都是配音。”

周西竟然有路人粉了，评论里不是铺天盖地的骂声了，她继续往下翻。

一路向西：“我有种预感，西娘娘真的回来了。”

春暖花开：“我有种预感，西娘娘跟陆北尧分手是真的。”

“你和陆北尧分彻底了吗？”萧晨搅着面前的咖啡说。他喜欢喝多糖多奶的咖啡，最好再打一层奶泡，有着奶茶的质感。

周西点头道：“彻底分了。”

“我有个方案，你先看看。”萧晨把营销方案递给周西，喝了一口咖啡，说道，“你本身的‘黑点’虽然大，洗得白。你现在还有一个最大的问题——陆北尧，你是顶级明星的女朋友，这就被钉在耻辱柱上了。要想翻身，你得跟陆北尧永远撇清关系，必要的时候再踩他一脚，有助于你攀升。”

周西看了萧晨一眼，他喝着甜腻的咖啡，满足得像只被顺毛的猫——这只猫咬人可狠了，分手“踩”前任对象这事，他不止一次干过。她道：“不可能，我不会‘踩’陆北尧。”

“你还喜欢陆北尧？”

“就算不喜欢，我还不能有点儿人品吗？不‘踩’前任对象是做人的基本素养。”周西翻看着萧晨的营销方案，“我回来，我的事业干干净净；我进娱乐圈，我坦坦荡荡。”

“希望陆北尧的团队也能这么坦荡。”萧晨把咖啡喝完，说道，“《演技派》节目组想邀请你再参加一期，有兴趣吗？”

“没有。”

萧晨往后靠在椅子上，双手交叠：“理由呢？”

“消耗人气，而且演技这个东西是因剧本而异的，不能走上‘流水线’。”周西看向萧晨，说道，“每一个剧本都要消耗大量精力，将这些精力放在演戏上，回报会更多，你觉得呢？”

“你很聪明，很清醒，很理智。”萧晨点头，看周西的目光中多了几分严肃，“所以我就没接，你先拍《深宫乱》，拍完后我再根据你的情况安排新的工作。还有一件事，我要提前跟你说清楚，你回娱乐圈就要塑造洗心革面的形象，丑话说到前面，无论在剧组怎么样，你都不能跟人动手。”

“嗯。”

“对人礼貌，不到万不得已，不要随便骂人。”

周西看了萧晨一眼，她以前就那么喜欢骂人？骂人的形象真是深入人心。

“嗯。”

“不要随便毁约，进剧组就好好拍戏。无论什么活动，要么不接，接了就要坚持做到底。”萧晨说，“你答应并做到了，我再帮你拿其他资源。”

“你觉得，”周西直直地看着萧晨，目光锐利，“现在的我，还有作死的资本吗？还赔得起违约金吗？”

这个问题也是关键，周西现在赔不起违约金。

萧晨拍了两下手，为周西的清醒鼓掌：“把微博密码给我。”

“我不喜欢被人控制。”

“平时的微博是你发，广告微博和友情转发，由公司的人来发。”

“不行。”

周西和萧晨对峙片刻，她拒不交出密码，萧晨只好作罢：“那我就要给你提要求了，除去广告微博，你一周最多发两条微博，不准‘挂人’，不准撑粉丝，不准发素颜近脸自拍照。”

周西沉默了片刻，点头。

“我希望你最近一两年不要谈恋爱，定下心好好拍戏。女艺人的黄金时间并不长，你没几年时间可以挥霍了，你要在有限的时间内，把名气打出去。以你的演技、你的颜值，我可以帮你走上顶级明星的位置，前提是你不要作死。”

周西伸出手放到萧晨面前。萧晨看着她的手，她的手指非常漂亮，纤细白嫩，有着娇柔的美感。她说：“萧总，我不会作死。”

周西漂亮的眼睛里充满理智、清醒，她十分通透。

萧晨跟周西握手，周西站起来：“我会认真地遵守萧总说的规矩，还有吗？”

萧晨笑起来，露出虎牙，松开手，身子往后靠在椅子上："七月一日进组，我最近会把助理给你安排好，还需要什么随时跟我联系。"他顿了一下，说道，"我期待一个清醒的周西。"

"谢谢。"

六月十日晚上八点，《演技派》首播。

晚上六点，周西一家就吃完晚饭了。董阿姨把周启宇推到电视机前，他也不闹着看动画片了，专注地盯着广告看。周西心里很紧张，心跳得有些慌，但很快就冷静下来了。节目拍完就会播，她又不是新人，矫情什么？

门铃响了，周西刚要起身，董阿姨已经跳起来直奔门口。董阿姨比她还紧张，她这几年一直没有作品，天天闲在家里。董阿姨也替她愁得慌，毕竟她跟陆北尧还没结婚，做全职太太太早了，万一哪天她和陆北尧分开了，连生存的能力都没有。董阿姨一直不赞同女孩儿没有事业，但不能说出口，毕竟周启宇都说不动她。

周家破产，董阿姨提心吊胆的，不知道以后没有生存能力的周西和病秧子周启宇该怎么办？全靠陆北尧养吗？陆北尧倒是不声不响的，可以养着这一家子。可他毕竟是外人，是周西还没结婚的男朋友。董阿姨的心里火急火燎的，明里暗里提醒周西该长大了，但也不敢明催，周西从小身体就不好，怕受刺激。

周西比董阿姨想象中坚强，也有韧劲。现在周西和陆北尧分手了，至今董阿姨也不知道为什么。也许是陆北尧腻了，也许是她的自尊心受不了。但她突然醒悟了，开始工作，参加节目、拍戏。董阿姨看着，觉得难过又欣慰，孩子长大了，懂事了，能独当一面了。董阿姨简直想去庙里烧一炷一米高的香。

今天是周西的回归首秀，董阿姨紧张得胃里翻腾，心跳加快，手指都在抖。

董阿姨拉开门，孟晓抱着大箱子道："西西呢？"

"在里面，你拿的是什么？"

董阿姨连忙接过大箱子，回头喊道："西西，晓晓来了。"

"零食，还有水果，看剧时吃。"孟晓带上门说道。

董阿姨把箱子放下，给孟晓拿拖鞋："吃晚饭了吗？"

“我最近减肥。”

“你减什么肥？又不胖。你等着，锅里吊着高汤，我给你下一碗面。”董阿姨擅长投喂，逮住谁都是一通喂，周西和孟晓都不能幸免。

孟晓还要说什么，周西走过来递给她一盒酸奶。周西穿着白色的家居服，长头发松松垮垮地扎着，戴着黑框眼镜，邋遢得不像个明星。

“你等着吃吧，别想减肥了。”

“我还想给你拍张照片发微博呢，你这打扮也太丑了，像包租婆似的，你能不能有点儿形象？”

“没有，再见。”

孟晓简直想打周西，转身到客厅跟周启宇打招呼，走过去捏了一下他的肩膀：“叔叔，你是不是该减肥了？这肩膀的肉厚得我都捏不住。”

周启宇本来还挺兴奋的，现在渐渐认识人了，孟晓是他看着长大的，是他的半个女儿。结果孟晓上来就泼了他一盆凉水，他继续沉默。

周西坐到沙发上喝酸奶，注意力放在电视屏幕上，《演技派》已经开始播了，主持人高昂的声音响起：“欢迎收看大型演技竞技节目《演技派》。”

董阿姨探头焦急地道：“开始了吗？西西出来了吗？”

“还没有。”孟晓算了一下时间，说道，“西西大概要二十分钟后才出来，她和覃世坚是第三组。”

为了让观众有惊喜感，演员在表演之前，都不能露面。评委挨个儿上台，孟晓看到胡应卿，眼睛就直了。

周西紧张得手心冒汗，从桌子上拿过山竹剥开递给孟晓：“不忙了吗？”

“再忙也要支持我姐们儿的事业。”胡应卿的镜头闪过去，孟晓接过周西递过来的山竹咬着，从包里翻出四个手机、两个平板电脑，登录播放软件，打开《演技派》。

“你的手机呢？拿出来打开，等你出来立刻刷起来。把时段收视率刷到最高，有排面。”

以前周西也干过这种事，不过是给陆北尧刷。他去参加综艺节目，周西就打电话通知所有朋友，有电视机的看电视机，没电视机的，打开平板电脑、手机……周西对这一套非常娴熟，只是第一次给自己刷，感觉新鲜，心情又有点儿诡异。

周西拿出平板电脑打开，这个平板电脑是旧的，拿回来就没用过，一直扔在桌子下面，壁纸是周西和陆北尧的合照——他穿着家居服坐在沙发上看剧本，周西死乞白赖地躺在他怀里，拿着平板电脑拍照。他很不喜欢这种自拍，微皱着眉看向镜头。

周西以前很喜欢这张照片，现在看觉得挺讽刺的。她滑着平板电脑屏幕，换壁纸，打开播放软件，搜索《演技派》点进去。

“你现在先不要看，不能给别人刷收视率，在这个舞台上的演员都是竞争对手。”

周西平板电脑里的播放软件页面已经打开，密密麻麻的弹幕刷过去。

“围观西娘娘。”

“等待新素材！”

“听说西娘娘参加了《演技派》？她来竞争什么？‘派’吗？”

“西娘娘到底什么时候退出娱乐圈？”

“好久没见到西娘娘了，还挺想她的。”

“想西娘娘什么？辣眼睛的演技吗？眼角膜降价了吗？”

“新的西娘娘，新的快乐！我相信西娘娘会给大家带来更多欢乐。”

“胡粉报到！胡应卿终于‘营业’了！”

“胡粉集合！”

“期待胡老师！”

周西按下暂停键，弹幕还在刷。董阿姨端着面过来，放到孟晓面前：“开始了吗？现在这位演员是谁？”

孟晓一边吃面，一边给董阿姨讲正在表演的演员是谁，演过什么，演技怎么样。仿佛她才是圈内人士，周西太边缘了。周西把平板电脑翻过去扣在桌子上，看向电视屏幕，心跳又快了起来。

周西的手机叮的一声，她拿起来看到微博提醒——陆北尧转发了你的微博：“期待周老师的演出”。

周西直直地看着手机屏幕上的字，屏幕渐渐暗了下去，映出了她的影子。她抿了下唇，打开手机点进去。陆北尧转发了她最新发布的广告微博——宣传《演技派》的那条。

她蹙眉，陆北尧要干什么？他不是发一次微博就会死吗？他们都分手了，转发她的微博干什么？

周西点进陆北尧的微博，看到了自己和他互相关注，毫不犹豫地取消关注，然后查看他的那条转发微博。他把评论关了，评论是零。

周西把手机放回去，心情反倒平静了。

电视机里，前面的两组演员表演完了，孟晓连忙打开所有的设备："准备了，西西，你要出场了。"

房间内灯光很暗，电视屏幕巨大。突然屏幕全部暗下去，女人低沉的歌声响了起来。一束灯光落到舞台上，身穿旗袍的女人握着旧式麦克风，微垂下眼帘。

孟晓紧紧地抱着董阿姨，捂着嘴压住即将出口的尖叫。当初看现场，她迷死了这一幕。周西太美了，是来"杀人诛心"的。

周西也打开平板电脑，屏幕上的弹幕全部变成了问号。

"西娘娘什么时候这么美了？化妆师是谁？这个镜头也太绝了。"

"天！西娘娘好酷！"

灯光全亮，屏幕上的女人娇媚冷傲，转头跟覃世坚对戏，眼神太有戏了，目光流转，勾魂摄魄。

如烟夺过枪指着陆景琛那段，所有人都屏住了呼吸，周西的演技好，把这段经典桥段演活了。

镜头给了场上的评委徐丰先，他捂着眼睛似乎在哭。

周西看向弹幕，话锋转得飞快。

"西娘娘帅爆了！"

"感染力很强啊！这是西娘娘吗？她的演技什么时候这么好了？"

"这段戏后面是陆景琛死了，如烟为他报仇，投身火海！我不敢看了，好虐！西娘娘扮演的如烟好美！"

"热搜预定！"

"难怪之前胡老师会那么挺周西！她值得！"

将电影搬到舞台上，跟电影相比还是有些差距的，电影有特效、有导演、有后期；在舞台上，演员必须一气呵成，情绪转换也要快。在舞台上的演员能把观众迅速拉进剧情非常不容易，周西做到了。一开始弹幕还有嘲讽的声音，后来嘲讽的声音渐渐低了，网友都在说这段表演好虐。

周西放下平板电脑，看向电视屏幕。

陆景琛死了，唱歌的舞女拿起了枪，她的眼神绝望空洞，杀人用尽了她全部的勇气。她看了一眼地上的男人，血流成河。屏幕特效起，火光冲天，映着她绝美的脸，一行清泪滑过，风吹动她的旗袍裙摆，火吞没了她。

这一段戏周西在心里演过无数遍，在台上演过三遍，但在大屏幕上看，她是第一次。熟悉的一张脸，她却仿佛在看别人。

她心脏有些疼，但更强烈的感觉是痛快，仿佛是跑了一万米后出了一身汗的那种痛快。

周西高度紧张，陷入疯狂的兴奋——她喜欢演戏。

歌声停止，舞台上恢复了之前的灯光。周西这时才发现自己哭了，抬手擦了一把脸，听到一声啜泣声，转头看到孟晓和董阿姨在抱头痛哭。

孟晓道："陆景琛是如烟在这世间唯一的温暖，我不希望陆景琛死。他死了，如烟就绝望了。"

董阿姨比较在意如烟，陆景琛死不死跟她有什么关系？可最后如烟走进了火海里。

"我的西西。"

周西的手机响了一声，她拿起来看到孟辰发来的微信："非常优秀，你的演技真好，你一定会翻红的。"

"谢谢。"

周西的手机响了起来，来电的是萧晨，她起身上楼接电话。

"你取消关注陆北尧了？"

周西握着手机皱眉，忘记自己已经签约了，有团队，这种事得跟萧晨商量。就算她和陆北尧分手了，陆北尧帮她宣传，把人家取关了，肯定会被人骂小心眼儿。

"嗯。"

"你跟陆北尧确定分手了？他转发你的微博是什么意思？世界好'前任'？"

"大概吧。"

"你大概什么？这是挖坑给你跳呢。今晚本来是你'起飞'的大好时机，陆北尧这么一转发，就好像你们还在谈恋爱。我就知道，他那边肯定不会安什么好心，什么分手后各自发展？你倒是想得美。"

周西摸了一下鼻子，想反驳，但不知道该从何反驳起。

"那我重新关注？"

"这不行，重新关注就是默认你跟陆北尧复合了，你吐了吃，打自己的脸。"陆北尧的粉丝讨厌周西，她再去关注就成了靶子，"反正已经取关了，你绝对不能重新关注。他爱转发不转发，爱关注不关注，这只是他的一厢情愿。”

只要不是让周西重新关注陆北尧，什么都好说，她已经不在乎她在陆北尧的粉丝那边是什么形象了，随风去吧。

“好，我知道了。”

“你今晚的表现很棒，《演技派》节目组可能会安排一个热搜。不管谁来你微博里闹，你都忍着。”

周西那套可真是太深入人心了。

“我不会的，你放心吧。”

演员玻璃心是最不可取的。一个戾气横生的演员，非常不讨喜。

周西挂断电话下楼，客厅里的三个人抱成一团在哭。她满脑子问号，后面两组演员的表演有这么感人？她立刻看向电视屏幕，什么异常都没有，人家演员在快乐地表演，这一段还有点儿喜剧效果。她握着手机，疑惑地看向三人。

“你们在干什么？”

孟晓眼睛泛红，指了指周启宇：“你爸在哭，我们在安慰他。”

然后他们的心态都崩了。他们一想到周西浴火重生，以前的那个过于单纯的周西不在了，此时的她活得通透，无爱无恨，就哇地哭出了声。他们的宝贝经历了太多不好的事。

周西傻眼了，半晌后，过去给三个人递纸巾擦脸：“哭什么啊？我演得不好吗？我有没有重回娱乐圈的资格？”

孟晓狂点头，周西要是没有资格进娱乐圈，那谁有呢？谁都没有资格！谁都不配！

“高兴起来，都不要哭。”周西给周启宇擦脸，他的脸大，特浪费纸，两张纸还不够。周西回身抽纸，就听到他含含糊糊地说：“陆——”

“陆狗死了！”孟晓是周西的“唯粉”，提到陆北尧就咬牙切齿，“陆北——”

周西一把捂住孟晓的嘴，把两张纸递过去给周启宇擦脸：“没事，就是孟晓家以前养的那只狗死了，是被邻居家的大狗咬死的，她很气愤。你赶快擦脸，不要哭了。”

孟晓回头看着周西，眨眨眼睛，周西也眨眨眼睛，信号接收，周西松开手。

周启宇哭得抽噎，断断续续地说：“北——不回来？”

“陆北尧拍戏忙，没时间。”周西给周启宇盖了一条毯子，说道，“你情绪波动不要太大，我们都好好的，不要乱想。”

周西转身坐到沙发上继续把《演技派》看完，孟晓戳了她一下，她转头看向孟晓。

“去你房间？”孟晓用口型说道。

《演技派》播完了，周西和孟晓上楼，周西窝到沙发里拿起手机：“我爸还不知道，我怕他受刺激。”

“甩掉陆北尧才不是刺激，那是大喜事。”

“我爸会觉得是陆北尧把我甩了，他不能受刺激。”周西很理智，她爸是她唯一的亲人。

孟晓直接扑到周西的床上，滚了一圈，撑着下巴看周西：“我给你介绍个男朋友吧。”

周西刚打开论坛，闻言受到惊吓似的抬头道：“你没事吧，怎么当起了媒婆？”

“你觉得我三哥怎么样？他事业有成，长得虽然不如陆北尧好看，但在普通人里也是拔尖的。他掌管孟氏集团旗下的汽车城，收入还不错，感情史清白，没有谈过女朋友，连暗恋都没有。我三叔家就他一个孩子，他的家境优越，工作也稳定。你要是有想法的话，我给你们介绍？”

“别祸害人了。”周西现在对谈恋爱一丁点儿想法都没有，翻看着论坛，首页竟然飘了两个帖子。一个是：“啊啊啊！这是周西吗？好看！”另一个是：“真成前嫂子了，梦想成真啊，陆粉！陆北尧转发了西娘娘的微博宣传，西娘娘反手取关！漂亮。”

周西点进第二个帖子，对孟晓说道：“我现在根本不想谈恋爱，对男人没想法。你晚上住这里吗？明天中午请你吃饭。”

“我明天早上十点的飞机，去广州，攒着回头一起吃。”孟晓是做游戏开发的，工作室不大，事不少，目前处于创业初期，忙得不行。她感慨道：“成年人的世界里就没有容易两个字。”

孟家这一代除了老二是个废物，天天花天酒地，其他人全是工作狂。

“《深宫乱》的合约定下来了吗？”

“定了。”

之前孟晓说回来一起吃饭，可她到现在才回来。

“青黛？不错啊，青黛这个角色的爆发力还是很强的，就是跟江乔有很多对手戏，我讨厌江乔。”

“皇后。”

“啊？”孟晓一骨碌坐起来，披头散发地盯着周西，“什么？你不是去试青黛的戏？”

“导演说我更适合演皇后，可能我的正宫气场征服了他吧？”

孟晓鼓掌道：“优秀！去他的西娘娘，你就是东宫正娘娘！我看书的时候就喜欢皇后，她比女主角优秀多了。女主角就是典型的早期文艺作品中的玛丽苏（形象完美，与剧情中的人气角色关系复杂，往往受到主角的关注）角色，主角光环太强了。皇后才是有真情实感的人，跟皇帝青梅竹马，这段真感人。”

“我是女王，queen，谁要做娘娘？”

“是是是，你是 queen。”孟晓又趴回床上刷微博，说道，“姐们儿，你上热搜了。”

周西正在刷的论坛崩溃了，界面变成一片空白。绿江的论坛就是这么“优秀”，在抽风上从不会让人失望。

“两个热搜！有排面啊！”孟晓翻着热搜，激动地在床上打滚儿，抱着枕头道，“姐们儿，我还是你粉丝群的群主呢，我现在就把群捡回来。”

“你是什么群的群主？”周西惊了，孟晓到底有多少“马甲”？

“二群，QQ 群，你演员事业巅峰的时候群里有两千人呢，现在你失去人气了，还有两三百个群员。”

周西在演员事业巅峰的时候有五个 QQ 粉丝群，后来其他群主纷纷解散了，只有孟晓这个 QQ 群坚持着，她是群主，别人没资格解散群。

周西曾经被粉丝教训，气急了就把所有的 QQ 群都退了，那时候不听劝，不愿意听任何人说教，认为所有的说教都是故意抹黑她的行为。

两个热搜：一个是关于周西取关陆北尧，一个是关于周西的演技。

周西取关，排在热搜第十三位。陆北尧转发微博后，他的粉丝转出二十万条转发微博，评论里全是：“祝福西娘娘，分手各自安好，分手快乐。”

另一条大热微博是营销号发的：“陆北尧帮周西转发微博，周西取关，他们真的分手了吗？”

“陆北尧不正常！这个时候转发前女友的微博宣传？他没事吧？”

“陆北尧是被下蛊了？我之前还以为是他的团队操作奇怪，看样子是他本人操作奇怪。老子跳起来给他一肘子，天灵盖儿给他打飞了。四年前的奇怪操作导致粉丝大规模脱粉他忘记了吗？我以为现在他的脑子清醒了，没想到又来了。”

“喜欢陆北尧太难受了，他离开那个女人会死吗？”

这几个评论全被陆北尧的粉丝撑成了筛子：“不用理楼上那种假粉丝，真陆粉现在很高兴，祝福前任对象，各自安好，大家有这个时间去给北哥刷刷数据不好吗？”

“北哥总会取关的，大家很快乐，分手快乐，祝福北哥。”

有路人下场：“你们陆粉也太可怕了，人心都是肉长的，陆北尧跟周西在一起这么多年，石头也焐热了，陆北尧是活生生的人，他有心，也会难过啊，你们没必要祝福吧？”

这两条评论被嘲讽出了一千多条：“关你什么事？祝你的‘墙头’也恋爱，给你找个嫂子。”

“看样子西娘娘是铁定分了，大家淡定，过了今天，北哥就是单身人士了。帮前女友转发微博，只要不是天天转发，我能接受。”

“就是啊，转发送别前女友，别那么悲观。想想北哥和苏晨严主演的《将军》，大家忍心脱粉吗？反正我不脱。”

“热搜标题上面都没有北哥的名字，点进去全是骂北哥的，她是踩着北哥上位吧？分手踩一脚前男友，是西娘娘能干出来的事。”

“陆粉也太搞笑了。”孟晓边按着手机飞快地打字。

周西再次刷新热搜榜，“周西的演技”一骑绝尘直冲到热搜第四位。她惊了。

“我晚上闲着没事，陪老妈追综艺节目，你们猜我看到了什么？周西！周西回来了。这不是重点，重点是她的演技竟然这么好，我和我妈抱头哭成了傻子，后面她的采访我看得好难受啊，这几年究竟发生了什么？记忆中，作死的周西就在昨天。”

下面配的视频是《演技派》中周西表演的片段，最后一幕，周西拿着枪，绝美。

第二条微博依旧是这位博主发的：“啊啊啊！《演技派》节目组有黑幕！以周西的演技，会被第二组那个刘什么的压票？节目组的投票器没问题吧？周西看到票数回头笑的那一下，释然得让人心酸，她心里肯定清楚是怎么回事，她过气了，不红了。今晚我的眼泪不值钱！”

这位博主刷屏了，疯狂地刷，刷得真情实感：“四年一梦，回头全是枉然。周西站在台上，看着评委荒唐地扯遮羞布是什么心情呢？没有人知道。少年鲜衣怒马，意气风发，已是过去。如今的她，看尽人间事，落入凡尘中。”

这位博主一共刷了十条微博，字字声泪俱下，嚎得声嘶力竭。周西默默地看向孟晓，怀疑是孟晓的“马甲”。十条微博，数据最好的就是“少年”这条，两万条转发，一万条评论。转发的微博号里有不少老追星微博号，都在感慨岁月如梭，世情凉薄。

“当年周西是多嚣张的一个人，真令人唏嘘。”

“难怪胡应卿会在微博上力挺周西，难怪会有那么多人意难平。烈火熊熊，烧得不只是爱情，还有过去的年少轻狂、骄傲与个性的棱角。”

“周西的演技真的好，她被时间埋没了。”

“西娘娘这回是真的回来了吧？我不敢喜欢，西娘娘之前的黑历史太多了。我先观望。”

“周西认真演戏的话挺好，希望她不要为情所困，以后拼事业吧！”

一位知名搞笑博主转发：“浴火重生的西娘娘好美，作为当年脱粉的一员，现在看到西娘娘心情特别复杂。”

一条评论：“西娘娘是黑称，有好感的话别这么叫了吧？”

“博主既然是前粉丝，应该知道西娘娘是什么意思。她叫周西，她在节目里自我介绍了。你不是蹭热度的话，应该知道她为什么要那么郑重地在节目里自我介绍。”

“对对对，她叫周西，她不是西娘娘。期待周西回归，期待她更好的表现。”

《演技派》节目组有黑幕，找了个荒唐的理由把周西给 PK（对决）下去了。换作以前的她，可能已经把主持人的头打爆了。可现在的她没有生气，更没有爆发，而是笑着说已经很好了，这个成绩很满意，太久没演戏了，演得并没有别人好，会继续努力的。她收起锋芒，站在台上任由他人点评。她穿着旗袍，身材婀娜，肤白耀眼，清眸中盛满了星辰。这一段实在太拉好感了，她又美又强又谦虚，飒爽中透着很高的修养，那个修养并不是刻意做出来的，而是她的骨子里散发出来的，似乎一直都存在，举手投足间都是优雅。

周西的微信上，萧晨发信息过来："现在的热搜是路人搜上去的。恭喜，你的人气回来了。"

萧晨："不错，保持住。你只管保持美貌、提升演技，其他的交给我来处理。"

周西往下翻，不少人都夸她的这段表演。短短几天时间，她的微博粉丝数涨了十万，评论里也有加油声了。只要颜值在、演技在，人气总会回来。

一道闪电划过天空，照亮整个房间，随后轰隆一声，吓得孟晓从床上跳起来，瑟瑟发抖地扑到小沙发上，差点儿把小沙发撞翻。周西回过神用手扶着她："你干什么？"

"打雷了。"孟晓抓着周西的肩膀，"你不怕打雷吗？这么淡定？你以前不是最怕打雷的吗？"

周西想了想，似乎是，就像怕蟑螂似的怕打雷，但感觉很遥远，并不是近期的事。闪电再次照亮房间，周西的头有些疼，她揉了揉太阳穴，起身去拉窗帘，说道："要下雨了吧。"

孟晓一个铁血"硬汉"，竟然怕打雷，多稀罕啊！

"我家露台的门没关，怎么办？"孟晓抱着沙发上的小抱枕，目光惶遽，"我刚刚回去嫌屋子里的味道难闻，就把所有的窗户都打开了，下雨会不会进水？"

周西这么没生活常识的人都知道肯定会进水，转身走向衣帽间取衣服："我去给你关上吧，你害怕就不要出去了。"

"你不是也怕打雷？哪能让你去？"

她换上衣服说道："我现在没那么怕了，姐长大了，可以扛起一个家，天不怕地不怕。"

周西这番话说得孟晓的泪都快出来了，孟晓起身走向衣帽间，道："那我们一起去。"

雷声轰然，孟晓瑟缩，周西把睡衣扔给她："你洗澡睡觉，我很快就回来了。"

"宝贝，爱你！"孟晓肉麻兮兮地凑上来，被周西踹开。

周西拿了一件外套下楼，她爸已经去睡觉了，董阿姨在客厅晾衣服，看到她下楼问道："你去哪儿啊？"

"我去晓晓家取东西。"

"要不要陪你去？天这么黑。"

"不用。"周西换鞋子时顺手拿了一把伞。

"西西。"

周西回头，董阿姨快步走过去递给她一张银行卡："这是小北的银行卡副卡，回头你还给人家吧。"

周西接过银行卡翻看，陆北尧的银行卡副卡？

"陆北尧？"

"既然你们分手了，也不能再用人家的钱了。"董阿姨说，"你这边要是没有钱，我先拿积蓄垫上，回头你有钱了，再还给我就好。"

"我有钱。"周西连忙去拿自己的包，说道，"我们家一个月大概花多少钱？"

"最近一个月大概三万元，一万元是吃饭的费用，两万元是请护工和康复训练的费用。我的工资你先不用给了，等你有钱再说。"

"我还有钱。"周西给董阿姨转账，说道，"我先给你转十万元，你的工资可以从里边扣，我也不知道怎么给，你看怎么样？"

"我没有跟你要钱的意思。"董阿姨连忙解释道，"不急，不急，我最近钱够花。"

周西说道："我能赚到钱。"

董阿姨抱了一下周西，说道："辛苦了。"

周西看着手里的银行卡，抬头道："我们家大概花了陆北尧多少钱？"

"具体没算过，现在我们的生活费都是刷的这张银行卡。"

自己到底失去了多少记忆？银行卡的事周西全然不知道，不管知不知道，欠陆北尧的钱都得还。她收起银行卡说道："我知道了。"

"小心点儿。"

周西出门，雷声一声接着一声，她快步往孟晓家走去。

周西回忆书里的剧情，有这一段吗？她不记得了，有也合理，这样才符合女配角遭人恨的设定。周西家里没钱后，就一直花陆北尧的钱，还作死，把陆北尧的生活搞得一团乱。

孟晓这个笨蛋，家里所有的窗户都开着，周西要把窗户全部关上。大概是怕周西害怕，孟晓一分钟发一条微信，最后索性打视频电话过来。

周西把最后一扇窗户关上，拿起手机挂断，回语音："两分钟后回去，没事，小区的治安非常好！"

周西把手机装回去，关灯出门，雨终于来了。瓢泼大雨直冲大地，天地陷入阴沉，树木在风雨中飘摇。她死死地抓着雨伞往回走，雨水浸湿了她的鞋。她穿过花园朝家狂奔。

周西突然停住脚步，抬起伞，跟对面一身雨水的男人对上视线。

陆北尧穿着黑色的衬衣，戴着口罩和帽子，没有打伞，任由雨水落到脸上。路灯下，他从眉毛到眼睫毛全蒙上了雾，高鼻梁撑着口罩。

她的心里不舒服了一下，但这种感觉很快就被压下去了。她和陆北尧在一起没有好下场。

一阵风吹过来，周西拼尽全力抓着雨伞，风把雨伞刮得翻过去了，顿时接受了暴风雨的洗礼。陆北尧朝她大步而来，她在放弃伞和放弃自己之间还没做出选择，陆北尧已经走到了她面前，接过雨伞重新翻过来，手握着雨伞挡住她，看着她，喉结滑动，沙哑的嗓音在风里显得低沉："下雨天你出来干什么？"

陆北尧还站在伞外面，雨水顺着额头往下流，全身都湿透了，衬衣贴在肌肤上，勾勒出身体的轮廓。

周西皱眉，接过雨伞："谢谢。"

她没拽过来，抬头，陆北尧还握着伞柄，手指的关节在雨水里微微泛白，指尖有水。

"我拿着。"

周西直接放弃雨伞，拉起外套盖住头大步往前走。她刚走出两步，肩膀被人抓住，身体被迫旋转，整个人就撞进温热潮湿的怀抱。陆北尧死死地抱住她，雨伞掉到地上，被风吹到了远处，修长的手臂圈着她，脸埋在她的脖颈处。雨点打得她睁不开眼睛，她的脖子上一片温热，雨水顺着她的脸往下流，很快她的衣服就全湿透了。

周西心想，陆北尧真的很差劲啊！他没有带伞，就把她的伞扔了，让两人一起淋雨。

他没毛病吧？

"你为什么取关我？"陆北尧的声音在潮湿的口罩下有些闷，也有些沙哑，他的语调缓慢，似乎很艰难地道，"西西，我们有问题可以沟通。"

"我们分手了。"周西皱眉，陆北尧抱得太紧，遮住了一半风雨，体温从潮湿中传过来，落到周西身上，"陆北尧，我说得不够清楚吗？我还要跟你沟通什么？你放开我。"

陆北尧的心脏撕裂般地疼，仿佛生命中的一部分被人强行撕下来。

“西西？”

周西猛地推开陆北尧：“陆北尧，我们已经结束了，你抱我合适吗？你不要死缠烂打行不行？我欠你的，我还给你。”

周西连忙在衣服口袋里找银行卡，找到后塞到陆北尧的手里：“还有什么？哦，我想起来了，你送了一个分手包给我，我这就还给你。我送你的东西，我不要了；你送我的东西，你要的话，我可以折现给你。陆北尧，我们的感情结束了。我们这辈子不会再有任何关系。”

陆北尧看着周西，她的眼睛里全是看陌生人的神色。他眨了一下眼，瞬间，眼眶泛红，半晌没发出声音。

周西抬腿就走，头也没回，到家门口刚要进门，身后传来沉闷的脚步声，在暴雨中并不是那么清晰。她没来得及回头，熟悉的气息扑了过来。她回头，高大的男人圈住她的肩膀，把她抵在了墙上。

他已经把口罩拿掉，俊美的脸上满是寒意。他眼睛赤红，用修长的手指卡着她的肩膀，胸膛起伏，声音沙哑：“你说不要就不要了，周西，我是什么？”

陆北尧是什么？他是男主角。周西是什么？她是女配角。

周西看着面前的男人，陆北尧很少哭，只在演戏的时候哭过。他纤长的睫毛湿漉漉的，黑眸含着浓雾，眼角微微泛红。曾经他的粉丝说，只要他一哭，他们就想把全世界给他。周西也确实想把全世界给他，但现在他的世界里没有周西，她给他全世界也没用。

“一时兴起。”周西抿了下唇，“前男友，我们结束了。”

他们在一起整整七年，周西说一时兴起。陆北尧的心脏撕裂般地疼，他茫然地看着周西，一滴泪毫无征兆地滚落。他看了周西许久：“周西，我爱你。”

“我们已经结束了，我欠你的钱，我会慢慢还给你。陆北尧，我不恨你，只是我们没有关系了，祝你前程似锦。”

周西确实不恨陆北尧，他也没什么可恨的。是她一厢情愿，陆北尧陪了她这么多年，耐性已经够好了。

“不跟你说再见了。”周西被淋湿的头发贴到了白皙的脸上，她抬手把头发拿开，灯光下一双眼睛清澈干净，却不再满含爱意，没有丝毫的留恋。她在跟陆北尧撇清关系：“以后见面，我们当不认识吧。”

初见那年，周西十九岁，陆北尧二十岁；现在，周西二十六岁，陆北尧二十七岁。

陆北尧和周西确认关系那晚，周西趴在他的耳边吹气，一遍遍地道："陆北尧，你是我的。你是我周西的男人，这辈子都是我的。"

陆北尧抱着她，心里觉得好笑，脸上却不显露出来，他本就是内敛的人，习惯了沉默，他抚摸着周西的长发，把人带进怀里小心翼翼地亲吻。他想，这辈子都是她的。

陆北尧低头，额头抵着周西的额头。他不知道为什么会变成这样，仿佛昨天周西还在他耳边诉说爱意。可他转头却发现一片狼藉，家里周西的东西全没了，院子里泥土裸露，衣帽间里一件衣服都没有。

以前他嫌周西的衣服多，巨大的衣帽间不够用，她还要把衣服放到卧室里，琳琅满目。装修时，他已经特意把衣帽间改大了，但还是不够用。第一次，他发现衣帽间真的很大，巨大，空荡荡的，因为周西走了。

他把周西圈在怀里，紧紧地贴着她，肩膀轻轻抖动，温热的唇落到她的脖子上，把脸埋在她的脖颈上。

"陆北尧！你放开周西！"一声尖锐的叫声响起，陆北尧抬头，孟晓张牙舞爪地直冲过来扯走了周西。

周西刚刚有一瞬间的茫然，现在被孟晓扯醒了。

孟晓看着陆北尧道："你们已经分手了，你还来找周西干什么？"

其实她也不知道周西为什么要跟陆北尧分手，但周西要分手，肯定是因为陆北尧做错了什么。

"西西为你付出的还不够多吗？跟你在一起这么多年，她得到了什么？"孟晓挡在周西面前，陆北尧抬起头，静静地看着孟晓。

孟晓往后退了半步，立刻提高声音来壮胆："你当年被经纪公司雪藏，又不要周家的资源。你清高，你清高的结果是什么？是周西天天去求导演。你以为你主演《剑奇》的机会是怎么来的？是她拿着脸面求来的。她一家家公司去求人时，你在哪里？"

陆北尧倏地看向周西，她也恰好看过来，只不过漂亮的眼睛里很空洞，里面什么都没有。她是在看陆北尧，也似乎在透过他看别人。

"你们公开恋情后，影响了你的事业，你的经纪人要周西退出娱乐圈，好，她退出娱乐圈，在最有前途的时候退出娱乐圈，你说什么了？

"我承认，西西偶尔是会作死，但她作还不是因为她没有安全感。你是她的男朋友，你给她安全感了吗？你有没有停下来好好地听她说过话？你什么都没有做，你依旧还是你。她却落下了，得仰视你。现在她仰视累了，你放她一条生路吧。你愿意跟谁炒作就跟谁炒作，没有人再阻碍你的事业了。”孟晓紧紧地攥着周西的手，看着陆北尧，“她永远不会在你面前作了。”

陆北尧的胸膛起伏，他缓缓地吸了一口气：“《剑奇》是西西帮我求来的？是谁让她退出娱乐圈的？”

“不然呢？你以为导演会从人海中把一个没什么存在感的人找出来？是谁让周西退出娱乐圈的？麻烦你回去问问你家陈舟。”

陆北尧直直地看着周西，往前走了一步。这时，房门被打开，董阿姨出来了，看到周西一身水，立刻呀了一声，转身回去拿毯子包住她。董阿姨刚要说话，抬头看到陆北尧，张嘴道：“小北？你过来了？你没带伞？怎么都在淋雨？我去给你拿毯子。”

夜幕阴沉，狂风暴雨，陆北尧还站在雨里，衬衣早就湿透了，衣服贴在身上，他的身材轮廓被勾勒得分明。雨水顺着他俊美的脸往下流，他喉结滑动了一下。

周西抱着毯子看着陆北尧，他有种陌生的感觉。陆北尧很狼狈，她很少见到陆北尧的狼狈。陆北尧的目光深沉，如同暴风雨中的深海。

“你的粉丝那么疯狂，谁受得了？或许你就该单身，就不该谈恋爱。等你到了一定年龄，你的粉丝不再疯狂追杀你的对象时，你再找对象吧，我们西西伺候不起。”

陆北尧看着被孟晓抓住手的周西，垂下眼帘，抬手解开一粒衬衣扣子。

“周西。”陆北尧有些艰难地开口，觉得胸口疼，保留着最后的理智道，“你不要我了？”

“我要不起，我们分手了，永远不再见。”

闪电划过天空，炸雷滚滚而来，似乎要把大地击穿，天地被映照出轮廓，万物仿佛都在暴雨中摇曳。孟晓往后退了一步，周西抱住了她的手臂。

董阿姨拿出毯子给陆北尧，说道：“要不你们先进去说话？”

“谁要让陆北尧进去？前男友就应该‘挂在墙上’。”

董阿姨回头拍了孟晓一下，说道：“胡说八道，哪能这么说人？赶紧带西西回去，我去煮姜汤，给你们祛祛寒，别再冻出毛病来。”

“陆北尧。”周西开口，声音压过了所有的噪声，传到他的耳中，“我们分手了，七年了，彻底结束了。我不要网络暴力，不再卑微，也不要你。”

陆北尧没有接毯子，他一身水，碰一下毯子就湿了。他一直目光阴沉地看着周西，仿佛感觉眼前一片黑暗，理智让他发出声音：“谢谢，不用。”

周西拉着孟晓转身进了门，房门敞着，陆北尧想冲过去拦住周西，想让她收回刚刚的话。

网络暴力？卑微？不要他了？

“你和西西两个人都太年轻了。”董阿姨叹了一口气，不知道该怎么安慰他。不管原因是什么，他们要分手，她本能地站在周西那边，不能让陆北尧进门，“要不你在门口等一会儿？我去拿碗姜汤给你喝？”

陆北尧茫然地抬起头，觉得世界空荡，周围很冷，那种冷是彻骨的。七年，整整七年时间，一个人突然从他的世界剥离。七年太久了，久到让他刻骨，久到融进他的血液里，成了他身体的一部分。

他往前走，董阿姨拦住了，说道：“小北，你也冷静点儿。我不知道你们因为什么分手，但分手绝不是一个人的问题。”

陆北尧停住脚步，看了董阿姨许久，转身走入雨中。他身高腿长步伐大，脊背挺得笔直，密集的雨点打到身上微微有些疼，走出小区，站在雨里眺望远处阴沉的天空——看不到尽头的黑暗。他上车，坐到驾驶座。

有很多信息对不上，有很多话是周西从来没有对他说过的。是她从导演那里给他求来主演《剑奇》的机会让他走红的？她没有反驳，就说明这是真的。他一直不知道这些，周西那么骄傲的一个人，他不敢想象她求人的时候是什么模样。退出娱乐圈的原因，她也没有提过。

这些年，他在做什么？

周西家里发生了很多事，他身上也发生了很多事——与经纪公司解约，开公司创业，他一直举步维艰。他忽略了周西的感受，他每天都忙。他们争吵过，他以为总会过去，没有深入地探寻争吵的源头。网上有纷争，他想，自己赚够钱就退出娱乐圈，网络上新面孔、新鲜事那么多，很快他就会被人遗忘。

陆北尧没有看到周西的脆弱，没有看到她的变化。

她走了，走得彻彻底底，再也不会回头。陆北尧觉得世界空荡荡的，自己一无所有。

陆北尧拿起烟盒取出一支烟，手上沾了水，瞬间把烟洇湿，软了下去。他把烟揉成一团，脸埋在方向盘上，深深地哽咽。雨水冲刷挡风玻璃，发出巨大的声响。雷电轰鸣，天地之间，仿佛只剩下他一个人。他冷静后，抬起头看向窗外的黑暗。周西是什么时候开始用那种空洞的眼神看他的？出车祸之后？周西说分手，他以为是假的。

手机响了一声，陆北尧拿起来看到一个新闻推送："今晚周西取关陆北尧，为分手闹剧画了句号，和陆北尧正式分手。周西在《演技派》上大放异彩，演技一流。曾经被众人嘲笑的她回来了，涅槃重生。果然，爱情是女人事业上的绊脚石。"

陆北尧往后靠在座位上，抽出纸擦干手指，重新取了一支烟。打火机的蓝色火苗卷起香烟，他狠狠地抽了一口，眼睛中的神采暗了下去。

他点开视频，舞台上火光亮起，穿着旗袍的女人美艳绝伦，白皙的手指握着枪，镜头拉近，眼中含泪，却倔强地不让泪落下来。她绝美凄然，演技具有感染力。三分钟的视频要结束时，火光燃起，悠扬的歌声中似乎有着让人撕心裂肺的悲痛。

陆北尧把烟头按灭，打开微博搜索周西。

第一个热搜："周西的演技"。陆北尧点进去，看到了周西十一分钟的表演，可以说是完美到无可挑剔。舞台剧有多难演他比谁都清楚，拍电视剧可以多拍几条、可以剪辑、可以配音，后期有调整的机会。但舞台上的这种表演，全靠基本功。演员需要很深的功底，台词要全部记清楚，情绪没有酝酿的机会，走位要一气呵成。

陆北尧看了六遍视频，周西表现得无懈可击，她在台上游刃有余，把同台搭档覃世坚逼得节节败退。覃世坚是位老演员，在业内他的演技是排得上名号的，但周西的演技不在他的演技之下，甚至超越了他。

这样的周西，明艳、耀眼、万丈光芒，站在台上，所有人的注意力都在她身上。这样的她，陆北尧是陌生的，第一次见。

周西洗完澡裹着浴巾窝在小沙发上发呆，长发湿漉漉地披散着。孟晓拿吹风机过来给她吹头发，说道："你傻了吗？"

周西抬头，孟晓拍了一下她的头道："你不要想太多，想做什么就做什么，你开心就好。"

"你也觉得我作？"周西抱着腿，下巴搁在膝盖上，"嗯？"

“一时口误，你哪里会作？你是小公主，天生就是要被宠的。”孟晓这个马屁精，最喜欢给周西顺毛，“豌豆公主，你看我给你吹头发的姿势怎么样？”

周西笑出声，接过吹风机自己吹：“你有什么话就说，我有什么不好的，你说了我会改。”

“这是西西公主说出来的话吗？”孟晓坐到周西对面，端详她，问道。

周西瞪大眼睛，孟晓笑出声，趴在沙发边缘看着她：“我就是觉得你跟陆北尧在一起时，挺偏执的，很不好。”

“多偏执？当局者迷，旁观者清，我看不清。”周西关掉吹风机，想跟孟晓聊聊，想知道自己忘记了多少事情。

“你特别依赖陆北尧，像菟丝花似的，像离开他就活不下去了，很神经质地缠着他，做了一些很奇怪的事。我虽然没有谈过恋爱，但觉得这样的爱情应该不算太好，像万丈危楼，一旦有一天他走了，你的楼就塌了。我挺担心你的，怕你吃亏。但我没想到啊，姐们儿，你先把他踹了。我第一次见他哭得那么伤心，说真的，我爽得毛孔都打开了。”孟晓说着就兴奋起来，凑到周西面前，“他那张高冷的脸，哭起来真带感。”

“你这是什么变态嗜好？”周西起身走回去，扑到松软的床上，拉起被子裹住自己翻了个身，只把脑袋露在外面。

周西怔怔地看着床头柜上陈旧的毛绒兔子，这玩意儿怎么会放在床头？这是大二那年，陆北尧在电玩城用娃娃机给她抓的。陆北尧当时在电玩城打工，穿一身狐狸玩偶的衣服，特别帅，她在那边蹲了一天看陆北尧。晚上，他工作结束，抱着狐狸玩偶的头走到她面前，问她要什么。

那时候的陆北尧比现在还好看，身材挺拔修长，留着一头黑色规整的短发，俊美的脸永远都是一个表情，天生肤色白，看人时，眼神干净。

周西随手一指身后的娃娃机，陆北尧摸出一枚游戏币，面无表情地投进去，夹出来一只粉白色的毛绒兔子。他修长、骨节分明的手指拎着毛绒兔子递给周西。周西拿的时候故意碰到他的指尖，他手指温热，收回手抱着狐狸玩偶的头就走。

这是他送给她的第一个礼物，她一直抱着睡觉，喜欢得不得了。年少时的感情非常纯粹，不掺杂一丝一毫的利益。

周西伸手拿起毛绒兔子翻看，上面写的字已经消失了。毛绒兔子是洗干净的，上面有洗衣液的味道，大概是董阿姨整理行李时看到，以为是她的宝贝，就拿出来放到床头了。

“我过几天就要进剧组了。”周西要见到江乔了。

“要开发布会了，是吗？”

“是啊。”周西戳着毛绒兔子，曾经陆北尧被她逼着在毛绒兔子上写：“陆北尧爱周西一辈子”。当时用圆珠笔写的，她以为洗不掉，最终还是洗掉了。

“那你一定要碾压江乔。”孟晓就是个斗士，一听到这个消息就不困了，精神得不行，“你想要哪个品牌的衣服？我送你一件，庆祝你重回娱乐圈。你衣柜里的衣服都过时了，不适合大场面，你要穿就穿当季新款。”

“萧总应该会安排。”

“姓萧的不一定好好做人。他手底下那么多艺人，能不能考虑到你呢？”孟晓想到粉圈原则：一定要骂自己偶像的经纪人，“那我明天给姓萧的打个电话，问问他怎么安排的，要是没安排，我就送你一套衣服。”

周西把毛绒兔子扔回抽屉，关上，仰面躺回去：“借一套衣服就行，买不划算。”

孟晓再一次石化，周西周大小姐竟然会考虑划算不划算的问题！这是仙女该考虑的问题吗？仙女不就是站在云端展现魅力吗？

“我送你。”

“不要，我还真不能艳压江乔。我现在的形象就是美丽、强大，历经磨难，破产千金你知道吧？我穿一身当季新款高定礼服像话吗？只会被嘲讽。”

“那穿得灰头土脸的我可不同意。”

“你要相信萧晨的审美和我的后台，即便他再忙，我也是你大哥钦点签进孟氏娱乐的，他怎么都不会让我灰头土脸的。”

“我怕我大哥签你是为了报复。”孟晓对孟庭深怨念颇深，孟庭深现在还没把她从黑名单里拉出来。

“报复什么？”

“我们家的人都喜欢你，我大哥嫉妒。”孟晓道，“不然，我真是解释不了，他为什么对你偏见那么大？”

周西想了想，结合最近接触过的孟庭深分析道：“你大哥是非常正常的商人思维，也是路人思维。我和你有感情，你看我会带滤镜；孟叔叔是我的路人粉，也有滤镜；但孟庭深是旁观者，看得就比较清楚。我想他的签约，应该是认同。”

“希望吧，如果我大哥刁难你，你就给我打电话。”孟晓真想去铲掉孟庭深的头，护犊子简直到了丧心病狂的地步。

“《深宫乱》开机你去吗？胡应卿也在。”

“不去，我不喜欢胡应卿接这部戏。”孟晓说，“我就是因为他接这部戏才脱粉的，我也不想见江乔，我不喜欢江乔。”

《深宫乱》的发布会藏龙卧虎，阵容强大。男主角由影帝胡应卿扮演；女主角由新起之秀江乔扮演；太后的扮演者是老戏骨刘红；男二号由苏晨严扮演，他刚从《将军》剧组出来，无缝衔接进了《深宫乱》剧组；女四号由郑秀扮演。

除了周西，这些人都是有作品傍身的。周西没有任何作品，还常年被嘲讽，被放到了女二号的位置，仅仅排在男女主演后面。

七月一日，《深宫乱》剧组在B市开机，周西提前两天就过去了。她的助理叫秦怡，是个三十来岁的女人，以前是练散打的，人高马大，看起来像一巴掌能把她抡到墙上抠不下来的那种。她一路上都不敢说话，在萧晨眼里，她的战斗力到底有多强，需要安排个打手来看着？

在《深宫乱》剧组中，周西就跟胡应卿有过两面之缘，跟其他人都不熟。她来得早，其他人都没到。她背东西很慢，这是先天劣势，所以到B市后两天都没出门，一直在背台词、看剧本，提前酝酿情绪。

第三天早上，秦怡敲门把衣服给周西送过来。萧晨给周西挑了一套黑色连体高腰长裤，偏中性，是非常小众的牌子，不贵，至少她是从来不会买这个牌子的衣服，嫌不够档次。

“萧总说你现在不适合穿大牌衣服。”秦怡看着周西，补充了一句道，“建议你的包也不要拿太贵的，尽可能拿小众牌子的包。”

萧晨的这个想法和周西不谋而合。她再出来，就要树立努力、敬业、演技派的形象。

“胡老师到了吗？”周西换完衣服，走到化妆台前给自己化妆。开机时她不需要太精致的妆容，找化妆师化妆太兴师动众了，会被人诟病。而且，她现在塑造低调谦虚的形象，自己化妆就行了。

“到了，在导演的房间。”

“江乔来了吗？”周西把江乔两个字说出口时，有种奇异的感觉，心脏深处狠狠地疼了一下。女主角——集主角光环于一身的天选之女。

“到了。”

“江乔穿的什么衣服？”

“C 家经典款，‘白月光’。”

C 家去年推出星空系列的礼服裙，两个色系：银色和蓝色，银色偏白，被大家称为“白月光”。

周西皮肤好，粉底打上去整个人就有光了。她化了个偏冷艳的妆容，搭配这条黑色硬线条的裤子有几分飒爽，又把细项链和耳钉全部拿下来，将发尾微卷，涂上口红。

差不多该出发了，她不能太抢风头，去得太早或太晚都不合适。

她没有拿手袋——裤子有口袋，可以放手机，手也可以插兜。

周西的硬汉助理沉默了几秒。小公主什么时候这么随意了？简直不可思议。

周西的小公主名号，娱乐圈的人都有所耳闻，她又骄又傲，非常难搞。现在这个平易近人、什么都亲力亲为的人是谁？

周西走在最后面，坐进《深宫乱》剧组安排的车，开往举行开机仪式的地方。开机仪式在 B 市古城举行，剧组需要在这里拍半个月的戏，然后转去横店影视城。她拿出手机刷微博，看到热搜第十六位的《深宫乱》，下面的评论内容主要是关于胡应卿和江乔的。

《深宫乱》是江乔今年最大的戏，所以她的团队和粉丝都格外重视，每个人都喜气洋洋的，像过年似的，庆祝她和影帝胡应卿搭戏。《深宫乱》是百分之百上星剧，大制作，由著名导演执导，编剧的实力也强悍。她和影帝胡应卿搭戏，她的粉丝讨好胡应卿，这两家倒是和谐。

周西打开论坛，首页挂着《深宫乱》的阵容。

“现场记者返图，目前看到有胡应卿、江乔、郑秀、苏晨严。江乔和胡应卿应该是男女主角，不知道其他人都是谁，官方微博还没有放出消息。期待。”

“听说娘娘也在，不知道娘娘去干什么？”

“哪个娘娘？”

“我区就一个娘娘，空降的麻烦去补课。”

“娘娘只是去混脸熟的吧？应该不会是重要角色。”

随后大家就言归正传，讨论这几个人会演什么角色。

车到了《深宫乱》举行开机仪式的地方，天忽然阴了下来。风很大，周西推开车门下去，风吹动长发，一回头，绝美的一张脸出现在大众面前，眼睛明澈。蹲守的记者愣了一下，一时间没认出这是谁，她美成这个样子还不是主角——主角压前阵，已经过去了。随即记者才反应过来，沉寂很久的周西回来了。

灰暗的天空，乌云滚滚。周西穿着一身黑色的衣服，细腰长腿，甚是美艳。

她单手插兜，穿着高跟鞋迎风而来，英姿飒爽，但不显做作。开机仪式上，穿礼服过于隆重，穿太随意的衣服又显得灰头土脸。她穿得恰好，就是古城墙下的一道风景。

江乔正在跟郑荣飞说话，一转头看到长发飘飘的周西。周西一抬头，那双漂亮的眸子目光灵动。

她眼皮一跳，虽然之前已经知道周西要演女二号，但知道跟正面接触是两回事。瘦死的骆驼比马大，周西被孟氏娱乐强行塞进了《深宫乱》剧组，破格演女二号，她的团队胳膊拧不过大腿，也不敢跟孟氏娱乐叫板。她来之前，经纪人给她做了一天的思想工作：不要怕，周西现在落魄了，应该蹦跶不到哪里去。但她一看到周西，立刻就㞞了。周西走路带风，笑得张扬，美得夺目，让她肝儿颤。

周西走过来，停在江乔面前，伸手，江乔本能地往后一退，退到了郑荣飞的身后。周西的手在空中停滞，远处有八卦记者拍照，她的脸上保持着微笑，转手到郑荣飞面前。郑荣飞不知道江乔在搞什么，握了一下周西的手就松开了。周西今天很漂亮，黑色十分适合现在的她，不是那种过分抢风头的美，是合时宜的冷艳。

“导演早上好。”

“你好。”郑荣飞没跟周西合作过，实在不能理解别人对周西的偏见。他看周西挺好的，年纪不大，演技精湛，做人谦虚有礼貌。

“今天风很大，会降温，注意保暖。”郑荣飞叮嘱道。

“好的，谢谢。”

郑荣飞为什么对周西这么友好？江乔的脑子里一片混乱，周西是孟家强行塞进《深宫乱》剧组的吧？郑荣飞那么讨厌有特权的人，竟然会对她这么好？嗬，果然，资本的力量。

“好久不见。”柔和的女声响起。

周西转头看过去，近距离看，江乔长得非常漂亮，穿着白色的长裙，裸露出来的手臂纤细瘦弱，长发披散，黛眉修长，眼若秋水，确实是个美人坯子。只是她的脸过于小了，这种长相演古装偶像剧合适，但演正剧的话少了几分端庄，不过也符合《深宫乱》女主角的形象，这个女主角就是小门小户出身，后来一路爬上去的。

周西跟江乔见过面，还不止一次。

陆北尧的上一部剧是《仙缘》，江乔就是主演。周西这种黏陆北尧黏得要死的人，肯定会跟去剧组。她就跟江乔发生了冲突，其实是件很小的事，但是引发的后果很严重。

《仙缘》剧组的杀青宴上，江乔大概是喝多了，去搭陆北尧的肩膀。但当时周西认为江乔是故意的，在所有人都没反应过来时，站起来给了江乔一耳光。他们是在包间吃饭，见证的人全是剧组的重要人员，江乔被她打耳光这事说出去不好听。而且之后剧方还要炒作，女主演被男主演的女朋友扇耳光，算是怎么回事？所以所有人统一口径，事情被压下去了。但周西跟江乔心知肚明，她们这梁子是结下了。

《仙缘》播出后，江乔爆红，人气剧增。江乔不找机会报复她，说不过去。所以刚刚江乔躲开不跟她握手有这个意思在里面？那为什么现在又向她问好，做给郑荣飞看？周西拼命地回忆这个书中世界里的人物设定，女主角江乔的形象是“通情达理不记仇，蕙质兰心惹人爱”。

“好久不见。”周西大脑转得飞快，分析着眼前的情况，微笑着握住江乔的手，微微抬头，保持善意的笑，“最近还好吗？”

她看到江乔的脸色以肉眼可见的速度变白，变得惨白惨白的，很难看。

“挺好的，谢谢关心。”

“以前。”江乔是女主角，有主角光环，就算处不好关系，周西也不能再跟她产生正面冲突，“多有得罪，是我莽撞了，希望你不计前嫌。”

“西姐，您言重了。”江乔脸上的笑容僵硬了，但还是维持着。她强行拽出手，四下打量。周西是在安排什么坑让她跳吗？她头皮发麻。

周西曾经扬言，以后江乔再骚扰陆北尧，就扭断江乔的脖子。上次江乔要抢一个代言，差一点儿人气，就拉陆北尧炒作了一把。她这样问候江乔，像是在问江乔脖子洗干净了没有。

江乔刚刚跟周西问好，是因为郑荣飞在场，女主演和演女二号的演员不和，是导演不愿意看到的。还有一个原因是，《深宫乱》最大的投资人是孟家，周西是孟家的人，得罪不起。

“我还有事，先走一步。”

“再见。”

江乔简直是逃走的。

“我听说你跟小江有点儿矛盾？”郑荣飞看向周西，感觉她挺通情达理的，看起来也温和。对于一些传言他是半信半疑，太夸张的，有时他都怀疑是有人故意给她泼脏水。

娱乐圈里的事真真假假，郑荣飞太喜欢周西的表演了，所以对周西比较宽容，只要周西没有碰雷区，在他这里，都没有什么大问题。

“之前的误会。”周西没想到郑荣飞会直接问，说道，“是我年少无知，冲动了，我会跟江老师道歉的，希望能得到她的原谅，我们之间没有其他的矛盾。”

“那就好。”郑荣飞看周西通情达理，话说得也到位，“没有矛盾最好，尽可能不要跟任何演员产生矛盾。”

周西郑重地点头道：“我知道，谢谢老师。”

制片人过来找郑荣飞，他朝周西点了一下头，就跟制片人走了。

周西转头看到紧紧跟着的秦怡，停住脚步道：“我不会动手，你不用这么紧张。”

“萧总说，别人会对你动手。”秦怡面无表情，警惕地看着周围，话说得非常直白，“他怕你被围殴。”

周西想，自己就那么欠揍？

周西拿起手机刷微博，有不少私信，很多人问她去《深宫乱》剧组干什么，求她不要毁角色。她返回看热搜，《深宫乱》官方微博在五分钟之前放出第一张海报。

黑色的宫殿建筑巍峨，正红色背景，上面写着三个大字：深宫乱。

最下面是演员表，第一位是胡应卿，男主角的扮演者。第二位是江乔，女主角的扮演者。

周西去看了一眼评论。评论区前三位全是她，她迷茫了几秒，迅速返回海报页面。演员表第三位是皇后的扮演者周西，番位非常靠前，仅次于主演。

《深宫乱》官方微博下的评论区一片哀号声，之前还有人猜测周西去

《深宫乱》剧组干什么，是不是去“打酱油”混脸熟的，结果她直接拿了女二号。虽然前段时间她在《演技派》上小小地绽放光彩，可那只是一个综艺节目里的十分钟。《深宫乱》是大制作，全明星阵容，投资过亿元，里面全是大腕儿。她占据这么重要的位置，仅次于女主角的中心位置，不由得让人想到资本操控的黑幕。周家不是破产了吗？怎么还能这么牛？

评论区可精彩了。她的这个番位，确实靠前，比男二号的扮演者苏晨严还要靠前。苏晨严的粉丝都要炸了，给《深宫乱》官方微博刷出十万条评论。

周西收到私信的原因找到了，刚要关微博，看到一条新的私信。发来私信的博主的微博名字叫“做最闪亮的西米露”。

“我是‘西米露’，一直在默默地关注你。从你参加《声音奇迹》就开始喜欢你，那年我高三。当时，我的人生陷入了迷茫，我找不到方向，几次走到天台的边缘。后来我看到你在舞台上接受来自四面八方的质疑，没有丝毫胆怯，迎着所有的质疑，赢下了那场比赛。你说只要想走，世界就在脚下；你说被抹黑算什么，你要做这个世界上最亮的那盏灯，自己发光。你很狂也很搞笑，很多人笑，我也跟着笑，笑着笑着就哭了，被抹黑算什么，我自己能发光，与其等待，不如照耀。

“我走过了那段迷茫的时光，现在在 A 大读书。我看了你主演的《小暗恋》，并没有外界说得那么不堪，你的演技很细腻，只是他们看不懂。你恋爱了，退出娱乐圈了，我以为再也看不到你的表演了。我在《演技派》上看到你后，哭了一夜，我爱的周西回来了。

“你分手了，站在风口浪尖，可这些没有打败你。你依旧无所畏惧，依旧迎风而行，只是少了当年的骄傲与张狂。你收敛了，变成了一个成熟的周西。我遗憾于你的失去，憧憬着你的未来。

“《深宫乱》的官方微博宣布你扮演皇后，我高兴得又哭了。我哭着打出这么多字，希望不会打扰到你。我非常期待你的作品。你会成为最好的自己，光芒万丈，‘星途’辉煌。你不会辜负自己，我们也不会辜负你。‘西米露’在等你，我们一起迎风飞翔，未来可期。”

远处突然响起粉丝的齐声尖叫，周西抬头看过去，眼睛有些湿。她的艺人生涯不是只有失败，也有发光的时候。视线内，穿着黑色条纹西装的苏晨严走了过来。苏晨严身高一米八二，丹凤眼，高鼻梁，薄唇勾起，脸上带笑。苏晨严是当红的年轻男明星，耀眼得很。苏晨严朝粉丝微微颔首，粉丝叫得更大声了。

周西收回视线继续往下翻私信，她不喜欢苏晨严——炒作狂魔。而且这次，苏晨严被她压番了，有人一定会乘机抹黑她。

周西转身往里走，身后传来浸着笑的喊声："西姐。"

摄像师在拍，周西不能不回答。她停住脚步缓缓地转过身，朝苏晨严点了一下头："你好。"

周西现在怕了这种粉丝众多的男明星，与他们合作一次都要掉层皮。她没什么粉丝，势单力薄，得罪不起。

"好久不见啊，西姐，听说你在这个剧组，我就开心了，有人可以聊天了，其他人我都不熟。"苏晨严笑起来十分灿烂，明眸皓齿，唇角飞扬。他走过来，单手解开一粒西装扣子，西装就敞开了，他的粉丝又是一阵尖叫。

周西头皮发麻，她跟苏晨严熟吗？她觉得跟苏晨严没有任何话可说。

苏晨严在《小暗恋》里曾"打酱油"，当年他还小，十六七岁，长得跟豆芽菜似的，没想到现在长开了还能看，也红成了高人气明星。

"你跟我也不熟吧？"

苏晨严笑了起来，眉飞色舞："熟啊，我十六岁就认识你。"

周西懒得再多说了，苏晨严是自来熟吧？

"那是挺熟的。"

苏晨严这回直接笑出声："上次北哥说你要去剧组探班，我特意空出时间想请你们吃饭，结果你没去。"

哪壶不开提哪壶，苏晨严是来搞事的吧？还是他拍戏跟陆北尧拍出感情了，过来奚落周西？

"严哥，能拍张照片吗？"现场记者拦住苏晨严道。

苏晨严接过他助理递过来的水瓶拧开，转手给了周西。他的助理狠狠地咳嗽了一声，苏晨严目光掠过周西，若无其事地把水拿回去，喝了一口。

"西姐，一起拍合照。"

"别别，这位老师说的是你的单人照，拍合照我就蹭你热度了。"周西连忙摆手，笑着退到一边，单手插兜，做出看热闹的表情——她不能走，以免别人骂她耍大牌，"你拍完我再走。"

苏晨严拍完，周西刚要走，现场记者开口道："西姐，能拍你吗？"

周西一愣，还有人想拍她的单人照？她回身面对镜头："可以，谢谢，辛苦了。”

周西只是站着就很吸引人的眼球，也会拍照，非常配合。她配合地拍了几张照片后，胡应卿和江乔一起来了。《深宫乱》开机仪式即将开始，他们也要过去了。开机仪式上，大家要上香，随后拍合照。苏晨严突然强行挤过来，手插兜，上身微倾离周西很近，唇角弧度上扬，展现完美的笑颜，自以为魅力十足，对现场记者道：“能拍张我和西姐的合照发给我吗？”

苏晨严的话音还没落，远处的八卦记者已经先一步拍了起来。

周西拳头硬了。她双手插兜站直，与苏晨严保持着距离，冷淡地拍完合照。拍完后，苏晨严加了现场记者的微信，让他把照片传过来。

孟庭深的车开了进来，车门打开，一身黑色西装的孟庭深走了下来。周西刚要移开目光，看到孟辰从另一边下来，他今天的穿着倒没有那么休闲，一件月白色小领衬衣，手里抱着一大束红玫瑰。

孟辰怎么也过来了？他这是打算投资娱乐圈了？怎么没听孟晓说过？

导演、制片人以及主演全部走了过去，周西转身去拿水，现在凑上去肯定又要被骂，哪怕只是单纯地打招呼也会招来骂声！她乘机和苏晨严拉开距离，剧里他们没有什么对手戏，不管苏晨严想干什么，也就这一次了。

忽然周西身边一片寂静，她拧开水，抬头，孟辰大步走过来把红玫瑰递给了她：“开机大吉，愿你的事业如同这红玫瑰一样，红红火火。”

周西没想到孟辰是来给她送花的，愣了一下才接过花：“谢谢。”

周西还是第一次收到玫瑰，跟陆北尧谈了那么多年恋爱，陆北尧一直觉得花不务实，就没有送过她花。她以前很羡慕别的女孩儿，在情人节出去玩时抱着花，自己却什么都没有。有一次她向陆北尧要，陆北尧买了一个用很多小布偶熊扎成的“花束”给她，说布偶熊可以放很久，不会凋零。

“听大哥说今天《深宫乱》开机，我过来看看，顺便为你庆祝。”孟辰单手插兜，腿微微分开一些。他看向周西手里的花，目光缓缓地往上移动，克制地落到周西身上：“前段时间，你在《演技派》上的表演非常精彩。”

拍照声响起，有人拍照。周西看过去，恰好对上江乔探究又有些复杂的仇恨目光，江乔移开目光跟着大家往会场中心走去。

周西把玫瑰交给她的助理，玫瑰再艳，跟她也没有什么关系。

"开机仪式要开始了，先走一步。"

"好，你忙。"

周西快步走向会场中心，孟辰看着她婀娜的背影，微抬下巴，唇角微微上扬，眼睛中浸着笑意，表情满足又欣慰。她越来越好看了，今天穿得也漂亮，整个人完美无瑕。红玫瑰艳，她比红玫瑰更艳。

"你来《深宫乱》开机仪式现场就为这点儿事？你没事吧？千里迢迢飞过来看周西？"孟庭深冰冷的嗓音响起，"我以为你对传媒行业感兴趣了，想放弃你的汽车行业。"

孟家的人没有信仰，他们是尊重导演的习俗举办这个开机仪式，但不正面参加。

孟辰收回目光，敛起笑意："我对传媒行业没有任何兴趣。"

"你知道你给她送花，周西会面临什么言论吗？靠资本上位。她之前所有的努力都会被否定。"孟庭深也看向中间那个身材偏瘦、脊背却挺得笔直的女人。他欣赏她，不希望她的身上出现任何绯闻，这是对她的玷污："什么花不能送，偏要送红玫瑰？"

"什么花有红玫瑰红？周西就是要大红大紫，你们公司的公关是废物吗？允许这种事发生？"

孟庭深缓缓地看向孟辰，这是他的亲弟弟？

"你们公司的公关连舆论都处理不好，你们公司别签人了，直接举白旗投降吧。演员要经纪公司有什么用？就给你们分成？你们公司张嘴等饭吃，太难看了。"

孟庭深蹙眉。

"最近西西有什么靠谱的代言？她也该有代言了。"

孟家的人全是周西的粉丝，孟庭深对他们没有期待。

"我把萧晨的微信推荐给你，你问他。"

孟辰加上萧晨的微信，说道："我们汽车城需要代言人，签约五年，我看西西挺合适的。"

孟庭深觉得孟辰就是个傻子。

第四章

你有没有受伤

“西姐，你跟孟总很熟吗？”苏晨严歪头看着周西道。孟庭深已经上车了，他只是来露个面。

周西把香插上，虔诚地拜了拜，希望一切顺利。

拍集体照时，周西应该站在最后，她刚站定，江乔就退到她身边，把中心位让了出来。周西抬头缓缓地看过去，江乔面上保持着微笑道：“西姐，你站中间。”

江乔似乎是在善良的邀请。但演配角的周西站中间，是嫌家里的砖头太少不够盖房子，要江乔的粉丝砸给她？还是嫌自家刀具太少，让江乔的粉丝寄给她？不过，这要是以前的周西，还真的就站过去了，她到哪里都是中心位，曾经被网友嘲讽。

“江乔你干什么？两位主演站中间，周西过来。”郑荣飞提高声音，快速地安排了所有人的位置。

周西走到郑荣飞身边。郑荣飞看向江乔，心想她的演技还可以，性格怎么这么矫情？她把生活都过成了戏，每时每刻都在演。

“你站在我身边，什么都不要说。”郑荣飞很爱护演技好的演员，周西不声不响，埋头演戏，这样的好演员如果让现在的娱乐圈风气给污染了，他可不同意。

郑荣飞向来以严厉著称，极讨厌走后门的演员。此刻，郑荣飞像老母鸡护小鸡似的把周西护到身边。

江乔的眼皮狠狠地跳了一下，郑荣飞没事吧，周西不是走后门了吗？江乔后知后觉，觉得后颈发麻——她刚刚的行为会不会被周西识破记仇？她干吗来这一下，是看到周西站在身边就忍不住了吗？

她现在一看到周西就头疼。

想当年，江乔和陆北尧在一个公司，她对陆北尧一见钟情，刚要下手追，陆北尧和周西就高调公开恋情了，一点儿机会都没有。后来周西当众抽了她一耳光，陆北尧就在旁边坐着，第一反应是看周西的手，这实在太侮辱人了。当时，江乔捂着脸，牙都快咬碎了。这个耳光，是她这辈子最大的耻辱，她恨死了周西和陆北尧，但她势单力薄，得罪不起这两个人，后来拿这个耳光的耻辱换来了一个代言和一部电视剧，开始走红，结果周西成了她的噩梦。

江乔好不容易争取到《深宫乱》这部电视剧——大制作，由著名导演执导、有超豪华演员阵容，她还出演女一号。谁承想半道杀出个程咬金，周西横空出世出演了女二号——皇后，她一想到三个月拍戏的时间要跪周西两个半月，就心如死灰。

今天，江乔的经纪人三番五次地交代她不要惹周西，冷静点儿，看到周西不要有任何反应。就像看见陆北尧，管他是谁呢，能从他身上吸到血，江乔就赢了。

汽车行业有名的小三爷孟辰，江乔追了大半年。刚才她见到孟辰抱着花下车，心花怒放，以为孟辰终于有回应了，美滋滋地迎上去，孟辰却看都没看她一眼，径直走向周西。她的心炸成了烟花，绽放在天地之间。

《深宫乱》开机仪式结束后，演员要拍定妆照，男主演和女主演的定妆照在开机前已经拍完了。今天拍第一场戏，顺便拍周西、苏晨严，还有郑秀的定妆照。下午一点到三点拍定妆照，四点拍第一场戏——江乔扮演的角色在进宫前跟苏晨严扮演的角色的爱恨情仇。苏晨严在剧里扮演御前侍卫。

苏晨严一直拍古装剧，对自己的古装扮相非常自信，他换好衣服、化完妆对着镜子臭美了一番，钩起辫子梢晃着，懒洋洋地转过头，原本打算吹个口哨，但唇动了一下，目光停住。

周西穿着明黄的袍服、石青的肩褂，袍服上面有五爪金龙纹，头戴三层金凤朝冠。她上妆后的气质陡然变了，变得冷厉明艳。

她眼尾上扬，正在戴指套，修长漂亮的手指翘起。一国之母，就应该美得这么端庄威严。瞬间，她的身上再没有一丝一毫周西的感觉，站在这里的分明就是皇后。

周西缓缓地走向摄影机，忽然目光朝苏晨严轻飘飘地扫了过去。苏晨严的呼吸一窒，经纪人在他身边咳嗽了一声，他回过神，满不在乎地收回视线，耳朵滚烫。

苏晨严的经纪人皱眉，压低声音道："你收敛点儿吧。"

苏晨严的唇角扬起，露出嘲讽的笑，拿起手机发了一条微博，然后把手机锁屏、静音，装进裤子口袋，放下辫子梢，走过去拍定妆照。

在确定周西演女二号之后，郑荣飞就让周西试装了，一如想象中的惊艳。今天周西全套扮上，现场效果惊艳。他抱臂站在一边看着，他是欣赏周西的，拍照都带戏，是天生的演员，在面对镜头时，皇后的气势扑面而来，带给人压力。第二套衣服是日常装，周西冷厉的气势又淡了下去，变得优雅端庄。

周西一共有八套衣服，最后一套衣服是少年时期的皇后跟少年时期的皇帝初见时，穿着的月白色旗服。她头发散着，回眸唇角上扬，灵动的眼睛微垂，少女感扑面而来，这是她跟皇帝一见钟情时的样子。她这样美艳，怎么能不让人一见倾心？

周西拍完全部定妆照后，下午没有戏，可以待在剧组，也可以回酒店。她换完衣服，拿着手机往外面走，手机叮的一声，跳出微博推送："苏晨严发文疑似力挺周西"。

周西点进去看到营销号的截图，苏晨严半个小时前发了两张照片，一张是周西和苏晨严今天的合照，还有一张是旧照片，依旧是苏晨严和周西的合照，姿势都一样，但旧照片里的苏晨严明显稚嫩，脸上的婴儿肥还没退去。配文："时隔四年，再次与西姐合作，期待期待。"

他把周西放到了前辈的位置？他这么懂事吗？

周西走下台阶，往保姆车方向走，迎面一片红玫瑰花海，抬头看到她的助理很努力地把脸从花后面露出来："西姐，你的花。"

"谁送的？"

"剧组统一收的，没有寄件人的身份信息。上面写着：'祝你开机大吉'，末尾留了一个字——'北'。"

周西空降《深宫乱》剧组，出演女二号，在演员列表上是第三位，引起了巨大的争议。毕竟她整整三年没有任何作品。

刚刚《深宫乱》官方微博放出开机合照，她站在郑荣飞身边，评论里和论坛上就炸了，凭什么？她何德何能？为什么能占据这个位置？

后来，苏晨严发了两张和周西的合照，以“旧相识”“老朋友”回应网络上的纷争。

陆北尧的手指滑着屏幕，眉头紧蹙。苏晨严什么时候成了周西的老朋友？周西认识他吗？

陆北尧下拉刷新微博。周西转发了苏晨严的微博，配文：“小朋友长成大朋友了，不禁要感叹岁月如梭、光阴似箭。”

陆北尧额头上的筋狠狠地跳了一下，头疼得厉害，手指死死地按在手机屏幕上，按得指尖泛白，半晌才喘上来一口气。

周西的微博和苏晨严的微博是互相关注的状态。苏晨严四年前就关注了周西，在他的关注列表中处于第三位，周西刚刚关注他。

陆北尧的手机响了一声，系统提示：“您申请的注销已生效。”

陆北尧注销微博了。

之前他玩微博，也是因为周西。周西喜欢刷微博，陆北尧喜欢偷偷地看她的微博。陆北尧的娱乐生活很简单，可以说是几乎没有，他累到想死的时候就看看她的微博，她在微博小号上晒生活，在微博大号上晒吃喝玩乐。那是一缕光，温暖洁净。

网络环境复杂，陆北尧和周西越走越高，很多东西容不得他们纯粹。陆北尧转发周西的微博会被骂，点赞她的微博也会被骂，跟她互动被骂得更惨。他对此没有什么感觉，骂就骂了，自己又不会少块肉。渐渐地，那些人不攻击他了，开始攻击周西。他不想跟周西互动了，不想拉周西下水。

陆北尧事业的根基不深，看似繁华，不过是万丈危楼，随时会倒。他一直很理智地看待走红这件事。花无百日红，今天粉丝说“哥哥我要嫁给你”，明天有可能就诅咒他。

他跟粉丝大战几次后，累了，越争论不休，参与的人就越多，人越多，思维就越自由发散，想法越千奇百怪。之前有个前辈说过，既然吃了这碗饭，就要承受所有言论。

万丈危楼欲摘星，拨云方知皆是空。

陆北尧一次次翻着周西分手微博下面的评论，一条条地看，一共十三万条。手机一遍遍地响，最后他把手机关机了。

天空乌云滚滚，蹲守的记者、粉丝渐渐散去，古城入口只有三三两两的行人。灰砖城墙高耸入云，旗帜在风中猎猎作响。古城楼下，周西走了出来，她戴的假发套还没拿掉，步摇随风摇晃，丁零作响。她低着头看手机，手指轻拂耳边碎发，衣摆被风卷起，衣服勾勒出纤瘦姣好的身体轮廓。

陆北尧下车，径直朝周西走去。她似有发觉，抬头与他四目相对。短暂的停顿后，她转身离开，头也没回。他的声音卡在喉咙里，最后生生地咽了回去。

环卫工人推着垃圾车出来，上面放着一大束红玫瑰。红得耀眼，又红得很悲哀，这些都是垃圾。

陆北尧站了很久，有车被他挡在身后，司机一直按喇叭。随后司机愤怒地探头出来，怒喝道："你站在这里会挡路，能不能让一让？"

陆北尧戴着口罩，转头看过去，冷厉的目光中透着一股狠劲，司机倏地把头缩了回去，闭口不言。陆北尧走向自己的车，想抽烟，拿烟盒的手一直在抖。许久，他撕开包装，取出烟叼在嘴里，往后靠在座位上，已没了拿打火机的力气。

周西永远不要他了。

他所做的一切都是为了他跟周西的未来，可现在周西不要他了。

陆北尧唇角扬了一下，没笑出来，都没有未来了，所做的这些又有什么意义呢？

周西在《深宫乱》剧组看剧本一直看到晚上收工，明天有她的戏，怕忘记台词，就一直在背。她高考前都没有这么用功，现在为了拍戏，真是头悬梁锥刺股。

剧组收工之后，周西最后出来坐上车，长时间看剧本的结果就是闲下来后容易东想西想。她坐在车里看向外面，忽然想起下午见到的陆北尧。

他的头顶乌云滚滚，身后是灰黑色的古建筑群。他穿着白色的衬衣、黑色的长裤，站在那里给人一种穿越了时空的感觉。

他戴着口罩，帽檐压得很低，只露出来眼睛，目光深沉。

陆北尧竟然会送她花，可真是为难他了！

周西不知道怎么了，觉得心脏很不舒服。她拿出手机开机，打开微博，看到热搜第一位，后面有个鲜红色的“爆”字：“陆北尧注销微博。”

周西蒙了，盯着这个热搜看了半晌，什么？陆北尧注销微博？他疯了吗？在这个时候注销微博？他为什么要注销微博？周西脑子里的剧情好像没有这段。

周西点进去，陆北尧的后援团发布了一条微博：“我什么都不知道，不知道北哥为什么注销微博，陈舟的电话也打不通，我快疯了！”

这条微博下面已经有十五万条评论，大家都在问这是怎么回事。

陆北尧的微博突然注销了，他的粉丝们一下子就慌了。一开始他们以为是陆北尧的微博账号出现了错误，被屏蔽了，后来私信问微博管理员。微博管理员回应是注销了，至于原因，就不知道了。大家私信陈舟，但陈舟一直没回应。陆北尧的后援团跟艺人的经纪公司一直有联系，连后援团都不知道怎么回事，那谁会知道呢？

周西的电话响了起来，来电的是萧晨，她接通电话。

“萧总。”周西皱眉，陆北尧这是在干什么？他这是自毁前程。虽然他们分手了，但周西看到陆北尧的这个操作，也不知道该说什么。

“陆北尧注销微博了？”

“我不知道。”

“如果他的粉丝去你那边闹，你直接屏蔽就好了，不用理那些人，你们已经分手了，他如何都跟你没有关系。最近你如果受到骚扰，就不要上网，网上的消息我会处理。”

周西实在想不通陆北尧注销微博的原因。

“陆北尧现在处于事业巅峰期，注销微博就是让出了一个宣传口，现在大家都抢着在微博上面曝光。”周西伸手拿起一瓶水打开，她恍惚了一下，再次想到下午站在车前的陆北尧。周西走了，他也没有追上来，就干站着，看起来孤零零的。周西皱眉，心里很清楚，他们注定是路人，但她还是忍不住去想，“你觉得，陆北尧为什么要注销微博？”

“我又不是陆北尧的经纪人，我怎么知道？我跟陆北尧也不熟，他想注销就注销呗。好在你们分手了，他怎么样都跟你没有关系，不然他的粉丝一定咬死你，把所有的罪名都推到你身上。”萧晨是周西的经纪人，肯定一切都以周西的利益为主，“既然你们没有关系了，那就好。我周五去 B 市，给你找了几个代言，你挑挑，最近可以接一个。”

“好。”

“既然你回来了，最近最好不要谈恋爱，不管你跟谁谈恋爱，都会降低你的身价，你最好稳住，我觉得有一年的时间人气就能回来。”

周西看着窗外飞快后退的街道，把额头抵在车窗玻璃上：“嗯。”

“还有，你跟苏晨严是什么关系？”

“我们什么关系也没有。”周西的额头有些凉，于是在玻璃上哈了一口气。夏天，热气不会覆在玻璃上，很快就淡去了。

“那就按姐弟亲情处理，千万不要越线。”

周西一想到苏晨严那个样子，唇角扬了一下：“我眼睛瞎了，还是全盲？满屋子摆上苏晨严，我都摸不到他那里去。我很挑。”

难道周西还有不挑食的人物设定？什么男人都能入得了她的眼？就苏晨严那个小鸡崽子样，出席活动还要穿增高鞋，连一块肌肉都没有，还天天在微博上秀他那个小细胳膊。

“没牵扯就好，你和陆北尧最好不要复合，别鬼迷心窍。最近你接受媒体采访时，关于陆北尧的问题一律不要回应。你现在事业的发展势头正好，专心搞事业，不要谈感情。你把《深宫乱》这部剧演好，不要着急，一步步来。”

由于陆北尧注销微博，周西很快又要上热搜了。她这么高的热度，要找她合作的广告商也不是没有，只是萧晨在犹豫。萧晨担心她跟陆北尧复合，就没有帮她接，现在看来她很清醒。

周西挂断电话后，把手机放下喝了一口水，抬手盖在眼睛上。陆北尧现在应该是最悲伤的时候吧？现在他该和江乔萌生感情了吧？可是江乔在《深宫乱》剧组拍戏，陆北尧最近又不可能来剧组——怎么不可能？周西在剧组拍戏，陆北尧来找周西，也有可能找不到周西就跟江乔搭上了。剧情对上了。

周西想到这个，顿时觉得刚刚的心疼是多余的，心疼个什么劲啊？陆北尧现在指不定在谁怀里找安慰呢，带主角光环的男人轮得到她心疼？虽然周西变了，但剧情肯定不会变。

周西到酒店门口下车，碰到孟晓。孟晓抱着巨大的花篮，从花篮后面露出灿烂的笑脸："哈喽！"

周西也笑了起来，快步走过去接过花篮，压得她差点儿趴到地上，旁边的助理连忙接过去。她抱了孟晓一下，说道："你不是不来吗？"

"受周西的粉丝所托，我就来了。"孟晓的另一只手拎着个手提袋，"这是应援物资，一本手写的粉丝签名，还有一份纪念品。"

周西接过手提袋，拿出厚厚的本子翻开，扉页上写着："凤自西来，涅槃重生"。

这个本子走过了五湖四海，随着快递飞越整个中国。每一个人名都是手写的，末尾写上地名。周西把本子抱在怀里，强忍着泪水，除了她的父母、朋友外，还有很多人爱她。她并不孤独，也不是孤军奋战。

"纪念品是什么？"

孟晓从手提袋里拿出一个黑色盒子，递给周西。东西有些沉，她打开盒子看到一个金灿灿的小金人，然后倏地抬头。

她的粉丝这么有钱吗？

"我没有找你的粉丝集资，是合法的，我找我大伯赞助的。仿奥斯卡小金人，999 黄金，虽然没有那个大，但这个是实心的。"孟晓认真地看着周西，"贵。"

周西真要给孟晓跪了。

"希望你早日捧回真的小金人，无论是金马奖、金鸡奖，还是金像奖。"

周西和孟晓说话间就到了电梯口。周西住的酒店环境非常一般，整个酒店只有一部电梯，此刻停在七楼，她要把两样东西都放到房间里。电梯门打开，孟晓往里走，回头说道："我大伯是你的事业粉，可虔诚了，你要是拿个奖，他能再赞助你一个大的金人。"

酒店地板上有水，孟晓脚下一滑，一头撞进电梯，还好没摔倒，一个男人快步上前抓住她的肩膀，把人扶正。淡雅的木质香调的香水味传过来，她抬头，看到一双熟悉的眼睛隐藏在帽檐下面。胡应卿戴着口罩，穿着黑色 T 恤，身高腿长，手指有力。

孟晓心跳加快，大脑一片空白："老——不是，谢谢。"

孟晓喜欢了胡应卿十年，刚才差点儿脱口喊出"老公"。

"胡老师好。"周西看到孟晓的反应，本来想去扶人的手又缓缓地放了回去，"孟晓，没事吧？"

孟晓连忙站直，胡应卿收回手，单手插兜。

“胡老师好。”周西这才拉住孟晓的手，介绍道，“这是我的闺密，孟晓。”

胡应卿冲周西和孟晓颔首，打算往外面走。

“胡老师，您要出去？”周西笑得温和又谦虚。

“我要出去吃饭。”

“您还没吃晚饭？”周西拿走孟晓拎着的手提袋，递给自己的助理，说道，“我能请您吃晚饭吗？想顺便跟您聊聊剧本，明天就要开拍了，我怕把握不好。”

孟晓仿佛身处悬崖边，像走钢丝似的，小心翼翼，周西抬脚就把她踹了下去，她彻底跌入谷底。

“可以。”

“附近有什么好的餐厅吗？胡老师，您熟悉吗？”

“附近有一家涮羊肉店，B市特色，不知道你们女孩儿吃不吃得习惯。”胡应卿对周西的印象挺好的——很上进的小姑娘，她旁边的那个姑娘，上次在《演技派》后台见过。

“可以，那我们过去。”

周西转头对助理说道：“你放完东西过去吃饭，等会儿我把定位发给你。”

“好。”

孟晓的腿发软，死死地攥着周西的手。她的手心里全是汗，又期待又紧张。她从初中开始喜欢胡应卿，喜欢了十年。这几年胡应卿作品越来越少，好几年才出来一次，杂志封面也不拍了，对一切都很佛系。她也长大了，自己创业后忙起来恨不得有三头六臂，开始远离粉圈。

孟晓没想到会在现实中见到胡应卿，还能一起吃饭，压抑住喉咙里的尖叫，转头对周西用口型说道：“你有毛病吗？”

周西不理孟晓，跟胡应卿说道：“餐厅离这里远吗？用不用开车？”

“不用。”胡应卿单手插兜，姿态随意。

胡应卿刚刚在看剧本，现在还没从剧本里出来，人有些精神不集中。餐厅确实很近，步行两分钟就到了。他们找了个包间，周西把定位发给她的助理，把菜单递给胡应卿。

“我不挑食，都可以吃。”胡应卿往外面走，“我出去抽支烟，等会儿就过来。”

胡应卿一走，孟晓掐住周西的脖子：“你想死啊！”

“胡老师人很好的，没有你想象的那么可怕。”周西知道孟晓顾虑什么：神走下神坛，变成凡人，信徒无法接受。

“不是！”孟晓一头栽到桌子上，短发凌乱，转头瞪大眼睛看着周西，用口型道，“刚刚遇到胡应卿，我心跳得好快！我的手一直在抖！我是不是得帕金森综合征了？”

“㞞。”

“你不㞞！”孟晓撑完周西就想把自己的舌头给咬掉，“你确实不㞞，姐姐。”

当年周西喜欢陆北尧，就去追求，去表白。以她那个烂文笔，高考作文写八百字都能要了她的命，却能一周给陆北尧送一封情书，洋洋洒洒地写一两千字，大胆又热情。孟晓曾经感慨：她要是把追男人的这份大胆和厚脸皮的劲头用到其他方面，一定会颇有建树。

孟晓紧张得呼吸都不畅了，正盘算着一会儿胡应卿回来说什么，胡应卿就带着苏晨严回来了。周西曾经因为陆北尧天天抹黑苏晨严，她跟周西从小好得就差穿一条裤子了——周西喜欢的，她也喜欢；周西讨厌的，姐们儿一定要一起讨厌。所以她看到苏晨严进来，就冷静下来了。

“西姐。”

苏晨严跟周西打完招呼，转头看到孟晓，说道：“我知道你，孟晓是吧？”

孟晓心里一惊，以为苏晨严知道了自己的微博小号。

胡应卿也看了过来，孟晓刚要说什么，苏晨严说：“之前在《小暗恋》剧组，你请全剧组的人吃过几次饭，我记得你。”

孟晓松了一口气。

“当时你剪了个寸头，没想到你留长头发这么好看。”苏晨严说。

孟晓缓缓地抬头，看向苏晨严，他要是再提一次寸头就死定了，挫骨扬灰那种。

苏晨严拉开椅子在另一边坐下，自顾自地倒了一杯水，特别自来熟地道：“我刚刚在外面遇到卿哥，就一起过来了，不介意吧？”

孟晓想现在就把苏晨严踹出去。

“不介意，一起吃吧。”周西道，“还要谢谢你今天在微博上帮我解围。”

“小意思。”苏晨严一摆手，看着周西，眉梢浸着笑。

周西打开微博，看到热搜上她跟陆北尧排在一起，顿时没兴趣了，将手机放了回去。

胡应卿开口道：“明天有两场戏，你剧本看得怎么样了？”

胡应卿长得并不老，但一开口就是老师腔，周西从小到大一看到老师就㞞，这大概就是学渣的悲哀。她坐得笔直，收敛表情，点头。

“你的表演老师是谁？你的演技非常棒。”

“刘义琴刘老师。”

孟晓转头看向周西，目光中闪过一丝迷茫。

“刘老师是个好老师，我上过她的课，她教出的学生很多都是优秀的演员。”

服务员上菜了，他们才中止聊天。周西不太喜欢吃羊肉，嫌味道大，全程就吃了两根粉、几棵生菜，剩余时间都在挖桌子上唯一的甜食——山楂糕。

胡应卿也很快吃完饭，说道：“你不是要对台词？现在对还是回酒店对？”

周西放下勺子，从包里拿出剧本：“现在对台词也可以。”

明天周西和胡应卿演少年时期的皇后跟还是皇子的男主角初见，两人都是十五岁，一见钟情。以周西的年龄演十五岁的皇后，其实她心里没有什么底，所以她今天一直在看剧本。

胡应卿摘下帽子，活动了一下手腕，往椅子上一靠，说道：“你说，我跟你搭台词。”

“胡老师，您没带剧本的话，这个先给您用。”

今天周西背了一下午台词，已经记得差不多了。

“不用。”胡应卿眸光一动，身上的气质就变了，有着少年的张狂与傲气，“我记得住台词。”

孟晓放下筷子，看向胡应卿和周西。周西拿起桌子上的皮筋，抬手把头发扎起来，低头看剧本。

火锅的热气在房间里弥漫，如果不是隐私限制，孟晓简直想拿手机把这一幕录下来。周西和胡应卿一开始都没入戏，就是搭台词，一人一句。渐渐地，周西的语气中就带了戏。

少年时期的皇后和皇帝在马场偶遇，少女明媚天真，少年张扬骄傲。两人还未相识，不知道彼此的身份。少年策马拎弓，弦松箭离，两人射中同一只猎物，纷争在所难免，谁也不服谁，非要斗出个胜负。

苏晨严的演技一般，一直在偶像剧里打转儿，演完古代偶像剧演现代偶像剧。他认为有点儿演技就可以吃饱饭了，没必要太认真。

进《深宫乱》剧组给人“抬轿子”，是因为他的经纪人想让他转型。如果他一直演偶像剧，很快就会被市场淘汰，现在他的年纪也不小，能搭上正剧给自己贴点儿金，将来的路也好走。

周西和胡应卿对台词的时候，两个人看起来都挺随意的，台词搭上，戏感就来了，苏晨严咬着筷子看着他们。他们对台词对到第二遍时，胡应卿拿起桌子上的水杯喝了一口水，道：“你可以把台词说得再放松一些，现在的语气中少了一丝天真。”

周西认真地看向胡应卿，思考这话的意思。天真？

皇后出身好，爸爸手握兵权，哥哥战功赫赫，姑妈是当时的皇后，她是含着金汤匙出生的。天之骄子遇到了猎物，是什么反应？

周西遇到陆北尧时，天真、张扬、自信、骄傲，眼中有光，无所畏惧。她第二次见到陆北尧时，就堵住陆北尧，挡住他的路：“我长得像不像你未来的女朋友？”

穿着一身红色骑装的少女，看着俊俏的少年，一颗心沸腾起来。她自信、胜券在握，射中的是猎场中的猎物，也是她面前的猎物。

“你叫什么名字？”周西下巴微微上扬。她没有化妆，却眸清唇红，仿佛真的在草原上，胯下是烈马。少女的眼睛中有星辰，亮得耀眼。

孟晓和苏晨严都看傻了，周西和胡应卿对完第二遍台词，孟晓鼓掌，旁边的苏晨严才回过神，张了张嘴，忽然感到羞愧。什么叫演技？这就是演技，这是会让观众身临其境的整容式的演技。周西和胡应卿都是非常优秀的演员，他之前还对周西有一点儿质疑。此刻，他被周西的演技折服。他后知后觉，后颈的汗毛全部竖了起来。

“这一遍就很好。”

胡应卿身体里的戏瘾涌上来，想跟周西再对一场戏。这时，他的电话响了起来，来电的是郑荣飞，他才中止这个想法，拿起手机走出去接通。

周西靠在椅子上静静地看着头顶的灯，脸上有些茫然。她脑子里嗡的一声，有一瞬间，想到了一些事，关于小时候的，但很快她的大脑又变成了一片空白。

“周西？西西？你没事吧？哭什么？”孟晓刚要吹嘘周西的台词功底，一转头看到她的眼睫毛上沾着泪，在灯光下晶莹剔透，显得她楚楚动人。孟晓的心一下子就揪了起来，她哭什么？

周西回头看向孟晓，眼睛一动，眼里的泪就滚了下来：“皇后最后死得很惨，她的家族败了。皇帝杀了她的家人，杀了她的孩子，杀了她，他们一开始明明那么相爱的。”

“没事，都是假的，不哭了。”孟晓擦掉周西的泪，说道，“我去结账，你不要哭了。”

“我去，我请你们吃饭。”周西彻底从戏里抽离出来。

苏晨严还怔在原地，约莫一分钟后，拿出手机发微信给他的经纪人：“刘义琴刘老师还收学生吗？你赶快去打听，帮我约课！”

苏晨严的经纪人：“你脑子还好吗？你不是上表演课就会死吗？”

苏晨严：“我不上表演课，就会在《深宫乱》剧组里被羞辱死！你顺便跟《深宫乱》剧组的人要全部剧本，我想看完整部剧本。”

苏晨严深吸一口气，想回去把剧本看完，他一个从来不看整部剧本的人，第一次想看完整个故事。刚刚周西和胡应卿的演技太有感染力了，他就想看看完整的剧情。

苏晨严的经纪人：“少爷，你受什么刺激了？怎么突然想看整部剧本了？”

苏晨严狠狠地抹了一把脸：“朋友，你知道周西的演技有多好吗？”

周西和孟晓走到收银台，胡应卿握着电话正往外面走，对她们摆摆手：“结完账了，我先走了。你们吃完早点儿回去，注意安全。”

胡应卿阔步离开，似乎真的有急事，周西话还没说出口，他已经没影了。他做事周全，像个长辈。

孟晓捂着脸，嗷的一声，趴在周西的肩膀上：“胡应卿入戏的样子太迷人了！他是坏人！我真的不喜欢剧里皇帝的形象！但他那么帅，我好为难！”

周西故意引孟晓入坑。

《深宫乱》里江乔的戏份最多。江乔的演技很扎实，但她一直没接过正剧，片方看中了她的热度和演技，但怕她压不住场子，就找了胡应卿给她“抬轿子”。胡应卿应了下来，片方也没让胡应卿难看，在海报上给了胡应卿一番。胡应卿是前辈，她的团队没说话，其他几家也不敢说话，但总体来说，胡应卿扮演的角色不讨喜——野心勃勃的皇帝，算计着朝臣，算计着天下，算计着一见钟情的爱人，最后还是栽了。

胡应卿最近几年半退隐了，一出来就接了个人品这么烂的角色，还是给江乔“抬轿子”。他的粉丝闹了几次，反对他演这个角色。但他根本不理粉丝的诉求，导致他的一部分粉丝脱粉，骂他没事业心。孟晓也跟着骂过胡应卿的团队，反对胡应卿接《深宫乱》这部戏。

周西抬手捏了一下孟晓的后颈：“也许胡应卿是想挑战不一样的形象，作为演员，如果只演一种类型的角色，观众也会对他的印象固化。印象固化并不是什么好事，局限发展。胡老师对演技有追求，你可以观望。”

周西靠在一边的吧台上，说道：“如果他把皇帝演好了，那演技得多绝？”

孟晓放下手看着周西：“我怎么觉得你的思维变了呢？以前你说演员印象固化并不是一件坏事，容易让观众记住。每一个类型的演员都有粉丝，把一个类型的角色演绝才是王道。演员演的角色尽量不要跨度太大，因为一不小心会把自己跨没了。”

周西的助理把周西和孟晓的包送过来，周西接过包，看了孟晓一眼：“演员和明星的区别，明星的形象要做稳；演员要减少自己的存在感，为艺术献身。”

“你翻脸比翻书还快，朋友，差不多得了。”孟晓接过包斜挎着，不想再吐槽周西了。以周西以前对工作的态度，她配说艺术吗？她好不容易清醒过来，努力搞事业，孟晓也不敢多说什么，怕刺激到她，这姐们儿又回家种花去了。

今天，孟晓为了方便，穿了一身灰绿色工装连体衣，单手插兜，斜睨周西：“走吧。”

苏晨严从楼上下来，快步跟上周西：“西姐，我好像还没有你的微信。”

周西打开微信递给苏晨严，不管他的目的是什么，目前来说没有恶意，而且他们在同一个剧组，不加微信说不过去。苏晨严加完微信，刚要再攀谈两句，却看到周西和孟晓已经走出门了，他连忙追出去，敏锐地听到照相机快门的声音，回头，跟不远处面包车里的八卦记者四目相对。对方又拍了个正面照，就开车走了。

周西和孟晓回到房间。孟晓从进门就开始吐槽酒店设施陈旧、排风系统有问题、空调有味道、地毯不干净。

周西从行李箱里取出全套干净的一次性洗漱用品递给孟晓，又扔给她一条浴巾道："我自带的，你去洗澡。"

"这是什么垃圾地方，《深宫乱》剧组为什么不找个好点儿的酒店？"

"去住皇宫好不好？"房间是标间，周西把两张床的被子都拿下来，打算换一次性床上用品，"新人演员，能一个人住一个房间已经不错了。"

"演员的待遇这么差吗？"孟晓把撇下的嘴角强行扬起来，"那一般的、混得不怎么样的演员，几个人一个房间？"

"少的两个人，多的三四个人都有，还有住大通铺的。"

孟晓一脸迷惑，想象不出大通铺是什么。

"你怎么知道？你现在怎么这么懂事了？这么通情达理？"

周西看了孟晓几秒。她怎么会知道？陆北尧是从"打酱油"开始的，住过大通铺。但是她现在不想提陆北尧，就自动忽略这个问题："我的片酬是三百万元，除去公司分成和税，到手能有一百万元。一百万元，我可以交将近三年的房租；一百万元，能买五辆我现在开的车。"

S市的房子太贵了，以周西现在手里的钱根本不敢奢望买房，只能租房。

"我家现在一个月花销三万元以上，一百万元，能花很久了。"周西笨拙地套着被套，以前跟陆北尧去剧组，帮陆北尧换过这些，也不是完全不会，"只要不让我住大通铺，我都能接受。"

孟晓看着周西，喉咙里仿佛塞了棉絮，片刻后，抓着浴巾进了浴室，没有说话，怕一开口就哭出来。周西什么时候为钱算计过？

周西演《小暗恋》时，带着五个助理加一个司机，住五星级酒店，所有人都围着小公主转。风水轮流转，今天她不再是公主，所有的待遇都没有了；一百万元对她来说是巨款，这样的酒店，她也能接受了。

周西和孟晓洗完澡已是凌晨，周西裹着浴巾，湿发散着，坐在床上继续看剧本。

"西西。"孟晓躺在床上看着周西，忽然想起一件事。

“嗯？”

“你什么时候跟刘老师学的表演？”

周西的大脑有短暂的空白，这个感觉很微妙，记忆明明近在咫尺，但又无法靠近，大脑里有一团雾，隔着一层。

“就是陆北尧读表演进修班的时候？”

陆北尧的表演老师是刘义琴，周西陪读过，但什么时候拜了刘义琴为师？今天她跟胡应卿说她的老师是刘义琴时，孟晓的心里就有了疑惑，随即孟晓在心里替她解释，她是想撑面子故意说个科班老师，但现在看来又不像。她脚踏实地地做演员，正在往前走，身上看不到虚荣的影子。

“嗯，就是那时候跟着刘义琴学的。”周西心里翻江倒海，心跳飞快——这是怎么回事？但她的脸上没露出丝毫端倪。她比较谨慎，没确认的事，就算是对孟晓也不能说。

陆北尧报了刘义琴六个月的表演班，表演班在B市，周西就跟着一起过去了，但她没有报班。她是典型的学渣，有学习恐惧症，看到文字就头疼。让她待在短租屋里等，也待不住，陆北尧就经常带她一起去上表演课。她无所事事，坐在窗边拿相机拍上课的陆北尧，顺便听刘义琴讲课。

“你的演技进步得非常大，大到让人难以置信。我在《演技派》现场看你的表演，当场就哭出来了。你这是什么神仙演技？你以前就是不想演，想演的话，那些魑魅魍魉全都不是对手！你能碾压他们，他们都是渣渣。”

周西看不进去剧本了，也无心听孟晓说什么吹捧的话。把剧本放到床头柜上躺下去，脑子里还是很乱：“你明天走吗？”

“明天早上七点的飞机，我早上四点就要从这里走了。”

“那你早点儿睡，我就不送你了。我明天有戏，第一场戏不能演砸了，我睡不好精神状态会不好。”周西麻木地滑下去，拉上被子。

“不用你送，你赶快睡觉。明天我跟我大哥一起走，大哥的司机会来接我，不用白不用。”孟晓说，“晚安。”

“晚安。”

关灯后，周西在黑暗里看着天花板，心想难道真是车祸导致记忆出现偏差，所以大脑默认现在的周西是跟刘义琴学过表演的？这个逻辑是能说得通的。

那原本的周西呢？她为什么要闯红灯？

她骄纵、爱作死、任性狂妄，所有人都讨厌她，没有人爱她，唯一爱她的爸爸因为公司破产病在床上，不知道还能不能康复。她爱了七年的男人对她没有丝毫回应。她很孤独，也很迷茫，不知道未来在哪里。她是个失败的人，事业、爱情、亲情……一无所有。

突然有个片段涌入周西的大脑，她站在大街上，四周是陌生的街道，看着来来往往的行人，握着手机茫然四顾。她刚接完电话，手心里有汗，心里却是冰凉一片。那种凉意，现在周西躺在被子里依旧能感受到，是彻骨的、心如死灰的寒意。

记忆里的周西跌跌撞撞地往前走，手机又响了，拿起来看到一条短信："周西，你这么失败怎么还不去死？"

一辆车飞驰而至，周西摔了出去。

想到这里，周西连忙打开手机，里面有上千条垃圾短信，一条条地往下翻，终于看到车祸那天的日期。出车祸的那天，她的手机接收的不是一条短信，是上百条，短信齐刷刷地排列着，全是同一句话："周西，你这么失败怎么还不去死？"

短信应该是通过网络软件批量发送的，电话号码不同。

周西深吸一口气，这些简单的字像怪兽一样张牙舞爪地扑了过来，撕扯着她。她心跳得飞快，头疼欲裂，猛地把手机扣到床上。

"周西，你没事吧？"孟晓问，"要不要我陪你一起睡？"

"没事。"

黑暗中，巨大的悲伤情绪涌上周西的心头。那种悲伤并不纯粹，里面还有令人头皮发麻的惶恐。她手心冰凉，这是属于那天周西的情绪吗？上百条诅咒信息让她把一只脚迈出悬崖，她的身后是无数双推她的手，淹没了她对人间的眷恋。

她的泪不受控制地顺着眼角往下流，洇湿了枕头。她躺在床上，咬着手背，疼痛让她恢复理智，身体里悲痛的记忆全部退去。

她把手放下去，彻底冷静下来。

从今往后，没有人能欺负她。

周西醒来时孟晓已经走了，恍惚了一会儿，拿起手机看时间，早上七点。她起床去洗漱，门口响起敲门声，助理过来送今天的通告表。

“我去给你准备早餐。”

“不要糖。”周西说，“谢谢。”

“好，我知道了。”助理离开。

周西很少吃甜食，糖对皮肤不好，也容易长胖。

她要到《深宫乱》剧组统一化装，所以现在只涂上护肤品。

敲门声又响起，周西转身拉开门，猝不及防地看到陆北尧的脸。他穿着蓝色外套，戴着帽子和口罩，帽子边缘露出刚刚长长的头发，高挺的鼻梁笔直地撑起口罩，眼睛看着周西。若非身高、体形还有那双独一无二的眼睛，周西以为他真的是外卖员，还挺像那么回事的。

周西立刻要关门，陆北尧往前一步，用手抵着门：“周西，我知道我们分手了，你不喜欢我了，我们之间没有——”

陆北尧顿了一下，喉结滑动，眼睛直直地看着周西：“我们之间没有感情了，已经结束了。作为陌生人，我想跟你说几句话，行吗？”

周西立刻往走廊里看，陆北尧注销微博的事还在热搜上，如果他们被拍到，她会被他害死的。

“没有人跟着，相信我，不会被拍。”

陆北尧站在走廊里，眼中似有浓雾。他力气极大，用手抵着门，周西根本没办法关门。不远处有人开门，周西往后退了一步，他往前迈了一步，进门，反手把门关上。

“你要说什么？我的时间不多。”周西正在涂护肤品，刘海儿全部被夹上去，露出白皙的脸。她的睫毛纤长，眸中像淬着寒冰，“陆北尧，你这样闹有意思吗？你要什么，钱？我没有你的身份证，无法查到你那张银行卡更多的账单，我用机器只能查半年内的账单，一共用了你两百万元。我问了董阿姨，她说用了一年，算你五百万元吧，过几天凑到钱就还给你。”

这些话是陆北尧说过的，现在被周西一句句还回去了。他垂下眼帘，眸中翻涌的情绪瞬间被压了下去。

“钱不用还给我，你我——”陆北尧忽然觉得嗓子很疼，一直疼到了心脏，很艰难地开口，“两清。”

周西靠在桌子上，把刘海儿放下来，下巴微抬，眼神是冷漠的，里面的意思明明白白：既然两清了，他来找她干什么？

“之前给你带来困扰，我很抱歉。对不起，西西，我这几年忙工作，忽略了你。我知道我错了，我不奢求你的原谅。”陆北尧站在门前，脊背挺得笔直，嗓音有些哑，“有一件事，我想问清楚。”

周西拿起手机看着上面的时间，冷冷地道：“一分钟。”

她给他一分钟时间，让他说完赶紧滚蛋。

“你从什么时候开始决定……我们分开的？”

“从我出车祸在医院里醒来，等到天黑都没人带我回家那刻开始。”周西的声音不带一丝感情，“从你一句一个‘别闹，我很忙’‘我没有时间听你废话’开始；从我们躺在一张床上，却像陌生人，没有交流开始。”

过去的周西已经不在了，站在陆北尧面前的是全新的周西。

“从你不记得任何一个纪念日，不记得我的生日，不记得我们在一起多久——”

“二〇一一年九月七日我第一次在学校门口见到你。”陆北尧放下手机，看向周西，用低沉沙哑的嗓音道，“我们第一次牵手是在二〇一三年七月三日，我们第一次接吻是在二〇一四年的圣诞节。我们公开恋情是在二〇一五年五月七日，我原本想在今年的同一天向你求婚的。”

周西唇角上扬，扯出嘲讽的冷笑，原来他什么都记得，只是什么都不想做。多可笑，原本的周西等了那么多年，一直想跟陆北尧结婚。

“你的记忆力这么好，什么都记得，那之前就是什么都不想做了？”周西单手插兜，笑着说道，“陆北尧，你谈什么恋爱？你配谈恋爱吗？”

周西依旧明艳，穿着V领T恤，牛仔长裤勾勒出长腿的轮廓，又细又直。阳光从她的身后洒入房间，衬得她肤色雪白。

“是，我不配。”

“反正我们已经分手了，你配不配跟我也没有关系了。”

短暂的沉默后，陆北尧往前走了一步，周西立刻露出警惕的表情：“如果我报警，陆北尧，你肯定比我先完。”

陆北尧已经不在乎自己完不完了，真完了也挺好的，没有周西，他的人生又有什么意义？但他也不希望周西报警，于是找回理智退到原处：“医院把你的检查报告寄到家里了，让你有时间去医院再做一次脑部CT（电子计算机断层扫描）。”

“我的检查报告有问题？”

“需要复查。”

“我知道了。”周西拿起桌子上的水瓶，拧开喝了一口水，“没事你可以离开了。”

陆北尧的目光往下移到周西的手上，周西把瓶盖拧紧放回去。他眼眶的红色渐渐退去，只是心脏疼得令他喘不过气，很想抱一下周西，可再也不能靠近她了。

“最近好好吃饭，早上不要喝凉水，容易胃疼。”陆北尧看了周西一眼，往后退了一步，把口罩戴好，“苏晨严不是什么好人，心机很深，不要跟他走得太近。”

陆北尧还会诬蔑别人了，真是长出息了！以前他是多提别人一句就会死的性格，现在竟然给苏晨严泼脏水！

“我走了，不会再打扰你了。”陆北尧每一步走得都很艰难，一直看着周西的脸——他把周西弄丢了，“照顾好自己，不要为了减肥不吃饭，你又不胖——”

“该说话的时候你沉默，现在说这些有什么用？显得你很体贴吗？”

陆北尧闭嘴了。房间里寂静，大约一分钟后，他拉开门。

“你为什么注销微博？”周西突然看到陆北尧的手心有一道新鲜的伤痕，特别狰狞，从手心一直延伸到袖口里。

陆北尧转头看向周西，心脏撕裂般地疼，嗓子里像塞着棉絮，声音沙哑：“你说想看我开微博，我就开了。现在我们分手了，微博就没有存在的必要了。”

周西取关他，他就生出了注销微博账号的念头。随后他们彻底分手，他就提交了注销申请。

“哦。”周西不咸不淡地应了一声，转身去做别的事了。

陆北尧深深地看了一眼周西，拉开门大步走了出去。

他腿长步伐大，走得飞快。他没有坐电梯，顺着安全通道快步下楼走出酒店，拉开车门坐进去，脱掉了外套，摘下帽子，重新拿起鸭舌帽戴上，随后拿起手机拨给董阿姨。他的手抖得厉害，许久才拨过去。

电话接通，董阿姨的声音传过来：“小北？我们也不要过多联系，毕竟——”

“阿姨，我问你个事，关于西西身体健康方面的，非常重要，你先不要挂断。”陆北尧的语气加重了，十分严肃，他抬头看向远处，“西西最近的变化是不是很大？她有没有跟以前不一样的地方？有没有出现什么比较特殊的行为？”

周西早上八点到《深宫乱》剧组时，胡应卿已经到了，正在化装。周西换上衣服走过来化装，他抬了一下眼，被穿着大红色骑装的周西给惊艳到了。昨晚他们对戏的时候，他就预想周西今天的妆容，但看到周西这样艳丽的装扮，还是震撼到了。

周西的头发全部扎了上去，她的脸十分白嫩，化妆师给她贴了个齐刘海儿，演十几岁的少女一点儿都不违和。珠花明媚，不如眼前佳人。

今天早上的戏是大场面，要拍马上的戏。古城的墙外是一片草原，很多大型清宫剧都在这里取过景。今天的天气也很给力，早上风一吹天就放晴了。碧蓝的天空，一望无际，阳光洒在大地上，如同碎钻点缀在青草之间。

郑荣飞握着剧本站在中间跟道具组交代马匹怎么控制。

现在拍马上的戏，大家一般都用道具马。道具马好掌控，也不会轻易摔了演员。不是因为演员不敬业，而是用真马可能出现的意外太多，不好把控。万一演员出了意外，全剧组就得停工，损失太大。但今天有一场远景戏，所以旁边拴着两匹真马，一白一黑。

“胡老师。”郑荣飞喊道，“周西呢？”

周西立刻从人群中露出头，快步走向郑荣飞：“我在这里。”

周西试装的时候，郑荣飞就对她现在穿的这套衣服很满意，没想到在阳光下这么艳丽。她的皮肤白得透亮，一笑，眼如星辰，闪烁着光芒，天真烂漫，清纯灵动。

郑荣飞一开始还在考虑要不要找两个小演员来，但挑了一遍，小演员实在没有出挑的。他就征询胡应卿的意见，胡应卿说可以试试少年妆。

周西的皮肤好，是天生的，别人求都求不来。

“近镜头拍完了，你们下来换替身，再拍一组远镜头。西西，武术老师跟你说过拿弓的姿势了吧？你虚晃一下就好，要把姿势端正。”

周西点头，刚刚在看剧本，现在一半的情绪沉浸在剧本里，一时间难以出戏，没办法用言语回答郑荣飞的问题。

“那好，胡老师，你这边我就不说了。”

周西继续看剧本，最近对剧本越来越感兴趣，表演欲旺盛，而且情绪很快就能入戏，一旦进去，她的情绪波动很大。她是沉浸式表演。

先拍胡应卿的戏，他穿一身黑衣服，上马之后整个人的神态就变了。

很多人说他有教科书般的演技，这不意外，他就是稳，对角色把握得游刃有余，能看出来是花了心思去塑造角色的。

江乔今天的戏在下午拍，原本可以中午再过来，但今天上午有周西的戏，打着观摩的名号，提前过来看热闹。她认为周西之所以在《演技派》上表现得好，也就是碰到了好的剪辑、好的团队、好的剧本。以周西的演技……她已经想好通稿怎么写了。

她用奶茶杯装着白开水，假装喝奶茶。奶茶杯是白色纸杯，不透明，别人看不出里面装的是什么。她拿着手机自拍，微咬着吸管，一连拍了一百零九张照片，然后发送给她的助理，让助理找人选一张修图。她再不发微博，红 V 标志就要没了。发微博是个技术活，自拍也是技术活，她得稳住形象，不能太跳脱。

江乔发喝奶茶的照片是因为能蹭一下最近奶茶的热度，而且能巩固她与世无争的形象——喜欢吃甜食的人脾气都不会太差。

她自拍完把杯子放下，奶茶这东西里全是糖，对皮肤不好，也容易让人发胖。她撇了一下嘴，抽了张纸巾擦手，表情十分嫌弃，女演员谁会真的喝奶茶？

胡应卿的演技真绝，一条过了。下一场就是周西跟胡应卿的对手戏，江乔起身往郑荣飞身边走。

周西抬腿上马，姿态潇洒，红衣在阳光下十分明艳。她的走位非常精准，她回头，对着镜头灿烂张扬的笑就绽放开来，眼睛灵动，气韵动人。瞬间天地之间的其他事物都暗淡无光，只有她耀眼，光芒四射。她潇洒地抬手、搭弓、射箭，下巴微微上扬，红唇娇美地勾出自信的弧度，姿势非常准确。演员射箭只需要射空箭，但她的手中似乎真的有箭，弦动，发出嗖的一声响。

她放下手后，摄像师在后面眨了一下眼，感觉这一下力度十足，她似乎真的是在策马而行，飞奔向自己的猎物。

江乔的脚步硬生生地停在原地。她顿时有种被坑惨了的感觉，为什么要早起过来欣赏周西的表演？在酒店里睡美容觉不好吗？她是不是有病？

“以西姐这样的演技，给人做配角，纯属是被爱情耽误了。”极为惋惜的声音在江乔身后响起，“男人有什么好？事业不好吗？奖杯烫手吗？”

江乔回头，看到单手插兜、斜靠在栏杆上的苏晨严。他穿着白色的运动装，头发理得极短，五官英俊，因为狭长的眼睛，脸上好像永远带着笑意，看起来有那么几分不正经。他私底下是个话痨，一天到晚嘟嘟囔囔的，仿佛只有他长了嘴。

苏晨严目光一沉跟江乔的视线对上，笑意更深："若不是西姐当年公开跟陆北尧的恋情，可能你根本就没有出头的机会。"他一顿，唇角上扬，"你应该感谢陆北尧给了你出头的机会。"

江乔的脸色一变，看了苏晨严片刻，用口型骂了一句脏话，苏晨严爆笑，趴到栏杆上。

江乔转身就走，苏晨严抬头继续看场上的女人。她红衣如火，娇美得如盛放的郁金香，漫山遍野，冷厉张扬，具有侵略性。这样的周西真好。

周西和胡应卿对戏非常过瘾，胡应卿很敬业，能让她快速入戏。他们全部是一条过，效率非常高，于是他们这一组的戏比预期的要早拍完，剩下的时间拍江乔和苏晨严的戏。

苏晨严的演技是真不行，周西看过几次，他演偶像剧还行，放到这种正剧里就不能看了。大家的演技都好，就显得他的表演像是粗制滥造的"豆腐渣工程"，郑荣飞的要求又高，达不到标准，郑荣飞就让他一遍遍地演。他演，江乔就要搭戏。

江乔那边急得上火，全剧组的人都看着呢，周西满分完成，她作为新生代演员的代表，不能输给周西。但江乔越着急，苏晨严演得就越差，于是全剧组的人在 B 市的行程就多了一天。

七月八日晚上，萧晨来到 B 市，给周西带来了三份代言合同。

"一份是孟家汽车城全国总代言的合同，五年合约，代言费是五百万元。这是孟总塞过来的合同，比市场价偏低。考虑到你现在的名气还没有完全起来，我觉得这个价格还算可以。"萧晨把合同递给周西，说道，"其他的代言，孟总觉得不适合你，合同就不给你看了。孟总选出来的这几份代言合同你可以选一选，我建议你接这个汽车城的代言。另外两份代言合同可选可不选。"

萧晨也没想到孟庭深竟然会过问周西的事——干涉艺人的工作行程，平时他是不会理这些事的，他日理万机，艺人的行程是非常小的事。本来萧晨给周西选的代言是女士内衣，代言费也高，他直接给推了，强势干涉：周西不拍内衣广告，不接和感情有关的代言。这样，萧晨手里的代言就剩下这几个了。

“一份是‘森林少女’水蜜桃味品牌挚友的合同。另外一份是国内二线护肤品品牌补水系列推广大使的合同，这个钱稍微多一些。”

“这三份合同不冲突吧？”品牌挚友不需要拍广告，推广时间为一两天，最多配合品牌方做做直播宣传。‘森林少女’是饮料品牌，在国内的知名度还是很高的。推广大使也不需要拍太多广告，品牌方就是看中了艺人短时间内的热度，利用这个热度推广产品，一个系列可以有很多推广大使，目的非常单纯——卖货。

萧晨盯着周西看了一会儿：“三个代言你想全接？你还在拍戏，郑荣飞对演员的要求非常苛刻，你接一两个代言，他还能容忍，你接太多代言一直往外面跑，他怕是要骂人的。”

之前郑荣飞开除过一个演员，就是因为在拍戏期间这个演员轧戏（在同一时间接拍多部戏）、接商业推广活动。

“我会跟郑导谈，没有问题，就看品牌方这边的时间有没有冲突。”周西清澈的眼睛看向萧晨，“我不会影响拍戏，也不会影响我在剧组的形象。”

“三个代言全接的话，你会比较辛苦。”

周西说：“不怕苦。”

萧晨直直地看着周西，是出现幻觉了吗？周西说不怕苦？周西可是划破手都要去急诊看病的人。

“看什么？”周西抬头接触到萧晨探究的目光，心里咯噔一下，“萧总，我家破产了，我又跟陆北尧分手了，我需要赚钱养家。”

周西的演技非常好，唇角一扬，又没扬起来，像是在自嘲，看起来令人难过，语气又轻又淡：“人总是要长大的，有需要独当一面的时候。”

萧晨心里难过了一下。他认识周西挺久的，在她刚出道时还打算签她，因为她的颜值“能打”，参加节目能唱能跳，但她那个作死程度，很快就碾碎了他的幻想。人情世故是什么东西？情商是什么东西？周西不知道。

萧晨曾经很看不上周西，她太跋扈、太任性了。这种人要是摔了跟头，他一定第一个拍手称快。

周西终于栽跟头了，落入了尘埃；她卑微地竞争女四号，弯下腰跟人鞠躬；她诚恳地说要洗心革面；她在镜头前认认真真地演戏。

那个跋扈的大小姐不见了，萧晨突然感到很难过，甚至有些自责，也许她没错，错的是他们？一切源自偏见，她真的有那么不堪吗？在这个圈子里，每个人都戴着面具，看久了戴面具的人，偶尔看到一个没戴面具的人，他们不习惯，就说这是错的，可到底什么是错，什么又是对？人生百态，没有人生来就应该生活在面具下。他们是活生生的人，有七情六欲，拿掉明星的光环，他们不过是普通人。

“我知道了，我会安排。”

“谢谢萧总。”

萧晨站起来，收起文件打算离开，走到门口又回头道：“其实你没必要压抑自己，你以前也不是特别糟糕，不过是大家的立场不同。”

周西愣了一下，随即扑哧笑出声，瞬间眼眶通红。

“这样啊？”

“不是说让你放飞自我，随便毁约肯定是不行的，大家都要吃饭。你砸了别人的饭碗，别人就要饿死了。”周西本质不坏，就是被宠坏了。她要星星，周启宇就给她摘星星，要月亮，周启宇就给她摘月亮，把她宠得不谙世事。萧晨认真地看着她，说道：“在这个圈子里大家需要戴着面具生活，需要伪装，但你不要忘记了面具下的自己。你需要钱，我会尽快帮你找机会，你也不要太急，慢慢来吧。你如果非常缺钱的话，我可以借给你，五百万元以内都可以。”

“过几天合约确定后，具体工作时间我会通知你。”萧晨说，“我先走了，你好好拍戏。钱没了可以再赚，男人没了可以再找。不是说让你现在找，过几年你经济、事业稳定了，你彻底独立了再选择爱情。”

房门合上发出轻响后，房间一片寂静。周西舔了一下嘴角，笑了一下。她走到镜子前，看着镜子里的人。其实这个世界也没有那么糟糕，心怀恶意的人也没有那么多。粉丝的爱，朋友的爱，路人的爱，父母的爱……还是有很多人爱周西的。

“其实你也没有那么讨厌，是吧？”毕竟抠门如萧晨，都愿意借五百万元给她，这可是以前那个周西的面子。

明天《深宫乱》剧组就要去横店了，周西抬手把头发捋到耳后，靠在椅子上想了很久，然后起身去整理行李箱。她的手机响了起来，她拿起手机看到来电的是董阿姨，接通电话。

“阿姨。”

"你最近有时间吗？能不能回来一趟。"

"我爸怎么了？"周西吓得心脏都快骤停了。

"不是，不是，你爸没事，恢复得挺好。今天去医院复查，医生说他以后有可能恢复走路呢，就是要减肥。"

"那就好。"周西松了一口气，说道，"回去做什么？有事吗？"

"也没有什么重要的事，就是我好几天没看见你，想你了。你在那边吃得习惯吗？想不想家里的汤？"

周西对董阿姨炖的汤十分抗拒。

"不了，我在剧组吃得挺好。"

"你嫌弃我炖的汤？"

"我喜欢你炖的汤，一点儿都不嫌弃。"周西把床上的衣服全部扔到行李箱里，乱糟糟的一团。她整理行李箱的能力很差，以前都是陆北尧或者董阿姨整理。陆北尧曾经吐槽她的行李箱会炸，一开锁衣服全飞出来了。她每次去找陆北尧，他们没有"久别胜新婚""干柴烈火"，陆北尧只会冷静地帮她整理半宿行李箱。她把行李箱推到一边，躺到床上，"我回不去，明天去横店，拍重头戏，一天要拍十几个小时。"

"横店离S市不远，我开车去看你，顺便给你送汤。"

"开车四五个小时，多累啊！"周西说，"你别折腾了，我在剧组吃得真挺好。"

"西西。"董阿姨说，"你还记得我们第一次见面时吃的是什么吗？"

"凤梨酥，怎么了？你不要给我做凤梨酥，虽然你做得很好吃，但我快吃吐了。"董阿姨突然问这个干什么？

董阿姨和周西第一次见面时，周西四岁。董阿姨在厨房试菜，递给她一块凤梨酥。她第一次吃到那么好吃的凤梨酥，不顾爸妈的劝阻，撒泼打滚儿硬生生吃了三块，撑得肚子疼。周启宇还以为她生病了，哭得一把鼻涕一把泪，把她送到医院。这段记忆太深刻了，她这辈子都忘不掉，周启宇哭得鼻涕和眼泪混在一起，都粘到她脸上了。

"还记得你妈妈吗？"

"什么？"

"没什么，就是闲聊，什么都没有，你妈妈在德国很好，你最近好好休息，每天睡够八个小时，危险的东西不要碰。"

"好。"

周西挂断电话，把手机放到桌子上，董阿姨打这个电话过来是什么意思？突然问她妈妈干什么？她对妈妈的印象很模糊，从十岁那年妈妈离开他们去了德国后，她就再也没有见过妈妈。但这个问题，她不太喜欢细想。

地上的行李箱还保持着“爆炸”后的状态，周西对着行李箱看了几秒，蹲下去整理衣服。她又不是脑子有问题，怎么可能叠不好衣服？她真叠不好，于是把衣服全部塞进行李箱里，坐在上面把拉链拉上。炸开就炸开吧，只要别在路上炸开就行。

周西跟胡应卿对戏还是有些压力的，胡应卿入戏又快又好。她拿起剧本看起来，在横店拍的戏就是宫斗戏了，她的心理年龄需要从十五六岁迅速跨到三十岁。

第二天早上六点，《深宫乱》全剧组的人转移。周西拉着行李箱出门就碰上了江乔，她们四目相对，江乔戴上墨镜快步走了。

周西的助理过来接过她的行李箱，递给她颈枕、墨镜、口罩。她今天穿着黑色 T 恤配牛仔裤，头发随意地散着，简单漂亮。

苏晨严从房间出来，突然看到周西。周西漂亮的眼睛缓缓地看向他，明明没有化妆，但眼帘一抬，眼神中带着一股威严的压迫气势。酒店的走廊不甚明亮，苏晨严还没睡醒，恍惚间，膝盖有些软，头皮麻了一下，差点儿给周西跪下。他轻声道：“娘娘。”

苏晨严眼瞅着周西一句脏话就要脱口而出了，昏昏欲睡的脑子瞬间清醒：“西姐，早啊。”

周西把口罩戴上，和善地笑了笑，并没有说脏话：“早安。”

苏晨严只觉得惊心动魄，刚刚周西又美又冷艳。

“喝牛奶吗？”苏晨严一边戴口罩，一边把热牛奶递给周西。周西刚刚的那一眼可太带劲了，他现在心脏还突突地跳。

“我不喝，谢谢。”

“昨天睡得好吗？”

“还可以。”

苏晨严快一步按下电梯按钮，又按了按脖颈。他最近快被郑荣飞折腾死了，眼睛底下有黑眼圈，进了电梯就跟没骨头似的靠在墙上，用余光看周西。周西垂着头不知道在想什么，刚才那一瞬间的惊艳仿佛是他的错觉。

周西上车就戴上耳机看剧本，苏晨严原本打算上车补觉，但看到周西目光就移不开了。太阳还未升起，天边泛起鱼肚白，阳光从车窗照射进来，落到周西绝美的侧脸上。他嗓子有些干，拿起手机偷偷地拍了一张照片，构图刚刚好，光影之中，周西静静地看剧本，天地之间似乎只有她一个人。

苏晨严登录微博小号，把照片发上微博，并配文："女神又美出新高度！"

苏晨严的微博小号一共有十万名粉丝，有八万名是苏晨严买的，剩下两万名一半是买时送的，一半是周西的粉丝。虽然他的微博里只有一万名周西的粉丝，但他也能算是周西的大粉丝了。

这条微博刚发出去就有人评论："啊啊啊！这是什么神仙颜值？博主你怎么会有这样的照片？你是西姐身边的人吗？"

"西姐太久没发照片了！好想她，她好美！"

"这么多年，只有你一直坚持发西姐的动态，我感动哭了。"

苏晨严回复："周西值得。她是人间的小太阳，是全世界最好的人。我不是慕名而来，也不会在她低谷时弃她而去。我会一直坚守，她会以最耀眼的姿态回来。"

"博主，博主，西姐现在怎么样？好不好呀？"

苏晨严看了一眼前面的周西，让心跳平缓："周西很好，在拍戏。"

苏晨严把周西"长草"了的超级话题翻出来，在微博小号上发布内容支持周西。

经纪人真的想扇死他。他真是愚蠢。

苏晨严百无聊赖地刷着微博，下拉刷新突然看到周西的超话（超级话题）热度很高。他点进去，全是微博小号。

苏晨严立刻发微信给他的经纪人："你给周西买热度了？"

他的经纪人："你觉得我脑子有问题？"

难道是周西的竞争对手想陷害她？

旧楼废墟，残垣断壁，天空中的乌云压向大地。身穿黑色战服的男人站在废墟之上，衬衣领口敞着，露出一截肌肤，衬衣下摆被收入黑色西裤当中，外套披在肩膀上，窄瘦的腰身半露，身姿更显挺拔。他微微敞开腿，抬头，眼睛看向镜头，快门声响起，男人的脸被定格——阴沉的画面，残破的背景，末世中冷酷的王。

拍照的摄影师骨子里的血液沸腾，道："北哥，拔剑。"

铮的一声，长剑拔出，陆北尧往前走，瞬间眼神里杀气毕露。他随手一抬，剑鞘落到地上发出声响，然后继续往前走。

这组照片的主题是星际上将、末世战争，背景是废墟，配合陆北尧那张冷酷的脸，浓艳的色彩重重地击在人们的心脏上。结合他刚刚拍完的《将军》中的角色，摄影师已经想到这组照片放出来后会引起多么强烈的反响。

圈内的摄影师大都喜欢跟陆北尧合作，他的表现力很强，性格也好，非常配合。这几年，跟他合作过的摄影师都对他很满意。

摄影师看见不远处他的小助理捂着嘴把疯狂的尖叫声压下去，陆北尧的颜值确实值得尖叫。

陆北尧抬手解衬衣扣子，一只手里拿着剑，还戴着手套，所以第一次没解开，于是低头咬着手套摘掉。摄影师立刻拍照，心跳加速，双腿发软。

一组照片拍完，摄影师喊停："北哥，很好！非常棒。"

"辛苦了。"

陆北尧走下废墟，脱掉外套递给小飞，只穿着黑色衬衣，领口解开两粒扣子，脖颈下的锁骨线条清晰。他走到化妆的地方，打开一瓶全新的水漱口，随即又冲手，抽出纸将手擦干净。

小飞把陆北尧的手机送过来："陈哥打了好几个电话，说有急事找你。"

陆北尧将手机开机，看到陈舟的未接来电。陈舟是他出道以来的第二个经纪人，他的第一个经纪人当时封杀他，被经纪公司开除了，他就转到了陈舟手底下。陈舟年纪不大，比他小一个月，业务能力不错，选剧本的眼光也可以。他们一起从原来的经纪公司出来单干，很快就在娱乐圈站稳脚跟。他就是陈舟最成功的"作品"，陈舟每次喝多都要吹嘘自己选人的眼光和捧人的手段。

陆北尧对这些不看重，可能是从小生活的环境导致的，他的妈妈就是个极其能唠叨的人，一点儿小事就絮絮叨叨个没完。他就学会了装聋作哑，将不喜欢听的话自动屏蔽。随便你说什么，关我什么事？他面无表情地听着，实际上根本不知道对方在说什么。

他知道陈舟很能炒作，也知道有些人很疯狂。但这两件事会不会有什么关系？他很少去想。买完房子之后，手里的钱所剩无几，周家又出事了，他想多工作。周西一直都是公主，不能跟他在一起后过苦日子，所以什么活儿他都接。他麻木地忙碌着，忙到大脑一片空白——思考是一件很奢侈的事。

周西提出分手后，他麻木的大脑突然运转了，开始思考自己在干什么，所做的一切又是为了什么？

陆北尧打开微博看周西超话，博主发了一张偷拍照片。这张照片他早上就看到了，继续往下翻，忽然想到一件事，再次翻上去。

陆北尧仔细看这张照片，大约看了一分钟，他的心头突然涌出戾气。这是谁拍的？这位博主是谁？他把照片放到了最大，周西左边车窗玻璃的倒影中有一只模糊的手，腕上戴着百达翡丽经典男款手表。这款手表他在苏晨严的手上看到过。

陆北尧还没死呢，一个个都来“挖墙脚”！

他的手机响了起来，来电的是陈舟。他走向废墟处的另一边，接通电话的同时，拿起烟盒取出一支烟叼在嘴里，用打火机点着，微一偏头，火光照亮俊美的脸。他深吸一口随即缓缓地吐出白色的烟雾，将打火机装入裤子口袋。

“我在听。”

“你到底想干什么？你跟我解约没问题，你自毁前程干什么？你注销微博后，偷偷地跑去看周西，以为没人拍到吗？是我花大价钱压下来了。你们分手有什么不好的？周西上一次热搜，你掉一次粉丝，你知道你错过了多少好的工作吗？因为你有个喜欢作死的女朋友，大家都不敢跟你合作，怕工作到一半你的女朋友出来闹，前功尽弃。你现在有大好前途，应该把心思放到事业上。你有钱了，将来什么样的女朋友找不到？我就不明白，周西哪里好？她有什么好的？”

“世界上只有一个周西，她的好我知道，我没必要跟你多说。”陆北尧眺望昏沉的天空，S 市天气不好，似乎又要下雨，“合同还有半年到期，到期后我不再续约。工作室一人一半，以后各走各的路。”

“你真是有病，陆北尧，我这么跟你说吧，我当初就不该拉你，永远沉没才是你的归宿。你们两个抱团，共同沉沦吧，我看看你这样的人能走多远。”

陈舟烦死周西了，周西就是陆北尧成功路上的绊脚石，他早就想把周西踢开了，没有周西，陆北尧取得的成绩绝对翻十倍。周家出事，陆北尧什么工作都接，做出各种败坏口碑的行为。陆北尧不在乎这些，可他在乎。他这几年翻身做主人，事业做得风生水起，人生要再上一层楼。他被业内人士称为伯乐，怎么能容许他的千里马出事？

周西和陆北尧终于分手了，陈舟都快要笑出声了。周西还挺有自知之明，虽然这个分手的时机不对，但陆北尧也不是不能洗白。他就是干营销出身的，很快就能将陆北尧洗得干干净净，谁承想陆北尧跟周西一样脑子不好。

陆北尧收回目光，敛起所有情绪。他对这些事挺麻木的，嗤笑一声道："我进入娱乐圈就是因为周西，你觉得我现在会在乎这些？"

"你简直就是疯了！"陈舟气急败坏地道。

陆北尧淡淡地抬了一下眼，目光犀利："你做过的事最好不要被我查出来，否则我不放过自己，也不会放过你。我疯没疯，你可以试试看。"

他们有罪，而且罪不可赦。

《深宫乱》剧组进入横店影视城，剧情的重头戏就来了。

赵凌雪进宫，开始一步步往上爬。深宫之中，哪有什么单纯的人？她不争便是死。从第一个秀女落入水井，有人呕吐、有人尖叫、有人颤抖哭泣开始，这场厮杀便拉开了序幕。

皇后正面交锋赵凌雪这一段戏，周西试镜时便演过，当时跟她搭戏的是郑秀。郑秀一开始带着轻视的态度，不把这个年轻漂亮的演员放在眼里，差点儿在她身上栽跟头。郑秀混娱乐圈十几年差点儿栽在一个年轻人身上，传出去可太丢人了。这事郑秀缄口不言，只是默默拍戏。

郑秀的保姆车跟江乔的保姆车挨着，就听江乔的助理嘀咕道："今天你要跪周西，她心里肯定乐开花了，真不知道导演怎么选的人……让她演……贱。"

江乔助理的声音断断续续的，江乔倒是自始至终没发言。

《深宫乱》开机的第一天，郑秀就看出了江乔跟周西不和。作为同龄人，江乔的人气比周西的人气高，但江乔的长相不如周西。估计双方都不服气。

"江乔的助理要吃亏了。"郑秀的助理压着声音，几乎是用气音在说着八卦新闻，“江乔新签的经纪公司是鲸鱼传媒，所以她才能出演《深宫乱》这部戏的女主角。鲸鱼传媒算下来最多是孟氏娱乐的‘儿子’，开机当天，孟三爷是来给周西送花的。孟大爷来干什么的？来看戏的吗？是来给周西撑场子的。”

郑秀的助理拿下巴点了一下周西的方向，啧了一声：“她想退出娱乐圈就退出娱乐圈，想回来就回来。以前家里给铺路，现在孟家给铺路。她是真正的公主，谁跟她叫板就是以卵击石。”

郑秀斜睨着助理：“你说得太八卦，这话不准在外面说。”

“我在外面又不说，我就听别人说八卦新闻。”助理给郑秀倒炖品，说道，“周西也是神通广大，踢掉陆北尧后马上搭上了孟家，不知道她跟孟家是什么关系？啧，都不是省油的灯。”

孟家老三在《深宫乱》开机时给周西送花这事，大家随便联想一下就是绯闻。

郑秀的目光严肃起来：“就不能是陆北尧不能共苦？周西风光时，陆北尧跟她在一起，她落魄了，陆北尧就分手？什么玩意儿？陆北尧就是现实版陈世美。要真有龌龊事，孟家兄弟能一起过来给她撑场子？前几天八卦新闻记者还拍到孟家小公主去剧组跟她一起吃饭，两家是世交罢了，别胡说八道。”

上周，八卦新闻记者拍到周西和苏晨严一起吃饭，开始传两个人的绯闻。随后苏晨严的粉丝放出完整照片，前面有胡应卿，中间是孟晓挽着周西的手，苏晨严跟周西什么事都没有。外人不知道孟晓是谁，但圈内人谁会不知道孟家小公主？

副导演通知准备开拍，郑秀放下保温杯走下车。

阳光洒在巍峨的宫殿上，琉璃瓦泛起了光泽，江乔穿过长长的宫道，踏上台阶，迈过高高的门槛走入殿内，阴寒之气扑面而来。木质窗棂雕花烦琐，万年照不进阳光的宫殿，阴沉昏暗。明明今天的最高温度是三十六摄氏度，但她的心中还是生出一些寒意，这是她跟周西第一次正面对戏，不能输。

郑荣飞跟编剧在讲剧情，江乔捏了一下手帕，身后脚步声响起，回头的瞬间目光顿住。周西穿着黑底金凤纹的皇后常服——常服没有朝服那么威严，梳着改良的钿子头，金凤步摇精致得似展翅欲飞。她的妆容不算浓艳，但画了眼线，使她看上去比实际年龄要大几岁。还没有开始拍，她身上的气场已经完全变了，威严华贵。

江乔不由自主地往旁边退了半步，周西走过来，朝她颔首。她觉得这样的周西陌生，特别陌生，跟以前那个骄纵、愚蠢的女人完全不一样，那个女人是一点就着，别人稍微挑拨两句，就跳脚闹笑话，把一点儿小事搞得尽人皆知，被所有人嘲笑。

但这次见面，周西完全不一样了。江乔突然生出危机感，苏晨严说如果周西不退出，娱乐圈有她什么事？以前听到苏晨严说这话，她只会当笑话。现在，她心里发毛。

郑荣飞喊大家准备开拍，江乔回过神，收起所有的心思。

这段戏的内容是赵凌雪从宫殿外进来，然后看到皇后就跪下，她最好的姐妹、最忠心的宫女青黛冲撞了皇后。皇后最近对皇帝宠幸青黛很不满，想杀鸡儆猴，要打死青黛。

江乔站在宫殿外双手合十，抵着眉心，短暂的沉默后，郑荣飞喊开始。

江乔放下手走入镜头，让自己情绪饱满地迈入宫殿门。赵凌雪微一抬头看到斜倚在椅子上喝茶的皇后，腿一软，哐的一声跪下去，头碰着地："青黛年少莽撞，冲撞了——"

"停！"

江乔转头看向郑荣飞，心猛地跳了一下，椅子上的周西把茶盅放回去，发出叮的一声响，江乔抿了下唇道："怎么了？"

"你情绪不对，太激动了，你是赵凌雪，即便身陷囹圄也是冷静自持的。"郑荣飞提点了一句，说道，"再来一次。"

"各部门准备。"

江乔再一次进门，拼命地找赵凌雪的感觉。她是科班出身，最"能打"的就是演技，为什么要怵周西？周西算什么？过去的都过去了，人要往前看，要重新开始。

江乔这一次演得非常顺，从进门到跪下解释缘由、求皇后饶恕青黛一命。周西放下茶杯，茶杯盖碰到杯身发出声响，江乔的心脏瞬间收紧，身体紧紧地绷着。周西一言不发地走过来，停在她身边。

"抬起头。"周西的语调缓慢，声音里透着威严。

江乔抬起头，一滴泪顺着眼角滚了下来，饱满晶莹。

“停！”

“江乔，你哭什么？到哭的时候了吗？你对剧本是怎么理解的？”郑荣飞的脾气有些暴，他把手里的剧本拍到桌子上，“你现在表达的不应该是单纯地怕，你是赵凌雪！你是来干什么的？看到皇后两股战战，你还怎么往高位爬？你这样在宫里根本就爬不上去！”

谁都没想到，演这场戏的问题会出在江乔身上。这一段戏拍了一早上都没过，好不容易过一次，郑荣飞说感觉不到位。感觉这个东西太玄妙了，没达到预期，但大错误也没有。

郑荣飞去二组拍摄现场拍戏了，让江乔冷静冷静，找找人物的感觉。江乔坐在台阶上看剧本，身后传来脚步声，以为是自己的助理，皱眉道：“我什么也不要，不要来打扰我。”

“聊聊？”

熟悉的女人声音，江乔倏地抬头，周西走过来在她旁边坐下。周西的助理将小型电风扇送过来，周西对着脸吹。

“过去我们之间有误会。”周西也发现了江乔的不对劲，之前江乔拍戏挺正常的，不过那时候并没有跟周西的对手戏，今天她状况百出，“对不起，我不该打你。”

江乔直直地看着周西，心里突突地跳，周西怎么会道歉，怎么会？

“过去我思想不成熟，做过很多莽撞的事。我跟陆北尧已经分手了，你和他如何，我不会再干涉，我们之间最大的矛盾已经解除了。”周西用清澈的眼睛看向江乔，那个眼神太干净了，没有丝毫的杂质，也看不到曾经的仇恨。

江乔抿了下唇，随即猛地把手举起来：“我对天发誓，我现在对陆北尧没有丝毫感觉，那天是喝多了，脑子不正常。真的，周西，我没有当着你的面挑衅的意思。我若是对他有想法，天打雷劈！”

江乔怕周西再抽她一耳光，用余光扫了周围一圈，看有没有人能帮她。她的助理离得远，周西的助理就在周西身边，还学过散打。

“别紧张，我真的不是来找你的麻烦的，我就是想跟你和解。”周西看向宫殿外的阳光，宫殿把阳光切割出整齐的线，一半阴影一半明亮，“你有问题，我也有问题，但那些都过去了。过去的事没必要追究，现在我跟你之间没有丝毫恩怨，你信也好，不信也罢。”

“这部戏对我来说很重要，我想对你来说应该也很重要，这是非常重要的一步。演正剧能演一辈子。若是有机会拿奖，你就‘飞升’了。”周西转头看着江乔，“赵凌雪是个很聪明的姑娘，前期可能单纯，但不会胆小。她前期知进退、重感情、会隐忍、对皇帝有期待、对人生有幻想，后期耍心机、玩手段、心思狠毒只为上位。她对皇后不仅是惧怕，只有惧怕太单薄了，这个人物也不对。”

周西竟然会说这么深刻的话！江乔脑海里再次掀起风暴，这是周西吗？但周西的这个解析非常精准，她的问题一下子就明朗了。

“你不要怕我。”周西起身，优雅地收起裙摆，拿着小电风扇往殿内走。她也是刚刚才弄明白江乔的心思，江乔竟然害怕她。她现在对江乔没有任何感觉，她们就是同事，大家一起拍戏。江乔出问题，全剧组都会被拖累，她已经喝了六杯茶，再喝就要吐了。

“谁怕你呀！”江乔立刻反驳，随即觉得脸上火辣辣的——她的心思竟然被周西看出来了，“我没有怕你，我就是——今天早上状态不好。”

周西回头冲江乔笑了一下，明艳动人。大殿昏暗，只有她好像带着光。

周西没再说什么，走向编剧。

“乔姐，你没事吧？”江乔的助理跑过来，往周西的方向看，皱眉道，“周西想干什么？欺负人也不是这么欺负的。”

“她没有欺负我。”江乔继续看剧本，看了两行，抬头道，“你刚刚干什么去了？”

她的助理怕挨打先溜了，看江乔没被揍，又回来了：“啊，我刚才去二组拍摄现场看拍得怎么样，看看导演的脾气。”

江乔无权无势，是从娱乐圈的小人物爬上来的，也曾年少轻狂地干过傻事。她以为自己有地位了，了不起了，可以掌控一切，被周西打了一巴掌后，清醒了。

这像不像赵凌雪的处境？赵凌雪初进宫蒙受皇恩，以为自己飞上枝头变凤凰了。她的贴身宫女冲撞皇后，差点儿被拖出去打死，她却无能为力。皇后的家族势力雄厚，赵凌雪敢贸然找皇帝给自己做主吗？找皇帝她死得更快。后宫那么多嫔妃，她只不过是其中的一个，活得如蝼蚁一般卑微。在这里，她有悔、有恨，惧过、怕过，也清醒过。

周西说得对，如果她只是怕，情绪就太单薄了。

再一次开拍，皇后缓缓地绕着跪在地上的赵凌雪走动，大殿里只有沉闷的脚步声，令人惧怕。赵凌雪跪在地上，脊背弯了，心里却没有屈服。

江乔的台词说得非常稳，一字一句，清清楚楚。

漫长的沉默后，皇后终于宣布了结果："念及青黛是初犯，杖刑三十，赵贵人禁足半月……"

周西气场十足，把皇后演活了，声音淡淡的。江乔扮演的赵凌雪对她又怕又恨，但还是要磕头谢恩。

一场戏结束，郑荣飞拍手道："非常好！"

江乔还跪在地上，膝盖发麻，面前突然出现了一只手。她抬头对上周西的目光，周西的目光很平静。

许久后，她握住周西的手起身："谢谢。"

"客气了。"

江乔对周西少了偏见后，拍戏非常稳。江乔的演技不错，在新生代演员里算是演得好的了。二十五六岁，她能有这样的演技，前途不可限量。

只不过周西更厉害，拍了一个月的戏，剧组的人几乎忘记了她原本的年龄，开口都叫她"西姐"。西姐霸气啊，往皇后的位子上一坐，她就是皇后娘娘本人。

七月二十三日，周西请了半天假去杭州为雪牌护肤品"站台"，萧晨过来接她："今天有现场直播，江乔也会去，她是品牌总代言人，全系列的。你注意点儿形象，不要跟她起冲突，也不要随便抢话。现场有提问环节，问题都在纸上，你提前看一下。我给你提供了备选答案，建议你按照这个答案回答。"

周西翻看提问环节中要问的问题，最下面有个问题。

> 问："能谈一下你对前男友的看法吗？"
>
> 答："爱过，没什么可后悔的，过去的都过去了，未来各有各的精彩。尝试过，无所谓失去与得到，人生就是体验的过程。"

"能不能跟品牌方沟通一下，不要提关于感情的问题。"周西把台本放下，看向萧晨，"这是我的私事，我并不想将此作为炒作的点。"

在公开的商业活动中提感情就是没事找事，周西只有一个前男友，闭上眼睛都知道是谁，何必招惹陆北尧的粉丝？

“你还没放下？”

“在公开场所提前男友就是放下了？”周西今天穿了一条黑色一字肩长裙，长发微卷披散，化着明艳的妆，语调缓慢，有着居高临下的气势，“我不能独自发展？”

萧晨看了周西一眼：“你正常点儿说话。”

周西还没从戏里出来，一副皇后的气势，语调也不是很重，就是慢悠悠地给人一种压迫感。她红唇娇艳，不算张扬，自有一股气场在里面。

周西转头看向萧晨，眼神冷厉。

萧晨咳嗽了一声，说道：“你是不是入戏太深了？”

萧晨总有种下一刻周西就会叫人把他拖出去杖毙的错觉。

周西唇角上扬，垂下眼帘，睫毛在白皙的肌肤上落下阴影，微笑道：“是吗？”

“对于你来说，这个回答会给你带来一定的曝光度。另外，也算是你正面回应分手的事，百利无一弊，你也可以洒脱点儿，挽回一些人气。”

今天的天气很好，阳光照射在车前的引擎盖上，反射出光芒。周西沉默了许久，偏头看向萧晨：“我不想提前男友，我的人气我会凭实力挣回来，我不需要利用任何人来提高人气。”

周西不是逃避，因为只要提前男友，无论说他好还是不好，一定会被拿来大肆做文章。艺人分手后对这种话题缄口不言是最好的处理方法。

周西现在看都不想看陆北尧的粉丝，不想给他们一点儿眼神。萧晨又看向周西，她坐得端正，目光沉静中带着锐利。萧晨相信这句话，她能挣回她的名气。

“那好，我跟品牌方商量商量。”

下午两点，周西到品牌方公司，拍完宣传照，被品牌方带到今天的活动中心——商场一楼。商场入口处被堵得水泄不通，周西眯着眼睛看前面——这么热闹？

“不用看，你没有粉丝，这些人是接江乔的。”萧晨在周西旁边道，“想要吗？”

周西沉默，不想接话。

“你也会有的。”萧晨的声音沉了下去，他看向周西的侧脸，认真严肃地道，“周西，一切都会有的。”

周西回头，微抬下巴，眼里浸着温润的笑，声音却带着高傲：“失去的东西，我会一样一样地拿回来。”

江乔入场，台下一片震耳欲聋的喊声，江乔的粉丝声嘶力竭地喊着她的名字。她今天穿着水蓝色的纱裙，皮肤白皙，黑色的长发披散，看起来娴静，有江南美人的婉约。她刚出道的时候确实不怎么好看，这几年越来越好看了。

周西还不能上场，需要在一旁等待。台上，主持人带着江乔跟粉丝互动，台下的声浪一波接一波。

“听说你在《深宫乱》剧组里适应得很好？”这倒是出乎萧晨的预料，《深宫乱》剧组的人反馈，周西竟然会拍大夜。她在剧组里熬一整夜，睡几个小时再接着拍。

现在的周西，跟以前那个敢让她熬夜就把剧组的人开除了的狂妄她判若两人。最重要的是，她在《深宫乱》剧组待了整整二十天，没有打任何一个人，真是可喜可贺。

“西姐！”旁边一个女生突然尖叫道，“你是周西。”

周西转头看过去，一个戴着眼镜的女孩儿捂着嘴，眼里放光地看着她。女孩儿的额头上贴着贴纸，上面写着“周西”两个字。

“我是你的粉丝！在微博上我给你发过私信。”女孩儿说着眼睛就红了起来，她的声音哽咽道，“因为你，我考上了A大！我好喜欢你的勇敢！你是我的小太阳。”

“谢谢。”周西没想到会有她的粉丝到现场。品牌方昨天发了微博预告，周西的粉丝刚欣喜起来，就被江乔的粉丝嘲讽了。

“这是我亲手制作的礼物，送给你！”女孩儿把一本手账送到周西面前，“希望你每天都好，早日大红大紫。长风破浪会有时，直挂云帆济沧海。”

“谢谢。”周西接过手账，朝她的粉丝鞠了一个躬。

“加油！我从B市过来，坐了五个小时的高铁，真的很喜欢你！”女孩儿几乎要哭出声，但强忍着泪水，她握拳用力一挥，“加油周西！你是最棒的！”

周西伸手：“需要拥抱吗？”

“可以吗？”女孩儿的泪滚了下来。

周西拥抱女孩儿，拍了一下她的肩膀："你也是最棒的！加油！"

女孩儿号啕大哭。

品牌方邀请周西上台，全场寂静。随即开启直播，品牌方让她直播卸妆洗脸体验他们的产品。

让女明星现场洗脸非常过分，品牌方不敢让江乔洗脸却让周西洗。

萧晨的脸色一下子就变了，他拿起电话打给品牌方负责人，给周西使了个眼色，让周西下台。什么时候阿猫阿狗都可以欺负他的人了？

一瞬间，所有人都看向周西，离她最近的江乔也看了过去。她一定会暴起打人吧？这是对她的侮辱。

周西的脸上没有任何不满的情绪，她伸手向主持人要卸妆液，笑着道："我今天化妆了，清水洗不干净。"

主持人把卸妆液递过来，周西开始洗脸，钱难赚啊！江乔收回视线，站在一边继续接受主持人的采访。

周西洗干净脸，拿洗脸棉擦脸，用余光看到台下一个黑衣男人贴着简易的活动台蹭来蹭去，表情猥琐。

主持人问江乔的择偶标准，她微微偏头，长发从鬓边倾落，笑得柔美："他到来的那一天，就是我的标准。"

现场江乔的粉丝发出尖叫声。这句话的意思很明显，她没有男朋友，单身，择偶看缘分，所有人都有机会。

黑衣男人突然掀起警戒带冲上了舞台，扑向江乔。

变故发生后，工作人员没反应过来，江乔也是蒙的。回过神的时候已经被一个人用力地扯到身后，她抬头就看到周西干脆利落地踢黑衣男人的裆，反手抽了他一耳光。

熟悉的巴掌声，来自周西没错了。周西的巴掌永远都是这么快，她抽人有天赋，一般人学不会。

"保安！"周西回头喊道，"报警。"

现场江乔的粉丝一片混乱，主持人也蒙了。周西刚洗过脸，皮肤清透白皙，一尘不染，一双黑白分明的眼睛，目光中带着一丝锐利的光，冷酷动人。

萧晨和江乔的经纪人同时冲上台，江乔的经纪人将江乔扶起来，萧晨看着冷静自持的周西，抬了一下手，忽然怀疑人生——他冲上来干什么？

现场还在直播，弹幕已经刷疯了。

“周西好帅！”

“周西反应好快！那个男人的裤子拉链是拉开的，猥琐男？”

“刚刚周西转身打人真是绝了！太帅了吧！她一下子把乔姐拉到身后，乔姐在她身边好柔弱。”

保安冲上来控制住了猥琐男。

“现场出现了一些变故，已经控制住了，大家不要紧张。”主持人惊魂未定，但职业精神让她强行打圆场，“西姐，没事吧？”

“没事。”

周西穿着一身黑色长裙，活动了一下手腕，用冷酷的眼神扫过现场，转身去看江乔：“你怎么样？”

“谢谢，没事。”这句“谢谢”江乔说得很诚恳，她快吓死了，脑子现在还是一片空白。

那个男人的目标是江乔的胸部，手指已经抓到她的衣服了。她今天穿着裹胸的裙子，如果裙子被扯掉，后果不堪设想。

“注意安全。”

现场安保工作做得太差了。警察很快就到了，工作人员要配合做笔录，活动有可能做不下去了。

周西走向舞台边缘，萧晨递给她一瓶水：“人家让你洗脸你就洗啊？你不会反抗吗？”

“你不是说我没有选择权吗？”周西素面朝天，却是别样的美。她浓密的睫毛下，杏眸清澈，美得惊心动魄。

“也不是完全没有选择权，毕竟你是我手底下的艺人，还是有一定选择权的。”

周西没说话，萧晨凝视着她：“你怎么想起来救江乔了？玩英雄救美呢？也不考虑一下自己。”

萧晨有些后怕，若不是周西踢得狠，被扑倒的就是她。

周西喝了一口水，把瓶盖拧上还回去：“手比脑子快，没办法。”

萧晨无话可说。

江乔要求活动暂停，一方面是她要配合警方做笔录；另一方面是现场的人太多，品牌方不能保证艺人的安全。周西做完笔录就可以了，江乔要去一趟警局。

江乔是今天的大腕儿。她走了，活动自然也没有做下去的必要了，周西在萧晨的护送下上车。下次活动需要筹备的时间，今天的活动彻底结束了。

周西把手机开机，一个电话就打了进来，是个陌生号码。她迟疑了片刻才接通。

“你怎么样？有没有受伤？现场的保安在干什么？这种垃圾品牌的活动以后就不要接了。”陆北尧冰冷的嗓音传过来，“你的保镖呢？你有没有保镖？你以后遇到这种事不要出头。”

周西把手机放下来，挂断电话，拉黑他。

她对陆北尧的关心不感兴趣，他们都没有关系了。

周西刚要关机，萧晨上车，说道：“你上热搜了，是网友搜上去的。”

萧晨拉上另一边车门，吩咐她的助理开车，然后打开手机递给周西：“你的形象非常正面。”

第五章

"女王"美如画

周西上热搜了，有人在直播视频里截了动图。

她拉江乔到自己身后，抬腿踹人、扇耳光，这是对待流氓的教科书般的反击，动作太漂亮了。她身穿黑色长裙，漂亮的眼睛清澈明亮，抬腿时裙摆飞扬，笔直的长腿显露出来。她如同侠女一般，做的也是侠义之事。

这条微博被转发了十万次，评论有八万条，周西这回上热搜，没有带陆北尧，也没有带奇奇怪怪的男人，是靠她自己的能力上去的。最绝的是，这张动图里的周西还是素颜。

她素面朝天，肤白清透如凝脂白玉，眼睛清亮，带着一股冷厉的美。

女孩儿怎么了？女孩儿帅起来真没男人什么事了。现场那么多保安都是吃白饭的，流氓冲上来，她干脆利落地收拾了。

之前喷过周西的人都开始怀疑人生了，她真的有那么糟糕吗？她这么刚，这么英姿飒爽。江乔还跟她不对盘，江乔的粉丝天天在微博上骂她，她以德报怨，这才是真性情、真女侠。短短一段时间，周西的微博涨粉到五百六十万人。

"我需要发微博吗？"周西翻看着评论道。

"提醒大家注意安全，保护好自己。"萧晨说，"我可以帮你发。"

周西非常不喜欢别人碰她的私人物品。

周西编辑微博："大家注意安全，遇到危险首先要判断自身处境。打得过就打，打不过就跑。最后，希望所有的女孩儿都不要被伤害。”

这条微博刚发出去，短短几秒评论区就刷出了上百条评论。

“西姐，你好勇敢。”

“西姐厉害啊，不过还是要谴责品牌方，追究责任。现场的安保工作做得那么烂，万一对方有凶器伤到人，谁来担责？”

“我的青春又回来了！西姐，你还记得我吗？我是你的老粉丝。”

周西的电话响了起来，来自孟晓，周西接通电话道：“我没事，你不要担心。”

“打人这方面姐们儿你就没输过！”孟晓带着笑的声音传过来，说道，“你打得好爽，就是护着的是江乔，我很不满意。”

“无论是谁在那个位置，我都会保护。”周西很厌恶猥琐男，“当众欺负女孩儿，性质太恶劣了。”

“以后再遇到这种事拿工具打，你看到你手边的镜子了吗？你就应该拿镜子砸。”

周西的脑子里突然闪过一个记忆片段——陆北尧穿着黑色连帽衫，戴着帽子和口罩，在地下停车场打一个蜷缩在角落里的男人。男人凄厉的叫声响彻整个地下停车场，他一直打到男人不动了，回头跟周西的目光对上。

“西西，你在干什么？怎么不说话了？”孟晓在电话那头喊道，“喂喂喂？朋友，你快理我啊！快一点儿。”

这不是电影画面，是现实中发生过的事。陆北尧揍的那个人是骚扰过周西的摄影师。那个摄影师喝完酒回家，下车后被人袭击，伤得很重，非常巧的是当天地下停车场的监控全坏了……这件事最后不了了之，后来他在微博上卖惨，就没有下文了。

这段记忆很模糊，她仿佛是在雾里看花，只记得陆北尧说，遇到这种事第一时间拿东西砸人，看到什么拿什么，砸就是了。这段记忆是原本的周西的？以陆北尧那个脾气，会上手打人？还打得那么狠？

“西西？宝贝？亲爱的？”孟晓在电话那头非常恶心地呼唤着。

“我刚刚走神了。”周西捋过耳边的碎发，这段记忆给她的冲击很大，“我知道了，下次我一定拿东西砸。”

“还是别有下次了吧！这辈子最好都不要再遇到那种流氓。”孟晓说，“江乔在剧组里有没有欺负你？”

“江乔敢吗？”周西轻笑，唇角上扬。

“江乔还真不敢。”孟晓说，“她的新合同在鲸鱼传媒，老总跟我熟。她最好夹着尾巴做人，再敢搞事，我就让她尝尝资本的力量有多可怕。”

“你最近还好吗？”周西问。

“挺好的，吃嘛嘛香，就是累，我最近跑项目都成了陀螺！简直累得要死。哎，对了，我听说了一件事。”

“什么事？”

“陆北尧跟陈舟解约了。”

“为什么？”

“具体什么情况不知道，不过陆北尧的工作室最近挺乱的。提前声明，我跟你是一个战壕的，我非常讨厌陆北尧。好了，说八卦新闻，陈舟一直附在陆北尧身上‘吸血’，陆北尧想脱身，陈舟大概不会放过他。这事有的撕，看热闹吧。”

“那还真挺热闹的。”

“我没想到陆北尧会注销微博，他走的这一步太疯狂了。”

周西又开始头疼了，按了一下太阳穴。

“粉丝和明星是相因相生的关系。”周西抵着太阳穴，想到自己的处境，“不能说谁对谁错，只是大家的立场不同。”

“你竟然能说出这种话！你还是周西吗？”

周西想了想，道：“大概是我意识到，对明星而言，观众、粉丝都是衣食父母吧。”

孟晓发出一声惨绝人寰的尖叫：“你变了，周西你变了！你竟然能提到衣食父母这个词！你不是我认识的那个周西了！”

周西叹了一口气：“生活不易，西西叹气。”

周西挂断电话后，查看未接来电，有五十多个陌生号码，应该是陆北尧打来的，她将其全部拉黑。

苏晨严和孟辰都在微博上问她是什么情况，周西回复：“无事。”

“周西，问你个事。”萧晨忽然回头，看了周西片刻，语气严肃下来，“之前你拍杂志封面，中途殴打摄影师，最后你不拍了，事情的真相是什么？”

“摄影师骚扰我。”周西的脸上没有任何表情，她还在刷微博，光从车窗透进来，落到她白皙的肌肤上。

周西打人为什么那么顺手？反应那么快？因为她经历过。但她太平静了，平静到萧晨有些难以接受，都说她是“天之骄女”，都说她要什么有什么，脾气骄纵、蛮横。她是骄傲的，没错，但她真的蛮横吗？

“为什么不公开这件事？”

周西滑着手机的手指停住，她教别人勇敢，自己却胆怯了。当年她有很多顾虑：因为他们公开恋情，陆北尧的事业受到影响，陷入低谷；她也在风口浪尖上；她爸的身体不好，要是知道她在外面被人欺负，她爸一定会被气疯的。

“顾虑太多。”

萧晨正在看的这条微博的博主，是当年参与周西拍摄杂志封面的一个助理。今天看到热搜，博主不知道是蹭热度还是良心发现，发了一篇长微博，讲述了三年前的事。

“摄影师骚扰周西，她就把摄影师打了，杂志社包庇摄影师，打压她，到处散播她的负面消息，扬言要搞臭她。周家那时已经显出颓势，各路人马纷纷‘踩’之。从头到尾，她什么错都没有，却被抹黑了这么多年。

“这三年来，我每次看到周西这些所谓的负面消息就彻夜难眠，我知道所有的真相，但不能说。今天看到热搜，我非常难过，这么多年了，这个女孩儿依旧勇敢，孤军奋战，不畏惧任何恶势力。”

这条微博下面的配图是杂志社的领导与摄影师的聊天记录。

萧晨把手机递给周西，她没接手机，就看了一眼，抬手揉了揉眉心，随即放下手，继续刷微博：“都过去了。”

“什么过去了？那些本来就不是你的错，你凭什么认？”萧晨气得快炸了。

周西云淡风轻个什么劲？娱乐圈是云淡风轻的地方吗？萧晨一想到也许他知道的负面消息也是假的，就非常难受。

“如果我公开这件事，我爸因为我去做极端的事怎么办？”周西扭头看向窗外，深吸一口气。还有个答案，她不能提也不能想，一想就头疼，“那家杂志社自作孽不可活，已经淹没在时间的长河里了，我没必要耿耿于怀。”

“还有什么事是假的？我好给你澄清，你这都是什么事啊！”萧晨按了一下眉心，说道，“我去找找那个摄影师，他要是还在这一行混，我一定会让他‘死’得很难看。”

“那个摄影师换工作了。”

“啊？”

“那个摄影师的右臂粉碎性骨折，是永久伤，他这辈子都拿不起摄影机了。”周西迅速地拿起手机搜索那个摄影师的名字，他现在在做微商，退出娱乐圈很久了。网络搜索显示，他因为那次袭击，右手臂受伤，告别了摄影行业。这跟周西记忆里的吻合。

“该！活该！这就是报应。”

周西把手机装进背包，托着下巴看向窗外。街道两边的景物在迅速后退，她的记忆里为什么会有陆北尧维护她的那一幕呢？这件事为什么不能说出去，怕她爸疯掉，怕陆北尧生气？可是陆北尧为什么那么生气？

周西刚刚的那段记忆又清晰了，陆北尧揍人，周西看到了，他也看到了她。他缓了一下，快步走过来拉起她就走。他们一路狂奔出去，坐上车，他抱住周西跟她接吻，炽热的呼吸混着温热的泪水。

周西不需要任何人为她拼命，什么都不说，随便别人怎么骂、怎么抹黑，都不回应。那天晚上她没跟着陆北尧去的话，陆北尧可能真的会打死那个人渣。因为那个人渣毁了陆北尧，不值得。

这段记忆为什么会被周西封锁起来呢？这段记忆在他们的整个感情里扮演着什么角色？周西出车祸之前到底发生了什么？原书剧情里也没有这一段。原书剧情里陆北尧的形象就是高冷沉默的“男神”，怎么会打人？陆北尧未来的形象发生变化，她能理解，毕竟她改变了自身的命运轨迹会带来影响。可陆北尧过去的形象为什么会改变？这就非常不合理了。

周西的手机响了一声，她敛起情绪，拿出手机，看到江乔发来的微信：“晚上有时间吗？请你吃饭。”

“西娘娘猛啊，‘踩’着你上了两个热搜。”江乔的助理撇了一下嘴，凑到江乔身边，“买了这么多水军夸她，我忍不住想到阴谋论，人是不是她搞——”

助理接触到江乔的目光，声音像是被卡住了：“怎么了，乔姐？”

“学不会闭嘴，建议你换一份工作。”江乔还在看视频，周西把她拉到身后的那个动作太帅了。

江乔已经看了几十遍视频，觉得鼻子有些酸，说不出心里是什么感觉。从小到大，她第一次被人保护，没有人让她反省，没有人责怪她为什么不第一时间躲开。事后周西发了一条微博，内容非常接地气，没有讲什么大道理。

女孩儿有很多选择，可以跟流氓打，也可以跑。勇敢者被赞扬，胆怯者也不应该受到嘲讽。

江乔一直很讨厌周西。周西要什么有什么，跟她这样的平民女孩儿不同，也许她是有些嫉妒，嫉妒周西拥有那么多爱。而她不工作就没钱；父母只会冷嘲热讽，家里的钱是弟弟的；她惹出事不会有人把她护在怀里，要自己承担，不会有人帮她。

“警察查得非常清楚，那个人跟我好几次了，是惯犯。”江乔敛起情绪，抿了下唇，“这种话你以后少说。”

江乔的手机叮的一声响，她心里一慌，差点儿把手机扔出去，连忙稳住神滑开手机，是来自周西的微信，只有淡淡的两个字：“减肥。”

因为减肥不吃晚饭……江乔的心仿佛咣当一下坠入深渊。

周西回到房间就把自己扔到床上，开始捋自己和陆北尧的事。

原本的周西和陆北尧最初是相爱的，后来经过了那么多事，渐渐地爱被磨没了？原周西不工作后越来越没有安全感，性格也不好，陆北尧渐渐地失去了耐心？所以出车祸的时候，原周西是彻底死心了？但失忆是怎么回事？

周西捋了半个小时原委，觉得再捋下去就要得精神病了。爱怎样怎样吧，反正这些记忆也不会改变她对陆北尧的看法，更不会跟陆北尧怎样。

敲门声响起，周西起身去开门，猝不及防地看到孟庭深。

孟庭深一如既往地穿戴得十分整洁，领带规规整整，烟灰色衬衣下摆束进西装长裤的皮带中，整个人透着刻板劲。

“大哥？”周西讶异，为什么孟庭深会在这里？

“吃晚饭了吗？”孟庭深微抬手轻咳一下，把目光从周西光裸的脖子移到下巴上，单手插兜。

“我减肥。”周西往孟庭深身后看，说道，“晓晓没来？”

“孟晓在忙。”孟庭深抬起手，把一个袋子递过去，“我过来看看《深宫乱》拍得怎么样，我爸让我给你带汤。”

周西连忙拉开门，去接装汤的袋子："要进来喝杯茶吗？"

她的话音没落，孟庭深的一条腿已经迈进了房间。他也仅仅是迈进去，随即皱眉环视四周："房间这么小？"

"也有茶桌。"周西接过装汤的袋子放到一边的椅子上，没关门，怕跟孟庭深传出绯闻。以他的脾气，周西没怎么着他，都是他天天找周西的碴儿，他们要是传绯闻，他怕是能把周西雪藏到下辈子。

周西快步走回去，把行李箱推到一边，拉出茶桌，桌子上有茶包，拿去泡茶。孟庭深的眉头皱到了一起，脸色更加难看。

"你就喝这个？"

"我不喝茶，这是萧总带过来的。"周西以为孟庭深嫌茶的档次太低，说道，"我只有咖啡，但是晚上喝咖啡容易失眠。"

周西还知道这些？孟庭深舒展眉头，反手关上门，走进去就看到了她房间的盛况——乱到无处下脚。

"白水就行。"

周西从冰箱里取出一瓶水放到孟庭深面前，房间太小，有些尴尬。她跟孟庭深确实不熟，小时候孟庭深每次见到她都要教训一顿，后来她再看见他就绕道走。

"你吃晚饭了吗？"周西问。

"吃过了。"孟庭深在没放衣服的椅子上坐下，"你今天怎么样？"

周西迅速摇头："没事。"

房间里安静了几秒，确实挺尴尬的，周西和他太不熟悉，都不知道他来干什么："谢谢大哥关心。"

"也不必这么客气。"孟庭深抬手扯了一下领带，手又落了回去，"叫我名字就行，我也没比你大几岁。"

如果不是因为叫叔叔差辈分，周西都想叫他叔叔。

他到底来干什么的？

"你喝汤吧。"孟庭深抬了一下手，依旧没有要走的意思。

周西走过去打开装汤的袋子，汤是当归鸽子汤，有浓重的当归味。敲门声又响起，周西去开门，苏晨严的脑袋伸了进来："西姐，晚上好。"

周西真想把门关上，把苏晨严的脑袋留在门里。

"有事？"

苏晨严把纸袋举起来："烧烤。"

空气中弥漫着孜然的香味，浓郁醇厚，勾起人的食欲。

周西让开路。苏晨严立刻唇角上扬，绽放出灿烂的笑，往里走了一步，笑容僵住，眨眨眼，道："孟总？"

苏晨严又看向周西："你这里有客人？"

"孟总刚到，过来办事顺便给我送汤。"周西解释了一句，怕引起误会。

"晚上喝鸽子汤是不是太补了？"苏晨严的嘴角抽了一下，孟庭深想干什么，这是什么意思，为什么晚上出现在周西的房间里？

顿时，苏晨严如霜打的茄子——蔫了。她刚跟陆北尧分手，又来了一个孟庭深，这些人都是狗吧？追得这么快！猎犬？细犬？腿都挺长的。

苏晨严走过去在孟庭深对面坐下，放下烧烤的袋子，伸手道："好久不见，孟总。"

孟庭深没有看苏晨严，起身道："那我先走了，有事给我打电话。"

"好，谢谢。"

孟庭深大步走出门。周西盛了两碗汤，分给苏晨严一碗："我不吃烧烤，减肥。"

苏晨严眸光流转，端起汤喝了一口："你跟孟总很熟？"

"孟晓的哥哥，大哥，有什么事吗？"周西靠在一边的桌子上打量着苏晨严。

苏晨严心里七上八下的，鸽子汤喝得没滋没味，心跳快得都要吐了。

"你今天打架的样子很帅。"苏晨严说。

周西不太喜欢鸽子汤的油腻，放下碗拿起手机刷微博。与她相关的热搜有两个，一个是关于周西本身的，另一个是关于周西的摄影师的。

周西点开一个热搜，里面的第一条微博就是她当年那个小助理发的，评论已经有一万条，转发过千次。第一位转发的是电视剧博主，之前真情实感地给周西写过"小作文"的那个。

"无法想象，这些年周西都承受了什么。上次在《演技派》上看到她平静地跟过去告别，我就觉得她一定经历了很多事。果然，她身上的负面消息有哪一件是真的？她的傲慢、她的不敬业不过是某些人恶意抹黑的。她黏着陆北尧？她喜欢在微博上秀恩爱？可大家理智一点儿，她是陆北尧的女朋友啊，大家把这种事放到现实中想一想，她真的错了吗？"

周西点进这位博主的微博，与她相关的内容又开始刷屏了。

“西姐还有什么代言？我想为西姐花钱！请各家金主爸爸看过来，看看我们西西的盛世美颜、绝佳演技。”

“关注我西的新作品《深宫乱》！期待西西演的皇后！”

周西点开评论，原本以为会是一面倒地被喷，预料中的情况没有出现，评论里一片“土拨鼠尖叫”。

“说得太对了！西西不爱那个人了，她就是最耀眼的星星。”

“期待西女王的新作。”

苏晨严跷着腿靠在沙发上，嘴里咬着一块羊肉。他吃烧烤就是过过嘴瘾，只嚼不咽，吃羊肉串太容易发胖了，他又是易胖体质，想保持体形只能饿着。他把所有的肉都扔掉了，咬着扦子回味。

周西抬头：“说吧，你有什么事？借钱没有。”

苏晨严一下子就笑了起来，眉眼弯弯的，注视着周西：“不借钱，我有钱，如今已经不是曾经的我了。”

无事献殷勤，非奸即盗。

“你现在是单身吧？”苏晨严的话一出口，心跳几乎要骤停，紧紧地盯着周西，大脑一片空白。

苏晨严十六岁那年叛逆得特别严重，简直要上天，跟家里人赌气离家出走。他身无长物，混得惨不忍睹，又不好意思把曾经说的话收回去，就进了《小暗恋》剧组混饭吃，顺便思考人生。他骗剧组的人说家里穷，辍学出来打工。周西借给他五万元，让他回去读书，还怕伤他的自尊，说钱是借给他的，却没有留下联系方式。

周西傻得要命，他每次想起来，都要在心里吐槽，怎么别人说什么她都信？他也因此进了娱乐圈，并且生根发芽，后来甚至比周西的名气还大。

“你是不是从我这里借过钱？”周西突然问。

苏晨严没反应过来：“啊？”

他拿自己这个人还周西的钱好不好？

“你要是有钱就把以前我借给你的钱还回来。”周西继续刷微博，苏晨严不说，她已经忘记她曾借钱给这小子了，说道，“我是不是单身，你都得还我钱。我不要，你就假装忘记了？”

“四年多了吧？”周西打开手机中的计算器算利息，“五万元，一年算你两千元利息，一共要还我五万八千元。支付宝支付还是微信支付？现金也可以。”

苏晨严把铁扦子咬弯了，铁扦子上留下他的牙印，他咬牙切齿地拿出手机给周西转了六万元整。周西收钱。现在一角钱，她都得要回来。

“好了，我可以回答你刚刚的问题了。”周西把手机放回去，看向苏晨严，“我是单身，但我不搞姐弟恋，还有一米八五以下的人勿扰。”

一米八二的苏晨严无语。

周西是先要钱，后拒绝，这样就算他们翻脸了，钱还在。她的这套操作苏晨严怎么觉得这么熟悉？

高速公路两旁的反光金属标牌延伸到了遥远处，在黑暗里静静地亮着。陆北尧一只手握着方向盘，另一只手拿起手机看了眼微博。

五分钟前，苏晨严的小号发布了一条新的微博：“失恋了，求安慰”。

陆北尧放下手机，取出一支烟叼在嘴里，目光更沉了。苏晨严拍完《将军》马不停蹄地奔向《深宫乱》剧组，就是为了接近周西？他失恋了？他恋过？跟谁恋的？

高速公路的两旁是辽阔的田野，黑暗一望无际，也许有远山，但太暗了，他什么都看不清楚。车灯照出百米，只铺平了眼前的路。烟在他修长的指间闪烁着橘色的光，一支烟抽完，他把手搭在方向盘上，城市的灯光渐渐显露出来。

从S市开车到横店需要五个小时，这条路他跑过无数次。只是以前他在横店拍戏，周西在S市，现在反过来了。

五分钟后，车开下高速公路，他把车停到路边，打开车窗散味，顺便抽湿纸巾擦手。周西下午发了一条微博，有三万条评论，有一半的网友力挺她。

“周西跟陆北尧分手后就正常了。周西千万不要恋爱，他们不要复合。姓陆的有多远滚多远，切勿倒贴。”

周西的粉丝已经有六百万人了，她的微博没有红V，她之前退出娱乐圈把微博认证取消了，之后再也没有重新认证。

现在周西发的微博太少了，陆北尧反反复复地看，没有发现丝毫有关过去生活的痕迹。她以前的头像是陆北尧的照片，现在她的头像换成了乌龟，金色的乌龟壳上写着“暴富”二字。

七月二十四日早上九点，《深宫乱》官方微博放出第二张海报。

金色的线条勾勒出大殿的轮廓，身穿正红色、金底凤纹领皇后袍服的周西端庄地站在中间，戴着凤冠，妆容不算浓艳，细眉轻柔，双眸中有笑意，也有着望不到底的深沉之色。她的美中透着一股狠劲，但那种狠劲不是浮于表面的，仿佛藏在深海中的旋涡，卷上来才让人知其凶险。

上面宫殿的空白处写着巨大的三个字：深宫乱。

周西以往给人的印象都是单纯、甜美的，拍照也是偏少女风。这张海报非常绝，她并没有刻意地做出凶狠的表情，但那个笑，仿佛随时都能置人于死地。皇后是《深宫乱》原著里最大的反派，一直到最后，赵凌雪才扳倒皇后。

第一张海报放出来的时候，周西演皇后的争议特别大。皇后这个角色太复杂了，并不单单是狠，也不单单是坏，也并不纯粹是蠢，这是个老辣的反派。周西毕竟才二十六岁，太年轻了，驾驭这样的角色很难不让人质疑。大家无法想象，所以害怕她毁了角色。江乔不一样，江乔扮演的那个角色本来年纪就小。

这是周西的第一张单人海报，给大家的感觉是仁德皇后从书里走了出来，站到了大家面前。她令人惊艳到用什么词夸都显得累赘，就是仁德皇后本人。

《深宫乱》官方微博发布第一条评论："西姐是个非常敬业的演员，期待她扮演的仁德皇后。"

这条微博的评论很快就过万条了，《深宫乱》是正剧，服化道都好，演员本身的颜值也高，这是一场完美的配合。周西昨天的热度刚落，今天"东风"又起，上到了热搜第十六位。

论坛里已经疯狂地讨论起来了。

"西娘娘这是要爆？"

"这不是预感，这是事实好吧？不要叫西娘娘。人家有名有姓，周西。"

"楼主明显是'黑子'（对公众人物进行贬低的人），楼上还陪聊。"

"西娘娘这个称呼真恶心，她坦坦荡荡地谈恋爱，光明正大地分手，抛却明星光环就是普通女孩儿谈恋爱，却被男朋友的粉丝追着说她是妾，他们恶不恶心啊！楼主是陆粉的话，当我什么都没说。分手了还要捆绑别人。”

“楼主是陆粉的话，我真是要仰天大笑了。周西赶快‘飞升’，昨天你们爱答不理，今天你们高攀不起。天天骂人家拖后腿，真正拖后腿的是谁，现在看清楚了吗？”

“周西刚刚宣布了是全国连锁汽车城的总代言人，‘森林少女’今天把她的照片放到了店铺首页，《深宫乱》剧组唯一有单人海报的人，郑荣飞接受采访时，一直在夸她演技好。郑荣飞就夸过三位女演员，前两位女演员都拿了视后。分手快乐！我西一定会更好的。”

陆北尧的大粉丝最近很难过。周西和陆北尧分手本来是一件令她开心的事，她还特意办了两个六千六百六十六元的现金抽奖活动，转发过五万条微博。大家开心得仿佛过年，热烈地庆祝了一番。

陆北尧因为周西作死失去了几个代言合约，他的粉丝厌烦死了周西。《帝业》热播时，影视方把帝后搭档推上了热搜，配合剧的热播，那次热搜一直冲到第三位。《帝业》的收视率到了2%，非常辉煌。《帝业》大爆，陆北尧再次翻红，但很快周西就上了热搜，有媒体记者拍到周西和陆北尧穿情侣装逛街。陆北尧的后援会就炸窝了。

电视剧的主演营业期间就不能提自己的对象，不然观众没有代入感。

周西在微博上宣布和陆北尧分手后，这位陆北尧的大粉丝陈舟激动地说道：“不分你是孙子。”

周西再也不提陆北尧了，微博取关了陆北尧，还铲掉了他们一起种的花。周西参加综艺节目《演技派》上了热搜，她的表现令网友们惊艳。陆北尧的大粉丝原本想写吐槽的三千字“小作文”，看完《演技派》中周西的表演，什么都没有写，知道就算写了也没有热度。周西上热搜的那天晚上，陆北尧的粉丝群里异常安静。

《深宫乱》正式公布周西演女二号，这部剧是大制作、大导演，比《帝业》的投资大多了。胡应卿站出来挺她，苏晨严站出来挺她，江乔关注了她。她又上热搜了，因为她英姿飒爽，踢人、扇耳光一气呵成，对待流氓异常凶狠，转头安慰江乔又温柔如水。这种“反差萌”，让一群网友的“少女心”乱颤。

她的粉丝越来越多，有发展成一定规模的趋势。

巍峨的大殿，狂风骤雨，烛火在风里飘摇。穿一身素袍的女人倚在窗前，沉重的钿子已经拿掉，乌黑的长发披散着，素颜，眼睛沉静地映着夜色，比夜色更沉。

“娘娘。”宫女小心地上前，福身之后，悄声道，“皇帝去了赵贵人那里。”

皇后回头，阴沉的目光落到宫女身上，那眼神中浸着寒，带着狠。

宫女立刻跪下磕头道：“皇后娘娘。”

皇后的寝宫里跪了一排宫女，她们瑟瑟发抖，原本今天皇帝应该来皇后寝宫，却半道去了赵贵人那里，这是皇帝在给皇后难看，皇后定会勃然大怒。

她缓缓地看向宫女们，又转头看向外面的春雨。她伸手，想碰触雨水。

孤寂寒夜漫长。

“帝王的情爱怎么会长久——”话到此，皇后再也不肯说下去。她骄傲半生，怎能败在情爱、嫉妒上？自怨自艾？她的唇角上扬，随即大笑起来。

上次皇后和皇帝见面，皇后因为赵贵人的事劝了皇帝几句，他拂袖而去。原本她想今夜跟他认个错，但他不惜打破老祖宗定下来的规矩，也一定要侮辱她。她认错的打算仿佛成了笑话，她也成了笑话。

“娘娘，小心着凉。倒春寒的风伤身。”年长的嬷嬷跟了皇后多年，心疼皇后，拿着厚重的披风上前，“保重身子。”

皇后坐到床上，脸上已经恢复了往日的淡漠，已经心灰意冷了。她爱上皇帝时，当时的皇帝还是个不受宠的皇子，他的母妃位低话微。她爱慕这个男人，便不顾家族的反对孤注一掷。后来她姑妈的孩子没了，看她情深意切，便扶持他上位当了皇帝。她由太子妃变成如今的皇后，位高权重，掌管六宫。他羽翼渐丰，对她却生出诸多不满。

她开始怀疑，爱情真的存在过吗？

“皇上就是图个新鲜，您是皇后，您的心得放宽。皇上早晚还是要回到您身边的，大皇子是长子，是将来的太子。您是一国之母，不能乱了心绪。”

皇后垂下眼帘，一滴泪陡然滚落，泪水下的脸上透着寒意。她再睁眼，柔弱之色不复存在，目光中透着孤独的冷意。

周围寂静无声，烛火依旧摇曳。帝王之情凉薄，皇恩最是短暂，她错付一腔爱意，在这深宫之中，不能有爱，爱便是错了。

镜头后的郑荣飞狠狠地一抹脸，喊道："停。"

郑荣飞坐在椅子上抬手，缓缓地鼓掌。周西一镜到底，没有出错，情绪非常饱满。郑荣飞还沉浸在剧情里，为皇后感到不值。

从少女爱到如今，结果一无所有，皇后这个角色太惨了。郑荣飞一想到她将来的下场，她的家族被灭，她的姑妈惨死，她家破人亡，曾经明艳骄傲的少女香消玉殒，又狠狠地抹了一把脸。

周西还没从戏里出来，她的助理拿走她肩膀上的厚披风，递给她一瓶冰水，又拿电风扇对着她吹。虽然下雨了，但天气闷热，气温一点儿没降，在将近四十摄氏度的高温下拍初春的戏，她最近都长出痱子了。

周西的眼睛一动，又一滴泪滚落，她不知道自己在悲伤什么，只是觉得难过。

她抬头看向殿外，猝不及防地跟外面穿白衬衣的男人对上视线。

陆北尧戴着黑色口罩，穿着白衬衣、黑色长裤，戴着帽子，静静地站在窗外的柱子下，一双眼睛深沉如海。

夜幕浓重，雨在他身后洒落，闪电划过天空映出他的身影，随即惊雷滚滚而来，天地陷入暴雨之中。雨水纷纷扬扬地洒向人间，又一道闪电划过，照亮了整个房间。

周西收回视线，打开水瓶喝了一口水，今晚她的戏份结束了，郑荣飞把明天要拍的戏的剧本给她。郑荣飞拍了一下她的肩膀，想说什么，看着她的眼睛却什么都说不出来。郑荣飞想让她不要太入戏，沉浸式的表演伤身，但要入戏才是演员敬业的态度，这样的她实在太有魅力了，贸然调整可能会毁了这部戏。

"早点儿回去休息。"

"谢谢。"

郑荣飞看了周西一眼，转身拿起资料大步往二组拍摄现场走去。二组拍摄现场有胡应卿，这边有周西，所以他才敢大胆地两线并开。

周西的保姆车停在后面，她要过去换衣服，迈过高高的门槛，风裹挟着潮热的雨扑面而来，回头看过去，走廊空空如也，仿佛刚刚只是错觉，并没有什么陆北尧。

雨水顺着仿古的琉璃瓦流下，落入排水系统，水声潺潺入耳，遮住了其他的声响。仿古建筑巍峨，在黑暗中像是怪兽，张牙舞爪。红墙灰瓦，在晚上微弱的灯光下，显得有些恐怖。

她把水喝完，将瓶子扔进垃圾桶，接过助理递过来的伞走下台阶。

周西害怕这种宫墙，很容易让人联想到灵异事件。

她忽然想到一个画面，黑暗之下巍峨的宫殿，她跟陆北尧坐在高高的台阶上。远处山脉的轮廓在黑暗里不甚清晰，她靠在陆北尧的肩膀上。他们坐了很久，陆北尧回头跟她接吻。

陆北尧为什么跟她接吻呢？当时她刷微博看到一个八卦问题，就问陆北尧，如果他们有孩子的话，陆北尧想要男孩儿还是女孩儿？陆北尧大概是不想回答这个问题，就跟她接吻，堵住她的嘴。

周西迅速转头，拿起雨伞快步往回走。这段记忆她不要也罢，陆北尧够可以的，不结婚、不讨论孩子的事，也没有和她规划未来，她谈了四年的恋爱是谈了个“寂寞”？她早应该跟他分手，世界那么大，为什么要吊死在这一棵树上？

周西迅速把接吻的画面从脑海中驱散，踩着雨水一路往保姆车那边走。

今晚陆北尧为什么会来这里？难道是来拍新戏的？《将军》早就拍完了，苏晨严都进《深宫乱》剧组一个多月了。陆北尧现在也在横店拍戏，拍什么戏？他来这里干什么？

周西换上T恤、牛仔裤，助理把戏服收起来，吩咐司机开车。

车内开着空调，凉风席卷，她找了个舒服的位置窝着，继续想刚刚的剧情。她觉得皇后是个悲剧色彩浓郁的人物，爱得太纯粹了，失去了自我，失去了一切，皇后看起来精明，实际上是最傻的，深宫之中爱情是最奢侈的东西，皇后怎么能求得到？怎么能信？周西的眼泪毫无征兆地滚了出来，顺着眼角一路滴入衣服深处。

“你没事吧？”助理把纸递过来，周西摇头，心里一片空白，只觉得悲伤。

周西擦干泪，看向窗外浓重的夜，可看不穿这黑暗。

皇后在无数个孤独的深夜期盼着皇帝的归来，守到天亮，却不见踪迹。她不爱多好，不爱就不孤独；不爱就可以坐拥权力，享受无上荣耀。

闪电划破天空，半座城被照得通明，远处传来轰隆隆的响声。周西的保姆车开出了拍摄区，她看到路边停着一辆奔驰，车牌号非常熟悉。

奔驰车里的人在抽烟，烟头明灭，照亮了陆北尧俊美的脸，她彻底看清了。

周西的保姆车里空调的温度开得很低，她有些冷，拿起外套盖在身上，思索着他的目的——他来这里到底为了什么，看江乔？江乔今晚确实在拍戏。

第二天，周西就知道了陆北尧为什么来这里，他在隔壁剧组拍戏。隔壁剧组拍的戏是民国探案剧，网剧，名字叫《民国探案录》，导演不知名。

陆北尧的粉丝在论坛上骂他的团队接烂戏。可如果周西没记错的话，这部戏是他本人接的。这部剧的导演不出名，剧本也不好，但剧组有钱。陆北尧的片酬不低。

当时《民国探案录》的导演找到家里，陆北尧签下合同。周西好奇，就看了眼剧本，剧本烂得她眼前一黑。那个剧本，看一眼都是精神污染，不知道陆北尧是怎么把三十二集的剧本看完的。

陆北尧的粉丝骂他的团队很正常，他拍完《将军》应该学苏晨严，往正剧上转，上著名导演的戏，跟演技大腕儿搭戏，往拿奖的方向走，而不是掉头接烂剧，急功近利，消耗人气。

“眼界短浅，不求上进。”

陆北尧为什么那么缺钱？按理说不应该啊，他这两年拍戏的片酬不低。房子是全款买的，平时他也很节省，不乱花钱，不买车、不买奢侈品，钱去哪里了？周西想不明白，也就不想了。

周西最近一直在拍夜戏，倒是没有再跟陆北尧见过面。周西也不想再跟陆北尧见面了。

八月三日，周西要做“森林少女”的直播推广。这个推广原本萧晨打算推掉，但“森林少女”品牌方又加了一百万元，她心动，就接了下来。最近《深宫乱》拍摄的剧情也达到了高潮，她每天的戏份都很重，挤出一天时间很不容易。没有人为她开绿灯，所以她必须把前面的戏份全部拍好，用空闲的时间做直播推广，一点儿差错都不能出。

八月三日早上八点，周西起床，“森林少女”公司的人就到了，布置她的房间做广告背景板。她洗漱完，就被化妆师按到了化妆台前。

“西姐，这是我们的广告词，你看一下。”

周西看着上面的台词，密密麻麻的竟然有上千字。这是广告还是“小作文”？她读了这么多年书，写作文都没超过六百字。

“西姐，你觉得妆容怎么样？”现在周西的人气飞涨，品牌方开始讨好她。

周西看着镜子里的自己：“妆是不是有些浓？”

“森林少女”这个化妆师的化妆水平不太行啊，周西看着镜子里化着浓妆的自己，有种莫名的熟悉感。

“那再化淡一点儿？”化妆师说，“眼影部分化淡一点儿？”

“好。”周西想起来了，这不就是她以前的妆容吗？

周西有一段时间被人攻击长相，越攻击她就越化浓妆，最后弄得不伦不类，丑得不堪入目。她不自信，怀疑自己的长相，被有心人煽风点火。幸好当时她没整容，如果整容了，那就真毁了。

“西姐，中午十一点能转发一条微博吗？”品牌方负责人跟周西沟通，说道，“我们下午两点正式开始，有半个小时的访问时间，就是问一下你的生活，还有回答一下弹幕上的提问。下午两点半开始产品介绍，三点活动差不多就结束了，你觉得怎么样？”

周西没有问题。品牌方给她准备的裙子是粉色的，她看到裙子时眼前一片黑。

“我能穿自己准备的裙子吗？”周西说，“我不喜欢粉色。”

品牌方负责人一愣：“啊？我们之前看了你的资料，资料上说你喜欢粉色，才准备的，我们这就换。”

“我有衣服。”周西的箱子里有参加活动的衣服。她的随便一件衣服都比品牌方准备的衣服要精致，也够档次，大多是一线的牌子。

周西转发微博后，苏晨严就转发了她的微博。

“西姐首次直播推广，希望大家能多多支持。转发微博抽现金一万元，直播结束后抽奖。”

苏晨严的微博大号冷静地转发周西的微博，规规矩矩，连个标点都没多加。

那天苏晨严咬着铁扦子随口一问，周西随口就拒绝了。这在苏晨严的意料之中，她这样的女神，谁都配不上她！

苏晨严用微博小号转发周西的微博时，激动得手指颤抖：“西姐首次‘营业’，姐妹们！弹幕刷起来，买起来啊！让大家看看西姐的排面。”

下午一点五十九分，孟晓叫全工作室的人都打开电脑、手机蹲守周西的直播。周西开始直播时，画面卡了一会儿，孟晓一拍桌子，想叫她工作室的程序员去处理故障。什么破直播软件？下一刻，直播画面跳了出来。

周西身穿白色长裙，长发披散，肤白貌美。她转头问工作人员可不可以开始，又看向镜头："大家好，我是周西。"

她忽然扬唇，绽放出灿烂的笑，笑靥如花，明眸灵动，闪烁着动人的光。随即她凑近镜头，说道："有多少名粉丝？三百五十名？"

弹幕："啊啊啊！这是什么死亡视角！有颜也不能这么任性！"

弹幕："西姐，是三百五十万名！"

品牌方也挺震惊的，他们知道最近周西的人气起来了，但没想到会这么火爆。直播刚开始，周西竟然有三百多万名粉丝，直接带品牌上了首页推荐。

周西也惊了，怔了一下，道："三百五十万人观看？"

周西原本觉得有三百五十个人观看就不丢人了，之前她跟江乔一起做活动，她的粉丝只来了一个。

周西旁边的主持人解释道："西姐刚才看的是收藏人数，我看看观看人数。观看人数在右上角，一般会比粉丝少很多——"

主持人突然闭嘴了，观看人数确实比收藏人数少，但观看人数目前已经有七十万人了。是七十万真人？

弹幕："西姐以为是三百五十个人！喂！当我们庞大的'西米露'不是人吗？你对你的热度有什么误解？"

弹幕："西姐，你没看错，你火了！嗯，没错。你火了！"

观众比想象的多，所以直播在开始的时候卡了半分钟。品牌方的工作人员也没想到周西会有这么高的人气，毕竟她只是个过气艺人。

周西震惊之后，双手合十，认真诚恳地道："谢谢各位来捧场。"

周西穿着裙子坐在椅子上，说话的声音特别动听。她不跋扈时，声音偏柔和，长发之下，小脸更显娇俏。

主持人笑着道："西姐做过直播吗？"

周西摇头："这是第一次。"

"做直播还适应吗？"

周西深吸一口气，腮帮子一鼓，随即恢复正常："还好，没想到人会这么多，好多人。"

主持人快笑死了，周西瞪着漂亮的大眼睛说好多人的时候，可爱得简直想让人捏她一下。

她对直播不陌生，直播刚兴起时，陆北尧也直播过。平台之间的操作可能有差异，但直播的本质不会变。

主持人问周西拍戏方面的问题。

"你对你现在所塑造的人物，是怎么理解的？"

"说太多容易剧透，剧本的改动还是很大的。"周西提到仁德皇后，目光严肃起来，"用一个字形容——真。"

"那你能用一个字形容自己吗？"主持人道。

周西微一偏头，唇角上扬，眼中含着笑，这个笑看上去含义很深。片刻后，她看向主持人："新。"

"什么意思？"

"新的人生，新的开始，新的生活。在演戏上我是新人，在艺人里我是新人，在生活上我依旧是新人。"周西看向直播间的摄像头，顿了一下，来了句套话，"时刻保持新的姿态，学习更多新的东西，让自己成为最好的人。"

从她清醒的那一刻，就是一个崭新的人。

观众已经疯掉了，发弹幕说周西变了，没想到变得这么彻底。她说这些话的时候，语调很平静。老粉丝已经忍不住哭出声了，她变好了，彻底改变了，她会越来越好。这才是他们喜欢的周西，她值得被他们喜欢，值得得到他们所有的爱。

周西十分配合品牌方，人家让她喝饮料她就喝——还是水蜜桃味的饮料，她觉得水蜜桃味的一切东西都跟水蜜桃没太大关系，平时她不太喜欢喝这些。她再一次感慨，成年人的世界没有"容易"两个字。

周西读广告词卖货的过程比她想象的简单，她的粉丝非常热情，热情得仿佛是水军。

品牌方最初放出五万份饮料，瞬间被抢光，随后品牌方又投了十万份饮料，依旧被抢完。周西粉丝的购买力惊人，旁边品牌方负责人的表情从若无其事到目瞪口呆，最后疯狂地给周西加戏。

品牌方负责人递给周西一张纸条，她拿起来看到上面写着："再推广一下品牌的全系列，这边会全部算你的销量。”

周西的带货能力比想象中强很多，她推广了“森林少女”的全系列，又全部加送签名明信片。订单冲到了二十万份，她的直播才结束。

周西接过助理递过来的水，喝了一大口，冲掉了嘴里的甜味。

“西姐，辛苦了。”品牌方负责人跟周西握手道。

周西连忙握了一下手，说道：“签名明信片，你们送过来我会尽快签完。”

品牌方想让周西做代言人，她的号召力太强了，今天的直播竟然能卖出这么夸张的销量，超出了所有人的预料。

“辛苦了。”品牌方负责人又拍了一下周西的肩膀，周西借着放水瓶的姿势，躲开了他的碰触。

“那晚上一起吃饭？”品牌方负责人盛情邀请，“你今晚有时间吗？”

周西肯定有时间，但她极其讨厌应酬。

“萧总今天怎么没过来？”品牌方负责人注视着周西，盘算着怎么在她身上利益最大化，“我们也想请萧总吃饭，顺便聊聊新季单品代言。”

新季单品代言？“森林少女”这个牌子饮料的销量一直不错，如果能拿到一季单品代言，周西回到 S 市就可以买房了。

“萧总在 B 市谈合同，今天过不来。我晚上有时间，约在什么地方？”

品牌方负责人跟周西约定好吃饭的地方后，就带人走了。

今天的直播推广就是在周西住的酒店里举行的，她直接回房间就好。她洗完澡，换上舒适的长裙坐在沙发上刷微博，手机响了起来。来电的是董阿姨，她拿起手机接通。

“阿姨。”周西拉开窗帘让阳光照射进来。房间里的温度很舒适，她把白皙的脚放到阳光下。

“你爸爸想跟你聊天。”

“那我开视频电话。”周西起身取了件外套披着，打开视频电话。视频电话很快被接通，她爸的那张大脸出现在镜头里。

周西笑了起来：“爸爸。”

周启宇还是说不清楚话，呀了半天，周西才听清楚周启宇说的是刚刚看她的直播了，问她什么时候回去，再回去的话，跟陆北尧一起回去。

周西抿了下唇，视频电话那头周启宇剧烈地咳嗽起来。她皱眉，叫道：“董阿姨，看看我爸怎么回事？”

那边的手机被放到一边，镜头里是天花板，传来董阿姨给周启宇拍背的声音。

“别激动，慢慢说，西西好好的，小北也很好。”

周西把手机放到一边，许久后董阿姨才拿起手机，跟她说周启宇最近的状态好多了，因为中风而混乱的记忆，正在慢慢恢复，也许她拍完戏回去，周启宇就可以流畅地跟她交流了，像以前一样……

所有事都像以前一样，就像美好的童话。

周西靠在沙发上，看向阳光，看久了，眼前一片黑暗，太阳也是黑色的，什么都看不清楚。手机又响起来，她抬手盖住眼睛，拿起手机接通，听到萧晨的声音。

“恭喜，直播很成功。”萧晨说，“比想象中要好。”

一切都在变好，周西的思绪很快就能回到正轨。她放下脚，拿起桌子上的水喝了一口：“品牌方负责人约我晚上一起吃饭，说可以谈新季单品代言。”

这是品牌方的一贯做法，除了一些固定的全代言明星，他们会签很多季度代言人来维持店铺热度。一旦代言人过气，他们立刻换新的代言人。

“你可以去吃饭，带上秦怡。”萧晨说，“现在你的人气上去了，来找你代言的不会少，他们家并不是优选。”

“好。”

“你想接电影吗？”萧晨突然问，“现在有部电影找你，你演主角，是小众类型的电影，导演是李欣，你知道吧？”

李欣？周西从记忆深处翻出这个名字。这个名字真的泛黄了，他是拍青春片的，之前奔着拿奖去的，也拿过奖，但这几年市场变了，他好几年都没有作品了。他怎么会找周西？

“片酬呢？”

“两百万元。”

“萧总，你看过剧本了吗？”给周西两百万元的片酬确实不高，毕竟她已经不是真正的新人了，在《深宫乱》播出后，肯定能火一把。

“剧本内容很扎实，现实题材，拍好了有机会冲奖。”

拿奖太遥远了，周西从来没有想过。但萧晨的这句话让她一激灵，她一瞬间兴奋起来，每一根汗毛都竖起来了，好像在热烈地跳舞。她和之前的周西不一样——她喜欢演戏。

“你如果想好好演戏，就拍一些内容扎实的戏，对你的前途有好处，这是走演员路线，拿个奖够你吃一辈子的。你也可以走快速提高人气的路线，下一部戏继续给你接偶像剧本，宫斗剧本并不多，现在大多是古代偶像剧和现代偶像剧。”

“能把剧本发给我吗？”周西深吸一口气，眼睛亮了起来。

“周六我过去把剧本给你，《深宫乱》还得拍一个多月，现在也不是特别急，你可以多想想。”

“好。”

周西挂断电话后也不迷茫颓丧了，迅速搜索李欣的个人资料。他是“70”后导演，一共就导了三部电影。第一部电影拿了国际奖，第二部电影因题材较敏感尚未播出，第三部电影是五年前导的，是小众、为女性发声的题材，票房惨淡，上映了三天，票房三十五万元。赔得太多，几家投资商公开讨伐他。

李欣真能付得起两百万元的片酬？

晚上六点半，周西和助理秦怡赶往约好的餐厅——杭帮菜馆，周西推门进去，看到半屋子的人，全是品牌方那边的。她第一次参加这样的饭局，没什么经验，品牌方负责人给她倒了一杯酒，她就喝了。酒一入口，她差点儿吐出来，辛辣刺喉，苦涩难受。但现场这么多人，她咬牙咽了下去。

“西姐好酒量！”品牌方负责人往周西这边凑，说道，“西姐，萧总那边怎么回复的？”

周西没喝过白酒，因为陆北尧不允许她喝酒。

大二那年，她的告白被陆北尧拒绝，她就学电影里的女主角到酒吧买醉，喝得烂醉，吐了陆北尧一身。据她寝室的人说现场特别惨烈，第二天陆北尧就跟她约法三章：不准喝酒、不准单独出去、不准随便咬人。条件是陆北尧陪她吃一学期饭。那时候她正狂追陆北尧，欣然同意。后来她再喝酒，也只是小酌——陆北尧给她买了一些味道比较淡的果酒。

周西头晕目眩，记忆里的这些画面特别清晰，她的胃里烧得滚烫，很想吐，面上却没有表露分毫。她冷静地起身，拿起手机去洗手间。

“周西，用我陪你去吗？”秦怡站起来道。

“不用。”周西摆手，说道，“你们继续吃饭。”

因为周西太冷静了，目光也很清醒，秦怡没有看出她不对劲。她走出门，那种眩晕感更严重了，想赶快把白酒吐出来。洗手间在走廊尽头，她快步往前走，拉开门差点儿跟迎面走来的男人撞上。她往后退了一步，视线渐渐清晰，面前穿着黑色T恤的男人显露出来。男人没有戴口罩，只戴着帽子，俊美的脸轮廓分明，剑眉之下，眸子静静地看着她。

周西蹙眉，陆北尧怎么会在这里？哦，他也在这里拍戏。这里口碑不错的餐厅就这几家，他们在这里碰到也不奇怪。

遇到前男友一定要保持体面，周西站直身子，冷静地看了他一眼，往另一边走去。

“那边是男洗手间。”低沉的嗓音在周西身后响起。

周西抬头看标志，好像真的没有裙子，于是转身往另一边走去。男人身上的寒冷气息传了过来，铺天盖地地笼罩着她。她抬手捂住嘴，快步往前走，她的肩膀被人抓住，随即整个人就被带进了女洗手间。

周西抬头，他推开隔间的门，扶着她：“吐吧。”

周西还看着他。

“跟合作方吃饭？”陆北尧的脸色阴沉，现在的周西非常谨慎，绝对不会单独出来喝酒。他一想到她喝酒，就闷得喘不过气，只能尽可能地克制情绪。

他很轻地拍了一下周西的背，“吐出来就好了，萧晨死了？让你喝酒。”

周西推开陆北尧转身就吐了，吐得昏天黑地，脑子嗡嗡作响。她冲水后，扶着隔间的门板站直，转身，陆北尧站在出口处，单手插兜。

“大明星陆北尧惊现女洗手间。”周西深一脚浅一脚地走到洗手池边，打开水龙头洗手。

陆北尧看着周西，自己每天都去片场看周西拍戏，却不敢靠近，怕刺激到她。他回S市见了董阿姨，知道了周西的全部病情，她现在应该是犯病状态。

当初陆北尧和周西刚在一起，周启宇找到他，说如果他要跟周西交往，这辈子他们都不能要孩子，他能接受的话，作为补偿，周启宇会拿出一笔钱给他；不能接受的话，只要他肯离开周西，周启宇承诺给他辉煌的未来，希望他离周西远一点儿。

当时他不知道周启宇是什么意思，以为是看不起他，现在全明白了——周西有病。

陆北尧想杀了自己，死一次都不够。

他为什么没想到呢？周西的自我伤害和所谓的作死行为有多少是病情导致的？周西为了自救做过什么？他什么都不知道。

周西能不能承受网上铺天盖地的恶意？他不知道。他以为自己能承受，周西也能。

周西把他从国外叫回来，抱着他哭，眼泪浸湿了他的衣领，当时她是不是情绪已经濒临崩溃了？他不知道。他只记得自己很快就被陈舟叫走了，没有守着周西。

他有密集的通告，无法停歇，他们聚少离多。

之后那些事在网上爆出，陆北尧的粉丝就失控了，他一开始以为是江乔的团队爆的，故意恶心他，后来才知道是陈舟爆的。当事人自己的团队煽风点火，事情可不就一发不可收拾了吗？

他的百丈危楼是沾着周西的血建起来了。

他为了钱伤害了周西，这不是本末倒置吗？他在干什么？他做错的事很多，一件件积累下来，压得周西崩溃了。

这几年陆北尧是在谈恋爱吗？他配吗？周西越来越敏感，越来越依赖他，他以为是周西矫情，从来没有考虑过事情发生的根本原因。他就是那种愚蠢的男人，仿佛没有心。他还曾经荒唐地期盼周西快点儿长大、成熟，能担起责任。

他责怪过周西。

周西坚决地提出分手，他觉察出不对劲，却没有深究原因。

她长大了，一夜之间成熟了。她认真拍戏，在陆北尧不知道的地方迅速成长。她学会了跟人点头哈腰，学会了生存，学会了融入这个社会，学会了笑着讨好他人。她拼命地学习生存技能，逼着自己长大，塑造出完美的人格。

周西伸手拿纸，陆北尧把纸递给她："你没有回去复查？"

"我没时间。"周西没有接陆北尧递过来的纸，自己抽了两张纸擦手，看向他，"你还待在女洗手间里，想身败名裂吗？"

陆北尧靠在洗手池的另一边，微微抬头，眼神平静，嗓音却有些沙哑："你应该去检查，最近有没有头疼？"

“与你有关系吗？”周西拉开门要走，倏地回头，“你怎么知道我头会疼？”

“前几天，我回去看叔叔，董阿姨说你之前头疼睡不好。”陆北尧注视着周西，“如果还疼就去医院看看，不要自我诊断。”

“以后你少去看我爸吧，我们已经分手了。虽然我还没有告诉他，但这次回去我会跟他说，你不要去刺激他。”周西心里有些不舒服，感觉在哪里都能碰到陆北尧。以前陆北尧怎么没有这么闲，他们见一次面比登天还难？

周西没有看陆北尧，拉开门往外面走。

“你家现在没那么缺钱，不用什么钱都赚。你搬到玫瑰园住吧，我把钥匙给了董阿姨，我的东西已经全部搬走了，那套房子本来就是你的。”陆北尧缓了缓情绪，“你不应该去应酬。你不清楚饭桌上的男男女女都有什么心思。萧晨没死的话，就应该知道不能让你参加这种饭局。”

互相攻击对方的经纪人是什么癖好？

周西本来想讽刺回去，接触到陆北尧的目光，又改主意了。她今天穿着牛仔裤，单手插兜，道：“我为什么要你的东西？我对你的东西没有任何兴趣。”

“那些东西本就属于你。”

“那是你的东西，我们分利索了。谢谢你，我不需要。”周西拉开门走了出去。她不会要陆北尧的东西，一分一毫都不会要。她跟陆北尧没有关系了。

周西最讨厌这种死缠烂打的前任男友。

“我一直不希望你进娱乐圈，没想到你还是走了这条路。”陆北尧的声音在她身后响起，“保护好自己，无论如何——周西，对不起，我爱你。”

周西回头，眸子黑白分明，目光锐利：“你现在说这些有意思吗？”

陆北尧的这些话就是夏天的棉衣、冬天的蒲扇——她全用不上。

“我的工作，我的经纪人会安排。”周西微抬下巴，站得笔直，单薄消瘦的脊背挺得能看到肩胛骨的轮廓，薄薄的锁骨延伸到了衣领深处，嗓音轻柔缓慢。

陆北尧的眼眶泛红，泪滚了下来。

陆北尧的泪让她很震撼，心脏无端地疼了一下，她半天没缓过神来，脸色有些难看，呼吸有些急促。

她也不知道自己为什么难过，就是很想哭，泪涌出了眼眶："你的粉丝说，我高攀你，吸你的血。陈舟说，我离开你什么都不是。你说，让我不要闹。"

"对不起。"陆北尧说。

周西从口袋里拿出墨镜戴上。

"没用了。"理智占据了"高地"，把那点儿矫情劲全压了下去，周西抬头走出去，"我不要你了。"

周围一片寂静，似乎这个世界只剩下陆北尧一个人。他在原地站了很久，拿出烟盒取出一支烟叼在嘴里，却不知道该怎么点燃，看着自己的手指，忽然抬手抽了自己一个耳光

"啊？"保洁阿姨进门，突然看到一个男人，立刻退回去看上面的标志，确认是女洗手间后，"这不是女洗手间吗？你是谁？"

"我走错了。"陆北尧的嗓音沙哑，拿下烟扔进垃圾桶，取出口罩戴上，脸上已经恢复了平静，眼神黯淡无光，"抱歉。"

他迈开长腿大步离开，保洁阿姨半晌才回过神，人已经没影了。她抚着胸口呼出一口气，想叫人已经晚了，心里吐槽：这看起来挺精神的小伙子，怎么这么猥琐，进女洗手间？

周西现在对感情没有任何兴趣。她独立不好吗？为什么要听那个男人说蛊惑人心的话？

江乔最近也躲着周西。周西不知道她和陆北尧发展到什么地步了，现在只祈求这两位千万不要来碍她的眼。

对不起，她这个女配角提前下线了，无法连接，不陪他们走剧情了，拜拜。

周西只想拼自己的事业，让自己尽快成功。陆北尧和周西在一起都是过去式了，人生有几个七年？她追着陆北尧跑了七年，真是浪费时间。

"周西。"

周西抬头看到大步而来的秦怡。秦怡问："你喝多了？"

"嗯。"周西顾及颜面，喝多了也不说什么，依然保持优雅。她长发披散，巴掌大的脸清透白皙，戴着一副巨大的墨镜，那墨镜遮住了半边脸。

"要回去吗？"

"你去拿我的包，我在这里等你。"周西不想进房间，感觉自己随时都能吐出来，要是在客户面前吐了，实在太没有面子了。

周西的助理去拿包，周西靠在墙上等。片刻后，秦怡跟品牌方负责人一起出来了。品牌方负责人喝了不少酒，脸上泛着红晕，上来就往周西的肩膀上搭："你这就回去？我还想约你晚上一起唱歌呢。"

品牌方负责人的手还没落到周西的肩膀上，秦怡就握住了他的手腕，干脆利落地把人反剪按墙上了。负责人在剧痛之中清醒过来："你干什么？"

周西转头看向秦怡，唇角上扬，但立刻将其压下。秦怡这身手，她都想跟着学了，她的防身术跟秦怡的比简直是弱爆了。

秦怡松开品牌方负责人的手，面无表情地给他抚平肩膀上的皱褶，一本正经地道："不好意思，我喝多了，刚刚看到你手腕上有一只蚊子，就出手了。"

品牌方负责人盯着秦怡，又看了看周西。周西说："我也看到了那只蚊子。"

品牌方负责人清醒了。她们捉弄他呢？周西的这位助理是练家子吧？助理看起来不起眼，下手太狠了，再闹就下不来台了，周西的背后是孟家，他得罪不起。

"谢谢你帮我打蚊子。"

"先走一步。"周西说，"再见。"

周西和秦怡下楼上了车。

周西这才笑出声："谢谢。"

周西一想到刚刚品牌方负责人的表情，就忍不住想笑。他敢碰她的肩膀？

"这是我的工作。"秦怡一打方向盘把车开了出去，"他敢碰到你的肩膀，我今天一定会废了他。"

周西竖起大拇指——女中豪杰。

"萧总说，把人弄伤了他负责。"秦怡从后视镜里看了一眼周西。周西就像个小妹妹，白皙柔嫩，像是含苞待放的花需要呵护，"上次在台上，我出手慢了，差点儿让你受伤，很抱歉。"

萧晨在签周西前就知道她的性格不好，特意给她找了一个能打的助理，不是打她，是揍她招惹的人。

萧晨那么嫌弃她，该做的事情可是一点儿都没少做。

"上次在台上，你离得远。"周西挺感动的，所有人都在保护她，默默地守护着她，大家不说，可都在做，"谢谢你。"

周西的微信响了一声，她拿起手机看到孟晓发来的消息。

"姐们儿，姓陆的这是终于连上了3G网络？"

孟晓把陆北尧在IG上新发布的内容截了图——他的号发了一张背景漆黑的照片，配文："我弄丢了最珍贵的钻石"。

孟晓："姓陆的矫情呢！最珍贵的钻石？失去了才知道珍惜？才知道这是钻石？之前他的粉丝不是叫嚣你是'鱼眼睛'吗？现在我潜在他的粉丝群里，围观他的粉丝们发疯，画面格外美丽。"

IG上的图片发出来后，陆北尧就上了热搜。随后他在IG上贴了一张手写信的照片。

他的字一直很漂亮，写信用的是干干净净的宣纸，蓝色的墨水落到洁净的纸上，字迹更显干净利落。

承蒙厚爱，才有了今天的我，感谢所有人。最近发生了很多事，我需要给粉丝、给公众一个交代。我和西西分手了，是我的错。

我和西西相识至今七年十个月，从年少走到现在，我做错了很多事，被繁华迷了眼。我忽略了她，任由她被谩骂攻击，任由她孤零零地面对一切。我把她弄丢了，活该。

我和陈舟先生解除了经纪合约，九月底结束全部工作。工作室归陈舟先生所有，将更名为陈舟工作室。接下来我会认真负责地把手里的工作做完。

最后，希望大家不要盲目地去爱，爱是很珍贵的东西，每个人一生拥有的爱有限，一定要爱有所值。每一份爱，都要郑重地放，小心地收。

对不起。

陆北尧

第六章

被遗忘的秘密

陆北尧曾经想，再拍一部戏就够了，就可以和周西离开这里了。一部戏三个月，九十天，两千一百六十个小时，每一分钟都有新的谩骂和攻击的声音出现。

陆北尧又点了一支烟，打火机的火苗卷起烟，烟头迅速亮了起来。他最近抽烟的频率越来越高，有时候一天要抽一包烟。他本来就不是爱热闹的性格，在圈里是被裹挟着往前走的，这么说感觉挺强词夺理的，但事实确实如此。一支烟抽完，他把烟头按在手臂内侧，怔怔地看着，周西现在越来越好，越来越坚强。

董阿姨说周西的发病症状是遗忘，陆北尧咨询过心理医生，也观察了周西很久，她应该是忘记了很多东西，连一些基本习惯都改了。过去的十六年里，她犯病时只有遗忘的症状，并没有其他的不良反应。这次，她大概也是这样。

忘记过去并不是一件坏事，忘掉陆北尧，对周西来说也许是解脱吧。她不会再脆弱、害怕，也不会再哭泣，永远不会再难过了。

这样挺好的。

陆北尧把烟头扔进烟灰缸，拿起手机看到屏保上的周西。这张照片是大二时，他和周西拍的大头贴。当时这种新型大头贴机器刚出来，可以扫码免费体验，周西就拉着他去了。照片很陈旧，两个人穿得都很土。他站在周西身边，保持着距离，其实很想拉周西的手，最后还是克制住了。周西在一边摆姿势，笑得十分灿烂，他绷着脸，不知道该做什么表情。他很少拍照，一拍照就紧张。

这张照片一直是陆北尧的屏保，后来周西吵着要他换掉，说以前拍的照片很丑，还没有滤镜。周西特意拍了一张两个人接吻的照片，强烈要求他换这张照片做屏保，但他不想换。

那张傻兮兮的大头贴下面写着形状抽象的文字：You are the only love in my life.（你是我生命中唯一的爱。）

街头的自拍机很快就被市场淘汰了。现在的人称这些为非主流土味情话，又土又憨。周西也是这么想的，天天嫌弃他土，他却觉得这句话很应景，应了他的心意。

陆北尧上热搜了：一个是关于前面那个非主流黑夜照片的，另一个是关于手写信的。

周西看着那片黑暗，心突然被扎了一下，继续往下翻，觉得那个手写信的内容也很微妙，陆北尧将工作室给了陈舟，他想干什么？

周西的电话响了起来，她抿了下唇，接通电话。

“姓陆的要退出娱乐圈？”孟晓的声音直冲过来，“什么意思啊？”

孟晓之前还在陆北尧的粉丝群里看热闹，看一群人发疯般吐槽陆北尧，突然有个人贴出一张陆北尧的手写信，她蒙了。

孟晓一直挺讨厌陆北尧的。她和周西从小学到高中一直在一起读书，是最好的闺密，无话不谈。大学周西留在了S市，她考入了A大，要去B市读书。一开始，周西一天一个电话跟她聊天，后来电话渐渐地就少了。知道周西喜欢上了一个男孩儿，第一次表白被拒绝了的时候，她简直想拎着棒球棍从B市飞回来，打断那个男孩儿的腿。竟然有人敢拒绝她那个世界无敌漂亮的闺密，找死吧！

陆北尧没什么钱，要去做家教、打零工，周西就傻兮兮地跟着，后来也就没什么时间给孟晓打电话了。再后来陆北尧进娱乐圈了，她也跟着进娱乐圈了。周西似乎没有自己的世界，也没有梦想。孟晓一度想拿棒槌敲她的脑袋，恨铁不成钢——没出息，就知道跟着男人跑。周西和陆北尧公开恋情后，忙着工作，忙着谈恋爱，忙着撑网友。

大学毕业后，孟晓忙着创业，忙着做工作室的项目。周西跟陆北尧吵架了，又离家出走了，退出娱乐圈了，完全闲在家中。周西朋友圈中的日常就是陆北尧。孟晓的白眼都要翻到天上了。可周西是她的闺密，她能怎么办？忍着、宠着呗。

周西跟陆北尧分手了，分得很彻底，曾经的那个周西又回来了——冷静、清醒、坚强，知道自己想要什么。闺密肯定统一战线，孟晓跟陆北尧立刻敌对起来，但陆北尧发的这封手写信，她看过后竟有些难过。陆北尧什么都不要了吗？陆北尧奋斗了这么多年，说走就走。之前的那张黑暗照片，她还在吐槽陆北尧是矫情鬼。这一封手写信，她看得很难受，陆北尧像是在与这个世界道别，她笑不出来了。

"西西，我问你件事，陆北尧是不是出轨了？"

"没有。"周西打开平板电脑，看陆北尧的那封手写信，这大概是陆北尧第一次写信，"只是时间久了，我们在一起挺累的，所以分手了。"

"我觉得陆北尧发的这两条 IG 不太对劲，他和陈舟解约了，工作室也不要了，粉丝也不要了。"陆北尧是有错，但罪不至死，孟晓停顿了片刻，说，"他这是开着一辆破火车直奔断崖，没刹车不能回头。"

一开始陆北尧注销微博，孟晓觉得他可能只是短时间内注销，但他后续的这一系列操作，就让人看不懂了。

"你的意思是，陆北尧可能会做傻事？"周西把平板电脑放到一边，靠在沙发上。

"这个想法太疯狂了，陆北尧应该不会的。我的意思是，他的事业走上断崖了。他看上去还是挺沉稳的，不会干出这种傻事！你不要多想，哎，男人就是矫情。谈恋爱真麻烦，不谈恋爱啥事没有。"孟晓怕周西再回去，周西脆弱的样子，她非常不喜欢，说道，"你有求必应地跟了他这么多年，一时分开，他接受不了罢了。"

"你觉得陆北尧和江乔有没有可能在一起？"

"你要我说实话吗？"

"嗯。"

"你会跟一个当众扇你耳光的人在一起吗？哦，对了，那个耳光是你打的，但陆北尧当时就在旁边看着，他什么都没有做。"孟晓说，"江乔是跟他炒过绯闻，但我一直不认为他们两个会真的在一起，最多是江乔的团队蹭热度、吃红利，顺便恶心你。江乔要是真那么笨，就不会有今天的地位了。你为什么会问这个问题？你发现了什么？你不会是发现了他们在一起的证据了吧？"

“没有，我就是随口一问。”

周西在想自己的记忆，这确实很不符合逻辑。周西扇江乔耳光事件在前，以周西对江乔的了解，江乔很清楚自己想要什么，目的也很明确，那她为什么会跟陆北尧在一起？

“算了，不要想了，随陆北尧的便吧。”孟晓说，“你也早点儿睡，明天好好拍戏，争取早日做奥斯卡影后。”

“我今天见到陆北尧了。”周西说。

“啊？”

“我喝多了，在洗手间里见到陆北尧的。”周西蹙眉，她的记忆像有浓雾笼罩着，令她无法再往前走一步。他们都是活生生的人。陆北尧是活的，她也是活的。

“陆北尧不会是故意跟着你吧？他想干什么？会不会伤害你？我过去找你。”

“不会的，你不用过来，忙你的吧。”周西笃定地道，“陆北尧不会伤害我。”

“啊？”

周西又看了一遍陆北尧的手写信，头疼得厉害。她不恨陆北尧，他们只是结束了爱情而已。但陆北尧为什么放弃了全部，自毁前程？陆北尧会开着车一路直奔断崖吗？

“我们和平地分开，和平地各自发展，和平地成为陌生人。短暂地难过后，各奔东西。我不再爱陆北尧，他也会忘记我。将来有一天，我会嫁给别人，他会娶妻生子，我们都会走出去，重新开始。”周西似乎在说服自己，“我们会各自辉煌，谁也不会惦记谁。这样挺好的，各自安好。”

周西挂断孟晓的电话后，屈起腿拿下巴抵着膝盖，双手抱膝。房间的灯静静地亮着，许久后，她拿起手机输入电话号码，那个电话号码不需要记，自动印在脑子里。陆北尧从大学到现在都用这一个电话号码，没有换过。她输入最后一位数字，拨通并把手机放到耳朵边，电话立刻被接通，但是他们都沉默着。

周西抿了下唇，不知道为什么要打这个电话，也许他们真的在一起太久了，陆北尧印在了她的血肉当中，生根发芽，长成了参天大树，就算将它拔掉也会伤及筋骨。她其实不想跟陆北尧联系，但看到那封信，却无端地悲伤，不受控制地难过，也许是身体里的那个周西的记忆。

可是她已经决定把陆北尧遗忘了，为什么还要难过？太容易心软，是女人的通病。

“我们分手了。”

“嗯。”陆北尧低沉的嗓音传过来。

“我们回到了互不相识的开始。”周西看着酒店床单的一角，白色的床单，隐隐有暗纹。

“嗯。”

“各自安好，各自辉煌。”周西停顿许久，说道，“就此别过。”

足足沉默了有一分钟，陆北尧说：“好。”

“我不恨你，希望你能好好的。”周西的嗓音很平静，她的声音有一些轻，不演戏的时候，她的语调是柔和的，“再见。”

“有时间去医院检查一下。”陆北尧说得很慢，嗓音沉沉的，“如果你的身体不舒服就去医院，不要拖。遵医嘱，不要乱吃药。我不会打扰你的生活，好好工作。”

周西紧紧地攥着手机。

“再见。”陆北尧说。

电话挂断后，周西舔了一下嘴角，靠回沙发看着头顶的灯，看了很久。她叹了一口气，把手机扔到一边，起身把自己扔到柔软的床上，翻身把被子紧紧地裹在身上。她把自己蜷得像个肉卷，脸埋在黑暗里。

陆北尧这种自毁前程的行为，看上去非常疯狂，简直到了极点。别人费尽心思、削尖脑袋拼命地往上爬，他说不要就不要了？这听上去很像曾经的周西会做的事，只有周西才能干出这种事，他那么理智的一个人，怎么会被同化了？

周西挣扎着伸出手，探身拿起手机打开微博，热搜前三位全是关于陆北尧的——“陆北尧IG”“陆北尧”“北极光”。

周西点进第一个热搜，陆北尧的很多粉丝支持他早日找到崭新的自己，也有少数人嘲讽他，他的粉丝群体还是庞大的。第二个热搜里混了一些脱粉。第三个热搜里，路人在嘲讽“北极光”把艺人逼得退出娱乐圈；“北极光”在辱骂陆北尧，顺便辱骂周西。一部分陆北尧曾经的粉丝和路人开始骂陆北尧不上进。真是令人熟悉的脱粉！只不过换了一批粉丝。

周西继续往下翻，看到一个熟悉的面孔。

风往北吹："'北极光'们，作为一个老粉丝说几句，北哥干这种事新鲜吗？当年为了西娘娘，北哥以一己之力撑人，一口气解散了十个粉丝群。大规模脱粉的盛况你们忘记了吗？哦，新粉丝应该不知道这些，比现在刺激多了，维持了两天热搜第一位。你说脱粉吧，但过一段时间北哥的新剧上映，就又重新喜欢他了。这两年北哥的粉丝越来越多，我就担心有这么一天。现在发生了，我心里的那块石头反倒落了地。老粉丝也不用太担心，大家该干什么干什么，他不完全靠粉丝吃饭，他是演员，演技在线、颜值不垮的话，他演一部形象好的剧，人气很快就回来了。"

风往北吹是喜欢了陆北尧好多年的大粉丝，他的微博里有一百多万名粉丝，早几年很激进，现在佛系了。

周西的脑子嗡的一声，陆北尧为了维护她撑粉丝？为什么她的记忆中没有这段？这是什么时候的事？她迅速打开手机搜索"陆北尧撑粉丝"，没搜出什么有用的消息。她又搜索陆北尧的负面消息，在论坛里看到了负面消息总结，长长的一串——

二〇一五年《剑奇》播出后，陆北尧爆红，当时他的每条微博评论有七八万条，转发超十万次。

后来陆北尧跟周西公开恋情，确实撑过粉丝。有人劝他不要谈恋爱，好好搞事业。他回复："我卖艺不卖身。"

有人攻击周西，陆北尧回复："拉黑。"

陆北尧说的这话引爆了整个粉丝圈，大家群起攻之，他不为所动。其间，他的微博又拉黑了大量粉丝，公开维护周西。接受采访时，他再一次强调自己的生活和作品分开，不愿意被过多关注私生活。视频里的陆北尧冷着一张脸说："我不需要粉丝。"

于是陆北尧就被贴上了傲慢的标签，这段记忆周西全想起来了。当时主持人为了热度，故意给陆北尧挖坑，陆北尧的原意是他不需要不理智的粉丝，每个人都有自己的生活，粉丝不应该把所有的期盼都放到明星身上，也不应该把自己的意愿强加到别人身上。

这段视频被截出来后，粉圈众人就开始辱骂陆北尧，四面八方的声音一齐涌过来喷向他。他犯了七宗罪中的一宗——傲慢。他的电影被抵制，他被大家一起嘲讽。本来那部电影拍得不怎么好，他当时的演技也一般，惨"扑"之后，就成了众人茶余饭后的话题。他为他的傲慢付出了代价。

周西当然力挺陆北尧，每天都在微博上替陆北尧解释一遍，但越描越黑，到最后反倒是她吸引了仇恨。陆北尧仅剩的粉丝让她闭嘴，她少说两句陆北尧还能苟活着。

周西想让大家对他有所改观，但这种行为反倒破坏了路人对他的观感。他当时就跟周西解释，自己对这些不在意，他是演员，演戏卖作品，其他的事都跟他无关。

陆北尧后来怎么就变了呢？

周西去翻陆北尧这几年的消息。他是在二〇一七年突然学会了“营业”。他参加综艺节目说话时情商高了，《帝业》大火，帝后搭档炒得火热。他开始疯狂地工作，这两年半的工作量，是出道以来的好几倍。

陆北尧不再沉默寡言，不再摆出一张“爱谁谁，跟他什么关系都没有”的棺材脸，开始跟别人互动。他再次红了，只是这次红了后，跟周西没有了互动，不会在公开场所提周西，弱化了女朋友的存在。

陆北尧为什么要这么做？他们的感情出问题了？他缺钱？可他的房子是两年前买的。他那种“葛朗台”、攒钱狂魔，买房都是付全款，他怎么会缺钱？那就是他们的感情变质了，所以他们的感情是这两年才有问题的，不存在一开始没有感情？周西的记忆混乱了，或者说她绝望之后封锁了这段记忆。现在她想起来一片记忆覆盖一片记忆，但大片记忆还是像浓雾一般。

陆北尧是失去周西后悔了，才会发这样的手写信？

周西放下手机，在思考要不要去看心理医生，如果去看了心理医生，会被人看出来她不是真正的周西吗？现在这么多人保护她，对她好，若是知道她不是真正的周西，他们还会爱她吗？他们会不会很难过？

周西关于别人的记忆并没有混乱，记忆混乱的只有关于陆北尧的那部分，关于陆北尧的记忆混不混乱又不耽误她的生活。她和陆北尧都会有新的生活，他们都会往前走，只是一人向北一人向西。人生路长，各自安好。她把心里的那点儿不舒服压了下去。

周西打开微博，想刷评论，看到评论区她眼前一黑。

周西沉默了几秒，把微博密码和账号发给萧晨。

“处理一下吧，这么闹不好。”

萧晨回复得也很快：“怎么想通了？”

周西看着满是纷争的页面，打字：“我不想步陆北尧的后尘。”

《深宫乱》的剧情到了高潮，后宫开始进入白热化阶段。

赵凌雪的第一个孩子死了，她将责任推到了皇后身上，皇帝震怒，打了皇后一耳光，御前侍卫封了坤宁宫，将刀刃指向了皇后。豪华的深宫如同牢笼，皇后彻底坠入深渊。

所有人都知道赵凌雪的孩子不是皇后杀的，但所有人都缄口不言。皇帝也知道，但他需要敲山震虎，让皇后的族人有所收敛。一直看着皇后长大的嬷嬷出来顶罪，这是所有人商量出来的结果。嬷嬷明明什么都没有做，可她不认罪的话，皇后娘娘就保不住了。嬷嬷跪在地上，重重地磕头，皮肉碰到坚硬的地面发出声响。

“娘娘，保重！”

大殿中，嬷嬷苍老嘶哑的声音里透着深情，饱含着浓浓的母爱。嬷嬷是从小看着皇后长大的，皇后对嬷嬷比对她的额娘还亲。她坐在高高的红木椅子上，看着年老的嬷嬷放弃了挣扎、放弃了一切，被拖出去。为了皇后，嬷嬷选择了死亡。

宫殿巍峨，皇后的后位高高在上，她忽感悲凉，没有权力，她们都是蝼蚁。这后宫，皇帝就是一切，皇帝代表着最高的权威，掌控着所有人的命运。

“皇后，好自为之吧。”皇帝怒气冲冲地拂袖而去，宦官高喊一声起驾，所有人退出了坤宁宫，皇后还坐着。

宫女上前小心翼翼地道：“娘娘？”

皇后从椅子上滑落，她的肩膀颤抖，呼吸急促，眼泪先滚落下来，大颗大颗的泪滴在地板上。她紧紧地攥着椅子边缘，指甲泛白，脑子一片空白。嬷嬷走了，永远不会回来了。嬷嬷冰凉地躺在水晶棺里，无论皇后怎么叫都不会醒来了。

周西的肩膀抖得厉害，手指也在发抖，她的喉咙发哽，呼吸困难。

“娘娘？”宫女的扮演者不知道该怎么接戏。这段戏她应该没有台词的，但周西的反应太大了，郑荣飞也没有喊停。

周西的泪不停地滚落，唇在颤抖，情绪十分激动。忽地，声嘶力竭的哭声爆发，响彻整个大殿，她号啕大哭。

郑荣飞蒙了几秒，喊道：“停！”

“西姐？”宫女的扮演者连忙扶住周西，说道，“结束了。”

周西恍惚地看着面前陈旧昏暗的大殿，房梁是深红色的，蓝底雕花旋转着，仿佛旋涡般疯狂地往她的脑子里钻。空气中似乎还弥漫着木头的腐朽气息，隐隐约约，与她记忆中的味道重合。

周西的妈妈躺在血泊中，周西叫她，但她再也不会睁眼，永远地离开了。周西哭得颤抖，喘息间心脏剧疼，记忆仿佛开启闸门的洪水，直冲过来。

周西看到她妈妈被抬走，她爸呼天抢地，声嘶力竭，然后抽了自己一个耳光。整个屋子里全是白色的布，风从没有关的窗户卷进来，丧幡在风中飘荡，长长的一排从别墅的二楼到一楼。她静静地看着，仿佛是一个旁观者。

有人说西西，你妈妈走了，你以后要坚强。她心里想，她为什么要坚强？她不想坚强，坚强就没有妈妈了。那年，她才十岁，想躺在爸爸妈妈怀里，做他们永远的小宝贝。她太累了，太痛苦了，想躲起来。

周西哭到脸色惨白，捂着胸口，无法呼吸。

胡应卿觉得不对，立刻叫他的助理去喊队医，又清理了现场围观的人，副导演迅速把人都轰了出去。

“周西？西西？你没事吧？”胡应卿匆匆返回来，怕刚刚的耳光伤到周西，半跪在地上扶着周西的肩膀，“刚刚打疼了？”

胡应卿已经尽可能地控制了，只是指尖扫到周西的脸。因为他对周西下不了狠手，这个镜头NG了好几次，最后还是周西说让他真打，大家都是演员，这是工作。

“对不起！”

周西死死地抓着椅子的一角，思维渐渐清晰，看向面前的人们，无数张关切的脸、熟悉的世界把她从纷乱的记忆中拉回来。

随即苏晨严冲了进来，一把抓住胡应卿的衣领，按到旁边的台阶上：“你真下手打啊！死渣男！劈腿劈成八爪鱼了你还打人——”

“苏晨严？”郑荣飞怒喝，指着苏晨严，“你现在给我出去，这是胡老师！”

周西的哭声停止，茫然四顾，抽噎着，脸上湿漉漉的一片。她想起来了，什么都想起来了。

妈妈不是去了德国，也没有和爸爸离婚，她是去世了。这样就能解释为什么十几年来她杳无音信，只是偶尔给周西寄一个礼物，却从来没有跟周西通过电话。周家破产，出了这么大的事，她没有打电话，也没有回来，只有一个可能，她永远回不来了。

周西突然头疼得厉害，疼得想吐，眩晕感一阵阵袭来。为什么所有人都告诉她妈妈去了德国呢？为什么都骗她？是她的记忆出了问题，还是她出了问题？

队医赶过来，扶着周西的肩膀："怎么了？磕着了还是碰着了？碰到哪里了？"

周西坐在地上，面无表情，头上的钿子摇摇欲坠。指甲上的贴片隐隐有翘起的痕迹，她彻底清醒了，感觉一瞬间力气被抽空。

"我太入戏了。"周西强迫自己找回理智，随便找了个借口，抬手擦泪，哽咽着开口，"后宫——"

周西倚靠在冰凉的椅子上——美人脆弱倚靠，一行清泪落下——还有些许泪沾在她浓密的睫毛上，垂下眼帘道："太难了。"

郑荣飞松了一口气，摸了一下周西的后脑勺儿："刚刚你被打到了？"

周西睁开眼睛，摇头道："没有。"她呜咽出声，"我就觉得皇后太苦了。"

皇后苦，周西也苦。周西不想让别人知道自己有问题，保留着最后那点儿体面。

从郑荣飞的角度看，她这个情况明显是入戏太深了，他叹了一口气。

周西并不是科班出身的演员，是半道入行，演戏全凭本能。她要想短时间内提升演技，只有一个办法——沉浸进去，把自己当成那个人物。有一些演员为了找这种感觉，会在拍戏前几个月都不出门，把自己关在一个封闭的空间，让自己进入剧情。周西大概也是这么做的，她为这个角色付出了太多。郑荣飞拍了拍她的肩膀，放柔了语气道："你还能拍吗？"

"我缓一下。"

"那好，我先拍别人的戏，等会儿你补拍镜头。"

苏晨严阴沉的目光闪烁，郑荣飞对他怒目而视："还不快把胡老师拉起来？你干什么呢？"

苏晨严干啥啥不行，闹事第一名。

苏晨严拉胡应卿起来，胡应卿一拍身上的灰，懒得跟他计较，走过去将手伸到周西面前："你调整一下情绪吧。"

苏晨严推开胡应卿的手，扶周西起来，接过她助理递过来的水瓶，拧开递给她："要洗手吗？"

周西摇头，脑子里思绪纷乱。

苏晨严拆开湿纸巾抽出一张给周西，说道："让医生给你检查一下。"

"谢谢。"周西开口，随即拿起水瓶喝了一大口水，冰凉的水涌入胃中，她的脑子更清醒了。

苏晨严看着周西泛红的眼睛，皱眉道："不要为那种渣男伤心，不值得。"

刚刚苏晨严在外面看周西拍戏，周西哭的时候，所有人都跟着落泪。皇帝辜负了皇后的爱，他不会有好下场。

周西看着苏晨严，唇角上扬，但很快就被她压下去了："我是为失去嬷嬷伤心，这是亲情。"

"哦。"苏晨严穿着蓝领黑袍的清装，大大咧咧地往周西面前一横，屈起一条腿，坐在地上仰头看她，"西姐，不要为任何人难过。"

郑荣飞一巴掌拍在苏晨严的后脑勺儿上："你有时间能不能去看剧本？昨天 NG 了八次，今天打算 NG 多少次？拍完戏要是评 NG 王，我肯定把这个奖颁给你。"

苏晨严一骨碌起身，眼尾上扬："我这是在观摩西姐的演技，学学技巧。"

郑荣飞踢了苏晨严一脚："有什么技巧？用心演戏，用心你知道吗？用你的心去体验剧本，赶快滚。"

队医上前给周西检查，只是指甲裂了一处，消毒之后就没有大碍了。

郑荣飞回去看片子，打算把周西失控的这段剪掉，重新拍。胡应卿凑过来，看着机器里的这段戏："其实这段真用了，也挺好。"

郑荣飞抬头，胡应卿看着镜头里大哭的周西，心跟着狠狠地疼了一下："皇后在被禁足时还保留着骄傲——皇后的尊严，陪着她长大的嬷嬷为她而死，她才真正感受到后宫的残酷，这是这场厮杀的开始。她的哭不单是因为失去了嬷嬷，还有她的爱情，她全部的骄傲。周西失控的这段放在这里没有任何问题。"

胡应卿说完，抬头看向周西，她坐在唯一的阳光里，光从高高的门洞照进来，洒在她绝美的侧脸上。

她披着正红色的披风，头抵着宫门，胡应卿的心疼得像被扎了一下。

"皇后若是真的理智、克制，不感情用事，根本就没有赵凌雪上位的机会。"胡应卿说，"她也会崩溃，这里若是再用理智、克制来演绎，会让人觉得她没有灵魂。你觉得呢？"

郑荣飞继续看刚刚周西哭的片段，心也在隐隐作痛。皇后颜面扫地，痛彻心扉。

"好。"

周西将一瓶水喝完，助理快步走过来把她的外套拿走，又给她吹风扇。大夏天拍初春的戏，真是遭罪。

"把手机给我，我出去打个电话。"

秦怡连忙把手机递给周西。周西开机，迈过高高的门槛走出宫殿，一直走出后宫到前殿。视野开阔了，她才稍微舒缓一些。前殿高台有游客，夏末季节，天气炎热，风暖日头旺，虽是午后，烈阳不减。

周西正在拨号，就听到前面一阵喧哗，她抬头，猝不及防地看到台下身穿西装的男人——复古式三件套，外套西装敞着，露出里面的马甲。旁边有工作人员在跟他说话，他单手插兜，另一只手拿着剧本。他的身材比例很好，宽肩窄腰长腿，站在人群中自动跟周围的人划清界限，围观的群众发出一声声尖叫。

陆北尧拍戏怎么拍到这里来了？他拍的不是民国戏吗？周西刚要回头，他就看了过来，四目相对，猝不及防。他剑眉下眼神锐利，毫不避讳，直直地看着周西。斜阳烈焰，宫柳垂倦，时间静止，仿佛他们初见时他那惊鸿一瞥。那时他们一无所有，他们无所顾忌。但到底是今非昔比，他们早就是过去式了。

有人顺着陆北尧的目光看过来，周西转身就走，电话那头接通，董阿姨的声音传过来："西西，你不忙了？"

"我刚忙完。"周西抿了下唇，董阿姨在他们家做了很多年，应该什么都知道，"阿姨，我问你一件事。"

"怎么突然这么慎重？怎么了？"董阿姨说，"你说吧，我现在也不忙。"

"我妈。"不知道为什么，周西说出这两个字时，心里沉甸甸的，压得她几乎窒息，"真的在德国吗？"

"怎么了？谁跟你说什么了？你妈妈是在德国——"

"我十岁那年，死去的人是谁？"周西有些急不可待，快速把所有的话说完，“我妈妈为什么选择离开我？为什么你们都告诉我她在德国？她真的在德国吗？那她为什么这么多年都不给我打电话？她送我的礼物，真的是她准备的吗？”

“西西。”

“阿姨，我承受得了，你能告诉我吗？”周西擦掉脸上的泪，渐渐地平静下来，“我妈妈到底怎么了？”

电话那头响起董阿姨的哽咽声。

周西走进一座不知名的宫殿，靠在栏杆上：“我妈妈发生了什么事？”

为什么周西会这么悲伤？为什么她的心脏会这么疼？她到底是不是周西？

“你妈妈当年生病了，精神疾病。”董阿姨说，“有一次她发病，疯狂地掐你的脖子，你爸爸害怕了，想让她去医院治疗。这件事，我一直不知道该怎么跟你说。”

“我妈妈表现得很平静，一点儿预兆都没有？”

“你妈妈接受了你爸爸的建议，住进了医院，第二天我们见到了她。她已经走了——这是她自己的选择。西西，这不怪你爸爸，他若是知道你妈妈会出事，说什么都不会这么做的。他和你妈妈的感情非常好，非常非常好，生你的时候你妈妈就犯病了，当时所有人都反对他继续跟你妈妈生活在一起。他扛下了所有压力，继续跟你们在一起。他是爱你们的。

“我不知道你为什么突然想起来了，这件事不是我们刻意瞒你。是当年的你接受不了，刻意忘记了这件事。我们怕你出事，就一直瞒着你。”

太阳毒辣，晒到周西的身上，她却感到浑身冰凉。

周西抿紧嘴唇，半晌才缓过来：“我也——有病吗？”

“你犯病时的表现就是忘记一些不好的事，没有其他症状。医生说只要一直这样保持下去，定时去检查，不受太大刺激就没有事。你保持得很好，你是健康的孩子。西西，你是怎么想起来的？你现在在什么地方？我去看看你吧？”

“我刚刚在拍戏，突然想起来了。”周西在消化这些信息，“我以为那都是梦里的场景，原来是真的。”

周西的脑子里涌出一个场景，她家的公司破产了，要申报债权，可她爸昏迷不醒，她只能负责这些事。她回老房子去找资料，在书房办公桌最下面一层锁着的抽屉里找到了她妈妈的死亡证明，还有一张全家福：她坐在周启宇的肩膀上，温婉美丽的女人依偎在周启宇身边。照片背后写着一行字："我想跟你走，但女儿还小，她需要人照顾。我每一天都在思念你，吾爱。"

周西的爸爸和妈妈没有离婚，妈妈早就去世了，爸爸躺在医院里。房子和车早就抵押出去了，她爸一住院，债主就来收账了。她无能为力，脆弱得仿佛一张纸，随时都能被风刮走。

董阿姨说，不能事事依赖陆北尧，她得独立。可她怎么独立？她不知道，也从来没有独立过。爸爸生病，她不知所措，都是陆北尧在处理。她是个极失败的人，演戏演技不行，又扛不住骂。她想工作又没有一技之长，每次都把事情搞得一团乱。连她妈妈去世这样的大事，她都能忘记。

周西花钱如流水，从不攒钱，手里只有一辆车，于是把车卖了，想先付她爸的医药费。独立的第一步——财务自由。

她步行去医院看她爸，医生说她爸没有强烈的求生欲，很可能醒不过来。她走出医院，手机上跳出推送消息："帝后搭档在线撒糖，陆北尧和江乔甜蜜对视。"

周西看着八卦新闻，新闻压得她摇摇欲坠。她的妈妈早就离开了，她的爸爸没有求生欲——即将离去，一直想去找她的妈妈。

电话响了起来，她接通。

"江乔怀孕了，是你男朋友的孩子。上个月我们的人拍到江乔和陆北尧一前一后进入医院，江乔挂的是妇产科的号。我蛮同情你的，这个'料'就没有卖给陈舟。你要搞陆北尧买证据的话，我看在你可怜的分儿上可以给你优惠价。"

周西的手机里收到铺天盖地的垃圾短信，都是诅咒她的内容。

她迷茫地看着四周，感官一点点地陷入麻木，陆北尧一直拒绝跟她要孩子，原来如此。

她一无所有了，茫然地走入车流。

周西看着头顶高大的桂树，蝉鸣响彻整个上空，电话里董阿姨边哭边说，话都说不清楚了。

陆北尧不是什么好东西，无良的卖"料"八卦记者团队也不是什么好东西，还有那些网络暴力者，素质非常低劣，他们不知道攻击的人此刻在经历什么，只是盲目地攻击。这一切，造成了周西的悲剧。

但是周西的这些记忆是真的吗？如果是真的，那逻辑是有问题的。

江乔肯定没有怀孕，进组这么久每天都摔摔打打的。至于江乔跟陆北尧有没有特殊关系，这个周西觉得孟晓推理得有道理，她何必那么不爱惜羽毛呢？江乔的目的一直很明确，不会跟一个有女朋友的男人真的在一起，不然就是自毁长城。

江乔跟他炒作是一回事——有剧粉支持，大家都带着剧的滤镜，不会觉得怎么样。如果她在现实中真的跟他在一起，那可成了小三，是人人喊打的，这是另外一回事。

这个“料”是假的，但当时周西的精神已经濒临崩溃，这个“料”就成了压死骆驼的最后一根稻草。

求生欲让她幻想了一出陆北尧和江乔是真爱，她是女配角的戏码？

那现在的周西又是谁？

“西西。”电话里董阿姨哭够了，轻轻地唤她，“你还在吗？”

“在的，阿姨。”

“你有没有不舒服的地方？要不要去医院看看？不是说你有病，你不要多想，就是让医生检查检查，大家都安心。”

“我遗传了我妈的病，是吗？”周西有个很大胆的想法，抿了下唇，觉得唇很干燥，“精神分裂？我确诊了吗？”

“西西，你是不是哪里不舒服？”董阿姨小心翼翼地说，“你不要多想，这么多年你没吃药也一直好好的，这个没有人骗你。你乐观一点儿，每天开心就什么事都没有了。真的，你相信阿姨。这个是可以控制的，只要不受到刺激，你一辈子都可以平平安安地过下去。”

所以周西要什么，周启宇就会无底线地给她什么。

“我现在就过去。”董阿姨说风就是雨，“我开车去，晚上就能到横店。”

“不用，我确实没事，就是想到了我妈。”周西说，“我这边还要忙，忙完给你打电话，你也别折腾了，好好看着我爸，还有一个月就拍完了，拍完我会去医院检查的。”

周西挂断电话，迟疑了片刻，又打给了陆北尧。

陆北尧的手机关机，周西放下手机，秦怡走进来敲了一下柱子：“你还能继续拍戏吗？不行的话，我去跟导演那边沟通。”

下午周西还有一场戏，现在根本就不能走。这部戏的拍摄时间很紧，每一天都在“燃烧”经费，每位演员的档期都很紧。三个月必须拍完，拖了进度，剧组损失很大。

在这个社会上，每个人都有属于自己的位置，都要有基本的责任感。

周西把手机递给秦怡，手机没有关机，道：“如果陆北尧打过来，让他留下地址，晚上我要跟他见面。”

秦怡顿时蹙眉，脸色难看起来：“你要跟陆北尧见面？”

“我不想解释，”周西说，“可以不解释吗？”

秦怡耸肩，收起手机：“这是你的自由。”

周西转身往回走，周围有探班的粉丝拿着手机在拍照。这边是封锁区域，他们不能过来。只是他们看到周西，有女生发出尖叫声：“西姐！”

周西抬头看过去，秦怡立刻上前把她挡到身后，怕有人故意拍她的丑照来抹黑她，而且《深宫乱》剧组现在并没有发布剧照，容易剧透。

周西朝粉丝那边挥挥手，走进了大殿。

周西迎面碰上江乔。江乔拿着一瓶水正在跟胡应卿说话，转头看到周西，顿住，盯着周西看了几秒。

午后的空气闷热，江乔穿着白色古装，长发披散。在她拍的这场戏中，赵凌雪刚刚失去了孩子，所以穿着睡衣。

“西姐。”江乔把水递过去，水瓶并没有打开，水冻成了冰块，瓶子外身覆着一层水珠，应该是刚从冰箱里拿出来的。

“谢谢。”周西接过水瓶，入手冰凉，水浸湿了手。

“敷眼睛，消肿的。”江乔指了指周西的眼睛。她是不喜欢周西，但看到周西号啕大哭，在场的人很难不为之动容。

大家拍了这么久的戏，都多多少少入戏了。

赵凌雪和皇后之间没有什么真正的仇恨，赵凌雪只看重权力，而皇后恰好在那个位置上。深宫之中，所有人都是牺牲品，没有赢家。

“谢谢。”

秦怡连忙拿手帕包住冰凉的水瓶，给周西敷眼睛。周西刚刚哭得太狠，眼睛是有些肿。江乔抬起下巴看了秦怡一眼，转身走了。秦怡很少看八卦新闻，对明星之间的事没有任何兴趣。萧晨给她一个月两万元的工资，让她过来照顾周西，她的目光全在周西身上。于是江乔就看到了一个面无表情的秦怡，觉得自讨没趣——周西身边的人跟周西一样是怪胎。

"你这是跟周西的前男友炒完，又打算跟她炒？"懒洋洋的声音带着一股欠揍的味道，在江乔的前面响起，"真是吃干抹净啊！"

江乔抬头就看到苏晨严斜靠在栏杆上，手里拿着把大扇子，上面写着"仁义道德"，有一搭没一搭地扇着，狭长的眼睛里满是讽刺意味。江乔觉得他长得白白净净的挺像个人样，但嘴里没一句人话。

"滚。"

"你表演个滚，让我瞧瞧是怎么滚的。"

江乔白眼都要翻到天上去了，掉头就走，晚上还要跟苏晨严拍感情戏，也就是她敬业，不然现在她脚上的花盆底就砸到苏晨严的脑门儿上了。

她真不应该来找周西。周西就算是哭死，跟她又有什么关系？

下午拍戏时，周西的情绪稳定多了，没有再失控。晚上七点收工，周西换上T恤、半身裙走出更衣间，秦怡把手机递过来："下午五点陆北尧打过来了，给你留了地址。"

周西接过手机："我现在过去。"

秦怡看了看周西，什么都没说。她觉得周西没有萧晨说得那么夸张，周西做事还是很有分寸的。

陆北尧约的地点是一家特别偏僻的粤菜馆，这是他的风格。粤菜馆店面陈旧，不仔细看根本就看不出来这是一家餐厅。

周西戴着口罩、披着秦怡的大外套，进门就看到了小飞。小飞倏地瞪大眼睛："西姐？"

周西看过去。小飞狠狠地咳嗽了一声，觉得周西的目光挺陌生的，摸了一下脖子说道："北哥在二楼。"

周西上楼，整个餐厅空无一人，大概是陆北尧清场了。二楼只有一个包间，周西推门进去就看到正站在落地窗前抽烟的陆北尧。

他穿着白色衬衣，领口解开了一粒纽扣，黑色的长裤勾勒出长腿的轮廓。他把烟按灭，开窗通风，此时俊美的脸更加冷厉。

周西警惕地看向窗口，他看出了她的想法，解释道："外面是死角，拍不到。"

陆北尧回身拉开椅子坐下，黑眸还盯着周西，手上娴熟地倒水，喉结滑动："这家餐厅粤菜做得很好，拍《将军》时导演带我来吃过。"

周西反手关上门，拉开椅子坐下："问你一件事，问完我就走。"

陆北尧把水放到她的面前："嗯。"

"四月份你去医院了？"

周西需要确认她的记忆到底对不对，但是翻不到那个通话记录，不确定记忆里的那通电话是真的还是假的。

陆北尧端起桌子上的茶一饮而尽，注视着周西："谁告诉你的？"

"有没有？"周西问。

周西摘下口罩，眼神锐利，那是令陆北尧觉得陌生的眼神。

"嗯。"

"跟江乔一起去的？"周西继续问。

陆北尧蹙眉："我为什么要跟江乔一起去医院？"

他说完，觉得语气不太好，放缓了语气："周西，我没有反驳你的意思。我非常确认，这件事没有发生过。"

周西沉默。

陆北尧又倒了一杯水，周西今天突然给他打电话，他的手都在颤抖，虽然知道有些事完全不可能发生，但还是有些期盼……

"西西。"

周西抿了下唇，站起来："我今天来就是跟你确认这些事，已经确认了，走了。"

"周西！"陆北尧起身，一只手抵着桌子，强迫自己冷静，"你——发现了什么？你有没有去医院？"

"你为什么一直劝我去医院？"周西抬起头道。

陆北尧站直身子。

"我妈妈去世的事，你知道吗？"

"知道。"

周西深吸了一口气："你什么时候知道的？"

"我上次去 B 市见过你后，回 S 市找了董阿姨，她告诉我的。"既然周西知道了她妈妈去世的事，是不是也知道了其他事？陆北尧有一瞬间的眩晕，"西西，你是不是什么都——知道了？"

"我的病？"周西问。

空气仿佛凝固了，片刻后，陆北尧眼眶泛红："西西。"

"我的病是什么，你知道吗？我的病是喜欢你的那个周西死了。"周西说，“那天出车祸，她就死了。压死她的最后一根稻草，是这些铺天盖地的恶意。但是你的冷漠，让她心灰意冷。”

周西拿出手机，打开短信扔到陆北尧面前，桌子是实木的，发出了巨大的一声响。

她站在房间的另一头，让自己平静下来，觉得这一切有必要让陆北尧知道：“以前的周西经历着妈妈已经离开、爸爸即将离去的痛苦，空荡荡的世界里只剩下你了。这些恶意，还有无良媒体，压垮了她。无良媒体要卖‘料’给她，说你和江乔一起去医院了，江乔怀孕了，是猛‘料’，问她买不买。

“以前的周西买不买？她的爱情是笑话，她就是个笑话。”周西笑了一声，觉得特别讽刺，“她那么用力地维护你，在你低谷的时候陪在你身边。她最绝望的时候，你在哪里呢？在那些‘刀’捅向她的时候，你又在哪里？”

陆北尧一条条地翻看着短信。

“为什么不打电话给我？”陆北尧艰难地开口。

“以前的周西不信任你，原因是什么你应该知道吧？这几年，你没有给她信任你的条件。”周西现在已经确认了那个大胆的猜想——她精神分裂了。以前的周西用尽全力自救，保全了她。加之车祸创伤的影响，她完全脱离了过去，成为一个全新的人。

不适合的两个人因为周西的死缠烂打，硬生生地被捆到一起。走到如今，两个人都没有好下场，说不上谁更悲哀一点儿。

“对不起！”陆北尧低头，泪猝不及防地滚了下来。他再次站直，眼眶通红，紧攥的手渐渐松开。

“你不用跟我说对不起，以前的周西已经消失了。我只是想告诉你，你是她的救命稻草，可也是压死她的最后一根稻草。”周西捡起桌子上的手机，眼神冷漠，语调平缓不带感情，“陆北尧，她追了你三年，跟你在一起四年，七年时间……她再也不会来打扰你了。”

陆北尧胸膛缓缓起伏，喉结滑动，唇角上扬，却没笑出来，泪再次从他的眼角滚落。他按着桌子撑住自己：“我结扎了，还怀个屁孕？”

这是周西认识陆北尧以来，第一次听他说脏话。

周西缓缓地抬头，他说什么？

“我跟江乔有什么关系？我这辈子就喜欢你一个人。”陆北尧突然觉得特别悲哀，面前是令他全然陌生的周西。周西的病因是他，而他承受着一切，想着这样能扛下一片天地。他太自大了，也太自以为是了，害了周西，和周西就这样阴错阳差地错过了，"四月我去过一次医院，做术后复查。我之前没告诉你，你爸说他同意我们在一起的条件是我们一辈子不要孩子，我答应了。你想要孩子，我不知道该怎么拒绝你。我就想等做完结扎手术后告诉你，我没有生育能力。我们不要孩子，就我们俩一起生活，挺好的。"

陆北尧做过很多人生计划，比如还完债，手里还有闲钱，就退出娱乐圈开个餐厅。不会再有人攻击他和周西，不会再有人发私信诅咒他们早日分手。他很向往那种安静的生活，只有他们两个人。周西想种花，他假装不愿意，被周西拖过去在旁边铲土。

他很喜欢被周西拖着走，周西会紧紧地扣着他的手指。

他们会有共同的假期，一起窝在沙发上看剧，看什么剧不重要——周西躺在他怀里吃着零食，想起来就凑过来亲他一口；下雨天，他坐在卧室的地毯上，听着雨声玩玩游戏或者看看书，周西躺在沙发上跷着脚，把头放到他的肩膀上，头发蹭到他的脸，周西看到高兴处，就咬他的脖子，也不重就轻轻地咬，但非咬出红痕不可。

他和周西的生活中再也没有谩骂，没有攻击，没有无孔不入的"私生饭"，没有随时随地出现的摄像头。他们喘个气都能被人写出几千字"小作文"来分析的日子，他感到窒息。他计划过很多关于未来的事，却没想过有一天周西走了，而且因为这些计划导致周西走向了绝路。未来的核心没了，他所有关于未来的计划都没有了意义，一切化为泡影。

周西很轻地呼吸着，看着对面的陆北尧，他们已经很久没有这么面对面深刻地交流过了。

"你什么都不跟我说？"周西突然提高声音，把手里的包砸到桌子上，"你就是自以为是！永远都这样自以为是！生孩子是两个人的事，凭什么你一个人决定？凭什么你以为我能接受？"

"我不接受，你满盘皆输。"周西狠狠地抹掉脸上的泪。她为什么要难过，为什么要哭？这跟她一点儿关系都没有。

难过的不是我，是以前的周西，她想。

她被气糊涂了。

周西抬起下巴："以前的周西不要你了，你赌输了，一败涂地。"

最初，周启宇非常坚决地提出陆北尧和周西在一起不能要孩子时，陆北尧以为周启宇是看不上他。后来，他隐约猜到一些事，只不过当时猜的是周家有其他遗传病。得知周西的病情时，他觉得他做这个选择正确极了。幸好，他没有脑子发热；幸好，他没有赌。

“我对你从来没有赌过。”陆北尧直直地看着周西的眼睛，刚刚她发脾气时，看到了一些她过去的影子，这点儿熹微的光让他手指都跟着颤抖。

他拼命地克制着情绪，站直身体压下心中的悸动，渐渐松开了手：“对不起，我不该不跟你沟通。”

他做计划，从来都是单方面的，大概是从小养成的习惯，这是一个毛病。他和周西是两个人，他们在一起，他就不能自以为是。

他没有告诉过周西，他对周西一见钟情，因为自卑忍了很久，才接受她；他没有告诉过周西，牵周西手的时候，鼓起了多大勇气；他没有告诉过周西，他的精神也到了崩溃的临界点。

他不能告诉周西，周家撑不了多久了；他不能告诉周西，她的爸爸可能会坐牢。

他不知道该怎么对周西解释这一切，觉得每件事周西都接受不了，这些事都不在周西的承受范围内。

不管哪一件事，都会衍生出新的问题。

比如不能要孩子，如果原因在周西身上，她一定会闹分手。陆北尧不可能跟周西分手，但他不知道闹剧什么时候结束，于是把问题揽到自己身上，事情就从根源解决了。

比如周西爸爸的事，他扛下来，只要他埋头干两年，就全部解决了。

周西什么都不会知道，也不会有危机感，依旧在家心无旁骛地吃吃喝喝、玩玩闹闹、种种花，跟闺密一起逛逛街、买买东西。她不用为生计所扰，也不用出去受委屈。

可现在周西的委屈，都是他给的。

“那你一辈子都不打算要孩子？”周西重新捡起包，“你们两个就是傻子，你盲目决定，自以为是；以前的周西什么都不说，怕给你压力，放任自己被网络暴力攻击。”

周西找孟晓吐槽网上的喷子，在网上跟人大战三百回合，但从来没有跟陆北尧沟通过这个问题，其实已经拼命地控制自己了。

周西每次看到那些不好的评论，就忍不住想发脾气骂人，言语就是一把锋利的刀。她刷一百条好的评论，其中混着一条讽刺的评论，那条讽刺的评论就像是一把刀捅到她的心脏上。她跟陆北尧说没事，陆北尧安抚她的时候，确实没事，有陆北尧在，她就拥有了铠甲。可陆北尧一走，她那种疯劲就上来了，不受控制地胡思乱想，疯狂地跟网友对骂。她解释一句，对方就会衍生出新的攻击点，于是她网络暴力素人的名声就出去了，路人喷她素质低。

不知道周西是不是受到病情的影响，越来越敏感，越来越疯狂。她清醒过来时，不知道自己做过什么。她也会害怕，实在太害怕了，就给陆北尧打电话，陆北尧是她的救命稻草。

“西西。”陆北尧走过来，走到周西面前才停住，抬手去擦周西脸上的泪。

周西倏地后退，跟他拉开距离：“我不是以前的周西。”

陆北尧的手停在空中，他心里蓦然空了，片刻后，手有些落寞地落了下去，放在身侧：“我对孩子一直都没兴趣，我没能力爱孩子，这个问题就不要再考虑了，这是我的问题。你现在的情况并不是很好，你尽快去看医生，如果需要药物干涉，一定要吃药。不管我们分不分开，我都希望你过得好。周西，叔叔已经醒过来了，你有很多可以牵挂的东西，不要走绝路。”

“我会过得很好，不会走绝路。”周西往后退了一步，强行压下心中的不适，不能往前，和陆北尧的败局够惨烈了，前面是万丈深渊。

“我走了。”

周西转身出门，陆北尧还站在原地。周西的脚步声越来越远，一直到听不见，他才抬手抹了一把脸，取出烟，低头点燃，狠狠地吸了一口，打火机放到桌子上发出声响，他俊美的脸在烟雾的笼罩下显得有些冷。他的茫然很短暂。

周西现在很理智，应该不会出事。她身边的秦怡是很靠谱的人。孟家人一直都很喜欢她，孟氏娱乐也不会亏待她，一切都在朝好的方向发展。

周西的病情并没有往坏的方向发展，董阿姨说周西最初犯病的症状就是这样的，她失去了最痛苦那段经历的记忆，但行为状态和正常人没有任何区别。一切都还好，只是她不再喜欢陆北尧了。可她为什么哭呢？她真的完全抹杀掉过去了吗？

陆北尧将一支烟抽完，拿起手机按了个号码，那边接得很快。

“有事？”

陆北尧把烟按灭，大步往外走：“我要修改剧本。”

电话那头的许明睿沉默了几秒：“什么？”

“我就这么说吧，你写的剧本就是‘狗屎’。”陆北尧面无表情地戴上口罩，出门上车，吩咐小飞开车。他坐得笔直，眼睛看着窗外快速后退的景物。无边的黑暗中，那些灯显得微弱。他想，如果他和周西的感情是赌桌，从上赌桌那天他就把命押上了，没想过下来，这辈子都不下来，“再直接点儿，狗屎糊到纸上，都比你的剧本有看点。”

许明睿是《民国探案录》的导演兼编剧，陆北尧有自己的目的才接的这部片子。

“嗬，你什么意思？”

“我不要署名，剧本改出来编剧还是你，我只是不想拍烂片。”陆北尧的声音更沉，他又解开了一粒衬衣扣子，喉结滑动，“如果剧本不能改，我就不拍了，你随便告我。我没钱，一无所有。”

“你跟我耍无赖？”

圈内人都知道陆北尧确实没钱，他现在就是“赤脚大仙”。他又把粉丝得罪得差不多了，经纪人也被他踢掉了。

许明睿找陆北尧拍戏是看中了他的名气、他的粉丝基础和他粉丝的购买力。可他最近的行为，让许明睿觉得六千万元打水漂了。但既然《民国探案录》开机了，许明睿就得硬着头皮拍，可现在陆北尧要改剧本，他一个艺人怎么不上天呢？

“你在威胁我？”许明睿一个愣头青，当初为了抢陆北尧，直接付了陆北尧三分之二的片酬做定金。《民国探案录》开机后许明睿又投资了不少钱，现在如果陆北尧不拍了，许明睿也没有办法。

“就算我硬着头皮继续拍完，这部电影会成为我的黑历史，也会是你导演生涯的耻辱，你会被钉在耻辱柱上。”陆北尧解开衬衣袖扣，挽起衣袖，露出来的手臂上有清晰的疤痕，“改完剧本电影不火，剩余的片酬我不要了，你可以拟合同。”

“你之前可以接受这个剧本，现在为什么不可以？之前你就不怕成为你的黑历史？我的剧本真这么烂，你当初接什么？”

“我要养家糊口。”陆北尧毫不避讳地说，“现在我什么都没有了，只想认真拍戏。你同意我改剧本，我保证带你红。”

他知道许明睿的性格，许明睿做事全凭喜好，性情直爽，不记仇，这场谈判他不会输。

漫长的沉默后，许明睿说：“你在什么地方？我们见面聊吧。”

陆北尧挂断电话后，握着手机沉默了许久。他不能退出娱乐圈，那样离周西太远了；如果他要留在娱乐圈，就不能继续之前的模式，透支的东西早晚要还回去。

陆北尧跟小飞说道：“去查一下五月份西姐的通话记录，全部。”

小飞回头，看到陆北尧的脸色，又把话咽回去了：“好，我明天早上就去查。”

陆北尧把整个团队都拆掉了，就留了小飞在身边。陆北尧给他的待遇很好，他也不想走。

查短信“轰炸”的难度太大了，那些电话号码全是虚拟的。陆北尧给周西换过几次电话号码，就是怕发生这种事，可到底还是发生了。

第七章

时光深处的他

部分精神分裂患者在发病前有分裂型人格表现——产生幻想，混淆现实。

周西第一次发病是十岁时，失去了妈妈，精神不堪重负，为了逃避，她给自己心理暗示——妈妈去了德国，她仍然有妈妈。所有人心照不宣不再提她的妈妈，周启宇用尽全力保护着她，所有人从来没有告诉过她有精神疾病。她最后一段意识的自我催眠是：不要坚强，不要懂事，不坚强、不懂事她妈妈就不会走，所有人都会爱她。

周西第二次发病的时间其实比大家意识到她发病的时间更早，不过当时周启宇的身体不好，公司一团乱，周启宇自顾不暇，再也保护不了她了。她也瞒着所有人，以为自己得了抑郁症。她离所有人越来越远，一直到情绪崩溃，走出了那条安全线。她想象出一段剧情，分裂出另一个自己，性格中强势、理智、学习能力强的部分被释放出来，主导了她的思维。

周西与陆北尧见面后，借了公司的车，连夜开车回 S 市，第二天去看医生得出这个结果。

医生是周西曾经的主治医生，其实这十几年，他们一直有联系。不过周启宇给出的理由是医生会给她提出健康建议，让她就当多个朋友。后来她上了大学，就再也没来找过这位医生了。

周西靠在椅子上，看着面前穿着白大褂的医生滔滔不绝地说着，在心里飞快地分析现在的形势。《深宫乱》还有一个月才能拍完，拍《深宫乱》这部戏是她真正意义上做的自己喜欢的事——第一次热爱，第一次负责，第一次像个成年人一样工作，独自承担责任。

“为什么我会觉得以前的我并非现在的我？”

“你的病其中的一个临床表现，打个比方吧，就像是大脑分裂出了很多精神碎片，治疗方法是让它们统一，不过你现在的主观意识非常强，融合得很好。”主治医生对周西的印象很深，她特别聪明，思维逻辑很强，就算发病期间，也清楚自己在干什么。她十岁那年，主治医生就很难对她进行催眠，她清醒地推翻了主治医生的全部逻辑。后来是她自愿进入催眠，忘记了那部分痛苦的记忆。像她这种情况，不遇到极大的刺激很难发病。

“你再做个系统的检查，一周后出结果。你的情况还是很乐观的，开心点儿，不会有什么大事。”

“我为什么会误以为自己活在小说里？”

“你可能看过什么比较刺激的东西，你的逻辑让你在困境下找到生机。我无法从你现在的行为里推断你的过去，这个需要观察。”主治医生说，“你去办手续准备住院。”

周西抿了下唇，心里猛然咯噔一下：“我要住多久？”

“先观察一周。”

“我不想住院。”周西拉了一下脸上的口罩，看着主治医生，“我现在有工作。”

“我知道，演员。我不建议你继续当演员。演员这个职业本来就很‘分裂’——你要脱离自己的真实生活去演另一个人，就是在精神分裂的边缘徘徊。”

曾经周西无论干什么都是三天打鱼两天晒网，浑浑噩噩地活着，不知道目标是什么。她认识陆北尧后，就疯狂地迷恋陆北尧，依旧没有真正为自己活过一天。但现在不一样，现在她目标明确。她拍戏的时候会完全进入剧情，每次演完，久久不能出戏，灵魂深处发出共鸣。这些，在治疗之后可能都会消失吗？她的演技，可能就是因为精神疾病才有的。

“还有一个月，拍完现在这部戏，我回来接受治疗。”周西站起来拎起自己的包，今天穿着很简单的衬衣、半身裙，干净利落，露出来的眼睛清澈分明，“希望你为我保密。”

“职业的基本素养我还是有的。”周西是个很强势的人，主治医生看着她，“我先给你开一些药，药性比较温和，你回去先吃着。”

周西从医院出来，艳阳高照，热浪滚滚，站在医院大楼前的广场上，抬起头看向远处。手机响了起来，来电的是萧晨。

周西坐上车接通电话，萧晨的咆哮声就冲了过来：“你不会是又跑路了吧？你去哪里了？大小姐，你前几天才说要洗心革面的。”

“我有事，下午回去。”

“有什么事比你的事业更重要？”萧晨恨铁不成钢。早上他接到秦怡的电话，秦怡说周西昨晚去见陆北尧了，回来就开车走了。周西去了哪里，秦怡不知道。

“你的心思不会又被陆北尧带偏了吧？”萧晨嗞了一声，气得牙疼，“你就不能理智一点儿？成熟一点儿？你今天贸然离组，导演怎么看你？说好的成长呢，西姐？”

周西把手机扔到操作台上，打了一把方向盘，车开了出去。

“周西。”

“周西，你还在吗？你在什么地方？我去接你。”

“我大概下午四点到片场，不会耽误拍晚上的戏。”周西伸手打开免提，说道，“我的身体不舒服，我去医院买点儿药。”

“怎么不让秦怡跟你一起去？”

“我不喜欢别人干涉我的私生活。”

短暂的沉默后，萧晨说：“我希望你以后越来越好，现在也越来越好。你不要轻易放弃事业，不要让所有对你刚刚燃起希望的人再次失望。周西，你明明可以很好的。”

“我知道。”

“我把李欣导演的剧本给你发送过去了，你有时间看看。另外，有个综艺节目找你，你想不想参加？”

“片酬多少？”

“是推理类冒险综艺节目，热度很高，你本来就是S大毕业的，适合你。录一期综艺节目，五十万元。九月底开始，正好你这边《深宫乱》拍完，过去玩一期后，回S市拍广告。”

“好。”

“你跟陆北尧，确定没有关系了？”

“没有。”周西把车停到路边，把维生素的瓶子倒干净，拆开药盒把里面的药倒进维生素瓶子里，“我有一些事需要跟陆北尧确认。确认完了，我们不会再有关系。”

“陆北尧最近也挺作的，再这样作死下去他就身败名裂了。”萧晨十分嫌弃地嗤了一声，“你以后少跟他来往，没准他会狗急跳墙拽着你，把你拖下水。”

“萧晨。”周西突然开口道。

“什么？”

“你可以骂我，但当着我的面骂陆北尧，我会跟你翻脸。”

周西的声音很冷静，但很低沉，这是萧晨认识她以来，听她说过最重的一句话。

“当初是我追求陆北尧的，是我捆着他跟我恋爱。现在我跟他分手了，我们是和平分手，互不相欠。”周西郑重地道，“我当你是朋友，希望以后不要再听到这样的话。”

周西原本打算回家一趟的，因为萧晨的一个电话，她直接赶往横店，继续拍戏。

《深宫乱》的剧情越来越激烈，皇后的家族联合朝臣逼皇帝立大皇子为太子——如果储君不稳，国家根基就不稳，民心也就不稳，而且大皇子眼看着成年了。结果，大皇子死了，中毒，惨死在宫中。

身穿锦衣凤袍的皇后突然听到这个消息，不堪打击，摇摇欲坠，凤钗随风飘摇，远处似乎响着号角，她唯一的希望没了。她明艳的脸瞬间变得苍白。她愤怒到了极点，明明已经退让了——她没了爱情，退到了宫中，可如今连孩子都没了。

一身红裙的皇后铮的一声抽出长刀，她的贴身大宫女扑过来抱住她的腿。她自幼习武，在爱上皇帝之前，骄傲得不可一世。她为爱折断翅膀，入了这牢笼。如今皇帝这是想要她的命。

“皇后娘娘，切勿冲动！”宫女眼泪长流。

皇后父亲的人跪在地上，声音悠长悲戚：“娘娘节哀！”

皇后的周围跪倒一片。

风掀动她鲜红色的裙摆，一如当年她策马在草原上那般艳丽，时间却再也回不去了。她的骨头被打断，她的尊严被践踏。长刀掉落在地，她缓缓地倒了下去，倒在了青石地板上。

陆北尧想冲上去抱住周西。红色的宫墙，青色的琉璃瓦，她身边是太监、宫女的哭喊声，她的尊严被无情地碾碎。她那么脆弱，躺在地上，双目紧闭。夜色深沉，烛火照不亮这铺天盖地的黑暗。

郑荣飞喊停，周西从地上起来，垂着头不知道在想什么。

陆北尧喉结滑动，攥紧手退后一步，强迫自己站在原地。他戴着口罩，只露出眼睛。片刻后，他转身大步就走。

天空飘起了小雨，夜幕沉重，天地之间全是黑暗，陆北尧从宫城走到前门停车场，便一身潮。他走到车前停住脚步，抬手抹脸，手心潮湿，满眼水雾。不管周西将来跟谁在一起，谁敢负了周西，他就杀了那个人。

九月二十五日，周西拍到了《深宫乱》中皇后的最后一场戏。皇后的哥哥死在了战场上，是皇帝找人暗杀的。她万万没想到，哥哥为皇帝征战沙场，前面是敌军，身后却是皇帝的刀剑。她爹比皇帝晚了一步，被困在了府中，到底还是不够狠。皇帝赐她爹一死，以保全她家族的名誉。

坤宁宫被禁卫军看守，皇后虽没被废除，但与死人无异。她的姑妈已经去世，她身边只剩下一个瑟瑟发抖的宫女。一身素白的皇后靠在墙柱上，寒冬腊月，房间里冷若冰窖。

"娘娘，喝一点儿汤吧？"宫女忠心耿耿地道。

皇后挥手就是一耳光："滚！"

宫女诧异，一向待她宽厚的皇后怎么了？宫女的泪含在眼里。

宫门外传来一声响："赵贵人到——"

赵凌雪得了势，前来讽刺皇后。皇后把宫女打出门外，把一个茶杯扔到了赵凌雪脸上。

江乔气得咬牙切齿，跪了周西快三个月，最后一幕戏，还被周西砸了一个茶杯。

"皇后娘娘，发什么脾气呢？"

宫女还要往回爬，皇后手里的瓷器就砸到了她身上。皇后目光狠毒，如疯如痴，一脚踢在她身上："吃里爬外的东西！"

这是皇后唯一能保住的人。皇后要让她活下去。

赵凌雪还想上前，皇后看了过去，目光狠毒。

"皇后，妹妹是来看看您这里还缺什么？既然什么都不缺，那您保重。"

赵凌雪退出去，突然看到了站在暴雪中的皇帝。他一身明黄，站在黑暗中，静静地看着发疯的皇后。赵凌雪跪了下去，俯伏在地。

皇后唱起了一首草原小调，声音悠扬。大雪纷纷扬扬，烛火在风中摇曳，太监、宫女跪了一地。原本剧本中没有这一段，是临时改的。

雪落到肩上，皇帝依旧站着。

歌声落下，一条白绫从空中飘下，在寂静中翻飞。女人踩着木凳上去，清泪从眼角滑落。远景镜头中，女人一身素装摇摇晃晃。女人以为年少时的一瞥便是一生，一腔真情，终究错付。

长长的宫灯延伸到了远处，高高在上的男人一身明黄，雪落满了肩，他依旧面无表情地看着。最后一个爱他的人烟消云散了，从此，这世间再没有人爱他入骨。最是无情帝王家，最是残酷君王爱。

“郎骑竹马来，绕床弄青梅……十五始展眉，愿同尘与灰……感此伤妾心，坐愁红颜老……”

冰天雪地，一曲小调悠扬地回荡在风雪深处。

风雪尽头，皇帝似乎看到曾经的少女一身火红，策马而来，笑声清澈。一声声诉说着思念，一声声叫着他的名字。少女爱得坦坦荡荡，不掺杂一丝杂念，炽热如火，滚烫地燃烧着。

愿他们来生再不会相逢。

“皇后崩逝！”太监尖厉的声音穿透寂静的夜空。

冷酷无情的君王，清泪滑落。

“西姐杀青！”郑荣飞拍着手上前，用力握住周西的手，狠狠地晃了一下，“你是个好演员，我没有选错人！”

演员杀青是要拿红包的，图个吉利。

郑荣飞把红包塞给周西，抹了一把脸，转头泣不成声，一头扑到副导演的肩膀上：“好！真的好！”

“恭喜西姐杀青！”苏晨严从外面进来，把一束向日葵递给周西，“恭喜！”

苏晨严的眼睛通红，显然是刚哭过。他已经可以想到，这个剧播出后，胡应卿会被骂成什么样。

苏晨严在剧里的角色和皇后一前一后“下线”，皇帝逼死皇后之后，能忍受祸乱后宫的人吗？下一集苏晨严就领便当了。

“恭喜周西杀青。”胡应卿走进来，还在剧的情绪里，嗓音有些哑。

“啧！”苏晨严鄙夷地看向胡应卿，“渣男！”

江乔刚走过来，苏晨严抬头：“般配。”

江乔没忍住，手里的剧本砸到了苏晨严的后脑勺儿：“笨蛋。”

“恭喜西姐杀青。”

周西看向江乔，片刻后，抬手抱了一下江乔。

没有人纯粹坏，也没有人完全圣洁。这世上，没有人没做错过事、没走错过路，没有人能做好每一个选择。人要坐得端端正正，行得坦坦荡荡。

江乔愣了一下，随即泪就滚了下来，用力地抱住周西，宫女的扮演者也过来抱住周西，三个女生抱头痛哭。

皇后死后，皇帝留了这个宫女——皇后到死都想保护的人一命，将其送出了宫，这是皇帝唯一心软的时候。这深宫之中没有赢家，每个人都是输家，无论是活着的人还是死去的人。下场最好的反倒是这个一心向主的宫女，出宫后嫁了个老实憨厚的男人，度过了平淡的一生。

皇帝和赵凌雪互相算计，赵凌雪到死都没有亲生的孩子。青黛诅咒她一生孤独，坐上太后的位置，养着仇人的孩子。她的第一个孩子就是皇帝杀的，当时皇帝为了陷害皇后。

江乔后面还有戏，去化装准备了。周西原本打算换好衣服就走，但看到皇后的盛装挂在中间，便走上去抚摸。

皇后永远死了，爱而不得。

“你想再穿一次吗？”郑荣飞问。

周西抬头看向郑荣飞，片刻后，扬起唇道：“好。”

晚上十点，《深宫乱》官方微博发出一张图片。纷纷扬扬的大雪，宫灯在风里飘摇，皇后一身盛装坐在高高的门槛上，托着脸看向镜头，盛装繁华，身后的宫殿却是寂静的。她坐在台阶上，退去了皇后的伪装，摘到了高高在上的面具，眼睛清澈。配文道：“深宫高墙，君王情薄，求不得。周西杀青。”

随即胡应卿转发这条微博，却什么都没说。

苏晨严转发这条微博，并配文：“恭送皇后娘娘。”

粉丝：“苏晨严你在干什么？喂，你在剧里不是太监啊！”

这张照片拍得太美了，《深宫乱》的摄影师很会拍周西的美。照片放出来之后，评论区多是吹捧的话。

“这张照片有种繁华落尽、天地寂寞的空旷感，看上去让人有些难过。”

这条微博转发了七万条，评论三万条，热搜第十四位。

周西换上自己的衣服，认认真真地把最后一件衣服叠起来，还给管理服装的工作人员：“谢谢。”

孟晓的电话打了过来，周西接通。

“恭喜杀青！”孟晓的声音冲出来，“你这张杀青照拍得很美，剧组很用心！西西，你要大红大紫了。”

孟晓原本打算到现场看周西的杀青戏份，但临时要签合同就没过来。

“还早着呢，不要激动。”周西往外面走，天空飘起了小雨，秦怡递给她雨伞，她摆手拒绝。

周西很喜欢这样的细雨，像是为皇后送别。

“你怎么这么冷静？”

“晓晓。”周西顺着潮湿的台阶往下走，夜晚寂静，仿古建筑仿佛一个个怪兽伫立在黑暗之中。红墙青瓦，墙角绿苔，空气中弥漫着潮湿的泥土气息，“你有没有发现，我跟以前不太一样？”

“你变得更好了，更美了，更勇敢、自信，更有担当。”孟晓说，“西西，你长大了。”

周西一笑，眼里闪烁着泪：“你喜欢以前的我，还是现在的我？”

“不都是你吗？”

周西一愣，泪就从眼眶滚了下去。周西停住脚步，看着不远处靠在栏杆上的男人。细雨蒙蒙，他没有撑伞，穿着黑色衬衣倚靠在白玉栏杆上，修长、骨节分明的手指间夹着烟，斜斜地抵着一边的台阶，静静地看着周西。夜幕在他身后铺开，灯火在他身后零星地闪烁着。

“傻的是你，精明的也是你，全部都是你。是你我就爱！”孟晓的声音仿佛钻天猴，在周西的耳朵里热闹地炸着，“你们这个剧什么时候播？我可以想象，播出后会有多火爆。”

周西进组时是初夏，现在已入秋，阳历九月底，阴历八月，哦，明天是八月十五。往年她都会去找陆北尧过八月十五，无论天南海北，都会带着月饼去找陆北尧。如今，物是人非。

细雨裹挟着秋的寒气，陆北尧以前很少这么斜靠，他永远站得笔直，沉默寡言，身上没有什么温度。

读大学时，周西跟他不同系，上课时间不一样，因为周西要求他每天跟自己一起吃饭，有时候他先下课，周西出教室就能看到他站得笔直。有时候，他背着黑色背包——他要去做家教或者打工就背着，吃完饭直接走；有时候，他什么也不背，单手插兜站着。周西会狂奔向他，心跳飞快，内心炽热。走到他面前，周西却装得一本正经，假装对他背包上的毛绒兔子感兴趣，抓着他的背包，像是牵着他的手一样满足。

陆北尧的背包上有一只粉白色毛绒兔子挂件，挂了三年。黑配粉，诡异的色彩搭配，在校园里是一道亮丽的风景线。后来他成名了，被迫成为时尚男孩儿，身上再也没有出现过那么奇怪的色彩搭配，他也很少站着等周西了，他们再也没有去过学校食堂吃饭。

现在周西用旁观者的目光看，当时陆北尧应该也是喜欢她的，不然谁会一天到晚没事干陪一个女孩儿吃饭？只是，年少时的喜欢太纯粹，禁不起风雨，他们长大了，纯粹的爱成了奢侈的事。他们之间隔着山海，各奔东西，越走越远。

他将一支烟抽完，把烟按灭，从口袋里拿出口琴。

他当年被迫参加选秀，是靠脸被经纪公司签下来的，实际上什么才艺都没有——唱跳全不行，对音乐一窍不通。吹口琴还是周西教他的，他学东西特别快，最后吹得比周西这个师父都好。

寂静的深宫，高墙深院，雨越下越大。身穿衬衣的男人握着口琴，靠在湿漉漉的栏杆上，吹着《喀秋莎》，悠扬热烈的口琴声在黑暗中飘荡。他第一次吹这首曲子是在选秀节目现场，当时效果很好，让他脱颖而出。

这是他第二次吹。

“周西，你还在吗？”孟晓说，“你在干什么？这年头还有人吹这么老的曲子？街头卖艺的？你在外面？今天你那边应该下雨了吧？你怎么还在外面？”

男人垂下眼帘，睫毛潮湿，俊美的脸在雨中更加沉静。雨水打湿了他的衣服，他依然静静地吹着口琴，口琴声飘荡在黑暗之中。

“谢谢你的爱，谢谢你，孟晓。我等会儿再跟你聊，我这边有点儿事。”周西嗓音沙哑，挂断了电话，不敢高声说话，怕哭出来。

秦怡上前给周西撑起了雨伞，雨点打在伞布上发出声响，周西还看着不远处的那个男人。

最后一个音结束，陆北尧握着口琴看向周西：“恭喜杀青。”

周西抿紧了嘴唇，漫长的沉默后，转身就走。

"中秋，记得吃月饼。"今天《民国探案录》剧组发了月饼，陆北尧看着那些月饼，想到有一年，网上新出了猎奇月饼，周西好奇买了一堆。她又不爱吃甜的，全是掰开尝一下馅儿就放在那里了。陆北尧珍惜食物，为了避免浪费就负责扫尾，最后吃到想吐，勒令她以后不准再买这些奇奇怪怪的东西。

周西还学着做过冰皮儿月饼，那个口感，跟以前贴春联用的糨糊差不多。当时陆北尧在新疆拍戏，她坐完飞机又坐车，辗转八个小时才赶到片场，把软成糨糊的东西小心翼翼地拿出来。看着她期待的眼神，陆北尧鼓起勇气吃了一口，巨难吃，但最后陆北尧还是把所有的冰皮儿月饼都吃完了。如果陆北尧不吃，她肯定要尝，她的肠胃不好，吃完一定会生病。

陆北尧和周西在一起过了七个中秋节，这一次，没有跟周西一起过。陆北尧掰开一个流心月饼，想把馅儿给周西尝尝，回头，身后空空如也，他看着周西离开，抬手抹了一把脸，继续吹口琴。

周西杀青了，陆北尧站在外面将周西拍的最后一场戏看完。他在这个圈子里混了很多年，认识不少人，算是一种便利，进入剧组并不是太难。他很想抱周西，很想把周西死死地圈在怀里，疯狂的占有欲在叫嚣，在肆无忌惮地冲撞，可最终被理智死死地按了回去，什么都不能做。浸湿的衬衣贴着他的身体，脊背轮廓分明，他抬起头看向远处昏暗的天空。

周西教陆北尧吹口琴时，只有一把口琴，他吹口琴时看着周西，满眼、满脑子都是周西。本来周西选的是另一首曲子，但他翻曲谱时看到《喀秋莎》，当即就喜欢上了。周西也像明媚的春光，也是这样浓烈、热情似火，燃烧着他的生命。原本激昂明亮的曲调在深沉的黑夜中演绎，竟隐隐有些悲伤。

周西一路走出门直接上车，萧晨打电话过来，她接过秦怡递过来的毛巾擦着发丝上沾染的雨水。

"萧总。"

"恭喜杀青！"萧晨说，"我去接你，明天去C市录综艺节目，顺便给你安排接下来的工作。上次给你的剧本，你看完了吗？"

"录完综艺节目我要请一周假，剧本我还没看，我怕我拍不好，先不轻易接戏。"

"你怎么会拍不好？只要你用心演都会很好。郑导都在夸你的演技，你的演技没有任何问题。”萧晨很意外周西会有这样不自信的想法，“周西，我是希望你适当谦虚，但没让你谦虚过头，你不要狂妄到以前那个地步就行。但此刻的你，可以适当地任性一点儿，这是你的资本。那个剧本你没看就先不要看了，我这里有个更稳、更扎实的剧本，是现代行业剧本，医疗题材，最近国家着力扶持，依旧是孟氏娱乐联合出品的，春雨制作，有著名导演执导，有大腕儿参演，虽然是演女二号，但这个女二号拍好了，收益会比一些言情剧的女主角要高。”

“我先请一周假，一周后再回复你。”周西不确定自己的演技会不会在治好病后消失，贸然接剧本是很不负责的行为。

“我们见面详谈吧。”

周西挂断电话后，手抵着下巴看向窗外的黑暗，看了许久，收回目光，百无聊赖地打开之前萧晨发来的电子版剧本，剧名叫《冠军》。她打开第一页，原本以为这部剧还走李欣上一部作品的风格——阴郁极端，血腥中透着潮湿。出乎意料，这些全没有，作品基调明亮，积极向上。内容是一个从小身体单薄、体弱多病、受人欺负的女孩儿，一路逆袭杀上国际赛场，拿下女散打王这个至高无上的荣誉。

周西看完剧本的前两页，就一头扎了进去，如饥似渴地看到第二天早上。当清晨的第一缕阳光洒进卧室，她站起来深吸了一口气，热血沸腾，这个剧本太好了。

周西给自己泡了一杯咖啡，打电话给萧晨，那边接得很快，萧晨说：“我在路上，马上就到。”

“我打算接《冠军》。”

“什么？”

“李欣的那个《冠军》。”周西把咖啡一饮而尽，有种预感，错过这个剧本一定会是她人生的遗憾。她心跳得飞快，很激动。她不知道自己治好病还能剩下多少演技，但不管剩下多少，都愿意为这份纯粹拼尽全力。她也可以等治好病再尝试接这个剧本，但怕到时候就没有机会了，“我可以降片酬接。”

半个小时后，萧晨见到有着明显黑眼圈，但目光明亮的周西。她穿着非常朴素的灰色卫衣，搭配一条牛仔裤，斜挎着流浪包，没有化妆，也没有戴口罩。也得亏她颜值高，肤白貌美，在阴沉的天空、暗色的背景、迷蒙的雨雾当中，美得十分有存在感。

萧晨摘下墨镜仔细地打量周西道："你这是什么造型？"

"我昨晚没睡，等会儿到机场我戴口罩。"周西拉开车门上去，从包里拿出眼罩戴上，"这样方便睡觉。"

萧晨靠近周西看，她真是连淡妆都没有化，颜值高就这么任性？想熬夜就熬夜，想不化妆就不化妆。

"朋友，哪个明星不拍几张机场照？你赶飞机是真赶飞机。"萧晨把新的口罩递给周西，司机和秦怡已经把行李搬完了。萧晨吩咐司机开车，转头对周西道："你一晚上没睡，干什么了？"

"看剧本。"周西冷静了半个小时，情绪已经平息下去，拉下眼罩，明亮的眼睛注视着萧晨，"《冠军》这个剧本写得非常好，故事非常完整，逻辑清晰，台词稳、准，还很风趣，和导演以前的风格完全不同。"

前排的秦怡把插上吸管的牛奶递过来，周西接过来喝了一口："谢谢。"

"我觉得这个电影拍下来，肯定能火。"

"剧本确实不错，我看过，但爆就不要想了。你没有什么作品，目前只拍过两部剧，剧和电影是两个世界，你没有票房号召力，李欣更没有。我一开始建议你接这个剧本，是觉得可以冲一下奖，但那是在没有选择的情况下，现在这个电影的档期跟医疗剧冲突，我建议你接剧。这部剧的剧本更稳，团队根基深，你搭档的演员是大腕儿。这部剧还是上星剧，现在拍完明年三月在三个电视台播放，版权已经卖了。"

周西抿了下唇。

"给你的片酬很高，拍完到手将近一千万元。"

周西没有拍过电影。电影和电视剧是两个世界，她很清楚这个界限。当年陆北尧拍电视剧，收视率还算稳，在电视剧市场是有地位的，但去拍电影，票房惨淡，直接导致他身价大跌。

"我不能同时接吗？"

"两边的戏份都很重，不可能同时接，你一个新人演员轧戏是走死路。"

"我先看看剧本吧。"

萧晨从包里取出医疗剧的剧本递给周西，说道："决定权在你。"

周西原本打算在飞机上睡觉，但因为萧晨的这个剧本，继续撑着眼皮看。这个医疗剧的剧本是不错，但女二号的最终剧情落了俗套。

女二号是从小遭受重男轻女家庭的荼毒，坚强地承受着一切，最后考入医科大学，一路打拼最终成为优秀的外科医生。中间掺杂着家庭伦理、所谓的现实向爱情、男朋友劈腿等，最后俗套地大团圆结局。

这类剧收视率一直都很稳，有着非常强大且稳定的观众群体。导演和主演都是拍家庭伦理剧、社会关系剧出名的，他们的收视率没下过1%。

上午十点半，飞机落到C市机场。周西戴着帽子和口罩，把医疗剧的剧本还给萧晨："我打算接《冠军》，多少钱我都接，你跟导演联系。综艺节目录完，我休息一周，休息结束我随时可以进组。"

"你确定？"

周西点头。

"那好，我去回复《冠军》的导演。"

不远处有人喊了一声："西姐！"

周西回头，一个女生正拿着手机对着她拍照。女生笑着道："西姐！你真人好瘦、好美！"

"谢谢，你也很美。"

女生抱着身边人的胳膊，捂着嘴发出尖叫声，周西点了点头，继续往前走。萧晨已经无语了，周西不化妆还敢跟人打招呼，真是有颜任性！

"今晚原计划跟《极限推理》节目组的导演吃饭，我看你现在这个样子，大概也吃不了。你回酒店睡觉吧，明天下午三点开始录制《极限推理》，一共要四五个小时。节目结束之后，给你放一周假。十月八日拍广告，需要三天时间。之前，《冠军》打算十一月开机，我跟他们那边沟通吧，看看具体时间。"

"好。"

"放假期间需要助理跟着吗？"

周西摇头："私人假期，私人行程。"

"那你放假这几天老老实实在家待着，不要出去，不要搞负面新闻。"萧晨怕周西像以前一样动不动一个"雷"，炸得整个团队四分五裂。

周西点头。

周西到酒店洗完澡，倒头就睡。

她是在手机铃声中醒来的，打电话的是苏晨严。周西闭着眼睛接通电话，脸还埋在被子里。

“你也在 C 市？”

“嗯。”

“来录节目的？”

“嗯。”

“录什么？”

周西睁开眼睛，把手机拿到眼前，看到时间是上午十点半，重新把电话放回去：“你有事？”

“我也在 C 市，来录《极限推理》的，看到有路人在微博上发你的照片，照片的拍摄地点是 C 市机场，晚上一起吃饭吧？”

“你不是在横店拍戏吗？”苏晨严也来了？

“我杀青了，我演的角色昨晚被砍头，我的戏份结束了。”苏晨严毫不忌讳砍头这个事，大大咧咧地说，“晚上我们一起去吃小龙虾？我知道一家店，小龙虾绝对好吃，你一定会惊艳的。”

“我不吃辣。”周西坐起来揉了一把头发，“我也是来录《极限推理》的，我们不会是一期吧？”

“《极限推理》的最新一期。”苏晨严说，“小龙虾有不辣口味的。”

那就是了，她和苏晨严录同一期节目。综艺节目里有个熟人会好玩很多，她在娱乐圈没什么人脉，参加综艺节目没有认识的人，很容易尴尬，有个熟人也挺好。她跟苏晨严又聊了两句后，挂断电话，起床。

这种娱乐性综艺节目不需要彩排，大家跟着《极限推理》节目组设定的剧本走，中间的推理部分如果嘉宾有精彩表现会增加节目的娱乐性。节目组有化妆师，她不需要化妆。周西洗漱完，秦怡就把午餐送到了房间，她匆匆地吃完午饭坐上车跟萧晨前往电视台。

萧晨把今天参加综艺节目的名单递过来：“节目组固定嘉宾四位，你看一下他们的履历，别到时候不认识人，让人认为你要大牌，每周飞行嘉宾的人数不定。节目是推理闯关游戏，节目组会给一部分线索，其他的要嘉宾自己理解。你不用太担心，题目不难。”

周西看了一遍游戏规则，推理游戏为了提高观赏性设置了闯关部分，一共四个空间，拿到答案进入下一个空间，失败者被淘汰。

周西觉得没什么难度，以前和陆北尧玩过太多次这类游戏。陆北尧曾经在这类游戏的高玩区通关过，玩游戏的胜率很高，只不过后来忙，不玩了，她一个人玩也没有意思，才放弃这类游戏。想到陆北尧，她恍惚了一下，立刻转移注意力："今天的飞行嘉宾有苏晨严。"

"苏晨严？他在《深宫乱》的戏份拍完了？"

"嗯。"周西点头道，"我早上接到苏晨严的电话，他也过来录节目。"

"苏晨严是不是在追你？"

周西一惊，抬头道："他就是我的弟弟。"

苏晨严之前开玩笑似的提了一句，周西根本就没当真，就算他再投胎一次，周西也看不上他。

"不建议你现在谈感情，这种年轻男艺人更不要碰。"

周西体验过了，陆北尧粉丝的疯狂程度在娱乐圈内排第一。

"苏晨严在微博上力挺你，有的人就很不满意了，暗中搞事，在论坛上给他的团队施压。"

"亲妈也管不到这个分儿上吧？"周西蹙眉，说了一句后也就住口了。话只能说到这里，她是得利者，说多了显得她得了便宜又卖乖，不知道最后会演变成什么样。

"大家明哲保身吧，以后，这些也是你要面对的。你在《极限推理》节目里要与苏晨严保持距离，你处于上升期，不要招惹他。"

周西点头。

周西也不想跟苏晨严有过多的接触，但是在《极限推理》开始录制时，苏晨严就跟她凑对了。

她很少参加综艺节目，因为总被骂，时间久了就对综艺节目产生了恐惧感。除了一开始主持人介绍了一下她，之后只有苏晨严跟她说话，常驻嘉宾完全不搭理她。好在游戏很快就开始了，她并没有尴尬多久。玩家分成四组，大家同时从不同的房间出发，最先到达控制中心的人胜出。

她跟苏晨严分到了一组，他们这一组一共四个人：周西；苏晨严；一个常驻嘉宾，女团出身的，看起来一脸单纯，叫小七；还有一个推理大神，是网红，叫玖月。

《极限推理》节目组一直在介绍玖月，小七一脸崇拜地看着玖月，他们这一组所有的希望都在玖月身上。

苏晨严常年被人骂没文化是有原因的。苏晨严曾经参加综艺节目，写得一手狗爬的字，一句古诗写错了两个字。不知道他这次为什么会这么想不开，来参加推理综艺节目。

他们这一组，“老弱病残”都有。抽签结果出来后，其他三组喜气洋洋的，像是终于甩掉了包袱，愉快地进入了闯关环节。

他们这组互相看了一眼，玖月先走进了答题区，周西走在最后。

身后的门关上，灯全灭了，整个空间一片黑暗，忽然传来两声尖叫，一男一女，周西的胳膊被抓住，凭着力道她推测是苏晨严。电流声响起，随即房顶亮起一盏灯，灯光一下一下地闪烁着，房间响起 NPC（非玩家角色）的声音。房间里一共有四扇门，每扇门上都贴着数字，只有一扇生门，推错门游戏便结束了。周西观察了一下，这一题是数学题。

“节目组也太狠了吧？”苏晨严一脸蒙，从小到大数学考试的分数加一起也没有一百分，这让他再一次想到出发前经纪人发自灵魂的质问：你为什么要去自取其辱？“这都是什么？节目组是让人闯关还是要人死？”

第二盏灯亮起来，闪烁的频率不同，随即亮起第三盏灯、第四盏灯，灯闪烁得凌乱。除了周西，其他三个人皆是一脸蒙，《极限推理》节目组太过分了吧？这次玩这么大？“推理大师”已经坐在地板上开始冥想了。

“基础数独，空出来的那部分对应门上的数字。”周西转身，冲还捂着耳朵瑟瑟发抖、不知道往哪里躲的小七说道，“笔借我用一下，记录灯闪烁的次数。”

玖月停止了冥想，看向周西。

苏晨严的嘴张成了 O 形：“什么？”他完全听不懂，仿佛在听天书。

周西穿着黄色及膝的裙子，肤白秀气，长发披散，气质优雅冷静。她握着笔记数字，看了苏晨严一眼，嗓音轻快地道：“这个房间的主题是数学，灯闪烁的次数就是数字，这个题目是数独，往下推理就好了。”

她之前刚接触这个游戏时，很没有耐心，过不了关就烦躁地想摔手机，陆北尧从后面抱着她，握着她的手一步步地教。她的记忆渐渐清晰，忽然有种很不舒服的感觉，陆北尧握着她手的感觉清晰分明——那层雾渐渐散去了。

她抿了抿嘴唇，调整情绪继续在纸上写数字。现在的她逻辑更清晰了，药物使她的病情得到了控制，暴躁情绪减轻了，也多了耐心。

苏晨严一脸蒙，你在说什么？

《极限推理》节目组的导演原本打算递答案给玖月，他们想捧玖月，炒作天才大神。答案还没递出去，周西就把题解出来了，不到十分钟，率先带队进入了第二关。

“周西挺让人出乎意料的，她竟然比玖月算得快。”导演把镜头切到第二个房间，其他三组表现平平，目前来说周西更有潜力，他拿出对讲机指挥摄影组多拍周西。

“周西本来就不应该被低估，她和陆北尧是同学，S 大毕业的。”制片人开口道，“是娱乐圈中演员学历的金字塔塔尖了。”

苏晨严在来之前以为周西和他差不多——学渣，如果有可能的话，他在危险中挺身而出做护花使者，还能让周西看到自己的男子气概。事实证明，只有他是“青铜”，在周西面前，这辈子都不可能有男子气概了。

第二关进门是悬梯浮柱，周西迟疑片刻，抬腿踩上第一块浮柱。这道题是英语题，根据房间的提示语推理单词。字母浮柱组合到一起的单词就是正确的单词，他们找到正确的字母浮柱组合就能走出去，其实很简单。

苏晨严死死地挂在周西的手臂上：“西姐，你不会松手的，对吧？你会选对的，对吧？”

《极限推理》节目组为了给艺人增加心理压力，故意在柱子下面设计出悬空的效果，看上去非常高。

周西回头看了一下苏晨严，忽地松手，他一声惨叫转头抱住玖月。周西唇角上扬，张扬明艳地笑了，踩到下一块柱子上：“过来。”

苏晨严恐高，抱着玖月不松手，玖月寸步难行，游戏都没办法继续了。周西看了苏晨严一眼，走过去伸出手：“快点儿，时间不多了。”

苏晨严迟疑片刻，跟着周西走过去。他头晕目眩，心跳加速，这回不是因为恐高，而是为周西心动，他说道：“西姐，你怎么做到的？”

周西好歹也是读过大学的，仅十岁前的知识储备量，也足够玩这些游戏了。她拍了一下苏晨严的肩膀，转身走了。苏晨严转头看玖月。玖月也拍了一下苏晨严的肩膀，摊手。最后苏晨严和小七四目相对，都是一脸蒙。用时二十分钟，周西结束了全部闯关，分别跟三个队员击掌，微一抬下巴，长发飞扬，英姿飒爽。

主持人鼓掌笑着上前：“西西表现得非常棒，我们有《极限推理》同款游戏，可以线上玩，你是不是老玩家？”

陆北尧是个很闷的人，读书期间很少玩游戏，每天都是工作、学习。工作期间，周西不能打扰他；学习时，周西可以给他打电话。打电话又不能天天聊那些风花雪月的事，毕竟他明确地拒绝过周西的告白，为了掩饰，她就每天拿各种各样奇怪的推理题目去找他。他的逻辑思维很好，声音清越，讲得非常细致，会给周西讲解每一个推理步骤。周西大学期间的话费有三分之二花在他身上，剩余三分之一是给孟晓打电话聊他。

“曾经是。”周西捋了一下耳边的头发，笑着道，“后来带我玩游戏的那个人走了，我就很少玩了。”

“嗅到了八卦新闻的气息？”主持人的目光亮了起来，“你能透露一下是谁带你玩游戏的吗？”

周西笑笑没有回答，主持人也没有再追问。她身上的娱乐效果一般，主持人很快就去采访更有话题的苏晨严了。

晚上八点录制完综艺节目，周西直飞S市。她没有回家，将行李放在孟晓那边，住进了医院。她本身就有精神上的问题，在遇到严重打击后应激走上了另一种极端。对于她来说，这是好的结果，毕竟她没有像她妈妈一样彻底发疯，在极端的情况下选择了自救，强行把自己分离出来。这种强烈的自我意识，也就让治疗的难度增加了，没有什么特别有效的治疗方案，只能吃药控制情绪，以防进一步分裂。心理医生的心理干预对她来说无效，她本能地抗拒所有的心理干预。那件事很痛苦，她不愿意触碰。

在精神科住院对病人的心理承受能力要求特别高，周西住了一周就不愿意再继续住了。她没有发展出危险性人格，是可以出院的。

周西在孟晓家把所有的药物用维生素瓶子装好，孟晓不在家，这里相对隐秘，能保全隐私。她拎着袋子出去扔，开门跟孟辰正面碰上。周西吓了一跳，孟辰也吓了一跳。

“你怎么在这里？”周西和孟辰同时开口道。

孟辰往后退了半步，笑着道：“你先说。”

“我家里不太方便，我这几天住在孟晓家。”

孟辰拎起手里的袋子，扬了一下：“晓晓晚上回来，小婶怕她回来太晚饿着，特意差遣我过来给她送吃的。”

孟晓的爸妈都已内退，厌倦了城市的喧嚣，搬到郊区去了，天天养鸡、养鸭、开荒、种地，忙得不亦乐乎。

“孟晓晚上回来直接去我那边，董阿姨在，会给她煮面吃。”周西一只手拎着袋子，一只手推着行李箱，“她好久没回来了，家里都是灰，等保洁阿姨打扫完卫生才能入住。”

“袋子里面的东西都是半成品，先放你那边？”孟辰说。

周西怎么感觉她把自己装里面了呢？

“我帮你拿行李箱。”孟辰上前一步拎走了周西的行李箱，周西迟疑了片刻才跟上，路过门口的垃圾桶将袋子扔了进去。

“谢谢。”

“都是自家人，跟我不用客气。”孟辰看了看周西扔的袋子，收回视线，“你最近工作不忙了吗？”

“我接了你们公司的代言，明天就要进行拍摄了。”

“那辛苦了。”孟辰笑着道，“改天请你吃饭？”

孟辰公司将这个代言给周西明显是照顾周西，她也笑着道：“我还要谢谢孟总给我代言，拍完广告，孟晓也在，我们一起吃个饭？”

孟辰的笑收敛了几分：“也好。”

孟辰把周西送到门口，说道：“我还有事，就不进去了，改天我再上门拜访。”

“那不打扰你了，你忙。”

孟辰今天空手来的，不好意思进周西家。

周西进门，孟辰单手插兜，看了片刻，转身往回走。他的车停在孟晓家门口，他刚要上车，目光扫到垃圾桶，动作顿了一下，关上车门走了回去。

周西进门就被董阿姨抱住一顿狂揉。周西挣扎着转过脸，看到坐在轮椅上激动地试图往这边扑的周启宇，笑了起来。

“西西？”周启宇现在已经能认识人了，话也说得利索了，哽咽着道，“我想你。”

周西鼻子一酸，过去抱了一下周启宇，摸了摸周启宇长出来的头发，在旁边坐下：“我忙完就回来了。”

“小北呢？”周启宇哭够了，红着眼睛往她身后看。

她一顿，道：“他以后不会再来我们家了。”

周启宇倏地抬头，愣愣地看着她：“什么？为什么？我以后不会再拖累你们。我快能走路了，能走路以后就可以出去工作了。”

他说着泪就滚了下来：“我不会给你们增加负担。”

周西听得很难受，捏了一下周启宇的耳朵：“你不是我的负担，永远都不是，胡说什么呢？”

周启宇低头抹眼泪。

“生病了，跟个孩子似的。”董阿姨推了一下周西的肩膀，让她不要说了，“晚上西西是不是有节目？我看晓晓发在朋友圈了。”

自从孟晓和董阿姨互相加了微信，董阿姨仿佛找到了组织，两个人在朋友圈疯狂刷屏。

“《极限推理》，今晚八点播出。”周西抽出纸给周启宇擦眼泪。

“那小北——”

“你别北了，你也疼疼西西吧，她最近可辛苦了，要撑起整个家。”董阿姨说，“西西回来一次不容易，你们多聊聊自己的事。锅里炖着汤，我给你们一人盛一碗。”

董阿姨离开，周启宇揉着眼睛又要哭，周西坐在他旁边：“你养我长大，我给你养老，我能赚钱养家，你不要多想。”

“你工作辛苦吗？”周启宇看着消瘦的周西很难受。他想尽全力保护周西长大，一辈子不被人欺负，不受经济困扰，可最后还是没能护住她。周西没有什么生存能力，他想多给她留点儿钱，可越想留钱，到最后越是一无所有。

周西摇头：“不辛苦。”

周启宇还想说什么，周西剥开桌子上的橘子，随手塞给他一瓣：“这次回来陪不了你多久，我明天就要去拍广告了。你好好养病，做康复训练时不要偷懒，配合医生减肥，少吃甜——”

周西看着手里的橘子，猛然清醒，转身试图拿回橘子。给周启宇什么不好非要给橘子？橘子糖分那么高，周启宇不能吃。

周启宇迅速把橘子咽下去，一脸无辜地看着周西：“谢谢女儿。”

最近大家不让周启宇吃糖，他都快馋疯了。

晚上《极限推理》播出，收视率达到了1.2%，是时段收视率冠军，最近同一时段其他节目的收视率都不怎么样。周启宇和董阿姨一起看节目，两个人夸了一晚上周西，主要是董阿姨夸，周启宇附和。

凌晨孟晓才回来，直接住到了周西的房间，第二天周西是被孟晓说话的声音吵醒的，迷迷蒙蒙地睁开眼睛看过去，孟晓正在打电话。

“能不能骂死那个笨蛋？不能骂死的话，你自己死吧。”

孟晓满口“芬芳”。

周西蹙眉睁开眼睛。窗帘只剩下一层纱帘，阳光洒进来，她抬手遮住光看向孟晓，说道：“出了什么事？你的脾气怎么这么大？”

“昨晚《极限推理》中有一段剪辑，给你和苏晨严画了个爱心，有些人气坏了，在网上抹黑你。他们还去‘森林少女’官方微博下面抵制你。”

“啊？”周西蒙了几秒。什么？为什么昨天她全程看完《极限推理》都没觉得剪辑有问题。

“你在跟谁打电话？”

“你的后援会中负责公关舆论这块的人，是你团队的人。”

周西还没孟晓知道得多。她每天接触的只有助理和萧晨。她的团队是什么东西？她都没见过。

“这件事上热搜了？”

“苏晨严上热搜了，我怀疑是蹭你的热度。”

“他比我红好吗？你能不能有点儿逻辑？”

“可是你昨天在综艺节目里的表现非常好，帅爆了。”

周西拿出手机，打开微博，被铺天盖地的评论吓到了，评论区一晚上多了十万多条评论，打开评论，瞬间奓毛。

“这群疯子，竟然去汽车城官方微博下刷抵制了！真是愚蠢！”

周西打开汽车城官方微博，只见它可怜兮兮地挂着一个蓝V。汽车城官方微博发的其他微博下的评论才几条，最新公布周西是代言人的这条微博下竟然有一万条评论。

发生这件事的根源是什么？

昨天《极限推理》节目播出后，周西和苏晨严在节目里的反差萌被大家截图出来开玩笑。周西一副冷静的御姐范儿，思维缜密，苏晨严在旁边，充分展现出了一个学渣的迷茫，无比搞笑。大家感同身受，纷纷大笑。

一开始苏晨严的粉丝只是阴阳怪气地说周西蹭热度，之后苏晨严又帮她宣传了几次。现在还有人支持他们这对，苏晨严的粉丝炸窝了……

周西的手机响了一声，跳出苏晨严的微信消息。周西打开，发现他从凌晨开始发道歉语音，一直发到现在。

“对不起，我这边马上发声明。很抱歉，给你造成了困扰。我本来想尽快将事情压下去，不打扰你，没想到发酵得这么快。”苏晨严带着浓重哭腔的声音传了过来，“对不起。”

这可真是的，“明星亲如一家，粉丝互相谩骂”。

“苏晨严跟你哭什么？他对他的粉丝哭去啊！”

周西起床，心里叹息，跟孟晓说道："你也别火上浇油了，等苏晨严那边处理吧。"

"你就这么白白让人骂？"

苏晨严少年成名，一直没有恋爱绯闻，仿佛谁都配不上他，更别说周西这种类型的女人——就是"老妖婆"。

"你别激动。"周西给孟晓顺毛，说道，"生气容易长皱纹，来，跟着我深呼吸：正常人不跟傻子计较！否则会被拉低智商。"

孟晓嗤笑出声，周西自从跟陆北尧分手后，越来越平和。

"你今天有工作吗？"

"有，要拍广告。"

"拍完广告有什么影视资源吗？要可以打他脸的好的影视资源。"

"我十一月要进组，拍李欣的新电影《冠军》。"

孟晓目瞪口呆了半晌："朋友？李欣是哪个犄角旮旯的导演？你为什么不接对你有利的剧本呢？女演员拍爱情剧、走仙女路线更容易受欢迎，李欣的戏太普通了。你这是刚燃的火直接被泼了一盆冰水。"

"你觉得苏晨严现在这样好吗？陆北尧好吗？"周西看向孟晓，"如果是胡应卿公布恋情，有几个人敢站出来反对？敢骂成这样的？"

周西最近想了很多，一直在想这个问题，看到《冠军》那个剧本，想通了一些问题："以前我以为我演戏是为了钱，现在非常确认，我爱演戏。"

孟晓看着周西，她笔直地站着，长发松松散散，貌美明艳。现在她非常理智，看事非常通透，她早就不是曾经那个浑浑噩噩、不知道梦想是什么的小女孩儿了。她长大了。

"可你会少很多代言、很多广告、很多粉丝、很多名气。"

"但我踏实，不会半夜做噩梦。"

苏晨严的粉丝闹了整整三天，苏晨严在微博上解释他和周西是朋友、是姐弟，随即《极限推理》节目组出来道歉——不该画那个心，这件事才落幕。

周西接下来的商业活动全部搁置了。她的人气没那么稳，原本合作方也是在观望，觉得她并不值得更多的投资，为了她得罪苏晨严的粉丝并不是明智的选择。他们一看这个情况都害怕遭到抵制，独善其身的道理每个人都懂。

周西拍完汽车城的广告，萧晨让她沉下心来好好拍戏。

她之前签下的《冠军》，阴错阳差反而成了最好的选择。其他的等《深宫乱》播了再说，没有强悍的作品打底，之后的一切就是“危楼”。

十一月一日，周西飞去广西。

广西在下雨，周西走出机场潮热扑面而来，飞机上和外面的温差很大。她脱掉外套搭在手臂上，来接她的是导演李欣。

他穿着红色T恤，扎着长发，看上去就是一个文艺青年。

李欣上来握住她的手一顿晃，说道：“我很欣赏你，终于见到你了，车在外面。”

《冠军》剧组这风格也太狂野了，导演竟然亲自接人！

周西收回手，李欣说：“还有其他演员，我们一起走，你不介意吧？”

周西签完合同收到了一百万元定金，现在开始怀疑剩余的一百万元能不能收到？她的目光下移，看到李欣脚上的拖鞋，感觉余款够呛了。

《冠军》剧组开了一辆别克商务车来，比周西想象中的好，她还以为这样的导演会开一辆大巴来。

秦怡去放行李箱，周西拉开车门，微一弯腰就跟车里端坐的男人对上了视线。他穿着黑色T恤，头发长出了一些。他黑了，戴着黑色口罩，只露出眼睛。车内空间有限，他无处安放的长腿微敞，横着，极占空间。

“西姐？”小飞从后排伸出手，“好久不见。”

周西抬了一下头，陆北尧是来拼车的？

“北哥，你们熟悉吧？”李欣坐到副驾驶座上，自顾自地说道，“那我就不介绍了。”

陆北尧和周西在一起生活了四年，他们熟悉吗？你说他们熟悉吗？

周西在想，如果孟晓在这里，陆北尧的头肯定保不住，孟晓能一炮把他轰到天上去。萧晨签合同的时候，李欣这边还没有定男主角的扮演者是谁，但《冠军》这部戏的女主角没有感情戏，所以周西就不太在意谁演男主角。

她没想到会是陆北尧！

陆北尧的眼睛动了一下，再抬头，目光沉静，把手伸过来：“好久不见。”

陆北尧的手指干净修长，手腕上戴着一块手表。这块手表是周西送他的礼物，价值三十万元。买完这块手表之后，陆北尧就把他的卡给了周西。

秦怡绕过来突然看到陆北尧，一向淡定的脸上出现了惊讶的表情：“需要我打电话给萧总吗？”

周西没看陆北尧的手，抬腿上车，直接坐到另一边。

秦怡看了看前排的李欣，又看了看陆北尧。陆北尧朝她点了一下头，她关上车门，坐到了后面。

周西拿出手机打算发微信给萧晨。《冠军》这部戏肉眼可见地会遇冷，她就是奔着拿奖去拍的。萧晨没陪她过来，现在不是直接开拍，剧组要先调教演员，毕竟拍的是散打题材，她得先跟着师父学学散打才能开机，萧晨打算开机之后过来。

她点开了对话框，片刻后，又把手机放了回去。

窗外细雨绵绵，雨水落到车窗玻璃上出现浓厚的雾气。周西抿了下唇，陆北尧这是真不打算回头了。

开了五个小时车，他们一行人到达一个小镇，车拐进大院。雨已经停了，空气中弥漫着青草混合着泥土的清新气息，不远处的高山一碧如洗，云雾缭绕。

院子中间有一个散打台，工作人员正在调试机器，他们看到李欣就打了一声招呼，李欣随手一指二楼说道：“上面的房间随便住，你们自己选，反正环境都一般。”

导演，你可真坦诚！

周西感觉这一百万元赚得艰难，关上车门，那边秦怡快步上楼，说道：“我先上去看看。”

“导演去年七月找过我，当时我想接，但那时候手里的钱比较紧张。”陆北尧低沉的嗓音响起，“没想到这部戏会等一年。”

周西倏地回头，陆北尧单手插兜，站在车前，他已经摘下了口罩，这荒山野岭的也没人认识他们。他身后是青山碧水、云雾缭绕，长腿敞开站着，又直又长，说道：“今年，导演又找了我一次。”

陆北尧接触到周西的目光，拿出手站直，微蹙俊眉，随即又松开：“电影拍摄期间的事会严格保密，拍完电影之后我们各走各路。”

当年周西追陆北尧，拍了一部戏，找陆北尧来演男主角，她在戏里大肆占陆北尧的便宜，借着戏把人占有了。

“你早就知道我签了这部戏？”

“上个月知道的。”陆北尧注视着周西，他克制着情绪，顿了一下，说道，“我的合同是八月签的，无论谁是这部戏的女主演，我都会拍完。”

陆北尧的意思就是：大家都是演员，商业合作，谁都不要多想。

周西转身走了两步，回头道：“陆北尧，你真嫌死得慢？”

陆北尧单手插兜，往后靠在车上，微抬下巴，唇角上扬，笑得略有些讽刺，但很快就收敛了，眼睛注视着周西，说道：“你怕我死？”

周西这回彻底走了，根本不想和陆北尧多说什么。

她上楼后被这里的环境惊呆了，这还真是非常简陋的房间。演员一人一间屋子，七八平方米。屋子里有樟脑丸的味道，她闻了都恶心。她想去洗手间，找了一圈在一楼看到一个公共洗手间。

周西在拍《深宫乱》时，住的是星级标准的酒店，还嫌环境差呢！这地方，简直了，她的演员生涯遭遇了“滑铁卢”。真是刺激！

周西站在大院里看忙碌的工作人员，李欣大步走过来，说道：“一会儿武术指导过来，是李浩老师。”

李浩拿过全国的散打冠军，是真正的运动员，《冠军》这个故事也参考了她的经历。

周西点头，暂时把所有的话都忍了回去。她再次看向那个洗手间，实在没勇气往里面走。

“你要去洗手间？”低沉的嗓音在周西的头顶响起。

周西抬头，陆北尧靠在二楼的栏杆上，叼着烟抽了一口。他披着灰色夹克大步下楼，一直走到周西面前，停住脚步，下巴微抬，目光停在周西的身上：“我带你去。”

陆北尧穿上了夹克，宽肩长腿，嗓音低沉：“后面有个单人洗手间，比较干净。”

“你对这里很熟？”

“我跟导演一起看的场地。”陆北尧推开后面的一个隔间，这里确实比较干净，贴着瓷砖，没有异味。他握着门把手，看着周西：“你现在有反悔的余地，你不想拍的话，不会算你违约，你还有选择。”

周西怀疑他想把着洗手间逼她同意：“我不做选择，是不是就不能进去？”

陆北尧退后让开。

周西指着门口道："你去外面。"

陆北尧注视着她，黑眸深沉。片刻，他把烟摁灭，迈开长腿走了出去。

曾经周西去陆北尧拍戏的剧组探班，那时他在野外拍戏，环境特别恶劣，剧组就那么几个移动洗手间，臭气熏天的。她嫌脏，陆北尧就开车带她找干净的空地，在旁边给她把风。

她认识陆北尧后，真是什么奇怪的事都经历过。有些东西像是透过薄雾缓缓涌出，和她的身体融合。

周西从洗手间出来，陆北尧单手插兜，站得笔直："你特别介意的话，我退出，违约金我来付。"

她在旁边的水管下洗干净手。

这个剧本她很想演。

她不想跟陆北尧合作的原因是什么？陆北尧是她的前男友，他们一起拍戏容易引起争议。

陆北尧把一包纸递过去："楼上有太阳能，洗澡间在你房间的隔壁，和洗手间是分开的。"

原本这里没有这些设备，是陆北尧要求安装的，怕周西在这样的环境里受委屈。之前他一直在犹豫，要不要逼她一次。他跟周西的主治医生见过面，最终他赌了，或许他从来都没下过这赌桌吧！

周西径直往外面走，陆北尧把门关上道："西西。"

这里没有人认识陆北尧和周西，他们不用戴口罩。周西咬了一下嘴唇，继续往前走："我不想跟你合作，但是让你离开显得我很霸道。"

"离开也是我自己的选择。"陆北尧很想摸摸周西的头发，指尖在裤兜里用力地摩擦布料，又缓缓地松开。

"我考虑之后，再做决定。"

陆北尧看着周西的背影，这一步走得很险，是他唯一的机会，但他还是不想放弃，哪怕希望渺茫。半晌后，他转身迈开长腿上楼。

周西走到路边，拿出手机打开网络，萧晨发微信过来："你到了吗？"

周西拍了一张现场照发过去，一分钟后萧晨回复了一个感叹号。

片刻，萧晨打电话过来，周西接通。

"你不想拍了？"

"没有。"周西抬起头看向天空，云渐渐散去，有了点儿天高云淡的感觉，没了乌云，太阳陡然明亮，阳光洒向大地。

“两个多月就拍完了，你当是修行，磨一下性子。李欣是一位很值得合作的导演，跟他合作完之后，你进什么剧组都会觉得是‘天堂’。你好好拍戏，十二月《深宫乱》播出后，你的人气就回来了，到时候代言什么的随你挑。”

周西到嘴边的话又咽回去了，她跟陆北尧在一起拍戏，同一个剧组，还是演男女主角，虽然没有感情戏，但在剧里他们有亲情。

“那行，我不打扰你了。”

“你最近不要跟苏晨严联系，现在有人放话封杀他，被他的粉丝害惨了。”

“啊？”周西倒是没想到，苏晨严本人还可以吧，像小孩儿一样。

“接下来的一两年，苏晨严都不会有戏拍，《深宫乱》可能是他最后的辉煌了，让他的粉丝冷静冷静吧！他们逼着电视台出来道歉，多大的脸？”萧晨冷笑一声，“他们心里真是没有数，不知道在膨胀什么？”

周西想说跟苏晨严本人没多大关系，但说不出口。明星享受了名利，自然也要禁得起反噬。

“好好拍戏吧，加油！”萧晨说，“代言费已经给你打过去了，做好理财，不要有多少钱花多少钱。你家不再辉煌了，不要买那么多没用的大牌包了，有几个差不多的包能背就行，出席活动要穿礼服什么的也不用买，我可以给你借。”

“我知道了，谢谢。”所有人都知道周西没有理财观念。

她挂断电话，握着手机恍惚了片刻。

她觉得苏晨严很可惜，但也不知道该说什么。明星站在大家面前，看起来光鲜亮丽，承受的压力却也很大。她发微信给苏晨严：“保重。”

她的手机传来短信提醒，六百万元到账。这是《深宫乱》的余款、“森林少女”的推广费，还有汽车城的代言费。签的合同是五五分成，她需要交自己这部分的税，但公司给她多发了一部分钱，片酬走的税后。孟氏娱乐还挺大方。

周西给秦怡转了五万元奖金，盘算着剩余的钱够在S市付一套房子的首付了。

有生之年第一次做这种计划，人生重新开始，她怀着希望，认认真真地规划未来的人生，这让她有一丝兴奋。她发微信给孟晓：“六百万元够在我们住的小区里付一套房子的首付吗？”

孟晓：“差不多够了。”

孟晓：“我们住的小区九万元一平方米，你家现在租的房子两百三十平方米，全款两千万元出头，S市首套房无公积金贷款是三成首付，六百万元差不多，回头我送你个装修，你可以在我们住的小区里买房了。我正好没事，帮你查查，你稍等。”

孟晓说风就是雨，速度飞快，已经去查了。

风卷残云，晚风起，竟有了些许凉意。周西望着远处的山峦，片刻后，收回目光，拿起手机打开微博。

《深宫乱》拍完后，他们几位主演都沉寂了，现在热搜上又出现新的面孔。周西翻看着微博，心血来潮搜了一下陆北尧。

陆北尧的《将军》一直没有定档，原定是上星剧，不知道还能不能上星；《民国探案录》定了十二月十五日在网络平台上播放。经过半年的沉寂，他的粉丝走得也差不多了，他在微博人气男星排行榜上跌到了第五十位，排第一位的是从最近大火的选秀节目出来的爱豆，唱跳小王子。

手机响了起来，她接通。

“你没有购房名额呀，买什么房子？你名下有一套别墅。”孟晓说，“我没查错吧，你把身份证号再给我报一次。”

周西把身份证号报过去，孟晓说：“没错啊，你名下确实有房子。S市限购，你没有买房资格。”

“我看看地址。”孟晓的声音传过来，“玫瑰园——二〇一七年，朋友，陆北尧的那套房子登记在你的名下？”

之前陆北尧说让周西搬回去，那套房子是属于她的，她当时没多想。

“天哪！就那个巨贵的房子，是你的？”孟晓很惊讶，深吸一口气道，“陆北尧没有S市的买房资格吗？不对啊，他在S市读的大学，应该可以落户。”

斜阳远山，蒸腾了潮湿的雾气。

当年，周西和陆北尧去看房子，陆北尧喜欢经济适用的房子，但这种房子外形丑兮兮的。周西喜欢浮华的西式城堡风格，看见地产商的概念图里种着玫瑰，心想这难道不浪漫吗？陆北尧说这种概念图，除了小区公共绿地的玫瑰，院子里的玫瑰要自己种，等院子里的玫瑰谢了，就只剩光秃秃的院子和房子。其他小区同等面积的房子，会比这里的房子便宜很多。

于是他们发生了小小的争吵。

周西忘记争吵最后是怎么收场的了，她的脾气就是来得快去得快，早上她跟陆北尧吵架，下午就抱着陆北尧撒娇。

后来房子定了玫瑰园，陆北尧让她签了一份委托协议，当时她正在玩游戏，百忙之中抽空儿签完字将委托协议给了他，继续玩。晚上她才想起来，问陆北尧签的是什么，要委托什么。陆北尧说是公司的工作需要，对房产的事只字未提。

“产权是独立的？”

“我问了我朋友，他在帮我查。”孟晓停顿了差不多有一分钟，说道，“就是那套房子，只有你的名字。”

“哦。”

“这么看老陆没那么不好啊！你们还没结婚，他把房子写到你的名下，那就是你的了。你们分手了，他什么都没有了。”

周西挂断电话，感觉出冷来，走进院子。陆北尧站在院子里听导演说话。

他仍是那个沉默的样子，垂着眼帘静静地听。她快步上楼，进入房间看到秦怡在放药。

“放的什么药？”

“蟑螂药，隔壁陈飞给的。”秦怡把所有的药都放好，洗手，转头去点熏香，她也不嫌条件差——演员什么条件都可能遇到。熏香是周西熟悉的沉香味。

周西打开行李箱的锁，瞬间所有的东西都弹了出来，她顿时有种是来录《变形记》的错觉。

小飞在周西的门口一探头，看到她那眼熟的操作。有两秒钟，小飞觉得头大，随即想到现在她不由自己负责，道：“西姐，晚上六点下楼吃饭。”

“我知道了，谢谢。”周西看着一地的衣服，陷入了沉思：她为什么就不能多装个箱子？

秦怡点完沉香，回头看到周西这爆炸现场，觉得头都大了。

秦怡过来帮她收拾衣服，严重怀疑她过去几十年是怎么过的？就这个破箱子她们折腾了两个小时。周西把房间全部规整好已经下午六点了，外面开始转凉，她取了件毛衣外套穿着下楼。

暮色四合，天地陷入昏暗。院子里的灯亮了起来，但光照有限，照不了太远。空气中弥漫着辛辣的味道，周西光闻着气味就觉得她的脸上马上就要长痘了。

“西姐。”《冠军》剧组的人跟周西打招呼。

周西点了一下头，看到一楼餐厅摆着火锅，果然是要吃辣的。

“周西，这里。”李欣招手道。

周西看过去，就一个四方桌，上面摆着电磁炉和各种菜，已经坐了四个人：李欣、制片人、李浩、陆北尧。

陆北尧手指间夹着烟，换了件黑色防风服。不知道是不是周西的错觉，他最近好像瘦了，五官更硬朗，隐隐显出几分强悍的气势。周西走过去看到仅他身边留有一个位置，他掐灭烟拉开椅子，她坐下就看到他抽湿纸巾擦手。

“来尝尝我们当地的火锅，也为我们新的团队开一个好头，预祝我们的电影票房红红火火。”李欣打算给周西倒酒，陆北尧就把酒杯收走了，给她倒上水。

周西向来不苛待自己的胃，仍记得上次喝白酒让自己十分痛苦，于是端起水杯跟李欣的酒杯碰了一下，再次看向红彤彤的火锅。不吃鸳鸯锅是他们本地的特色吗？

李欣又介绍了一遍《冠军》的主创人员。很好，这张桌子已经把《冠军》的主创聚齐了，导演兼编剧是李欣，制片人是他多年的朋友，为了支持他加入了这部电影的拍摄，摄像组的老大还没到，其他组的人在隔壁吃饭。《冠军》最大的开销应该就是两位主演的片酬，群众演员没一个脸熟的，全是新人，是按天算钱的那种。

如果是以前的周西，大概已经吐槽一万字了。现在她强行压下吐槽欲，心想不能矫情，陆北尧也是什么剧组都进，以前他还住过大通铺，环境更恶劣。

周西拿碗倒上清水，打算涮菜，陆北尧起身走向另一边。李欣和制片人一边喝酒一边聊剧本，周西夹了一根沾满红油的青菜放进水碗里，涮了两分钟，硬是没下去嘴。她身后传来脚步声，她回头看到陆北尧端着一个饭盒大步而来。

周西收回视线，陆北尧在她旁边坐下，把玻璃饭盒放到她面前。玻璃盖子蒙上了一层雾，里面盛着素面，隐约能看到青菜，还卧了个鸡蛋。陆北尧什么都没对她说，放下饭盒继续吃饭。

陆北尧跟李欣碰了两杯酒，话不多，全程就是听别人说。周西打开饭盒，这饭盒她熟，以前她经常给陆北尧送吃的，就是用这个饭盒装的，没想到陆北尧会一直带着。她吃着素面，入口就知道是陆北尧做的。

小镇的夜晚寂静，周围有虫儿鸣叫。第一颗星星露头，渐渐地，很多星星显露出来，银河铺在夜空之中，划出泛白的痕迹。

周西吃完面又坐了一会儿，听李欣安排行程。《冠军》剧组有十天时间让周西学散打，然后在这里拍一周戏，主要是拍女主角小时候。陆北尧在这个剧里演的是一个因为出手伤人被迫退役的运动员，叫李勋。李勋事业受到重创回到老家，原本打算永远告别他最热爱的行业，然而遇到了十岁的陈星。

他第一次见到陈星时，陈星在打架——单薄的身影，凶狠的拳头。陈星没有父母，被年迈的奶奶抚养，性格敏感，像个孤独的小野兽。她在学校被人欺负，就跟人打架。他收她为徒，教她散打，后来她被省队招收，一路打到世界比赛，拿到世界冠军，名扬四海。

这部电影的主线是陈星的成长和二人的相互陪伴，以及让人热血沸腾的一场又一场的比赛。

广西早晚的温差很大，一件毛衣无法御寒，周西裹紧衣服。李欣和制片人因为一个小问题争得面红耳赤，眼看着就要打起来了。周西饶有兴趣地看着，没见过这样的剧组，不知道他们打起来会不会把火锅给掀了。

“你冷就先回去。”陆北尧低沉的嗓音传过来，在深夜里，有一些醇厚，“他们在说废话，不值一听。”

周西和陆北尧挨得近，他身上的沉香味混合着烟草味悠然飘过来，不难闻。他的香水都是周西买的，周西喜欢什么味道就让他用什么味道的香水。他就是那种钢铁直男，不喜欢喷香水，也不主动买，对香水也没有什么偏好，嫌喷香水太阴柔。他们家里有味道的东西，只有沉香是他买的。

有一段时间，周西心烦意乱，也许是病情影响的，焦虑得晚上睡不着，他听说沉香有平复情绪的作用，就买来试试。

周西往旁边侧了一下，避开陆北尧。

“你出来，我有话跟你说。”周西起身时，低声跟陆北尧说了一句。

陆北尧眼珠一动，端起玻璃杯把剩余的半杯酒一饮而尽，很轻地摩挲了一下手腕，放下酒杯起身推开椅子，跟着她走了出去。

深夜寂静，周西裹着毛衣站在寒风里。他的脚步声很沉，每一步迈出的距离一致，周西听了七年，一听脚步声就知道是他。不知道是不是药物的原因，她最近想东西总是觉得不真切，仿佛隔着一层雾，没有之前那种情绪激烈碰撞的感觉，也没有真切感。

“西西。”

周西回头看着陆北尧，眼圈瞬间通红。陆北尧的脚步顿住，克制住情绪让自己停在原地。

周西抿了下唇，那种不清楚的情绪转瞬即逝，又恢复了之前的冷静：“玫瑰园的房子，为什么在我的名下？”

“我没有买房名额。”陆北尧没想到周西会问这个问题。他眼神沉静，声音沉缓：“放谁的名下都一样。”

他全款买房放到周西名下，可真是什么都敢做！

“你这样做占了我的买房名额，我没办法买房。”周西垂在身侧的手攥紧。

陆北尧眯了一下眼睛，微蹙眉，垂下眼帘，似乎在思索，很长时间后，抬起头，目光深沉如身后的夜空：“你把这套房子卖了，再买。你问问孟晓，她知道怎么操作。”

“你的房子，我为什么要卖？我有什么资格卖？”周西不知道在愤怒什么，就是很生气，很想捶爆陆北尧的头。

“你给我买了车、手表、皮带、钱包、衣服、饰品，我的一切都是你送的。”陆北尧的嗓音还是那样低沉，无法让人听出太多情绪，“我只送了你一样东西，我又不亏。车我不还给你，房子你也不用还给我。房子你不喜欢住就卖掉，卖掉房子的钱不要全买奢侈品，再买套没那么贵的房子，剩余的钱做理财。”

周启宇担心周西将来无依无靠，拼命地给她攒钱，陆北尧何尝不是？陆北尧也担心将来有一天，若是他先走了，周西怎么生活？他以前是真的没办法想象周西能独当一面，出去看人脸色讨生活。他买婚房时考虑到周西还不了贷款、存不住钱，所以付的是全款，买的现房，所有证件齐全，不会产生任何纠纷，房子随时都能变现。其他东西周西攒不住，给钱，她掉头就拿去买奢侈品。奢侈品没那么保值，也不好变卖。陆北尧在这件事上思想非常保守，认为固定资产保值，比较安全。

只是他没想到，后来会出那样的变故。早知道，他什么都不要什么都不考虑，只守住当下的周西。可世间没有“早知道”，也没有后悔药。

周西和他分手之初，他一直不相信，就没有告诉周西房子的事。后来事情失控了，她迅速地独当一面，扛下了一切，也不需要变卖房产维持生活。陆北尧觉得没必要再给她施加压力，只是把房子的钥匙给了董阿姨，若是有一天她发现了，就拿去卖掉。也许那时候，陆北尧已经不在了。

周西成长得太快了，她独当一面，也在计划未来，已经考虑到买房，所以才会这么快发现房子的事。

“钥匙在董阿姨那里。”

“几百万元的东西跟几千万元的房子能一样吗？”周西把声音压得很低，想笑没笑出来，“陆北尧，你倒是大方。”

陆北尧进入娱乐圈这么多年，也就攒了一套房子，写的还不是他的名字。他的公司没了，他的房子没了，他的女朋友也没了，这么多年是混了个一无所有？

陆北尧喉结滑动，转过头，院子里的灯光落到他的眼中，眼神闪烁，但情绪很快被他压了下去。他看向周西：“我们在一起的七年是我人生中最光明的日子。无价，多少钱都值得。”

“你还做过什么？”周西长发被风掀起一缕，目光锐利，“一并告诉我。”

“没什么了。”

“这两年你为什么那么缺钱？你赌博？”

陆北尧从裤子口袋里摸出烟盒，熟练地取出一支烟叼在唇间，抬头。

周西杏眸一瞪：“不准抽烟。”

陆北尧怔怔地看着周西，随即眼眶开始泛红。他把烟拿下来塞回烟盒，唇角轻扬：“哦。”

“你缺钱的原因是什么？”你哦什么？周西有些暴躁，她咬了一下牙，恶狠狠地道，“你现在不说就没有机会说了。”

“叔叔欠了一些钱，我帮他还了一部分。”

周西只觉得呼吸困难，一阵眩晕，心跳得飞快。

“欠的数目不大，你爸爸已经没有任何危险了。所有的事都解决了，你不要怕。”陆北尧上前，觉得周西有些不对劲，随即放缓了语气，“周西，你怎么了？”

周西抬脚踢在陆北尧的膝盖上，稳、狠，精准命中。

陆北尧垂下眼帘，疼得眉毛一抖，但心里那个巨大的空洞瞬间就有了着落。他看向周西："西西。"

陆北尧对周西的伤害是真实存在的，做错的事也是存在的。他道："我做错了事，西西，你不要自虐。"

他单膝落地，看着周西："西西，对不起。"

"知道全部事情的那一刻，我想杀了我自己。我死都不够，我不知道该怎么赎罪。"陆北尧的声音沙哑，有些话，他不说就再也没有机会了，"医生说你不想回来，我知道你不想回来的原因，你不要我了。"

李欣和制片人互相攀着肩膀从餐厅出来，突然看到周西和陆北尧一站一跪，愣了一下，两个人全醒酒了——陆北尧是那么骄傲的人！

周西的呼吸急促起来，似乎有什么东西要破土而出，她是在逃避。在这份感情里，她累了，太多的事让她喘不过气来，急切地想要脱离，不想面对陆北尧，也不想面对这一切。她是个懦弱的人，她躲了起来。

他们的骄傲都被现实生生地磨碎了。

漫长的沉默后，周西转身大步就走，一路跑上楼梯，进入房间，关上房门。

陆北尧抬头看向深沉的夜幕，强行把所有的情绪都压下去，起身冷静了几秒，拿出手机打给周西的主治医生。拨号时，他的手指微微颤抖。

周西心里乱得厉害，用尽全力拨开浓雾一步步地往前走，窥见真相，窥见那个胆怯的灵魂。

她麻木地走到床边，拿起手机打给董阿姨，那边接得很快，说："西西，你吃晚饭了吗？"

"我吃过了。"周西踢掉鞋子，蜷起腿把下巴抵在膝盖上，一直在流泪，控制不住。她尽可能地让自己的声音平稳，"我爸睡了吗？"

"没睡呢，你爸在看电视。"

"把电话给我爸，我问他点儿事。"周西快速说完，咬了一下手背，让自己冷静下来。

"好的，我这就去叫你爸。"

周西握着手机，记忆涌现。

第一次，明媚灿烂的阳光下，她抬头看到冷漠的他。他回头与她四目相对，她大大方方地看着，目光中带着探究之意，他先移开了视线。

第二次，周西在餐厅门口自我介绍完，他耳朵泛红。他皮肤白，红起来特别明显。他什么都没说，转身匆匆地走了，饭卡掉在了地上——他是化学系的陆北尧，系草。

第三次，周西拿着饭卡把陆北尧堵在走廊里，心跳得飞快，看着他的脸，明明什么都知道还偏要问他的名字……

周启宇的声音响起来："西西。"

"爸爸。"

"西西，你怎么了？哭了吗？声音怎么是沙哑的？"周启宇立刻紧张起来，"你工作不顺利？还是谁欺负你了？"

周西的声音不对劲，周启宇一听就听出来了。

"西西，宝宝，你说话，爸爸在呢。"

"爸爸，我问你一件事。"周西深吸一口气，说道，"你拿了陆北尧多少钱？为什么？什么时候的事？为什么不告诉我？"

周启宇脑子嗡的一声响，握着手机的手一直颤抖："西西，爸爸错了，爸爸对不起你。"

"怎么回事？你先不要认错，我得先知道是怎么回事才知道是谁错了。"周西尽可能地让自己冷静，说道，"你不要激动，也不要哭，我们好好聊一聊好不好？欠人家的钱总得还。我现在也赚钱了，老这么不明不白地花人家的钱，不合适对不对？"

话说得艰难，她胸口疼："陆北尧出了多少钱？"

以前，陆北尧的银行卡一直在周西这里，他突然没钱了，周西只是疑惑他的钱怎么花得那么快，并没有多想。后来他把银行卡拿走了，周西以为他变心了，气得不想多问。周家出事了，周西什么都不知道，依旧不谙世事地吃喝玩乐，闲暇之余在网上跟人对战，纠缠他，要他陪着。

"我做了一件错事，是二〇一七年的事。对不起，西西，我犯了大错，我想'赌'一把，但'赌'输了。我是一步错步步错，到最后覆水难收。我原本想让你和小北走，保全你们，但小北不同意，非要把这个账补上。他把能卖的东西都卖了，凑了两亿元。他是个重情义的人，他对你是真心的。"

周启宇自从太太去世后，就把所有心思都放在女儿身上。他想给周西留下能花一辈子的钱，就算将来陆北尧知道了周西的病，离开周西，周西也能好好地过日子。

二〇一五年、二〇一六年，周启宇的公司渐渐走下坡路，终于在二〇一七年破产了，公司投资的项目是骗局，他陷进去了。于是他孤注一掷，转移资产，打算送周西去海外。

他大不了就是一死。他不怕死，只是不放心周西，怕周西没人照顾。

周启宇找到陆北尧，给了他一半的钱，让他带周西走。不管将来他们会不会在一起，周启宇希望他能善待周西，就算是以朋友的身份也好。周启宇不敢找周西，她不能受刺激，万一受到刺激和她的妈妈一样病发了，那她的一生就毁了。她还年轻，才二十多岁，还有很长的路要走。

陆北尧没走，也没有要钱，他拼命地帮着周启宇把这个漏洞给补上了。怎样都不能犯罪，怎样都不能违法，陆北尧依旧是那颗又硬又倔强的石头，坚守着他的底线。就像当年，他跟周西谈恋爱，周启宇给他什么他都不要，他坚持要自己打拼。

周启宇这次病得很严重，却不怎么担心。他自私地想，周西有着落了，不管怎么样，陆北尧都不会放开她的手。

“对不起，西西，这是我和小北一起商量出来的结果——先不要告诉你，怕你接受不了，你不要怪小北，他也不容易，他买完房子，本来就没什么钱了，全是硬凑的。”

陆北尧为什么那么缺钱？他做着以前不屑做的事，疯狂地工作。他有很多令人不可思议的行为。

陆北尧说不要在网上跟人吵架，为什么周西有粉丝是衣食父母的概念？因为这句话是他说的。

“除了玫瑰园的那套房子，陆北尧其他的东西都卖了。”

因为那是婚房，因为那是给周西留的，房子的装修是陆北尧和周西一点点选的，他没舍得卖。

“爸爸对不起你们！”

如果周西和陆北尧走了，周启宇肯定会坐牢。周启宇本来不想活了，是陆北尧把他拉了回来。

敲门声响起，外面传来秦怡的声音：“周西，你没事吧？”

周西咬着膝盖不让自己哭出声，泪打湿了她的膝盖。她和陆北尧太悲哀了。她想，生活太难了。他们都以为这样是为了对方好，可最终他们都失去了最珍贵的东西，她的泪不断地往下流。他们就这么错过了，他们可能都不是这场戏的主角，他们只是彼此的主角。

“西西，你别哭。”周启宇哽咽着跟周西说，“我犯了大错，对不起你们。我害怕拖累你们，可到底还是把你们拖累了。我该死，你不要哭。”

“我没哭，你不该死，你是我的爸爸。”周西强忍着难过，亲情、爱情、友情，她的人生很圆满，什么都有，“你好好养病，事情的经过我知道了。”

周启宇号啕大哭，哭得像个孩子。

周西紧紧地攥着手机，自己和陆北尧到底是谁错了呢？那场变故发生在陆北尧买房子后，他买完房子手里真没多少钱了，她很清楚。他是怎么凑够两亿元的？他的身价没那么高，那是他卖命的钱，也卖了她的命。

周西挂断电话，把脸埋在膝盖里泣不成声。

外面有人喊她，她恍恍惚惚，感觉在梦里。片刻后，她听到钥匙开门的声音，陆北尧对秦怡说：“你先出去，我跟周西聊聊。”

陆北尧反手关上门，看到周西坐在床上，她的手机被丢在一旁，手机的屏幕暗了下去。刚刚跟她通话的是周启宇，她应该是问了那笔钱的事。

周西对钱的事反应特别大，这出乎他的意料。他现在很怕，她的反应太大了，怕她受刺激。

周西的主治医生已经在赶来的路上了，但从 S 市飞过来要三个小时，坐车还要几个小时。陆北尧想抽死自己，他刚刚乱说什么话？他喝完酒，什么都说。

“周西？”

周西低声抽噎，陆北尧很小心地碰触她的手，克制着情绪，又把手放到她的头发上。她现在非常脆弱，陆北尧很想抱她：“你不要激动，你爸爸没事，现在所有人都没有事。西西——”

周西转身抱住陆北尧，死死地抱着陆北尧的脖子。

天地之间的万物仿佛在这一瞬间安静了下来，整整六个月，周西每次看他都是用看陌生人的眼神——冷漠，没有温度。周西不再喜欢他，他们是最熟悉的陌生人。这是他该承受的。

周西的泪滚到了他的衣领里，触到他的肌肤，滚烫潮湿。

周西哭出了声。他的手垂下去，抱住周西，他的心在颤抖，小心翼翼、一下下地抖。这是不是他的周西，是不是，为什么？

“周西。”

周西什么都没有说，只是哭，哭了两个小时，最后精疲力竭，窝在陆北尧的怀里睡着了。

陆北尧怔怔地看着房间的一角，生出些贪念。

他低头几乎要碰到周西的唇，又拉开了距离，感受到周西温热的呼吸，心里安定了一些。周西的睡眠一直不好，不知道她今天为什么会睡得这么突然，可能还是跟病情有关系。

他心里焦灼，拿起手机发微信给周西的主治医生。医生大概在飞机上，没搭理他。他坐在床上，周西靠在他的怀里，也许周西醒来又忘记他了，也许这是周西的一小段梦，也许这只是他的一场美梦。他的唇贴着周西的头发吻下去。

周西当年追陆北尧追得尽人皆知，所有人都说富家小姐只是玩玩而已。他没谈过恋爱，至今唯一让他心动的人就是周西。他不知道周西是不是玩玩，但他喜欢周西，并且做好了喜欢一辈子的打算。

他喜欢得非常彻底，毫无保留。

孟晓正在网上跟人吵架。孟辰的电话打了过来，她夹着电话打开平板电脑继续复制粘贴。

“三哥，你有什么事？”

“问你个事。”

“怎么了？说吧。”周西最近又开始不务正业，微博也不好好发，接了个没什么存在感的导演的电影，不知道要浪费多少时间和青春。孟晓真不知道萧晨是怎么想的，这完全是毁她的前程。她的公司没用，她的经纪人也没用。她拍完《深宫乱》后有这么高的热度，他们应该趁热打铁，好好筹谋接后面的剧，让她接这么个破电影，不知道下次机会在哪里。

孟晓恨铁不成钢，想取萧晨代之。前一段时间周西还被苏晨严的粉丝“按在地上摩擦”，太气人了，苏晨严的粉丝也能“踩”她，“西米露”真是没用。归根到底，还是周西不争气，“西米露”急死也没用。

“西西最近的精神状态是不是不好？”

“周西挺好的呀，现在非常上进，事业很稳定，和陆北尧也分手了，很理智。”孟晓翻看着周西的数据，周西目前已经排在了女星人气排行榜的尾巴了。

孟晓找到周西的大粉看了看，发现周西的粉丝都不疯狂，可能是因为周西没有作品支撑，大家只是随便欣赏欣赏她的脸而已。周西被苏晨严的粉丝骂的时候，仅有几位博主出来说过话，最近周西也没什么“料”，大家又有了新的关注点。

苏晨严的小号算是周西的铁杆粉丝了。但苏晨严的粉丝大闹，这个小号一个字都没有发。有周西的粉丝在评论区问他，也没有回应，出事了吗？

“我月初去给你送东西时，看到周西扔了一些药盒，你看一下吧。”

什么东西？孟晓挂断电话。微信响了一声，孟辰发来一张微信图片，她点开看到放大的药盒，脑子嗡的一声响，怔怔地看着图片，一瞬间心跳飞快，血液涌上了大脑。

她打开电脑，输入药名，药的详细信息跳出来。手边的平板电脑疯狂地响着，她呆若木鸡，手机屏幕暗了下去。随即又一声响，她抹了一把脸，打开微信。

孟辰：“这药是谁在吃？周西在你那边扔的，应该不是她的家人在吃吧？”

周西说：“你喜欢现在的我还是以前的我？”

周西说：“你觉得现在的我好吗？”

周西自嘲地说：“被车撞倒的傻子就是我。”

周西说：“我重生了。”

孟晓还曾为周西所谓的“重生”由衷地感到喜悦。

孟晓一直以为周西在开玩笑。她觉得过去的周西太糟糕了，一点就炸，天天跟素人计较，内心太脆弱，像小孩儿似的。

孟辰的微信又发过来：“西西的变化挺大的，会不会跟生病有关系？她妈妈好像也是因为这个病去世的，不会是遗传吧？”

孟晓深吸一口气，自己的一句“为你好”直接把过去的那个周西抹杀了。

她是什么朋友，是什么闺密？周西生病她都不知道。

周西的妈妈，存在于孟晓很遥远的记忆中。

周西十岁那年，请了很长时间的假，周启宇挨个儿找到周西身边的人，求他们不要在周西的面前提周西的妈妈。这么多年过去了，周西没有提，他们也没有说过。

孟晓按着手机回微信：“周西的妈妈，到底是怎么回事？”

孟辰：“精神分裂症，去世了。”

孟辰：“晓晓，你还在吗？”

孟晓打周西的电话，周西的电话暂时无法接通。

她早已泪流满面。

他们的爱真的是爱吗？过去那个脆弱敏感的周西，被他们合谋杀死了。这算什么爱？他们只是爱那个想象中的周西。

他们只爱自己。

孟辰打电话过来，孟晓接通，泣不成声："如果是真的，我的双手沾满了鲜血！"

周西住院了，睡了三天，醒来就在S市的医院了。午后的阳光透过窗户，斜斜地落到病床上，打出一道光柱。浮尘在光柱里缓缓飘动，房间里弥漫着消毒水的味道。

"西西，你醒了？"

周西转头看过去，孟晓披头散发地抱着个大保温杯，用红肿的眼睛看着她。两个人对上视线，孟晓带着哭腔道："姐们儿！"

周西扬唇笑了起来："你这是收破烂去了？"

周西的嗓音沙哑，随即剧烈地咳嗽起来，孟晓起身想给周西倒水，不小心撞倒了小桌子上的杯子，杯子滚到地上发出清脆的一声响，四分五裂。孟晓抬脚就踩上了玻璃碎片，下一刻，陆北尧提着她的衣服，将她拉到一边。

陆北尧穿着黑色卫衣，搭配牛仔裤，神色冷峻，长腿笔直，另拿一个杯子倒上热水，又加了一半凉水，走向周西。周西抿了下嘴唇。

陆北尧习惯性地伸手揽周西，手落到她的后颈边，停了下来，眼中有迟疑之色。她坐起来，顿时觉得头疼欲裂，拿起陆北尧手里的水杯喝了一口，压下咳嗽。

陆北尧收回手垂在身侧，手指动了一下，紧紧地贴着牛仔裤，站在床边，嗓音很沉："你醒了？"

孟晓都快把白眼翻到天上了，不瞎的人都能看出周西醒了吧？孟晓接触到周西的目光又把白眼翻了回来，从另一边蹿过来扑到她身边："你清醒了吗？认识我吗？宝贝，我是谁？"

周西把水喝完，将杯子放到床头柜上，躺回去，拉上被子，闭上眼睛道："我头疼。"

"我叫医生。"陆北尧按铃叫医生。

孟晓犹不死心，上来扒周西的眼皮："你看我一眼好不好？"

孟晓微一抬头，接触到陆北尧阴沉的眼神。他的眼神中带着明显的戾气，她立刻收回手，怕他打人。周西昏迷这几天，她经常怀疑，如果周西真的醒不过来了，陆北尧会不会先弄死她。

周西睁开眼睛，抿了下嘴唇说道："我的手机呢？"

陆北尧从裤兜里摸出周西的手机递过去，周西看了他一眼，接手机时碰到了他的指尖，心里生出异样的感觉，又看了他一眼。

"你还要喝水？"

周西摇头，陆北尧拉过椅子在床边坐下："你要手机干什么？"

周西打开微博，编辑新内容："你死定了，苏晨严。"

周西醒来做的第一件事，跟孟晓和陆北尧都没有关系，而是去微博上找苏晨严了。她满脑子都是苏晨严吗？为什么？难道他们都没有苏晨严重要？

孟晓看向陆北尧，他直直地盯着病床上的周西，那眼神，似乎要把周西盯出一个大洞。

"朋友，你没事吧？"孟晓不哭了，也不蓬头垢面了，把脸凑到周西的面前，"你知道我是谁吗？"

"你化成灰我都知道你是谁。"周西转头避开孟晓的脸，然后又认真地盯着她看了几秒，说道，"孟晓，你身上有味道了。"

孟晓停顿了几秒，尖叫着捂着脸道："你是人吗？我守着你三天，头没洗、脸没洗一直守着你，你醒来就嫌弃我？"

孟晓都快哭成孟姜女了，周西就是个"负心汉"。

周西的手机响了一声，她拿起来看到苏晨严回复了一串问号。

随即苏晨严再次评论："姐，你的反射弧是绕地球一圈才回来的吗？"

周西回复苏晨严："我绕地球一圈，也要杀了你，你等着。"

苏晨严坐在车上，今天要去参加活动。他穿着整齐的西装三件套，头发梳得一丝不苟，走清爽帅哥的路线，他笔直地坐在后排座位上，握着手机的手在颤抖。

苏晨严的经纪人回头看了苏晨严一眼："少爷，你抖什么呢？你的粉丝又群起辱骂你了？"

苏晨严看着手机，叮的一声，周西回复他了。他捂着脸，哭出了声。这一个月，他每天都像等待行刑一样，等着悬在头上的刀落下，等着周西对他取关。他当时鬼迷心窍地拉了周西一下，没想到会闹出这么大的事。

经纪人面无表情地看着苏晨严："你家祖坟被人炸了？"

经纪人的手机响了一声，他拿起来看到苏晨严的助理发来的一张截图——周西发的微博。他高高悬着的心脏瞬间落回了胸腔，松了一口气，周西回复得太高明了，救了苏晨严一命。之前周西一直没有回应，他还挺怕周西算计他们的。

周西的背后是谁？孟家。苏晨严粉丝的心里真是没有数，敢跟孟家叫板，不想活了吗？电视台封杀苏晨严还是小事，得罪了孟家，苏晨严是真的什么都没有了。

苏晨严在后面捂着眼睛哭："我西终于理我了！"

经纪人刚刚内心的感动瞬间烟消云散，苏晨严没救了。

苏晨严切换微博小号，狂刷了两次周西的美图，泪还是不断地往下流。

"我给你推一下，也澄清一下。"经纪人说，"你跟周西是一场误会，希望以后还能合作，大家都是朋友。"

"不要。"苏晨严靠在车窗上默默地流泪，翻着周西的微博，又看了一遍她的最新微博，一个字一个字地看，看得分外认真，"我西人美心善，不跟我计较，我不能打扰她。"

人美心善的周西靠在床头接受孟晓喂水，安逸得像个老佛爷："苏晨严是短腿柯基，两条腿接在一起都没我……"到嘴边的话被她强行咽回去，改口道，"未发育完全的小孩儿，要腹肌没腹肌，要颜值没颜值，他的粉丝还当他是巨婴。我能看上他？他的粉丝是不是太自作多情了？"

周西的"狗腿子"孟晓道："对，你说得对。"

"不过这事跟苏晨严没有关系，就是他的粉丝作，他罪不至死。"周西不喝水了，突然想到一件事，"今天几号？"

"十一月四日，怎么了？"

十一月四日，《深宫乱》的第一版预告片要放出来了。

陆北尧推门进来，周西再次把话咽回去，看向他。他拎着盒饭，随手放到桌子上，对孟晓说道："你吃完饭回去休息，小飞在外面，他送你。"

孟晓还不想走，陆北尧说："西西这边有任何事，我都会跟你联系。"

"你回去吧，我没事，你回去好好洗个澡。"周西附和，摸了一下鼻子继续刷微博，却刷得心不在焉。

孟晓吃完饭就走了，周西现在看起来不像有事。

陆北尧把房间收拾干净，走到病床前拉开椅子坐下，注视着周西。

房间里一片寂静，她散着长发，脸色苍白，穿着蓝色条纹病号服，阳光从身后的窗户洒进来，睫毛被映成了金色，美得脆弱。头顶的空调发出嗡嗡声，加湿器缓缓地冒出白气。

陆北尧沉默了许久，伸手到周西面前："你好，我叫陆北尧。"

周西看着他，片刻后，把手放到了他的手心里，轻声说："周西。"

"好巧，我们是情侣名。"陆北尧嗓音沙哑，唇角上扬，眼神沉静，眼中像是盛着山海，"方位相邻。"

东南西北——西北搭档。

在大学时，周西经常跟陆北尧去蹭课，实际上就是为了看陆北尧。陆北尧上课，她趴在旁边拿书挡住脸，专注地看他："我们是天生的一对，名字都很搭。我是西，你是北，东南西北，我们两个注定在一起。"

陆北尧绷着一张冷峻的脸，垂下眼帘，看似在全神贯注地听课，其实台上教授讲的什么，一句都没听清。红晕渐渐爬上了他的耳根，热得他觉得烦躁，热得他头晕目眩，他的一颗心彻底沦陷，再无退路。他非得一条道走到黑了。

周西醒来后看陆北尧的那一眼，陆北尧就知道她回来了。陆北尧克制着情绪，冷静地在她旁边做事，医生给她做全身检查、心理测试，她跟孟晓聊八卦新闻，陆北尧就在旁边静静地看着和听着。

陆北尧死死地把周西抱进怀里，手指扣着她的腰，用尽了全部力气："我想你，我爱你。"

陆北尧炽热的泪水滚到周西的脖子上，她原本有些疼了，感受到陆北尧的泪水，却停住了所有的挣扎。半晌后，她抬起手放到陆北尧的腰上环住。

"我没有原谅你的隐瞒。"

陆北尧明显瘦了，腰上已经没有了以前很舒服的肌肉。她什么都知道，就是不好意思直接跟他说话。

"对不起，西西。"陆北尧滚烫、颤抖的唇落到周西的脖子上，混着眼泪，带着潮意，声音嘶哑，"我拿一生来赎罪。"

那天周西睡着后，陆北尧觉出不对劲，一开始怕吵醒她，后来发现叫不醒她，连忙送她到当地的医院。

她只是在睡觉，没有其他的反应，检查后也没有发现问题。随后她的主治医生赶到，他们直奔S市。一线城市的医疗条件更好，S市医院的检查结果依旧显示她没有任何问题。她睡了整整三天，陆北尧三天没敢合眼。

周西醒来，陆北尧紧绷的神经松懈了，渐渐涌出困意，跟周西讲完来龙去脉，他的声音低了下去。

周西攥着他的卫衣，深吸一口气，调整情绪，刚要说话，只觉得肩膀上很沉，转头叫他，他一动不动。

周西的心猛地一跳，随即反应过来，陆北尧睡着了。他呼吸均匀，浓密纤长的睫毛下一片阴影，有着浓重的黑眼圈。他以前也经常这样，累极了，跟周西说着话突然没声了，周西回头发现他睡着了。他秒睡的技能，周西这辈子都学不会。怎么会有人睡得这么快？

周西看了陆北尧一会儿，扶着他躺到床上，拉起被子给他盖上。他突然睁开眼睛看她，其实没醒，就是习惯性地睁开眼看一下，身边人还在，就继续睡了。

她的病床不大，躺一个人已经满了，她就没有地方可躺了。她把位置让给他，穿上拖鞋走到窗边。S市已是深秋，高大的梧桐树上黄叶纷纷飘落。秋风萧瑟，秋日的阳光落到树干上，树枝摇晃，泛出白色的光。

敲门声响起，周西回头看到主治医生，快步走向门口说道："你找我？"

主治医生往里面一看，啧了一声："你的家属还挺自觉，就这么把床位给占了，谁住院呢？"

周西漂亮的杏眸荡漾出笑意，没有接话。

两人去主治医生的办公室谈话，这回她主动接受心理治疗。她一直都在，但不愿意接受陆北尧。他们之间有太多隔阂，七年时间，失望一点点地累积，她累了，走不动了。她不是故意走向车流的，就是在那一瞬间发病了，恍恍惚惚地走了进去。

她麻木地看着这个世界，强行切断了自己跟陆北尧的一切联系，逼着自己快速成长，急于脱离原本的自己。她曾经的软弱来自内心深处的恐惧：她懂事、独当一面，就没有妈妈了，再也没有人爱她了。

曾经她的病因是她最爱的妈妈，后来她的病因是她最爱的陆北尧。

窗外的风卷起梧桐黄叶翻飞在空中，她靠在椅子上，看着天花板许久。主治医生把纸巾递过来，说道："你还绝望吗？"

周西摇头。

"你的记忆并没有完全恢复，但失去的不一定是坏的，至少现在你的思维已经恢复了正常——你的思维是有逻辑的，你也清楚地认识到了自己是谁。”

这种精神疾病会让人产生两个“我”的概念，治疗方法是让两个“我”融合。周西之前抗拒治疗，是没找到她心里最重要的那个部分。其实最重要的那个部分是陆北尧。

当初陆北尧知道她的病后，不敢打扰她，他们差点儿就这么错过彼此，听上去很令人唏嘘。

“有很多人爱你——过去的你，现在的你，他们珍惜你的一切。”

周西在昏睡期间听到了孟晓的说话声、董阿姨的哭声，还感觉到陆北尧紧紧地攥住了她的手。她的记忆混乱，她在疯狂地挣扎，怕自己崩溃，只能陷入沉睡。

周西的精神状态不是很稳定，还需要住院。她被医生送回病房，萧晨的电话就打了过来，她接通。

“你的微博是什么意思？不是跟你说了，不要搭理苏晨严吗？”

“我没有搭理苏晨严，我就是骂他。”

萧晨沉默了几秒：“你得了吧，这么明显地给人台阶下。你戏拍得怎么样？这两天适应得如何？”

“我回S市了。”

“什么？”萧晨原地跳起，一头撞到车顶，又坐了回去，“什么？”

“我在市人民医院精神科住院，你直接过来吧，我们见面聊。”

萧晨蒙了，周西在精神科住院？

周西觉得没什么好隐瞒的。她坦坦荡荡，什么都不怕。她的病因，她的未来，她都能承受。

半个小时后，萧晨坐在她的病房里，抖着手看她的病历，每一个字都认识，可连到一起他就迷茫了，又看向穿着病号服的周西。周西长发披散，懒洋洋地窝在小沙发里，优雅地交叠着长腿在看手机。

萧晨掐了一下眉心，谁能告诉他，到底发生了什么事？

“你有病？”

“你这话听起来像骂人。”周西刷到《深宫乱》的第一版预告片，初进宫的江乔穿着秀女的衣裳，一脸清纯。

《深宫乱》第一版预告片的一分三十秒，周西一身盛装站在皇后的座位前回头，模样冷厉美艳。这个镜头拍得非常好，剪辑得也好，她都被这个镜头给美到了。她穿着一身皇后华服，是红与黑的碰撞。她的妆容并不算浓艳，但她的眼神犀利，极具压迫性。她自恋地感慨，自己的演技真好，这个镜头绝了。收藏起来给陆北尧当手机壁纸，这个念头刚落，她就抬手按了一下眉心——怎么又想陆北尧？

周西翻看评论，果然有不少路人喜欢她的长相。她把皇后回头的截图设为自己的主屏壁纸。

“字面上的意思，这是什么时候的事？”萧晨完全看不出来，周西什么时候犯病的？为什么他没有任何察觉？

周西抬头轻飘飘地看过来，眼神中带着一股傲气。

“我被大规模网络暴力后开始失控，后来就强行逼着自己成为另一个人。”

萧晨往后靠在椅子上，周西这轻描淡写的几句话，萧晨听得触目惊心。这是血淋淋的真相，为什么周西会性情大变？为什么她会快速成长？为什么她会笑得如此通透？她没钱了呀，必须得好好工作、得长大。萧晨心里疼了一下，原来如此。

“我要上热搜——‘周西绝美’。”周西对萧晨的业务能力还算肯定，让他担任周西的经纪人，周西没什么意见。

“你消停点儿吧。”萧晨瞬间不心疼了，开始头疼。这么无理取闹的要求，这是丧心病狂的周西回来了？他观察周西，她似乎又不完全是之前那个骄纵的周西，“剧组会大力宣传的，但即使上热搜也是整个剧组的热搜。你就是个女配角，你有了自己的热搜，把主演放在眼里了吗？”

“哦，那不买了。”

周西这么好说话？

萧晨还是觉得不对劲，这个事太奇幻了。他拖着椅子坐到周西面前上下打量：“你这病还能治吗？你到底是什么情况？你还能演戏吗？你怎么——”萧晨转头看向病床方向，突然看到坐起来的陆北尧，倒吸了一口凉气。

陆北尧没睡醒，淡漠的目光扫过萧晨，下床走向洗手间。

周西对萧晨解释道：“陆北尧是《冠军》的男主演，我在那边犯病，我们就一起回来了。”

萧晨原地炸成了钻天猴：“你们有病吧？你们拍什么戏？你们是不是复合了？你们两个一起拍戏？”

萧晨一时间不知道哪个消息更重磅，砸得他头晕眼花。

陆北尧从洗手间出来抽了张纸擦手，然后倒了一杯水灌了一大口，靠在桌子边抬头看过来：“我放弃了主演《冠军》的机会。”

周西倏地抬头。

陆北尧把水喝完，修长的手拿着空杯子："这个剧本西西可以接，我暂时不会做台前工作，不会影响她。"

陆北尧之前存了私心，接《冠军》是为了接近周西，现在，再继续演《冠军》的男主角确实没意思。

"《冠军》这部电影我有投资，我退出不损失什么。"陆北尧现在明白了一个道理，掌控权在自己手里才是王道。他撑不下一片天，怎么给周西安全感？他演戏只是积累，最终目的肯定是站到高处，掌控一切。

陆北尧以前没什么野心，但现在有了，他的新公司成立了，新团队很快就建立起来了，有些账也该算一算了。

"前提是周西得养好病才能进组，不能急。"

陆北尧最近几天想了很多，也想得很周全。他还是不能赌，一分风险都不能让周西冒。周西单独接《冠军》的话，他会用尽全力把这部电影运作到顶峰。对周西来说也是好事，这部电影的剧本确实不错，阳光、励志，也不分裂，很适合周西。

萧晨不知道该说什么，这个局面，给他十个脑子都想象不出来。他沉默了几秒，从所有凌乱的线索中抓到了一条离他最近的利益线："周西，现在这个情况，有没有可能……我是说假如，你康复后，演技又回到拍《小暗恋》时的演技？"

萧晨这是做的什么噩梦？

被时光偷走的情书

周沅 著

下册

（全2册）

江苏凤凰文艺出版社
JIANGSU PHOENIX LITERATURE AND ART PUBLISHING

第八章

敬所爱之人

萧晨的问题让周西沉默了，两个人格都是她，她很清楚。但她吃的药物确实会影响大脑，会让人反应迟钝、对情感麻木——之前她那种完全沉浸式的演技可能就没有了。

“西西？”从萧晨说完那句话开始，周西就再也没有说话，她低着头沉浸在她的世界里。陆北尧让萧晨先走，然后试探性地叫她。

周西抬头看陆北尧，目光一片清明。

“你在想什么？”陆北尧将手撑在周西的上方，缓了缓语气问道，“嗯？”

“你睡醒了吗？”周西还靠在沙发上。

“嗯。”

“那你可以回去了。我有很多事还没想通，你给我一点儿时间。”周西抿了下嘴，道，“我会给你答复。”

“无论你是谁、怎么样，”陆北尧的手用力地握着沙发边缘，骨节微微泛白，“我都深爱你，我永远不会走。”

周西心里清楚，他们走到这步田地——不管她还是陆北尧，都是过于偏执的——大概这辈子就这样了。

“我知道。”周西说。

陆北尧迟疑了片刻，把手放到周西的头顶，很轻地摸了一下。然后他低头，唇贴到她的额头上：“玫瑰我已经在种了，现在是冬天，到明年春天院子里就全是盛开的玫瑰了。搬出去的行李我帮你拿回来，爸爸也一起搬过去。接下来的路，你不想走，我背着你走。”

当初陆北尧放狠话——周西要是再敢说分手，将玫瑰铲掉，他不会帮忙种；他也不会把她搬走的行李搬回来。结果周西走得干脆，头也没回。

周西抿紧嘴唇，压下所有的情绪。

“好好休息，我明天再来看你。”

“我不能生小孩儿。”周西开口道。

“我也不能生。”陆北尧眼睛发红，想摸摸周西的脸颊，她下意识地躲了一下，他的手停在空中片刻，垂了下去。

养一个“孩子”就够陆北尧累的了，再来个像周西这样的小魔王，他能疯。

“你的‘不能生’可控。”周西很平静，现在想得比以前多，也更理智，“你跟我在一起会很累。你不知道我什么时候会变成另一个人。我随时可能抛弃你，随时可能不认识你。也许有一天，我会跟我的妈妈一样，死在你面前。当初我爸还有我，而你什么都没有。”

陆北尧唇角上扬，嗓音低沉：“你变成别人，我守着你。你若是先走了，我跟你一起走。没有孩子更好，作为鳏夫是很痛苦的，跟妻子一起走至少是一种解脱。”

“你有其他选择。”

陆北尧这回停顿的时间久了些。他俯身贴着周西的唇，很轻地吻了一下，然后直起身：“好好休息，想吃什么发短信给我，明天我让阿姨做好给你送过来。”

周西还没反应过来。他们接过太多次吻，在很多地方用各种方式接过吻。周西想起来就找陆北尧索吻，他只要不是很忙，都会抽空亲她一下。她会特别过分地揽着陆北尧的脖子，非要把吻加深。大部分时间都是她主动，陆北尧很少在平静的午后主动亲她，如果主动亲她，也是为了逃避一些问题。

“我回去了。”

“为什么？”刚刚陆北尧在逃避问题。

“从我决定跟你在一起那一刻，我就没想过退路。你要我，我们在一起，我守着你；你不要我，我自己过。”

周西靠在沙发上，静静地看着天花板。片刻后，陆北尧离开了，房门合上。她抬手盖在眼睛上，有点儿难过。她需要冷静地思考现在的情况。

晚上董阿姨把周启宇推了过来。周启宇哭得声嘶力竭——周西到底还是犯病了，在周启宇生病的时候，一个人扛下了一切。

“我对不起你，也对不起陆北尧。”周启宇攥着周西的手，哭得快要晕厥。

周西麻木地想：周启宇又来了，救命!

“我当初是想告诉陆北尧的，可我不敢，你那么喜欢他。我给了他一笔钱，让他走人。”周启宇一边哭，一边把鼻涕、眼泪往周西身上甩，周西拧眉看着。

“五百万吗？”周西抽纸擦周启宇的脸，想到早年看过的霸道总裁文里，男主角的妈妈甩出五百万元的支票说：“离开我儿子。”

周启宇抬头，胖脸上全是泪水：“你爸哪有那么抠？五千万，外加让他出演一部剧的男主角，捧他。”

“那你还挺大方。”

“陆北尧拒绝了。”

陆北尧的脾气就像茅坑里的石头，又硬又臭。他软硬不吃。

他会拒绝是显而易见的。

“我无计可施，想再等等。你们那么相爱，一天天的，我怕死了，这就像悬在脖子上的刀，现在陆……”

“陆北尧做了结扎手术。”周西开口道。

周启宇愣在原地，泪都忘记流了。

“你别哭了，我们没有分手。”

旁边的董阿姨转头看过来，随即捂着脸惊叫一声：“真的？”

周西坚决要分手，陆北尧每次来他们家，董阿姨都提心吊胆的。董阿姨觉得陆北尧也没有什么错，他们跟陆北尧也没有什么仇。但周西明确交代过，不准陆北尧来他们家。

谢天谢地，周西和陆北尧终于和好了，董阿姨不用再对两边觉得愧疚了，决定明天就去庙里拜拜。

周启宇赖在周西这里两天，天天以泪洗面，涕泗横流，每天早上朗诵一般说一遍过去的事。周西和他之间的那点儿亲情都快被他耗没了，最后他被董阿姨强行推走了。

陆北尧确定不演《冠军》了，《冠军》剧组需要找新的男演员，可因为李欣给的那点儿片酬，找演员太难了——高不成低不就——就暂时搁浅了。

因为周西的病情，萧晨暂时也没有给她接新的剧本。

十一月二十三日，《深宫乱》剧组受邀参加星光盛典活动。周西正好出院，萧晨就把她塞了进去。

原本周西打算找萧晨借衣服，早上九点孟晓过来送给她一件 D 家新款高定礼服，礼服售价三十万元，是深蓝色渐变成银色的，美丽夺目。

“这是提前送给你的生日礼物，你不要太感动，感动的话也不要哭，眼睛哭肿了就不好看了。”自从知道周西的病情后，孟晓心态平和多了。

她捏了一下周西的脸：“我已经安排摄影师来给你拍照了，等你的精修图，期待你艳压群芳。”

孟晓穿着一身职业装，放下礼服拿着口红涂了一下，急匆匆地往外走：“我今天要飞去广州，没办法陪你。”董阿姨端着早餐都没拦住，她径直走了。

周西坐在床上看着这条华丽的裙子：如同银河铺在夜空，星光璀璨，实在是耀眼。她一头埋到衣服上，快哭了。这条裙子她喜欢了好久，一直没舍得买，孟晓真是亲闺密。

周西的卧室门没关。外面的门铃声响起，随即她听到董阿姨说：“小北？”

周西住院那段时间，陆北尧每天都去医院看她。她出院回家住，他就很少来看她了。

陆北尧最近在筹备建立新公司，跟许明睿合作。许明睿有钱、有权、有人脉，就是没才华，而才华这种东西，陆北尧不缺，他们二人火速搭上线。

最近他们合作的《民国探案录》要在网络平台上线了，陆北尧忙着宣传。

周西连忙起床，刚走到洗手间，陆北尧就进门了。

他看到穿着黑色吊带睡裙的周西。吊带睡裙露出大片肌肤，周西肤色白，又瘦，腰部曲线优美，腿又细又长。她长发披散，美得像妖精似的。不管他们在一起多少年，陆北尧都扛不住她这身打扮。她早上起来神情慵懒，又明艳又清纯，很难想象这两个词能出现在对同一个人的赞美之言里。

“我来给你送衣服。”陆北尧穿着烟灰色大衣，送完东西就要走，没有脱外套。

“我有衣服，孟晓送来的。”

陆北尧转头看向床上的礼服，沉默了几秒。

周西咬着电动牙刷走过来：“你怎么也买了？你不是说买奢侈品不划算吗？买的哪个牌子？”

陆北尧出席活动穿的衣服都是品牌商赞助的。谁让他买一次奢侈品，他这个“葛朗台”会当场暴毙。

“我买的礼服与孟晓买的是同一系列。”

这一系列的礼服刚面市，每一款都是全球限量款，不容易让人撞衫。孟晓买的是蓝银渐变款，陆北尧买的是银蓝渐变款，款式有细微的区别。周西好几年没有走红毯了，出场必须夺人眼球。《深宫乱》这部戏肉眼可见地会火，这是她事业新的起步。

周西沉默了几秒才道：“你应该提前跟孟晓通个电话。”

陆北尧才懒得给孟晓打电话，放下袋子：“算了，你换着穿。”

这个系列没有低过三十万元的衣服，周西换着穿，可真奢侈！

周西刷完牙开始洗脸，水珠沾在白皙的肌肤和眼睫毛上。她欣赏着镜子里自己的美貌，理智瞬间回来：“不要，你拿去退掉或者卖掉。”

周西还是第一次对奢侈品说不要，陆北尧单手插兜，靠在门边注视着她。其实她有细微的变化——懂事了，也理智了，只是偶尔会露出以前那种骄纵跋扈的样子，但维持的时间都很短暂。

周西抽纸擦脸，涂护肤品时才突然反应过来：就这么蓬头垢面地跟陆北尧见面？太没有形象了。

“李欣邀请胡应卿来演李勋。”

“李欣在想什么呢？”周西下巴一抬，瞪大眼睛看了陆北尧一眼，“以他给的片酬，胡应卿的经纪人可能会把他丢出去喂鳄鱼。”

“胡应卿同意了。”

周西差点儿没把舌头咬断：什么？

“胡应卿这次来S市应该就会签合同，李欣今天晚上飞过来。胡应卿可能会在十二月十日进组，你十二月一日就要过去了。”

胡应卿演李勋，在外形上比陆北尧合适——陆北尧太年轻了，也太俊美了，跟周西没有年龄差，容易让观众出戏。

“你……”陆北尧停顿了一下，“有没有什么不良反应？能进组吗？”

“没问题。”周西转头冲陆北尧嫣然一笑，那笑中有傲气，也有胜券在握的自信，“你信我吗？”

陆北尧喉结滑动，点头。

“我不会辜负你们的信任，我得长大。”周西站直，平静地看着陆北尧，“陆北尧，我会成长起来，我能扛起所有事。假如将来我们在一起，我想我们之间应该是没有隐瞒和自卑的。”

陆北尧沉默许久后，点头：“那我先走了。”

“董阿姨做了早餐，你吃完再走。”周西强行忍下所有的情绪，“陆北尧，我并没有那么脆弱。”

“你很勇敢。”陆北尧的眼睛红了，“我之前对你有误解，对不起。”

“你没有对不起我，也没有错。”周西不知道该用什么词描述他们之间的感情，陆北尧确实没有错，她对陆北尧也有感情。他们真真实实在一起四年，她爱了陆北尧七年，她的身体本能地想亲近陆北尧，但是她的心里迷茫，还有很多现实问题没有解决。

“就是，我想……”

“我明白，我们要平等、毫无隔阂地在一起，我们之间没有欺骗、没有隐瞒，有事一起担，共同面对。这需要时间，你、我都需要时间。”在寂静的清晨，陆北尧的嗓音沉缓，“不要有心理压力，我会等你。”

在周西醒来的这二十天里，只有第一天，陆北尧抱了她。

陆北尧也一直在思考这个问题。她心里有隔阂，这并非之前那种让他们早上吵架、晚上和好如初的隔阂；这是会让他们在一念之间便一生错过的隔阂。

“你追了我三年，我也追你三年。”

曾经周西特别羡慕电视剧里男主角追求女主角的过程，隔三岔五就戳一次陆北尧的肩膀：“你都没追过我，要不你追我一次？”她想让陆北尧假装追她，然后不接受他的告白；他再追她，死缠烂打地追……

陆北尧心想：她去写剧本，观众能骂死她。她磨了好多次，有一次陆北尧在看剧本，被她闹得受不了，就陪她玩。陆北尧转头深情地凝视着她的眼睛说：“周西，我喜欢你，你愿意做我的女朋友吗？”

她嗷的一声就同意了，整个过程用时不到一秒。

“慢慢来吧，我走了。”

陆北尧走出去带上了卧室的门，周西听到陆北尧跟周启宇打招呼，又听到董阿姨追着陆北尧喂早餐。董阿姨没喂到孟晓，而陆北尧是个“锯了嘴的葫芦”，死都学不会拒绝，就被董阿姨强逼着吃完了一份馄饨。这座房子的隔音不好，那些纷杂的声音，全落入了周西的耳中。

两件衣服，一件代表友情，一件代表爱情。

周西打开陆北尧送来的装衣服的袋子，把衣服拿出来摆到床上。她刚要把袋子拿走，看到里面放着一个粉色的信封。信封里面整整齐齐地叠着一张白色的信纸。

周西深吸一口气，打开。陆北尧的钢笔字十分漂亮，蓝色的墨水落到白纸上，字很周正。

周西同学：

二〇一九年十一月二十三日，晴。

认识你的第八年零两个月十六天，早上起来给玫瑰浇了水，阳光下的水珠很漂亮，晶莹剔透，闪烁得像钻石。

花开那天，一定灿烂繁盛。

陆北尧

这鬼玩意儿当小学生日记都会被老师嫌弃字数不够打回去重写。陆北尧的文笔挺好的，怎么会写出这么个鬼东西？麻烦他不要把日记放到粉色信封里好吗？

周西抬手揉了一下眼睛，又看了一遍。短短的几行字，她看了很久，想到大学时她给陆北尧写情书，一开始是认认真真地写，绞尽脑汁，用尽了毕生所学的词汇。

后来她就松懈了，因为不知道陆北尧会不会看。有一次，她到处搜歌词，抄了一首五月天的《纯真》，假装它是情书，她以为陆北尧这种“两耳不闻窗外事”的人不会知道。第二天，陆北尧就把歌手的网络百科内容放到了她的面前。

周西发短信给陆北尧：“冬天给玫瑰浇水，玫瑰不单不会开花，还会死给你看。”

片刻后，一个陌生号码的短信进入周西的手机，周西拿起来看到内容：“把我从黑名单里拉出来。”

周西无语。她将陆北尧的微信号、电话号码拉黑，在微博上取关了陆北尧，弃用了自己的QQ。

她真是一个好绝的女人！

周西给萧晨发微信说衣服已经有了，不用萧晨借了。她现在唯一的问题是穿哪件：穿陆北尧买的，太对不起孟晓了，孟晓一定会“砍死”她——千里追杀，让她“死”得很惨；穿孟晓买的，感觉陆北尧又会很失望。虽然他没多说什么，但知道今天她有时隔多年的红毯秀，于是大清早来送衣服，态度显而易见。

周西的电话响了起来，来电的是萧晨，她接通道："萧总？"

"你那边不用买，有钱就存着，不要乱买衣服。"

"衣服是孟晓送的，D 家新季星辰系列。"

萧晨看着手边的同款衣服，D 家这系列就出了五件衣服，是被孟家人买完了吧？他挂断电话后，为头上的那几根头发心疼。衣服是孟庭深送过来的，让他说是品牌方赞助的。他看着手边的衣服，简直想吐槽，能不能麻烦这对兄妹送衣服之前通个气？这对兄妹还都买星辰系列，真有默契。

萧晨给孟庭深回电话，等了一会儿那边才接通。

"衣服送过去了吗？"孟庭深问。

"你妹妹买了同款衣服，周西已经收到了。"萧晨说，"应该是不需要了。"

孟庭深沉默，半晌后道："那就不送了。"

"我给你送过去？"

"你自行处理，不用给我了。"孟庭深顿了一下说，"我接受了活动方的邀请，跟《深宫乱》剧组一起走红毯。"

孟庭深将电话干脆利落地挂断。萧晨握着手机琢磨着孟庭深要出席晚上的活动这件事。上次孟庭深去找周西，他就觉得很诡异。孟庭深之前一直表现得很看不上周西，后来却让他签周西，给周西代言的机会，干涉周西接剧，现在孟庭深又送衣服……

萧晨想了想，给孟庭深发消息："西姐和陆北尧似乎复合了。"

孟庭深一直没有回消息，也没有不参加今晚活动的意思。萧晨现在跟个太监总管似的，揣摩不透圣上的心，只能照办。

周西那条微博确实发得很高明，随后的处理也很好。苏晨严又恰好在评论里跟她互动了一下，两个人上了热搜，这件事就化干戈为玉帛了。

你说我蹭热度？那很好，我就蹭了。周西随后转发了一条宣传微博，明明白白地蹭热度，这样别人反而没话说了。

周西现在的人气在慢慢回升，就等《深宫乱》播出后火了。

萧晨翻看周西各方面的数据，其实有些担心，周西的病就是不定时炸弹，不确定什么时候会被引爆。他想《深宫乱》火，又怕火得太厉害，大众对周西之后的演技期待太高。若是周西的演技退步了，她一定会被攻击。周西在

《深宫乱》中的表演非常有灵气，这种灵气不是努力学习就能学来的。

《民国探案录》官方微博早上九点发的微博，到现在一个小时过去了，也才五万多条评论。对比之前陆北尧的新戏宣传时那些随随便便几十万条评论、上百万条转发的数据。他的上一部戏还是上星剧，这一部戏是网剧。网剧就算了，导演还是许明睿。这明显就是烂剧。

萧晨翻看关于陆北尧的评论，不少人在落井下石、看笑话。墙倒众人推，现在各方人马都来踩一脚。

萧晨也不看好陆北尧，陆北尧演技不错，也有灵气，但性格真的不行。都说周西爱作死，依萧晨看，陆北尧更甚。萧晨要是他的经纪人，现在已经上吊八百次了。这么一对比，周西以前的“魔鬼”演技都顺眼了。萧晨也懒得看《民国探案录》的预告片，剧名听上去就不好。

下午三点，萧晨接到周西。

周西裹着一件白色长款羽绒服，披散着长发，还没有化妆——要去公司化妆。她一抬头，萧晨就惊艳了，没化妆她也是最美的那颗星。她露出来的浅V蓝色领如同星河般璀璨，天鹅颈线条流畅性感，白得发光，锁骨清晰。

她冷艳又高贵。

萧晨下车拉开车门，周西上车后就戴上羽绒服帽子，彻底把自己盖住。今天S市的最高温度是八摄氏度，据说还有一段露天红毯要走，她抱着暖手袋，开始怀疑人生。

“你注意点儿形象，到会场就不能穿羽绒服了，不要任性。”萧晨拉上车门，坐到前排又递给周西一个小的暖手宝。

周西本来应该大红的，但想到她的病，萧晨就劝自己不要要求太高。

“我有分寸。”

“你想跟谁一起出场？孟总、苏晨严，还是胡老师？”

“哪个孟总？”周西抬起眼帘，不是很明白《深宫乱》跟孟总有什么关系。

“大孟总，他是《深宫乱》的出品人之一，代表孟氏娱乐跟《深宫乱》剧组一起走红毯。”萧晨还是有点儿不适应周西这样看人的样子，给人一种居高临下的感觉，以前的周西就是这样的，“你稍微温和点儿。”

周西垂下眼帘想：孟庭深也去？她非常不喜欢孟庭深，把“翘起来的孔雀尾巴”这句话压了回去，道：“我能跟导演一起走吗？”

“江乔跟导演一起走。”

“江乔为什么不跟胡老师一起走？”

“江乔和胡老师在剧里互相算计，互相看不顺眼，坚决不一起走。”这两个人在剧里也没有什么感情，胡应卿的粉丝不容小觑，江乔也不想跟胡应卿一起走，怕传出绯闻。

“苏晨严肯定不行，胡老师也不行，我和胡老师下部戏要合作，一起走红毯肯定会有很多人传绯闻，没必要。”

“下部戏？什么？我怎么不知道？”萧晨怀疑自己是个假的经纪人。

“胡老师接了《冠军》。”

萧晨真的是个假经纪人，什么都不知道。他道：“胡老师欠李欣钱了？”

“我不知道，反正我们肯定不能一起走。”周西想到最后一个人选，一想到挽孟庭深的胳膊，她的每一根汗毛都抗拒，“我拉孟总一下，能做一年噩梦，不对，一年都不够，我能做半辈子噩梦。”

萧晨在心里默默地给孟庭深点了一炷香。

“我单独走。”

星光盛典算是电视剧圈“金字塔顶”的活动了，一年一次，其间会有很多优秀作品展示，要进行电视剧年度收视率排行盘点，还有评选年度优秀电视剧环节。

《深宫乱》还没播，今天没有奖项，但独家授权了一个长达五分钟的预告片在星光盛典上播放，所以《深宫乱》也是今晚的重头戏。

下午四点，星光盛典上了热搜。

下午五点，星光盛典正式开始，热搜榜开始被星光盛典的相关词条刷屏。女星裙子的品牌、样式一直都是大家讨论的重头戏。

一个个热搜上去，终于到了《深宫乱》剧组。

江乔今天穿着白色一字领长裙，头发微卷，挽着郑荣飞的手臂走出来。全场都是尖叫声，摄影师对着她拍摄。她温婉动人，有着小家碧玉的气质。

随后是胡应卿和苏晨严，一人穿白色西装，另一人穿黑色西装。胡应卿比苏晨严高，苏晨严相貌清秀，走在胡应卿身边。现场的尖叫声达到了顶峰，《深宫乱》剧组这么会玩吗？男主角、男二号好配！

摄影师追着胡应卿和苏晨严拍到最后，一回头，突然全场静了几秒。

周西走了出来，妆容明艳。礼服的蓝色和银色搭配在一起，在她身上美到极致。夕阳沉入城市的边缘，她缓缓地走向镜头，裙摆如同银河，璀璨的星辰点缀其中，熠熠生辉，随着她的走动，更显绚丽夺目。

她肌肤白皙，修长的手上没有任何饰品，具有纤细的美感，唇色红艳而不俗。她款款而来，似黑暗中最耀眼的那颗星。

有人喊“西姐”，周西回头看去，随即扬起唇，笑得明媚又典雅。她长发如瀑，散落而下，美丽的脸露出来。有她的粉丝尖叫出声，因为她的颜值太高了。

周西很长时间没有走红毯了，在下车的瞬间有些慌，此刻倒是冷静下来了。

寒风萧瑟，周围的人都穿着羽绒服、厚外套，她面带微笑，心里却想骂人。她非常羡慕男明星，可以穿西装，女明星真惨！

“西姐，这里。”有人喊。

周西转头看过去，对方拍了照片。她看着红毯尽头的巨大海报，继续往前走，尽量忽略冷的感觉。她每一步都像走在冰上，寒风掀起了裙摆，露出了腿，感觉自己像在裸奔。

周西以前也走过红毯，毕竟她就是干这一行的。有一年冬天，她参加 B 市户外活动走红毯，像她这么爱美的人，自然不会自毁形象穿什么棉袄。于是她被冻感冒了，回去发了三天烧，周启宇吓傻了，抱着她哭得一把鼻涕一把泪。那次活动以后，她就再也没有参加过这类活动。

有一件事，周西对谁也没说，就是参加那次活动时，她的脚踝被冻伤了，之后就落下了病根，冬天吹冷风就会隐隐作痛。

周西保持着完美的微笑，在台上十分钟就要完美十分钟，一分都不能少，松懈一下被拍到了就是“黑照”，很快“黑照”就会满天飞。

她接过女主持人递来的笔，手指冻得发麻，尾指更是微微发抖。她潇洒地在签字板上写下名字，收起笔还给女主持人，转身欲走，女主持人叫住她：“西姐，你还有采访。”

周西愣了一下，随即台下的观众发出笑声，因为她太呆萌了。

周西接过话筒，瞬间转变思路，笑着道：“我太久没走红毯，已经不知道流程了，抱歉。”

台下笑声一片。

“好久不见。”女主持人跟周西握了手，说，“有几个问题想替你的粉丝采访你。”

“好。”周西站直，认真地看着女主持人。

“你来参加星光盛典，感觉怎么样？”

周西换了一只手拿话筒，话没过脑子已经脱口而出：“冷。”

萧晨在不远处脸都扭曲了。哪个女明星会在这种场合公开说冷？他抬手按了一下眉心。

“你除了冷，还有其他感受吗？”

“我羡慕苏晨严和胡老师的丝绒西装。”

还提《深宫乱》剧组的前辈，“小周同学”出息了，萧晨简直想冷笑。

女主持人笑出声，感同身受，伸手抱了一下周西，道：“我赞同你的观点。”她转头对男主持人道：“我也很羡慕你的西装，有袖子。”

女主持人又问周西：“还有一个很有意思的问题，前段时间你在微博上分享宣传链接，你很在意数据吗？”

周西双手合十，明亮的大眼睛看向镜头：“经过我的分享，我进了一次人气女星前一百位，跟上了潮流，感谢大家的支持！”

仿佛女神落到了人间，沾上了烟火气，但并没有落了凡俗，依旧是“独一份”。

萧晨面无表情，把充好电的暖手宝拔掉电源后走向入口。他已心如死灰，也许这个形象更适合周西。

周西的采访已经结束。她快步走向会场入口，一路走到萧晨的面前伸手，萧晨把暖手宝递给她，道：“你能有点儿艺人包袱吗？”

周西抱着暖手宝，快步往暖气集中的区域走去：“你又怎么知道观众吃不吃这一套呢？”

萧晨看了周西一眼，又跟着她走了两步，突然一拍脑门儿：“孟总，我去接孟总。”

周西在秦怡的带领下往会场里面走，暖气扑面而来。她把包递给秦怡，两只手握着暖手宝。

“西姐。”周西转头看到穿着丝绒西装的苏晨严，他今天画了眼线，上扬的眼尾更加清晰，整个人有些阴柔。

周西朝苏晨严颔首，苏晨严一瞬间心跳得飞快。他狠狠地咳嗽了一声，克制住情绪——他不能在大庭广众下跟周西太亲密，这对周西不好。

他让开路道：“西姐，你先进。”

郑荣飞已经坐到了位置上，江乔不知所终。周西的位置在第二排中间，这个位置不算差也不是很好，毕竟今天的主角不是她。

郑荣飞一看到周西就招手，道："来，坐这边，我有事找你。"

周西走上台阶，郑荣飞旁边的位置上写着江乔的名字，另一边是胡应卿，胡应卿已经坐下了。周西迟疑了片刻，打算等江乔回来再将位置换回去。

周西刚要坐下，胡应卿道："周西，你坐我这里。"

胡应卿坐到周西的位置上。虽然这是一件非常小的事，但现在周西需要谨小慎微，一步都不能错。

"谢谢胡老师。"周西在胡应卿的位置上坐下，对郑荣飞道："导演。"

"你最近有工作吗？"郑荣飞问。

"我接了部电影，十二月进组。"

郑荣飞穿着紫色的西装，周西看着他那张脸，不知道他怎么有勇气选择紫色的衣服——紫色太挑人了，他穿紫色的衣服不好看。

"你还有兴趣拍古装戏吗？"郑荣飞斜靠在椅子上，转头看向周西。《深宫乱》已经杀青两个月了，他还没从戏里出来，一想到皇后最后孤零零地坐在门前，就心如刀割。天地之间，只剩下皇后一个人，大雪纷飞，烛火飘摇，皇后孤零零的灵魂仿佛飘在那寂静的深宫之中。

周西的目光沉了下去：郑荣飞的意思是要提携她，怎么没去跟萧晨说？他不是应该跟她的经纪人谈吗？

"我还没确定剧本，目前只有个概念，就没有找萧晨。"郑荣飞似乎看出了周西的想法，解释道，"我先跟你聊聊。"

"什么样的故事？"导演直接跟周西聊？她什么时候地位这么高了？导演和她聊剧情，不会是想找她演女主角吧，演郑荣飞的女主角？

郑荣飞说了个历史上很有名的太后名号，道："这是我最崇拜的一个女人，有帝王之心，比一些男人的胸襟更广阔，格局更大。她不拘泥于情爱，一生为天下苍生付出诸多，是个伟人。"

周西的历史知识水平一般，她只知道这个名号，具体事迹不清楚。

"我写了梗概，发给你，你可以先看看。"

周西转身朝秦怡要手机。秦怡就在后排坐着，立刻把手机递了过来。周西打开手机，收到郑荣飞发过来的梗概。

女主角是开国皇后，和皇帝是恩爱夫妻。建国五年，皇帝战死沙场。内忧外患下，她强势地把小儿子扶到了皇位上。对外，她手段强势，打得最艰难的一仗，城外便是外敌，号角声阵阵，小皇帝瑟瑟发抖，几乎要滚下皇位。她脱掉华服换上戎装，坐镇京城，打赢了这一场仗。对内，她刚柔并济，处理内患，将王朝推到了繁华的顶峰。她是女人，是不凡的女人，镇压外患，稳定朝纲，辅佐两代皇帝——两代明君。

短短两千字的梗概，周西看得思绪百转千回。她反复地看最后一句。她眼眶发热，感受到了来自灵魂深处强烈的共鸣。那种共鸣对于现在的她来说有些陌生，但对于演过《深宫乱》的周西来说，又非常熟悉。

“平北乱，灭内患，从先帝到如今，我在这里坐了六十三年，从天下风起云涌，到如今太平盛世，世人言论不休，我问心无愧。爱恨无悔，江山无悔。”

这个故事太潇洒了，爱恨都潇洒。

周西眼睛有些湿润，似乎看到一位垂垂老矣的太后，皱纹爬上了她的皮肤，苍老、疾病吞噬着她，可她铮铮铁骨，眼神锐利。人死志存，光明磊落，坦坦荡荡。

“你感觉怎么样？”

“好。”周西又看了一遍，深深地被这几行文字打动了。她想不到比这更精准的文字，这一段写得太好了。她转头看向郑荣飞：“有原著吗？有相关的史料吗？”

“暂时只有这两千字，没有原著。”

“剧本什么时候能写出来？我想看。”周西眼中有光，说完觉得自己太急切了，都忘记了辈分，“导演，您这个梗概写得真好。”

“你感兴趣？”郑荣飞歪着身子，笑得得意扬扬，作品被认同是一件令他很快乐的事。

他眼里含笑看向周西，道：“哪个点打动你了？”

“女主角强大、潇洒、心有苍生万物，是个胸襟广阔、大义之人。我最喜欢最后一句话：我要天下太平，要繁华盛世，功过自有后人说。我做了，我无悔。”

郑荣飞的笑意更深，每个写作者都希望得到认同。他十分满足：“如果剧本确定下来的话，你有兴趣演女主角吗？”

郑荣飞果然是让她演他的女主角。她将激动的情绪暂时压下去一些，冷静地看向郑荣飞：“郑导，您不是开玩笑的吧？”

“是啊！”

周西顿感失望，转身拿起水瓶用力地拧开喝了一口水：“我就知道。”

“你这么不自信？”郑荣飞在周西的旁边慢悠悠地说，“没点儿野心？

你要狂一点儿。”

周西有狂的资本，她的背后是孟家，演技那么绝，为什么不狂？有才华的人可以跋扈一些。

“真的？”周西的“失望之色”水分很大，她快笑出声了，导演说话都这么会大喘气的吗？“您这转折，我都不敢接。”

“剧本要写几个月，如果你愿意的话，我们明年三月再谈。”《深宫乱》播完，周西必然会火，郑荣飞怕她到时候没档期。现在是十二月，《冠军》拍完差不多就是明年三月了。郑荣飞跟周西说这件事，是让她提前做出选择。

“我知道，我会腾出明年三月后的全部时间。”周西目光坚定地道，“我会一直等下去。”

周西不好占用胡应卿的位置太久，起身跟他点了一下头，坐到自己的位子上。

她身后响起脚步声，随即萧晨的声音传来：“还冷吗？”

她回头，猝不及防地看到坐得笔挺的孟庭深。她朝他点了一下头，心里有点儿疑惑，他这样的大佬，怎么不坐在前排呢？

孟庭深整了一下袖扣，朝周西点头。萧晨在孟庭深的旁边坐下，继续跟他说话，他看着前方，侧耳倾听。

周西开始搜关于那位太后的史料。她对那个剧本太感兴趣了，不管从什么角度来看，这都是大“饼”，华丽的“饼”。郑荣飞拍剧有一套东西，审美在线，剧情有逻辑，剧又是他擅长拍的古装宫廷剧，必火。

周西听到孟庭深的声音，他对周西道：“听说你住院了？”

周西住院的事，孟家人几乎都知道了。她回头看向孟庭深，点头道：“我已经好了。”

“你注意心态，情绪波动不要太大。”孟庭深比周西大了将近十岁，几乎是看着她长大的，她十岁那年的变故他知道，只是没想到后果会这么严重。他回忆过去的种种，觉得似乎他们都不是什么好人，她有病，过去十几年的她脆弱敏感，一切皆有迹可循，谁有资格看不起她？

“哦。”周西点头道，“谢谢大哥关心。”

孟庭深皱了一下眉，面前的周西在光影之中沉静美丽，似乎不受外界影响。

周西继续看史料。太后的生平事迹非常精彩，她看得兴致勃勃。郑荣飞写的剧本是得过奖的，他来写的话，周西开始畅想以前没想过的事——

她成为视后或者剧获得电视剧金奖。现在的她不是曾经的那个她，对事业有野心。

曾经的周西缺少了一部分，像是浮萍，失去了生命中最重要的根系，就不知道方向在哪里，随波漂荡。她爱陆北尧是真的，想要根系也是真的。

“你晚上有安排吗？”孟庭深突然问，“我们一起吃顿饭？”

周西回头看孟庭深，生出一些异样之感，又看向孟庭深的身旁，萧晨已经走了。她跟孟庭深是不能一起吃饭的，一起吃饭肯定会有绯闻，孟庭深应该知道这个道理。以他的身份，还用来参加这种活动？孟家缺这个人脉？他为什么坐在后排？

周西思考着，以前可能不会多想，但现在毕竟多了几分理智：“晚上我要回去陪他吃饭，我答应了的。”

在外面，周西收敛了几分，没提陆北尧的名字，但孟庭深应该知道她说的是谁。

孟庭深的目光沉了下去：“那下次跟晓晓去我家吃饭，我爸念了你很长时间。”

“好。”周西很有长辈缘，跟孟家老爷子的关系也不错，但这话由孟庭深说出来，实在奇怪。

周西收回视线。

孟庭深越过她看向前方的大屏幕，大屏幕上有《深宫乱》的海报——中间站着胡应卿，两边是穿着皇后华服的周西和后期已经是太后的江乔。周西美艳又端庄。

周西看完太后的史料，心中怅然，想立刻看到剧本。

她开始刷微博，热搜第三位是“周西冷”。

周西点进去，微博是一位搞笑博主发的：“哈哈哈！点击就看到周西在线‘美丽冻人’。她这是什么‘人间精品’！喂！女明星的包袱呢？快点儿捡起来！”博主配的视频：周西站在镜头前，像是身处北极的天鹅，被冻得十分“生动”。

这条微博被转发八万次，评论十万条。果然，这种搞笑视频大家都喜欢。

此时，会场的大屏幕突然暗了下去，整个会场陷入了黑暗。周西放下手机抬头，片刻之后，洪大的音乐声响起，是《深宫乱》的主题曲。

画面中满眼红色，如同被鲜血浸染，远处金色的皇宫，层层交叠。画面渐渐清晰，长长的宫道，皇后站在高高的台阶上。风吹动裙摆，她缓缓地转过头来，凤钗摇动，精致的五官渐渐清晰。她扬唇轻笑，眼神中隐藏着杀机。

《深宫乱》宣传片的第一个镜头，竟然是周西。

一幕幕剧情在周西的脑海中闪过，一张张熟悉的脸，或悲、或喜、或怒、或痛，故事跌宕起伏，节奏飞快。拍戏那三个月的记忆涌上心头，她看着大屏幕，情绪波动很大。

皇后吊死，音乐陡然急转，皇帝肃清皇后家族余党，杀伐果断，血流成河。

大屏幕再次暗了下去，音乐趋于平缓，镜头缓缓拉近。大限将至的皇帝满眼混浊，苍老不堪，身边是等着他死的赵凌雪，丧钟似乎已经敲响，天地之间静了下来。

“一生算计，为权力、为天下，杀至爱、灭至亲，冷酷残暴，无情无义。”皇帝的眼角有泪滑过，他再不挣扎，闭眼躺下。

塞外的风铃声清越，少女着一身明艳衣饰策马而来，笑容灿烂得如同三月的阳光，纯净得没有一丝杂质。

镜头再转，太监沧桑的声音穿透紫禁城：“皇帝驾崩！”

哀乐缓缓响起。

深宫高墙困住的是身处其中的所有人，没有人能逃得出这座城，没有人能翻得过这道墙。他们被困在权力与欲望中，不甘于命运地挣扎。人与天搏？人搏不过天，最终沉沦，深陷其中，再无回头之日。深宫之中，所有人都是牺牲品，没有人能全身而退。

新皇登基，赵凌雪坐到了太后的位置上，掌管天下。新的秀女入宫，天真地娇笑，对未来充满了幻想和希望。

整个画面渐渐明朗，一切似是尘埃落定。可这深宫之中，纷争何时能休？

《深宫乱》五分钟的宣传片，让人感觉似乎过完了一生。宣传片结束的那一刻，周西抬手盖住脸。那三个月是她最痛苦的三个月：爱而不能，求而不得；至亲即将与她分离，至爱渐行渐远。

苏晨严递过来一盒纸，她接过：“谢谢。”

他拿了一张纸盖在脸上，狠狠地抹了一把。

“皇后娘娘。”苏晨严转头看向周西，眼中含泪。

周西扬唇，嗓音沉下去，带着皇后的威严：“你跪安吧。”

泪滚了下来，他捂着脸：“你会拿最佳女配角奖。”

周西也觉得自己能拿，但这个话不能提前说。她抽出两张纸，把剩余的还给苏晨严："将来你也会拿最佳男主角奖。"

苏晨严倏地转头看向周西，他的演技怎么样他比谁都清楚。《深宫乱》的预告片放出来后，有很多网友评论他："退潮了才会知道谁在裸游。"

对，苏晨严在"裸游"。

"真的？"

她并不了解苏晨严，以前对苏晨严有恶意是因为陆北尧。她收起了偏见，这世界上本来就不应该存在这样的恶意和偏见。其实他们是一样的，都是受害人。

"我那么烂的演技都扳回来了，我相信你也可以。"周西看了苏晨严片刻，挥手道，"加油。"

苏晨严捂着脸嗷地哭出了声，大哭的那种。周西目瞪口呆几秒，他才是周启宇的亲儿子吧？他哭得这么夸张！

苏晨严把脸埋在膝盖上："谢谢你相信我。"谢谢她相信他，让他又回到了人间。

周西一愣，随即扭过头去。

《深宫乱》的宣传片又上了一次热搜，这次剧情体现得很完整了，之前郑荣飞夸周西的演技，大家都有心理准备，但没想到她的演技会这么好。前面皇后居于高位，心狠手辣，看似是反派，后面剧情走向陡然一转，局势大变。最后皇后落泪——周西不施粉黛，泪水滑下，将绝望之情演绎得淋漓尽致。

大家迅速把当初周西的杀青照拿出来——皇后独坐在宫门前，配文："深宫高墙，君王情薄，求不得。"有了这句话，再结合皇帝最后的那段回忆，大家在想到底是谁求不得，又是谁困于深宫求生不得、求死不能？

周西的表演再不是滑稽的、愚蠢的。五分钟的宣传片，她丝毫没有让人出戏，大家甚至会忽略她本身的年龄。她把皇后演活了。

曾经周西站在舞台上说，她回来了，洗心革面，重新开始。很多人不信，有嘲笑的，也有讽刺的。她低调做人，埋头演戏，《深宫乱》代表了她的决心，也是她新的开始。她像黑暗中的烟花，美得绚丽，落落大方，一点儿都不矫揉造作。她才二十六岁，未来可期。

周西上了两个热搜，一个是"周西冷"，另一个是"周西的演技"。这回热搜的评论区里没有嘲笑的话，全是夸赞的话，大家在夸周西不声不响地憋大招，爆发了。

周西的粉丝群里一片“号哭声”，周西终于火了，终于有人看到她的演技了。以前大家骂她性格直，现在竟然夸她耿直，耿直得可爱。

此一时彼一时，这一届网友很宽容。各大论坛里，对周西的称呼不再是曾经的“西娘娘”，取而代之的是“西姐”或者“周西”。

她有名字，叫周西。她不是任何人的附属品，可以独立存在，过去的种种不过是明珠蒙尘罢了。明珠始终是明珠，有人拂去尘埃，便会光芒四射。

各家想“踩”周西的都暂时住了“脚”，想等等看，宣传片会剪辑精彩部分，也许她在《深宫乱》剧里的表演有瑕疵，到时候再“踩”她也不晚，先忍着。

周西拒绝了孟庭深的晚饭邀请，但没有拒绝《深宫乱》剧组的晚饭邀请。她没有参加《深宫乱》的杀青宴，今晚大家聚一次，算是补上杀青宴，弥补一些遗憾，之后大家各奔东西，可能不会再聚。于是活动结束后，她和《深宫乱》剧组的人赶往了饭局。她这是自打自脸，简直没脸见孟庭深了。

她在车里换上了毛衣长裙，裹上厚厚的羽绒服，身体感官复苏。

她把头抵在车窗玻璃上，翻看着手机，感受她的粉丝热情的爱。她最新的一条微博有十一万条评论，私信里谩骂的少了，表白的多了，她一条条地翻看。

以前她很敏感，很在意别人的评价，对每一个字都在意。陆北尧曾建议她关掉私信，但她自虐一般，坚持不关。辱骂是刀，捅向了她；爱是药，敷在了她的伤口上。她当时内心孤独，对世界感到绝望，但那些感受不敢跟陆北尧说，怕陆北尧压力大。像是在刀尖上舔药，她每翻到一条鼓励的私信，就能生出一点儿活下去的力量。

她小心翼翼地舔舐着人间那点儿希望，最终完成了自救。现在她强大起来了，刀枪不入。她以为自己不会有什么感触。但当看到成千上万条，甚至十万条充满爱意的私信时，她捂着眼睛，泪从手指缝间涌出。她满手潮湿，很轻地哽咽着。她活过来了——很多很多的爱把她拉回了人间。

手机响了一声，她拿起来看到陆北尧的短信：“B 市下雪了，初雪，我用微信发给你。”

周西已经把陆北尧从黑名单里放出来了。

她打开微信，看到他发来的一段视频。B 市机场外面的小广场，雪花纷纷扬扬，周围有行人，摄像头在移动，他走路的声音非常清晰。他走到广场中央抬起手机，雪花从四面八方落下，落到摄像头上。视频录了很长时间，直到结束，他都没有说话。

S 市很少下雪，周西曾经看韩剧看到上头，认为两个人一起看过初雪就能白头到老。她和陆北尧确定关系的第一年，拉着陆北尧飞到 B 市感受初雪。天气预报说 B 市那几天下雪，结果他们在 B 市吹了三天的风，天晴了三天。他要工作，两个人就离开了 B 市，第二天 B 市就下雪了，周西气得捶床。阴错阳差，他们一直没有看过 B 市的初雪。

陆北尧在 B 市做活动，《民国探案录》要播了，得配合公司宣传。

周西关掉视频，攥着手机半晌后，打开订购机票的手机页面，找最近的航班。凌晨一点有一班飞机，她迅速预订。

"你要干什么？"秦怡转头看到周西的手机页面。

周西把手机屏幕关掉："什么？"

秦怡蹙眉："不要单独行动，你已经订了二十八日的机票飞往广西。你最近在家看剧本，不要随便出门。萧总说，你最好不要跟陆先生见面。"

《深宫乱》剧组在 S 市临江大厦顶层聚餐，包下了一层。这家餐厅主打西餐，周西对西餐的兴趣不大，她的胃不好，大多数东西吃了都不舒服。

剧组的两位主演三天后还要去 C 市参加综艺节目，做宣传，她和苏晨严不用再跟组了。苏晨严最近接了一部现代偶像剧，十二月进剧组。

苏晨严端起酒杯走到周西的面前，认真地看着她，目光诚恳地道："西姐，我敬你。"

周西跟苏晨严碰了一下酒杯，喝下了一口酒。苏晨严一饮而尽，喉结滑动，道："祝你一路繁花，前程似锦。"

"谢谢。"

苏晨严说不出太多的话，重重地点了一下头，转身离开。周西跟《深宫乱》剧组的人挨个儿碰杯，很感谢这个团队，让她变得更好，团队里的每个人都很努力。两杯酒下肚，大家热烈地聊起剧组的事。

周西起身走向洗手间，上完厕所后在盥洗台前看到了孟庭深。他脱掉了西装外套，只穿着衬衣，单手插兜靠在旁边的墙上抽烟，看到周西，把烟从嘴边拿开，烟灰落进他手边的烟灰缸，随即烟头也被丢了进去。

"你喝多了？"

"没喝多。"周西抽纸擦手，朝孟庭深点头，"大哥。"

“你跟陆北尧复合了？”孟庭深问。

周西环顾四周，孟庭深的目光沉了下去，道：“不会有人进来，萧晨在外面。作为朋友，作为大哥，我想跟你说几句话。”

“嗯。”周西点头道，“您说。”

“你想过前途吗，想过未来吗？”孟庭深听到周西跟陆北尧复合的消息，是有些震惊的。她恋爱了，状态就回去了——那是糟糕的状态，她不再是光芒四射、风华绝代的女人。

“你想过你们复合后的社会舆论吗？”

周西点头。

“那一天来到，你所有努力的结果都将付诸东流。你的努力和坚持、你的优秀和光芒，都会被掩盖在恋爱这件事之下；你所有的成绩都将不再重要。就像曾经你埋没在陆北尧的光环下，会失去自我。”

孟庭深见过周西对陆北尧的爱意，浓烈而卑微。她那么骄傲，为什么会为爱如此？她为什么要碰爱情？孟庭深没谈过恋爱，不懂她倾其所有图什么？他们的爱太疯狂，简直是丧失理智的，孟庭深不知道这样有什么好。

“陆北尧，不值得。”

“其实爱情不能用值不值得去衡量。”周西站得笔直，杏眸中有光，声音沉缓但有力度，“我不知道我能清醒多久，但在清醒的时间里，我知道我爱他。我不后悔，无论在事业还是爱情上，我都不后悔。这一生，我什么都有了，不茫然，那就是值得吧。”

周西想到郑荣飞新剧的台词，这大概就代表了她的一生吧。离开那天她不迷茫，爱所爱之人，敬所敬的梦想，心怀信仰，坚定地往前走。

“我努力过、付出过，真正的优秀没有什么东西能够掩盖。我想我们不会就此被埋没。”

昏暗的空间，灯光不甚明亮。

巨大的别墅地下一层十分空旷，没做过装修，中间有一个黑色的拳台。沉闷的肉搏声从台上传来，一黑一白两道身影，招招致命。随着一声闷响，陆北尧凶狠的一拳带着凛冽的劲风直奔许明睿的脸，许明睿一愣，随即含糊地叫出声：“脸！”

陆北尧抬脚把许明睿踹到围绳上，拳头落了空，然后面无表情地活动脖子，退到一边吐出牙套，走过去拉起许明睿。

“你没事吧？”

“老子的帅脸！毁容了你赔得起吗？”许明睿腹部有护具，不至于伤到。他咬着手套的边缘脱掉手套，又解开缠在手上的绷带，吊着眼打量陆北尧：“你今晚怎么这么猛？”

许明睿的话怎么听起来怪怪的？陆北尧想一脚把他踹出去，嵌进墙里抠不出来才好。

陆北尧解开手套和绷带，翻身跳下拳击台，长腿落地，拿了一瓶水扔给许明睿，自己拧开一瓶仰头灌下。有水珠顺着他的下巴往下滚落，一路滑到他的胸膛。

许明睿刚认识陆北尧时，陆北尧看起来斯斯文文的，脾气极好，喜欢穿白衬衣，别人说什么就是什么，任由别人搓圆揉扁，不声不响，话很少。他第一次邀请陆北尧打拳是在横店。他喜欢这种刺激的运动——他从小到大什么都有，就是空虚。《民国探案录》剧组里的其他人都怕他，没什么好玩的。他觉得陆北尧跟他是一路人，就跟陆北尧打了赌：如果陆北尧打赢了，剧本随便陆北尧改；陆北尧打输了，那就什么都得听他的，结果陆北尧戴上手套后差点儿把他揍死在拳击台上。陆北尧打红眼了，最后是教练看出不对劲儿，连忙叫停，拦住了陆北尧。陆北尧赢了，脸上却没有任何表情，靠在围绳上，目光孤独。许明睿很少在谁的身上看到这么强烈的孤独情绪，陆北尧是第一个。

陆北尧是个疯子，是个孤独的疯子。

许明睿歪了一下头，欣赏不远处那个俊美又冷静的疯男人。陆北尧的外形确实绝，娱乐圈盛产好看的人，但不批量生产像他这样的人，当初把他挖进娱乐圈的人有眼光。

许明睿灌了一口水，道：“你今天又因为什么疯了？”

陆北尧披着毛巾拿起手机开机，原本他是要看星光盛典的直播的，结果要飞 B 市就耽误了。他想看录播，却被许明睿叫来打拳。许明睿真是有病，他才踹了许明睿一脚，下手真是太轻了。

陆北尧把一瓶水喝完，一只手将瓶子扔进垃圾桶，另一只手滑着手机专注地看着。

周西没有穿他送的裙子，他今天下飞机就看到了，这条是孟晓送的。他觉得刚刚应该把那一拳打下去，太想打人了，控制不住那个劲儿。尽管他知道周西心里肯定有他，但还是没有安全感。这种感觉折磨得他心里焦灼。

陆北尧舔了一下嘴角，强行把所有的情绪都压了下去。其实他的控制欲很强，但对于周西，他总是舍不得，那种舍不得的感觉深入骨髓。他的手指碰了一下周西的照片，汗水落在手机屏幕上，使手机屏幕蒙上一层雾。许明睿走过来瞥了一眼他的手机："你打拳的时候在想女人？你在想女人？"

陆北尧懒得搭理许明睿，擦了一下屏幕上的水雾，结果越擦越多。

"既然这么想见周西，星光盛典不是邀请你了吗？你怎么不去？"许明睿揉着肚子，刚刚陆北尧的那一脚是情急之下把他踢开，不然那一拳下去，他很有可能骨折，但以陆北尧的力道踹一脚他也疼啊！

"会影响周西。"陆北尧言简意赅，拿着手机往另一边走，"我不玩了，睡觉。"

陆北尧顺着步梯往上走，许明睿跟在后面，站在陆北尧兄弟的角度为陆北尧感到不值："你有没有想过换一个？"

陆北尧停住脚步回头，居高临下地睥睨许明睿。

许明睿瞬间头皮发麻，往后退了一步："说实话，我一直觉得爱情这玩意儿挺虚的，哪儿来的那么多情啊，爱啊？不过是多巴胺分泌产生瞬间快乐的感觉，结束之后，尘归尘、土归土。很少有人一辈子就认准一个人，你和周西从大学谈到现在，这么久了不腻吗？上次你们分手，我以为复合不了呢。周西虽然漂亮，但也不是完全不可取代的。"

"我和周西要是复合不了，我先把你弄死。"陆北尧嗓音低沉，抬腿大步往楼上走，走到一楼楼梯口，转头看向许明睿。灯光从他的头顶洒下来，他眼神深沉，眼眶渐渐泛红，但情绪很快就被压了下去。

"我从二十岁开始爱周西，爱到现在，我的整个世界都是她。你没有体会过那种极致的爱情，无法想象有多快乐。"陆北尧继续往楼上走，"你不懂。"

对于陆北尧来说，性绝对不是爱情的全部。他跟周西认识的第四年才真正发生关系。之前他不是没想过，但一直没做到最后。他很克制，觉得没到时间。那次发生关系是意外，周西在《小暗恋》杀青宴上喝多了，缠着他非要亲，两个人亲着亲着就滚到了床上……周西主动又热烈，他兴奋，也快乐，但那种快乐绝非单纯生理需求上的满足感，他的满足感来自周西。那是周西——他的女孩儿。

陆北尧冲完澡披上浴袍，走到落地窗前拉开窗帘，寒风中摇曳的高大树木已被细雪蒙上了一层白。周西想跟他一起看初雪，他答应过，但一直没时间，他们忙忙碌碌，这么多年就过去了。

陆北尧打开窗户，寒风呼啸，裹挟着雪花。他伸出手去拍了一张雪景照，关上窗户拉上窗帘，坐在小沙发上，打开微信把照片给周西发过去，等了十分钟，她没回复。

陆北尧取了一支烟，用打火机点燃香烟，火光闪烁。他有些恍惚，火光暗下去后才回神。周西应该在睡觉吧，一直没回微信。今晚她会不会出去吃饭？她不会喝酒吧？孟庭深今晚也走了红毯，真是司马昭之心！

陆北尧狠狠地抽了一口烟，从行李箱里翻出笔记本，打开钢笔笔帽。金属的笔帽冰凉，被拿下去时发出很轻的声响。他捏着烟弹落烟灰，重新把烟放回唇间。

西西：

今天我在B市，二〇一九年十一月二十四日，B市下小雪。

陆北尧的笔停住，墨水洇湿了纸张，一团黑色。他又抽了一口烟，将烟按灭扔进烟灰缸，撕掉纸张，揉成团扔进垃圾桶。

周西给陆北尧写过上千封情书。后来他们搬家弄丢了一部分，她为此哭了一次，陆北尧心里当时没有特别大的触动，但过后想想总是觉得遗憾。

周西写情书也是流水账。有时候在家吃了一碗好吃的馄饨，她写一千字感言，给陆北尧看。或者她在路边看到一朵花，用很多字去描述这朵花有多好看。后来他去看了，那就是一棵蔫了吧唧还长了虫的蔷薇。但她就是有那个本事，把所有的东西都写得生动活泼，充满了生命力。

这几年大家都忙，很少再提笔写东西了。

陆北尧高中时期的作文也是拿过奖的，现在竟然不知道该写些什么。对比之下，周西的那些情书一点儿都不简单，内容殷实丰富。她非常有才华。

陆北尧的手机响了起来，他漫不经心地看到上面的来电显示——“太太”，这个名字是周西备注的。周西说她给陆北尧的备注是“老公”，陆北尧给她的备注就应该是“太太”。陆北尧刚想问她为什么不把自己备注为“老婆”，就看到她已经飞快地把备注改完了。“太太”就“太太”吧——陆太太。

陆北尧眼皮跳了一下，随即心脏狂跳，跳得他有些慌。他的睫毛在眼下形成一片阴影。他拿起手机接通，尽可能地让自己的声音平稳，用修长的手指死死地抵着手机背面："西西，还没睡？"

"我在B市机场。"周西的声音传过来，软软的，她似乎有些感冒，说话的时候有鼻音，"你住在哪家酒店？"

大片大片的烟花在黑暗中炸开，陆北尧脑子一片空白，起身撞翻了桌子，连忙抬手整理："我这就过去，你找个暖和的地方待着，点一杯牛奶，喝完我就到了，不要喝奶茶和咖啡，晚上会睡不着的。"

"雪停了吗？"

"没有。"

"我主要是来看雪的。"周西怕陆北尧多想，解释道，"雪停了，我就白来了，我在这方面一向没什么运气。"

"雪要下三天，这两天都不会停。"

陆北尧低沉的嗓音传过来，缠着周西的耳朵。周西耳郭有一些热，偏了一下头，把围巾拉得更高盖住脸，只把眼睛露在外面："那好吧，我等你。"

"嗯。"

周西做这个决定，没有告诉她的助理，也没有告诉她的经纪人。她一开始退了机票，但有点儿不甘心，后来在热搜上搜到了"B市初雪"，于是在被秦怡送回家后，就换衣服、订机票，飞往B市。她没有带任何东西，想看完雪就走。

周西买了一杯热牛奶走出温暖的机场，到落雪的广场处。寒风呼啸，雪落无声，灯光的尽头大片雪花纷纷扬扬，越来越密集，万年青白了头。她把帽子压低，把围巾往上拉，眼睛几乎都埋了进去，眺望远处，见一辆黑色越野车缓缓地开了过来，车灯闪烁。她抬头看到开车的男人，他戴着口罩、帽子，隐隐能看到他英俊的眉眼。他们真的太熟悉了，陆北尧把脸全蒙起来，她也能认得出来。

周西四下打量，发现没有人注意他们才快步过去拉开车门。暖气扑面而来，她冻了很久的手脚有了知觉。她带上车门，把包放到腿上："你住在哪家酒店？"

"我住在许明睿家。"陆北尧把充满电的暖手宝递给周西，打了一把方向盘，车驶出了机场，"别墅在郊区，不会有八卦记者跟。"

周西抱着暖手宝，后知后觉，其实自己有些冲动。她原本打算拍完《冠军》再跟陆北尧见面，没想到会这么突然。可能是她喝了酒，上头了，脑子就有些不受控制。她手上有了暖意，转头看向窗外，雪花更大片了，繁密地砸在车窗上，又缓缓地融化，像眼泪一般。

“你跟许明睿的关系很好？”

“还行。”陆北尧的嗓音低沉，“我们是合作关系，大家一起赚钱。谈不上朋友，利益共同体。”

陆北尧没有什么朋友，除了周西，所有人在他的眼里都一个样，也就是一种生物，没有特殊情感。

车开过高架桥，拐上了一条寂静的小路，周西从包里拿出手机看时间。车忽然停了下来，她抬头，怎么回事？陆北尧关掉车灯，解开安全带，俯身过来用力地抱住了她。

小路上五十米一个路灯，灯光昏暗。雪越下越大，经过路灯处飘至人间，落到了地面上，白茫茫的一片。

我到你的城市看雪，也想看看你。

周西清醒之后，知道自己是谁，但和陆北尧之间的矛盾仍然存在。还有她的病，她不知道什么时候会糊涂。她不能再像以前那样肆无忌惮地想要什么就要什么了。她有理智，克制着自己，但会想陆北尧。七年已过，陆北尧早就被刻在她的骨子里，存在于她的血液中了。

陆北尧抱着周西，抵着她的额头，呼吸声在寂静的车厢内非常清晰。陆北尧的唇很轻地落到她的头顶，她戴着帽子，陆北尧戴着口罩，他们之间隔着不止一层阻碍。

“B 市的雪很美。”周西的声音很轻。

“是很美。”陆北尧紧紧地抱着周西，嗓音沙哑。

周西抬头看陆北尧，漂亮的杏眸中闪烁着光。陆北尧拇指擦过她露出来的细腻白皙的肌肤，克制着，眼中翻涌的情绪被压了下去，注视着她道：“吃晚饭了吗？”

现在已是凌晨两点半。

周西点头，还看着陆北尧。

隔着口罩，陆北尧低头碰了一下周西的鼻尖，碰得非常小心。他又抱住周西，嗓音沉下去：“我最近学会了包馄饨，明天早上煮给你吃。”

他顿了一下，又道：“那——你去我那边？”

陆北尧老家很少有人包馄饨，所以只会包饺子，可周西又不爱吃饺子，嫌皮儿厚。一般的馄饨还不行，她得要那种纸皮儿馄饨，一个个小小的晶莹的馄饨浸在温润的鸡汤中，两口吃一个。

周西这一趟来得冲动，但不是特别后悔，道："我去酒店会被拍吧？"

陆北尧唇角上扬，眼中也多了一丝笑意，松开周西，道："明天走吗？"

"嗯。"

陆北尧看了周西许久，脑子里想了很多，想得百转千回，可到底什么都没做。他坐回去取出一支烟刚要点着，目光触及周西又放回烟盒，道："走吧。"

"你少抽点儿烟。"

"嗯。"

周西目光往下，看到了陆北尧脚上的拖鞋，以及黑色大衣下面的睡衣衣角："你穿睡衣出门？"

陆北尧是一个被人高度关注的明星，不应该穿睡衣、拖鞋出门。他从来都是一丝不苟的，今天怎么这么邋遢？

陆北尧握着方向盘把车重新拐上主道，往郊区别墅开。他嗓音低沉，语速缓慢，这回多了几分理智："来不及换衣服。"

来不及？陆北尧是有多急？周西看着陆北尧，他的眼睛隐在阴影当中，只有长而黑的睫毛显露出来。他是"睫毛精"，睫毛漂亮得要命。周西以前很喜欢玩他的睫毛，大部分时间他脾气都很好，只要不过分，几乎是有求必应。他的睫毛落到手心，一直痒到了周西的心脏深处。

周西收回视线，转头看窗外，把下巴搁在手背上，鼻尖隔着口罩触到了车窗玻璃。外面飞逝而过的反光带，能看到裹挟着雪花的寒风呼啸着，打着旋儿，渐渐融入黑暗。

许明睿的别墅非常大，可以称得上庄园了。电子铁门缓缓升起，车开进院子的车库，车库里一排豪车。周西看了陆北尧一眼，从另一边下车。她看了一下四周，她家以前也算是有钱的，但跟许明睿家比，还是差了很大一截儿。

"你看什么？"陆北尧拎着车钥匙大步走过来，习惯性地伸手到周西的面前，接触到她的目光又把手垂下，道，"走了。"

周西打量着陆北尧，这回打量得很意味深长。

陆北尧刷指纹进门，先用免洗洗手液喷了一下自己的手，又将免洗洗手液递给周西，道："最近流行性感冒很严重，注意消毒。"

周西喷完手，往别墅里看："我来这边住合适吗？"

"嗯。"陆北尧弯腰把拖鞋放到周西的面前，接过她的包放到一边，"你住我那边，还是另外住？”

陆北尧直直地看着周西，似乎是把头放到了屠刀下，就等她发号施令。她脱掉外套，陆北尧接过挂到玄关的衣帽架上。她又解围巾，里面穿着烟灰色毛衣，贴身的，勾勒出纤细的腰，陆北尧知道那腰有多软，她的毛衣下摆没入黑色的半身裙，显得她纤细又精致。陆北尧接过围巾挂在衣帽架上。

“我们又没有谈恋爱，住在一起不合适。”周西说。

屠刀落下了，陆北尧并没有预料中的那么疼，还能接受，就是等待的时间比较煎熬。他倒了一杯水递给周西，道：“房间在二楼。”

这套别墅确实是大到不可思议，就是主人的品位不怎么样，装修得仿佛酒店。陆北尧带周西到房间，他口罩已经拿下来了，露出俊美的一张脸，道：“你需要什么叫我，我在隔壁。”

“好。”

房门关上，陆北尧抬手抹了一把脸。房门忽然又被打开，他迅速冷静下来回头道：“西西？”

“许明睿跟你住一起？”

陆北尧沉默了几秒，随即表情有些精彩：“许明睿住在三楼。”他眯了一下眼。

周西哦了一声，耳朵有些红：“拿一套你的睡衣给我，谢谢。”

陆北尧喉结滑动，平缓了一下情绪，点头道：“好。”

周西要关门，陆北尧再次开口道：“周西，我爱你。”

两分钟后，陆北尧把睡衣送过来，周西接过来就关上了门，没有跟陆北尧再交流，怕交流下去就“深入”了。她太清楚自己的那点儿出息了，对陆北尧是没有抵抗力的。睡衣是深蓝色衬衣式薄款，房间内暖气十足，她穿着倒是不会冷。

周西洗完澡穿上陆北尧的睡衣，衣服很大，她只穿了上衣。她走到窗边看外面，窗外桂花树上积了厚厚的一层雪，树枝被压弯，摇摇欲坠。院子里的灯光落到雪花上，反射出晶莹的光芒。她拿出手机拍了一张照片。B 市的初雪，她看到了，美得绚丽。

周西的手机响了一声，陆北尧的消息发过来：“不要看太久，早点儿睡。”

周西转头看过去，看不到另一边的窗户，陆北尧怎么知道她在看雪？她刚收回心思，陆北尧的第二条消息发过来了：“把裤子穿上。”

周西用力地拉上窗帘，怀疑陆北尧在她的房间装了摄像头，找了一圈什么都没看到，转身回到床上，冷静地想了想，陆北尧应该不会那么卑劣，那是隔壁窗户能看到这边？

周西一觉醒来，处在雪光之中，满室明亮。窗帘被掀开了一道缝，大概是昨晚没拉严。

窗外树枝上积满厚厚的白雪，整个世界银装素裹，美不胜收。周西赤脚跳下床，踩在飘窗上看外面，整个世界一片白，让人非常震撼，世界是纯净的。

许明睿早上起床，叼着一支烟，趿着拖鞋下楼，他还没彻底睡醒，但今天要开《民国探案录》的发布会，对自己的第一部作品还是很重视的。他至今一事无成，在家靠爹，出门靠哥。他是老幺，被全家给宠成一个四体不勤、五谷不分的笨蛋，但笨蛋也有梦想。他跟有些人不一样，只“吃喝”不“嫖赌”，最多就是玩玩极限运动。他拍剧是为了他的那点儿虚荣心，想拍出点儿成绩。

许明睿踩着楼梯走下去，乍一看到在厨房里包馄饨的陆北尧，狠狠地揉了一下眼睛。陆北尧穿着黑色的薄毛衣、简单的牛仔裤，站在厨房里一个一个地包馄饨，用修长的手指捏着纸皮儿馄饨，那个谨慎的样子看上去特别诡异。许明睿嘴角抽了一下，走过去打开冰箱，取出一瓶冰水灌了一大口，冷静下来再看，陆北尧还在包馄饨，已经包出一盘子了，非常漂亮。

难怪许明睿早上听到剁肉的声音，厨房正好在他房间的下面。陆北尧在干什么？许明睿抬起手腕看时间，早上八点。

“你有病？”许明睿又灌了一大口冰水，拧眉盯着陆北尧，“你还会包馄饨？不是，你大清早包馄饨？我不吃馄饨，最近我在健身，不吃猪肉。”

“你想吃也没有。”陆北尧表情淡漠，把刚包好的馄饨放到白瓷盘里，“你不要做梦了。”

陆北尧包完最后一个馄饨，去看锅里的鸡汤。他做事有条不紊，热气在他的手指周围缭绕着，身上突然就有了烟火气。

许明睿把一瓶冰水喝完，观察着陆北尧，陆北尧有了和许明睿第一次见面时的沉静气质，就是外人说的男神气质——脾气好，甚至有几分温润。这真是诡异！

许明睿回头，猝不及防地看到从二楼下来的周西。他不是第一次见周西，之前去找陆北尧谈剧本就见过一次，周西真人比电视上漂亮，但不怎么搭理人。他一直觉得周西的性格不太好，她和陆北尧分手后，他就没再见过周西。

“许总。”周西朝许明睿点头，道，“早。”

周西清越的嗓音，含着似水的温柔。许明睿点了点头，随即猛地回头看陆北尧，难怪陆北尧大清早打了鸡血似的剁肉，身上的戾气都没了，还耐心地包馄饨。

“啊？早！”许明睿拉开冰箱又取出一瓶冰水，拧开想往头上浇。为什么周西在这里？他错过了什么？这不是他的房子吗？为什么？

厨房里有巨大的窗户，雪景就在陆北尧的身后。他递给周西一杯鲜榨果汁，转身去煮馄饨，许明睿觉得自己很多余。

陆北尧做事很快，端着两碗馄饨到餐厅，抬了一下眼：“阿姨十分钟后过来，会带你的早餐。”

许明睿觉得委屈：“我吃一点儿馄饨吧。”

“没了。”

陆北尧虽然这么说，但还是给许明睿下了一份馄饨。三个人的餐桌上，许明睿就是“空气”。咬着馄饨，有那么一瞬间，他似乎体会到了什么是陆北尧说的极致的爱情。陆北尧和周西坐在这里，什么都不用说，他就能感受到他们之间的关系是紧密的，外人插不进他们的世界。他们不管是说话还是眼神，那种默契非常微妙。

馄饨是猪肉马蹄馅的，不腻，口感清爽偏脆，鸡汤清澈，没有油花，只剩下鲜味。陆北尧能耐啊，这手艺不去开餐厅可惜了。

“吃完早饭，晓晓来接我，我就走了。”孟晓今天早上从广州飞 B 市，周西打算跟她会合。

陆北尧抬头看向周西，沉默了一会儿，点头道：“嗯。”

餐厅的一侧是巨大的落地窗，雪还在下，地面上积了厚厚的一层雪。

“孟晓跟 TI 公司合作的新产品要开发布会了，我过去给她‘站台’，对萧晨也好交代。”周西说，“回去我就要进剧组了。”

陆北尧端起自己面前的牛奶杯想跟周西碰杯，凝视着她，道：“祝你一切顺利。”

周西端起果汁杯，跟陆北尧的牛奶杯碰了一下，迎着他的目光：“你也一切顺利。”

十二月，周西进组做体能训练的前期准备工作。第一天，教练和李欣就建议她剪短头发。

“剪短头发更符合形象，不管是少年期的陈星，还是成年后的陈星都更适合短发。”李欣上次见到周西，就打算建议她剪短头发，可没过多长时间她就离组了，“现代电影很难做头套，而且也不自然。再说这部电影是竞技题材，弄个假发非常尴尬。”

萧晨看了一眼周西的头发，她的头发留了很久，当年她出道时就是一头长发，太有标志性了。美艳的大美人将头发剪短算怎么回事？

“妆发可以找团队做，尽可能保全周西的头发。”

“剪吧。”周西抬起下巴，摸了一下长头发，“头发又不是不能长，只要不剃光头，我都能接受。”

一行人全部看向周西，萧晨狠狠地咳嗽了一声，道：“你的头发留了很多年吧？”

“演员不是应该敬业吗？”周西转头直视萧晨，目光清澈锐利。

萧晨一时间不知道该说什么——娇滴滴的大小姐，头发说剪就剪。

“周西，你好好想想。”萧晨觉得哪怕电影不接，都不能剪头发。

“不用想。”周西唇角上扬，目光坚定，“需要剪那就剪吧。”

少年时的陈星对整个世界都处于防备状态，是个假小子，她的性格里是仇视长头发的。在当时的她看来，长头发是柔弱的一种象征。她仇视柔弱。

周西接这个剧本的时候就有心理准备了。

李欣看向周西的目光里多了几分慎重。是陆北尧推荐了周西，李欣其实没那么满意周西的外形——周西过于柔弱了，不符合他心目中陈星的形象。但这部电影最大的投资商是陆北尧拉的，而且陆北尧投资了，他硬着头皮接受。他想拍这部电影很久了，人穷志就短。

“你同意就好。”李欣拍了一下周西的肩膀，很是欣慰。周西要是真不想剪，他一点儿办法都没有；周西配合，他很感动，道：“头发长得很快，你不要有心理负担。”

萧晨看了一眼李欣头上的小辫子：“那你怎么不剪短？”

“我又不拍戏。”李欣毫不客气地拧人，“我要是拍戏我也剪。”

萧晨翻了个白眼。

周西剪头发这事落到了《冠军》剧组造型师手上，他拿起剪刀就开始剪，剪的时候周西没什么感觉。长长的头发落到地上，秦怡把头发拿起来，道："要不要收起来？"

周西看着那些头发，头一下子就轻了，头发剪得非常短，已经到耳朵上面了。她抿了下嘴唇，没有说话。

"周西？"萧晨叫周西，"你没事吧？"

周西很轻地呼吸着，鼓起勇气拿起镜子看自己。她第一次剪这么短的头发，头发剪掉就没有了，有些东西也随之失去了。

长大就是要做出选择，失去一些东西；蜕变就是撕裂的过程。她心口有一些疼，说不出有什么情绪。

"你没事吧？"

其实周西剪短头发更好看，突出了五官，这样上镜头也会更有质感。她胸口起伏，唇角扬了一下，号啕大哭。有很多东西，随着那一场车祸、那一次清醒失去了。她很清楚自己失去了什么，醒来后，她还是她，但又不是她了。

李欣和萧晨都吓到了，不知道该怎么安慰周西。

周西把脸埋在手心里，哭了五分钟，抬手擦脸。她没有化妆，睫毛湿漉漉的，眼睛清澈："我好了。"

一句"我好了"之后，周西在之后的十天训练里没有哭过一声，再苦、再累都扛住了。一个完全的新手想在短时间内将散打练得有模有样，能演出那副凶狠的架势，需要吃很多苦。她在过去的二十六年里没有吃的苦，都在这一段时间吃了。

周西除了每天睡觉的六个小时，其余时间几乎都在散打台上。她原本以为自己很难入戏，毕竟治疗病情吃药影响了一部分共情能力，但走到拳台上，被教练揍了一拳后，忍着泪爬起来，就知道这一步迈出去了。她认真地做，努力地拼搏，属于她的东西永远不会消失。

当年周西被摄影师骚扰，后来陆北尧教她防身术，教了大半年。她只学会了扇耳光、踹裆，正经的一点儿没学会。她嫌苦、嫌累、怕疼，什么都不行。

教练一脚把周西踹到围绳上，她半晌没喘过气来。这要是在以前，她早就气哭好几回，找人把教练打"死"了。但现在她很清醒地知道自己必须站起来。她低着头喘气，汗水顺着她的下巴往下滴。曾经的陆北尧也这么苦过吧，她顺着陆北尧的路走过来，一步步地走到现在。

“你的力量太小了，我不要求你的力度立刻上来，毕竟你不是专业的运动员，但你的技巧必须到位，不能差太多。”教练的表情严肃，“在赛场上，没有人会对你仁慈，没有人会等你调整。站起来，继续。”

周西没动。

“你听见了吗？站起来，你今天打到我一次，我算你赢。”

李欣死死地拉着萧晨，怕萧晨上去跟教练干架。教练是职业运动员，一拳能把萧晨捶到地心。

“周西是运动员吗？她是演员。凭什么拿运动员的标准要求演员？你疯了吧！”萧晨气得眼睛都红了。

周西缓缓地起身，再次站起来，汗水浸湿了她的头发。她抬头，拳头直奔教练的脸。教练侧头，她抬脚踢了上去——熟悉的踢裆动作。教练抬手挡住：“违规！”

这回周西一拳砸到了教练脸上，力道依旧不大，并没有把教练怎么样，但打到了。她穿着黑色运动装，戴着黑色拳套，往后退了一步，抬起下巴，目光桀骜。她拳套向下，向教练挑衅。

不管用什么手段，周西打到了。

李欣的动作顿住，这瞬间的周西就是陈星。她的眼神太狂了，从底层厮杀上来的人，眼神怎么可能柔弱、纯良？陈星就应该有这么狂的眼神。

“算你赢。”教练擦了一下脸，道，“继续。”

周西几乎把所有的包袱都放下了。没有优越的背景、没有任何靠山，她就是陈星……

她靠在围绳上，抬起头看向阴沉的天空，头痛得厉害，转身就吐了。

“队医！”萧晨疯狂地喊道，“队医呢？快点儿！”

周西被打到胃了，在床上躺了一天，胡应卿就进组了。

十二月十二日，《冠军》开机。

现场没有媒体，也没有粉丝，胡应卿是悄悄进组的，周西也是。这部电影拍得非常低调。李欣还是摆了个香炉，他们按照规矩拜了拜。

胡应卿转头打量周西，她这造型绝了。她留着短发，穿着烟灰色外套，搭配一条牛仔裤，跟在《深宫乱》剧组里完全像是两个人。胡应卿把香插上，回头递给她一瓶拧开的水。

“你训练的感觉怎么样？”

“疼。”周西喝了一口水，“谢谢胡老师。”

胡应卿还是觉得挺神奇的，现在周西其实是入了戏的。他非常欣赏周西对演戏的热忱，抗过了所有人的反对，接下了这部戏。他就是个戏疯子，觉得演戏是信仰，觉得周西跟那些拍戏捞钱的人不一样，她也有信仰。不管别人怎么说、怎么看，是不是觉得周西不适合演电影、不适合拍竞技题材的戏，他依旧相信周西。他信了，所以来了，并且觉得不虚此行。他看过剧本，周西现在已经有陈星的感觉了——短头发，目光沉静，有与世隔绝的孤僻感。

“演员就是这样，要挑战不同的角色，就要吃不同的苦。”胡应卿单手插兜，打量着周西，“你现在的形象实在……我想你的粉丝一定会非常震惊。”

《深宫乱》是十二月一日开始播出的，在播出的第一周就火了，单台收视率达到了2%。周西的个人数据也上去了，只是她一直没怎么发微博，只在《深宫乱》首播当天转发了官方微博的宣传。

《深宫乱》没播的时候，剧组的人就猜到了周西扮演的皇后肯定会火。播出后，效果比大家想象中的还要好，最近每天都有相关的热搜，周西的微博粉丝数涨到了两千万。网友都说她本人就是皇后，端庄美艳。她的粉丝每天“舔颜”，疯狂地喜欢她。

可谁能想到，此时周西正在这小城里扮演乞丐？

周西拉起外套的帽子，拿起手机自拍，光线很暗，她的半边脸隐在阴影当中，目光冷傲，拍完她检查了一遍，发了微博。

胡应卿心想：自己为什么要提醒周西？周西在干什么？

周西很长时间没有发自拍照了，她的粉丝都有点儿想念她。

《深宫乱》一天两集，已经播到了二十多集，剧情推向高潮。皇后——一个曾经明艳张扬的少女，为爱走进这深宫之中，“情”之一字误终身。她的爱与恨都浓烈，这样个性鲜明的角色非常吸引观众，已经有人开始剪辑皇后的个人向视频，哭天喊地：皇后为什么要爱上那个男人？

周西的粉丝终于松了一口气，最近又开始耀武扬威了。《深宫乱》播出二十多集了，周西的演技在一群戏骨中丝毫不让人出戏，甚至还有碾压的趋势。他们从提着一颗心看，到现在骄傲地到处跟人推荐。

“听说过周西吗？《深宫乱》里那个演非常漂亮的皇后的。”

“周西要争气了，要走上女神的道路了。盼了多年，她出息了。”

孟晓先看到周西的自拍照，在办公室突然发出一声惨叫，秘书推门进来，道："孟总，你怎么了？"

孟晓深吸一口气，把周西的照片放大看——确实是周西。

周西微微偏着头，面无表情地看向镜头，宽大的帽子遮住了一部分脸，眼神冷漠，旁人明显可以看到她耳边的发楂儿。她剪短发了，端庄、美艳的皇后去哪儿了？那个美死人不偿命的周西呢？她的优雅去哪儿了？

孟晓深吸一口气，打开评论区，周西的粉丝跟孟晓的反应一样：周西这是干什么？孟晓颤抖着手评论："你的头发呢？"

周西回复："剪了。"

为什么？孟晓继续翻，看到周西在另一条评论下回复："这是新戏的造型。"

孟晓心跳得飞快，翻回去继续看，这张照片里的周西是帅的，很高级的那种帅，之前很多人都说陆北尧和周西的脸是过于精致的脸。长着这种脸的人演电视剧可以，不适合演电影，在大银幕上这种长相就显得没有高级感。事实证明，周西的脸可以有高级感，实在太震撼了，和之前的她判若两人。

《深宫乱》播完，周西名声大噪，应该借着东风走优雅、美丽的"女王"路线——接高奢品牌的代言，上时尚杂志封面，漂漂亮亮地走红毯，拍精致、轻松的电视剧，为什么去搞这个造型？为什么？

孟晓忽然想到周西离开 B 市时说的话：周西不会走陆北尧之前的路。她没有急功近利，而是走了一条更沉稳、更艰难的路。她只拿作品说话。她是演员，演员就应该拍好戏，把每个角色演到极致，这是她的工作。她敬业，会为了任何角色付出一切，其他乱七八糟的事情和她没有关系。她始终是任性的，从来没有妥协过，只不过这一次任性是向世界证明自己。

孟晓很想哭，捂着脸——周西真的长大了，对前途有规划，清清楚楚地知道想要什么。周西是在为以后打算吗？可这条路太难走了。

孟晓再次打开周西的微博，周西的自拍照微博已经有十万条评论。出乎孟晓意料，评论区除了一开始有一小部分粉丝不明所以地发出疑问，其他的粉丝全在疯狂花痴，夸她帅。他们没有批评，没有将现实中的周西和《深宫乱》里的皇后联系到一起。皇后如果没有进宫，没有爱上皇帝，大概就是这么酷、这么飒爽，不受任何东西束缚，自由张扬。

孟晓狂跳的心渐渐恢复正常，这也可以？周西是什么"玛丽苏大宝贝"？

孙建就是干偷鸡摸狗、趁火打劫、造谣生事的行当的。跟拍、造谣、拿明星的负面消息要挟明星，这些事他以前光明正大地做。现在民众的法律意识提高了，明星告了一批这样的人，孙建暂时收敛，转入地下。

孙建和别人一起成立孙建工作室，养一堆造谣的营销号，偷拍明星所谓的“料”抹黑明星。有的明星选择破财免灾。对于不破财的明星，工作室就在网上放这些明星的负面消息，再用工作室的营销号抹黑人。

抹黑人很有讲究，没有人是完美的。明星也是人，也要吃喝拉撒，孙建工作室抓到一点儿明星的私生活问题，立刻添油加醋地挑事，负面消息真真假假地混在一起。孙建这种人用放大镜去看人，没有人能经得起这么扒。工作室运作好了，都能让公众人物掉一层皮。

在娱乐圈里，明星爬得越高，关注这个明星的人也就越多。这是孙建工作室可利用的部分。

很多明星工作室跟孙建工作室达成默契，破财免灾、花钱买平安。

但有一个人就不吃孙建这一套。

陆北尧从出道就傲，不太配合媒体，也不吃破财免灾那一套。孙建抹黑他，他就把孙建告了，让孙建赔了一笔钱。孙建就和他结下了仇。

陆北尧也谨慎，身上几乎没有什么可以抹黑的点。

孙建拍到他和周西在一起，以为终于抓住了他的把柄，结果照片都没打印出来，他和周西就公开了恋爱关系。当时陆北尧正红，大批粉丝“脱粉”。孙建在酒桌上狠狠地啐了一口——陆北尧不遵守娱乐圈的规则还玩什么啊。

陆北尧也确实失去了一部分人气和资源。

在这件事上，孙建可没少出力。

陆北尧爱撑人是吧？孙建让他撑，他撑一次就搞他一次。周家倒了后，陆北尧没什么后台，就是一个从贫困地区出来打拼的穷小子，跟他们这些老狐狸玩？

没过多久，陆北尧又起来了，而且是一炮而红，红遍大江南北，压下当时正红的年轻男明星成为新的顶级明星。陆北尧这次更谨慎了，每一步都走得小心。

孙建快气死了，眼看着仇家“高楼”又起，想找点儿陆北尧私生活的新闻，可周西和陆北尧两个人作死归作死，这么多年感情稳定。

陆北尧跟江乔拍剧，剧里关系好，剧方也拉二人“营业”宣传。这是个切入点，孙建安排人盯着陆北尧。让人没想到的是，陆北尧表面上装得像个人，上综艺节目跟江乔站在一起都背着手，生怕碰到她，却跟江乔在同一时间进入了同一家医院，而江乔去的是妇产科……这就非常精彩了。

在孙建拍的照片里，江乔的小腹微凸，衣着宽松，孙建觉得这二人绝对有猫儿腻，不然事情怎么会这么巧？

孙建考虑怎么报复陆北尧。

周西是个脾气火暴的人。之前有传闻，她在《仙缘》剧组杀青宴上扇过江乔耳光。这件事瞒得很深，孙建还没扒出来真实原因，猜测肯定和感情问题有关。

孙建觉得这回陆北尧劈腿的事要坐实了。陆北尧劈腿还让江乔怀孕，周西能忍？以周西那个性子，她一定会搞“死”陆北尧。

事情进展得很顺利，周西分手了，但没有提陆北尧一个不字，没有像孙建预料中的那样出来捶陆北尧。

陆北尧注销微博，人气大跌。

孙建满脑子都是：就这？就这样了？周西真的不捶“死”陆北尧吗？

后来周西复出了，火了。陆北尧的网剧《民国探案录》十二月上线，孙建写了十几篇微博讽刺陆北尧跌入泥里不如屎，竟然去拍网剧，这是真的往泥里混呢。而且这个破网剧还是跟《深宫乱》同时播，这是嫌死得不够惨，在旁边再竖一块碑吗？就这个定档时间，这个破网剧别想有热度。

《民国探案录》火了，上线一周，播放量达到了二十七亿次，讨论度非常高，孙建一开始以为这些是买的，可他搜微博发现到处都是“自来水”。

这部网剧播出二十集之后，进入会员放送阶段，第一天购买金额达到了三千万元；第二天这部网剧冲上了平台销量榜的第一位，购买金额累计七千万元，播放量三十亿次。

昨天孙建回家，看到他的老婆也在追这部网剧。《深宫乱》和《民国探案录》，一部是晚上八点更新，一部是晚上十点更新，播放时间不冲突，观众可以同时追，非常完美。

今天早上七点，孙建手下的一个记者说拍到个大“料”，周西疑似有病，这件事放到网上，网上绝对炸窝。他顿时就兴奋了，立刻开车前往工作室，觉得这一次能大赚一笔。他的工作室在二十六楼，他坐上电梯，通知手下的营销号准备——今天有大“料”，跟周西有关。他准备先敲打周西，周西当红，一定会买这个“料”。

电梯门打开，孙建抬步往工作室走，迎面走过来两位警察，道：“你是孙建吗？”

“是，怎么了？”孙建脑子嗡的一声，又强迫自己迅速地冷静下来。他就是干这一行的，游走在法律边缘，他的律师非常专业……他问：“你们有什么事？”

“是就对了。”警察上前把孙建按到墙上，反剪他的双手，给他扣上了冰凉的手铐。

孙建脑袋撞到墙上，挣扎着抬头：“什么意思？我有律师，你们跟我的律师谈！”

“你涉嫌敲诈勒索多人，金额巨大，希望你的律师能帮你减刑。”一张纸在孙建面前一晃，警察道，“跟我们回去吧，交代情况。”

《民国探案录》火了，陆北尧改的剧本非常适合当下的市场。他改掉了剧情烦琐的部分，加快了剧情节奏，更改了人物设定，使案件逻辑链完整，一环扣一环。但案件还是那些案件。

许明睿能力有限，有想象力，却没有圆故事的能力。陆北尧在这方面就比较强，有写剧本的能力。他是从接触《小暗恋》时开始学着写剧本的，在这一行待久了，更会抓热点。他本身演技不错，遇到好剧本，剧爆并不意外。

一开始《民国探案录》编剧署名是许明睿，要播的时候，许明睿又把陆北尧的名字加上了。剧火了，编剧也火了，之前骂陆北尧作死的人闭嘴了。

“你之前建议的分成制非常好，我们可以大赚一笔。”许明睿单手插兜，走在陆北尧的身边道。

陆北尧接了一部电影《边境武警》，要去云南拍戏。

这是他出道以来接的第二部电影。他演的第一部电影惨“扑”之后，就没人找他拍电影了。上个月有电影制片人来找许明睿投资，许明睿只有一个要求——让陆北尧演男主角，于是合同就签了下来。

十二月二十日，《边境武警》开机，陆北尧提前去剧组。

陆北尧穿着黑色短呢夹克，牛仔裤勾勒出笔直修长的腿形，脚下踩着一双黑色短靴，戴着黑色口罩、黑色墨镜，头发又剪短了，理成了寸头。

他一边走一边翻着手机。虽然注销了微博大号，但周西还玩微博，他就喜欢登微博小号上来看看。

“你怎么这么有先见之明？你很有眼光哦，看得很长远。”

陆北尧无语，乜斜着许明睿，片刻后道：“你不用绞尽脑汁地夸我。”

许明睿也在看手机刷数据，啧了一声，说：“你就不该去云南。你应该去参加综艺节目，好几个综艺节目邀请你，好几家代言在找你。”

陆北尧不想说话。

“你有兴趣写《民国探案录2》吗？给你署名主编剧，我挂导演名就好。”这才是许明睿跟陆北尧去云南的目的——想趁热再拍部《民国探案录2》出来。

陆北尧的手指突然停住，脚步也停下。

热搜第六位是周西。她发了一张自拍照——灰蒙蒙的天空，暗淡的光线，她半边脸隐在阴影里，露出来的脸上神色漠然，静静地看着镜头，眼中似是有雾。

“你怎么了？是不是觉得我的建议非常好？”许明睿说，“我在导演方面还是很有天赋的，处女作大爆。我们的合作非常完美。”

“你先去云南，我明天到。”

陆北尧看了周西的自拍照足足有两分钟，转身大步往外面走，一边走一边吩咐小飞：“你跟许总去云南，行李你一并带过去。”

“你呢？你去哪里？”

“我去一趟广西。”陆北尧拿走自己的证件，目光阴沉。

“啊？北哥，不合适吧？”小飞追上陆北尧，压低声音道，“媒体都盯着呢，今天的这个行程是公开的，昆明有你的粉丝接机，你贸然行动不合适。”

陆北尧按了一下眉心，头痛得厉害，再一次感受到身不由己。

周西把头发剪短了，做出了选择，陆北尧很想见她，想立刻见到她。都说她依赖陆北尧，其实陆北尧也依赖她，只是他不说，别人也不知道。她就是长在他心里的一棵树，根系深埋，这么多年，他们相依相生。

许明睿也走过来，拿下墨镜打量着陆北尧，道：“你急着去广西吃螺蛳粉吗？”

“那边没听说有什么事，今天他们开机，导演回复说很顺利。”小飞说。

陆北尧现在没有经纪人，他所有的合同必须亲自过目。琐碎的事由小飞去做，小飞的待遇跟陆北尧的经纪人一样，陆北尧又找了个生活助理，帮小飞做事。

“西姐的头发剪了有一段时间了，进组就剪了，西姐是同意的。”小飞深知陆北尧和周西的事，看到陆北尧手机锁屏前的最后一个画面，知道他为什么会急着去广西了，问道，“你要实在想去，到昆明再转机？晚上再走？”

《边境武警》剧组要宣传，所以陆北尧的行程已经公开了……

“我打个电话。”陆北尧拿起手机往安全通道走，小飞跟在他的身后。安全通道附近有一处很安静的地方，陆北尧停住脚步，把手机放到耳朵边。手机响到第三声，周西接通，在那边沉默着。

陆北尧喉结滑动，走到落地窗前看外面停着的飞机。阳光落到机身上，反射出光芒，他嗓音很沉，先开了口：“西西。”

“嗯。”

“你忙不忙？”

“今天拍第一场戏，第一遍不太顺利。”周西声音很低，有些疲倦，道，“我去拍戏了。”

陆北尧的心倏地疼了一下。

周西高估了自己的体力，第一场戏李欣就直接让她演打比赛。连续NG后，她仰面躺到散打台上简直想立刻死了。累，她从胳膊到腿每一处肌肉都疼，训练力度太强了。晚上秦怡给她用筋膜枪，她忍住不哭忍到牙都要咬碎了。

这一场戏NG了六次，周西恍惚间觉得回到了拍摄《小暗恋》时，那时是为了追陆北尧进组的。她进组前，想演戏能有多难？不就是在镜头前走走吗？她进组之后才知道那有多难，演戏根本就不是在镜头前摆个姿势就可以的。演员要记台词、练形体、走位，要情绪饱满、对角色有感情。

陆北尧说过，演员走到镜头前，就不再是自己，只有这样观众才不会出戏。

“周西，你没事吧？”胡应卿伸手过来，道，“要不今天先不拍了？你找找状态。”

周西用力地坐起来，红着眼睛抬起头。她挺瘦的，穿着黑色运动装，短发被汗水浸湿，看起来就是个小姑娘的模样。这是陈星的第一场比赛，当时陈星十六岁，这样的周西演十六岁的陈星很合适。

“不行就算了，导演不会骂你，你尽力了。”

周西强撑着站起来，抬手擦了一下脸，汗水落下来杀了眼睛。她抬起下巴，漂亮的杏眸中闪过傲气。

她不服。

“再来一次。”周西嗓音沙哑，把声音压得很低，“再来一次，我从头开始。给我补妆。”

胡应卿拉了周西一把，她靠在围绳上，明显体力透支了。

胡应卿给李欣打了个手势，先暂停一会儿，又看向周西：“今天第一天拍，你不用太逼自己。”

“你是怎么进入这个行业的？”周西又用手擦了一把脸。

“我喜欢拍戏，喜欢沉浸在一个又一个世界里，迎接不同的挑战，演绎不同的人生。那种感觉非常美妙，我享受表演。”胡应卿不是为了赚钱。胡应卿就是个戏疯子，追求的东西很纯粹，表演是他的信仰。

“你呢？”胡应卿问。

“因为可以亲陆北尧。”周西抬起头看头顶的灯光，唇角上扬，笑得十分灿烂，眼睛里闪过光，很张扬。

一瞬间，胡应卿仿佛看到十六岁的陈星站在这里。

陈星一开始打比赛，是李勋告诉她，打赢一场比赛有钱拿。她赢下第一场比赛后，主持人问她为什么练散打。她迎着镜头道：“一场比赛一千元，有钱拿。”

“现在呢？”胡应卿看着周西的眼睛，“你为了什么表演？”

沉默良久后，周西收敛了所有情绪，嗓音沉下去，道：“我想告诉全世界，周西不是废物。”

“这句话，他们会听到的。”胡应卿伸手，“你也会做到。”

周西跟胡应卿碰了一下拳头。

“我再试一次，一定行的。”

胡应卿跳下散打台，喊道：“给西姐补妆，准备，再来一次，最后一遍。”

李欣看向胡应卿：“周西能行吗？”

“应该行。”胡应卿抱臂看着台上身形单薄的女孩儿。周西现在瘦得恰到好处，这个时候的陈星就应该是这样瘦瘦的，有一点儿野性，有一点儿凶。

周西靠在围绳上，粗糙的绳子贴着肌肤，微微地疼。她补好妆，用了五分钟的时间调整情绪，再次上台，重新开始这场比赛。

随着场记打板，周西进入状态。

从这一刻起，陈星赤手空拳地站在这里，想要的都得靠能力、拳头拼下来，不能往后退，也没有退路，退了，就一无所有了。她退了，这一千元也没有了，还可能会被李勋放弃。

周西黑白分明的眼里闪过冷厉的光，挥拳打了上去。对戏的演员接得也好。瘦弱的女孩儿穿着黑色运动装，稳扎稳打，最后一拳重击，干脆利落地结束比赛，十分漂亮。

裁判举起了周西的手。周西仰起头，光从她的头顶落下，一滴汗在光下飞起，最后落到台上。

全场欢呼，她把最难演的部分演完了，之后的文戏就好演了。她的台词很稳，不管是过去的周西，还是现在的周西，都是苦练过台词的。

晚上收工时已经是九点，周西累到恶心。她出道以来就拍了三部戏：拍《小暗恋》时，满心满眼都是陆北尧，最期盼的事就是开工，开工就可以和陆北尧牵手、接吻、抱抱;《深宫乱》的感情戏比较重，情绪变化多，但她每天大多时候坐着不动，居高临下地睥睨别人，遇到的最辛苦的事可能就是天气热，容易生痱子；对比之下,《冠军》就是“地狱级”难度的戏。

“晚上我们一起去吃烧烤？”李欣走过来，道，“给你补补。”

别了吧，周西怕把自己补归西了：“我不想吃，想回去睡觉。”

李欣渐渐收起偏见，周西确实能打、能扛、能吃苦，非常敬业。李欣拍了一下她的肩膀道：“辛苦了。”

周西穿着一件宽大的外套，拉起帽子盖住头，帽子很大，遮得她只露出鼻尖。她又戴起口罩，道：“明天我还有打戏吗？”

周西像小孩儿似的，李欣看着她的样子，笑眯了眼：“你回去看看通告。”

李欣对周西很和蔼，周西现在进入了陈星的角色——小陈星，看起来坚强实际上脆弱，小小年纪承担了太多。李欣对陈星是怜爱的。周西顿时头皮发麻，看剧本的时候只看到陈星一路逆袭，走上世界领奖台，却没想到陈星为了这让人热血沸腾的黎明付出了多少心血和汗水。现在周西切身体会到了。

“不吓唬你了，明天是文戏。后面的戏，必要的时候会用替身，你好好休息，不要有心理压力，陈星很棒。”

“谢谢。”

《冠军》剧组是在市中心的体育馆里拍戏，晚上剧组的人住市区的酒店，明天还要拍回程的戏。

上车后周西把自己扔到座位上，把整个帽子都拉下来盖住脸。

秦怡递给她一盒牛奶："你喝点儿东西。"

"我不想喝。"周西很累，活了二十六年都没这么累过。

"牛奶是热的，你喝一口。"秦怡插好吸管，把牛奶递到周西的唇边，周西才咬着吸管喝了一口。

"你要不要玩一会儿手机？"秦怡把周西的手机送过来，道，"萧总说只要你不发自拍照，怎么玩都可以。"

由于周西发自拍照到微博上，秦怡把她的手机收走了。现在周西接电话可以，但刷微博不行。她的那种近脸自拍，还有小短发，已经让萧晨"暴走"了，原本萧晨还想瞒着她的粉丝，等她的头发长出来再让她亮相。

陆北尧不出演《冠军》，周西就无所顾忌了，在宣传方面也是肆无忌惮。但李欣导演的作品对她而言，在她不红的时候宣传是提升她的身价，在她大红大紫后再宣传是拉低她的身价。

萧晨有事先走了，给秦怡下了死命令，严防死守周西近脸自拍发微博。

"萧总说还没到宣传的时候，你没必要露脸。"

周西嗯了一声。

微博热搜第五位："陆北尧编剧"。

周西点进去，看到《民国探案录》官方微博发的一段采访视频，导演许明睿接受采访，表示当时陆北尧看过剧本后，不太满意里面的一些案件，就用半个月的时间改了，所以《民国探案录》的编剧是联名——陆北尧和许明睿。

《民国探案录》的服化道一般，但陆北尧的演技非常稳，剧本又扎实，这部网剧就火了。记者又问许明睿，陆北尧什么时候能出来接受采访，还会不会开通微博。

《民国探案录》从上线到现在，陆北尧就宣传过一次。在B市开发布会时，他在场，也没说几句话，全程都是许明睿在说。

许明睿看向镜头笑了起来。他有一双桃花眼，笑时眼睛便像泛起了潋滟波光。他斜斜地歪在椅子上，没个正行，道："陆北尧的微博应该是不会开了，他在转幕后，以后台前的工作会减少。他的每部戏尽可能走精品路线，他不会辜负粉丝的期望。他剧本写得不错，也许会完全转做编剧。"

记者显然蒙了，道：“陆北尧要退出娱乐圈吗？”

“陆北尧想多留一点儿时间陪家人，也想好好做事业。”许明睿说完就笑了，道，“大家先不要互相喷、互相骂啊。”

主持人和许明睿又聊了一些关于剧的问题，最后主持人问许明睿对现在的娱乐圈有什么看法——《民国探案录》是偏重剧情线的剧，剧方大部分的钱都花在了制作上，前期没有投入太多广告成本，观众给出了非常高的评价。那么，影视剧“做内容”是否是未来的唯一选择？

“这个行业很浮躁，有太多人想走捷径，这种浮躁是否应该继续扩散下去？我觉得这是个很值得思考的问题。每一个媒体人也应该思考，我们需要的娱乐是什么样子的？演员演好戏，编剧写好剧本，导演拍好戏，踏实地做内容，大家各司其职，观众有钱捧个钱场，没钱捧个人场，这才是个良性发展的市场。

“包括北哥那件事，我知道大家都很想知道这个。从旁观者的角度，我认为他有错，很大的错，他的生活失重了，爱人、家庭、粉丝、事业，他没有平衡好这个关系。他需要调整，重新出发，重新面对人生中的失去与得到。”许明睿双手合十，看向镜头，道，“帮北哥带一句话，喜欢过北哥的人，他感谢你们，谢谢你们这么多年的支持，感谢你们的真心，但希望大家把更多精力放到自己的生活当中。人生路长，风景亦长，大家且行且看且思考。希望大家再见依旧是朋友，能心平气和地问一声你好。”

采访结束，广告开始播放，周西才回过神。

陆北尧要转幕后吗？

这一条微博被评论了二十万条，周西深吸一口气，才打开评论。评论区意外地和谐，有人同陆北尧道别，有人说要陪他走下去。二十万条评论，没有一条是无意义的刷屏内容。陆北尧沉寂了大半年，他的粉丝该走的走了，该留下的也留下了。

《民国探案录》爆红，现在的播放量已经达到了四十亿次，陆北尧确实一直没有出来“营业”，也没有再出什么周边。他上一次拍杂志封面还是在半年前——“星际上将”系列。

周西笑着转头，一时间不知道该做什么反应。

陆北尧一直在找后路，一开始并没有改剧本的打算，后来是因为想到以后了吗？他跟许明睿搭上线，拍《民国探案录》，一起开公司，慢慢在转型。

周西抬手盖住脸，笑得泪都要出来了。

他们又在做同样的事，她为了转型，放弃了快速提高人气的捷径；陆北尧为了转型，放弃了现有的一切。

她手心湿润，许久后，放下手转头看向黑暗处。他们都在为未来努力，将来有一天，他们相见，没有后顾之忧，能干干净净、坦坦荡荡地站在最高处，选择一切，包括选择是否再跟对方在一起。

白雪皑皑的场景虽美，但雪终会融化。雪融之后，落到泥地里就变成了脏污之物。只有上万米高峰上的雪，才能千年不融。

晚上十点半，车回到酒店后，周西回到房间直奔浴室。她太累了，想洗完澡就睡。

澡冲到一半，敲门声响起，她冲掉身上的泡沫，裹上厚厚的浴袍——最近这边的天气也凉下来了——拿起毛巾擦着湿漉漉的头发。

“秦怡？”周西并没有立刻拉开门，先问了一声。

“是我。”熟悉的低沉嗓音在门口响起。

周西拉开门，迎来了男人的拥抱。

黑色的风衣上面带了凉气，空气中有冷杉的味道——非常干净清爽的味道，裹挟着寒风，碰到周西的肌肤。房门在男人的身后关上，发出一声响。男人的手落下去，紧紧地箍着她的腰，炽热的气息落下，十分克制地落在她的额头上——很轻的额头吻，她抬头，看到陆北尧的下巴上挂着黑色的口罩，他的风衣帽子是拉起来的，帽子很大，阴影之下的眼睛沉如深海。

周西抿了下唇，陆北尧放在她腰上的手紧了一些。他低头，唇先碰到她的鼻尖，随即落到了她的唇上。她的唇微凉，陆北尧手指上扬，在她的脸颊上很轻地擦了一下。陆北尧再侧头，重重地压了下去，她尝到了糖果的味道。

周西和陆北尧是在《小暗恋》的拍摄现场第一次接吻的，剧里周西扮演的角色告白，本应该是她凑上去强吻陆北尧的——平时她耀武扬威，天天撩拨陆北尧，但不知道为什么，那天就㞞了。

那么多机器对着她，她看着陆北尧的唇，大脑一片空白，全没听见导演说了什么，只是看着陆北尧的唇。陆北尧似乎也说话了，但她没听到。陆北尧唇形和下颌线很好看，很适合接吻。

然后陆北尧就低头过来，唇覆上了她的唇。

那场戏 NG 了六次，周西和陆北尧亲了六次，从“浅尝辄止”到“深入骨髓”……

周西推开陆北尧。他背靠在门板上抬起头，静静地看着周西。她浴袍没系好，领口散开，露了一大片肌肤。随即他伸手，把她已经散开的浴袍领口拉好，系好带子。

陆北尧手指修长，动作慢吞吞的，最后一个结打好后，又往后靠了回去，道：“你吃晚饭了吗？”

“我突然想到一件事。”周西没见过这么爱给浴袍打死结的男人。当初他们在《小暗恋》剧组亲完后关系就变得微妙了，周西想撩拨他，晚上故意穿了小裙子去他的房间。他给周西披了一件浴袍，打了个死结。那个结有多结实？周西回去解了半个小时没解开，拿剪刀剪开的。

周西抿了下嘴唇，唇上还有薄荷糖的清甜味。她走回去倒了一杯水，喝了一大口才压下心头的悸动，转头看向陆北尧。陆北尧还靠在门边，脸上没什么表情，缓缓地嚼着糖，注视着她的头发。

“你听到我说什么了吗？”周西拿着杯子，微微蹙眉。

“嗯，你说。”

“上次在 B 市，你找我那次……我记忆有些混乱，你说我们第一次接吻是在什么时间？”

“二〇一四年圣诞节。”陆北尧喉结滑动，糖滑了下去，嗓音仍是哑的。

周西还有没想起来的东西？

“为什么跟我的记忆不一样？”

“因为是我亲你，你不知道。”陆北尧拉下帽子，单手插兜，没往前走，道，“二〇一四年圣诞节那天你睡着了，靠在我的肩膀上，我就亲了你。”

大三那年，陆北尧特意从横店赶回来陪周西过圣诞节。

江边灯火辉煌，人山人海。陆北尧和周西走在人群中，肩膀贴着，就差牵手了。周西要去坐游轮，陆北尧站在她后面挡住人群。汽笛声响起，她往后退到陆北尧的怀里，他张开手，到底没敢抱，他的那点儿心思就一直持续到活动结束。

晚上十一点多，陆北尧和周西回家，她白天耗费太多精力，上车就睡着了，头靠在陆北尧的肩膀上，陆北尧看了她很久，就低头亲了她。女孩儿的唇软软的，有一些甜味，碰一下，让人眩晕。

周西端起杯子，一饮而尽。那明明是很简单的事，她和陆北尧在一起这么多年，亲过无数次，再过分的事都做过。但陆北尧用这种平静的语气说出来，她还是有些躁。

“哦。”

“你吃东西了吗？”

“没有。”

陆北尧转身拉开门，从旁边的消防箱上拿下饭盒，进来关上门，动作一气呵成。粥是他在楼下粥店买的，他预谋好了进门抱周西，怕烫着她就没拎。

周西把杯子放到桌子上，陆北尧走过去打开饭盒，道：“晚上要吃东西，不然你的胃受不了。”

周西的头发剪短了，特别短，只到耳朵上面。也就是因为她的脸精致，一般人根本扛不住这狗啃似的发型和刘海儿。

“谢谢。”周西没有拒绝陆北尧投喂。

陆北尧拿勺子的手顿了一下，但也没有说什么，把勺子放进饭盒里递给周西。如果是以前，周西一定会扑上来抱住他亲。

很多事，他们错过了，就永远回不去了。

陆北尧压下情绪，拉开椅子坐到另一边，静静地看周西吃东西。她吃得很慢，确实累到了极致。

“拍摄不顺利？”陆北尧的手指在衣服边缘捻了一下，又放了回去，他平静地注视着周西。

“还好。”周西明显很疲惫，垂着头吃饭，没有跟陆北尧哭诉。

陆北尧的心又狠狠地疼了一下，针扎似的，从四面八方缓缓地疼到了中间。他目光下移，看到周西右侧锁骨边缘处有一片瘀青，瘀青大部分都掩在衣服里，只是周西吃饭的时候右手做动作，便显出来了，他顿时皱眉道：“你的肩膀怎么了？”

周西舀着粥又吃了一口，道：“前几天的伤，已经没事了。”

陆北尧扭头看门口的方向，狠狠地咬了一下牙，眼睛里的红色被压下，头又转了回去。他抬手掐了下眉心，道：“你也不用太拼命，疼了就叫导演喊停。这部戏成本小，拖也不会拖出多少钱。”

“嗯。”周西又吃了一口粥，再也吃不下了，放下勺子打开水喝了一口，道，“没事，现在我已经找到节奏了，相信我能做好。”

陆北尧也是一步步走过来的，知道周西这一步走得有多难。他当初接打戏，每天都打到吐，去洗手间吐完，出来继续演。

"你也不用太拼命，这部电影的成绩不一定会好，就是过渡。"陆北尧停顿了片刻，艰难地开口道，"《深宫乱》爆红，你后面的路就很好走了。接轻松点儿的剧，不用太辛苦。就算将来……你可以永远不公开我的存在。"

陆北尧看向周西的头发，在机场看到那张照片时，就心疼得厉害。他非常恨当初那个口无遮拦的自己，为什么要批评周西不会长大？他有什么资格批评周西？他就不是个东西。周西为长大付出了太多。

"那你为什么不继续走之前的路？那比现在轻松多了。"周西嫌椅子不舒服，走到沙发处窝着，抬起头看向陆北尧，才意识到自己把话说重了。那件事周西和陆北尧都有错，不单单是陆北尧一个人的错。他们没有沟通，互相隐瞒，造成了现在的局面，其实谁也怪不着谁。

陆北尧眼睛通红，走向周西。

周西说："我没有别的意思，就是想多一点儿选择，想让自己活得更有意义一些，不能总半途而废。关于责任——事业的、家庭的、爱情的，我都应该担起来。"

陆北尧半跪在周西的身边，许久后抬手摸了一下周西的短发，手缓缓地落下去，尾指擦到周西的脸，非常轻，道："对不起，周西。你非常有担当，我们都会变得更好。"

"陆北尧，我不知道我们将来还能不能在一起。但我想若是有那一天，我一定不被任何东西绑架，希望你也是——你也不用顾虑我，我们可以坦坦荡荡地在一起，我可以自由选择，爱你或者不爱你。"周西闭上眼睛，很轻地贴着陆北尧的额头。这么多天的疲惫感、委屈感，在这一瞬间放大，她短暂地靠岸，泪滚了下来，道，"我也有想守护的东西。"

陆北尧说："好。"

周西终于体会到了陆北尧的那种入睡速度——秒睡，她说完这句话就进入了深度睡眠，连一点儿挣扎的机会都没有。

在满室的阳光中，周西清醒了，大片白色的光洒到酒店的床上。秦怡把窗帘打开，又去给她整理行李，道："你赶快起床，上午十点要拍第二场戏。"

周西揉了揉脖子，浑身酸疼，昨晚的一切恍若梦境。她坐起来，身上的浴袍还好好地穿着，打的结还是那个熟悉的死结。她想不起来是怎么到了床上，揉了一把头发，成了一只刺猬，秦怡回头一看就笑出声，道："你去洗个澡吧，快一点儿。现在是早上八点四十分，到片场还需要一段时间。"

周西起身去洗漱，咬着牙刷想到一件事，回头问秦怡，道："今天早上你有没有见到什么人？"

"你是说陆先生吗？"

周西问得这么明显吗？

秦怡把周西的东西收好，说："陆先生今天早上走的，说去云南拍戏。他给你留了一些东西，就在门口的那些袋子里。"

周西的目光不由自主地瞥向袋子，一共三大袋。她刷完牙、洗完脸，没洗澡，只把头发吹了，走过去打开袋子。

一袋水果，有草莓、山竹和车厘子；一袋速食品，有不少零食，全是小袋包装，可以随身携带，零食抗饿，吃起来还不会太麻烦。

以前陆北尧也经常给周西带这种零食。周西很少吃零食，总吐槽他不会买东西。现在周西走了他的路后，忽然明白了为什么他会带这种零食。因为他需要吃，在片场有很多意外情况——演员受妆容限制或者环境恶劣，没法儿准时吃饭，这种事时常发生。零食，就是他的全部营养来源。他分享给周西，周西并没有理解他的意思。她没有遇到过类似的情况，被护在羽翼之下、温室之中，他也没让周西知道这些。

最后一个袋子里面是个巨大的粉色盒子，周西打开盒盖就闻到了花香。十一枝红玫瑰，娇艳饱满，花瓣上还有晶莹的露珠。在玫瑰下面，放着厚厚的一沓粉色信封。

周西把它们挨个儿打开——从十一月二十四日到现在的信，用了典型的陆北尧式日记写法，除了粉色信封让人看出它们是情书，内容真的跟情书没有关系，信里面记录了他每天吃了什么、做了什么。他有时候还会拍一张当地的照片，打印出来放在信封里。

陆北尧在信里提到，周西去 B 市找他的那天，他早上四点起床准备食材，出门后才反应过来这个时间大部分超市都没有开门，坐在车里等到早上六点早市开门，才买到菜。在等待的两个小时中，他看着雪落，想着周西曾经无数次的等待。最后，陆北尧写："以后，我不会再让你等了，我去找你。"

"需要跟萧总汇报吗？"秦怡走过来，看到花就知道是怎么回事了。

昨晚秦怡就见到陆北尧了——她过来给周西送筋膜枪，是陆北尧开的门。

“都可以，我不介意。”周西把信收起来，将盒子盖上，将所有的情绪压了下去。她知道那种等待的心情，也知道那种期盼的感觉。

周西换好衣服出门，她的手机响了一声，拿起来看到陆北尧发来的微信——一张图片，飞机上的日出。天空浩然广阔，一望无际，阳光照在白色的云层上，光芒万丈，层层叠叠的云泛着似水面波纹一样的光。

“早安，周西。”

周西按着手机回复：“早安，陆北尧。”

周西的打戏越来越精彩，她越来越入戏了。

陈星打得越来越稳，渐渐有了大将风范。李勋跟曾经的队友、如今的省队教练推荐陈星，想让她去打省赛，省队教练看到她的样子，直接嗤笑着问她有拳头吗？省队教练又嘲笑李勋退役了，成了丧家犬，也没了脑子和眼光。

曾经的李勋风光无限，人人捧他，省队教练——这位小师弟一直跟在他的身边。如今李勋退下来了，人人践踏。

那天李勋喝得醉醺醺的，陈星背着他回家。陈星把他的拳套拿出来，往自己的手上一层层地缠绷带，转身出去就把那个省队教练给揍了，也因此彻底失去了进省队的机会。

李勋气得把陈星教训了一顿，教训完就后悔了，在无人知晓的角落埋头痛哭。陈星挂了一身彩，梳着一头短发，狂妄不羁，迎着夕阳舔了一下唇，在李勋的身边坐下，道：“相信我，我会让他们求我进去。”

陈星抬起头看向远方，吹了一声口哨，揽住李勋的肩膀。

“师父，总有一天，我会让他们跪下来叫你‘爸爸’。”

“不准说脏话。”

“不是脏话。”陈星缓缓地道，“这是敬称。”

这一刻陈星的心里种下了冠军的种子，渐渐地生根发芽，长成了参天大树。此时，太阳落下去，天地即将陷入一片昏暗。

这一幕实在太美了，李欣拍完后兴奋地站起来。这部戏并没有走苦大仇深的路线，有这种性格的陈星也不会是苦大仇深的。她就是要一路打上去，一路厮杀，成为王。

李欣又看了一遍刚刚的拍摄片段，周西完全演出了他想要的陈星的感觉。这就是陈星，他隐隐有种预感，这部戏可能会火。

《深宫乱》大爆，周西没有“营业”，周西的粉丝都不知道她干吗去了。她说拍电影也没动静，大家只能叹气——她又不务正业了。

周西在消失了一个月后，转发了《冠军》官方微博发出的一张照片。

照片中，周西逆光站着，拎着红色的拳套回头，脸上有明显的伤痕，唇角有血，但下巴是高高扬起的。她目光冷厉，又狂又野。照片的最下方用红色字体写着张牙舞爪的两个字——“冠军”，又标明主演：周西。

这张照片里的周西跟《深宫乱》中演皇后的周西判若两人。她没有放弃，而是挑战了更高的难度；她没有不务正业，而是去“打天下”了。

李欣出道即巅峰，然后事业就到头了。他第一部电影就拿下了国际奖，意气风发，曾经被誉为新生代导演的希望，但百万元的票房使他成为圈内笑柄，之后的几年都没戏拍。

《冠军》这个剧本李欣写了好几年，到处求人投资，中间又改了几版，本来二〇一八年有公司想投资，结果那年影视业大动荡，多少“天神”下凡，脸朝地摔到了人间。他连泡面汤都没喝上，《冠军》这个项目就搁置了。

去年有个朋友牵线，李欣找到陆北尧，想用陆北尧的名气空手套投资，陆北尧一眼就看穿了他拙劣的把戏，当场拒绝。

今年六月份，他又找了一次陆北尧，意外的是陆北尧同意了，但不是出演男主角，而是帮他拉投资，陆北尧还有一个条件，女主角必须是周西扮演。周西算是新人，李欣认真地看过周西的作品，认为她不适合演陈星，但为了能拍戏，用了她。后来周西人来了，他就拍上戏了。

现在的周西简直就是陈星本人，逆境重生，砥砺前行，站在一半阴暗一半光明处，拎着拳套，像个真正的王者。

《冠军》官方微博一共有三十六个粉丝——李欣本人亲自“营业”，依然只有这三十六个“僵尸粉”。他原本想拿自己的微博大号“引流”，但微博大号的一万个粉丝也几乎都是“僵尸粉”，微博大号转发之后评论区死气沉沉的。

随后周西转发李欣的微博，他的手机在接下来的五分钟里卡得打不开，他第一次见到这种盛况，傻了，寻思是不是该换手机了……

胡应卿转发了周西的微博：“你好，陈星。”

胡应卿的粉丝炸窝了——胡应卿和周西又合作了？《深宫乱》已经播完，他们还在骂皇帝没有心，不是人。《深宫乱》的结局：皇帝闭上眼睛，一滴泪滑过眼角。镜头切换到草原上，少年鲜衣怒马……

粉丝们实在是太“意难平”了，视频也剪了，人也骂了，但总是不甘心，《深宫乱》的剧情为什么就这么结束了？

胡应卿拍完《深宫乱》也沉寂了。他常年不“营业”，大家都习惯了。没想到这两个人现在竟然在一个剧组里，《冠军》到底是部什么戏？为什么以悲剧收尾的剧也有“售后服务”？难道胡应卿和周西在这里以喜剧收尾了？

两分钟后，周西在胡应卿的微博下评论：“你好，师父。”

胡应卿微博下的评论区瞬间炸窝了，周西看着下面的评论，大家都在问这是前世今生的故事吗？前世他负你，今生他偿还。

这都什么跟什么啊？周西往下翻，她的这条评论下面已经有一万条评论了。现在她的热度这么高了吗？她返回自己的微博：十三万条评论，十六万条转发。周西点进去，第一个转发的人是江乔。

江乔：“尖叫！今天我是‘西米露’。”

周西抱着猎奇的心态翻到了一个“前世今生”的视频，竟然有十二万条转发。她目瞪口呆地看完这个视频，“吐着血”出来——这个视频把她和江乔剪辑成了一对。她们在《深宫乱》里“相杀”，现实中她曾经霸道地把江乔护在身后，这真是前世今生的缘分。

第二个转发周西微博的是苏晨严：“哇哦！《冠军》！”

孟晓打了电话过来。

今天的戏已经拍完了，周西披上外套上车。

“这部电影不是小制作吗？这么辣的吗？这个美工水平不错啊！”周西接通电话，孟晓的声音就传了过来，“你们这部电影是什么剧情？”

“冠军就是主题。”

“拳击手？”

“散打。”

孟晓的尖叫声传过来：“竞技题材，西西，我怎么觉得你这部戏会爆红呢？”

这个剧本真的很有爆红相，但周西不能说太多。电影行业非常玄妙，在没开“锅”之前，大家都捂着，缄口不言。她尽可能地去拍好，能不能爆红、能不能拿奖，这些目前都不在她的考虑范畴内。

“你过年回来吗？”孟晓说，“你的生日也快到了，你回来过还是在那边过？”

“我要赶进度，过年应该回不去。”已经腊月了，李欣提前就下了通知，今年大家可能要在剧组过年。

周西的生日是腊月二十六。

“那我到时候过去给你过生日？”

“不用了，我不打算过了，过完这个生日就二十七岁了，老了一岁。”周西窝在座位上，戴上口罩，笑道，“提前给你拜年了。”

“那……”孟晓说，“陆北尧过去吗？”

“应该不过来，陆北尧也在剧组，在云南拍戏呢。”

“你们……现在怎么样？”

“就那样。”

“最近江乔使劲蹭你的热度，你不要搭理她。”孟晓吐槽道。

周西笑出了声。周西挂断电话后，江乔的微信就发过来了。

“西姐，最近我们的热度很高，我的经纪人想问你有没有什么想法？”江乔说得很委婉。

周西拒绝得很果断：“没有。”

江乔这个人，利益为上。她跟陆北尧炒作完，跟周西炒作，周西和陆北尧是“工具人”吗，让她上下乱窜、左右横跳？周西回复后，她果然不说话了。

周西最近的热度是很高，但没打算继续利用这个热度，忙着拍戏呢。《冠军》剧组在赶进度，想参加明年五月的国际电影交流展。大家过年不放假，在剧组里赶工。她给周启宇打电话说了这件事，周启宇在电话里哭了半个小时，非要过来看她，陪她过年。

周西给董阿姨转过去一笔钱，让她给她自己和周启宇买新衣服，他们一起好好过年。周启宇现在还不能脱离轮椅，董阿姨不跟着起哄，周启宇就来不了。

周西跟《冠军》剧组转到 B 市拍戏，腊月二十六，B 市下大雪，航班交通全部封禁。孟晓去法国还没回来，董阿姨在电话里叮嘱周西今天吃长寿面。周西虽然之前说不想过生日，但这一天来了，还是有些孤独，但心里的那点儿念想彻底没了，下雪天，没人能过来，她也走不出去。

早上她挨个儿打过电话，挂断后，就进了剧组。最近剧组每天的拍摄时间越来越长，有时候一天要拍十几个小时。

生日这天的周西注定是孤独的。人长大后可能就是这样的，大部分时间，都要一个人面对一切。

《冠军》拍到了剧情的高潮处：陈星的第一次挫败。

陈星从民间赛一路打上来，一步步往上爬，拿下了民间赛冠军。她崭露头角，光芒四射，被省队招入麾下。李勋不再是她的教练，她在省队打出成绩，进入了国家队。她意气风发，进入国家队的第一场比赛，却打输了，一败涂地。她低估了对手，高估了自己，善用的招数被对方一一化解，对方最后一拳暴击，让她膝盖重重地落地，跪在了地上。

这一段戏李欣原本想用替身，但周西想自己上，就亲自来了。

拍完后，周西喉咙发紧，耳朵轰鸣，恍惚间抬起头，看着头顶的灯光，汗水滑落，有那么一刻特别想哭。她眼睛通红，强行把泪意忍了下去。

这一刻的陈星是不是也在迷茫？她怎么会输？她骄傲了那么多年，依赖的拳头却没能扛起她的全部。她离奖杯那么近，却倒下了。无数的摄像头对着她，她茫然地看向摄像头，谴责的声音一齐涌来。

周西仿佛又回到了从前。那时她站在舆论中央，接受着来自四面八方的批评。她越过镁光灯，越过熙攘的众人，忽然就看到了站在人群中的陆北尧。陆北尧穿着黑色大衣，戴着黑色口罩，站在李欣的身后，身形高挑挺拔，站姿笔直。陆北尧周边的一切都在她的眼中虚化了，所有的声音都停止了，天地之间似乎只剩下一个陆北尧。她静静地看着陆北尧，心在这一瞬间定了下来——这个世界有人在等她，她并不孤独。那一个个如同怪兽的摄像头，不能将她吞噬，她的身后有人，她有信念，什么都不怕。

“Cut（停）！”李欣喊完，道，“周西，你进入剧情太早了。李勋还没到，你的情绪再往后放一些。”

然而，此时周西正直直地看着陆北尧，这一刻，仿佛天地都静了下来。

李欣不知道发生了什么事，回头乍一看到陆北尧，吓了一跳：“北哥？”

陆北尧静静地看着周西，这不是第一次见周西演戏了，但这一次觉得非常震撼。周西那么单薄，仰面倒下的时候，他的心都提了起来。他眼尾泛红，攥紧垂在身侧的拳头，想上去抱住周西。周西在为未来拼搏，拼尽了全力。

“我刚刚有点儿走神，现在调整好了。”周西收回视线，道，“可以继续了。”

周西心里烦乱，陆北尧怎么会在这里？他在云南拍戏，怎么会来这里？B市下大雪，高速公路都封了，他怎么赶到的？昨天还有新闻说他在云南拍戏受伤了，周西给他打电话，他说没事。今天他是怎么赶到B市的？

周西再一次NG，抹了一把脸。

胡应卿说：“要不先停一下？你休息一会儿。”

“再来一次。”周西抹了一把脸，调整情绪，抬头一看，发现陆北尧已经不见了。她冷静了十分钟，灌了一口凉水，继续拍戏。

这回周西非常快地进入了状态。

《冠军》剧组收工时已经接近午夜十二点。B市下大雪，周西穿着羽绒服，裹上厚厚的围巾，只有眼睛露在外面，走出门就看到了陆北尧。

后院只有一盏灯，光线昏暗，陆北尧靠在越野车上。黑色的长裤勾勒出他笔直的腿，他踩着一双黑色短靴，斜斜地靠着，修长的手指上夹着烟，烟头在黑暗中闪烁着橘色的光。他神情沉静，注视着周西。

周西看着陆北尧，陆北尧把烟掐灭，侧身让开，打开越野车的后备厢。

粉色的气球飘了出来，闪烁的灯亮起，无数的红玫瑰中间放着一个巨大的粉色奶油蛋糕，上面立着个小公主。

他订的蛋糕一直都土得别具一格，能让人眼前一黑。这个年代他能订到这么丑的蛋糕，确实不易。

周西抬手捂着脸，雪已经停了，地上有着厚厚的积雪。天地寂静，后备厢里的灯光闪烁着，随即音乐响了起来。

“生日快乐，周西。”陆北尧刚抽过烟，嗓音里含着冷风与烟的余韵。烛光照着他冷峻的脸，他的睫毛很长，眼尾下弯，睫毛在眼下落下阴影，他抬起手腕看时间，道：“还有五分钟才到十二点，来得及。”

周西扭头看向另一边，陆北尧从口袋里拿出一把蜡烛数完，道：“过完今天你就二十七岁了，我没买到数字蜡烛，就插二十七根。”

周西踩着雪，走向陆北尧，雪地靴接触到厚厚的积雪发出咯吱声。她一直走到陆北尧的身边，陆北尧正认认真真地往蛋糕上插第十根蜡烛，道：“还差十七根蜡烛。”

陆北尧上香呢？周西拉下口罩，踮起脚，揽住陆北尧的脖子亲了上去。陆北尧短暂地停顿，随即抬手揽住周西的腰深吻。

风卷着雪花，打着旋儿落入了遥远的黑暗处，后备厢里的灯光闪烁着，《生日快乐》的旋律在回荡。

秦怡拎着周西的包，出门就看到接吻的两个人，立刻挡住了出口。这两个人没亲完，谁也不能从后门出去。

风吹过，不远处树枝随风摇摆，一团雪落下来砸到了陆北尧和周西的头上，陆北尧高，挡住了大部分雪，松开周西，抬手给她擦脸上的雪花。

陆北尧的指腹粗糙，周西肌肤柔嫩，躲了一下，道："你的手很粗糙。"

周西拉下陆北尧的衣领，把他头上的一大片雪拂落。空气寂静，音乐声缓缓地响着。

陆北尧抬手，看到剩余的蜡烛已经被他捏断了，微微蹙眉："蜡烛断了。"

刚刚周西突然亲他，他稍一用力就把蜡烛全部捏断了。

"十根蜡烛就够了。"周西眨眼，把所有的情绪压下去，抬起下巴，"不准再多。"

陆北尧唇角微微上扬，把蜡烛放下，摸出打火机点着。

距离午夜十二点还有两分钟。起风了，刚点着的蜡烛就被吹灭了，他解开大衣的扣子，侧身张开大衣挡住风，把蜡烛点上。

"来。"陆北尧回头看向周西，周西的眸中有着雾，但很快散去了。他有些心疼，想抬手摸一下周西，但也知道因为最近拍戏，他的手指变得非常粗糙……他喉结滑动，道："过完这个生日，西西二十七岁了，许个愿望。"

周西双手合十，抵着鼻尖，闭眼——希望她能清醒地活到七十岁，希望所有人平平安安的，希望她爱的人得偿所愿。

烛光照亮了周西柔美的脸。

这是陆北尧和她认识的第八年。陆北尧第一次见她时，她穿着漂亮的长裙，风吹动她的长发，整个人又美又娇，跟周围的人完全不一样。

以前陆北尧因为家里穷，在学校里一心读书，争取获得每年的年级第一名——只有他成了年级第一名，学校才会给他全免学费；他回家就闷头帮父母干活，对男女恋爱的事特别迟钝。高中时其他男生会在宿舍里讨论哪个女生好看，他一脸麻木，男生女生不都是人吗？女生有什么好看的？有看女生的时间他不如多做几套试卷，女生有刷题有意思吗？

后来他遇到了周西，才体会到为什么会有人喜欢看女生——周西很好看。

午夜十二点前的最后一分钟，周西吹灭了蜡烛。

李欣越过秦怡探头，问道："周西今天过生日？"

胡应卿刚走到门口，也转头问："今天是周西的生日啊？"

《冠军》剧组的人这才反应过来，周西今天过生日。

周西看了看巨大的粉色奶油蛋糕，回头问剧组的人："大家一起吃蛋糕？"

陆北尧眼神沉了沉，找到蛋糕刀递给周西。天很冷，她冻得差点儿伸不出手，快速地把蛋糕分完，只留下两块，给陆北尧一块，自己拿着一块。

这个蛋糕神奇得很，上面一块水果都没有，是全奶油的。陆北尧平时衣品什么的都不错，但对这类东西的审美水平，让周西很震惊。陆北尧到底是从什么地方买到这块蛋糕的？周西闭眼在市场上摸一款都不会这么丑。

"好吃吗？"陆北尧注视着周西道。

"嗯。"周西快被奶油腻死了，现在想吃一块水果，随便什么水果都行，解腻。

陆北尧吃着奶油。他不太爱吃甜食，但喜欢吃奶油，奶油蛋糕很贵，以前很少吃。现在他有钱买了，但作为一个大老爷们儿也不好意思去买奶油蛋糕吃，而且身为艺人要管理身材，高糖、高脂肪的食物是雷区。

陆北尧眼中含笑："我做了半天才做好。"

周西刚想把剩余的蛋糕扔了，闻言又默默地吃了起来。

"蛋糕很好吃。"

"你怎么过来了？"李欣走过来，对陆北尧道，"你不是在拍戏吗？"

"过年放假。"陆北尧把奶油蛋糕吃完，收起盘子，打开保温杯递给周西，"我过来看看周西，你们这边还要多久？过年放假吗？"

"我们没放假的时间了，不出意外的话，二月底这部电影能拍完。"李欣把蛋糕盘子扔进垃圾桶，道，"我们要尽可能地压缩成本，如果把钱都花在制作上，我怕后期宣传没钱。"

"你们不用太赶，后期发行、宣传有许总。"这部戏许明睿投了"大头"，是陆北尧牵的线，"这部戏的后期宣传不需要你管。"

李欣愣了一下。陆北尧单手插兜，有些意外：李欣又不是新导演，怎么能单纯到这个地步？

"你没有看合作合同吗？"

"我晚上回去看看。"

"明天有时间，我们聊吧。"

陆北尧用余光看到周西还剩了一点儿蛋糕，明显吃不下了。他把水杯递给周西，道："喝口水。"

陆北尧顺势接过周西手里剩的蛋糕，就着她用的小叉子把那点儿蛋糕吃完。

水是蜂蜜柚子水，柚子味很浓，蜂蜜放得非常少，不是很甜，她喝了一口压下奶油的甜腻味。陆北尧已经把盘子收起来了，要关后备厢。

“等一下。”周西快速掏出手机，拍了一张照片——她刚刚忘记拍照了。

周西转头对上陆北尧深沉的目光，他搭在车上的手停顿了片刻，放下去，道：“我送你回酒店。”

周西从小到大的生日派对都非常豪华，第一次这么简单地过生日，陆北尧看到她拍照，心里有些难受。

秦怡上前道：“你们要不分开走？出了这个院子，不知道外面会有什么人蹲守。”

如果陆北尧和周西同时被拍到，又会引起腥风血雨。

“我住在你的隔壁。”陆北尧把后备厢关上，拿出口罩戴上，注视着周西，“你先走。”

陆北尧竟然早就安排好了！

周西把陆北尧的保温杯带走，上车后坐到座位上，小口地喝着柚子水。她没看手机，什么都没有想，只是静静地坐着。

到酒店后，周西洗完澡、换完衣服出来，看到秦怡送药和晚饭过来，道：“东西放着吧，你赶快去休息。”

“不用给你涂药？”

“我自己涂。”周西说，“你去睡吧。”

“明天下午三点开始拍戏，要拍第二场打戏。”

“嗯。”

秦怡把通告时间留下，就转身走了。

周西正在吹头发，敲门声响起，只有一声。周西起身开门，看到了陆北尧。他换了一套衣服，穿着短款呢外套，长腿更显挺拔、修长。周西看了一眼，回去继续吹头发。

陆北尧关上门进来，把手里的袋子放下，取出热牛奶递给周西，走到她的身后接过吹风机给她吹头发。

她的肌肤是“牛奶肌”，白皙柔嫩，潮湿凌乱的短头发落到肌肤上，让她有种乖巧的诱惑感。陆北尧靠坐在沙发扶手上，缓缓地给她吹头发。她的头发偏软，柔柔地滑过陆北尧的手心。

以前周西头发长，要吹很久。她觉得不耐烦，顶着湿漉漉的头发直接上床，陆北尧逮住过她几次，她仍是不改，陆北尧气得没办法，只能帮她吹……

“你什么时候回来的？不是下雪封路了吗？”周西咬着牛奶吸管，感觉陆北尧的手指没有刚刚那么粗糙了，柔软了很多，滑过她的肌肤带来异样的感觉。

“我飞到S市，开车走高速公路到河北，然后走国道。”陆北尧嗓音低沉，“我昨天下午从S市走的，今天早上到的。”

周西抬头看着陆北尧，他受不了周西这么看他，低头就想亲她，唇几乎触到周西的唇时，停住了，他沙哑地问：“你看什么？”

“新闻上说你受伤了，你还开十几个小时的车？”

“小伤，不碍事。”陆北尧先拉开距离，站得笔直，目不斜视地给周西吹头发。

“你昨天睡了吗？”

“睡了几个小时。”

陆北尧的眼里有血丝，周西猜他没睡，收回视线，道：“万一我不见你，你不是白跑一趟吗？”

“你一个人在这边……”陆北尧关掉吹风机，道，“过生日会孤独的。”

周西那么怕孤独的一个人，陆北尧怎么可能在她生日这天让她自己过生日？那她得多委屈。

“正好剧组放年假，我陪你过年。”

“你不回家过年？”

以前陆北尧和周西在一起时，也很少回家过年。

他们在一起的第一年，陆北尧回家过年，大年初一周西就跑去找他。虽然那时他家有钱了，一家人也住上了大房子，但思想观念跟不上，让周西受了委屈。第二年他就留在S市陪周西过年了。后来的两年，一年是在剧组过的年，一年是在国外过的年，都是他们在一起过的。

“现在我也出不去B市，‘五一’再回去。”陆北尧放下吹风机，走过去拿吃的，看到桌上的药膏，转头看向周西，“你哪里受伤了？”

周西穿着衬衣式睡衣，看着陆北尧，卷起衬衣下摆，露出白皙的腰，上面有清晰的青紫色痕迹。她继续往上卷，把衣服卷到胸下，抬了一下手，陆北尧看到她的后腰还有一片狰狞的青紫色痕迹。

陆北尧喉结滑动，转头看向窗户，深吸一口气，道："什么时候伤的？"

"前段时间，从台上摔下来了，腰硌到台子上了。"

那段戏镜头给得很好，陈星赢了比赛，兴奋地翻身下台直冲向李勋。

周西第一次翻身时就摔了下去，体力差，手臂没有力量，后腰撞到台子上，疼得她几天都直不起腰。

"还有哪里？"

陆北尧不敢再看周西的身体，怕自己情绪崩溃，怕控制欲上来把周西关进小黑屋——谁也不能碰周西，谁也不能让周西受伤。但他知道不能这么做，曾经以为只要周西身体不受累、不受伤，那就是最好的，但周西心理出了问题，几乎没命，而且最大的伤害来自他。他现在什么都不敢做，拼命地克制着。

"腿。"周西卷起睡裤右边的裤腿，露出右腿，上面也有青紫色的伤——从大腿一直到膝盖全是。

陆北尧看剧本时，只是觉得这个剧本的故事线很强，却忘记了女主角完成这个故事线需要付出什么。他碰了一下周西的腿，抬头道："多久了？"

"这个是新的。"

如果在以前，周西早扑到陆北尧的怀里一边哭，一边诉说委屈了。

"去床上，我给你涂药。"陆北尧没有问周西为什么不跟他说。周西早在一次次求他安慰却得不到回应后，就不求了，什么都忍着。这是他的错，他没有给周西安全感。

陆北尧转身拿药，强忍着没让泪落下来。

他心疼吗？他活该！

陆北尧去浴室洗了一条毛巾，拿开水烫热，拧干水出来，周西趴在床上，露着腰，下巴放在手臂上等着。陆北尧把热毛巾敷在她的后腰上，她把脸埋在手臂里——她没有告诉任何人，她非常累，今天摔下去的那一刻，真的不想起来了。

"疼不疼？"陆北尧把药膏挤到手上揉开后，按到周西的腰上，缓缓地推开。他今天特意回去涂精油，蒸了五分钟的手，不让手指那么粗糙。

周西摇头。

"西西，以前的你很好，没有任何错。你疼了就要哭，委屈了就要喊，高兴了就要笑，这是人的本能。只不过太多的人伪装自己，戴上面具来迎合这个世界。所有人都戴着面具，只有你不戴，就显得你是异类。戴面具就是对的吗？这个世界就是对的吗？”陆北尧缓缓地给周西抹着药，将她前面不那么严重的伤全部涂上药，道，“我戴上了面具，融入了他们，却失去了你。”

“没有人完美无瑕，除非那个人是假人。”陆北尧拿开毛巾，看到瘀青，强忍着情绪，将掌心落到周西的伤处，道，“人有七情六欲，有喜怒哀乐。粉丝眼中的我们都不是真人，他们需要一个完美偶像来满足幻想，满足他们的需求。你不能按照他们所谓的完美标准来活，西西，你是活生生的人。”

没有人生来就把人生规划得井井有条，每一步怎么走都计划好，不出一点儿意外、不出一点儿格，全是规规矩矩的。按照完美的规矩一路走下去，从生到死，这样的人真的是完美的吗？这样的人活着有什么意思？

周西的泪濡湿了她的手臂。陆北尧的掌心很热，药膏也有些烫，两者交融，紧紧地贴着她的肌肤。

“周西，我永远爱你——过去的你，现在的你。不要害怕，再来一次，天塌下来我顶着，我陪你一起面对。”

周西状态很不好，陆北尧有些担心。她强行束缚本性，压抑久了心理会出问题。

“我不是要你像以前一样，而是希望你不要把自己逼得太难受。西西，无论你做什么，我希望你快乐。天塌下来，我们一起扛，你不是一个人在努力……”

周西依旧沉默，她知道最近的状态不好。但她想自己能扛过去，焦灼与不安被强行地压了下去。今天她看到陆北尧，情绪就松懈了，抱住了陆北尧……因为她很想靠一下，哪怕是短暂的。

“你最近睡眠好吗？”陆北尧换了个话题，道，“还会不会做噩梦？”

周西嗯了一声，回头看陆北尧：“没有做噩梦。”

陆北尧缓缓地推开药膏。他的手劲比秦怡的手劲大，按得周西有些疼，她蹙眉道：“你轻点儿。”

陆北尧手上的力道轻了一些，看向周西。周西眼睛泛红，他俯下身去，他们的距离非常近，呼吸交缠。周西睫毛一颤，闭上眼睛道：“你要在这里待几天？”

“陪你过完年。”

陆北尧十分克制地退回去。周西最狰狞的伤已经抹好了药，他把周西的衣服放下去遮住细细的腰，目光往下，道："你把睡裤脱掉，我要往腿上抹药。"

"你给我脱。"周西的话是脱口而出的，随即她就后悔了，这是以前的她会说的，可又不想收回这话，就把脸埋在手臂里。

陆北尧眯了眯眼。他和周西差不多有一年没有亲热了。去年上半年他一直在剧组拍戏，两个人聚少离多，后来他们就分手了。他目光深沉地看着周西许久，周西像睡着了一样，坚决不动。他认命了，小心地给周西脱掉睡裤，周西腿上的伤不止一处，两边膝盖都有磕伤。

"翻身。"

周西没动，陆北尧等了一会儿不见动静，只见她呼吸均匀，已经睡着了。以前她睡眠很浅，很少出现"秒睡"的情况，这已经是第二次这样了，可见她真的很累。陆北尧把她抱到床中间，让她平躺着，拿被子盖住她的一部分身体才继续涂药，涂完药后她也没醒。

一晚上她只吃了两口蛋糕，喝了半盒牛奶，陆北尧坐在床边看她，心情很沉重。

以前周西睡觉时喜欢追着人睡，在那么大的一张床上，非要紧紧地跟陆北尧贴着。他又不太喜欢贴着睡，就算睡前提醒自己不要离她太远，睡着后还是自然地分开了。他们刚同居时，周西因为这事跟他争吵过很多次。

陆北尧看周西看到凌晨三点，她现在睡得很平稳，没翻身也没有再张牙舞爪地抢位置，乖乖地躺着，把头半埋在被子里。

凌晨三点半，陆北尧起身出门回到自己的房间，揉了一把脸，取出一支烟叼着点燃。蓝色的火苗卷上香烟，他把打火机放到了桌子上。

他抽烟抗疼。

陆北尧单手解衣服扣子，脱掉外套时嘴里咝了一声，继续解里面衬衣的扣子。他将衣服全部解开，看到肩膀上的绷带已经被血染红。果然伤口裂开了。

新闻是真的，他拍戏跳车时肩膀被钢条划了一下，缝了十几针。《边境武警》剧组人多口杂，实在是瞒不住这事，就传出来了。剧组给他放了十天假，他就径自出院回到S市，看过周启宇后，又想见周西。

可交通因为这场突如其来的暴雪全停了，他只能开车过来。他长时间地保持着一个姿势，刚刚周西抱他时又碰了一下，伤口就裂开了。

陆北尧叼着烟，长手捞起行李箱里的医药箱，取出剪刀和纱布。一支烟被抽完时，他就换好了新的绷带。他把带血的绷带扔进垃圾桶，房间里有浓重的血腥味。

他赤着上身去洗手间冲手上沾染的血迹，抬头看到镜子里的自己，有一些狼狈，最主要的是孤独。那是一种深入骨髓的孤独感。他很想周西，已经很久没有跟周西在一起睡觉了。他最近失眠很严重，不是没时间睡觉，是睡不着，一想到周西，就睡不着。

水龙头没有关，水流潺潺，在寂静的黑夜里声音十分清晰。

过了许久，陆北尧洗了一把脸，关掉水龙头，回去躺到床上。

夜很寂静，他身边空荡荡的，没有人会贴着他睡了，没有人会半夜迷迷糊糊地过来亲他，似说梦呓般地叫他老公。

他们在一起太久了，久到不知道离开对方之后该怎么生活。以前他忙，但心里是充实的，知道身后有周西，回家有一盏灯，有归处。

他怕周西的病，怕周西永远不爱他了，怕未来长路漫漫，再没有那么一个人巧笑倩兮地等在前方。他人生的尽头是否还有周西呢？如果没有，那他的人生还有什么意义呢？

窗外雪落无声，覆盖大地。

暴雪停得短暂，下得漫长，一夜过去，整个世界变成了一片苍茫的白色。

周西做了一个漫长的梦，梦里爸妈恩爱，她骑在爸爸的脖子上，身边是纤瘦漂亮的妈妈。随即梦境一变，她的妈妈披散着头发歇斯底里地掐住她的脖子。她看着妈妈的手逼近，叫妈妈，可妈妈不再认识她。那双手越缠越紧，她喘不过气，恐惧到了极点，泪流下来。没有人救她。

梦境再变，世界末日，天地陷入一片火焰之中，到处都是奔走的怪兽，它们张着血盆大口。她逃到一座高楼上，脚下有风，底下是看不见尽头的黑暗。她听到石块在风里坠落的声音，再往后退就要坠入万丈深渊了。她惶惶不安，转身落入一个结实的怀抱。男人用有力的手臂紧紧地揽着她，说别怕。她睁开蒙眬的眼睛，看清了男人的脸。

周西猛然清醒，坐起来本能地扶着腰，发现腰没之前那么疼了。她拿起床头的手机看时间，中午十一点半。她下午三点拍戏，中午十二点半就得从酒店出发。

周西扶着腰去洗手间洗漱，得洗澡把药膏洗掉。

这时她的手机响了起来，她拿起手机看了看，发现是陌生号码打来的，等铃声响到第二遍才接通。

她把手机放到耳朵边："你好。"

"西姐，我是小飞。"小飞的声音传来，"北哥在你那边吗？"

"怎么了？"周西蹙眉，对陆北尧团队的所有人的观感都不是很好，几乎没有什么来往。最初跟陆北尧分手的时候，她拉黑了小飞的电话号码，这应该是小飞借手机打来的。

"北哥身上有伤，你知道吗？"

周西将眉头皱得更紧，挤牙膏的手顿住。

"北哥拍戏的时候从车上摔下来，被车上的钢条划到肩膀。伤挺严重的，医生建议他卧床，他提前回 S 市了，没带人。今天我过来找他，也没见到人，怕他出事。"

"骨折了吗？"

"没有骨折，就是缝了快二十针。"

"陆北尧在我这里，我会劝他去医院的。"

以前陆北尧受伤也是瞒着周西，什么都不说。发生了这么多事，他还是什么都不说吗？周西不敢想，到底是多大的伤口需要缝快二十针？他还从 S 市开车过来，做蛋糕，又帮她按腰。而她什么都不知道。

周西不说脏话，但对上他，真是想骂人。

"西姐，北哥很爱你，你能不能给他一个机会？"小飞在那边说着都快哭出来了，"你出车祸那天，他马上就让我回来了，是我没用，没订到立刻飞回来的机票，给耽误了。北哥最近失眠很厉害，每天都要吃药，以前是不这样的。西姐，我不知道该说什么，我一个外人不应该多说你们感情的事，但真的不是像外界说的那样——他一点儿都不爱你。不是的，他只要有机会，不管多忙、多累都会回去。我跟着北哥做了四年的助理，我拿性命担保，他没有劈腿、没有花心、没有对不起你。在剧组里，他都不会多看别的女演员。不管别人说什么，他都说有你了。"

陈舟为什么那么讨厌周西？陈舟是陆北尧的经纪人，经纪人有更大的权力，是卖家，而艺人是商品，他们有着共同的利益。陆北尧为了周西放弃了太多东西，损害了陈舟的利益。

小飞是一个旁观者，看得比较清楚，拿着陆北尧的钱，帮陆北尧做事。

陆北尧是个很冷漠的人，跟他和陈舟的关系都一般。

小飞只见过陆北尧对周西一片热忱，像个真人。这辈子除了周西，可能没有第二个人能在陆北尧的世界里随意撒野。

周西和陆北尧分手了，至于原因小飞不知道。这回他们不是像之前那样闹矛盾，只要陆北尧回去哄哄周西，他们就和好了。这次闹得很大，他们彻底结束了。

陆北尧变了，不再是之前那个埋头工作，什么都不管，一有空就往回跑的陆北尧了。他开始长时间地发呆。他失眠，抽的烟越来越多，还会失踪脱离团队去干一些匪夷所思的事。

"西姐，就算你要跟北哥分手，也请给北哥一个过渡期。不管发生了什么，你们爱过，我想你应该也希望他好……"

"陆北尧受伤没有住院？"周西打断了小飞的话。

"是的，"小飞一直很怕周西，连声说，"北哥没有住院，直接回去了。"

"我知道了。"

"西姐，北哥人真的不坏。"小飞还想继续"推销"陆北尧。

"我知道。"周西说，"陆北尧就是个傻子。"

周西挂断电话，抬头看着镜子里的自己，眼睛泛红，看起来有些傻。她揉了一下眼睛，继续刷牙、漱口、洗脸，麻木地做着手边的事。

她换好衣服，在手腕上缠好绷带，出门时碰到了秦怡。

"你去哪里？"秦怡观察周西的表情，周西竟然在戏外有了陈星的表情，杀气腾腾的。

"陆北尧住哪个房间？"

秦怡看了一眼周西，指了指周西隔壁的房间，道："下午三点要拍戏，你该吃饭了，吃完饭去剧组。"

言外之意，你们两个别见面了，你马上就要拍戏了！

"耽误不了几分钟。"周西敲门，迟迟没有人开门。她打电话给前台说房卡掉了，让人过来给开门。前台的人核实身份，她报了陆北尧的身份证号。

周西靠在门边，低头看着地毯上的纹路。客房服务员很快就赶到了，拿着总卡，打量着她。

"我家那位睡实了，叫不醒。"周西靠在门边，拿出口罩戴上，语气平静温柔，"我出来拿个东西，风就把门吹上了。房卡在房间里，辛苦你们跑一趟，麻烦了。”

客房服务员打开门，道：“不客气。”

客房服务员还要继续观察周西，突然身后有人喊，来不及多打量周西便转身走了。

周西进门，厚厚的窗帘拉得严实，房间里一片昏暗。她反手关上门才去开灯。

这家酒店规格一般，设施简陋，她一眼就看到了床上的人。

厚厚的地毯踩上去有种不真实的感觉，周西盯着床上的陆北尧，往里面走。被子规整地盖在他的胸口上，他把手搭在额头上，眉头紧皱。他的手指修长，骨关节清晰，他又瘦了很多，骨关节的线条延伸到腕骨。他戴着旧款手表，还是周西送他的那块。衬衣式睡衣的领口散开，周西能看到纱布的一角，是暗淡的红色。

周西环顾四周，垃圾桶里扔着沾满血的纱布，触目惊心，那都是他的血，他到底受了多严重的伤？他以前拍戏也受过伤，每次周西都是事后才知道，看到他的伤疤追问，他迫不得已地承认。周西强压下心脏的疯狂跳动，走到床前。

他昨晚为什么不说？他就那么喜欢硬扛吗？他受伤还开车，活腻了吗？他不怕死吗？

周西看了新闻，为什么没有在意？因为她不敢也不能想。

“陆北尧？”周西开口，泪就滚了下来，慌忙抬手擦。

周西想质问陆北尧，他是不是想死？他到底想干什么？

他没动，也没醒。

周西去拉他的衣领，想问他到底想干什么，却摸到了滚烫的肌肤，灼烧着周西的手。

他发烧了。

他们在一起太久了，久到不知道离开对方后，生活该如何继续。周西从来没有想过他会先走。他若先走，周西该怎么办？他们认识这么久，总是他在照顾她。

可他不是神仙，也会生病，也会脆弱，也会不堪重负。

周西飞奔出去叫秦怡，慌得大脑一片空白。

陆北尧会不会死？

“发生了什么事？”胡应卿出门就撞上了周西，看到她满脸泪水。

"帮我一个忙。"周西神经质地攥着手，指尖颤抖，"他昏迷了。"

谁？胡应卿进房间看到陆北尧后就惊呆了，这两个人真是……胡应卿无话可说，说出来全是脏话。

胡应卿上前检查情况，周西一把拉住他："你别碰陆北尧。"

胡应卿看了周西一眼。他和周西搭档了两部戏，在这部戏里演的又是对她而言亦师亦父的角色，自然把周西看作小辈："我就是看一下陆北尧什么情况，你紧张什么？"

周西松手。

秦怡也进了门："怎么回事？"

胡应卿看到陆北尧的伤口就差不多都明白了，边拿出手机打电话边道："估计是伤口感染引起的高烧，去医院吧。"

周西连忙去找衣服给陆北尧穿上，扣扣子的时候，陆北尧突然握住她的手。

陆北尧似乎清醒了，她心狠狠地一跳，看了过去。陆北尧睁开泛红的眼睛，盯着她看了几秒："宝宝。"

周西的手顿住。

陆北尧烧糊涂了，叫了一声后唇角上扬，凑过去亲了周西的下巴，脸埋在她的脖子旁。他的泪滚了出来，呢喃着道："西西。"

他浑身滚烫，周西迟疑地贴上他的肌肤，顺势揽住他的肩膀。

"等你清醒了，我再跟你算账。"

周西把他的大衣扣子扣上，他拉住了她的手。不能叫救护车，她和陆北尧并没有公开复合，现在这事很复杂，一旦传出去估计又要闹大。

"车在楼下，走后门。"胡应卿过来帮忙扶起陆北尧，道，"走吧。"

周西抿了抿嘴唇："谢谢。"

胡应卿动作飞快，混娱乐圈多年，做事老成。

他们迅速清场，把陆北尧送到了医院。胡应卿联系他的经纪人安排医院做好保密工作。

陆北尧确实是因为伤口感染发烧了，已经烧到了四十度，再烧人就烧傻了。医生担心有其他并发症，准备抽血化验。

护士翻开陆北尧的袖子，周西看到了他手臂内侧的疤。周西咬了一下牙，还笔直地站着。

周西和陆北尧同居这么多年，怎么会不知道他身上有什么？这些疤都是新的。

护士抽完血，让周西帮忙按住棉签。

他的手臂修长，肌理分明。周西看着他手臂内侧的疤，疤痕新旧交叠，深深浅浅的。

他们都是病人，无药可救。

他还在昏迷，紧皱着眉头。

很快护士就回来给他打上点滴，周西把沾了血的棉签扔进垃圾桶，转身对上胡应卿探究的目光。

“你今天还能拍戏吗？”胡应卿单手插兜，靠在一边的墙上。

周西一时不知道该说什么，张了张嘴，什么声音都没发出来，然后深吸一口气，揉了揉眉心：“你有烟吗？”

胡应卿转身往步梯的方向走，周西跟在他的后面，两个人顺着步梯走上天台。天台风很大，卷起了雪花，暴雪已经停了，寒风呼啸。胡应卿递给她一支烟，拿出打火机给她点上，她不会抽烟，呛得眼泪都出来了。

“不会抽烟就不要强学了，这不是什么好东西。”胡应卿点了一支烟，眺望远处，许久后才回头看周西。周西蹲在地上，下巴抵着膝盖，不知道在想什么。

“你们到底是怎么回事？如果不方便的话就算了，我不窥探你的隐私。”胡应卿叹了一口气，道，“从事我们这个行业，外在形象背后的真实情况，大家往往会忽略，以至于产生很多不必要的矛盾。”

整个城市被大雪覆盖，天地一片白。

周西抬起头看天空，许久后说：“我十九岁认识陆北尧，对他一见钟情，是我追求他的，后来我们在一起了。”

“那场网络暴力——我真的扛不住，太累了，生了一场很严重的病。”周西把脸埋在膝盖里，“不怪陆北尧，我不知道该怪谁。”

所以陆北尧干脆利落地半退出娱乐圈，怕周西再受到伤害；所以周西才努力地提高演技，逼着自己拼命，想赶快强大起来。

胡应卿又抽了一口烟，风吹过，吹落了烟灰。烟灰纷纷扬扬地飘在空中，又缓缓地落在白雪中。这种感情他不曾体会过，周西和陆北尧谁都没错，就是日子太难了。他将一支烟抽完，按灭，捏着烟头，不知道为什么，突然有些羡慕他们。

“看你怎样取舍了，选择你想要的，不后悔就行。我不太在意粉丝，每个人都应该把重心放到自己的生活上，粉丝和明星大概就是甲方和乙方的关系吧。”胡应卿叹了一口气，道，“你的病现在好了吗？”

周西点头，随即又摇头，患了精神分裂症需要终身吃药，好不了，随时都可能发作。

“人生看起来很长，其实也很短暂。就这么短短几十年过去，我们在这个世界上不会留下任何东西，也不会再拥有任何东西。父母、亲人、爱人、孩子都会离你而去。人生本来就是失去的过程，等离开的那一刻，所有人都一无所有，本来就一无所有。”胡应卿单手插兜，顿了一下，道，“珍惜眼前人吧。”

周西抬头，片刻后道：“谢谢师父。”

戏里，周西叫胡应卿师父。

“如果你觉得当前的事过不去，你拉开三年、五年或者十年，站在那个时间点再回头看现在。”胡应卿看着远处，叹了一口气，“放宽心，活一天快乐一天，不后悔就好。”

在这个圈子里，你想心理完全健康那心得多大？那得多洒脱？

“人站在舆论中心，无论怎么做，周围都会有不同的声音。我曾经也深受其扰，思考为什么不能做到完美？我酗酒、抽烟，把自己困在黑暗中无法挣脱，游走在失控的边缘。”胡应卿嗤笑一声，道，“我走出来后再回头看，那都是什么事？人哪有完美的？我只要不违法、不碰触道德底线，保持善良，就没有对不起谁。人生这么长，每个人都是过客，在意想在意的，其他的都随缘吧。我跟导演商量一下，今天先拍别人的戏份，你调整一下状态。”

胡应卿离开了。

风吹灭了剩下的半截儿烟，许久后，周西把口罩戴好，攥紧烟头，离开天台。

她去洗手间把手洗干净，走回病房。

陆北尧还在睡，药一点点地输入他的身体。她握住了陆北尧的手，他的手指冰凉潮湿，他刚刚退烧，汗意浓重。许久后，她跟他十指相扣。

她走在陆北尧曾经走过的路上，他们把对方的苦吃了个遍。

这真刺激，真有意思！

周西的手机响了起来，她拿起来看到是董阿姨的号码，松开陆北尧，起身走到窗边接通：“阿姨。”

“你住在哪家酒店？”

周西把手机拿到眼前看来电显示，又放到耳边，隐约有种不好的预感：“怎么了？”

“我刚到B市，带着你爸。”董阿姨说，“你把地址发给我，我这就过去。”

周西住的酒店环境这么差，她爸知道了又要哭！她已经可以想象周启宇哭得撕心裂肺的画面。她头皮发麻。

“你爸爸一直闹，非要来找你。我想着大过年的，你一个人在外面孤零零的，多可怜，我就开车带你爸过来了。过完年我们就回去，绝对不打扰你。

“喂，西西，你说话呀？”

周西沉默了几秒，道：“你就跟我爸胡闹吧！”

周西挂断电话，气得在原地走了两圈，把酒店地址发给了董阿姨。

秦怡进门，刚要说话，周西说：“你回酒店一趟，接一下我爸。不对，你赶快去订个最好的酒店，订好之后将地址发给我。”

“导演刚刚通知你晚上不拍戏了，放半天假。”秦怡看了眼病床上的人，道，“那你先不要出医院，也最好别出病房。”

“我知道。”

“我去订酒店了。”

周西又在原地走了两圈，发微信给孟晓，问她在B市有没有什么租房的门路，要租豪华一些的房子。孟晓迟迟没回，周西打电话过去，提示暂时无法接通。孟晓的手机没有信号？

周西又给董阿姨发微信：“这个地址是临时的，你先到这里，别进去。我安排好了，助理会去接你们。”

周西发完微信把手机装回裤子口袋，转头猝不及防地对上陆北尧的目光。四目相对，空气寂静，她的心骤然跳得快了些，她嗓子有些干，抿了下唇。陆北尧静静地躺在病床上，唇很干，脸色苍白，显得睫毛更黑了。

她先回过神，走过去接水，一半热水一半凉水，温度恰好。她走到床边，升高床头，把水杯放到陆北尧唇边：“你退烧出了很多汗，喝口水。”

陆北尧盯着周西，缓缓地喝着水，滑动喉结咽下水，很轻地动了一下睫毛。周西的表情太平静了，他喝了半杯水就咳嗽起来，周西把水拿开，抽纸给他擦唇上的水渍。

“刚刚是谁打的电话？”陆北尧开口，嗓音沙哑。

“董阿姨打的，她带着我爸来B市了。”

陆北尧垂下眼帘，片刻后问道："他们住哪里？"

"我住的那个酒店。"

陆北尧又咳嗽，道："许明睿郊区的那套别墅空着，先让董阿姨和叔——爸爸过去。那边不会有八卦记者拍，隐私性很好。"

"不方便吧？"

"酒店人多口杂。"陆北尧注视着周西，道，"也不利于爸爸养病，许明睿那边我会拿其他东西补偿，不欠他的人情。"

周西把自己的手机递给陆北尧："地址。"

陆北尧看了看周西，没说什么。周西手机的密码还是以前的密码——他们两个人的生日。他解锁进去打开微信找到董阿姨，发新的地址过去，顺便把房门密码一并发过去。

许明睿很少去郊区的那套房子，陆北尧为了行程保密，来B市都会住在那边。他和许明睿签了《民国探案录2》的合作合同，他也不算欠许明睿人情。

周西住的酒店环境太差了，陆北尧过来就是想让她住到那栋别墅去，正好有这个机会。

陆北尧放下手机，抬头跟她对上视线，她已经没了刚刚的温柔之色，神情多了几分冷厉。

陆北尧心里咯噔一下。

"你清醒了是吧？"周西把杯子放回去，杯子搁在桌子上时发出清脆的一声响。她给陆北尧掖了一下被角，坐在病床前的椅子上，"那我们就来聊聊你是怎么带着伤跑了一千多公里的？你怎么在发生了这么多事后，还是不信任我？"

"我没有不信任你。"陆北尧挣扎着起身。

"你躺着。"周西道，"不准动。"

陆北尧又躺了回去，这里是医院，周西也在医院。所有的事一目了然，她什么都知道了。

周西拿起手机发微信给秦怡，让秦怡不用去找酒店了。

"你骗我多少次了？"周西说，"陆北尧，我们能不能好好谈谈——过去、现在、未来？"

陆北尧喉结滑动，紧紧地盯着周西，嗓音沙哑："你还会要我吗？"

"你不走我就要。"

陆北尧唇角上扬，眼睛中的浓雾渐渐散去，眉头舒展。

“我不是故意瞒着你。我以为忍忍很快就好了，怕你担心。”他担心周西的病，也担心周西真的把他踹了。

周西抬手想往陆北尧的伤口上戳，手落到他的衣服上，停住：“你以为你是铁打的吗？你就不知道疼？”

陆北尧不说话。

“这里是怎么回事？”周西拎起陆北尧的手，挽起他的衬衣袖子，她用指尖戳到他烟头烫出的疤痕上，“我听你编，你说什么我都信，你说。”

陆北尧敛起所有的情绪，看了周西大约有一分钟，开口道：“对不起。”

“我说了，你说什么我都信，你给我编个理由。”周西攥着陆北尧的手，很用力，“你没有对不起我。”

陆北尧眼睛红了，但这股情绪很快被压了下去。他缓缓地呼出一口气，转头把脸贴到周西的手背上，很轻地蹭了一下。

“我不想骗你。”陆北尧嗓音沙哑，仿佛含着沙砾，“我不是‘卖惨’，也不会拿这个要挟你，这是我的事。那段时间，我失去了你，不知道该怎么排解情绪，很痛苦，但又不能死，那会刺激你。”

周西越过病床看向窗外，天阴了一上午，现在晴了。阳光拨开厚厚的云层，金色的光芒洒在大地上，窗外高大树木上的积雪反射出璀璨的光。

“你看过心理医生吗？”周西直视他的眼睛。

陆北尧点头：“嗯。”

周西的手放到陆北尧的头上，他们的心里都有柔软的地方。陆北尧不是神，不是无所不能的。她俯身抱住陆北尧的脖子，紧紧地贴着。

“西西，我走过了你走过的路。那里一片漆黑，没有一丝光。”陆北尧把周西曾经的痛苦经历了一遍，“我一想到把你置于那样艰难的境地，就觉得做什么都不够。”

周西抱紧陆北尧的脖子。

“不是你，是我自己走进去了。”

这是真实的拥抱，周西再一次主动地抱了他，他简直有些眩晕。他看着眼前的人，许久后，小心翼翼地把手放到周西的头发上，摸了一下：“西西？”

“我的病终身无法痊愈，随时都有发作的可能。”周西亲陆北尧的耳朵，“陆北尧，你要跟我在一起，得做好心理准备。”

“嗯。”

“我的粉丝可能会辱骂你，我的经纪人也会排斥你。”

“我该骂。”陆北尧揽住周西的腰，抬起头，“我把微博申请回来，让他们来骂我。”

陆北尧注销微博时，周西隐约地感受到了他的情绪，那时候他不是逃避，应该是绝望。

“你不准申请微博。”

“好。”陆北尧答应得飞快。

陆北尧对微博不感兴趣，如果可以，希望周西也能注销微博。

周西的手落下去，落到他的伤口上，手往下就碰到了他的心脏。他的心脏跳动，胸膛随之轻轻地起伏。

“你还隐瞒过我什么？能不能都告诉我？我们坦白一次好不好？从我们认识到现在，把一切都告诉我好不好？我能承受。”周西说，“陆北尧，我不想要你所谓的保护，我能扛起所有的事。”

“大二那年，我在做家教，你去找我，下了很大的雨，淋了你一身雨水。从那天开始，我就发誓这辈子一定要娶你。”陆北尧缓缓地开口，“大学期间追你的人非常多，我为了让他们死心，每天去接你刷存在感。”

周西与他拉开距离，看着他。

“包上的毛绒兔子是我故意挂的，我想让你牵着我。

“《小暗恋》的剧本我修改过，我找了编剧和导演吃饭，吃完饭就加了两场戏，就是那两场床戏。那部戏我从头到尾都没有入戏，我只是喜欢你，情不自禁。

“我们的第一次……我没有喝醉酒，非常清醒，等那一天等了四年。”

“《小暗恋》的剧本我加了两场吻戏。”周西抿了下唇，“那我们可真是天生一对。”

沉默良久后，陆北尧霍然起身，又被肩膀上的伤疼得躺了回去，用漆黑的眼睛盯着周西。

“那天，我也没喝醉，就喝了一杯酒，出去就吐掉了。”周西看着陆北尧俊美的脸，他剑眉星目，鼻梁高挺。

她为了追陆北尧机关算尽，从第一天见到他算计到他们在一起。

“我怕我喝多了，不能和你发生关系。”她说。

陆北尧神色越发深沉，靠回去，喉结很轻地滑动，周西又娇又美，还那么张扬。

“我想跟你发生关系很久了。”

周西的手机响了起来，她起身拿起手机走到窗边接通。

陆北尧的目光跟着她，她穿着烟灰色毛衣长裙，身材玲珑有致，纤细漂亮，短发微倾，遮住了她半边精致的脸。阳光从窗外照进来，把她映得更加柔美。

打电话来的是孟晓，她兴冲冲的声音传过来：“姐们儿，我到 B 市了，你住哪个酒店？”

周西用一根手指按着太阳穴：“不是航班不通吗？”

“我到隔壁市打车过来的，让你惊喜一下，怎么样？有没有很感动？”

周西现在完全不感动。

“你不回家过年吗？”

“我爸说，我妈给我安排了十五个青年才俊，让我从正月初一相亲到正月十五。”孟晓沉重的声音从那边传过来，“她可能是在相亲角买房了。”

周西从来不知道相亲是怎样的，一段恋爱从初恋谈到如今。

“我在 S 市下了飞机，没敢回家，转国内航班，直接飞过来了。我大哥还没结婚，我妈为什么催我？我上面有三个哥哥呢！他们都没结婚，凭什么要我从正月初一相亲到正月十五？女孩儿怎么了？女孩儿就不能拼事业了吗？”

“我爸也在 B 市，我把地址发给你，你先去跟我爸碰头。我在医院陪陆北尧，他住院了。”

“啊？”

“你放心，我家不催婚。”

“陆北尧是拍戏受了伤？”孟晓一直关注八卦新闻。陆北尧拍戏受伤上了热搜，但这条热搜很快就消失了，孟晓就没在意，周西提到他在医院，那就对上号了。

“嗯。”

“陆北尧也在 B 市？”

“嗯。”

“够热闹的啊！”孟晓说，“那你先把地址发给我。”

周西挂断电话，把地址发给孟晓。

护士进来给陆北尧拔针，周西又把口罩戴了回去，坐到一边的小沙发上看护士给他换药、重新测量体温。

“我什么时候可以出院？”陆北尧问，“年前能出院吗？”

“看伤口的恢复情况，好的话这两天就能出院，但不能有太大的动作，容易撕裂。”护士说，“体温正常，家属来喂药。”

周西起身去倒水，接过护士递过来的药。

“一天两次，吃三天。”护士说，“注意观察体温，有发烧的情况及时告知我们。”

“好的，谢谢。”

护士看了看周西，离开了。

药已经按顿分好，周西打开袋子递过去，陆北尧没有拿手接，用嘴从周西的手上拿走药，温热的呼吸落到周西的手心，有一些痒。

陆北尧含着药：“水。”

周西把水送到陆北尧的唇边。

陆北尧咽下药，唇角很轻地扬了一下，又落了回去：“你今天不拍戏？”

“等会儿秦怡过来，我就要去剧组，晚上我去爸爸那边，就不来看你了。”

周西把水杯放回去，转头。陆北尧把手伸过来，揽住她的肩膀，顿了一下，才扣着她的后颈压了下去。两个人的鼻尖相碰，陆北尧拉下她的口罩，先亲了一下她的唇，将手指缓缓往上，抚摸到她的头发，炽热疯狂的吻才席卷而来。

周西以前很喜欢亲陆北尧，他们两个每次接吻都是由周西撩拨，他慢吞吞地回应，最后结束在床上。他第一次吻得这么疯狂、主动，恨不得把周西吞进去。

他的眼泪蹭到周西的脸上，两个人都哭了。

他紧紧地抱着周西，亲周西的眼睛，心里高高悬着的石头落了地。

他太想周西了，想得发疯。

他们亲了很久，一寸寸地缠磨，陆北尧紧绷的神经松懈了。

他贴着周西的脸，抱着她，亲她的脖子，嗓音沙哑地说：“陪我躺一会儿。”

“我得去剧组。”

“我很嫉妒胡应卿——”陆北尧没在周西的脖子上留下痕迹，揽着周西的肩膀，声音低沉，“可以跟你拍对手戏。”

原本李勋那个角色是陆北尧演的，他怕周西受影响，主动退出了。

“你就那么想演我的师父？”周西抬头看向陆北尧，“又不是什么特别好的角色。”

陆北尧亲周西的唇，沉默了好一会儿，道：“苏晨严跟你炒绯闻。”

“苏晨严的腿好短。”

陆北尧想立刻原地再长出五厘米的腿，以免将来周西看到腿更长的人把他踹了。

秦怡很快就到了，周西得去剧组一趟，交代秦怡照看陆北尧。虽说李欣把今天的行程改了，可在B市演的就这几场戏，都是以她为主的。她过去看看，若是能拍就尽可能地拍，不能耽误剧组的进度。

她收拾好自己的东西，戴好口罩、帽子、围巾。

“西西。”陆北尧在周西的身后道。

周西回头。

陆北尧躺在病床上，唇角上扬，眼里瞬间有了暖意：“我等你。”

腊月二十八，陆北尧出院了，搬到了郊区的别墅养病。孟晓因为躲相亲也跑了过来，这回在B市的人聚齐了，别墅里非常热闹。

李欣临时决定放三天假，从大年三十到正月初二。腊月二十九是周西放假前的拍摄期的最后一天，也是体育馆的租赁期的最后一天，《冠军》的比赛部分必须拍完。体育馆处于休假状态，暖气温度很低，整体还是很冷的。周西早上八点就到剧组了。她换上散打运动装，瞬间冻成了寒风中的落叶。秦怡把保温杯递给她，她只喝了一小口水，让水在口腔里暖了片刻，就又将水吐出去了。虽然是演戏，但在演打戏之前喝水一定会肚子疼。这场戏要从她缠绷带开始拍，所以准备工作她就不能做了。她在原地蹦了几下，最近她练出了腹肌。

“看这里。”剧组的摄影师给周西拍照，周西抬手拂过短发，看向镜头。

今天周西要拍三场打戏，几乎要打一天。现在她还有精力，可以拍照，但等拍完打戏，她都不知道自己能不能站着回去。因为要放三天假，李欣就往死里压缩时间。她之前不在意过年放不放假，可家里人都在，陆北尧也在，她就愿意拼这一次，因为感觉大家能一起吃个团圆饭也不错。

陈星惨遭失败之后，苦练散打技术。她沉寂了一年，从嘲笑中站了起来，成功地打进入围赛、晋级赛、决赛。最后一场比赛，灯光和所有的摄像头都对准了她。比赛赢了，她是世界之王；比赛输了，她的职业生涯有可能就此结束。

这一场戏从下午三点拍到晚上十一点半还没拍完。李欣说周西的气势到了，但他总觉得少点儿东西，至于少了什么，他也说不清。

周西裹着大衣看向李欣："少了什么？"

"人情味。"李欣说了个词，然后蹙眉想了一会儿，"李勋得了癌症，陈星知道。这不是她的最后一场比赛，却是李勋陪她的最后一场比赛。她可以在赛场上凶悍，可以不顾一切，但她是带着爱去打比赛的。亦师亦友亦父的李勋站在台下看着她比赛，她不会太孤独，你明白吗？她前期和世界没有联系，但后期有了联系。"

这种感情是需要过渡的，但场地原因，《冠军》剧组要先拍比赛部分，这就需要演员自己把感情过渡到位。周西一天拍三场打戏，需要过渡三段情绪。

周西狠狠地揉了一把脸："那我再试一次。"

周西朝对手演员点头，表示歉意。

李勋得了癌症，一直瞒着陈星，害怕影响她比赛。她和过去和解了，和这个世界和解了，拼命地改变自己，可依旧留不住李勋，留不住这人世间给她的唯一的温柔。这是最后一次，她的靠山站在台下，看着她去抢那块金牌。她不单单是为了自己赢，也是为了李勋。

周西再一次 NG，靠在围绳上抬起头看灯光，心里一片苦涩。胡应卿上前递给她一瓶水："你不要着急，慢慢来。"

周西看到胡应卿，泪就涌了出来："师父。"

周西和胡应卿第一次说话就是胡应卿帮周西把水瓶的瓶盖拧开。

"心里怀着爱去打和内心冰冷地去厮杀是两种状态。"胡应卿不知道该怎么去给周西表演，他不是表演老师，可能他处在周西的位置，还没有周西演得好，"这种东西很抽象，没办法具体地描述，得你自己去悟。"

周西把脸埋在围绳上，思绪混乱，耳鸣又来了，头痛得厉害。全场寂静，所有人都在等她。马上就要到午夜十二点了，大家心里都焦灼，但谁也没有先开口。

周西一路跌跌撞撞地走到如今，从麻木地演戏到渐渐地在演戏中融入自己的生活。她抬起头，猝不及防地看到台下的陆北尧。他坐在观众席上，空旷的观众席亮着灯，他穿着黑色大衣笔直地坐在椅子上。他们的距离很远，她其实看不清陆北尧的表情，但她的直觉告诉她陆北尧应该是在用平静的目光看着她，就像李勋平静地看着台上的陈星。

心里怀着爱，陈星会打得更稳、更谨慎，她知道那个人在台下一直看着她。她十岁遇到李勋，那时候的她像个困兽，仇恨世界，防备、抵触别人，浑身是刺，然后李勋带她走上散打台。今年她二十四岁，距离他们初次见面已经过了十四年，她长大了，李勋老了。

周西没有喝水，抬手擦了一把脸，让化妆师补妆，然后道："再来一次。"

单薄的姑娘在台上打得凶悍，沉闷的声音响起。李勋坐在台下看着她，焦急，担心，却不敢表露出来。

陈星倒下了，李勋站起来。他的腹部隐隐作痛，他急促地呼吸着，突然发出声音："星星，站起来！再试一次，你是英雄！陈星，你可以的！"

李勋曾经无数次说："陈星，你可以的！""陈星，你可以跟男生打。""陈星，你可以去打省赛。""陈星，你会走上世界赛的散打台，看到那块金牌了吗？勇敢地上吧！"

陈星浴火重生，最后狠狠地一击，打败了对手。爱是一种力量。

裁判高高地举起陈星的手，她抬起头，眼泪不断地往下流。周西是笑着的，唇角上扬，看着台下的陆北尧。

一镜到底，这个镜头周西表现得太好了，现场非常炸裂。

李欣喊停后，起身大步走向中间的散打台，抹了一把脸上的泪："很好，陈星非常好，就是这个感觉。还有一个镜头！拍完就结束了。"

胡应卿回头看向周西刚刚看的方向，突然看到陆北尧。陆北尧端端正正地坐在观众席上，静静地看着周西，胡应卿心里了然。

"还有最后一个镜头，拍摄你和李勋拥抱，给李勋戴奖牌。"李欣一直拍"致郁"片，第一次拍摄这种励志片，别人没想到他会哭。他拿过一边架子上的纸巾擦了一下脸上的眼泪："继续保持！情绪非常好！加油！"

周西没有说话，怕一开口情绪就断了。她抬手示意继续，李欣退回去提醒各部门注意。

全场静下来，陈星走下台，李勋站在人群的尽头。她抬起头，眼睛开始泛红。她没有哭，高高地抬着下巴，一脸骄傲。她是李勋的骄傲，永远都是。就算李勋死了，她也要把自己的名字刻在李勋的墓碑上。这个世界上，只有他们相守。她把战袍披在李勋身上，把金牌挂在李勋的脖子上。她扬起唇角笑了起来，泪猝不及防地滚下。

"我做到了，师父。"

“你是冠军，你是……我永远的骄傲。”

最后一幕拍完，胡应卿蹲下去捂着脸痛哭出声。他入戏了，这部戏比他想象中的更细腻，情节处理得更好。

李勋陪陈星走过最艰难的一段路，陈星的人生进入下一个阶段。她接纳了这个世界，不再孤僻，不再是那个与世界为敌的小孩儿。哪怕未来没有李勋，她也会很好地生活，会谈恋爱，会结婚、生小孩儿。她还有很长的路要走，只是再也没有李勋陪伴她了。

周西穿着红色的散打套装，拎着拳套，仰起头想克制眼泪，但泪从她的眼角滚落。灯光下，眼泪闪烁着光。

周西握住胡应卿的肩膀：“师父，谢谢你。”

她越过所有人，看向从高处走下来的陆北尧。她偏了一下头，扬起唇角，又一滴泪滚落。陆北尧走过来，一直走到她面前，拉起她的手，与她十指紧扣。他猛地把她拉到怀里，紧紧地抱着她。她回抱他，将脸埋在陆北尧的脖子上。

现实中，周西的“李勋”一直在守护着她，不管她走多远的路，“李勋”都在家门口等待着她归来。

周西用力地抱住陆北尧，他脱掉大衣包住周西后，秦怡才把周西的黑色长款羽绒服送了过来。他的大衣很长，一直遮到周西的脚踝。衣服上有柑橘的香气，也有他的温度。他穿着烟灰色毛衣、黑色长裤，看起来冷静稳重。

“你过来探班？”李欣没话找话地问了陆北尧一句。

陆北尧点头，但他是过来接老婆下班的。谁午夜十二点探班？有毛病吗？

胡应卿站起来，接过他的助理递过来的黑色长款羽绒服穿上，因为拍摄的电影里的季节是夏天，演员们都穿得很薄。他伸手到陆北尧面前，陆北尧看着他，伸手握了一下他的手。他颔首，拉上羽绒服的拉链，转身大步就走。

周西刚想把陆北尧的大衣脱掉，换上羽绒服，陆北尧已经穿上了黑色长款羽绒服——剧组标配，男女通用。他穿上就是紧了一些，没有丝毫的不和谐感。

“回家吗？”陆北尧抬头，注视着周西。他的眼中似有深海，盛满了她的整个世界。

周西裹紧陆北尧的大衣，抿了下唇：“你的伤好了？又可以到处跑了？是不是又开车了？”

陆北尧抬手，用修长的手指擦过周西眼下的潮湿处：“想不想让我背你？”

“不想。”

陆北尧有些遗憾，他是非常想演李勋的。这个剧本他看过无数次，李勋和陈星的感情很深厚。

从体育馆到停车场走路要十分钟，周西接过秦怡递过来的热牛奶，喝了一口补充能量：“走吧，我不想换衣服，回去再换，直接走。”

陆北尧在周西面前蹲下，回头，嗓音沙哑地说：“我再背你一次。”

周西一愣，随即眼睛就红了，捂着脸看着面前的陆北尧。陆北尧知道她在想什么。

他什么都知道。

李勋第一次得到陈星的信任就是陈星生病了，李勋背她去医院。她趴在李勋的背上，缓缓地伸出手抱住李勋的脖子，放下戒备，融入这个世界。

电影《冠军》的最后一幕：李勋背着年幼的陈星，穿过朝雾，走向晨曦。李勋的最后一句台词就是“我再背你一次，往后的路就要你自己走了”。

陆北尧也背过周西，那时候周西喝多了，陆北尧背着她从酒吧走到了学校，那段路很漫长。她抱住他的脖子，醉意朦胧地想，这就是她的整个世界。

“来，西西。”陆北尧低沉的嗓音诱惑着周西。

周西从后面抱住陆北尧，却没有要他背，而是贴着他的耳朵说：“你是陆北尧，唯一的陆北尧。”

李勋会走，陆北尧不会。

周西拉着陆北尧的手走出体育馆。《冠军》剧组在体育馆的拍摄彻底结束了，工作人员关灯，体育馆瞬间暗了下来。周西回头看着漆黑的体育馆，心里有种说不出的寂寥感。在这里，李勋和陈星的故事结束了。

周西手上一紧——陆北尧攥紧了她的手。她收回目光，继续跟陆北尧往前走。拍了几个月戏，她有些入戏。即将出门时，陆北尧忽然停住，从口袋里拿出口罩撕开包装给她戴上，摸了一下她的头发，松开了她的手，让她先走。她看着他，抿了下唇，把手递给他。

“这部电影上映后，我给你一个交代。”陆北尧往后退了一步，跟周西拉开距离，注视着她，嗓音低沉，“你先走。”

周西为这部戏付出了太多心血，半条命都搭进去了。在这部电影上映之前，陆北尧什么都不能做，因为不知道会有什么人在体育馆门外蹲守，毕竟他们两个都站在风口浪尖上。

周西转身大步走了出去，上车窝在座位上，拿出手机，打开微博打算发微博。她的微博里有三十万条新消息，她揉了揉眼睛，查看新消息。

《冠军》官方微博发了一张新照片：周西的手放在膝盖上，她低下头，泪和汗交织地落到地面上。她身后的背景是虚拟的，这让人觉得似乎天地之间只剩下她一个人。配文："你赢了这个世界。"

《冠军》官方微博已经有六十万名粉丝，这条微博的转发已经过了万条。

周西打开评论区，热评区全部是她的粉丝。这真是令她熟悉的画面。

周西没有转发《冠军》官方微博发的微博。她已经很久没有看微博私信了，打开私信，看到铺天盖地的消息：有骂得奇奇怪怪的，有向她表白的，有发长篇大论为她规划事业的，有暖心地鼓励她的。

秦怡上车递给周西一个保温杯，说："陆先生带过来的。"秦怡吩咐司机开车，又道，"萧总正月初三过来。"

"嗯。"

周西关闭了微博私信功能，把手机放到一边，打开保温杯，闻到熟悉的老鸭汤的味道——董阿姨炖的老鸭汤药味十足。

周西喝了一口老鸭汤，手脚都暖了起来。她的手机响了起来，她拿起手机看到萧晨的来电，接通电话，把手机放到耳边。

"你把微博私信关了？"

"嗯。"

"为什么不提前跟我说一声？"

"微博私信早就该关了，在他们疯狂辱骂我的时候，我就应该关掉。"周西又喝了一口老鸭汤，那时候她硬扛下一切，在乎得要命，每天自虐般地看那些评论，"我还想注销微博。"

萧晨沉默了几秒，道："你和陆北尧复合了？"

周西把保温杯递给秦怡，让秦怡把盖子拧好。周西把头抵在冰凉的车窗玻璃上，说："嗯。"

"你们打算公开？"

"我们坦坦荡荡。"

"你的病情肯定不能公布，你们在一起你的粉丝势必大闹。今年你和陆北尧都有电影要上映，还都是主演，这影响太大了。投资方也不会同意，你们签的合同上都有约束条款，如果艺人的个人行为给电影造成严重后果，你们需要赔违约金。《冠军》拍到现在，你是拿命拍的。《冠军》官方微博经营得不错，大家期待值很高，如果不出意外的话，六月就要上映了，有大火的可能。”萧晨叹了一口气，道，“就这么毁了，你甘心吗？”

玻璃冰凉，冰得周西头痛。曾经她和陆北尧公开恋情，网上那铺天盖地的辱骂声、“脱粉”行为、抵制行为，她感受过一次。

“你们到底有多深的感情，外人并不知道。正月初三我过去，我们见面再聊聊。你愿意关微博私信就关，最近不要回应任何东西。你不想转发《冠军》官方微博就不转发了，好好休息，也调整一下。我们都是成年人，要对自己的行为负责。”

“好。”

“我觉得艺人也没必要将所有的生活都公布给大众。如果你们确定以后会结婚，会永远在一起，那你可以高调，否则，所有的消息都有不确定因素，对艺人本身也有影响。”

萧晨希望他手底下的所有艺人都不要谈恋爱，不要分分合合，不要感情出问题。这些全都是雷，他不知道这些雷什么时候会炸，不知道这些雷会炸成什么样，不知道前期的投资是否能收回成本，不知道要赔多少违约金。

从体育馆到郊区的别墅需要一个半小时的车程，周西和陆北尧一前一后到达郊区的别墅时，已经是凌晨两点了。周西进门回房间就泡进了浴缸，半睡半醒之间有人敲门，随即有人走进来。她很累，眼皮都抬不起来了。她想挣扎着起来，但闻到了熟悉的味道，听到了熟悉的脚步声，于是重新闭上眼睛，彻底进入梦乡。

周西在温暖的床上醒来，阳光从窗帘的缝隙挤进了房间，把黑暗的房间映成了灰色的。她的腰上沉重地压着手臂，她的视野渐渐清晰，她看到沉睡的陆北尧俊美的脸。最近陆北尧瘦了，下巴尖了。陆北尧穿着的烟灰色衬衣式睡衣的领口敞开，大片白皙的肌肤露出来，脖颈线条延伸到了衣服里面。

周西看着陆北尧长而浓密的睫毛。陆北尧是什么时候过来睡到她的床上的？

周西动了一下，陆北尧就睁开了眼睛，静静地看着她。他们近在咫尺，呼吸交缠。她屏住呼吸几秒，又呼出一口气。陆北尧眯了一下眼，眼中透出些许危险。他低头亲她的鼻尖，他的唇柔软，她也不甘示弱，翻身压在他身上就亲他。他张开手揽住她的腰，迎接了这个吻。

敲门声响起，随即游戏厮杀的声音传进来。周西贴着陆北尧的唇，趴在他身上。他有什么变化，周西一清二楚。周西耳朵滚烫，人却很不老实，手指缓缓往下，摸着陆北尧的腹肌一路下滑，钩上了睡裤边缘。陆北尧捉住了她的手，蹙眉想凶她，她特别喜欢在有人的时候胡闹。

他立刻反应过来自己身上发生了变化，舒展眉头，嗓音沙哑地说："别动。"

在外面的孟晓说："姐们儿，太阳晒屁股了，起来吃午饭。咦，你怎么反锁着门？"

周西应了一声，随即陆北尧翻身把她压到了身下，炽热的吻落在她脸上。她的手被按到枕头上，陆北尧一路往下亲，如同覆着雾气的眼睛看着她，眼睛深处暗潮涌动，喉结微微滑动。他往下咬着她的睡裙带子，炽热的呼吸透过薄薄的布料落到她的肌肤上，她的呼吸急促了几分。

门口的孟晓猛地一拍房门，说："你快起床，下午我要去市区买衣服，你陪我逛街，再晚商场就关门了。"

陆北尧把脸埋在周西的脖子上。他们为什么要扎堆过年？他想单独跟周西过年！

周西强忍着笑回应道："知道了！"

陆北尧咬牙切齿地想咬周西的脖子，到底没舍得咬，只轻轻地亲了一下，翻身下床，打开灯，把睡裤穿好，用修长的手指缓缓地扣上睡衣的扣子，眼睛中几乎没有情绪。

"起床吧。"

"你的伤不疼了？"周西这才想起来陆北尧的伤，看向他的肩膀。

陆北尧弯下腰去抱住周西，贴着她的额头，贴了差不多有一分钟："我一点儿都不疼，西西。"

陆北尧昨晚过来给周西送夜宵，进门看到她泡在浴缸里睡着了。他抱起她，擦干她的身体，给她穿上衣服，将她抱到床上。陆北尧的心里有很多渴望，但他什么都没有做。他躺在她身边，心一下子就安定下来，再次体验到了心无旁骛地睡觉的美妙感——特别安定，特别好。心里的那个人稳稳地在身边，他不惶惶。

陆北尧吻着周西的眼睛："我们好久好久没有一起睡了。"

周西看着陆北尧，抿了下唇，纤细白皙的手臂揽住他的脖子，他们安静地抱着。

陆北尧亲周西的额头，忽然想到他刚进娱乐圈的时候，人微言轻，也没有地位。他在山里拍戏的环境烂到比他的出生地还可怕，但这还不是令他最难受的，令他最难受的是自尊心遭到践踏。他没有上过表演课，是零演技进组的，每一天都处在崩溃的边缘。周西去找他，那么差的环境，她非要陪他一起熬。周西怕虫子，晚上要他陪，他们两个睡在那张狭小的单人床上，小姑娘窝在他的怀里，又柔又美，他就把所有的委屈忍下去了，周西是他那段时间的精神支柱。

周西摸了一下陆北尧的头发："早安，陆北尧。"

"早安。"

现在已经是中午了，周西和陆北尧洗漱完下楼，董阿姨已经把午饭的最后一道汤端上桌了。董阿姨转头看到他们一起下楼，停顿片刻，才笑起来："你们赶快过来吃饭。"

董阿姨已经很久没看到他们两个站在一起了。孟晓站在窗边接电话，跟电话那边争得面红耳赤，最后直接挂断电话。

"怎么了？"周西接过董阿姨递过来的热汤，喝了一口，看向孟晓。

孟晓狠狠地一揉头发，把自己扔到沙发上："我妈让我回家。"

"过年了，他们想见你吧。"

"回去他们就骂我，"孟晓叹了一口气，"逼我相亲，好像不结婚人生就不完整似的。"

"你别听他们扯。"周启宇拄着拐杖从外面进来，最近他在练走路，说话还是有些磕巴，但思维已经彻底恢复了，"结不结婚只是人生的选择，你又不残疾，怎么不完整了？"

周启宇还要讲大道理，抬头看到周西的眼神，瞬间夙了，改口道："对不对啊，西西？"

周启宇话糙理不糙。

陆北尧扶了一下周启宇，周启宇说："我可以自己走。"

陆北尧转身走向餐厅，不参与这些话题。

周启宇走到周西面前，端详他的宝贝女儿，看得眼睛发红："你怎么把头发剪得这么短？你是不是瘦了？我看了《冠军》官方微博发出来的照片，你拍戏是不是很辛苦？你也不让我去探班。"

北方室内暖气十足，周西穿得单薄，撸起袖子给周启宇展示自己刚刚练出来的肌肉。

“我终于有时间了，跟你算算账，我是不能回S市吗？你和董阿姨就这么跑过来，不怕路上出点儿什么事？”

周启宇眨眨眼，又慢吞吞地往餐厅走：“该吃饭了，你们快点儿。”

周西喝了一口甜汤，摸了摸孟晓的头发，道：“我爸说的也不全对，就算是残疾，只要心理健全，人生也是完整的。你管他们说什么，你事业有成，你的世界是满的就好了。你想回去过年就回去，不要钻牛角尖。他们所谓的‘完整’，可能只是针对他们自己的人生经历给你提出的建议。”

“你最近怎么这么能说？”

“跟胡应卿搭戏的后遗症。”胡应卿真的是周西的人生导师。

提到胡应卿，孟晓恍惚了片刻，低下头：“胡应卿现在好吗？”

门外传来引擎声，周西抬头。一辆银色布加迪跑车开进了院子，许明睿从车里出来，大步往这边走。周西转头叫了一声陆北尧，陆北尧走过去开门。

许明睿进门直直地看着孟晓，眼睛都没眨一下，把车钥匙扔到一边的柜子上，解释道：“我过来取点儿东西，取完就走，不打扰你们。”

许明睿转身一头撞到了柜子上。

陆北尧看了许明睿一眼：“柜子没事吧？”

许明睿无语。

“你吃午饭了吗？”陆北尧往客厅走，道，“没吃的话，一起吃吧。”

“方便吗？”

餐厅里的董阿姨热情地道：“小北的朋友是吧？方便，方便，加双筷子的事。大家都不要玩手机了，过来吃饭。”

“这套房子是他的。”周西拉着孟晓去餐厅吃饭，对董阿姨说，“许总，陆北尧的合伙人。”

这回董阿姨更热情了，恭敬地把许明睿带到了主座。许明睿一脸蒙，还没回过神，董阿姨已经给他盛了一碗佛跳墙。

“谢谢阿姨。”许明睿瞬间有种来别人家做客的感觉，到底谁才是这个家的主人？

长方形的餐桌，周西和孟晓坐一边，陆北尧和周启宇坐在她们对面，餐桌两头一边是许明睿，一边是董阿姨。孟晓坐在靠近许明睿的位置，周西坐在靠近董阿姨的位置，许明睿一抬头就能看到孟晓。

“小孟总，”许明睿开口时有些不自在，摸了一下鼻子，“好久不见。”

孟晓抬起头。她对许明睿的印象是写剧本写得极糟糕的导演，这个印象是怎么来的？周西给她打电话吐槽，说许明睿写的剧本一团糟，扔到大街上都没人捡，别人的剧本是要钱，许明睿的剧本是要命，狗爪子蘸墨在纸上走一圈都比许明睿写的剧本好看。上一次她跟许明睿见面是她过来接周西，许明睿穿着睡衣，吊儿郎当地靠在门边抽烟，一副纨绔子弟的浑样，着实辣了她的眼睛。今天许明睿倒是穿得像个正常人，就是那双桃花眼看人总透着一股不正派。

"好久不见。"孟晓心里有事，懒得跟许明睿多说。

周西夹了虾，正在费劲地剥皮，陆北尧就把剥好的虾递了过来，并跟她换了盘子。她已经很久没跟陆北尧同桌吃饭了，陆北尧突然换盘子，她有些不自在，随即才坦然地接受。

"今晚你们都在家吃饭吗？"董阿姨给周启宇盛了一碗素汤，把他面前的佛跳墙拿走，"晓晓回去吗？"

"不回。"孟晓很喜欢吃董阿姨做的清蒸鱼，吃到好吃的东西，心情好了很多，"我就长你们家了，你们去哪里我都跟着。"

董阿姨笑出声："那倒是好了，能凑一桌打麻将的人。"

周西还没从《冠军》的戏里出来，整个人显得特别沉默，没有之前那么活泼，董阿姨也不敢打扰她，只能跟孟晓逗趣。

"下午我和西西去逛街，我们好久没一起逛街了。董阿姨，你要去吗？"

周启宇放下筷子，默默地举手："我也可以参加。"

孟晓说："我觉得可以，我们可以先去逛故宫，逛完再去购物。"

提到出去玩，孟晓顿时"满血复活"，于是四个人愉快地决定下来。怕时间来不及，他们吃完饭就急匆匆地走了。

陆北尧拿车钥匙给周西，将目光落在她身上，然后将围巾也递给她："出去别摘口罩，注意安全。"

"嗯。"

"开车慢点儿，不要去人多的地方。"

周西抿了下嘴唇，抬头："你要一起去吗？"

"我下午要写剧本，许总在这里监督。"陆北尧不能去，他知道只要他开口，周西就会不管不顾地跟他公开恋情。不管是过去的周西，还是现在的周西，都是勇敢的人，可现实有太多困难。他摸了一下她的头发，把围巾给她戴好："走吧。"

周西戴着毛茸茸的针织帽子，戴好围巾后，只露出眼睛，然后挥了一下手。

一行人热热闹闹地出门，房间里瞬间静了下来，有那么几分冷清。陆北尧走到窗边看着车开出院子，缓缓地开向树荫深处。下午天又阴了下来，似乎要下雪。陆北尧走回餐厅收拾碗筷，许明睿还在吃东西，竟然还没吃完。

陆北尧蹙眉，盯着许明睿看了几秒，拉开椅子在许明睿对面坐下，叼着烟偏头点燃，靠在椅子上把打火机撂回去："你是来这边吃饭的？"

"我是来跟你签《民国探案录 2》的合同的，孟晓有男朋友吗？"

"你是怎么把这两句话放到一句话里的？"

许明睿把最后的佛跳墙吃完，靠在椅子上。他吃多了，血糖升高，困意袭来，问："孟晓有男朋友吗？"

"单身。"陆北尧叼着烟收拾碗筷，忽然回头，"你不会是对孟晓有意思吧？"

许明睿站起来，在屋子里走了一圈后，走过来取了一支烟，松松垮垮地叼着烟没有点燃，眯着桃花眼说："孟晓很难搞的样子。"

陆北尧把碗筷全部收到厨房，抽了一口烟，然后将烟摁灭在烟灰缸里："你不打算和孟晓过一辈子，就别招惹她。"

"你的恋爱观非常奇怪，谁谈恋爱是一上来就一辈子的？吓不吓人啊？"许明睿单手插兜，拿下烟弹烟灰，若有所思地说，"算了，我们先谈合同吧。"

"你要是敢'渣'孟晓，她会不会扭下你的头我不知道，但周西让我扭下你的头，我一定不会手软。"

许明睿无语。

陆北尧把碗筷放进洗碗机，淡淡地说："孟晓没谈过恋爱，比较单纯，跟你不是一路人，你换个目标吧。"

孟晓看上去那么野，竟然没谈过恋爱？

许明睿打了个饱嗝，问："我晚上在这边吃饭合适吗？"

陆北尧缓缓地转头看过去，心想：大少爷，这是你家！

"我实在不想回家，全家人都是有用的人，就我一个废物。"许明睿吐出烟圈，道，"哪怕我靠自己做出成绩，只要不从政，我依旧是废物。我家阿姨做饭贼难吃，老爷子养生，每天吃的都是清汤寡水的，比你这边差远了。"

"他们都很好相处，没什么不合适的。"

“你和周西这是复合了？”

陆北尧唇角上扬，眼中噙着笑意，笑得有几分骄傲：“嗯。”

“周西的粉丝天天在那边骂你，”许明睿把烟抽完，还是撑得厉害，继续在原地晃悠，“你现在敢公开恋情，你家西姐的粉丝能来暗杀你。”

周西跟陆北尧复合，那周西就不是嫂子了，换成了陆北尧是姐夫。娱乐圈内的几个姐夫，待遇可不怎么样。

“《民国探案录2》你真的不演？”

“公司刚签了一个人，演技不错，形象也很好，就是缺一个机会，我打算让他演男主角，等会儿我把资料发给你。”

陆北尧和许明睿合作创建的新公司，主要工作是从签人到剧的发行、出品。陆北尧洗干净手后，他们一起上楼，打算去书房谈合同，走到二楼，陆北尧回头问：“郑荣飞是不是在筹备新剧？”

“大女主戏，男演员去也是给女主角‘抬轿子’，还不如我的网剧。”许明睿说，“怎么，你想去？”

陆北尧听说郑荣飞在接触周西。

周西已经很久没跟家人一起出去玩了，从进入景区，周启宇就拉着她拍照。如果在以前，她肯定会不耐烦。但经过了这么多事，她也不知道能陪爸爸多久，非常有耐心，一路扶着周启宇，跟周启宇合照。他们走到一个著名景点，她想跟周启宇拍一张露脸的照片，就把口罩拉了下来。

“你是周西？”有个男生喊道，“哇，真的是周西，演《深宫乱》里的皇后。”

景区里的人非常多，四面八方的人都看了过来。周西连忙把口罩戴回去，扶着周启宇想往人少的地方走，周启宇身体不好，经不起冲撞。

事情比想象中来得突然，也来得迅猛。周西微博上的粉丝有两千万人，两千万人是什么概念？现在她知道了。《深宫乱》火之前，她就进《冠军》剧组拍戏了，算是与世隔绝。《深宫乱》火到路人皆知，她对此没什么感受，只是埋头拍戏。

周西被堵到了拐角的栏杆旁，孟晓和董阿姨拼了命才拦住要凑过来的人。幸好景区的保安来得快，迅速维持好现场秩序，护送他们到出口。周西上车，揉了一把脸，回头看到孟晓的外套扣子都被扯掉了。

沉默片刻后，孟晓张了张嘴，说：“他们是你的粉丝吗？这么可怕的吗？”

孟晓以前是“追”别人，第一次换到被“追”的位置。那么多人挤上来，手往她身上抓，她被吓到了。如果保安来得再晚一会儿，她会不会被踩死？

周启宇头上的帽子也被扯歪到一边，董阿姨只知道周西红了，但不知道会这么红。周西沉默半晌后，说：“他们怎么这样？”

周西的电话响了起来，来电的是萧晨。

“你刚从热搜上下来，这又上热搜了？你在热搜上买房了？”萧晨的声音传过来，“你休假就不能在家老实待着吗？你出去晃什么？你是明星啊！”

周西关微博私信的热搜是凌晨上去的，早上萧晨写了几篇通稿解释她为什么关私信，刚喘一口气，她要大牌的话题就上热搜了。

周西抬手按了一下眉心：“我陪我爸出来走走，没想到人这么多。”

“你对你现在的身价有什么误解？《深宫乱》网络播放量过百亿次，电视台重播的收视率是2%，你对这些数据没有概念吗？你不带保镖就出去？我给你安排几个保镖。”萧晨气得想穿过手机跟周西正面交锋，道，“你赶快发微博澄清，不然你就是要大牌；你脸色不好，就是给你的粉丝摆脸色。营销号什么都能写。”

“我的脸都没露出来。”

“只要营销号想让你不好，你就能不好，你眨下眼都能给你解读出一篇万字‘小作文’。”萧晨说，“你不要有脾气，也不用跟我争，没用。你发微博澄清，不要让这件事发酵。你不发的话，我就替你发了。”

周西沉默了许久：“你发吧。”

她挂断电话，将手机放回去，系上安全带，发动引擎，将车开了出去。

孟晓安顿好几个人，在副驾驶座拿出手机搜索“周西”，说：“这些人有没有心？这种情况下叫什么要大牌？气死我了！我的外套扣子都被扯掉了，这叫人怎么温柔以待？”

营销号断章取义，找了周西脸色不好的照片配图，说她要大牌。营销号的微博下面已经吵出上万条评论，营销号吐槽她狗改不了吃屎，曾经的她就是这么跋扈，她沉寂了一段时间后，好不容易红起来了，又对她的粉丝这么不友好，早晚还得失去人气。她的粉丝说营销号职业抹黑她……

孟晓连续评论了好几条，控完评才抽空抬头看周西。周西出人意料地平静，脸上没有任何表情，孟晓的情绪缓缓地平静下来：“西西？”

“这只是开始。”周西缓缓地道，“你们不用太激动，也不用因为我跟网友吵架。抱歉，让你们跟着我受委屈了。还去买东西吗？你们去买，我在车上等你们。”

“不了。”孟晓的全部心思还在周西刚刚的那句话上——“这只是开始”。孟晓的心里狠狠地震了一下，后颈上的汗毛一下子全部竖了起来。周西会经历这些，就会成为曾经的陆北尧……

孟晓道：“回家吧，我什么都不买了。”

孟晓突然觉得索然无味。视角转换，站在被追的艺人的角度看这些事，她说不出心里是什么滋味，可能是有一点儿难受。艺人，到底怎么做才能是完美的？

周西在下午四点发了一条微博：“陪康复期的家人出去走走，没想到会遇到这么多朋友，感受到大家的热情了，非常感谢大家对我的喜欢。人太多怕撞到家人就匆匆离开了，希望有机会还能再见，大家追星的同时一定要注意安全。最后祝大家新年快乐，万事如意！”

有网友放出现场的全部录像，确实是周西搀着她爸。

这条微博很快就上了热搜，挤在一堆《春节联欢晚会》相关的热搜中，格外扎眼。周西翻着热搜，突然看到一条微博。

“视频放出来更直观，周西的反应好夸张。我看那些人一开始还挺友好的，也没碰到她，她就开始躲。她跑什么呢？眼神看起来很空洞，她是不是有病？这话不是骂人，是字面上的意思，‘生病’的‘病’。她之前演技突然变好，像是变了一个人，接受采访时也很像精神分裂。八卦新闻组有帖子爆料她有精神方面的疾病，会不会是真的？”

周西看着这条微博，抿了下唇。那么多人围上来的时候，她在短时间内确实产生了恐惧感，心里有着强烈的不安。那么多手机、摄像头，她尽管戴着口罩，但还是感觉被拍得一清二楚。

脚步声响起，周西抬头对上陆北尧的目光，放下手机。陆北尧从沙发后面俯身亲她的额头，手落下来拿走她的手机，手指缓缓地滑过她的手背才离开。他们肌肤相贴，他的动作有着明显的安抚意味。

陆北尧的手指横在周西的面前，滑着手机屏幕看清爆料人的ID（账号），然后将手机锁屏装进了他的裤子口袋。他扬起左手，把金字红底的春联拿起来，俯身又亲她的耳朵，说：“陪我贴春联？”

周西的心彻底安定下来，她落到柔软而又温暖的怀抱中，扬起唇角："我不在意那些，你不用担心。"

她拿着透明胶带跟陆北尧往外面走，走到门口时，周启宇快步过来递给她外套："外面冷。"

她抬头，跟周启宇的目光对上，周启宇笑了起来："穿上。"

周西让周启宇给她套上外套，然后抱了一下他，跟陆北尧出门。许明睿的这栋别墅没贴过春联，今年是第一次贴春联。陆北尧搬梯子到大门口，风很大，吹得春联猎猎作响。

"网上的那些事都是人为操作的，也不全是粉丝行为，有人见不得你好。"陆北尧淡淡地说，"有句很土的话——有人的地方就有江湖。"

周西唇角上扬，抬头看他："你当初被议论，会不会难过？"

"会。"陆北尧穿了件短款外套，脚下还踩着拖鞋，一副居家的装扮，"就是很不解。为什么？我做错了什么？后来就没那么在意了。做我们这一行的人就是供人消遣的，别人什么发言权都有。自己想要什么、不想要什么，分清楚就好，有些东西对我来说也不是很重要。"

以前陆北尧怕周西有压力，从不说这些事，现在不能不说，他需要和周西交流，需要把每件事都摊开讲，他们要对彼此坦诚，毫无保留。早在周西退出娱乐圈前，他就想过让她退出娱乐圈。艺人就是站在舆论的风口浪尖上的，他在其中，知道这里有多少腌臜事。后来周西退出娱乐圈了，也没能无忧无虑地生活，最终事情恶化到失控的地步。

周西抿了下唇，把春联递给陆北尧。陆北尧往门上贴春联："退后看，有没有歪？"

"什么对你最重要？"

"你。"陆北尧没有丝毫犹豫，直接给了周西答案。

周西刹那耳朵滚烫，抿了下唇。

天色阴暗，他站在梯子上拿着春联，大红色的春联在风里翻飞。他微微上扬唇角，眼神深沉地凝视着周西："我不贪心，不能什么都要，只要我爱的人平安，我挂念的人无忧，这样便好。"

周西把手插进兜里，仰起头看他。

陆北尧把春联贴好，回头说："新年快乐，周西。"

"新年快乐，陆先生。"

新的一年，陆北尧二十八岁，周西二十七岁，这是他们认识的第八年。

晚上孟晓还是回去了。航班复通，她就飞回了S市。许明睿吃完年夜饭就被长辈叫回去了。

屋子里暖气十足，一家人聚在客厅里看《春节联欢晚会》，这是难得平静的时光。陆北尧拿了一个橘子仔细地剥开，把上面白色的橘络一点点地拿掉，将剥好的橘子瓣递给周西。

“西西，你以后还拍戏吗？”周启宇忍不住往陆北尧和周西这边看。一开始他确实不看好他们，因为周西的病，周启宇是亲爸能包容，换个人谁能包容啊？

以前都是周启宇宠周西，给她剥虾、剥水果。她跟陆北尧谈恋爱后，陆北尧就默默地为她做这些小事，日复一日，年复一年，陪了她这么久。一开始周启宇还挺嫉妒的，后来就释然了——这个世界上，有一个人跟他一样爱她。

“拍戏情绪波动大，”周启宇也不赞同周西进娱乐圈，但知道劝也没用，周西的性格太倔了，她认定的事谁也拦不住，“会影响你的。”

今天周启宇一直忍着，不敢说，也不敢哭，怕周西压力大。但他确实心疼周西。

“看剧本吧，有好剧本我就接。我会接电视剧。”周西吃着橘子，将目光往陆北尧的脖子上落。

陆北尧为了应景，换了件红色低领毛衣。他太适合穿红色了，鲜艳的颜色将他的肌肤衬托得更加白皙，周西很想在他的脖子上咬一口，留下印记。周西想着，若无其事地移开目光，把橘子分给了董阿姨一半。

今年的《春节联欢晚会》特别没意思，周西看到晚上十点就困了。她的手机在陆北尧那里，陆北尧不让她刷微博，她就非常无聊，五分钟换了六个姿势。董阿姨在跟周启宇讨论小品演员的八卦新闻，周启宇感慨今晚参加《春节联欢晚会》的好几个明星以前都是周氏传媒旗下的艺人。

“你不想看了？”陆北尧端起水杯小小地喝了一口，嗓音压得很低。

“嗯。”

“你想不想——”陆北尧靠近周西的耳朵，低沉的嗓音裹挟在温热的呼吸中，“看点儿‘有意思’的？”

周西的耳朵有些痒，这个“有意思”就很有意思了。

“你的伤，可以吗？”

陆北尧看着周西，片刻后，开口：“不影响，那我先上去准备？”

陆北尧起身离开，周启宇看了他一眼，道：“小北不看了？”

“他困了。”周西靠在沙发上，剥开一颗开心果。她耳朵上的余热还在，缠绕着她的耳朵，烧得她心里一片灼热。

“最近小北不拍电视剧了？”周启宇问。

“他在拍电影。”

“电视剧的市场利润更高，也更安全。西西，你有没有想过自己开公司？”

电影市场动荡大，意外多，很容易满盘皆输。

“你想干什么？我没有野心，也不想自己开公司，你不要再拉着别人开公司了。”周西警惕地看了过去，对周启宇的那些操作心有余悸，“你老老实实地在家养着，不要操心那些乱七八糟的事。我和陆北尧工作稳定，这个家也会越来越好。你闲着无聊的话，过完年我去给你领养一只狗，你在家养狗。”

“我不要狗。”周启宇摸了摸鼻子，“我就随口问问，我不会拖累你和小北的。”

周西坐过去：“不要说拖不拖累的话。”

周启宇嗯了一声。

“我们都是普通人，赚钱养家、正常生活都不是拖累，我们爱你，你在，我们才有家。你早日养好病，我们一家平安快乐，就是好的。”

“好，我听你的。”

周西抱了一下她的爸爸。今天发生的那些事，他什么都没说，也没有哭，但她知道他心里可能憋着事：“爸爸，新年快乐。”

“新年快乐！”

“我忙完这段时间，就会休假养病，钱够花就好。我没有做生意的才能，也没有这个想法。”

周西又陪她的爸爸坐了一会儿，觉得时间差不多了，起身上楼。

周启宇起身，拄着拐杖缓缓地在客厅里走动，董阿姨蹙眉看着他：“你……不急在这一时吧？”

周启宇忍着疼继续走：“我要赶快恢复，好好活着，再陪西西一段时间。我要坚强，要东山再起。”

周启宇一直都不是坚强的人，从小就是个爱哭包。他和周西的妈妈是青梅竹马，有爱人护着，他遇事就抱着老婆哭。爱人去世，他被迫成长。

“我再活几年去找我老婆，她不会怪我的。”周启宇说着就又想哭了，很想他的太太，“她一定会等我的。”

周启宇在心里跟他的爱人说了一句“新年快乐”。

董阿姨继续看电视。她当年被渣男骗，离婚后带着孩子出来讨生活，走投无路时遇到了周家的人。周家的人给钱大方，还给她带孩子的时间，没有把她当保姆，而是把她当朋友。这么多年过去了，她的孩子也长大了，只要周家需要，她就能在周家做到老。她说：“那你还是好好减肥吧，你现在这个体形，太太恐怕看不上你。”

周启宇无语。

“用年轻人的话怎么说来着？前几天晓晓教我的。哦，‘颜控’，太太是极度‘颜控’。”董阿姨轻飘飘地补充，“你加油！”

周启宇年轻的时候也是眉清目秀的小帅哥，说起来都是泪。

周西上楼后碰到搬着箱子的陆北尧，怔住，满脑子问号。他不是上来洗澡的吗？他为什么穿上了羽绒服？他不脱衣服吗？

“箱子里是什么？你去哪儿？”

“烟花，去三楼露台。”

周西无语。

所以陆北尧的“有意思”是放烟花？

她跟陆北尧认识了八年，陆北尧就一本正经了八年，年纪轻轻却古板得不行。他们的第一次亲热还是她主动的，她到底是怎么会膨胀地以为“有意思”是情趣方面的呢？她对陆北尧有什么误解？她穿件情趣内衣陆北尧都要皱眉，竟然指望陆北尧有情趣，她到底在想什么？

“你去穿件外套，外面冷。”陆北尧迈开长腿快步往三楼走，“穿好了上来。”

周西无语。

她死心了，觉得这辈子是等不到陆北尧的情趣了。她披了一件红色厚斗篷上楼，推开露台的门，看到露台上铺满了小彩灯，小彩灯如同漫天星光。玫瑰一束一束地靠着，摆满了大半的露台。她握着斗篷边缘，看向中间的陆北尧，他拆开纸箱取出烟花摆到地上。寒风卷过，花香弥漫在空气中。

“陆北尧？”周西有种不真实感，嗓子有些干。陆北尧竟然会玩浪漫？

“坐秋千上等两分钟。”陆北尧的嗓音低沉温和，在深夜之中，竟然有几分温柔。

周西有种强烈的预感，陆北尧想搞“大事”。风很大，天很冷，她裹紧斗篷往前走了两步，心跳得快了些。她走到放着玫瑰的秋千上，坐下。秋千轻晃，她的腿也跟着晃动。

“郊区也不允许放烟花吧？”周西说。

“烟花不放上天就可以。”陆北尧把所有的烟花摆好，取了一支烟叼着点燃。风很大，吹得烟头猩红。他偏了一下头，光影之中，他的五官看起来更加俊美。

烟花不放上天是什么样的？

周西把下巴搁在腿上，看她的傻男人叉着大长腿点烟花。陆北尧也就是长得精致，他的性格很直。他怎么会想到这些？这些东西是什么时候布置的？为什么她一无所知？他只想放烟花吗？

周西和陆北尧也曾看过烟花，那时候他们刚恋爱，特意去C市看烟花，赶上国庆节，人特别多，周西站在后排被挤得什么都看不到。旁边有个女生坐在她男朋友的肩膀上，周西就生出妄想，往陆北尧肩膀上爬。他那时候偏瘦，她有一些分量，坐在他的肩膀上的后果就是他闪到腰了。

那时陆北尧还有戏要拍，特别痛苦地折腾了几个月。周西愧疚得不行，推掉工作跟他去剧组，给他按摩腰。那部戏他没拍好，周西还被人扒出在剧组缠着他。他被贴上了“不敬业”的标签，周西被他的粉丝骂得很惨，被骂影响了他的工作。

陆北尧和周西都是很普通很普通的人，没有超能力，没有特异功能。他们也是第一次谈恋爱，懵懵懂懂，摸着石头过河，一步步地往前走，不知道脚下有多少暗礁，不知道脚下有多少旋涡。他们自以为是地为对方好，却不知道走了多少错路，办了多少错事。他们有很多缺陷，工作上有失误，生活中有矛盾。他们还处在舆论中心，这些缺陷就被放大了无数倍。

第一束烟花亮起来，喷出半米高，无数的星火迸发，璀璨耀眼。火光照亮了陆北尧的脸，他把烟按灭走向周西。烟花一束接着一束地燃烧起来，在黑暗之中组成了一个漂亮的心形。之前周西一直觉得心形有些土气，可由无数烟花组成的心形绚烂又震撼，格外美。

陆北尧一直走到周西面前，唇角上扬，眼中映着烟花，映着周西。他单膝跪下，从口袋里拿出蓝色的丝绒盒子，打开送到周西面前："西西，这个戒指迟到了十个月。"

烟花燃放发出声响，绚烂的烟花之中，陆北尧眼神沉静，嗓音低沉地说："这个求婚仪式很简单，我甚至觉得自己有些唐突，可这一天，我想了无数次。我想过邀请朋友，做一个特别隆重的求婚现场，但这是属于我们两个人的世界，我不喜欢别人参与。"

陆北尧注视着周西："周西，我二十岁认识你，对你一见钟情。距今八年，我依旧爱你如初。"

第一束烟花燃尽，渐渐地，越来越多的烟花融入黑暗之中。

"我想和你结婚，想与你建立家庭。余生，我们一起度过，一起面对所有的问题。天塌下来，我们一起扛。西西，我们是彼此的勇气。"

周西抿紧了嘴唇，眼睛有些涩。

第二圈烟花燃放，喷出火树银花，星火闪烁在黑暗当中，他们的小世界亮如白昼，陆北尧手里的钻石闪烁着光。

"周西，嫁给我，好吗？"

第九章

风雪的尽头

周西幻想过无数次陆北尧向她求婚的场景。她曾经那么渴望嫁给陆北尧，在跟陆北尧确定关系的那一刻，连他们的小孩儿的名字都想好了。以陆北尧的性格，应该不会准备太隆重的求婚仪式，他可能会买一枚戒指直接戴在她手上，或者带她去买戒指——让她选自己喜欢的款式，不会出错。

俊美的男人单膝跪在她面前，手里握着戒指盒。丝绒盒子里放着钻戒，钻石很大，钻戒没有太多的装饰，符合陆北尧的审美。

“玫瑰什么时候买的？”周西其实还有些蒙，没想到他会真的求婚，还摆心形的烟花。他像个好学的学生，笨拙地学着这一切。

“下午。”陆北尧攥着丝绒盒子，“西西，我们结婚吧？”

周西抿了下唇，垂下眼帘。如果是以前，她大概会在他跪下来之前就戴上戒指，快快乐乐地跟他结婚，两人一起办最盛大的婚礼。她的睫毛动了一下，她再抬头时已经敛起了所有的情绪。

“你能不能再给我一段时间？我现在不能答应你。”

陆北尧静静地看着她。

“我现在没有结婚的打算。”她紧紧地攥着斗篷的边缘，低下头，“陆北尧，我不是吊着你，如果……”

“是我太着急了。”陆北尧握住周西的手，打断了她接下来的话，额头抵着她的手背，喉结滑动，停顿了许久，抬头，“没事，我等你调整好。”

他看到周西被拍的视频，心就提了起来。他打电话订花，布置露台，想尽快跟周西结婚。他在网上搜了几个布置求婚现场的方法，照葫芦画瓢。晚饭他吃得心不在焉，都没看清《春节联欢晚会》表演的是什么，一直在想怎么求婚，比他第一次拉周西的手时还紧张。

所有烟花彻底没入黑暗。

陆北尧太着急了，急着想把周西藏到怀里。他起身紧紧地抱着她，停顿片刻，她抓紧他的腰，手指很用力："我没想到你会求婚，太突然了。"

陆北尧握住她的手，缓缓地把她拥入怀里。他坐在秋千椅的另一侧，解开外套把她包在其中。他亲她的额头，亲她的眼睛。他们额头抵着额头，呼吸交缠，天地之间仿佛只有他们两个人，他跟周西十指相扣。

"那我等你。"陆北尧的嗓音很低沉，有些沙哑，他为周西找理由，也为自己的不安找落脚处，"是很突然，你接受不了也正常。"

周西的手移上去，落到陆北尧的脖子上，钩住他的脖子，她吻住了他的唇。她不是接受不了，而是不能接受，因为她还有东西没找到。

陆北尧的身体僵住，周西侧了一下头，加深了炽热急切的吻，陆北尧才回过神，回应她。他的吻温柔缱绻，带着点儿经过岁月沉淀的安静淡然感。他们静静地接吻，灯光不知疲倦地亮着。小区里不知道谁偷偷地放了一个钻天猴，钻天猴嗖的一声冲入黑暗，亮得短暂。

风很大，树梢摇晃，陆北尧松开周西，把她抱到腿上，嗓音沙哑："我比较传统，希望我们能结婚，虽然那一张证并不能代表什么，但我希望有。"

"我可以等，多久都可以。"陆北尧又补充了一句。

周西咬他的喉结，他绷紧身体，用修长的手指抵着周西的腰，蹙眉，声音沙哑："别动。"

陆北尧的脖子很敏感，每次周西亲他的脖子，他一定会动情。

周西的手从陆北尧的毛衣下摆伸进去，贴着他温热的肌肤。她把下巴放到他的肩膀上："陆北尧。"

"嗯？"

"我以前很想跟你结婚，每一天都想。我想做你的新娘，想穿婚纱，想跟你生很多孩子，想有个像你的孩子，我十分渴望那一天。"周西已经明白了陆北尧为什么求婚，她喜欢陆北尧，确实非常喜欢，"可这都过去了，婚姻需要我负责的东西更多，我的状态让我负责不了。”

“你不需要负责。”陆北尧没有在她最渴望的时候求婚，他亲周西的头顶，“你把一切交给我，我来。”

“那跟以前有什么区别？”周西的嗓音很轻，落在风里，似乎一吹就散。

陆北尧所有的话语都卡在嗓子里。

“我的记忆并没有完全恢复，我现在的状态忽好忽坏，我不确定现在的我……”周西将他抱得更紧，把话说完，“是不是完整的我。陆北尧，我能确定我爱你，但不确定我能爱你多久。”

陆北尧和周西在天台坐了很久。午夜十二点，一楼电视的声音隐隐传上来，主持人在倒计时，五、四、三、二、一。新的一年到来，陆北尧低头跟周西接吻，炽热疯狂地吻，毫无保留。

“新年快乐。”

疯狂的吻已经是陆北尧的极限，再没有后续了，最后他们什么都没有做，陆北尧清心寡欲得仿佛皈依佛门。凌晨，两个人回到房间，睡了个非常纯粹的觉。周西如果不是确认过陆北尧一切正常，简直怀疑他做结扎手术时伤到了什么部位。

正月初三周西要复工，董阿姨带着周启宇回S市，陆北尧不放心，就跟着一起回去了。

早上是萧晨过来接的周西，周西上车，秦怡把早餐递过来，随后把今天要拍的戏的剧本也递了过来：“今天你拍文戏，不打。”

“M杂志想找你拍‘三八’期正刊封面，你有兴趣吗？”

周西到嘴边的拒绝转了个弯：“单人？”

“《深宫乱》剧组，你、江乔，还有苏晨严。”

周西沉默了几秒，抬头：“苏晨严是怎么混到妇女行列的？”

萧晨握着方向盘的手滑了一下，他说：“可能苏晨严跟你们比较像姐们儿？”

M杂志本来是邀请《深宫乱》整个剧组，但胡应卿那边果断拒绝，他拍完剧后不参与“营业”。胡应卿现在有钱，有地位，不缺剧本，完全可以这么做。

“接吧。”

萧晨始料未及，踩下刹车，回头看周西："真的？"

"真的，还有什么商业活动全部送过来，我都接。"

萧晨审视着周西，迟疑片刻，说："你现在是哪个周西？"

"只有一个周西，《冠军》的拍摄现在接近尾声了，我有时间接商业活动。"周西看到微信上陆北尧发来了信息，打开微信，对萧晨说，"拍完《冠军》我要休假两个月，赚点儿钱看病。"

"你有这么可怜吗？"前方直行的信号灯变成绿灯，萧晨发动引擎把车开出去，周西这么直白地谈她的病，萧晨反倒不好说什么，"还有一件事。"

周西的皮肤天生好，因此找她做护肤品代言人的挺多，但之前她不"营业"，在《冠军》剧组"闭关"，萧晨就全拒了。萧晨说："C家想找你做水精粹系列代言人，三年合约。之前江乔签大使，一年合约，她的粉丝就吹得全世界都知道了。你这个是三年合约，还是代言人，我觉得可以接，这也不算割你粉丝的韭菜，你不欠你的粉丝什么。"

周西抬头看向萧晨，C家算高端品牌了，水精粹系列一直卖得很好，她说："好啊！"

"那月底你从《冠军》剧组出来，我们跟品牌方吃个饭。"

"好。"

陆北尧发来了一段视频，视频内容是车上了高速公路。他最近很喜欢发这种汇报行程的视频，也没有其他的话，就是告诉周西他在做什么、要去什么地方。

周西的微信上，郑荣飞发信息过来。

"在吗？"

周西回了一个微笑的表情——老年人聊天专用的表情，然后她的手机上就弹出了新邮件提醒——来自郑荣飞。

郑荣飞："新剧剧本，给你看一下。"

"郑荣飞的新剧你知道吗？"周西点进去，微信提醒需要下载邮箱的软件才能打开，她就开始下载邮箱的软件，对萧晨说，"上次参加活动，郑导跟我提了一次。"

"营销号都扒了好久，叫《萧太后传》，找你演谁？这是大女主戏，跟《深宫乱》不一样。《深宫乱》是群像戏，配角能出彩。萧太后宫里有女人吗？这位可是连个妃子都没有。演萧太后身边的丫鬟？你现在的身价，演这个太'掉粉'，而且《萧太后传》不是孟氏娱乐出品的，你争取不到太多戏份。"

郑荣飞："《冠军》什么时候拍完？拍完的话，我们吃个饭，叫上萧总，谈谈合同，我觉得你很适合演萧太后。"

"我演女主角，郑导说月底一起吃饭，如果谈妥的话，签合同。"

周西打字回复："我月底能从《冠军》剧组出来，我让萧总安排。"

萧晨手一抖，差点儿当场表演个急刹车，好在理智拦住了他。

"什么？"

"演郑荣飞的女主角。"周西喝了一口牛奶，道，"之前郑导跟我谈的就是演女主角，后宫只有我一个女人，独霸天下。"

萧晨无语。

不得不感慨，周西的长辈缘是真的好，开了挂似的。萧晨从后视镜里打量周西，她穿着黑色羽绒服，素面朝天。她不跋扈时，身上有种小女孩儿的纯粹，确实很招人疼。

"我先看看剧本。我之前看过梗概，很喜欢，剧本应该不会差。你跟郑导联系吧，约吃饭的时间。"

"那你后半年其他的剧本都不用接了，郑导的这部戏就够你吃三年了。"周西才回娱乐圈一年，就演上了郑荣飞的女主角，还是大女主戏。

周西终于下载好了邮箱的软件，登录，点开收件箱看到郑荣飞发来的邮件，刚要点进去，目光扫到下面整齐的一排《顶级明星和他的白月光》。

周西皱眉，点进去打开文件，页面直接跳到手机自带的阅读软件上。手机提示："是否继续上次的阅读？"她点"继续"，大尺度的文字迎面而来。文章的主人公是陆北尧和江乔，恶毒的女配角周西惨遭车祸而死，陆北尧跟江乔生活在一起。

周西的记忆仿佛开闸的洪水，铺天盖地地涌了出来，她一共收到了一百多封邮件——不同内容的明星同人文，但主人公是相同的：陆北尧和江乔。《顶级明星和他的白月光》就是一篇她收到的最多的同人文。她非常愤怒，那时候她的情绪已经濒临崩溃，尚存的理智让她打算报警。她将证据收集起来，还没来得及报警，家里就出事了，她的病情发作，这些内容成了她混乱记忆的一部分。

车开进了片场的院子，萧晨停车，刚解开安全带就听到后排的周西说："萧总，你等一下，其他人先下车。"

秦怡看了一眼萧晨，推开车门下去。萧晨回头，看向周西："怎么了？"

周西没有吃早餐，坐得笔直，眼神锐利。她把她的手机递给萧晨："帮我报警，查发邮件的人。"

萧晨接过周西的手机，看到刷屏的《顶级明星和他的白月光》，很烂大街的名字，文学网站上一抓一大把。

"什么东西？发邮件的日期是去年三月，快一年了。"萧晨点开《顶级明星和他的白月光》，表情瞬间变得精彩，"小黄文？不是，这怎么还有陆北尧和江乔呢？同人文？"

周西点头，拿起已经凉掉的牛奶喝完："当时我被刺激到，情绪很差，就在微博上骂了粉丝，之后我就收到了这些。我原本想报警，但后来发生了很多事，我的记忆出现了问题，我就忘记了这件事。刚刚郑导发来剧本，我才重新看到这些。"

她顿了一下，看向萧晨："我曾经以为，我就是这书里的周西，会死得非常凄惨，那些诅咒会发生在被诅咒的人身上。"

"周西"惨死街头，无亲，无友，无爱，只有一身骂名。

萧晨蹙眉："发到你面前了？这是有病吗？可以报警，传播淫秽色情罪。"

已经过去了差不多一年，陆北尧半退出娱乐圈，江乔进了《深宫乱》剧组，两个人分离得非常干净。周西作为陆北尧的正牌女朋友，所有人都喷她作、不会顾全大局、没有情商、占有欲强，可没有人站在她的位置去看待这件事。

"我来处理。"萧晨把周西的手机还回去，道，"你不要想太多，好好拍戏。"

周西把牛奶盒子放回去，戴上口罩，眼睛干净清澈："我已经不在意这些了，但发邮件的人抱着最大的恶意想激怒我，我必须追究，每个人都要为自己的行为付出代价。"

扑面而来的恶意纯粹而且没有丝毫的掩饰。他们知道当时周西的状况——她在微博上疯狂骂人；他们知道她有多在意陆北尧，于是故意发这些让她失控。

"你把邮箱账号、密码发给我，我去报警。你把你的私密邮件删除，以免取证时泄露。”

“好。”

周西把郑荣飞发过来的剧本下载下来，删除涉及个人隐私的邮件，把账号、密码给萧晨，然后才转身下车。

萧晨登录邮箱，再次看那些邮件，沉默良久后，截图发给了陆北尧。不管周西和陆北尧怎么样，这件事必须让陆北尧知道。萧晨的手机立刻响了起来，来电的是陆北尧，萧晨整了一下衣服领口，接通电话。

“西西在你身边吗？”陆北尧低沉的嗓音传过来。

“没有。”

“什么时候发现的？”

“刚刚。”

“报警，”陆北尧说，“或者交给我来处理。”

“你没有其他要说的？”陆北尧为什么不震惊？他为什么能这么冷静？萧晨看到那些东西都想打人。

沉默片刻后，陆北尧说：“这只是冰山一角，那场网络暴力比你想象中的更令人毛骨悚然。是我的错，是我让她处在这样的境地，我百身莫赎。”陆北尧的声音更低沉了，“我从去年六月接触这件事，走着她走过的路，一步步地走过来。萧总，我们每一个人，谁不是那片‘雪花’呢？”

萧晨瞬间哑口无言，因为他也曾嘲笑过周西。他仿佛被人闷头打了一棍，半晌没回过神。

“我和周西不会分手，这辈子我只有她，我建议你把这件事交给我来处理。”陆北尧的嗓音很低沉，他吐字清晰又慎重，一字一顿地说，“我会一个一个地解决。”

“你怎么解决？”萧晨找回自己的声音。

“走法律程序。”陆北尧说，“所有人都应该为他们所做的事付出代价。”

萧晨跟陆北尧原本没有什么直接往来，萧晨签了周西，陆北尧找人要了萧晨的电话号码，他们才有了联系。萧晨对陆北尧的印象就是话很少的年轻男艺人，陆北尧长得不错，但不适合周西，两个人都太年轻，也太浮躁。今天是萧晨和陆北尧聊得最深的一次，陆北尧对某些问题看得很深，并没有萧晨想象中的那么肤浅。陆北尧在这一年里变化非常大，一夜之间成长起来——踢掉了之前的团队，搭上了许明睿，把要死的 IP 盘活了，把《民国探案录》做成了现象级的爆款剧，进了根正苗红的大导演的剧组，演男一号。许明睿出来接受采访，萧晨从许明睿话里话外的内容能听出来，陆北尧是在为将来铺路，这也是萧晨第一时间给陆北尧发微信的原因。也许陆北尧和周西的爱情并没有那么糟糕。

“你确定你能解决？”

“我会拼尽全力。”陆北尧道。

陆北尧和萧晨同时陷入沉默，片刻后，陆北尧再次开口：“西西怎么样？有没有明显的情绪波动？”

陆北尧的这句话就没之前那么坚定了，他有些小心翼翼的。

“看不出来周西有什么变化，她挺平静的，吃了早餐就去拍戏了。”

“西西是看到这些想起来的？”

“嗯。”

“你确定没有其他变化？”陆北尧又说，“她有些变化很细微，不仔细观察是看不出来的。”

萧晨无法回答这个问题，因为周西身上如果有变化，萧晨也发现不了，就像之前周西生病，萧晨也只是觉得周西成长得飞快，并没有觉得哪里不对。

“我跟她的主治医生联系，你给她安排半天假期，明天早上或者下午都可以。她的主治医生过去，你安排他们见个面。注意保密，这是对她最大的保护。”

陆北尧挂断电话，抬起头看向远处。服务区的风很大，寒风呼啸，他迎着风看了一会儿才往回走。

他的肩膀受伤了，所以他不能开车，开车的是董阿姨，董阿姨需要两个小时休息一次。他登录周西的邮箱，虽然萧晨发来的截图他已经看到了，但直面这么多邮件他还是被震得眼前一黑，不敢想当初周西是怎么扛下来的。

“小北，你要是工作忙的话，就先去忙，不用管我。”周启宇看陆北尧一直在看手机，道，“我挺好。”

“我也要回S市办事，顺路。”

当初，陆北尧在看到周西的分手短信后，就登录了周西所有的社交软件，她设的密码永远都是那一个。她一共有两个邮箱，陆北尧忽略了现在看到的这个邮箱。

周启宇看看陆北尧，又看看董阿姨，迟疑了许久，开口：“小北，你对西西的病——怎么看？”

当初周西第一次带陆北尧回家，这把刀就悬在了周启宇的脖子上。周启宇一直不敢说，周西和陆北尧爱得那么深，周启宇怕陆北尧离开使周西受刺激。但周西病发后，陆北尧守在周西身边。周启宇仿佛是个罪人，都不敢看陆北尧。今年过年，陆北尧留在他们家过年，而且改口叫他“爸爸”。

“吃药控制，不遭受大的刺激，她可以一生无忧。”陆北尧把手机装回去，打开保温杯递给周启宇，“你饿不饿？”

周启宇接过水，更加羞愧地说：“她的妈妈……”他抬手捂住脸，深吸一口气，“那时候我痛不欲生……这种病变数很大，选择了，那就是一辈子。对不起，我一开始就应该告诉你。”

“就算你告诉我，我也不会离开她。”陆北尧把纸递给周启宇，对周启宇爱哭的毛病真是无言以对，“我可能会更加小心，避免她受刺激。”

“很痛苦的，你会后悔的。”周启宇哽咽，后悔为什么没有提前告诉陆北尧。如果他告诉了陆北尧，是不是周西就会少受很多苦？

“我跟周西之间的美好，足以压下一切痛苦。”陆北尧转头看向窗外，扬了一下唇角，“如果没遇到她，我怎么会知道世界上还有那么多美好的事？你跟周西的妈妈在一起，你觉得痛苦多，还是幸福多？”

周启宇哭出了声：“能跟我爱人结婚，我此生不悔。”

周启宇没有再娶，也没有谈论过感情。以前陆北尧不知道周西的妈妈是去世了，以为周启宇在等周西的妈妈回头。周启宇确实是在等那个人，只不过那是一个永远都等不到的人。

“我只希望，我们能在一起久一点儿。我会尽全力地去维护我们的感情，让这段感情更长久。”陆北尧说，“没有什么后不后悔的，有些事，很久以前就命中注定了，回不了头。”

就像陆北尧看到周西的那一个回眸之后，他的一颗心就紧贴在了她身上。他们曾有过误解，有过争吵，有过不理解，他们的感情里有疲惫，但他从来没有想过放手。

《冠军》的比赛片段拍完，剩余的就是文戏。周西休假三天后，拍戏开始 NG 了，一早上 NG 了六次，李欣暂时停拍，她也在调整状态。

中午吃饭，秦怡把盒饭送到车上，周西没什么胃口。她知道问题出在哪里，早上又想起了一些事，她的理智清楚地知道拍戏和现实是分开的，但走进镜头，她开始抗拒进入剧情。

“导演问你，要不要跟胡老师聊聊？”秦怡问。

“不用，你让我冷静一会儿。”

秦怡下车，周西说：“把车门关上，我想休息一下。”

“好。”

秦怡关上车门，走过去跟李欣回话。

周西靠在座位上，坐了很久才走下车。下午的戏周西是走顺了，但她是用表演的技巧演完的，脱离了之前的沉浸式表演。李欣喊停后，胡应卿就在皱眉了，审视周西好一会儿，道：“你是不是昨晚没睡好？”

李欣看了片子半天，道：“你演得是没有错，走位也是对的，就是缺乏了一些灵魂的共鸣。这一遍先保存，你回去调整一下，今晚早点儿睡，明天再拍一次试试。”

周西坐上车就把羽绒服大大的帽子扣在头上，把脸也一并遮了进去。周启宇和董阿姨走后，她就又搬回了酒店。车到酒店，胡应卿发来微信问她晚上要不要一起吃饭，她回复改天。

她回到酒店就把自己关在洗手间里看剧本。洗手间是个好地方，很容易令人产生灵感，之前她就用过这种方式让自己入戏，今天却没有什么用。她看着剧本，脑子里在想自己。她过去很长一段时间都沉浸在剧本里，迷失了自己。她怔怔地看着洗手间的墙砖，墙砖反射出光。她在想车祸之前的事：炽热纯粹的爱情，她的冲动，她的赤诚。她的记忆就像拼图，一块块地拼起来，所有的缝隙都被填满，凑成了完整的自己，爱恨情仇都有了着落。这样的完整，让她情绪波动很大，也让她生出一些不安，害怕失去。

敲门声响起，沉稳的一声，周西的心跟着猛烈地跳了一下，她握着剧本抬头。只有陆北尧会这么敲门，但他不是回S市了吗？她放下剧本起身走过去，握着门把手停顿了一下。门外低沉的嗓音传进来：“外卖。”

周西猛地拉开门，男人大步进来，把她拥了个满怀。房门在陆北尧身后合上，他拉下帽子和口罩，身上还有凉气，用有力的手臂抱起她，将她放到了桌子上，注视着她，鼻尖几乎碰到她的脸，嗓音低沉沙哑：“请签收。”

周西和陆北尧在一起的第二年圣诞节，周西扮成圣诞老人给陆北尧送惊喜，进门就被陆北尧认出来了。陆北尧正在跟导演聊剧本，一把抓住她的后颈，将她揽到面前，拉高她的圣诞帽，又掀开她的大胡子，端详她。

周西的眼睛亮晶晶的："叮咚——你召唤出了圣诞老人，现在可以满足你一个愿望。"

片场的人都看了过来，陆北尧耳朵滚烫，脸上还维持着冷漠，用修长的手指按了一下周西的后颈，然后转头叫小飞带周西去车上。

陆北尧忙完上车，圣诞老人装扮的周西扑过来抱住他的脖子，朝他的脖子吹气："亲爱的陆先生，这是不是你期待的圣诞礼物？"

这都是周西玩剩下的招数了，但她还是被他撩到了，惊喜感一下子砸到了她的心脏上。

"我没有点外卖。"周西将手落到陆北尧的肩膀上，注视着他漆黑的眼睛，那里面仿佛有浓雾。

"可能是我送错了。"陆北尧的嗓音低沉，他亲着周西的唇，很轻地亲了一下，滑动喉结，"那——这一单送你？"

周西摸着陆北尧滚烫的耳朵，真不知道这个男人在门口酝酿了多久才把这一套顺下来。

"怎么吃？"周西忽然心情好了起来，有几分安定。

陆北尧抱起周西往酒店的大床走，亲她的耳朵，沉默不语。他把周西放到床上，抬腿压上床，眼睛直直地盯着她。他抬手解外套的扣子，抿着唇，也不说话，就是脱衣服。

周西躺在床上看着陆北尧的下颌线，嗓子有些干，手圈在他的脖子上："什么菜？"

陆北尧解开外套扣子，亲了一下周西的手腕，把她的手拿开，把长款外套规整地放到床尾。他的长腿半跪在床上，抵着她的腿内侧，他凝视着她："……北京名菜。"

周西沉默了几秒，抬手捂着脸，眉眼全弯了下去。这一笑，气氛全无，那点儿暧昧感散得干干净净。陆北尧躺在她身边，将她揽到怀里。

周西怕压到陆北尧的伤，往旁边趴了一下，把头埋在他的脖子上，亲着他的脖子："你才不是北京烤鸭，你是私房菜。"

"嗯？"

周西咬着陆北尧的脖子，缓缓地往下亲："周西私房菜，独家秘方，不对外开放。"

她顿了一下，说："我的。"

陆北尧翻身就把周西压到了身下，猛地亲下去。

"我是你的。"陆北尧的嗓音沙哑，仿若含着沙砾，"周西，我这辈子都是你的，全部，毫无保留，都属于你。"

陆北尧的吻大部分时间都是温和的，两个人在一起总是有一个是慢性子。周西是急性子，他就是慢性子。今天他一改往日作风，吻出了一副山雨欲来的架势。周西呼吸不畅，有那么一瞬间，她的大脑一片空白，她回过神时，身上的衣服已经不见踪影。

"西西。"

"嗯？"周西从喉咙里发出声音。

"要不要？"陆北尧眼中情绪翻涌，声音沙哑。

"你的伤，可以吗？"

陆北尧没有正面回答这个问题，低头亲周西，将修长的手指落到她的腰上："我爱你。"

陆北尧和周西在一起太久了，这种事并不算多新鲜。她回吻，吻渐渐变了味。陆北尧抬手脱毛衣时碰到伤口，嘶了一声，干柴烈火瞬间被瓢泼大雨浇灭，睡觉吧！

周西躺回去拉起被子："聊聊天吧。"

陆北尧从后面抱住她，将修长的手臂放到她纤细的腰上，亲着她的后颈，他的吻潮湿又炽热，他声音沙哑地问："你想聊什么？"

"你是不是什么都知道了？"

"萧晨和我说了。"陆北尧摸了摸周西柔软的头发，她短发的样子也好看，而且他们一起睡觉的时候他不用再担心压到她的头发，"我送完爸爸，就过来了。"

周西枕着陆北尧的手臂，往后就靠到了他的胸膛。他的肌肉恰到好处，并不夸张，他也不瘦弱。

"已经交给警察处理了。"

周西转头看着陆北尧，他的目光先是往下，随即停住，他把被子拉上来盖住周西的胸口，将她的胸口捂得严严实实，压下翻涌的情绪："你今天拍戏不顺利？为什么？"

"我在最初病发的时候，幻想过一段剧情，你知道吗？"

陆北尧的目光冷下去："什么样的？"

“你看过邮箱里的那本书吗？我看过，当时我的大脑产生幻觉，以为我们都是那本书里的人。”

那本书的内容不堪入目，陆北尧嫌恶心就只扫了几眼。

“我给自己幻想出一个形象，我的思维按照这个剧情产生了一套逻辑，我进入了剧情。”陆北尧今晚过来，弥补了周西心里的空洞，她也愿意跟陆北尧分享这些，“我拍戏有顾虑，怕陷进去。”

“你想放弃吗？”陆北尧一直不太赞同她做演员，她放弃，陆北尧会陪她走另一条路。

周西摇头。她喜欢演戏，演戏带给她太多惊喜，快乐多过痛苦。

陆北尧在思考周西的逻辑，想了很久，开口：“西西……”

周西的肚子发出咕的一声，这声音在寂静的黑夜里十分清晰，陆北尧抬头看她：“你饿了？”

“我不想吃东西。”

陆北尧起身穿衣服，拿起手机点外卖，去洗手间洗漱，洗漱完才回来躺到床上。周西还在想事，他捞起她亲了一口。

“西西，你舍得我们吗？”

周西怔住。

他说：“爸爸、董阿姨、孟晓，还有很多爱你的人，你舍得吗？”

她抿紧了嘴唇。

陆北尧摸着她的头发：“我拍戏也会进入剧情，所以我出剧组会给自己一周的时间调整情绪。我不会迷失是因为我清楚地知道剧是剧，我是我，我的爱人在等我，脱离剧情我就是个普通男人，有老婆、有家庭。这种情绪过渡是演员必经的路，‘好演员都是疯子’这句话有一定的道理。这也是我一直不希望你进娱乐圈的原因，拍戏很累，不单单是身体的累，还有很多心理因素。”

以前陆北尧不会说这么多话，总是默默地计划，现在逼着自己和周西沟通，也不是很难。他和周西处在平等的位置，不存在谁把谁护在羽翼下。周西又不是他的孩子，周西是他的爱人。

“你特别累就休息，不演也可以，我们家有钱，不需要你拼命，你不是非要走演员这条路，不要逼着自己进入剧情。但你如果真的进入剧情了，也不用害怕，我在等你。西西，我们爱你。”

周西听得很仔细，每个字都认真地听进去了。她在陆北尧怀里找了个舒服的位置靠着："陆北尧。"

"嗯。"

"我爱你。"

陆北尧看着周西，看了有一分钟，然后抱紧她。他已经很久没有听到她说这句话了，仿佛已经过了半生。陆北尧的情绪波动很大，他亲吻她的额头："我爱你。"

他演完一部戏确实会变得沉默，甚至会漠视所有人。周西误解过他，以为他是厌烦了自己，其实他是在挣扎，在找归路。

漫天风雪掩埋了来路，他们是彼此的灯塔，看见光，才能找到家。

周西曾经迷失了，几乎失去了自己，但在那种情况下她都能循着爱一步步地走回家，所以根本不必担心。

心中有爱，家里有人，回路有灯火，风雪尽头是她的爱人，她回得来。

第二天早上周西的主治医生就到了，周西请了半天假，跟主治医生谈了半天。陆北尧十万火急地把主治医生召唤来，主治医生吓了一跳，以为周西又发病了，急匆匆地赶过来。主治医生检查测试之后得出一个结论：她意识清醒，逻辑清晰，是陆北尧过度紧张了。

主治医生觉得当初就不应该因为陆北尧死缠烂打而屈服，给陆北尧留联系方式。周西恢复得很好，只要定期去医院检查，按时吃药，一两年后就能断药了。主治医生给她更换了药单，留下回医院检查的时间就离开了。

陆北尧陪周西过完正月初五，伤恢复得差不多就赶往云南继续拍戏，这部戏要拍到四月。

周西慢慢地找回了状态，一点点地入了戏。

二月二十三日，《冠军》杀青。最后一场戏：陈星开车带着李勋回到了老家，这是他们第一次见面的地方。故事从这里开始，又在这里结束，有始有终。

李欣就是个热爱悲剧的人，无论什么剧本，都能写成悲剧。

李勋即将走到生命的尽头，和陈星站在散打台上，打最后一场。曾经稚嫩的少女拼尽全力跟李勋打，想打赢；如今，年轻的陈星送李勋最后一程，打得克制，爱得收敛。

“以后的路，你要自己走了。”

“我会走得很好，你放心。”

这场戏在《冠军》第一次拍摄的广西的院子里拍摄。最后一个镜头结束，李欣扔下耳机大步走上来，跟胡应卿和周西碰拳头，随即用力地拥抱他们。三个人站在简陋的散打台上合照，金色的余晖铺满地，把这方小院照成了金色的。摄影组拍照，其他人也上台，一个一个地走上来，大家站在一起合照。

《冠军》杀青了。

《冠军》的杀青宴和开机宴一样寒酸——吃火锅。周西不喝酒，沉默地涮菜。胡应卿和李欣喝高了，搂着彼此的肩膀靠在一起，头抵着头。

《冠军》从去年十二月拍到现在，周西去年十一月就进剧组了，中间经历了生病、剪头发、练散打，感慨颇多又不知道从何说起，也不知道该对谁说。

胡应卿入戏很深。这部戏的后期要拍李勋作为肝癌晚期患者的状态，胡应卿减重二十斤，瘦骨嶙峋的，非常敬业，但减重对身体的损耗颇大，快速减重对身体和心理是双重摧残。

周西往火锅里涮菜，看着沸腾的红汤，心里有些寂寞——戏终人散。

寒风卷着凉意涌了进来，她裹紧身上的冲锋衣。这几天降温了，她没为了好看穿那些中看不中用的衣服，冲锋衣保暖，居家必备。

她再一次体验到了陆北尧说的那种出戏的寂寞感，陈星走了，李勋也走了，这部戏彻底结束了。

周西的手机响了一声，她拿起手机，看到陆北尧发来的红包：“恭喜杀青。”

她放下筷子，看着红包，心里生出柔情，回复：“你在干什么？”

片刻后，陆北尧发过来一张照片。照片加载出来后，周西的目光沉了下去。

陆北尧敞着军装衣领，支着一条长腿靠在背后高大的树木上，衬衣的领口被血浸湿，脖颈上有一道伤。他黑了，也瘦了，神色显得更冷峻，高挺的鼻梁到唇角有一道血痕，应该是故意化的受伤妆。

这样的陆北尧有种别样的性感。

陆北尧的消息又发过来：“脸上那是化的妆，我没受伤。

“今天拍大夜。

“休息十分钟，给你发微信。后半夜要换地方拍，那边完全没有信号。”

周西看着照片中陆北尧的脸，心里涌出一丝冲动，那些冲动灼烧着她的理智。她按着手机打字：“把地址发给……”

“周西。”

周西抬头看到胡应卿深一脚浅一脚地走过来，手中酒杯里的酒洒了大半。

她把手机放回去，胡应卿拉过椅子坐到她对面，给她倒了一杯酒：“星星，喝一杯。”

她注视着胡应卿，从他的眼里看到属于李勋的情绪。他没出戏。

她倒了一杯酒，跟胡应卿碰了一下杯。他们喝的是白酒，她皱眉抿了一口：“喝白酒我真不行，我的胃不好。”

胡应卿注视周西许久，随即笑着靠在椅子上，把杯中酒一饮而尽，又倒了一杯。他眼睛通红，转头看外面的黑暗，许久后开口，嗓音沙哑：“道个别。”

“再见，胡老师。”周西跟胡应卿碰了一下酒杯，把剩余的酒喝完。

“再见，周——老师。”

周西看着面前的胡应卿。胡应卿喝完酒起身就走，她心里的那种冲动更具体了——她想见陆北尧。

宴席散了，周西环顾四周，过了今天，这里的所有人可能都不会再见了。她放下酒杯，起身往外面走。

她上楼拉出行李箱，把东西一股脑地塞进去，跪在箱子上将箱子用力扣上，拖着行李箱下楼去停车场。

秦怡看到周西出门就跟了上来，看到她拉着行李箱，一头雾水，以为她喝多了，结果她动作如行云流水。她径直打开了后备厢。秦怡终于反应过来，绕到她面前：“你要去哪里？”

“去云南。”周西经过这几个月的训练，能够直接拎起行李箱塞到后备厢里，“你开车，我们现在出发，天亮就到了。”

秦怡蒙了，周西真的喝多了吧？

“我们去云南干什么？”

周西把后备厢关上，将车钥匙递给秦怡：“找陆北尧。”

秦怡一直觉得周西的性格有点儿疯狂，她不管是演戏还是生活，都不太符合现在这个社会的逻辑与规则。她眼中有光，站在风里，风掀起她的发丝，她的眉梢间带着属于少年的张扬气息。

“我想去找陆北尧。”

少年时谁没有冲动过呢？毫无顾忌，没有现实的枷锁，没有房贷、车贷、社会舆论压力，没有上有老、下有小的顾虑，仅仅因心中所想便能勇往直前。不用管是友谊还是爱情，可以哭，可以笑，可以直白地说“我喜欢你”或者“我讨厌你”。只因为一句“我想你”，便可以跨越一千多公里去他（她）的城市。

秦怡都快忘记了冲动是什么感觉，他们是生活的奴隶，被奴役着，麻木地生活着。

“需要报告给萧总吗？”秦怡接过车钥匙，抿了下唇，道，“我得收拾行李，你需要等我五分钟。”

“好。”周西靠在车上，“我等你。”

晚上十一点半，周西和秦怡开车上了高速公路。黑夜在后退，风在呼啸，高速公路上的反光带被照得通明。周西打电话给小飞，对面是完全没有信号的状态。她上网搜索陆北尧拍的那部戏的官方微博发的位置，官方微博至今只发了一条消息——开机当天拍的一张几个穿军装的男人的背影，连正脸都没有。她搜了半天，没有“路透图”（偶遇明星时拍摄到的明星照片）。她只知道大概的城市位置，发微信给陆北尧，让陆北尧有信号时给她回一个定位。

开了八个小时车，周西和秦怡才到陆北尧所在的城市的市区，这里城市小，环境一般。周西找了市区最好的酒店，让秦怡去休息。周西洗了个澡，换上裙子回到房间，发了一个定位给陆北尧。陆北尧迟迟没有回消息，不知道是不是还在山里。她等了半个小时，昏昏沉沉地陷入睡眠。

周西被手机铃声吵醒，恍恍惚惚地接通电话，男人低沉的嗓音传过来：“哪个房间？”

“什么？”周西的大脑还没有清醒，她一时间不知道是梦还是现实。

“你住哪个房间？几楼？”

“六楼，六〇九。”周西把地址报过去，猛然清醒，“你过来了？”

“嗯。”

电话被挂断后，周西立刻坐起来，愣了几秒，跳下床飞奔向洗手间。

洗完澡没吹干头发就睡的下场就是刘海儿“一飞冲天”。以前她留长发时没有刘海儿，没这个困扰，现在有刘海儿。

敲门声响起，周西打开水慌忙弄自己竖起来的头发，结果越弄越乱。外面的敲门声响了第二次，她把湿漉漉的刘海儿放下来，将滑下肩头的睡衣带子放回去，深吸一口气，敛起所有的情绪，姿态端正，一只手背在身后走过去打开门。迎接她的是男人沉稳的怀抱，陆北尧根本没给她优雅的机会，将她抱了个满怀。她抬起头，陆北尧低头，唇碰到她的额头，却没有吻下来。

他戴着黑色的渔夫帽，五官线条更显冷硬了一些。大概是拍戏需要，他黑了，阴影下的一双眼仿佛盛着宇宙，又暗又沉。他鼻梁高挺，抿着唇，下巴上挂着黑色口罩，口罩挡住了下颌线。

周西上扬唇角，笑意在杏眸里荡漾开来：“陆北尧！”

陆北尧再次把周西搂进怀里，扣紧周西的腰，手指十分用力，骨节在光下微微泛着白。周西闻到他身上甜腻的血浆味道，现在道具组用的血浆都是这种化学剂，味道是甜的。

陆北尧是拍完戏直接过来的？周西想抬头看他的脖子，他在她的头顶亲了一下，用修长有力的手指抵着周西的细腰，声音沙哑：“我身上有味道。”

陆北尧拍这场戏拍到早上，徒步两个小时下山后，看到周西发来的微信定位，便在车上换了衣服，开车直奔市区。

“我去洗个澡。”陆北尧松开周西，转身往洗手间走，不洗漱实在太狼狈了。

他想亲周西，但一夜没睡，又开车直奔过来，他可以想象，他亲下去周西会有多嫌弃。他克制着，不让自己冲动。

周西从后面抱住陆北尧的腰，他脚步顿住，一瞬间心跳飞快，喉结滑动。他拖着周西往前走，进了洗手间。酒店有一次性洗漱用品，他拆开包装刷牙，周西还抱着他的腰。

以前他们也这样——陆北尧要忙什么，周西又想黏着他，就这样抱着他的腰。周西像只无尾熊，挂在他身上。他面上无奈地让她抱，心里却美得冒泡，周西就是他的大宝贝。

陆北尧从镜子里看背后的周西，周西也在看他，亮晶晶的眼睛很漂亮。她没化妆，肤如凝脂。

“你不是最讨厌血浆味？”陆北尧低沉的嗓音嗡在嗓子里，引起胸腔的共鸣，“还抱？”

“你在哪里拍戏？”周西隔着衣料轻轻地咬陆北尧的肩膀，他里面穿着黑色T恤，外面又套了件长款外套，周西闻到他身上的气息，很安心。他身上最浓的味道就是血浆的甜腻味。

“你别咬，很脏，衣服是我的助理洗的，山里条件有限，没有消毒。”陆北尧说了个县的名字，“开车过去两个小时，不是很远。”

“两个小时？那你没睡？”

“我不困。”陆北尧有条不紊地洗漱着，注意力全在腰间的手上：纤细的手腕，白皙的肌肤光滑如玉。他洗了一把脸，目光上移，看到周西湿漉漉的头发。他抽洗脸巾擦干脸上的水，又抽了一张新的去擦周西的头发："你在睡觉，怎么还有水？嗯？"

陆北尧把周西的刘海儿擦得半干，一松手一撮头发就翘了起来。

嗯什么？周西无语。

陆北尧靠在洗手台上揽住周西的腰，低头抵着她的头低笑出声，语调浸在笑里："想让我看到最美的你？"

周西挣扎着探出头，揽住陆北尧的脖子就吻了上去。陆北尧的唇还留有薄荷的香气，清凉，微微带着甜。她亲得很“上头”，陆北尧反过来亲她，忽地打横抱起她，迈开长腿大步往外面走。

周西抬头，撞入陆北尧漆黑的眼中，他的眼睛里情绪翻涌。周西揽住他的脖子，手指抚摸过他的肌肤："把窗帘拉上。"

陆北尧把周西放到床上，转身找到遥控器关上窗帘。他打开床头灯，抬腿上了床。周西躺在床上，睡衣细细的肩带滑到了一边。周西肩头瘦削，性感得可爱。陆北尧脱掉外套又抬手脱T恤，肩膀上的疤还是很清晰。周西坐起来抚摸他的肩膀，他抽掉了皮带，抱住周西亲吻。

橙色的灯光下，陆北尧和周西的肌肤都被镀上了一层朦胧的光。周西抱住陆北尧，亲他的脖子，呼吸落到他的肌肤上："北哥。"

周西叫陆北尧“北哥”，和陆北尧跟外人提周西时叫“西姐”差不多，都是一种亲昵的敬称，和年纪无关。没结婚叫“老婆”什么的，陆北尧觉得太油腻。他先叫的“西姐”，随后周西就在外面叫他“北哥”。

陆北尧抬腿就把周西压到了床上，她的短发铺开，她还抱着陆北尧，脸上滚烫，眼睛却闪闪发光。

“你不会睡着吧？”

陆北尧沉默了几秒，堵住她的唇。他们整整一年没有亲热了，陆北尧有种第一次亲热时的激动感。陆北尧习惯性地伸手去找东西，摸了个空。他们同时顿了一下，陆北尧收回手，摸了一下她的头发。

周西知道那个动作意味着什么，心里惆怅，但惆怅之情也有限，很快就没心思多想了，因为陆北尧今天一改过去的慢节奏……她死死地抱着陆北尧。

她特别喜欢陆北尧，从十九岁时对陆北尧一见钟情，到如今，满心都是陆北尧。

最后，陆北尧低头跟周西接吻，绵长细腻的吻令她睡眼蒙眬。她先困了。

她窝在陆北尧的怀里，环抱着他精瘦的腰，闭上眼睛：“你今晚拍戏吗？”

“不拍。”剧组也怕演员猝死，给陆北尧放假到明天早上。

周西睡着了，许久，在一片漆黑中醒来，意识渐渐清醒，身边是空的。她心里咯噔一下，去开灯，灯亮了起来，满室亮光。陆北尧躺在床的另一边，抬手盖在眼睛上，嗓音沙哑：“你醒了？”

陆北尧露出来的下颌线清晰。偌大的床，他睡在靠近床沿的地方，周西有那么一刻想把他踹到床下去。

陆北尧放下手，拿起床头柜上的手机，道：“现在是晚上十点，你吃东西吗？我点外卖。”

陆北尧还没睡醒，半耷拉着眼睛靠在床头点外卖。

周西把腿伸过去，脚踩到陆北尧的腰上，陆北尧身体僵住，抬起头看她：“不要乱踩。”

周西的嗓子有些干：“你去给我拿水。”

陆北尧放下手机，起身套上裤子，去洗手间洗干净手，才取了一瓶水拧开递给周西。他又靠了回去：“你想吃什么？口味清淡一点儿的还是重一点儿的？”

“你睡觉离我那么远干什么？”周西喝着水，看向陆北尧，还是没忍住把话问了出来。

陆北尧滑着手机的手停住，几秒后，拉过枕头跟周西的挨着放，躺过去：“我怕热。”

周西若有所思地说："那你……以前也是？"

"嗯。"陆北尧极其怕热，身体火气旺，周西又是怕冷的人，大夏天也要盖厚被子，他们睡在一张床上，仿佛活在两个纬度。

陆北尧跟周西贴着，道："以后我尽量克制，今天睡过头了。"

陆北尧一夜没睡，开车直奔过来，两个人疯狂地亲热后，他耗尽了全部体力。他连日来的阴郁心情一扫而空，难得好眠，睡得昏天黑地。

"你不喜欢一起睡怎么不跟我说？"

"我不是不喜欢跟你一起睡。"陆北尧看向周西，抬手把她揽进怀里亲了一下，"我很喜欢跟你睡一张床，很安心，很好。"

周西沉默。

陆北尧低头跟周西接吻，问："你生气了？"

陆北尧和周西近在咫尺，呼吸交缠，陆北尧浓密的上睫毛下的眼睛漆黑。

"我没有生气，只是想问清楚原因。你又不说，我之前一直以为你不喜欢我，才这样排斥。"周西的起床气很短暂，她弄清楚原因后还生什么气？每个人都有自己的习惯。她靠在陆北尧的怀里，心想：这个男人就这样了，一起睡了四五年都改不掉，这辈子基本上改不了了。

"我不喜欢你，我们怎么能睡到一张床上？"陆北尧看周西确实不是生气的样子，就继续点外卖，也把话说开了，"我怕热。"

多么简单直白的理由啊！

陆北尧点完外卖，把手机放到床头柜上，将周西搂到怀里，问："你还有什么比较介意的？"

没了。

有陆北尧在身边，周西也不想玩手机了，她的手缓缓往下，陆北尧及时握住她的手，将她的手按到身侧，嗓音沙哑："你别撩，外卖三十分钟就到，时间不够。"

周西难得脸上滚烫："我想看看你做完手术是什么样的。"

"那有什么好看的？"又不是什么体面的地方，陆北尧跟周西十指交扣，"你那边的工作结束了？有新工作吗？"

"二十七日要回去拍杂志封面。"周西还是很好奇，钩着陆北尧的手指，"你真的做手术了？什么样的？创面大不大？"

"不大。"

“疼不疼？”

“不疼。”

周西挣脱出手掀开被子，试图突破陆北尧的防线。陆北尧翻身就把她压到身下，长腿抵着她的膝盖，他的手把她的手压到枕头上。他注视着她，嗓音低沉：“你这样会让我误以为你想再来一次。西西，你还想不想吃饭？”

“我可以先‘吃’你。”周西的手不能动，但她的嘴还能动，她满口情话，凑过去亲他。

陆北尧瞬间破功，在周西面前他就是绷不住，狠狠地吻下去，许久才松开。他松开手，长腿踢开被子，躺下去，一条腿屈起，修长的手指放下去落在裤扣上。他用意味深长的眼神注视着周西，说：“看，你负责。”

陆北尧做的是非常小的手术，何况已经做了一年了，什么痕迹都没有留下。就是现在他们的这个姿势很糟糕，陆北尧目光阴沉，直接把周西给压床上了，来势汹汹，但他的动作中止在手机铃声中。他揉了一把周西的头发，接通电话。外卖已经到了，不能送上来，他得去电梯口拿。他放下电话起身穿衣服，垂下眼帘，压下情绪，捡起T恤穿上，又戴上了帽子、口罩才出门。

周西躺到床上，拿起手机看到几个未接来电，其中有萧晨的，还有秦怡的。她打开微信，萧晨的信息扑面而来。

“你去云南干什么？你知不知道你这样的行为叫什么？”

“我需要一个合理的理由！”

“你和陆北尧暂时不见面，你能死吗？能不能死？”

“接电话！”

轰炸二十多条微信后，萧晨说：“看到消息回电话，我这就去云南。你不要出酒店，不要去找陆北尧。”

门卡刷门发出嘀的一声，周西听到陆北尧的脚步声，抬头，看到他摘掉口罩后把外卖放到桌子上。他道：“起来吃东西。”

“我去洗澡。”

“吃完再洗。”

“你把箱子里的浴袍递给我。”周西窝在被子里支使陆北尧。

陆北尧看了周西一眼，打开她的箱子，衣服全部滚了出来。他看着那堆凌乱的衣服，从底层翻出睡裙给她：“你先穿上，去洗手，吃完饭再洗澡。”

周西套上睡裙下床，走向洗手间。她简单洗漱后，出来看到陆北尧蹲在地上给她整理行李箱。她走过去从后面抱住陆北尧，在他的脖子上亲了一口。

“现在已经好多了，今天早上我拿衣服，行李箱整个‘炸’开了。”

她还好意思讲!

陆北尧把没整理完的衣服放到床上，起身去洗手，拆外卖——两份白粥，还有一些当地特色菜。陆北尧不吃辣，周西胃不好，他们吃东西是能吃到一块儿的，口味都偏淡。

“你的助理不帮你收拾？”

“我不喜欢别人碰我的东西。”周西接过勺子吃粥，懒得拿筷子，就把勺子伸到陆北尧面前，想让他给夹菜。勺子伸过去她才反应过来有些过分，又缩回手。

陆北尧盯着周西，给她夹了一块鸡肉，放到她的勺子上：“有骨头。”

“谢谢。”周西唇角上扬。

没有辣椒的柠檬鸡，鸡肉鲜嫩，浸在柠檬酸汤里，后味微微地甜，十分爽口。周西吃了一块就去找筷子，在《冠军》剧组被辣椒摧残得痛不欲生，终于吃到不辣又合胃口的菜了。

“你要不要尝尝青菜？”陆北尧夹了青菜放到周西的勺子上，道，“这家店是连锁店，做的菜都是当地口味的，跟我们那边的做法不一样。”

周西吃着青菜，味道非常淡，她不是很喜欢就没有发表感言，继续吃鸡块：“你明天几点走？”

“你想不想去剧组玩？”陆北尧抬眸看向周西。

“我不去了，不方便。”

《冠军》剧组陆北尧能去，是因为整个团队都是他们的人，不会乱说。陆北尧拍的这部电影，剧组人多口杂，周西不会去冒这个险。

“你拍完杂志封面还有工作吗？”

“我要休息一个月，去医院检查，我的主治医生说我要留院观察，情况好的话就减药量。”周西的手上溅了一些汤，她伸手抽纸，陆北尧已经接过她的手，细致地擦干净了。

“我今年上半年应该都不会接工作，等郑导的剧。”

“给你发邮件的人抓到了。”陆北尧忽然开口。

周西咬着勺子抬头，挺意外的，警方的动作够快的。她说："他们从事什么职业？这么恶毒，这么纯粹的恶意，会不会判刑？会被判多久？"

"都年纪不大。"陆北尧的心情很沉重，他收到警方反馈的信息，不知道该怎么跟周西开口。

"一共六个人，他们有一个小群。"陆北尧吃着没有什么味道的青菜，眼神平静，"他们是在群里认识的。当时你出来反对他们'舞'真人，那个博主就把你'挂'了，这几个人被煽动得恨上了你。"

"最小的多大年纪？"周西沉默了大约有一分钟，异常难受，如鲠在喉，"就这样？他们恨我入骨，恨不得让我死？"

"最小的孩子十八岁。"陆北尧垂下眼帘，虽然知道粉圈有低龄人，但这个结果太让他震惊了，"你之前得罪过一个合作方，他们在微博上撕你，把你的邮箱曝光了。"

周西的胸口似乎闷着一团棉絮，她呼吸有些不畅。

"还有一件事。"

"什么？"周西有种不好的预感。

"那些骚扰短信是一个粉丝群的群主发的，电话号码是陈舟透露的。"陆北尧几乎要把筷子折断，滑动喉结，攥紧了手，骨节在光下泛白，"当时你在网上发布了很多私生活方面的内容，他认为你影响了我，想给你一个教训，希望你停止在网上散布私生活。"

周西怔怔地看着陆北尧。同样的内容，肯定是同一个人所为。所有的事都串联起来了，这是一个完整的、巨大的火球，他们被裹挟其中，滚滚往前。

"一切因我而起。"陆北尧靠在椅子上，嗓音沙哑，扯了一下唇角，觉得自己很可悲，"知道这些后，我每一天都在痛苦。我问自己，如果没有我的存在，是不是根本就没有这些伤害？是不是所有人都不会去伤害其他人？"

陆北尧手里的那点儿钱根本不够填周家巨大的漏洞，他想多赚点儿，在周西发现之前把漏洞填上。他们的方案是模糊周西的存在，把他重新捧成大明星，这样他会赚得更多，机会也更多。他配合了。那时他天真地想，很快就会结束了，不会伤害任何人，很快就能一切重回正轨。

周西生病了，需要很多的安全感，需要很多的爱，他们都不知道。陈舟越过陆北尧给了她重重的一击，几乎要了她的命。陈舟想让陆北尧红，想要更多的钱，手段太激烈了。陆北尧埋头工作，让他的团队去断杀，结果“杀”了周西，也“杀”了陆北尧。

周西抬起头看着陆北尧，她的目光彻底沉了下去：“不会，没了你，那上面也会是另一个人。”

沉默许久后，周西开口：“我一直不太能理解娱乐圈的逻辑，他们在用一个错误的规则进行着所有自以为是的秩序，这并不是正确的。我们现在没有能力去更正，但我想尽力去做，一点点地纠正，总能改变点儿什么吧？”

当初周西是想走快速提高人气这条路的，但看到陆北尧快刀斩乱麻地走上了断崖，她停下了脚步，开始思考什么是对，什么是错，职业的意义是什么。她选择了一条更难走的路，虽然绕得远，但走得踏实。

陆北尧直直地看着周西，他的周西总是能让人出乎意料，他语气坚定地说：“能，一定能。”

“我不知道以后会怎么样，娱乐圈会变成什么样，我只希望没有下一个我。”

陆北尧握紧了周西的手，把周西的手放到胸口：“你不会再被伤害了，我拿我的生命保证。”

“我知道，你会越来越好。”周西叹了一口气，往前抱住陆北尧，紧紧地抱着，这些事就是意外，那些垃圾短信的数量不太多，就是为了吓唬她，只是她当时的情绪濒临崩溃，“每个人都应该尊重别人。言论自由，但不是伤害别人的自由，希望大家都有敬畏心。”

陆北尧将周西抱得很紧，几乎要把她嵌进胸膛里：“是，每个人都应该有底线，有敬畏心。”

“陆北尧。”

“嗯。”

“我们一起做更好的人。”

敬畏法律，敬畏信仰，敬畏爱，敬畏生命。

“好。”

陈舟做的那件事，因为周西的病暂时不能公开，陆北尧和周西没办法起诉陈舟，但也不会这么不了了之。

邮件事件，涉事的一共六个人，涉嫌散布非法内容的有两个人，这两个人已经被刑拘，案件正在审查，这个案子二月二十五日官方通报。

二月二十五日，周西坐的飞机降落到S市机场，她一出机场就看到萧晨，匆匆地朝萧晨走过去。萧晨单手插兜，拉下了帽檐，审视着她。她短发利落，穿着长款大衣，戴着墨镜、口罩，踩着一双短靴，看起来又酷又美。

“你知道回来了？”萧晨哼了一声，说，“我还以为你要脾气，要长住那边呢。”

周西压低帽檐：“我要过脾气吗？”

萧晨睨视周西：“你跟陆北尧见面了？”

“嗯。”

“你们没有被拍到吧？”

“我们没一起出酒店，分头行动的，应该不会被拍到。”

周西和萧晨坐到车里，萧晨吩咐司机开车，道：“郑导那边我们见过面了，他们是打算签你演女主角……”

“等会儿。”周西从斜挎包里抽出厚厚的一沓文件递给萧晨，“起诉这上面的所有人，他们侵犯了我的名誉权。”

周西最早的时候因为告影视博主被众人嘲讽，当时谁骂她，她就告谁，还得了个“律师函”的外号。后来怕影响陆北尧的声誉，她才忍住没有再开口，任由那些营销号抹黑她。

萧晨将文件拿出来翻看，很多证据都是一年前的：“这都过去多久了，你还告？你本来就得罪他们了，现在好不容易口碑回转。”

“过追诉期了吗？”

“这倒没有。”

“那就告，多少钱我出。”周西抿了下嘴唇，“粉丝可能会跟风。任由他们胡说八道，后果不堪设想。”周西转头看向萧晨，“今天看到S市警方的通报了吗？这就是逃避的结果。他们在犯罪，我差点儿因此丧命，下一个人还会这么幸运吗？还能扛下来吗？”周西顿了一下，语气沉下去，“还能活下来吗？”

萧晨哑口无言，周西现在太能反驳了，逻辑清晰。

“可是这样会降低你的商业价值。”萧晨说，“明星不能‘玻璃心’。”

“我可以什么都不要，但是非观我得有。”周西意志坚定地说，这件事她必须得正面面对。

“那你要做好一无所有的打算。”萧晨把文件收起来，“营销号后面都有公司，招惹他们，他们会联合起来整你。”

这件事周西不能逃避，必须面对。

“我发一条微博。”周西拿出手机，道，“郑导那边你再等等，看这件事发酵之后，他们那边还愿不愿意签我，我不想耽误他们。”

“郑导那边只是提议，还没有给合同，看这件事发酵后，他们那边的反应吧。”萧晨又不想带周西了，带周西钱太少，事又多，麻烦得很，他翻看着手里的文件，“你要发什么微博？”

“所有人都应该善良。”

萧晨抬头注视周西许久，嗤笑一声，转头看向窗外：“善良？”他念着这两个字，又说，“天真。”

“但我希望，我的粉丝，哪怕只有一个人能听进去，”周西抿了下嘴唇，“我做这个职业就值得。”

周西发了一条微博：“希望每个人都能心怀善意，对世界抱有善良，对生命心存敬畏。”

周西发完微博，萧晨那边也发了一条联动微博：“对某些泼脏水的营销号，我们会维权到底。”

看到萧晨的微博后，周西为什么发这条微博大家就清楚了——她在撑营销号，也在撑网络黑子。随即有她的粉丝替她出头，被她制止了。

周西在评论区回复她的粉丝：“大家在发动一些大规模的言论、行为时，思考一下自己最初是抱着什么目的。希望所有人都能心怀敬畏，对任何事保留初心。”

网友没有铺天盖地地骂周西装模作样，大家接受度很高，理智粉还是占大多数的。周西被短暂地刷上热搜。萧晨现在不太想在她身上投入太多，怕血本无归。

周西跟陆北尧的关系是个雷，随时会炸。陆北尧这一年来的动作那么大，就是为了给复合做准备，以他们两个的疯狂程度，他们在一起不可能不公开恋情。他们公开恋情，萧晨不敢想会是什么结果。这两个人当年公开恋情被嘲是“西北风”搭档，在一起就喝西北风，真是格外贴切——他们分开各自辉煌，在一起就会失败。周西的病也是个雷，一旦炸了，全军覆没。这两者，萧晨还都不能和团队商量。他和周西不单单是合作关系，他也是看着周西一步步成长起来的。和孟庭深一样，他看周西像是看孩子，没办法把周西完全商业化，周西不是商品。他现在如履薄冰，走一步算一步。

二月二十七日，周西拍杂志封面，在S市。

上午八点，萧晨过来接周西，在车上等了一分钟，周西才出来。最近S市气温升高，她穿着牛仔外套，搭配同样颜色的牛仔裤，牛仔裤勾勒出她笔直的长腿，她今天的风格是复古港风，短发搭配这套衣服让她看起来格外酷。

周西外形条件太优越了，原生态的脸，身高不到一米七，但身材比例非常好，腿长，腰细，走这种偏中性的风格格外撩人。她现在二十七岁，处在美的巅峰年纪。如果不是这些乱七八糟的问题，她能比当初的陆北尧再火上一个层次。她有演技，有颜值，有实力，可惜了。

周西拉开车门坐到副驾驶座，往后看了一眼，问："秦怡呢？"

萧晨手里的艺人多，顾不上周西，打算培养秦怡。秦怡全程跟着周西，工资和周西的片酬挂钩。

"秦怡老家有事，请假一天。"萧晨把行程表递给周西，道，"今天有江乔和苏晨严，你跟他们客气点儿。"

"我又不会动手打人。"周西看着时间安排，觉得今天可能要拍一天。

"《深宫乱》入围了金视奖的三个奖项，三月二十八日举办颁奖典礼，你过去吧。"

金视奖算是电视剧奖项中的顶级奖项了，《深宫乱》竟能入围三个奖项。

"女主角奖、编剧奖、导演奖？"江乔混电视剧圈多年，科班出身，演技可圈可点，主演的电视剧的收视率也很高，现在就缺一个奖项。《深宫乱》里她铆足了劲地演，是下了功夫的，能入围女主角奖不意外。这部戏男主角的形象不好，胡应卿不管演得有多好，有多投入，都是"背景板"，很难拿奖。

"女主角奖、女配角奖、导演奖。"

周西抬头："有我？"

"你很有可能拿下最佳女配角奖。你热度非常高，演技也很好，是今年的大热人选。"

周西唇角上扬，心里涌出些许冲动，随即又把唇角压下去，低头：

“希望吧，我还没有拿过奖。”

孟晓送的小金人被周西郑重地摆在房间最显眼的位置，演员没有不期待拿奖的，她也渴望，做梦都是自己拿到奥斯卡最佳女主角奖，然后激动地从梦里醒过来。她在脑海中演练过无数遍，获奖感言倒背如流。获奖真是令人期待。

“那你可以期待，机会很大。”萧晨也没有给周西太多希望，点到为止。金视奖算是比较公平、公正的奖项，几乎没有暗箱操作的可能，大家各凭实力评选年度最佳。他相信周西，但也怕出意外。

周西在《深宫乱》中确实演得好，可也不是毫无瑕疵。她毕竟是年轻演员，评委会综合考虑，萧晨不是十分确定这个奖百分之百属于她。

上午十点，周西和萧晨到达杂志社。一进化妆间，周西就看到了苏晨严。他穿着粉色西装，头发染回黑色。他偏瘦，清瘦的人穿粉色的衣服毫无不和谐感。他懒洋洋地靠在椅子上玩手机，一抬头看到周西，停顿了一下，唇角上扬，绽放出绚烂的笑：“西姐，早啊！”

苏晨严笑起来有种桃花盛开的繁华感，春光明媚。

“早。”周西走过去，坐到化妆台前。

苏晨严给周西递过去一颗薄荷糖，他穿粉色的衣服显得太娇嫩了，周西从镜子里又看了他一眼，他娇嫩得仿佛一朵盛开在湖水中的海棠花，随波漂荡，全是“浪”。

“谢谢。”

苏晨严凑过来，自以为很帅地站到化妆台前，手臂一撑：“我穿粉色衣服是不是很好看？就是发色有那么一点儿不合适对吧？头发染成绿色就好了。”

粉配绿？他是鹦鹉吗？

“鲜嫩。”苏晨严摸着自己的头发耍帅。

苏晨严的身后传来脚步声，他懒洋洋地抬头看到江乔，嗤笑一声。

江乔的白眼都要翻到天上了，她一看到苏晨严就暴躁，接触到周西的目光，又把白眼落回原处：“早，西姐。”

周西点头，既然答应来拍杂志封面，那就是要“营业”，大家做好本分工作就好。

第一套照片是闺密系列，倒是和谐，不过周西没有穿裙子，而是也换上了粉色西装，和苏晨严一人坐一边，中间是穿着粉色长裙的江乔。周西的短发用发胶固定住了，她精致的五官被修饰得冷艳。周西剪短头发后酷得可怕，摄影师就有了这个创意。

周西很久没拍过杂志封面了，本来还有些紧张，但苏晨严和江乔进入状态飞快，江乔嫌苏晨严阴柔，苏晨严嫌江乔外表高洁、内心阴暗，两个人掐起来了，周西瞬间就被拉回了《深宫乱》剧组，情绪放松，融入了剧情。周西把手肘放在膝盖上，抬头，摄影师觉得来自她的冷厉的感觉扑面而来。摄影师抓拍，周西的这个目光很酷。这还是《深宫乱》剧组杀青后，周西、江乔和苏晨严第一次“合体”。

拍第二套照片时，周西换了条红色长裙，苏晨严换上了黑色西装，江乔穿着白色裙子。江乔在拍摄杂志封面之前还想过怎么比过周西，毕竟女演员同框就那么点儿新闻，她明里暗里想了一套，结果一进化妆间看到周西腿就软了，心中生出羞愧感。周西完全脱离了江乔的理解范围，短短一年，已经没了当年的肤浅。江乔生出一种强烈的念头，周西不会跟她比较，因为周西不屑。周西彻底蜕变了，现在的高高在上和以前的张扬跋扈不一样。

周西一身红色、短发艳妆地走出来，江乔的那颗心老老实实地放了回去。她和周西是两种风格，截然不同。她忽然有些期待周西的《冠军》，也许《冠军》并不是传说中的烂“饼”，能让周西蜕变，可能是一部新生的电影。

周西的变化太大了，这种变化让江乔生出些许羡慕。周西好像什么都能做，什么都敢做。她敢在微博上发表言论，让她的粉丝理智；她能在彻底火起来之前，放下一切去拍一部看起来毫无水花的电影，沉寂小半年。她怎么敢这么做？可她就是做了。她没有去考虑什么粉丝基本盘，没有去考虑什么粉丝经济。她没有考虑这些东西，就不单单是因为有经济条件支撑了——她们两个人的思想境界就不在同一个层面上。

三个人一共拍了四套照片，下午四点拍摄才结束。周西换回自己的衣服，出门就看到江乔。

“西姐，晚上一起吃饭？我请你。”江乔鼓起勇气开口，“之前在《深宫乱》剧组欠你一顿饭，一直没请你。这次你回来，有这么个机会，要不晚上就一起吃饭？”

“吃什么？”苏晨严探过头来，穿着一件黑色毛衣，歪戴着帽子，“带我一个啊！”

江乔无语。

周西忽然笑了，靠在一边的桌子上："那你们约，我还有其他的事，就不陪你们了。你不欠我什么，我们互不相欠。"

江乔怔住，看着周西。

"我们很久没见了，作为……朋友，"江乔深吸了一口气，鼓起勇气撑着脸上的笑，道，"一起吃个饭，仅此而已。"

周西虽然现在人气不低，但江乔也不差，底子厚，又连红了两部剧。

"我们两个私底下应该坐不到一张桌上。"周西跟江乔握了一下手，看了看在门口横着的苏晨严，确定这间屋子里没有外人，才开口，"我们不算朋友吧，但作为同事，我想对你说一句话，你是实力派演员，路子不用走得那么浮躁，过度营销是对你的一种透支。"

江乔的脑子嗡的一声。

"你比我红，跟你营销应该算是我占你的便宜，但我个人对营销没有任何兴趣。吃饭就不必了，我们互不相欠。"周西松开手，道，"今天来拍这个封面，是对《深宫乱》的总结，那一段时光是我新生的开始。我先走了，再见。"

周西迈开长腿大步走了出去。江乔的脸上火辣辣的，她知道周西这些话是什么意思，比谁都明白。

沉默良久后，江乔抬头。苏晨严反手关上房间的门，取了一支烟点燃，靠在化妆台上静静地抽烟。抽完一支烟后，他抬头看向江乔，问："还吃饭吗？"

江乔坐到椅子上，眼睛泛红，唇角上扬，冷笑："嗬，你是不是也要嘲讽我？"

"我不认为这是嘲讽，这是事实。"苏晨严支着下巴，看着面前垂头丧气的江乔，又嗤笑一声，"我能理解西姐为什么惧怕和你接触，你有前科。你跟陆北尧营销的时候，他们可没有分手。你吃完'红利'，拍屁股走人了，有没有考虑过对西姐的影响？你有没有考虑过人家的家庭？你之前'踩'着西姐营销，别告诉我你不知道。你的每一篇营销通稿都是吸着西姐的'血'，凭什么要人家原谅你？"

"那都过去了，过去我并不认识她。"江乔争辩。

"不认识就可以这么做了？那你真牛。钱你赚了，名气你有了，回头你一通'踩'，他们都该死，就你高贵，片叶不沾身，是朵干干净净的

‘白莲花’。”苏晨严把烟按灭。

江乔眼睛发红，攥紧手：“你再骂一句？”

“算了，我没资格骂你。”苏晨严直起身，“我们是一丘之貉，都不配和西姐做朋友。我挺喜欢胡老师说的一句话，想好你要吃哪碗饭，不要什么碗都端，人心不足蛇吞象，早晚要翻车。拍《深宫乱》的时候真的很美好，我们为了一个目标奋斗，所有人都想拍好那部戏。今天的杂志封面应该是最后的告别，希望不会被玷污。”

苏晨严单手插兜，走了出去。江乔坐在原地，静静地看着被关上的门。她坐了很长时间，然后打开微信群，通知她的团队把所有通稿撤回来。到了这一步，他们都有选择的权利。

三月八日，M 杂志放出第一张封面图片，背景是黑色的。

周西穿着一身鲜艳的红色长裙坐在沙发上，面无表情，又冷又艳。黑红碰撞，她美得极致，像是开在忘川河畔的彼岸花。这是她复出后第一次拍杂志封面，摄影师把她的美拍得淋漓尽致。

封面图片发出来之后，这条微博瞬间被转发上万条。周西的第一个杂志封面美得炸裂，这是她的第一次“营业”——西姐终于出来干活了，感人肺腑——她的粉丝痛哭流涕。

五分钟后，M 杂志官方微博放出第二张封面图片，同一个背景，江乔穿着一身白裙靠在沙发上，非常清秀。

第三张封面图片是穿黑色西装的苏晨严，他非常英俊。他竟然混进了姐妹组！之前《深宫乱》剧组接受采访时，记者问周西、苏晨严、江乔是什么关系，郑荣飞回应说是《深宫乱》三枝花。真是名副其实。

第四张封面图片画风陡然一转：春风和煦，天地明亮广阔，周西、苏晨严、江乔三个人坐在阳光下，都很明媚。

粉丝这才反应过来，M 杂志封面拍的是《深宫乱》演员的合体。

江乔是第一个转发 M 杂志官方微博九宫格的，并配文：

“毁灭：欲望在黑暗中开出了花，野蛮生长，吞噬了灵魂。新生：拥抱光明，向阳而生。每一天都是新的开始，带着希望出发。”

这是对剧的解读，也是对人生的理解。这段话江乔没有让团队写，而是亲自编辑，发布微博。

三月十一日是陆北尧的生日，周西原本打算飞去云南给他过生日，但他十日就飞到了S市，因为《将军》要播出了。

这两年电视剧市场不好，原本的上星剧《将军》因为漫长的审核一直在推迟，投资方担心再捂下去这剧就彻底黄了。剧不能压，压得越久"扑"的概率越高。《民国探案录》之后，陆北尧又慢慢火了，投资方就快刀斩乱麻地把剧卖给了网播平台。所以陆北尧请了三天假，回来为剧做宣传。

本来陆北尧不用回来，苏晨严去宣传也是一样的。但苏晨严前几天去国外为品牌方"站台"，国外突发疫情，他被隔离了，暂时没法儿回国。

这场疫情发生得突然，周西原本要签的C家代言也因此中断签约进程。她最近没有工作，在家修身养性。

陆北尧是晚上到家的，周西正在监督周启宇做康复训练。敲门声响起，董阿姨过去开门，看到了陆北尧。他穿着黑色风衣，戴着口罩、帽子，拎着行李箱。周西探头看了一眼，目光就停在了他身上。她虽然早就知道他今天要回来，但突然看到他还是有些惊喜。她扬唇，又走回去看着周启宇在慢走机上缓缓挪动。

"小北？"周启宇也探头看向陆北尧，气喘吁吁地道，"小北回来了？那我去接小北。"

"你接什么？"周西转头看过来，目光冷厉，晃了一下手里的计时器，"还有五分钟，走完再去。"

周启宇汗如雨下，简直要哭了。他每天都在祈祷周西赶快去剧组拍戏，她再耗在家里，他就要被她折腾死了，她比健身房的教练还狠。

周启宇不能拿陆北尧当借口了，抹了一把脸，埋头调整呼吸继续走："你爸我都这个年纪了，你还想我练出八块腹肌吗？医生都说不用强迫训练，随缘就好。"

"我记得医生不是这么说的。"周西不为所动，拿着计时器抱臂站在机器前面，冷冷地说，"八块腹肌？你对你的身体有什么误解？你能先把你的'三高'减下去吗？"

陆北尧脱掉外套，浑身消毒，又去洗手间洗手，才走向客厅。他的目光停在周西身上，房间内温度高，周西穿着一套黑白拼色运动装，梳着齐耳短发，细腰长腿。

她恰好回头，两人目光对上，空气仿佛瞬间燃烧起来。陆北尧的耳朵燥热，他清了一下嗓子，在旁边的沙发上坐下。桌子上有苹果，他拿起水果刀缓缓地削着苹果。董阿姨在厨房煮面，需要一段时间才能煮好。

“小北，你回来……回来几天？”周启宇气喘吁吁地说。

“后天晚上走。”陆北尧握着水果刀缓缓地削苹果皮。他穿着浅灰色的小领衬衣，敞着长腿坐在沙发上，黑色的修身长裤勾勒出长腿。这样的他看起来有几分沉静和内敛，身上的锐气全部敛起，只剩下温和。

陆北尧削好一个苹果，周启宇哀号着从慢走机上下来，气喘吁吁地倒在沙发上，伸手：“谢谢女婿削的苹果。”

陆北尧沉默了几秒，把苹果递给周启宇，又拿了一个苹果继续削。

周西在陆北尧对面坐下，碰到陆北尧的腿，心里像是有烧开的水——沸腾着，面上却不动声色。她拿起桌子上的草莓吃了一颗：“你吃完这个苹果，接下来的一个月，不能吃面食，不能吃任何带糖的东西。”

周启宇又把苹果还了回来，周西拿过苹果咬了一大口，苹果又脆又甜，汁水饱满。

陆北尧也不再削苹果了，撂下水果刀，抽出一张湿巾缓缓地把手指擦干净。他看着周西细嫩白皙的脖子在眼前晃，心里痒痒的，垂下眼帘，浓密的睫毛在眼下落下阴影。

陆北尧不能再看周西了，转头对周启宇道：“最近恢复得怎么样？”

“西西不折腾我，我就很好。”

陆北尧看着周启宇的大肚腩，周西还是折腾周启宇吧。

董阿姨很快就把面送了过来，陆北尧也没去餐厅，就在客厅里吃。周西坐在旁边看电视，看着看着就靠到了他的肩膀上：“明天几点做活动？”

“中午跟导演和出品方吃饭，活动下午两点开始，下午五点结束。”

“晚饭回来吃吗？”董阿姨问。

“回来。”

“那我明天给你炖汤，看你瘦的。”董阿姨看着周西和陆北尧开始感叹，这两个孩子一个比一个瘦，她很没有成就感。

“他是艺人，正在拍戏，突然长胖观众会出戏的。”周西把苹果吃完，起身道，“我回房间了。”

“吃一顿身上不会立刻长肉。”董阿姨还是想炖汤，最近周启宇减肥，周西也吃得清淡，家里突然就进入了“吃草”模式。

陆北尧快速地吃完面，把碗送到厨房，想洗完再上去，董阿姨就进来抢走了碗。

“不用你洗，放着我来。”

陆北尧洗干净手，问：“这房子签的是多长时间的合同？”

“一年吧。”

“有续约吗？”陆北尧抽纸擦手，若有所思地问。

“应该还没有。”

“玫瑰园的房子空着。”陆北尧斟酌用词，这件事要跟周西商量，但也要通知家里的人，住在一起是大事，每一个环节都要处理好，不然容易引起误会，“那边的房子是我和西西一起买的，写的是她的名字，足以住下我们全家，环境也比这边好，适合养病。我的意思是，这边的房子到期就搬回去。”

陆北尧拉开冰箱取出一瓶水，道：“我和西西今年应该会结婚，不用分得太清。”

“啊，那我一会儿跟西西的爸爸提一下。”

“我去楼上了。”陆北尧抬手指了一下，走到门口拎起自己的行李箱，大步上楼。

那套房子是陆北尧买给周西的？董阿姨震惊得半晌才回过神，快步走向客厅。

陆北尧上楼敲了一下周西的房间门，才推开门，拎着箱子进去。花香扑面而来，周西用的香水独一无二，他从没在其他地方闻到过。房间里没人，陆北尧丢下行李箱转身往浴室走，浴室门半掩着，里面有水声。他推开门，看到周西正对着镜子涂口红，她已经换上了细肩带的吊带长裙，漂亮的天鹅颈白皙，如同上好的凝脂白玉。她浑身上下透着一股矜贵劲，是小公主没错了。

陆北尧抱臂靠在门边看周西，嗓音低沉沙哑：“需要在晚上涂口红吗？”

他认识周西之后，才知道每个牌子的口红味道不同，质地也不一样，吻起来的触感也不一样。

周西把金属口红的盖子盖上，轻轻的一声响。她对着镜子照了一下，确定自己美得“冒泡”才回身。她将手背在后面，纤细的锁骨清晰分明，单薄性感的线延伸下去。

她走到陆北尧面前，抬起下巴，红唇明艳：“好看吗？”

陆北尧俯身亲周西的唇，亲到了口红。他抬手把自己粘上的口红擦掉，打横抱起她往房间走，嗓音沙哑：“好看。”

“好看你就应该多欣赏一会儿，不要破坏。”周西抱住陆北尧的脖子，撑起上身在他的衬衣上用残留的口红印了个印记，往下，在他的锁骨上又印了一个。

陆北尧把周西放到床上，抬腿压上去，低头碰到她的额头：“那我想跟你接吻，怎么办？”

陆北尧最近话多了不少，以前他在床上几乎不说话。周西撩他，他耳朵通红，但就是什么都不说，现在他的话多得让她心跳得飞快。

她钩住他的脖子：“有多想？”

电话铃声恰好在这时响了起来，陆北尧低头吻了下去……电话铃声响到第二遍，他才结束这个吻，翻身躺在床上，拿起床头柜上的手机，看清来电号码，说：“孟晓。”

陆北尧把手机递给周西。她心跳得飞快，克制住情绪，接听电话，孟晓的声音就传了过来：“是姐们儿吗？陪我去弄个人。”

心里的那点儿暧昧感瞬间散得干干净净，她坐起来道：“你是不是喝多了？你在哪里？”

“我在哪里？我看看。”孟晓含混不清地道，“长春路。”

周西按了一下眉心，冷静下来道：“你不要惹事，微信上给我发个定位，我现在去接你。”

“我不要你接，我要你帮我揍个人。”

“行，你先把地址发给我，我过去帮你揍人。”周西下床走向衣帽间，把衣服拿下来，“你找个安全的地方坐着不要动。”

“哦。”

周西挂断电话后，快速换衣服。陆北尧走进衣帽间，问：“怎么回事？”

“孟晓喝多了，在耍酒疯，我去接她回来。”

陆北尧眼中的光暗了下去，他抬起手腕看了看时间，快到晚上十点了：“孟晓在什么地方？安全吗？她一个人在外面喝酒？”

“好像是。”

陆北尧喉结滑动："我陪你去？"

陆北尧陪周西去意味着什么？他们有被拍到的风险，一旦被拍到他们就得公开恋情。话说出口他就后悔了，怕周西的压力太大，改口道："我让小飞过来给你开车，你一个人出去不安全……"

"你陪我去。"周西取出一件长款外套，"孟晓喝多了在耍酒疯，还说要揍人。我一个人恐怕拉不住，小飞是外人，不方便。"

陆北尧直直地看着周西，眼神沉静："如果被拍到，我们就回到最初了。"

周西抿了下唇，随即抬手把外套潇洒地穿上，眼中有着令他感到熟悉的张扬神采："那就回到最初吧，重新开始。我能从零开始走到现在，再来一次，依旧能爬上来。陆北尧，你怕吗？"

陆北尧转头笑起来，随即又看向她，将脊背挺得笔直，微抬下巴："我这辈子只怕失去你，其他的算什么？"

周西拍完杂志封面就住院了，住了五天，每天躺在病床上看窗外的白玉兰的细嫩花苞。她住了五天院，那朵白玉兰娇嫩的花苞开出了花。大朵的白玉兰像白玉一般晶莹剔透地绽放在蓝天之下，恣意张扬。什么是新生？那几天她一直在想——不忘来路，不畏前程。

周西戴上帽子、口罩，拿起车钥匙，向陆北尧伸出手。陆北尧把白色外套拉上，戴上帽子，握住了她的手，用力攥住，将她的手按到了手心里。他们已经很久很久没有这么牵过手了，光明正大地牵手。

周西坐上车看到孟晓发来的定位是在长春路，把地址给陆北尧看："要开导航吗？"

"不用。"陆北尧在这个城市生活了八年，熟悉这里的每一条路。

车开出了小区。

周西再次打给孟晓，孟晓的电话正在通话中，不知道她在跟谁打电话。

孟晓总是风风火火的，看起来坚强得仿若金刚，实则内心很柔软。

一路上孟晓的电话都是正在通话中，这让周西有些焦急，怕她出意外，但这种涉及隐私的事，周西也不好给她的家里打电话，只能攥着手机不断地看上面显示的位置。

半个小时后，车到了孟晓定位的地方，酒吧的招牌在黑暗里闪烁着。

车缓缓地往前开，周西突然看到墙角处熟悉的身影——孟晓被一个男人压在墙上亲。

周西眯了一下眼，道："停车。"

陆北尧踩下刹车，周西已经推开车门，箭一般冲了出去。

陆北尧无语。他连忙下车，她已经冲到了酒吧招牌下的墙角，一把揪住那个男人的头发，抬腿就踢向男人的腿弯。男人是背对着她的，她的动作一气呵成，她没给对方反应的机会就把人踢得跪到地上。

孟晓泪眼蒙眬地看着周西，周西也看着她。

许明睿满眼杀气地回头，看到周西，强行将自己的拳头收了回去。他嗞了一声，揉着后脑勺儿骂了句脏话。

陆北尧也赶到了，站在周西身后，看到了许明睿的脸。陆北尧的表情瞬间变得非常精彩。

阴影之下，四张脸的表情都很精彩。

周西先反应过来，拉过孟晓搂着，看向许明睿，目光格外冷厉："许总，你这是干什么？"

许明睿揉了揉膝盖站起来，蹙眉盯着周西看了半晌，表情古怪："你们来干什么？"

孟晓转身抱住周西，将脸埋在她的脖子上，一言不发。

周西无语。

如果许明睿是欺负孟晓，那孟晓早揍上去了，她还有周西和陆北尧撑腰呢。许明睿虽然后台硬，但孟家也不是什么小门小户，她不可能任人欺辱都不敢还手。那就是许明睿和孟晓有什么瓜葛？周西满脑子问号，许明睿和孟晓是怎么勾搭上的？这是什么奇怪的画面？

"接孟晓。"陆北尧开口。酒吧有人出来往这边看，他把帽檐压得更低，嗓音低沉："我们换个地方说话吧，这里不是说话的地方。"

"我不要跟许明睿说话，我想回家。"孟晓抱着周西，嘀嘀咕咕，"我想回家。"

"明天孟晓酒醒了你们再沟通。"陆北尧的眼神更阴沉。许明睿和孟晓？他们两个是打算拆地球吗？"二哈"组合？

许明睿的车就在不远处停着，车门还敞着，他用一双桃花眼盯着周西怀里的孟晓，满脸不悦。陆北尧又看了看周围，抬下巴示意周西带孟晓走。

许明睿上前一步，陆北尧抬手挡了一下，问："你没喝酒吧？"

许明睿抬手按了一下眉心："我没喝酒。不是，周西什么意思？我们两个在沟通，她凭什么把人带走？"

"孟晓打电话让周西来带她走的，你有意见请保留。"

许明睿张了张嘴，发不出声音，快气成河豚了。

周西带孟晓上了车，陆北尧的姿态才放松一些。

陆北尧单手插兜，拧眉："你不是说不追了吗？怎么回事？"

"情难自禁。"许明睿取出一支烟叼着，偏头点燃，打火机的火光照亮他有些狼狈的脸。他眯着眼狠抽一口烟，往车上看："情难自已，谁知道呢？我看到孟晓就迷失了方向，稀里糊涂地就……陆北尧，你开的什么车？你有那么穷酸吗？这车你是在垃圾场捡的？让孟晓坐这么破的车是侮辱谁呢？"

陆北尧转身大步走了，头也没回。这辆车是周西买的，三十万元。

陆北尧上车把车门拉上，系上安全带，转头看向周西："回家？"

周西陪孟晓坐在后排，孟晓趴在她的肩膀上。陆北尧皱了一下眉，只要有孟晓在，今夜他注定要独眠。

"先回家吧。"

陆北尧收回目光，把车开出去，到家后周西就带孟晓回房间了。不多时，周西把他的行李箱送了出来，让他去睡客房，她今晚要陪孟晓睡。

"许明睿跟孟晓在一起有一段时间了吧？"陆北尧开口道。

周西倏然转头："什么？"

"去年十一月底，你去 B 市找我，后来孟晓来接你。"陆北尧靠在栏杆上，抬头注视着周西，"大概是那时候，他们看对眼的。"

周西一把揪住陆北尧，气得不知道该说什么："为什么我什么都不知道？许明睿是不是很花心？他有很多花边绯闻！他要是敢辜负孟晓，你让他等着！"

"我以为不会有后续，就没跟你提。"陆北尧低头抵在周西的额头上，圈住她的腰，喉结滑动，"西西。"

有一句话，陆北尧憋了好几年。

"什么？"

"孟晓重要，还是我重要？"陆北尧漆黑的眼睛盯着周西。

周西愣了一下，说："能一样吗？这能横向对比吗？你竟然吃孟晓的醋？"

陆北尧把周西拥进怀里，随即低头激烈地吻她，吻到两个人的呼吸都有些急促。他转移话题：“我认识许明睿到现在，他的私生活挺干净的。网上的那些东西不一定是真的，我们应该自己去了解。孟晓也不是小孩儿了，而是成年人，有辨别的能力，许明睿太差劲的话她也不会跟他谈恋爱。”

周西若有所思，陆北尧的手指缓缓地擦过她的脸：“早点儿睡，不要想太多。”

“那你也好好睡觉，能不吃药就尽量别吃。”

“嗯。”

周西和陆北尧又亲了一会儿。她回到房间时，孟晓已经趴到床上睡着了，这没心没肺的女人。

周西醒来的时候是上午九点，孟晓已经走了。

周西洗漱换上衣服下楼，阳光从一楼的落地窗照射进来，铺满客厅，陆北尧靠在沙发上打电话，长腿微敞，姿态闲适。

她走向餐厅，陆北尧才挂断电话，起身走向厨房：“孟晓早上走了，今天有合同要签。”

陆北尧把全麦三明治端到餐厅，又给周西倒了一杯牛奶：“吃早餐。”

周西最近在健身，周启宇在减肥，家里的面包全部换成了全麦的。

“孟晓自己走的？”周西坐在餐厅里，喝了一口牛奶，看向陆北尧。

陆北尧大概是要出席活动，换了件白衬衣，穿着黑色长裤，黑色的短发一丝不苟地梳着。他看起来非常俊美，全身透着冷酷的气息。

“许明睿过来接的她。”

周西缓缓地抬头。

“我没跟许明睿说过地址。”

周西看不上许明睿，许明睿做朋友还行，但跟孟晓谈恋爱，周西有一万句要吐槽。她反思自己，觉得她和孟晓可能就属于互相觉得对方眼瞎了，选男人的眼光差到不行。

“孟晓和许明睿真的在谈恋爱？”周西咬着全麦面包，清亮的眼睛看着陆北尧，“你觉得许明睿怎么样？”

“我们觉得没用。”他坐在阳光里，注视着周西，嗓音低沉，“就像我们两个谈恋爱，别人觉得有用吗？日子是我们在过。我知道我爱你，我知道跟你在一起有多幸福，在旁人看来我们可能脑子都不好，但这有什么关系？”

他停顿了几秒，说：“我很幸福。”

陆北尧最近话特别多，周西再一次感受到了。她在陆北尧的注视下耳朵泛热：“但是如果许明睿太‘渣’肯定不行，我们要提醒孟晓。”

陆北尧衡量了一下许明睿的人品，说：“不至于，没到那个地步。”

陆北尧说完，看到周西还在看着他。他心里微动，浓密的睫毛动了一下：“怎么了？你看什么？”

“生日快乐！”周西唇角上扬，终于想到自己的大事了——陆北尧今天过生日。

陆北尧靠在椅子上，抱臂审视了她好一会儿：“谢谢。”

这是周西陪陆北尧过的第八个生日，天南海北他们都要在一起度过这一天。陆北尧在认识周西之前的二十年里，从来不知道生日这么重要。周西笑弯了眼睛，眼中有光。

陆北尧中午有饭局。等周西吃完早饭，他就离开了。是小飞开车过来接的陆北尧，车很快就开了出去。

周西坐在客厅里发微信给孟晓，孟晓一直没回。周西刚想打电话过去问问怎么回事，手机就响了起来，来电的是萧晨。

周西接通电话：“萧总。”

“检查结果怎么样？”

“还可以，已经出院了。”周西起身走到落地窗前，看着院子里的植物。初春季节，所有的枝条抽出嫩芽，樱花的花苞泛着粉色，很快就会绽放，又是新的一年。

“萧总，我想跟你报备一件事。”周西抿了下唇，开口道。

“你先让我吃一颗速效救心丸。”萧晨的咆哮声从那边传过来，“你先放哪个雷出来？”

“我打算公开我和陆北尧复合的事，你觉得什么时间合适？”周西攥紧手机。她走了曾经陆北尧走过的路。

她和陆北尧在一起，不可能一辈子都瞒着，也瞒不住。

当初陆北尧的做法是隐瞒，他确实红了、有钱了，但那是“危楼”，倾覆之日受到的反噬更大。这件事瞒得越久，后果越糟糕。

“与其等到别人来爆料，不如我先公开。”

“如果你和陆北尧公开复合，你现在拥有的东西可能都会失去。这个代言也不用再谈了，基本上没有可能了。”

“郑导很久以前就欣赏你的演技，为什么《深宫乱》不找你演女主角？因为你没有人气。你能演上女二号已经是孟总钦点的了。《萧太后传》的投资方跟我们没有任何关系，他们不会因为你的演技选你。你失去的东西，不单单是这一个代言，而是接下来的一系列工作。”

“但能瞒多久？瞒到什么时候？假如被曝光，是不是影响更坏？或者我们分手，就当一切都没有发生过？”周西的手放在玻璃上，太阳把玻璃晒得发烫，她深吸一口气，“曾经的陆北尧做的事，是不是跟现在的我做的事很像？只不过现在事情颠倒过来了。”

萧晨哑口无言。

周西说：“没有根基的万丈高楼，倾覆只在一瞬间，欺骗是行不通的，对爱情、对粉丝都不算负责。我踏踏实实地演戏，从演女 N 号开始，我想属于我的总会是我的。”

萧晨沉默良久。

“金视奖颁奖典礼结束后，你找个时间公开你和陆北尧复合，你跟陆北尧那边沟通好，我会尽全力给你公关。可这件事的影响比较大，不一定能稳下来。在商言商，公司也不想承担违约金，最近一个月，我不给你接任何商业活动，所有的合约都推后。”萧晨说，“如果没有引起大的震动，我还会做你的经纪人，会给你争取所有合约。”

“我知道。”

事实很残酷，但这一步必须得走。周西站得笔直，单手插兜，静静地看着篱笆外的花园。周启宇拄着拐杖缓缓地学走路，蔷薇已经发出了新芽，所有人都在努力变好。

“你有时间，把你和陆北尧的故事整理出来，我这边找找公关角度，希望能有个好结果。”

萧晨挂断电话后抽了一支烟，转身大步回到办公室，打开电脑搜集陆北尧和周西的全部资料。虽然他在电话里说得绝，但只要有一线生机，他还是会去拼命争取。周西的才华、努力，都不应该因为这些琐事被埋没、被否认。

萧晨这边的公关稿还没写出来，陆北尧就上了热搜——“陆北尧后悔”，后面跟着紫红色的“爆”字。萧晨心肌梗死都快发作了。

萧晨鼓起勇气，点开热搜看到一段视频。

今天陆北尧去参加《将军》的发布会。

陆北尧坐在台上，身后是《将军》的海报。他穿着白衬衣、黑色长裤，非常俊美。他的外形条件实在优越得让人挑不出毛病，他什么都不说，坐在这里都能直接出道，是天生吃娱乐圈这碗饭的。有记者现场提问，能不能谈谈他和周西的情况。

这件事过去快一年了，他的团队对此缄口不言，这是第一次允许记者问这个问题。

陆北尧握着话筒沉默片刻，抬头面对镜头，神色沉静认真："我和周西大一相识，对她一见钟情。那时候我条件比较差，也自卑，暗恋她却不敢开口。"

陆北尧笑了一下，眼睛忽然泛红："我们就错过了几年，这方面她比我勇敢。她是个很好、很优秀的人。"

"我们分手——是我的原因，我的错。"陆北尧的嗓音低下去，"我这两年太忙了，忙到本末倒置，忽略了她，把她推到风口浪尖，很对不起她。她生病我不在她身边，她受伤只能自己扛，我们渐行渐远。直到把她弄丢了，我才清醒过来，才知道我错得有多离谱。"

陆北尧调整情绪，继续说："这一年，我沉下心来反省，在思考人生的意义。"

这一段采访视频非常长，陆北尧一改过去的沉默寡言，讲了很多，有过去他和周西的误会、绯闻，也有对演员行业的理解、与粉丝的关系，以及新剧《将军》的情况。

"粉丝成就艺人，艺人为大众带来作品，可以是一个良性的关系。

"大家应该理性地选择，每个人都应该为自己的选择负责，为自己的人生负责。

"我依旧深爱周西，从二十岁认识她至今，没变过。我的爱情观是一生只爱一人，将来也不会变。我不知道未来会如何，但会尽全力提升自己，做更多的实事，变得更好、更有力量。不管是对爱人，还是对观众，我都会用更负责的态度去对待。"

陆北尧起身，郑重地鞠躬。他直起身，看向镜头沉默许久——熟悉的沉默，这是陆北尧式的沉默。最终他没有再说什么，坐回去，把话筒递给了身边的导演。

视频到这里结束了。萧晨目瞪口呆，论疯狂程度，谁能跟陆北尧和周西比？这两个人疯狂起来，那真是没别人什么事了。

陆北尧和陈舟闹掰了后，就没再签经纪人，搞“一言堂”，他的团队听他的，他满世界地撒欢儿，想干什么干什么，是自由的风。这回他的粉丝也不骂他的团队了，众所周知，他就是一个疯子，这件事跟他的团队没有任何关系。去年，他的粉丝脱粉脱了个七零八散，也亏得他本身“能打”，去年年底靠着一部《民国探案录》“回血”，缓了过来，没想到，今年又来一次。这以后，他是打算只靠路人缘混饭吃了，彻底脱离高人气明星行列。

萧晨半晌都没回过神，然后取了一支烟点燃，深吸一口。烟雾冲击大脑，他清醒过来，狠狠地揉了一把脸，靠在宽大的办公椅上。

陆北尧先作死为敬，已经拉足了仇恨值。

萧晨鼓起勇气，打开微博评论，评论区没有想象中的“厮杀”，前排评论的语气都很平静。

“八年了，八年依然深爱，我们能说什么？无话可说。希望你能对你的深爱负责，让你的深爱有落脚处。（虽然我知道这不可能，周西受了太多委屈，已经死心了。）”

“北哥这一年变了很多，看他的眼睛泛红，含着泪，我说不出地难受。我们每个人都在长大，都在失去。希望你会成为最好的你，最勇敢的你。”

“喜欢北哥快六年了，未来还会喜欢下去。只要你能出更多优秀的作品，我们就能追下去。等你归来，‘北极光’能照亮黑夜。”

“现在认清现实并不算晚，之前的路不适合你，加油吧。”

这是“北极光”最初的样子。

传说北极光是希腊神话里“黎明”的化身。陆北尧身上有光，带给人希望。

只是后来他的粉丝越来越多，粉丝群体越来越大，事情渐渐变了味，陆北尧彻底沉寂下来，一切像是回到了原点。他默默地演戏，一部部地演。他只是一个演员。广场一片狼藉，老粉丝捡起被踩碎的旗帜，打扫广场。广场有一些荒凉，也很寂静，这大概就是最初的模样。

陆北尧在发布会上说的这些话，在他粉丝的预料之中。他跟周西分手后整个人都不对劲了，先是注销微博，随后跟陈舟分开。那段时间有的粉丝骂他不敬业，老粉丝却在担心他会永远退出娱乐圈。曾经的那个沉默但骄傲的男人，还会不会回来？

陆北尧的作品回来了，但人没有回来。没有人知道他要沉寂多久，没有人知道他还会不会回来，没有人知道他这一年过得有多绝望。这一次，他说这些话算是一个交代。

他并没有逃避，而是直接面对爱情，面对生活，面对工作。

他坦坦荡荡地回来了。

评论区里各方人马都有，有周西的粉丝，还有一些陆北尧的前粉丝，不过，最多的是陆北尧的路人粉。他在《民国探案录》里的形象非常好，积累了不少只看作品不看人的路人粉，他们冲淡了一部分戾气。

陆北尧的这个声明把他拉回了原点。

萧晨把这条热搜从上到下翻了一遍，百感交集。陆北尧和周西是真的要从零开始了，毫无保留。这两个人也很勇敢，周西疯，陆北尧敢奉陪，他们真是天造地设的一对。

萧晨重新看了一遍陆北尧的那段采访，感触颇深。

陆北尧依旧深爱周西，八年了。他知道周西的病，还一直守着她，萧晨对他改观了。娱乐圈里发生的事真真假假、虚虚实实，有太多人作秀，萧晨突然看到他们这样的，有那么几分感动。

萧晨惆怅了许久，猛然想起一件事，立刻打电话给周西，铃声响到第二遍那边才接通。

“你先不要回应。”萧晨站起来把凉透的烟头扔进烟灰缸，握紧手机，“循序渐进，明白吗？不要直接回应，你等一等。”

电话那头一片寂静，萧晨的心突然狠狠地跳了一下，他怕周西冲动不听话。他真的快要心肌梗死了，说：“周西，你有没有听我说话？”萧晨又想跟周西解约了，签周西他会少活很多年。

“周西？西西？西姐？”

“嗯，我知道。”周西略有些哑的声音传过来，“我们这边按照计划进行，金视奖颁奖典礼结束后，我找个时间公布。”

周西没想到陆北尧会这么直接地在直播采访中回应，这太突然了。她握着手机垂下头，抿了下唇，道：“不用做营销，也不用写什么通稿，我相信陆北尧能处理好。”

他们不需要营销。

陆北尧以前很沉默，在发布会上也很少说话，不会主动谈及感情，也不会秀恩爱。他不喜欢在外面过多地提私事，说这是他和周西两个人的事，没必要让别人知道，他不喜欢跟人分享他的感情。这一次他说得毫无保留。这段话，他是不是在心里练习过很多次？他什么时候开始计划的？

“我们会处理好这件事，尽量不殃及别人。”

萧晨停顿了大约一分钟：“我现在倒是希望你们在一起了。我有点儿期待两个疯子在一起会不会创造奇迹。”

周西笑了起来：“还有其他事吗？”

“没了。”

“那再见。”

周西挂断电话后，把手机放下，走向厨房。新鲜出炉的戚风蛋糕散发着浓郁的香气，董阿姨把打奶油的工作交给了周西：“你看着，五分钟就可以。”

“好。”周西守着奶油机，看着机器转动。

奶油渐渐成了浓稠的膏状，董阿姨转身去准备晚饭食材。

五分钟后，周西戳着质地不太对劲的奶油，问：“阿姨，这个奶油是不是不太对？为什么不是白白的泡沫状？”

董阿姨忙里偷闲地看了一眼，倒吸一口凉气，周西的“厨房白痴”属性大概是遗传周启宇的。董阿姨说：“你是怎么在五分钟内把奶油打分层的？”

“我看机器转得有些慢，就调了一下速度。”

董阿姨无语。

周西也无语了。

周西倒掉打过头的奶油，重新打。冷藏过的戚风蛋糕被董阿姨端出来，放到盘子上，董阿姨把奶油刀拿出来，手把手地教周西抹奶油、切水果。“周师傅”忙活了三个小时，看着成品蛋糕，立刻想去某团订一个。

对比之下，陆北尧的芭比娃娃奶油蛋糕非常优秀，起码奶油刮平了。周西怀疑自己的手有问题，无论怎么刮都刮不平奶油，摆水果时，明明是按照顺序摆的，成品却丑得惨不忍睹。周启宇那么一个能夸周西的人，绕着蛋糕转了三圈，硬是没找到可以夸的角度。

“我去网上订一个蛋糕，这个扔了吧。”周西快步往外面走。开门声响起，她转头看到进门的陆北尧。

陆北尧戴着口罩、帽子，白衬衣外面又加了一件黑色长款连帽衫外套。他身材挺拔，帽檐阴影下的眼睛沉静。

他拉上门，发出清脆的一声响。

“怎么回来得这么早？”周西停住脚步，原本还想趁陆北尧没有回来，赶快订一个蛋糕替代那个丑兮兮的玩意儿呢。

“我非常配合记者和剧方，提前完成了工作。”陆北尧抬起头，用修长、骨节分明的手指钩下口罩，彻底显露出俊美的一张脸，然后把帽子也拿下来挂在一边。

配合？提前完成工作？周西也是干这一行的，自然知道这是什么意思，她的目光沉了下去，她走近陆北尧：“被整了？”

“没有，谁敢整我？我不想参加他们的饭局。你在干什么？”陆北尧动了一下挺拔的鼻子，用免洗洗手液喷了一下手，还看着周西，“一身奶油味。”

“做……”周西到嘴边的话及时停住，还是想重新买个好看的蛋糕，陆北尧的二十八岁生日，不能过得太草率，“没事，你去客厅等着，晚上七点开饭。”

陆北尧把外套挂到玄关处的衣架上，迈开长腿大步走向厨房，周西从后面直冲过来钩住他的脖子：“你先别去厨房。”

陆北尧的眼睛瞬间浸满笑意。

周西的手指柔软，带着奶油的香气，陆北尧低头亲周西的手腕，唇角上扬。他抬头对上周启宇的目光，立刻收敛行为，轻咳一声：“你们在厨房做什么？”

“做生日蛋糕，西西亲手为你做的，花了一下午时间。”周启宇道，“西西都没有为我做过蛋糕，真羡慕你。”

陆北尧已经看到了角落里黑乎乎、歪七扭八的蛋糕，沉默了几秒，看向周启宇。周启宇说这话亏不亏心？周西做的蛋糕周启宇敢吃吗？

“今年爸爸过生日，蛋糕就由西西来做。”陆北尧握住周西的手，跟她十指交扣，嗓音沉缓，“满足爸爸的愿望。”

周启宇拄着拐杖飞奔到客厅：“倒也不必，蛋糕店的蛋糕就很好。买一个更方便，我也舍不得西西受累。”

周西不是第一次为陆北尧做蛋糕，就是没成功过一次。

“很丑？”周西已经被周启宇打击到心灰意冷，攥紧陆北尧的手，问道。

“不丑，很漂亮，我很喜欢，谢谢。”陆北尧回头，在周西的额头上亲了一下，“就是少点儿东西。”

“少什么？”周西抬头看陆北尧。

陆北尧捏了一下周西的手指，松开。他走过去洗手，重新调整那个蛋糕。周西做的是水果蛋糕，上面的水果用的是蓝莓和阳桃。这个蛋糕的配色丑得让人眼前一黑。蓝莓被切成小片，一片一片地摆上去，大约是想做星空效果，看得出她的用心，可惜她的动手能力太差。蓝莓切得太碎没办法动了，陆北尧把蛋糕上的阳桃全部挑了出去。

“阳桃代表着星光，”周西解释道，“希望你以后星途璀璨。”

倒也不必硬拗造型。

陆北尧取出新鲜的草莓，水果刀划过鲜红的果肉：“我喜欢黑暗里开出花。”

蓝莓做底，红色的草莓花盛放。陆北尧又用巧克力碎补救旁边坑坑洼洼的奶油，深色背景，鲜艳的草莓花盛开在黑暗之中。

“我们都会在黑暗中开出花，明艳夺目、张扬恣意、肆无忌惮地开着，一如曾经。”陆北尧喂给周西一块草莓，嗓音低沉，“西西，这是我们认识的第八年。”

周西从后面抱住陆北尧的腰，抱得非常紧。蛋糕经过陆北尧的调整，像了点儿样子。他端着蛋糕到餐厅，打开所有的灯，又把数字蜡烛插上，拿出手机拍照。他第一次自己修图，慎重地选了个滤镜，把蛋糕美化到极致。

两分钟后，陆北尧发了一条朋友圈：“二十八岁，新的阶段，新的开始。蛋糕很美，我非常喜欢。”

配图是一个丑兮兮的草莓蛋糕，加了三层滤镜，坚强得有几分辛酸。

陆北尧的朋友圈已经荒到长草，他是个极度不爱发朋友圈的人，每次发朋友圈都是要他的命。他上一次发朋友圈还是三年前，是被周西逼着发的他们的合照：周西柔软地靠在他的肩膀上，他坐得笔直。

陆北尧没有设置好友查看朋友圈限制，他的朋友圈一目了然。他的朋友圈一共五条。第一条是参加选秀的宣传，他那时候还很青涩，发型也土，穿着黑色T恤站在领奖台上。第二条是他和周西公开恋情，发的是他们的一张自拍合照。第三条是他和周西大学毕业，他们戴着学士帽站在操场上，陆北尧清俊，周西娇美。

他们毕业那天人特别多，陆北尧的粉丝挤在校门口，他们拍完这张合影就提前退场了。大学毕业了，他们彻底长大成人。周西读书时是个混子，三天打鱼，两天晒网，学业不精。但那天回家的路上，她靠在陆北尧的肩膀上，突然格外惆怅。大学前两年，她心无旁骛地喜欢着陆北尧，那份喜欢单纯炽热，当时他们都是普通人。大三时陆北尧被经纪公司挖掘，进了娱乐圈。她依旧炽热地爱着他，但他不再是曾经的那个少年了，她跟着他的脚步走进娱乐圈。他们受着万千宠爱，被时刻关注，可能要永远告别过去的生活。她的情感丰富充沛，她把脸埋在陆北尧的肩头，他在外面很矜持，从不主动跟她亲热，但那天抱住了她。

周西看着陆北尧发的五条朋友圈，感慨这个男人太“闷骚”。她放下手机，看向旁边认真许愿的男人。烛光照亮他俊美的脸，他浓密的睫毛落下阴影。

对面的董阿姨拿出手机拍照，看向旁边的周西道：“西西，你离小北远点儿，不要把你拍进去了。”

周西无语。

“我要发朋友圈，”董阿姨说，“把你拍进去不好。”

周西起身让开，无言以对。

许久，陆北尧睁开眼睛吹蜡烛。

周西坐回去：“许的什么愿望？”

“不能说，不能说，说出来就不灵了！”董阿姨把蛋糕刀递给陆北尧，道，“小北，切蛋糕。”

陆北尧凝视周西片刻，唇角上扬：“与你有关，不能说。”

陆北尧切完蛋糕，分给四个人。

“你今天给妈妈打电话了吗？”周启宇突然开口。

陆北尧怔住，看向周启宇。

周启宇说：“你妈妈。”

“还没有。”陆北尧道。

“妈妈很不容易，生孩子就是在鬼门关走一遭。幸运了能回来，不幸运的——命都没了。”周启宇叹了一口气，道，“孩子的诞生日，是妈妈的受难日，你应该在今天跟她说一声谢谢。”

陆北尧住校很早，他的爸妈又都是沉默寡言的人，他跟他爸妈的感情非常淡。他读大学时就更忙了，几乎不回家。他会打钱回去，但人很少回去，对亲情没有什么特别深的感触。没人对他这么说过，他摸索前行，本能地活着，慢慢地悟着人生，周启宇是第一个跟他聊亲情的人。

“吃完饭我再打电话。”

“有时间的话，你和西西回去一趟。”周启宇给周西盛了一碗汤，放到她面前。

周启宇知道陆北尧所有的心思都放到了周西身上，心情非常复杂，不过也不算太意外。陆北尧这个人看起来很冷酷，对谁都淡淡的，但对周西是真的好，刻到骨子里的那种好。他的感情不是那种浮于表面的热血沸腾，而是慢吞吞的、深入骨髓的。他们结婚是早晚的事，等他们公开复合，大约就要谈婚期了。

“我五月能闲下来。”陆北尧看了一眼周西，到嘴边的关于结婚的事宜压了下去，“西西工作不那么忙的话，我们就过去一趟。”

吃完饭，陆北尧上楼打电话。他跟他妈妈的关系太淡了，聊完吃喝工作就没话题了。他握着手机沉默，走到落地窗前，单手插兜，看着远处人工湖在灯光下波光粼粼，话很艰难地出口：“谢谢你，给我生命。”

陆北尧家的生活环境和周西家的生活环境不一样，周西家就是习惯随口说爱。陆北尧眉头紧拧，觉得这话不合时宜：“妈，我……”

陆北尧妈妈的抽噎声传了过来。

原来每个人都会哭，每个人都会说爱，每个人都有温度。这个世界并没有那么冰冷，有很多爱隐藏在角落。陆北尧的妈妈哭了很久才挂断电话，陆北尧把手机装回裤子口袋，单手插兜刚要转身，余光看到小区花园里一个熟悉的身影。

陆北尧把窗户推开，穿着黑色长款外套的周西抱着个盒子，鬼鬼祟祟地穿过花园冲进了门。他又把窗户关上，走回客房把东西搬到主卧，把床上用品换了一套。开门声响起，他把被子整理好回头，突然看到一个毛茸茸的狗头，跟圆眼睛的小萨摩耶四目相对。

“可爱吗？”

陆北尧握着被子的边缘，盯着那只“白团子”——一点儿都不可爱。

“生日快乐！这是生日礼物。”

陆北尧无语。

难怪周西鬼鬼祟祟地把狗抱进来，要是直接抱进来周启宇大概会大义灭亲。

“是个弟弟。”周西抱着狗走向陆北尧，笑得眉眼弯弯，“你摸摸，毛特别软。”

陆北尧把被子拉平整。他收过非常多的生日礼物，这是最特殊的一个。

“你爸知道吗？同意吗？”陆北尧戳了一下狗头，狗立刻把脑袋贴到他的手心，毛很软，小小的一团看起来很脆弱。

“我们养狗为什么要我爸同意？”周西先斩后奏，不讲道理。

陆北尧迈开长腿走进洗手间洗手：“你把‘们’去掉，我也没有同意。”

她举起狗端详，越看越觉得狗好看：“来，宝贝，叫爸爸。”

狗非常配合地唧了一声，声音又软又萌。

陆北尧无语。

他抬手把洗手间门关上，把周西关到门外。如果生日礼物是一只狗，他觉得那个丑兮兮的蛋糕更好一些。

陆北尧洗澡洗到一半，周西推门进来。他一时间不知道该遮哪里，抬手把脸上的泡沫抹掉看向周西：“你干什么？狗呢？”

“在楼下，关笼子里了。”周西走向陆北尧，大胆地看着他，“狗是我在门口捡的，你没有生日礼物，不用觉得是负担，你不喜欢明天就送走。”

陆北尧蹙眉，继续洗澡。生日礼物是一只狗和没有生日礼物，他不知道哪个更惨一些。他道：“我也不是讨厌，就是不太习惯生活中多个活物。”

陆北尧冲掉头上的泡沫，水流缓缓向下，冲过他的脊背，他的脊背沟壑分明，水顺着腰腹滑到长腿上，画面性感撩人。他嗓音沙哑：“要一起洗吗？”

周西钩着细细的睡衣带子，看向陆北尧，觉得最近他的腹肌更漂亮了。她道：“洗鸳鸯浴吗？”

他们刚同居的时候，周西经常搞突袭。陆北尧正在洗澡，周西打开门凑过去一起洗。他越是克制，周西就越喜欢撩拨他，不知道她哪里来的恶趣味，乐此不疲。

半晌后，陆北尧开口：“来。”

这确实是鸳鸯浴。结束后，陆北尧抱着周西回到床上。他起身去拿睡衣，她一把拉住他的手腕，他回头。她躺在床上，光裸的手臂白得发光，她的睫毛还潮湿着。

她从枕头下面摸出一个盒子。

陆北尧瞬间心跳得飞快：“西西？”

“低头。”周西的嗓子有些哑。

他低头，周西打开盒子，取出一块成色非常好的玉吊坠挂到他的脖子上："保平安的。二十八岁的陆北尧，余生多多指教。"

陆北尧撑在周西的上方，认真地看着她，滑动喉结，俯身贴着她的唇，很轻地吻着。玉坠垂下去，落到她的肌肤上，微微发凉，她抬手钩住陆北尧的脖子。

周西认识陆北尧八年，每一年都送他生日礼物，从来没有少过，这一次也不例外。她说："陆北尧，你要平安。"

炽热激烈的吻，缠绵缱绻。

陆北尧的生日愿望是希望周西长命百岁，平安无忧。

晚上周西睡着，陆北尧穿上睡衣下楼，想去看看狗。周西喜欢这些毛茸茸的东西，他得尝试着去接受。一楼开着一盏灯，周启宇肥硕的身体蹲在客厅，嘴里啧啧啧地发出声音。陆北尧蹙眉，打开客厅的灯，周启宇回头。周启宇这么一侧身，陆北尧看到了周启宇手里的牛肉条以及小"白团子"，小"白团子"蹲在周启宇的拖鞋上。

周启宇不是讨厌狗吗？这倒戈得太快了！

"我听到它在叫，下楼看看，这狗蔫蔫的，是不是病狗？"周启宇直起身，脸上很不自在，道，"我不喜欢狗的，就是看它生病了，可怜。"

陆北尧若有所思，绕开，走到厨房里拉开冰箱取出一瓶水，又看了一眼狗。他想，周启宇要是能把这只狗送走，他明天就改姓周。

"早点儿睡吧。"

狗是周西在小区门口捡到的，是只病狗，好端端的狗别人也不会丢弃。狗哼哼唧唧地叫，一晚上周启宇都没睡好。第二天早上，他起床的第一件事是下楼看狗，狗耷拉着脑袋流鼻涕。这还怎么送走？这送出去就真的"走"了。他连忙叫董阿姨，抱着狗直奔宠物医院。

晚上陆北尧就离开了，得尽快拍完《边境武警》。

《将军》开播的第一天效果一般，放出来三集总计不到一亿次的播放量。前期剧方卖力地宣传，双男主陆北尧和苏晨严都是有热度的人，可这个播放量不是个好兆头，营销号开始影射陆北尧把自己彻底折腾失败了，还带垮了苏晨严。

网上的"风"很大，周西也怕《将军》失败，抱着忐忑的心情去看了这部剧，看了三集之后，悬着的心放了回去。她之前看过《将军》的剧本，权谋朝政，台词沉闷，古风味十足。那时候她不太看好，后来编剧团队又加入了一个网络文学作家转型的新锐编剧，这位编剧擅长处理快节奏的作品。《将军》最终成品融合得非常好，一改原本剧情的沉闷，整部剧有权谋，有爽点，也有接地气的笑点。

陆北尧饰演艰苦的将门之后，开局全家就剩他一个。他艰苦了三集，第四集就走上了逆袭升级的道路。第四集：陆北尧饰演的角色去打一场有去无回的死战，他身后的人并没有指望他能活着回来。他带着三千名铁骑，不死便生，最终打赢了那场仗，血流成河，尸体堆成山。他杀得天昏地暗，俊美的脸被溅上了血。他拎着长刀抬头，黑色的铁甲残破。他一身血腥，长刀的刀柄被血染得发黑，漆黑的、杀气沉沉的眼睛看向镜头。随即他扬起唇角，笑得张扬又冷酷。周西看着这张脸，怦然心动，内心有个非常直接的想法，谁也挡不住陆北尧爆红，他又红起来了。

《将军》确实火了，播放一周，播放量达到了二十亿次。口碑、讨论度都出人意料的高，之前没买这部剧版权的电视台悔不当初。他们都以为陆北尧要彻底失去人气了，苏晨严一个人担不起收视率，谁能想到陆北尧大“回血”，迅速把状态续上，给没有选择他的人迎头一棒。

陆北尧在这部剧里的身份是帅气、强大、历经磨难的将军，符合当下的潮流；苏晨严是搞笑担当，颜值又高。

剧方看出剧有火的苗头，营销、推广都跟上了，三月底《将军》大火，全面开花，播放量已经破了六十亿次，新年开门红。

之前陆北尧拍的星际将军系列杂志封面的杂志卖疯了，杂志社的主编都傻眼了。去年陆北尧那一番操作之后，这本杂志卖得很烂，杂志社就终止了跟他的合作。谁能想到，时隔一年，陈年旧货卖疯了。合作方都想当场拜他为终身的健身教练。

陆北尧的老粉丝目瞪口呆，紧紧地攥着手里的“旗帜”，慌张得不知道该干什么。陆北尧爆红得太突然了，论坛上和微博上已经全部是他的新闻了，他彻彻底底地回归了。

但陆北尧本人始终没有出来“营业”，只参加了《将军》开播前的发布会，还是为了宣布他仍深爱着周西。他的粉丝咬牙切齿后发现，这竟然是他今年唯一的露面，之后他就销声匿迹了。

《将军》剧组“营业”的只有苏晨严，他看这个形势有钱赚，立刻赶回国，马不停蹄地跑通告，又活跃到了一线，一个人撑起了整个剧组。

三月二十八日，金视奖颁奖典礼，活动现场在S市。

前一天陆北尧就让小飞把周西的衣服送了过来，陆北尧的衣服全是租的或者借的，但他竟然给周西买高定礼服。礼服是黑色一字肩长裙，稳重典雅大气。

活动是下午三点开始，上午十点萧晨就带着妆发团队过来。萧晨的审美在线，妆发团队是业内顶尖的，周西把自己完全交给团队。

“陆北尧的《边境武警》拍完了吗？”萧晨坐在旁边刷新闻，看了周西一眼。萧晨对陆北尧的爆红始料未及。萧晨想过陆北尧不会“扑”，但没想到他能这么强势地杀回来，非常“打脸”。《民国探案录》火了后，大家还在观望，说他为性格所限，会小红，但不会大火。他在感情上，实在是太不讨喜，他的团队也不行，《民国探案录》的数据不错，但也仅仅是不错。

陆北尧大火了，火得让人无法理解。大火可能真的是看命吧，他命里带火，真是“玄学”。用他们这行的一句话来描述：祖师爷赏饭吃。小红靠捧，爆红靠天命。

“这两天杀青。”周西拿起手机看到陆北尧发来的微信，是一张照片：他穿着黑色西装、黑色衬衣，没有系领带，就那么敞着领口，单手插兜，微敞笔挺的长腿，姿态慵懒地靠在金视奖的金色背景板前，目光很平静地看向镜头，高挺的鼻梁下是抿着的唇。

周西倒吸一口气，陆北尧什么时候回来的？

周西回复了三个问号。

陆北尧的微信发过来：“我入围了最佳编剧奖。”

按照传统，金视奖评选网剧是不能参与的。《民国探案录》这部剧的质量不错，再加上许明睿的运作，去年强行挤进了年度最受欢迎电视剧第五位，主办方就破格把网剧拖进了正剧的行列。其他项目都竞争失败，陆北尧靠着编剧进入了入选名单。

周西查看《民国探案录》的基本信息，主编剧的名字更正为“陆北尧”，许明睿是第二编剧。

“你没有回家？”

“我今天凌晨到的S市，回了玫瑰园。”

陆北尧发完这条微信，又附上了一张图片，写道：“玫瑰已经有了花苞。”

院子里的玫瑰已经发出了新芽，花枝饱满，生机勃勃。小小的花苞嫩芽从中间探出头，可以想象，春风拂过后，这些小小的花苞会迎风生长，开出漂亮娇艳的花。

陆北尧又拍了一张蔷薇花枝的照片，蔷薇发出嫩芽，在顺着支架往上攀爬。

陆北尧：“我刚分清楚蔷薇、月季、玫瑰，这一棵是粉红色的蔷薇。粉红色蔷薇的花语是‘我要和你过一辈子’，从初恋到白头。”

第十章

从初恋到白头

陆北尧很少发表情包，发微信也是规规矩矩的。以前周西觉得他古板，现在看来，这样的他慎重严肃，认真地对待说过的每一句话，反而很可靠。

周西抿了下唇，看着手机屏幕，忽然眼睛有些热——陆北尧去了解过这些细碎的东西，他们失去的，他在一点点地弥补回来。

陆北尧的微信又发过来："西西，那边的房子到期就不要再续约了，搬过来一起住好不好？爸爸要养狗，这边的院子大一些。"

那只小"白团子"萨摩耶还在宠物医院靠着药吊命。那天周西出门拿送给陆北尧的生日礼物，看到小区门口大家在围观一只笼子。她凑过去才弄清楚，不知道谁家不想养狗了，就把狗扔到小区门口。她一直很喜欢这种毛茸茸的小动物，心生冲动就把笼子拎了回去。狗带着病——犬瘟、犬细小、营养不良——惨兮兮的。周启宇最近一天跑一趟宠物医院，已经打定主意，要收养这只"小可怜"。

周西的手机屏幕暗了下去。她搬过去跟陆北尧同居？陆北尧在玫瑰园的那套房子是公开的，周西搬过去是他们公开复合之后的事了。她的团队还没有确定好什么时候公开，但最晚是下个月。郑荣飞那边在催合同，他们得尽快把这个雷放出来看各方人士的态度。

周西把手机握到手心。等了半个小时，妆化完，她回微信："好。"

下午两点周西到会场，他们要先到后台，才走红毯进入会场。到达主办大厅，周西一眼就看到了站在人群中的陆北尧，他旁边的是许明睿，许明睿在跟主办方负责人聊天。

周西看到许明睿就很不爽，也不知道许明睿和孟晓是怎么回事。那天醉酒后，孟晓解释说她和许明睿并没有在一起，之后就避而不谈这件事了。孟晓认识许明睿后变化极大。

周西收回目光，回头，苏晨严耀眼的绿头发出现在她的视野内。他穿着浅蓝色的丝绸材质的西装，皮肤白，锁骨特别清晰，妖娆的线条延伸到衬衣深处。

"西姐。"苏晨严跟周西打招呼，他的眼尾一挑，晃眼得很，"我的造型好看吗？"

"你换了造型团队？"周西怀疑苏晨严欠新团队的钱，这简直是一只孔雀，"'孔雀男'不吸引粉丝，没高冷男神'苏'，你的团队是不是在坑你？"

"'高冷男神'跟陆北尧撞类型，我突破不了。"苏晨严哼了一声。不得不承认，在走高冷路线方面，他再投胎一次也突破不了陆北尧，不如直接放弃。他单手插兜，横到周西面前："我的最新形象是'孔雀王子'。"

"你怎么会过来？"周西环视四周，再次审视苏晨严，"今天有你的奖项吗？"

"我蹭红毯，顺便跟陆北尧蹭点儿火花。"苏晨严一整衣领，"这是给剧粉的福利，我们也同框一次。"

"你最好不要拉着陆北尧炒作，我不是怕你的演艺生涯翻车，"周西眯了一下眼，眼神瞬间冷厉起来，"我是怕你的命'翻车'。"

苏晨严突然生出不好的预感。周西妆容明艳，穿着黑色长裙更显霸气，一副居高临下的样子。苏晨严摸了摸后颈，怎么感觉有些凉？

"谁翻车？"低沉的嗓音从苏晨严身后响起，他回头，倏地站直，收起了"孔雀尾巴"，伸出手正色道："好久不见，北哥。"

陆北尧跟苏晨严碰了一下手指就立刻收回手去，十分嫌弃苏晨严。随即陆北尧将目光落到周西身上，看得很专注，伸出手，嗓音低沉："好久不见。"

陆北尧装得人模人样，但眼神是全然的失控。他的手指修长，骨节分明，周西看了他许久，才握住他的手，指尖碰到他的瞬间有种过电的感觉。周西矜持地朝陆北尧颔首，收回手。

陆北尧和苏晨严站在一起。陆北尧比苏晨严高，他的五官比苏晨严的五官精致，但他的气场丝毫不弱。他整个人偏冷，是又沉又冷的，仿佛离开剑鞘的利剑，剑刃锋利，透着寒气。跟陆北尧同剧组，苏晨严确实走不了高冷路线，陆北尧在走高冷路线方面，已经到了极致。

远处有人拍照，苏晨严才回过神，脑内瞬间掀起风暴，陆北尧和周西怎么回事，竟然和谐成这样？作为周西的粉丝，苏晨严非常讨厌陆北尧。陆北尧和周西怎么会握手？苏晨严说："你们……你们握手？"

周西和陆北尧疯了？他们同框已经够奇葩了，怎么会握手？他们不是前任吗？前任不是互相厮杀吗？

陆北尧缓缓地看向苏晨严，眼神冷而沉，很有压迫感。苏晨严往旁边退了半步，有种不好的预感。他快要窒息了，深吸一口气缓和情绪。陆北尧和周西不会是要复合吧？这个信息涌入他的大脑，他被震得想咬断舌头，问："你们这是分手后还是朋友？"

陆北尧的眼睛又冷了几分，他垂下眼帘，刚想开口手机就响了一声，拿起手机看到小飞发来的微信："再多待一分钟。"

陆北尧收起目光，克制地敛起所有的情绪。他今天不应该直接走过来，但一看到周西就控制不住，忍不住往她这里看。苏晨严跟周西的关系很好，他们在聊天，陆北尧就没忍住，大步走了过来。陆北尧和周西只要同框，他根本就控制不住情绪，所有的演技都不适合用在他和周西之间。他朝周西点了一下头，转身迈开长腿大步离开。

下午三点金视奖颁奖典礼开始，陆北尧和苏晨严上了热搜。

明明是三个人的画面，周西却没有姓名。她点开热搜看到首页全是在尖叫好甜。

走红毯已经开始，那边粉丝声嘶力竭地尖叫，周西抬头看到大屏幕上陆北尧和许明睿第一个出场。许明睿今天穿着白色西装，陆北尧和他一黑一白，现场的女孩儿疯狂尖叫。

周西继续翻热搜，热搜第十六位：周西陆北尧。

他们也上了热搜。周西的心跳突然快了起来。她知道陆北尧会来参加金视奖，就有预感一定会有这么一条热搜。她打开热搜，热搜第一条是电视剧博主发的。

"只有我一个人看到了陆北尧面前的周西吗？她怎么会跟陆北尧同

框？是中国好前任，还是两个人复合了？”

周西没看评论，继续往下翻。

“周西和陆北尧怎么回事？谁能告诉我！他们为什么会同框，还握手？”

“我有种不好的预感，‘西北风’是不是又要刮起来了！”

“陆北尧前段时间过生日，发了个很诡异的朋友圈，似乎有人为他庆生。那个蛋糕和两年前周西‘晒’的手工蛋糕有点儿像，周西把微博全部删了，有没有人存图片？今天他和周西同框，之前他还公开表示仍深爱周西，他们两个之间真的没事吗？”

周西把手机递给了萧晨，萧晨早就看见热搜了，周西和陆北尧同框这件事怎么可能不受关注？

“我跟郑导那边联系过了。”萧晨低声道，“你去走红毯吧。是你说的，大不了重新开始。选择了就不后悔，管他东南西北风，吹呗。根基深就站得住，你不会重新到鲸鱼传媒试镜的。”

周西上扬唇角，微抬精致漂亮的下巴，眸子里噙着笑，朝萧晨点了一下头，走向等待区。确实没什么好担心的，她和陆北尧分开时，他们的感情走到了尽头，她的人生也几乎走到了尽头。他们重逢，新生，一步步地走到如今。她既然做出了选择，就没什么好后悔的。

周西是最后一个出场的，她的搭档是江乔。江乔今天穿了一条浅蓝色的纱裙，纱裙层层叠叠地铺开来，美丽夺目。周西穿着黑色长裙，高腰显出笔直的长腿，梳着短头发，也就是长得漂亮，才敢这么梳头发；脸上没有任何缺点，才敢这么放大到镜头前。她戴着流苏耳环，耳环下摆的碎钻在走动间碰到光裸白皙的肌肤，性感冷艳。

陆北尧坐在位置上看红毯直播的大屏幕，周西出场的一瞬间，她的粉丝叫得几乎让他听不见其他声音。

“江乔跟周西一起走，江乔想什么呢？”许明睿跷着腿靠在椅子上，偏头跟陆北尧说话，“江乔的缺点全暴露了。女星就不要跟周西同框了，谁同框谁吃亏。”

陆北尧不评价任何女星，其他女星跟他没关系。他也看不见其他女星，满眼都是周西。他的手机响了一声，他拿起手机看到小飞的微信。

“北哥，你要想清楚了，今天求婚一定会炸场。营销号还没扒得那么深，大可不必。可以再选个日子，对你和西姐都好。”

陆北尧计划今天求婚，如果上台拿奖，就当着所有人的面跟周西求婚。

陆北尧把手机装回去，碰到裤子口袋里的钻戒，抽出了手。他坐得笔直，面上阴沉严肃，实则紧张得手指都抖了一下。

陆北尧和许明睿坐在第二排，《深宫乱》剧组的人坐在第三排，陆北尧从周西进场就一句话都没说。他后面就是周西，不能回头看，也不知道周西有没有看自己。这就像是大一时，他刚跟周西认识，只要周西在的场所，他就全程神经紧绷，尽可能地让自己完美，不出一点儿差错。周西会不会看他？尽管那时候他没有其他的妄想，但也会不由自主地想，情不自禁地把所有的注意力都落到周西身上。

“你要不要吃东西？”许明睿摸出一袋坚果，叠着腿歪靠在椅子上，似无意地问道，“你最近见到那谁了吗？”

陆北尧整理了一下衬衣衣领，把袖扣解开又扣上，问：“孟晓？”

许明睿咬着坚果，嘎嘣一声。他的表情有些精彩，正好镜头扫过来，会场大屏幕上就显示出他歪在椅子上咬着坚果、拧着眉的滑稽模样，他傻了——摄影师欠打不欠打啊！陆北尧恰好从大屏幕上看到后排的周西，她端坐着，直视前方。她的前方就是陆北尧，陆北尧朝大屏幕点了一下头，肆无忌惮地看大屏幕上的她。

镜头很快就移开了，陆北尧才淡淡地说：“孟晓追星，娱乐圈里的大事件她都会关注。你这样肆无忌惮地吃零食，你猜她会不会看到？”

许明睿选了一套最好看的西装，装了一路，结果败在这张破嘴上。他在微博上还是有些热度的，因为他是非常逗的一位导演，《民国探案录》全程都是他出来“营业”。他长得帅，有钱也有才华，经常和陆北尧同框，他的讨论度很高，所以他很快就上了热搜：许明睿嗑松子。

许明睿像个老大爷一样懒洋洋地靠着，镜头扫过来，他目光呆滞，嘴上还叼着一颗松子。网友都笑疯了，他正常是不可能正常的，这辈子都不可能正常了，什么场合都要带一把松子，随时随地地关注八卦新闻，奔走在看热闹的一线。

许明睿登录微博跟着网友炒了一通：“转发微博送十斤松子。”

许明睿发完微博，返回去打开“小工具”，查看孟晓几个微博小号的登录状态，全是未登录状态。他松了一口气，补救这一招挺高明的，回头被人问起来，就说都是为事业牺牲。他的手机响了一声，孟晓的追星微博大号上线了。他心跳得飞快，眼前一片空白。他直直地盯着手机，似乎需要速效救心丸。他紧紧地攥着手机，一分钟后收到微博提醒，孟大爷是你爹转发了你的微博：“傻狗。”

许明睿把手机递给陆北尧看，美滋滋地说：“‘傻狗’是爱称吧？”

陆北尧面无表情，在焦灼于另一件事，许明睿一直烦他，他不耐烦地说：“脏话过不了审，微博自动屏蔽。”

许明睿无语。

颁奖典礼开始，周西的心就高高地悬着，虽然之前跟萧晨说拿不拿奖她都能接受，但真坐到这里，音乐响起，她就生出了野心——她从来没有被认可过，想被认可一次。

周西攥紧了手，旁边的江乔碰了一下她的肩膀：“你要吃糖吗？”

江乔的手心躺着一颗粉色的草莓硬糖，周西接过：“谢谢。”

“你紧张？”江乔轻轻地嗤笑，看向周西。

“你不紧张？”周西拆开糖，草莓的香气溢开，她将目光落到陆北尧的身上。

“我年年陪跑，拿奖的才几个人？娱乐圈里的大部分人拿不到奖，习惯就好。”江乔咬着糖嗤之以鼻，嘴上这么说，动作则是直接把糖咬碎，攥着银色小包，死死地盯着大屏幕。

江乔早年逮谁“碰瓷”谁，在娱乐圈的人缘很差，几乎没人跟她说话。她都快紧张疯了，不吃糖手指会抖，抖得仿若低血糖发作，但旁边只有周西，就拉了周西做救命稻草。和周西不一样，她只演电视剧，没有电影资源，也不打算跨行。这个奖是电视剧行业的最高奖项，她进圈这么多年，不管演得怎么样，都挂着人气高、没演技的小花的头衔，太渴望得到这个奖来证明自己了。

“你还是有机会的。”周西开口，嗓音很平静，“陪跑多了，就该你上场了。”

一个剧组最多拿一个奖，周西和江乔属于竞争关系。如果江乔拿了最佳女主角奖，周西就没机会了。

颁奖典礼的过程冗长，一个奖项颁奖结束后还有表演。先颁发了年度最佳编剧奖，一共入选了五部电视剧，只有《民国探案录》是网剧，其他四部电视剧是上星剧。但那四部电视剧不管是从剧本精彩度上还是从热度上来说都没什么水花，太没有竞争力了，《民国探案录》应该是稳拿最佳编剧奖了。大屏幕上，《民国探案录》的剧名下面是陆北尧的小窗口镜头，他穿着西装，坐得笔直。

颁奖的是一位老演员，他翻看手卡笑着说："这五部电视剧都非常精彩，各行各业，各种题材，有传统电视剧，也有新兴行业网络电视剧。我们金视奖容纳百川，容纳四海文化……"

前几年，网剧处在这一行的最低端，如今网剧规模起来了，新兴行业在替代传统模式。大家开始承认网剧，拉网剧上台面。如果陆北尧拿下编剧奖，这个台阶就太高了，以后就算他不拍戏，他的根基也稳了——他的第一部编剧作品就拿了金视奖最佳编剧奖。

一段段视频播完，这位老演员握着卡片，说："恭喜《秦世子传》的编剧徐明长徐老师！"

周西倏然转头看向陆北尧，这在意料之外。场上有不少的年轻演员也诧异，但老演员的心放回去了。传统的东西不应该被新兴行业替代，这是规矩。陆北尧还端坐着，脊背挺得笔直。

好看的剧本观众会来选。因为一个剧组不能入选超过三个奖项，《深宫乱》剧组就放弃了最佳编剧奖，剩余的几个剧本里，《民国探案录》怎么看都比那四部电视剧好看。那四部电视剧是什么玩意儿？《秦世子传》去年的收视率总和都没超过0.5%，这么惨淡的数据，观众瞎吗？

许明睿都要当场跳起来了，陆北尧按着他的肩膀将他压回去，回头猝不及防地撞上周西的目光，周西抿紧嘴唇在看陆北尧，陆北尧上扬唇角。

坐在周西旁边的江乔内心疯狂地咆哮，陆北尧和周西怎么回事？他们的这个对视太有内容了。陆北尧会无缘无故地冲人笑吗？不会，他就算是脾气最好的那段时间，也不会冲人笑。这两个人和好的话，她想立刻飞出去，跟周西保持十万八千米的距离——"西北风"合体，所到之处寸草不生。

江乔往旁边缩了一下。好在陆北尧只回头了那一下，就坐直了，正视前方。

之后是颁发最佳导演奖，《深宫乱》落选了，也在意料之中。毕竟，今天郑荣飞都没来，他的消息多灵通，如果有奖他怎么会不来？

然后颁发年度最佳女演员奖，这个奖项就是最佳女主角奖。周西打开水喝了一口，看着大屏幕。颁奖的人是郑秀和许明睿。主办方没有把最佳编剧奖给《民国探案录》，大约是想弥补，给了许明睿上台的机会。

郑秀操着不熟练的普通话说："今天入选的都是非常优秀的女演员，我很羡慕她们，希望有一天我也能站到这个行列。"

许明睿在旁边捧哏道："一切皆有可能，我是看着你的电视剧长大的，我相信你的演技。"

郑秀差点儿把手卡扔到许明睿的脸上。她翻开台本，哇了一声道："是我最好的朋友！"

江乔靠到椅子上，心如死灰——她不是郑秀的朋友。

"恭喜江乔！《深宫乱》创下去年的最高收视率，创下去年的最高话题度！江乔出色的表演让大家看到了精彩的后宫纷争！一部成功的作品，离不开优秀演员的付出。"

江乔跳起来，转身猛地抱住周西，又飞奔向苏晨严，用力拥抱。她到台上领奖的时候，捂着脸哭得妆都花了。

周西和陆北尧今天都是陪跑，她有着说不出的失落，也有些失望。她不知道以后还有没有机会，应该会有，只要努力了，总会有机会的。这部戏每个人都很努力，他们都是拿命在演，就连苏晨严都很卖力地学表演，尽力呈现出一个小人物的精彩。不管现实中如何，在这部剧里，他们都可以称得上演员。

周西看着台上的人。江乔狼狈得不行，下台阶时还踩到裙子差点儿摔下来，被工作人员扶了一把。她抱着奖杯走回原来的位置，把脸埋在奖杯上继续哭。今天她是要哭上热搜？她哭得太夸张了。周西平静地看着她，在心里叹气，将准备的那套获奖感言放回了原处。

后面就是颁发最佳男演员奖、最佳男配角奖、最佳女配角奖。周西出现在大屏幕上，她抬头看了过去。主办方放出《深宫乱》中皇后去世的那一幕，皇后笑得悲戚绝望。

大屏幕滚动，颁奖嘉宾翻开手卡就笑了："我就觉得她能拿奖，实至名归，丝毫不意外。她是去年的奇迹，是年轻的演员，却不是新人。她去年一整年带给我们太多惊喜，太多不可思议。在所有人都不看好的情况下，她打破了标签，强势回归。恭喜周西获得年度最佳女配角奖！她证明了自己！她是一名优秀的演员！"

"恭喜周西！恭喜《深宫乱》！"

镜头与灯光同时落到周西身上，她身上万丈光芒，如同身处梦境。

她身边有人欢呼，叫着她的名字。她静静地坐着，周围的声音渐渐地静了下来。她在所有人的目光中拧了自己一下，噌地站起来，全场哄笑。

“你真的拿奖了，不要怀疑自己。”颁奖嘉宾笑出声，道，“恭喜你，努力有了收获，付出得到了回报。”

周西起身忽地笑了起来，眼中含泪，泪水在灯光之下闪烁着光。她本就娇美，笑起来万物黯然失色，异常惊艳。她站在光里迎着镜头，迎着所有人，微抬下巴，拎起裙摆，优雅地走上台阶。

金视奖的奖杯是个金色的小狮子，颁奖嘉宾把小狮子郑重地送到周西的手上，说：“再接再厉！”

“谢谢。”周西跟颁奖嘉宾拥抱，颁奖嘉宾下台，把话筒留给了她。

周西把小狮子攥在手心，回头看大屏幕，大屏幕上正在滚动展示她的履历，其实也没什么好展示的，她的履历并不好看，她入行多年，作品却少得可怜。

周西笑着举起小狮子，随即深深地鞠躬：“谢谢大家。”

“你紧张吗？”主持人笑着打趣，“获奖感言准备了吗？有没有全忘记？”

“我等待这一天很久了，获奖感言倒背如流。”周西微弯漂亮的杏眸，看向台下，灯光很亮，其实什么都看不到，眼前只有一片白，“谢谢团队，谢谢导演给我机会，谢谢《深宫乱》剧组所有的工作人员，谢谢胡老师，谢谢剧组的所有演员，我们共同的努力才有了这部作品。最后，谢谢所有的粉丝，谢谢你们的支持。”

周西再次鞠躬，非常郑重。一年的时间，她从底层一步步地爬上来，站到这个位置。

周西等心跳恢复、掌声落下，敛起所有的情绪站直，转头看向主持人：“我能再多说几句话吗？”

主持人笑得不行：“没关系，你可以说很久，此时这个舞台属于你。”

“谢谢。”

周西似乎看到了陆北尧，于是看向他：“《深宫乱》是我勇气的开始，也是我演艺事业的开始。这部戏有泪水，有汗水，有苦，也有甜，拍摄的那几个月于我来说是新生。”

“曾经我生了一场很严重的病，几乎走到绝路，放弃了全部——自信、光芒以及梦想。我以为我撑不下去，可能会永远沉睡。”周西上扬唇角，是笑着的，笑容也灿烂，但泪从眼角滚了出来，她抬手擦了一下，再次鞠躬，“对不起，我辜负了粉丝朋友的信任。我不是光，不是一个很好的人。

“感谢《深宫乱》剧组，感谢我的粉丝，感谢一直守护着我的家人、朋友、爱人，当我迷失在浓雾中时，你们的守护与呼唤让我看到了光，让我生出了莫大的勇气。我穿过黑暗走到了黎明，看到了希望，看到了所有的深爱，看到了人间有多么美好。你们才是光，照耀着我的世界。”

周西抬手捂着脸，高高抬起漂亮精致的下巴，在灯光下笑着流泪：“我真的很爱你们，很爱这个温暖的世界。我想，未来也许我会再次失去这一切，但我没什么可怕的，我拥有过，很好，很知足，谢谢。”

周西潇洒地把话筒递给主持人，握着奖杯快步走下台。短暂的寂静后，一片掌声。

每个人都有黑暗面，可在这个行业里每个人都必须完美。他们站在台上，肩负着带给粉丝正能量、带给粉丝光的责任，尽善尽美，不能有一点儿瑕疵。生活的压力很大，他们需要一个美好的东西寄托，可那个人真的能撑住吗？没有东西是完美的，没有人能永远充满正能量，永远是小太阳，永远不知疲倦地发着光照耀所有人。

陆北尧回头，周西握着奖杯坐到位置上，看向陆北尧。

周西在台上说爱人，她的爱人是谁？陆北尧收回目光，拿起了手机。

周西的手机响了一声，她拿起手机看到陆北尧发的短信，这年头已经很少有人发短信了，陆北尧十分郑重地写道：“我爱你。”

颁奖典礼是直播，周西讲完这段话弹幕就炸了，所有人都在想，周西说的爱人是谁？她怎么了？生了什么病？她在台上哭得很安静，看起来十分难受。

周西上了三条热搜：周西获得最佳女配角奖，周西生病，以及周西的爱人。

去年的这个时候，所有人都看不上周西的演技，她拿《深宫乱》证明了自己。可她生病是怎么回事？她的爱人是谁？她的粉丝根本就不敢猜。这几个月她藏得很深，她的粉丝没有听说过她有什么感情问题。跟苏晨严炒绯闻的那次，苏晨严当场“滑跪”，那种软骨头根本配不上西姐，西姐也不会看上他。还有谁？最近还有谁跟周西有苗头？不久前上热搜的陆北尧？陆北尧今晚跟周西同框，有博主已经放出了两个丑兮兮的蛋糕的相似之处。这个世界上找不到哪一家蛋糕店可以做出那么丑的蛋糕，丑的手法都相同。

“这个爱人会不会是指陆北尧？西姐是不是有抑郁症？她好悲观，和想象中的完全不一样。大家能不能冷静点儿，不要骂人？对生病的人来说，每一句骂人的话都是刀子，语言能杀人。我算是西姐的路人粉，希望大家能理智地看待这件事。希望西姐能平平安安，继续为我们带来更好的作品。”

博主发完这条微博就被骂了一万多条，“唯粉”只看到第一句话。

晚上八点金视奖颁奖典礼结束，周西拒绝了饭局，出门上车坐到后排，萧晨从另一边上车看向她：“让陆北尧那边出通稿，我们这边晚他们半个小时发。”

“网络上的舆论怎么样？”周西拿起手机打开微信。

陆北尧发来微信：“你回去换件衣服，我们S大见。”

他们毕业到现在四年了，没有回过母校。

“目前双方的粉丝非常冷静，不让大家往这方面猜。我想你们公布复合的那一刻，应该会彻底炸窝。”萧晨翻看着网上的评论，目前双方在博弈，感觉像是在斸架，双方人马各占一边拎着棍棒，气氛紧张，就看谁先喊出第一声，立刻就能打成一团，“不过也无所谓，就让他们‘脱粉’吧，你和陆北尧也不靠他们吃饭。你放宽心，不要想太多。”

本来萧晨想吐槽周西的，周西在台上说到那个地步，把自己完全摆到了台面上，但他是知道周西的病的，骂不出口。这场战争，他希望周西赢，因为想让周西好好地活着，快乐地活着，其他的都是次要的。他把一颗被利益包裹着的心放到水里洗了一遍，看到了深处的几分鲜红，是初心。

“你不喜欢那些言论就不要看，或者你也可以像陆北尧那样，注销微博。”

周西攥着手机转头看向窗外，霓虹灯闪烁。她抿了下唇，拿起手机打开微博编辑：“我拿奖了。”

周西点击“发送”，看着微博页面，把手机攥在手心。

萧晨把周西送到她家门口，她转头看向萧晨：“谢谢萧总。”

萧晨伸手：“还有最后一件事，恭喜你拿奖。希望下一次，是最佳女主角奖。”

“谢谢。”周西跟萧晨握手，推开车门走了出去。

周西快步进门，被董阿姨抱了个满怀。她仰起头，看到后面的周启宇在排队等着抱她。她抱完董阿姨，又用力地抱住周启宇：“爸爸，我拿奖了。”

周启宇上一次听到这句话，还是周西的妈妈在世时。那时候的周西聪明又骄傲，学习能力强，学什么都快，热爱生活，积极向上，善良，勇敢，乐观，做什么都要拿第一，会骄傲地把奖状送到周启宇面前说：“我又拿奖了。”

周西的妈妈去世后，周西就生病了，不喜欢学习，抗拒生活，叛逆地混日子。这么多年，她唯一认真做的事，可能就是追陆北尧。周启宇以为她一辈子就那样了，已经做好了心理准备，可是她又好起来了，骨子里的坚韧破土而出，周启宇在电视上看到她说的那些话，哭得差点儿晕过去。

周启宇上扬唇角，泪不受控制地涌了出来，抱住周西：“西西真棒！”

周西挣扎出周启宇的怀抱，把装着金灿灿的小狮子的盒子递给他：“送给你。”

周启宇捂着脸，拿着盒子泪流满面。

周西放下包快步上楼：“我换衣服，马上出门。”

周启宇从哭到崩溃的情绪中抽出几分理智，回头问：“你干什么去？”

“约会。”

周启宇无语。

周启宇还有很多话想跟周西说，这十几年，他藏了太多话，可周西显然是觉得男朋友更重要。瞬间，他不想哭了，他的眼泪不值钱。

周启宇的失望有限，董阿姨已经凑上来巴巴地看着金色小狮子：“找个显眼的地方摆上，客人来了就能看到。”

周启宇和董阿姨一拍即合，满屋子找地方，最后相中了门口的物件架。他们把中间的花瓶拿走，摆上奖杯。周启宇觉得过于单调，想在旁边摆两个花瓶。周西斜挎着包下楼，一边戴口罩，一边看物件架上的小狮子，脚步停住，打量了半天，总觉得哪里不太对。她的手机响了起来，她拿起手机看到来电人是孟晓，一边接通一边拿起车钥匙往外面走。

“恭喜！最佳女配角！”孟晓的声音传了过来，道，“等我回去一定要蹭你一顿大餐！”

“请你喝喜酒。”周西快步走到停车场，上车坐到驾驶座。

电话那头沉默了几秒，孟晓说：“你和陆北尧打算公开复合了？”

“这两天。”

“你可能会失去一些东西。”孟晓的语气沉了下去，道，“西西，我希望你能幸福，也希望你永远不要迷失，你是最重要的。”

“我知道。”

“祝你幸福。”

“希望你也早日找到属于你的幸福，谢谢晓晓，你是我最好的朋友。”周西把手机开免提，放到操作台上，发动引擎。

孟晓的哭声传了过来，她说：“我们都会幸福的。”

周西没问许明睿的事，孟晓想说的时候，她会认真聆听；孟晓不想提，她也不会逼孟晓。

周西和孟晓打了十分钟电话，胡应卿发来了微信，非常简短的两个字：“恭喜。”

周西回复：“谢谢。”

对胡应卿，周西是感恩的，胡应卿是她的人生良师。

晚上九点半，周西到达S大东门口，下车后把帽子拉上。她穿着长款黑色连帽衫，初春夜凉，寒风里裹挟着樱花的香气，大约是从学校的樱花林飘过来的。东门人比较少，门口只零散地开着几家商店，学生也很少。她环顾四周，没看到陆北尧，就拿出手机打算打给陆北尧。

“同学。”一个男音响起。

周西抬头看到站在路灯下的陆北尧，他穿着黑色连帽衫、洗得泛白的蓝色牛仔裤、黑色板鞋，背着旧款的黑色双肩包，包上挂着那只已经旧到看不出面目的毛绒兔子。他站得规规矩矩，戴着口罩，看着周西。

保安看了过来，周西快步跑向陆北尧。陆北尧也走过来，递给周西一张学生卡。他的手指在灯光下修长，骨节分明，十分漂亮。他的声音压得很低，一本正经，没有任何波动：“你的学生卡掉了。”

“谢谢。”周西绷着脸接过学生卡刷门走进去，手背在身后，转头看向陆北尧，“我要怎么感谢你？你叫什么名字？”

陆北尧语速很快地说了一句话。

“什么？”周西没听清楚。

“你老公。”陆北尧停住脚步，转头凝视周西的眼睛，站得笔直，语气严肃、慎重，一字一顿地说，“周西的老公。”

周西弯起眼睛，眼中盛满了笑意，活动手腕，看着陆北尧：“陆北尧。”

“嗯？”

周西退后两步，突然往前冲，跳起来挂到陆北尧的脖子上。他及时抓住她，也亏得他练过，手臂有力量。他把周西抱到身上，低头隔着口罩亲周西。

校园的灯光昏暗，两个人低着头，隐在阴影当中。陆北尧喉结滑动，嗓音沙哑：“带你去一个地方。”

“你背我。”

陆北尧把背包挂到脖子上，蹲下去，周西趴到他的肩膀上，亲他的耳朵：“你要拐我去哪里？”

“操场。”

晚上的操场上没什么人，就一两个人在中间踢球。两个人牵手走上观众台台阶，这边只有一个看书的女生。观众台空荡荡的，陆北尧在位置上坐下，拉周西坐在身边。

前排看书的女生转头，陆北尧起身走过去，问道：“你能帮我们拍一张照片吗？”

“可以，可以！”女生接过陆北尧的手机，陆北尧揽过周西的肩膀，看向镜头。

这两个人的外形非常优越，就算是戴着口罩也难掩气场。

“好了，还要吗？”

“再帮我拍一张。”陆北尧拉下口罩，露出了完美英俊的脸。灯光下，他的眼睛深沉，俊美的五官清晰。

女生捂着嘴发出无声的尖叫，这个男人竟然是陆北尧！

“谢谢。”陆北尧说话的音调非常好听，是标准的男神音。

女生颤抖着手拍完照片，环视四周，不知道陆北尧是不是在录节目。他为什么会出现在S大？他身边的女生是谁？

陆北尧起身走过来接过手机，再次道谢。

女生又要尖叫，陆北尧说：“需要签名吗？”

女生颤抖着手把书和笔递过去，泪都快出来了："我是'北极光'！"

"谢谢。"陆北尧在书的封底签下自己的名字，停顿片刻又在下面加了一句，"谢谢你们曾喜欢过我。"

陆北尧把书和笔还回去，说："我们回母校看看。"

女生狂点头。她当初就是因为陆北尧报考的S大，没想到会在校园里碰到这个男人。她捂着脸狂哭——她竟然没有在第一时间认出陆北尧。

陆北尧走回去跟周西坐在一起，把照片给她看："发哪一张？"

周西抬头看陆北尧，他选出最后一张："这张怎么样？有我的脸。"

周西抿紧了嘴唇，嗓子里仿佛含着棉絮，说不出话。她没想到陆北尧是来这里拍照公开复合的，还用这么高调的方式。

"这一次，我来公开恋情。周西，我坦坦荡荡地爱你，一直深爱，从没有变过。"陆北尧选定照片，夜色之下，两个人靠在一起，他搂着周西的肩膀。四周是空荡荡的座位，只有他们两个人紧紧相依。

陆北尧在IG上发送图片，又编辑文字评论："感谢命运重新让我们相识，相知，相爱。回到最初相遇的地方，这一次换我来追你，换我来给你安全感。我爱你，周西。我想与你相守余生，守护彼此，你是我生命中唯一的光。"

陆北尧和周西复合的消息炸了半个晚上。晚上十一点，陆北尧发了一条IG，是一张图片：他揽着周西的肩膀坐在学校操场的观众台，旧款的卫衣、旧款的牛仔裤勾勒出优越的身材，长腿微敞着，黑色的口罩挂在下巴上，露出来立体的五官。周西靠在他的肩膀上，也穿得很朴素，戴着口罩和帽子，只有一双标志性的漂亮的眼睛露在外面。黑夜，灯光暗淡，场地空旷，他们两个靠在一起。

照片没有经过任何修饰，手机原相机拍摄，回归最初。媒体迅速截图往微博上转发这个爆炸性新闻，标题为"周西和陆北尧复合了"。

与此同时，微博上又有两张照片发出来，是一个千粉的追星微博号发的。博主发了周西和陆北尧坐在原来的地方拉下口罩接吻并有陆北尧的亲笔签名的照片，声泪俱下地写道："我喜欢北哥五年了啊！北哥第一次把手机递给我，让我帮忙拍照，我竟然没认出来！我要死了！他们就跟普通人一样坐在台阶上！没有带任何工作人员！北哥把口罩拉下来我整个人都傻了！我已经不知道我在说什么了！他还给我签了名！他们亲切得像学长、学姐，我在说什么？他们本来就是学长、学姐！我当初就是因为北哥考S大的，想成为他的学妹。他们在一起了！北哥和西姐在一起了！”

随后又有几个S大的学生爆料，陆北尧和周西确实在逛校园。周西和陆北尧参加完活动，手拉手地去母校回忆过去了。这是多么感人肺腑的爱情啊！

陆北尧和周西没有让团队帮忙，没有什么公关，没有怎么写文案。陆北尧拍完照片自己发，自己写文案，一个人扛起了一个团队的工作，他们的团队恐怕想把这两个人扔进太平洋喂鲨鱼。

爱情，是不是本来就是自由的？

有人拍到陆北尧脖子上挂着包，背着周西在树荫下走；有人拍到陆北尧牵着周西的手，两个人旁若无人地散步；有人拍到他们拉下口罩接吻。

“陆北尧和周西复合”迅速冲上了热搜第一位，陆北尧高调到不顾一切，这回是彻底炸了，炸得满天飞。

周西和陆北尧的手机同时响起来，陆北尧拉着周西起身，往校门口走，接通电话。

“哥，你干什么？就这么公开了？”小飞整个人都是蒙的，陆北尧这速度太快了。

“不是说过几天吗？怎么是今天？”萧晨的咆哮声传过来，“你的奖杯暖热了吗？你的荣誉站稳了吗？你享受了几分钟？”

“一个小时后，我在微博上回应。”周西攥紧陆北尧的手，两个人快步往学校东门口走去。他们上了热搜，一定会有人来堵他们。

萧晨已经不知道该说什么了：“需要我帮你写文案吗？”

“不用。”

“你斟酌着来，不要太伤害你的粉丝。”萧晨叹口气，“西西，希望你的选择能给你带来快乐和幸福，不要再让你深陷泥沼。”

周西的脚步顿了一下，随即她才说道：“谢谢萧总。”

“祝你——永远快乐。”

萧晨不想说什么“前程似锦”，不合时宜。他也不知道周西的未来会怎么样，不如祝福一点儿有用的吧。

“谢谢。”

他们挂断电话后，已经走到了东门口，刷卡出校门。陆北尧拉开车门让周西上去，自己绕到驾驶座。周西扣上安全带，抬头，陆北尧拉下口罩俯身亲过来，炽热地吻她。她感受到陆北尧的手指贴着她的脸颊，还有一些粗粝和微微的刺痛。她抱住陆北尧回应了这个吻。他们吻了很久，东门口有人聚集。

周西的这辆车太低调了，实在不像是明星会开的。他们在黑暗中相拥，看着外面的灯光，许久后，陆北尧转头亲她的额头："西西，我爱你。"

周西转头把脸埋在陆北尧的脖子上："回玫瑰园吗？"

陆北尧看了周西许久，声音低沉地说："好。"

微信上孟晓发来消息："牛！"

苏晨严："为什么是陆北尧？为什么又是他？为什么？西姐，你睁开眼睛看看，这个世界上有很多好男人，有很多优秀的男人，陆北尧只有脸。"

周西不想回复苏晨严，苏晨严连脸都没有。一开始她喜欢陆北尧是因为脸，陆北尧长得好看，他们相识、相知后，脸反而成了最不重要的，陆北尧有很多优点。

胡应卿："恭喜。"

周西回复："谢谢。"

李欣也发了一句："恭喜。"

郑荣飞："你和小陆在一起了？"

周西想回复什么，写了长篇大论，最后删得只剩下两个字："是的。"

是的，周西和陆北尧在一起了。

车在公路上飞驰，路灯照进车厢，周西转头看陆北尧的侧脸，阴影下他侧脸的线条清晰。他回头看过来，四目相对。他又看向前方："你先不要发微博，等一会儿。"

周西知道陆北尧是什么意思，之前陆北尧的粉丝骂周西倒贴，骂周西追着他跑，骂周西爱得更多。可感情是两个人的事，哪有谁多谁少？陆北尧这次要走在周西前面，要把那些都补回来。

"那我不回应了。"周西把手机装回背包，靠到座位上。

陆北尧上扬唇角，嗓音低下去："好。"

"你怎么什么都说'好'？"周西看向陆北尧，忍不住上扬唇角。她觉得很奇怪，他们认识八年了，她喜欢陆北尧八年，竟然从来没有腻过。

“是你就好。”

是你就好。周西鼻子一酸，随即笑容绽放开来，抿唇转头看窗外飞速后退的车灯。他们在一起，不过是一句简单的“是你就好”。别人好坏跟他们又有什么关系呢？他们在一起，只是因为对方是那个人。这个城市灯火辉煌，似乎能照亮黑夜。身边是爱人，脚下是路，往前走就是了。

车开进了玫瑰园的车库，周西坐在车上，一时间竟不知道该怎么下车，生出那么几分复杂的情绪，大约是近乡情怯，也可能是其他的。

陆北尧略停顿，绕到副驾驶室拉开车门，抬腿迈进车厢俯身看周西，嗓音低沉地问：“需要我抱你吗？”

周西下巴一抬：“不要。”

陆北尧的长手伸进去解开周西的安全带：“来，我抱你。”

周西还要拒绝，陆北尧直接打横抱起她，抬腿踢上车门，转身大步往回走。她钩住陆北尧的脖子：“你放我下来。”

“我们老家有个风俗，娶老婆是要抱下车的，新娘的脚一路都不能沾地。”陆北尧的声音缓慢，他的耳朵滚烫，以前这些话打死他都说不出口。

“今天我们又不是结婚。”周西的耳朵泛热。

陆北尧抱着周西用手按密码锁，拉开门进去才放下她，打开灯，房间通明。陆北尧打开柜子，取出拖鞋放到她面前：“对我来说，此刻我的心情应该和结婚一致。当然，我没结过婚，我想我结婚那天应该就是这么高兴。”

陆北尧的声音缓慢，浸着几分安静。他把拖鞋放到周西面前，反手关门，推开一楼的衣帽间门，把他的背包放进去。周西抿了下唇，他这话很让她受用，她换上拖鞋从后面抱住他。

“包。”陆北尧伸手。

周西把包拿下来递给陆北尧，他规规整整地把包放好。

“把手机拿出来给我，”周西把脸埋在陆北尧的背上，仔细看他穿的这套衣服，这套衣服是一个已经倒闭了的街边低端品牌的，卫衣背部已经起球了，“陆北尧。”

陆北尧把手机拿出来装进裤子口袋，转身抱住周西，抵着她的额头亲了一下："什么？"

"你的衣服……好多年了吧？"周西把手放进陆北尧的裤兜，他竟然没扔了这套衣服，真是恋旧的人。周西不会穿放了一年的衣服，因为放了一年的衣服已经配不上今年的周西了。

"上衣九年，裤子七年。"陆北尧抿了下唇，说，"卫衣是考上大学后，家人给我买的第一件有牌子的衣服，裤子是我们大二在一起吃饭那段时间买的。"

这是陆北尧给自己买的第一条流行款牛仔裤，他穿了很长很长一段时间，牛仔裤质量不错，竟也没穿坏。周西抱紧陆北尧的腰，他能穿上九年前的衣服，身材也是保持得很好了。他的颜值也是"能打"，这么土的衣服，硬是被他穿得像是潮牌。

"为什么……穿这套衣服？"

"我们初识时的样子。"陆北尧将周西抱得很紧，低头亲周西的发顶，"我们从相遇的地方，重新出发，重新相爱。"

周西揽着陆北尧的脖子深吻上去，两个人一路亲到卧室。卧室的灯没有开，两个人热烈地接吻，他们只有彼此。陆北尧卡在脱衣服的环节，毕竟已经九年了，卫衣偏瘦，他的手就卡住了。周西伸手开灯，笑滚到被子里，找到遥控器把窗帘拉上。他们接受着彼此的缺点，比如陆北尧的恋旧、周西的敏感；他们也在共同学习，共同往前走，共同进步。

周西以前很讨厌陆北尧保留旧物件的毛病，只要周西不扔，他的那些旧物件能放一辈子。以前周西不能理解为什么要留旧东西。现在她明白了，每一样旧东西都有属于它的故事。他恋旧，珍惜着每一样旧物，他就是这么一个人。周西敛起笑，看着穿着牛仔裤的陆北尧，他的窄腰沟壑分明，他的身材极好，比二十岁那会儿好很多，可她还是能从现在的他身上看到一点儿他过去的青涩影子。不管走了多远的路，陆北尧永远是那个陆北尧。

周西拿出手机打开微博，看到了铺天盖地的消息。她打开热搜，热搜前三位都是她和陆北尧。她抿了下唇，陆北尧起身下床去衣帽间拿睡衣。他们在一起很久了，床上那点儿事不新鲜。她一笑，陆北尧的那个劲就过去了，他去衣帽间换睡衣。

周西靠在枕头上刷微博，这是陆北尧非常熟悉的画面。陆北尧蓦地眼睛发热，脚步顿了一下才走过去把睡衣递给她，抬腿上床靠在她身侧：

“你看什么呢？嗯？”

周西让出位置，陆北尧躺下，她就靠在陆北尧的肩膀上：“看你的粉丝。”

陆北尧的粉丝没有想象中的那么激烈，没有骂，也没有大规模“脱粉”，可能该“脱粉”的粉丝在很久以前就“脱粉”了，或者默默地离开。周西继续往下刷微博，看到一张照片：她和陆北尧在操场边的观众台台阶上接吻。周西点进去看到这位博主竟然是给他们拍照的那个人。

“这个女生因为喜欢你，才报考S大的。”

“他们本身就很优秀。”陆北尧以前不太关注这些，把粉丝和自己分得非常清楚，当艺人不过是一份工作，下了台、卸了妆，只是一个普通的男人。他跟周西分开的那段时间，走着周西走过的路，融入周西的粉丝群，见到了很多人。

周西编辑微博，写一遍感觉不对，删了又写。她写得不好，但也不想把公开复合这种事交给团队，这是她和陆北尧的私事。

凌晨一点零一分，周西发了一条微博：“我和陆北尧在一起了，重新相遇。这一年我走了很长的路，穿过浓雾，穿过黑暗，爱让我得以窥见光明；这一年我见到了很多的爱，亲情、友情、爱情、粉丝的深情，每一份爱都深重。感恩相遇，无论未来如何，我都不会忘记来路，会一直往前走。”

微博发出去之后，周西的一颗心彻底落了回去，尘埃落定，无论结果好坏，她都得给她的粉丝一个交代。她放下手机转身抱住陆北尧，陆北尧也没有睡，把她圈在怀里。

“睡觉，醒来有个礼物。”

“什么礼物？”周西惆怅的情绪缓缓地被按下去，她抬头道。

“明天早上告诉你。”

周西看着陆北尧的眼睛，沉默片刻，扑过去抱住陆北尧。陆北尧原本以为她要闹，就抓住她的后颈，结果她把脸埋在他的脖子上就不动了。许久后，陆北尧感受到周西的眼泪，他的手落下去，缓缓地抚着她的后背：“西西？”

周西低声抽泣，抱紧陆北尧，许久后开口，声音低沉：“从现在开始，我会失去一些东西。”

和影视资源什么的都无关，大概是因为周西曾经有一段天真单纯的日子，和遇见的人成为朋友，他们能给她带来力量。但那一切在她发出这条微博后，彻底跟她没有关系了，无形的屏障会立起来，且是永久的，她也得学会远离。

陆北尧比周西更早地进入娱乐圈，比她接触得更深，他的手往上抚摸着周西的头发："保持初心，保持善良，遵守道德底线，其他的仁者见仁，智者见智。你也不用太难过，这些东西只是相互的，并不是属于你的。"

周西抬头，陆北尧亲她的眼睛，嗓音沙哑地说："我属于你。"

周西看了陆北尧许久，亲了上去，他最近情话特别多。

陆北尧的粉丝确实没怎么"脱粉"，经过一年的折腾，他的粉丝都"脱粉"得差不多了，剩下的要么是剧粉、路人粉，要么就是老粉丝，都非常理智。他只是跟周西公开复合，这才哪儿到哪儿，还在可控范围内。大家都是经过大风大浪的，能留下来的"北极光"都是心若磐石的。

周西的粉丝就大规模地"脱粉"了，声势浩大，凌晨她就上了热搜。她昨晚还有点儿难过，早上起来看到声势浩大的阵仗，忽然就释然了。她干干净净地来，坦坦荡荡地走，没有什么心理负担。

早上是陆北尧做的早餐，依旧是馄饨。他做馄饨很精细，从馅儿到皮儿全手工完成，煨两个小时的鸡汤，撇掉鸡汤上面的油，只余下清汤煮小个的纸皮儿馄饨，馄饨出锅后盛进碗中，再撒一小把翠如玉的香葱。

周西洗漱好下楼，看到陆北尧把馄饨端到餐厅。他解开围裙说："过来吃饭。"

周西抿了下唇，走到他身边，抱住他亲了一口才走向餐厅："你几点起床的？"

"早上七点。"

现在已经上午九点半了，陆北尧把勺子递给她："我约了搬家公司中午过去搬家，先吃饭。"

周西走到餐厅坐下："你不忙了？"

"《边境武警》拍完了，我最近要写《民国探案录2》的剧本，七月之前没有通告。"陆北尧早就想休假了，想了很久。

陆北尧从跟周西公开恋情后就没有时间陪她。后来周家出事，他又疯狂地赚钱。那两年，他陪她的时间少到可怜。他曾经想过拍完《将军》好好休个假，她想要去哪里、想做什么他都陪着，但是他们分手了，所有的计划都成了空。

“我可以休假三个月。”陆北尧看向周西，沉默了片刻，问道，“你这几个月工作忙吗？”

“全是档期。”周西看着网上那铺天盖地的架势，有些无奈。

陆北尧蹙眉，心里一疼：“《民国探案录2》加入了新角色，你想演吗？”

周西小口地咬着馄饨，馄饨一如既往地鲜香：“不了，回头砸了你的IP，粉丝说我们两个同框就是喝‘西北风’。这个IP不错，不要毁了。”

“不会。”陆北尧的目光沉下去，“相信我，毁不了。”

“我们暂时不要搭档。”周西跟陆北尧搭档就是拖他的后腿，也不想被人说靠男朋友才有工作，还没到那个地步，“我对那个剧本也不感兴趣。”

“年底我们公司打算打造一个新IP，跟孟氏娱乐合作，上星剧，如果你不急的话可以等等，以你的地位，演女主角还是没有问题的。你最好不要乱接戏，你现在去演配角是降低身价。”

周西的身价已经起来了，她就算没有粉丝，也有强大的观众群。

“我也打算休假，好好沉淀一下，也养养身体。”周西把馄饨咽下去，看向陆北尧，“正好有这个机会，不要担心，我不会有事。”

陆北尧喉结滑动，凝视着周西，试探着开口道：“那……我们度个假？”

“你想去哪里？”周西还没有跟陆北尧一起度过长假。

“海岛？”陆北尧蹙眉，“国外这几个月的形势都不太好，欧美去不了。之前的计划得改，这两天你看看想去哪里，我们做个详细的计划。”

他们有三个月时间，可以慢慢计划，不着急。

吃完饭，陆北尧把碗筷收起来放进洗碗机。

天气很好，太阳毒辣，他怕玫瑰晒死了，就去院子里浇花。蔷薇已经爬满了篱笆门，玫瑰生出新芽，芍药的叶子在阳光下泛着光。周西走进花园，花园重新设计过了，整体还是以玫瑰为主，中间放上了秋千，旁边的木架上爬满了藤花。

陆北尧拿着水管在浇花。他穿着白色休闲衬衣，里面是同样白色的T恤，搭配一条十分清爽的牛仔裤。

“西西。”陆北尧用修长、骨节分明的手指拎着水管，回头，“看这里。”

周西脚一蹬地，晃起了秋千。

水雾喷向玫瑰苗，在太阳下拉出一道漂亮的彩虹。陆北尧黑色的碎发长了出来，俊美的五官清晰分明。他微扬唇角，笑得温和：“彩虹。”

彩虹持续了很久，在玫瑰花苗被冲死之前，周西出声提醒陆北尧。他关水，洗干净手走向周西，坐到秋千的另一边：“园艺师说玫瑰全开的话，这里能看到花海。”

“你不是不喜欢伺候这些花吗？”周西把头放到陆北尧的肩膀上，隔着衣服轻轻地咬他的肩膀，“你不是说，不如种菜？”

陆北尧俯身亲了一下周西的唇，起身：“来，带你去看个东西。”

周西伸手，陆北尧牵住她的手穿过花圃，走向后院。在后院角落的位置，地上规整地划出四片区域，每片区域还插上了字母，里面的小苗已经发出新芽。

“A 区是辣椒，”陆北尧介绍道，“B 区是西红柿，C 区原本想种南瓜，园艺师说南瓜爬藤不好看，目前种上了青菜。”

周西蹙眉，盯着那四片区域，转头看向陆北尧，他是有多想种地？这个男人有毛病吧！

陆北尧剑眉上扬，随即又落了回去：“最后一片空着，董阿姨说她过来种。”

周西一口咬到陆北尧的肩膀上，他还串通了董阿姨，不过那些小苗也无伤大雅，看起来细嫩、漂亮。

“你不是说今天还有一件礼物？什么礼物？不会就是看你这片菜地吧？”周西钩着陆北尧的手指，他们喜欢的东西生活在一片花园，他这个想法很好，没有放弃自我，他们相爱，并不是失去自我，而是为了对方让自己变得更好，互相成就。

门铃声响起，陆北尧拉着周西往前院走：“礼物来了。”

陆北尧长腿笔直，步子迈得很大，周西不想走得那么快，就松开了手，双手插兜，慢悠悠地走在后面，又回头看那片地。四片小试验田，他是怎么想的？他在外面矜贵、高冷、冷酷，回家种了这么可爱的四片地。这个男人，可爱得要命。

周西穿过花园走向前院，陆北尧正在拆包裹，纸盒子被扔进垃圾桶，里面的粉色封面露出来，是厚厚的一摞书。

“这是什么？”

风掀起了陆北尧的衬衣下摆，他迎着周西走过来，俊美的眉宇间浸着深沉。他走到周西面前，把一摞书全部放下，拿起一本书双手递给周西：“情书。”

真的是情书。封面是粉色的，上面是手写的字体，用的是蓝色墨水。书名：一封情书。下面一行小字：写给周西。作者：陆北尧。

“出版社找我约《民国探案录》的书稿，我问他们出不出版情书。”

之前陆北尧每天写一封情书给周西，后来就不送了。周西以为他没了耐心，毕竟写情书需要很多时间，每天写一封实在是太频繁了，也非常浪费时间。成年人的世界，哪有那么多空闲时间？周西能写那么多情书，也是因为大学生活时间多、无聊，她想跟他保持一些联系，想在他面前刷存在感，又不知道要做什么。电子产品如此发达的现在，随时都可以分享心情，写情书便没有必要了。

“按照合同是月底上市，正式出售，这几本是出版社送的样书，提前送过来了。”

周西翻开扉页，上面是陆北尧手写的钢笔字：“与你从初恋到白头。”

陆北尧的字写得很规整，字迹清晰。

周西忽然鼻子泛酸。她继续往下翻。陆北尧这本书是从他们第一次见面开始写的：二〇一一年到二〇二〇年。

“二〇一一年九月，大一开学第一天，初见周西……”

八年六个月，他写了厚厚的一本书。陆北尧比周西玩得大，他的情书直接出版了。

“我们的故事一本书写不完。”陆北尧俯身看周西的脸，揩掉她眼下的泪，“你不要哭，看到情书不是应该开心吗？你以后都不要难过。西西，我们慢慢走，可以多写几本书。”

陆北尧不但能秀恩爱，还能赚稿费，一举两得，“陆葛朗台”，本质是财迷。周西攥着书抱紧陆北尧。

“我用一辈子来写这封情书。”陆北尧嗓音低沉，亲周西的额头，“三年、三十年、六十年，我可以写到我们一起变老，写到我们一起走到人生尽头。”

以前的一切都在这一刻释怀。

周西把手机关机，陆北尧陪她一起关了手机。她和陆北尧搬家忙了一天，第二天又忙着收拾房子，第三天萧晨把电话打到了董阿姨手机上。

周西接通电话，萧晨的咆哮声就传入了耳朵：“搬家，关机，跟陆北尧一起玩消失！你可真出息啊！你知道我绕了多大的圈子，才找到你家保姆阿姨的电话号码吗？我是不是世界上最憋屈的经纪人？我是不是世界上最窝囊的经纪人？”

周西把手机拿远一点儿，等萧晨咆哮完，才把手机放回去：“什么事？”

“就问你一句话，《萧太后传》你还演不演？”

“什么？”周西蒙了。她还能演萧太后？郑荣飞没剐了她？

“你演的话，把地址给我，我去接你，中午我们跟影视方和导演一起吃个饭，顺便把合同签了。”

周西的大脑一片空白：“我还能演萧太后？”

“你没有触犯法律，也没有道德败坏，你和陆北尧两个坦坦荡荡地分手，光明正大地复合，多大的罪，能被封杀？那些出轨、劈腿、当小三的还没被封杀呢，轮得到你？你又不靠粉丝吃饭，谈个恋爱杀人放火了吗？只要你不放弃，有演技，有能力，就不会被埋没，你是一位优秀的演员。”萧晨清了清嗓子，调整到正常的语气，正色道，“这些话是郑荣飞让我转告给你的。”

周西挂断电话，把手机还给董阿姨，快步上楼找到自己的手机开机，短信、微信、电话一齐冲了出来。

郑荣飞：“你不要自暴自弃！你还是那个勇敢坚韧的周西吗？一无所有就敢来竞争《深宫乱》的女二号，在剧组跟谁都敢飙戏！你还是那个周西吗？你只是公开了恋情，有多大罪？谁规定女演员不能谈恋爱？这是谁家的族谱规矩？请他们带进土里。你赶紧开机给我回电话。”

周西把地址定位发给萧晨，给郑荣飞回了个“滑跪”道歉微信，郑荣飞的电话马上打了过来，她接通：“郑导。”

“你终于开机了？终于敢出来见人了？”郑荣飞嗬了一声，冷笑道，“你倒是继续躲啊，藏老鼠洞里，与世隔绝，谁也找不到你！”

郑荣飞很少骂人，对周西更是一句重话都没说过。他珍惜有灵气的演员。这是第一次，他恨不得过来打周西。

周西无地自容：“对不起。”

“你跟我说什么对不起？你对不起我什么？你不演，我就再找个女演员，想上我戏的人多了，消息放出去能有八百个经纪人给我递演员的资料。你对不起的是你自己，逃是什么解决问题的方式？你的勇敢呢？

难怪之前萧总一直躲着我，不签合同，就怕这个事？你为什么不提前跟我说？”

周西突然想叹气：“我担心会失去，而且有很大的概率会失去。我的内心是舍不得的，但拗不过现实，拗不过市场。就……对不起郑导，我……”

“你什么你？你就这么不信任我？再拗不过市场，我们也可以试试。为什么试都不试，你就直接把所有的都抛下了？”

电话那头停顿了许久，郑荣飞开口道：“西西，你和我的孩子一样，我对你更多的是怒其不争，你也不要生气，不要多想。我非常欣赏你身上的冲劲，还有你对表演的热爱——纯粹、炽热。这是非常难得的品质，很可贵，我不想失去一位好演员。”

“谢谢导演。”周西没想到郑荣飞会说这样的话，很意外，也很感动。那些所谓的被放弃，只是她想象中的。和以前一样，她始终还是有一些逃避型人格，并没有从逃避型人格中彻底走出来。

阳光从落地窗落进来，阳光这么明媚，周西为什么会觉得黑暗呢？

“你勇敢点儿，没有什么过不去的，你是周西呀，什么都不用怕。你往前冲，谁也拦不住你！”

“谢谢。”

“至于感情，不后悔就是最好的选择，陆北尧是你选的男孩儿，好坏都是你担着，又不碍着别人什么事。那些疯狂辱骂你的不一定是粉丝，有可能是浑水摸鱼的网络黑子，他们就是为了让你一蹶不振。你认了，就是着了他们的道。”

周西深吸一口气，压下所有翻涌的情绪，郑重地点头：“谢谢郑导。”

郑荣飞和胡应卿都是她人生中的伯乐，是她的灯塔。

“行了，其他的中午见面再详细聊。我不会再骂你，你不要吓得不来见我。”

“不会的。”周西这话说得真诚，“我很感谢你给我机会。”

周西挂断电话后，打开微博，看到她的那条公布恋爱消息的微博被转发了一百万条。转发里有很多明星，前面几个是《深宫乱》剧组的同事——胡应卿、江乔、苏晨严，后面多了很多圈内人，孟氏娱乐旗下的明星全部给她转发，还有与陆北尧合作过的艺人，也出现在转发的行列中。

周西打开评论区，一条老粉丝发的评论在讽刺声中格外明显：“希望这份感情给你带来的是正面影响。不是不支持你恋爱，其实我们支不支持又有什么关系？那是你的感情。只是我们怕你回到曾经的泥沼中，我们喜欢张扬明艳的西姐，也接受会哭、会委屈的你，但不想你一直委屈地活在泥沼中。”

周西沉默了许久，回复：“谢谢。”

她只要看到光就好了，其他的没必要看，人生有很多选择，她选择了光明。

陆北尧计划了三天，安排接下来的三个月怎么过。结果周西中午吃个饭，就签下了《萧太后传》，四月看剧本，五月定妆，五月底进剧组，时间安排得非常满。陆北尧又计划了一个“寂寞”。

下午周启宇把治好病的小“白团子”萨摩耶带回了家，狗进门直奔周西，一头扎到她的拖鞋上。如果不是客厅有地毯，她怀疑狗爪子会在地板上擦出划痕。她拎起小“白团子”，狗上蹿下跳地舔她，闻她。狗长大了很多，治个病还长胖了，圆嘟嘟的大屁股扭来扭去的。

陆北尧原本坐在周西旁边看剧本，看到狗，自觉地坐开，靠在沙发一侧继续看剧本。他不太喜欢毛茸茸的东西。

周西抱着狗凑过去，举到陆北尧面前：“小团子，叫爸爸。”

陆北尧拧眉看向周西，冷峻的脸上写满了不情愿。狗呜了一声，两个月大的狗，汪都叫不好，奶声奶气的，圆眼睛，长睫毛。他看了一眼，伸手戳了一下狗的脸，十分勉强、敷衍，一副“好了可以滚了”的冷淡样子。

“你都不爱你‘儿子’。”周西戳了一下陆北尧的胸口，打算把狗放下。

陆北尧放下长腿，也放下剧本，俯身伸手揉了一把狗头，嗓音低下去：“它叫什么？”

“团团。”

陆北尧再次蹙眉，这都是什么名字？

“团团圆圆，以后它有老婆了，就叫圆圆吧。”

陆北尧抬起狗脸看了看，两个月的萨摩耶，脸长得像猴脸，并不好看。它长成这样还想要老婆？

陆北尧松手，抽了湿纸巾细致地擦着手指：“圆圆这个名字可能用不上。”

“为什么？”

周启宇拄着拐杖进房间：“我白对团团好了，它进门直奔西西，不要我了，生气，好生气！”

周启宇的话音刚落，团团直奔他，跑过去也不扑人，就绕着他转圈，大约是怕把他扑倒。他停下来，团团也停下来仰起头看他，他的心一下子就融化了。小家伙被抛弃过一次，特别懂事，会讨好人，可能是怕再被抛弃。狗越乖巧，他就越是觉得心酸。

周西收回目光，拿起剧本看：“我四月有时间，可以回陆北尧老家一趟。五月进剧组就没时间了，这部剧要拍到十月。《冠军》可能会在七月上映，拍戏期间挤出的时间也就够宣传的。十一月参加电影节，剧也要宣传，年底是我们这个行业的旺季，我们都会没时间。”

周西这次公布恋爱消息也有损失，掉了一个代言，但有郑荣飞的剧傍身，这个损失就太微不足道了。之前萧晨预想的问题出现了，投资方在知道她的身上有争议后，确实都不想用她，但郑荣飞力排众议，毅然决然地选择了她。《深宫乱》大火之后，郑荣飞有底气，有资本，也有能力选择演员。她这一次必须演好，要付出更多的心血，要对得起郑荣飞的信任。

陆北尧和周西计划得很好，四月回陆北尧老家一趟。

进入四月，许明睿野心勃勃地要开展公司的新项目，收购了一家游戏公司，要合并公司并且大规模地发展，就把陆北尧召唤到了B市。陆北尧也要转型，跟着许明睿可以多学点儿东西，所以陆北尧和周西的所有计划就暂时搁置了。

四月二十日，陆北尧的《一封情书》上市，引起轩然大波。明星出书不稀奇。但陆北尧的这本书不一样，确实是他自己写的，还是写给周西的情书。书的内容紧凑，感情细腻，满是诚意。他在书里详细地写了他们恋爱的过程，他们识于微时，相守一路，走到今天。

这本书一出来大家是嘲讽的态度，在这个风口浪尖上，陆北尧出什么书啊？渐渐地，声音落了下去，有人买了这本书，打算找角度抹黑陆北尧，结果哭了一夜。这确实是一封情书，完完整整的情书，没有掺杂任何商业目的，这是陆北尧写给周西的情书。

陆北尧和周西大一一见钟情，误打误撞地进了娱乐圈。陆北尧沉默寡言，所有人只看到了周西的深情，这是第一次从陆北尧的角度看到他们的感情。他的文笔很冷静，写的情书并不算缠绵，但冷静的笔触反而更打动人心。他写他们相遇，他们互相暗恋，周西的等待，他的焦灼，他们的付出，他们深藏在心中的爱意，他们在一起的快乐，他们的守候，他们分手，他去看心理医生。他认为他和周西是在黑暗中重逢，一起走向光明。

书的最后一页是大片的空白，末尾是陆北尧手写的三个字："我爱你。"平平静静的三个字，没有任何铺垫，没有文字的渲染。那些留白显得意味深长，他有太多想说的，却又开不了口，最后只剩下三个字："我爱你。"我深爱着你。

他们才认识八年，说一生其实有些为时过早。他们身在娱乐圈，这么深刻地探讨自己的感情生活，也不合时宜。陆北尧非常清楚，在娱乐圈里应该什么都不说，保持沉默，感情越低调越好，对所有人都好。但那样，他的爱人就听不到，他的情书是写给他的爱人的。

这是一本从上市大家就知道没有市场的书，各方面都不讨喜，销量却很高。明星出书，竟然是先从路人圈火起来的，这本书在短时间内销量大增。陆北尧和周西抛却明星光环，就是普通的两个名校出身的青年。陆北尧写书比他拍剧还有意思，大家相信了《民国探案录》确实是他写的，很快这本书被摆到了各大书店的畅销榜位置——出圈的"爆"。书的腰封上写着巨大的一行字："陆北尧写给周西的一封情书。"

陆北尧的秀恩爱更高调，更华丽，尽人皆知。

五月，《萧太后传》官方微博发出第一条微博，提到了周西。《萧太后传》这个大"饼"从去年郑荣飞拍完《深宫乱》就一直被各家"碰瓷"，女演员谁不想演郑荣飞的剧呢？就算是电影演员也不例外，这几年电影市场不行，电视剧才是主体。郑荣飞的古装剧非常稳，是上星剧、大制作，收视率有保底，上了他的剧想不火都难。大家轮番地猜，谁也没想到这个大"饼"砸到了周西身上。一向低调、不愿意搭理这些事的郑荣飞转发微博并配文："周西是我非常欣赏的演员，有才华，有灵气，对表演有追求，是难得的优秀演员。我期待与她的再次合作，拍摄出更优秀的作品。"

那些经常抹黑周西的人傻眼了。他们"兢兢业业"地抹黑了周西这么久，以为她公开复合就要彻底失去人气了，永世不得翻身。谁能想到，更好的影视资源等在前方，她不但没失去人气，反而更辉煌了。"西北风"年年都吹，也没哪一年能防住，风不会因为只言片语改了方向或者彻底停止，只会愈演愈烈。守住内心的坚持，勇往直前，打不倒周西的只会让她更加强大。

许明睿把陆北尧召到B市负责所有的影视项目，自己跑去搞游戏行业了。

陆北尧原本打算在家写剧本，顺便跟周西甜蜜地独处一段时间，结果新学的甜品还来不及展示，他就被扔到这个鬼地方。每开一场会，他都咬牙切齿地想把许明睿揍到墙缝里抠不出来。

《民国探案录2》是公司今年的大项目，从立项到招商跟平台签约，全是陆北尧在负责。他白天开剧本会议，晚上奔走在各个饭局。连续几天的饭局，他的胃就受不了了。他的胃病高中就有，那时候他为了省钱不吃早餐，就落下了毛病。大学期间胃病更糟糕，他忙着读书，忙着赚钱，也就跟周西一起吃饭是细嚼慢咽的，其他时候恨不得两分钟解决。后来他做艺人拍戏，剧组疯狂地压榨艺人的时间，他也是不争不抢的性格，合同出什么样，他签什么样，懒得多说什么，经常性地一天只吃一顿饭。这几年他很少喝酒，喝多了胃疼。

陆北尧跟合作方喝了两杯酒后，找了个借口出门，在前台要了一瓶水打开喝了一口，戴上口罩大步走向洗手间。他没吐出东西来，又把口罩戴回去，拿出手机翻到周西的微信，对话还停留在昨天。他看了许久手机屏幕，然后按着手机打字："你睡了吗？"

"北哥。"低沉的声音在陆北尧身后响起，他抬头看到了陈舟。

陆北尧已经很久没见过陈舟了。陈舟瘦了很多，也狼狈了很多，头发有些乱，穿着黑色T恤站在另一边。陆北尧抬头环视四周，随即用冷淡的目光看向他。

陈舟最近的日子不好过，陆北尧是把公司留给他了，但那个公司最有价值的就是陆北尧。陆北尧走了之后，陈舟才知道离开陆北尧他什么都不是。他从云端跌落，一脚踩进了泥沼里。没有陆北尧，那些所谓的资源也是空的。大家冲着陆北尧，才会给他面子，才会跟他合作。没有陆北尧这条大腿，他四处碰壁。他不明白那些之前明明笑脸迎人的合作方怎么会翻脸不认人。他没有资源给艺人，工作室的艺人就开始解约、打官司。

陈舟为了维持公司的运营，费了不少力气给艺人找出路。他手底下的那些艺人不争气。在这个行业，起也容易，落也容易，他已经走上了绝路，就这么一步步地把全部积蓄都套进去了，公司依旧完蛋。现在他鸡飞蛋打，一无所有，到处找机会、求人，希望能有一线生机。

而陆北尧脱离陈舟之后确实任性，但这个任性是在一定范围内的，有能力就不会翻车。

陆北尧单手插兜，抬起头打量陈舟，冷淡地道："有事？"

陈舟的手贴着裤子边缘，狠狠地擦了一下。他滑动喉结，盯着陆北尧，扬起客套的笑："北哥，过去多有得罪，不过我始终是没有坏心的。我也是为你着想，一心一意地为你，只是一时心急，没有注意到语言的分寸，希望你不要怪罪，也不要记仇。如今我很高兴地看到你翻红站起来，你的能力被大家认可，被你的粉丝认可。"

陆北尧戴着口罩，脸上平静淡漠。他单手插兜，往旁边挪了一些。这个动作陈舟很熟悉，他曾经大部分时间都是这样的，和所有人保持着距离。

"你应该不会怪罪我吧？"陈舟鼓起勇气把话说完，观察着陆北尧的表情，"不管怎么说，我们都是兄弟，曾经同甘共苦，一起创业。"

陆北尧这个人很念旧，重感情，虽然他不说，但陈舟知道，从对待周西这件事就能看得出来。陈舟跟了他多年，知道他不少的私事。他正当红，陈舟出来"踩"他，大约也能让他掉一层皮，大约吧？具体的陈舟也不确定。

陆北尧还看着陈舟，目光冷漠。

"北哥，希望我们能冰释前嫌。"

"什么事？"陆北尧嗓音淡淡的，透着寒意。

"你们公司的新项目，能不能给我一个角色？不用女二号、女三号，女四号就可以。我们公司有个艺人，资质不错，就是少个机会。北哥，看在我们过去的感情上，希望你能帮我带带。"

陆北尧再次抬头，抬手抓着陈舟就撞到了墙上，手劲特别大。陈舟一下子就被撞蒙了，脑袋撞到墙，脑内嗡的一声。他抬头："北哥？"

"求我办事？"陆北尧声音缓慢，嗤笑一声，拇指缓缓地往上，抵在陈舟的喉咙上，"你给西西发诅咒短信，还敢找我办事？陈舟，你怎么想的？是不是我脾气太好了，让你觉得我还可以再踩一脚？"

陈舟浑身僵住，感受到了陆北尧的威胁，陆北尧根本就没有看上去的那么和善，他想干什么？陈舟从他的眼里看到了戾气，心里生出一些恐惧。

陈舟反应过来："北哥，你听我说，我不是想让西姐怎么样。她那段时间在网上跟网友吵架，对你的影响太大。另外，她透露出那么多个人信息，一旦被别有用心的人揪住，你们两个都有危险。我就是想让她收敛一点儿，并没有把她的手机号码透露给很多人。我也是为你们好……”

如果能因此让陆北尧和周西分手就更好了，陈舟非常不喜欢周西，顶级明星就不应该有女朋友，可谁能想到，陆北尧就是个疯子。

“我也是为你好，换个行业，”陆北尧松手，退后一步，抽纸擦手，目光冰冷，“这个行业不适合你。”

陆北尧是什么意思？他的话是什么意思？

陆北尧把纸扔进垃圾桶，大家都是成年人，他也懒得多说什么。大家共同创业赚钱，赚的钱一人一半，他只要还在娱乐圈里，就不会让陈舟没饭吃。可陈舟想要的更多，碰了他的底线，让陈舟离开这个行业，他还是能做到的。

“陆北尧！”陈舟明白了为什么他寸步难行。如果有人——像陆北尧这种地位——搞事，会不会有人让路呢？他头皮发麻，陆北尧在搞他？“北哥！我从十八岁进入这个行业，十几年了，到这个年纪我能换什么行业？求你帮帮我，过去我们之间有误会，北哥……”

“在我改变主意之前，你滚远一点儿，不要出现在我面前。”陆北尧的声音依旧很轻，那些事他不敢想，他怕想一下自己就失控，尽管他跟周西复合了，周西还在他的怀里，但过去的那些事他也不能想，他有太多自责、太多痛苦、太多伤害，那一条条短信字字诛心，如同刀划在他的心脏上，“不然，我不知道会做出什么事。”

陆北尧的这些话轻得简直不像是威胁，但确实是威胁。他轻飘飘地看了陈舟一眼，迈开笔挺的长腿大步离开，再没有回头，在拐角处消失，彻底没了影踪。

陈舟甚至没说出来威胁的话。他攥紧了拳头。他已经全部清楚了，陆北尧就是整他的人，他们翻脸了，翻得非常彻底。想想也是，陆北尧怎么会那么轻易地和他散伙？

陈舟狠狠地抹了一把脸，咬牙切齿地想：你不仁，别怪我不义。

“舟哥。”

陈舟抬头看到小飞。陈舟直直地看着小飞，陆北尧把小飞留下了，其他人全部被踢出局。小飞已经不是曾经的那个废物小飞，而是陆北尧身边的红人，被陆北尧信任。

“舟哥，我劝你一句，不要跟北哥对着干。这是我背着北哥给你的忠告。”小飞敦厚老实的脸上有着认真，他看着陈舟，“其他的我不能透露，就这么说吧，如果这件事闹大，你会坐牢。孙建一审被判了七年，孙建是谁应该不需要我跟你科普。”

小飞拿着陆北尧的钱，不会在外面乱说话，陆北尧有运气，有实力，会抓机会，也有人给他铺路。天时、地利、人和，缺一不可。

“我言尽于此，你好自为之。”

“为什么？我实在不明白，陆北尧为什么做得这么绝？”陈舟已经不用怀疑了，他走到今天这个地步，肯定是陆北尧做的。

陆北尧的背后是许明睿，周西的背后是孟氏娱乐。许明睿有权，是许家的幺儿，许家宠他宠得要命；孟氏娱乐占据娱乐圈的半壁江山。这些人，都可以要陈舟的命。

“西姐就是北哥的命，他所做的一切都是为了西姐，自己毫无保留，全部给了西姐。”小飞抿了下唇，皱眉，“你不该碰西姐。”

陆北尧回到饭桌上，又跟人喝了几杯酒，桌子上的汤已经凉透了，他喝了一口，腻得快要吐出来。外面的东西不好吃，他在周家住久了，渐渐地也学会了挑食。他的电话响了起来，他放下汤勺拿起手机，看到周西的来电。

陆北尧大脑停顿了几秒，随即心跳得快了几分。他推开椅子起身，大步往外面走，接通电话，嗓音低沉：“西西。”

有人想问陆北尧有什么事，哎了一声就听到这句话，饭桌上的几个人顿时没话了，陆北尧跟周西那点儿事尽人皆知。不管什么场合，有周西的电话，陆北尧无论在做什么都会放下，先接电话。

陆北尧带上房间的门，情绪瞬间缓和，胃都舒服了很多，嗓音有一些沙哑地问：“你在干什么？”

“你在什么地方？”周西问道，“没在家吗？”

“我在外面吃饭。”陆北尧往旁边靠，忽然抓到一个信息，站直长腿，“你怎么知道我没在家？”

陆北尧在B市住许明睿的房子，认识陆北尧的人几乎都知道，这是他的固定住处。

“把你的地址发给我。”周西的声音传过来，软软地拖着尾音，有一点儿陆北尧刚认识时的娇软，“你是不是喝酒了？嗓音有些哑。”

“你在什么地方？”陆北尧大步往外面走，每一步都踩在心跳上。周西来找他了，周西在B市。他心中的阴郁之情退去，心中满满地装着周西。

“北哥！”小飞追上陆北尧，“你去哪里？你没戴口罩。北哥，饭局结束了吗？”

陆北尧停住脚步，看着地上的影子。其实他和周西也没分开多久，但知道周西在 B 市，他就想立刻到周西身边。

“北哥？”小飞又叫了一声。

陆北尧让自己冷静下来，尽可能保持声音平稳，跟周西说道：“你按密码进去，在家里等我。我大概……”他抬起手腕看时间，现在是晚上九点，从这里开车到住处是一个半小时，“晚上十点半到家。”

“你不喝酒了？不如我去接你？”

“晚上开车不安全……”

“但我想接你。”周西说，“你不要就算了。”

陆北尧扬起唇角，转身往回走，把地址报给周西，然后说：“我等你。”

第十一章

爱和信仰我都要

“你有车吗？”陆北尧握着手机，仿若周西就在耳边，裹挟着热气的嗓音柔软勾人，令他心里生出一些痒。他一直想回去见周西，奈何这边的工作丢不开。

“我开孟晓的车，她最近在B市有工作，又买了车。”孟晓是个买车狂魔，最近一年她的公司赚钱了，她买的车越来越贵。

“注意安全。”陆北尧挂断电话，把手机装回裤子口袋，面无表情地往回走。

小飞沉默了片刻，问：“不走了？”

“西姐过来接。”陆北尧的嗓音淡淡的，他闲适地单手插兜，走出两步回头，“你跟陈舟见面了？”

小飞停住脚步，随即点头。

陆北尧抬头，看向头顶的灯，许久，说：“盯着点儿陈舟，他再作死，神仙也救不了他。”他停顿了一下，叹了一口气，“人可以念旧情，但不能做滥好人。”

“我知道。”

陆北尧转身进了房间，心情好转，耐心也有了，慢吞吞地跟人喝酒到晚上十点半才散场。一行人出门，刚到餐厅正门口，一辆火红色的跑车开了过来。陆北尧眯了一下眼，跑车潇洒地开过来停到他们面前，驾驶座车门打开，穿着黑色裙子的女人长腿先落了地，他的目光更深沉了。周西离开车，走过来跟其他人握手问好。在场的都是影视圈的人，周西多少都面熟。

难怪陆北尧今天这么有耐心，从头陪到尾，原来周西会来接他。顿时所有人看向他的目光就耐人寻味起来，他单手插兜，闲闲地站在一旁静静地看着周西。他没有戴口罩，仔细看眼睛里还噙着笑，喝了酒，姿态有些慵懒。

周西头发及肩，化的妆明艳漂亮，夜色之下勾魂摄魄。她看到陆北尧就笑了起来，伸出手："你喝多了？"

陆北尧把手放到周西的手心，嗓音沙哑地嗯了一声，随即攥紧她的手，朝其他人点头道："我先走一步。"

陆北尧上车系上安全带，活动脖子。周西坐到驾驶座，打开一瓶水递给他："你喝了多少？"

陆北尧靠在座位上看着周西，目光平静，没有接水。

"拿着。"周西说，"我开车。"

陆北尧这才接过水，心一下子就安定了。

"你怎么会来？"陆北尧喝着水，还看着周西。他的声音被酒精熏得沙哑，有些性感。

"孟晓的工作室联合开发的游戏已经正式上线，我来给她'站台'。"其实是周西想见陆北尧，于是忙里偷闲，跑过来一趟。

"就是跟许总合作的那个项目？"

许明睿哪里会无缘无故地收购游戏公司？他收购的那家公司跟孟晓的工作室有合作关系。

"就是那个项目，孟晓做了好几年。"周西想吐槽点儿什么，许明睿和孟晓两个人太坏了，他们在一起这么久都不告诉她，她话到嘴边改口道，"你明天有时间吗？"

"忙……有。"陆北尧说后面那个字时语气异常坚定，说完喝了一口水，喉结滑动，转头注视着周西，"有时间，我们一起过去？"

"应该需要一天时间，你的档期没问题吧？"周西不避讳跟陆北尧同时出席活动，他们光明正大地在一起。

"没问题，有时间。"就是没有时间陆北尧也能挤出时间，他和周西很久没有同框出现在大众面前了。

车开进了别墅区，高大的树木林立，灯影斑驳地落在车内。陆北尧还在看周西，她的肌肤白皙，在光下有一层淡薄优雅的浮光。无论过去多少年，陆北尧看着她仍会心动。

车开进了车库，一停稳周西就从另一边下车了，陆北尧也下车。两人一前一后地进门，周西放下包找灯的开关，摸到了陆北尧的手指。她抬头，他已经把灯打开了，英俊的脸放大到周西面前。

陆北尧修长、骨节分明的手指托着周西的后颈，他的指尖有力度，抵着周西的肌肤。周西心头战栗，仰起头，他的吻就落了下来。他的吻有一些很淡的酒味，周西钩住他的脖子，加深了这个吻。他喝了酒，姿态有些懒洋洋的。他们在玄关处亲热了很久，空气仿佛都跟着炽热起来。

周西两只手都攀在他的脖子上，指尖在他的后颈上缓缓地游走："陆北尧。"

周西对陆北尧的称呼有很多，很早以前叫"陆同学"，他们公开恋情后就叫"陆先生"，她追韩剧时叫"哥哥"，两个人恋爱久了，她就叫陆北尧"老公"，有时也会跟着工作人员叫"北哥"。在家里，大家都叫陆北尧"小北"，陆北尧就是"小北"。自从他们闹分手，她就很少叫陆北尧这些昵称，总是连名带姓地叫。

陆北尧动了一下脖子，被周西摸得痒，他的目光更沉。他打横抱起她上楼，一边走一边亲她，嗓音低沉："换个叫法。"

"什么？"

陆北尧狠狠地亲了一口周西的唇，上楼踢开房间门，把她放到床上，抬腿上床。两人有些兴奋。兴头上，陆北尧轻咬着她的耳朵，声音很低："叫一声老公。"

周西没听清陆北尧说的是什么："什么？"

陆北尧不再言语，只是铆足劲地折腾她。

许久后，周西恍惚地靠在陆北尧的怀里："你吃了'马里奥的蘑菇'吗？"

陆北尧亲了亲周西汗湿的头发，神色深沉："你洗澡吗？"

周西手脚发软，身体很不想动，但怕这么睡会很不舒服。

"我想泡澡。"

"我去放水。"

陆北尧披上睡衣走进浴室放水，突然生出一个想法——或许可以把许明睿的这套房买下来。他和周西都是公众人物，住酒店太不方便，且不说"私生饭"会不会跟，他和周西出入酒店都会被八卦记者拍。

陆北尧放着水，取了一支烟靠在洗手台上点燃，深吸一口气，盘算着手里的钱。郊区的别墅应该不会太贵，可许明睿这套房的面积大，保守估计一亿元左右。他将手里的钱仔仔细细地核算一遍，心如死灰，买不起，贷款也买不起。

脚步声响起，陆北尧抬头，看到周西穿着他的衬衣走进洗手间，白色的衬衣上面两粒扣子没扣，里面的肌肤若隐若现。衬衣宽大，松松散散地落下去，下摆遮得有限，她的两条笔直、细长的腿全露了出来，他掐灭烟看着她，嗓子干得要命。

“还没放好水。”

“我先冲澡。”

周西走过去调水温，细腰长腿勾人得要命，陆北尧看得神色深沉：“你没带衣服？”

“不喜欢我穿你的衬衣吗？”周西回头看着陆北尧，纤细的手指钩着衬衣扣子，“好看吗？”

陆北尧打开水龙头洗手，把手指上的烟味洗掉。他目不斜视地走过去试着浴缸里的水温：“你过来能待几天？”

“一周。”

周西打开水冲澡，看着陆北尧的后背。他穿着深蓝色的丝绸睡袍，丝绸带子系在腰间，睡袍将他的窄腰长腿衬托出来。

“你公司的业务以后是不是就放在这边了？”

“差不多吧。”

“那我们在这边买套房子怎么样？”周西以前从来没有买房的概念，现在有了，“买套小一点儿的，贷款买也行。”

他们想到一块儿去了，不过周西竟然想的是买小房子。陆北尧心情沉重，有些心疼，周西是多傲娇的一位公主，千娇百宠地长大，跟他在一起后竟然考虑买小房子。

“我爸要开店，我给了他一百万元，还剩下一些存款，车会贬值就不买了，存款可以拿来买房。我们两个的存款凑一凑，再买一套房子怎么样？住别人的房子到底还是有些不方便。”周西说，“水温可以了吗？”

“嗯。”陆北尧往水里加精油，若有所思地道，“爸爸开什么店？”

“开餐厅，小成本，让他折腾吧，他闲不住的，最多把这一百万元赔干净。”周西关水泡进浴缸，洁白如玉的手臂横在浴缸边缘，“来，洗鸳鸯浴。”

一百万元内，随便周启宇折腾吧，反正上不了天。

陆北尧脱衣服冲澡，也泡进浴缸。淡淡的玫瑰香气在空气中浮动，陆北尧揽住周西的腰，亲她的后颈：“小房子我们买得起，《民国探案录》的编剧费和片酬尾款加一起有两千万元，《边境武警》的片酬到手有小一千万元，《民国探案录 2》我能拿到纯利润的百分之十五。”

周西转头看向陆北尧，自己做老板和签经纪公司是两个概念。陆北尧做老板，片酬大头都是他的；周西签经纪公司，到手的钱只有片酬的三分之一，拼死拼活地拍几部戏，不如他拍一部戏的片酬高。

“委屈你了，不能让你住进大房子。”陆北尧亲周西。

周西亲了回去，抵着陆北尧高挺的鼻梁，觉得他的包袱太重了：“不要把我看得太弱小，或者太需要保护。我是成年人，你也是成年人，我们在一起是互相扶持。我们共同努力，共同面对，不存在谁委屈谁，有什么事一起商量，你不要大男子主义。”

陆北尧抱紧了周西。

第二天孟晓来接周西，接到了两个人。陆北尧穿着白色的衬衣、黑色的休闲长裤，笔直地坐在后排，用修长的手指滑着 pad（平板电脑）的屏幕——他在试玩孟晓工作室出的新游戏——指尖被光映得泛白，衬衣的袖口一丝不苟地扣着，银色的袖扣被映出光。

孟晓回头看看陆北尧，又看看周西：“陆先生的出场费，我付不起。”

陆北尧放下 pad，按了一下眉心，游戏里的鬼太丑了。他缓了一下，才抬头看向孟晓：“你和西西是多年的朋友，这是你们工作室研发的第一款大型游戏，这么隆重的日子，我现场支持是应该的，不用客气。”

谁跟你客气了，就是不想让你去！

孟晓把车开出去，陆北尧这种地位的明星去给她的产品做推广自然是好，简直太好了，太有影响力了。可她是周西的粉丝，知道这样做周西和陆北尧都会挨骂，于是说道：“今天是现场直播，不能剪辑，你们两个同框真的不会被骂？”

“被骂也不一定是坏事，有人骂就有关注度，至少有一个热搜，你们公司就有关注度，有下载量，有新增客户，就会有钱，你管别人说什么？”

孟晓张了张嘴，愣是没说出话来。道理是这个道理，她也确实能省下不少宣传费，但这话从周西的嘴里说出来，非常不可思议。

“放心，骂不到你头上，这些也影响不了我的事业，”周西又安慰了孟晓一句，继续看游戏规则，“而且我们两个也不怕骂。”

他们是彼此的底气，内心平静，其他的就无所谓。

孟晓握着方向盘，看着前方的路，心里生出一些惆怅——她们都长大了。发生的一件件事让周西成长蜕变，让她理智又强大，现在的周西可能就是最完整的周西。她们的人生都跨入了新的阶段。

周西和陆北尧上一次出现在同一个场合公开做宣传，还是在宣传《小暗恋》时，之后就很少再共同“营业”了。参加金视奖颁奖典礼时，他们只握了个手，并没有交流。

TI 游戏公司上午十点放出宣传信息，果然上了热搜：周西和陆北尧时隔多年，再次同框“营业”。

上午十一点，直播还没正式开始，现场的工作人员在调试机器，准备接下来的游戏直播。这款游戏有两个版本：电脑客户端游戏和手机游戏，代言人现场试玩的是电脑客户端的游戏。

直播镜头晃了一下，扫到活动现场的入口，身穿白色衬衣的陆北尧进入了镜头，黑色的长裤勾勒出他笔直的长腿。他神色冷峻，个子高挑，相貌出众，让人一眼就能看出来素人和明星的区别。工作人员递过来名牌，他俯身给正在玩游戏的周西戴上，光落到他修长的手指上，一向冷漠的陆北尧竟显出几分柔和，温柔如斯。

陆北尧给周西戴好名牌，退后端详。今天她及肩的头发弄了个卷，看起来有典雅的美。她配了一条粉色长裙，灯光下肤白貌美，十分矜贵。以前她也做过鬈发，那时候头发长，大波浪配公主裙，绝了。陆北尧抬手摸了一下她的头发，很遗憾她剪短了头发，《冠军》剧组就是“死亡剧组”。

周西被游戏里的 NPC 吓了一跳，立刻把手机推到一边，陆北尧接过手机帮她通关。他抿着唇笑，微抬下巴，显出下颌线，猝不及防地对上摄像头。

陆北尧的笑停住。小飞快步走过来说道：“北哥，直播呢。”

陆北尧想把孟晓的头按进墙里，她和许明睿在一起工作这么长时间，现场竟然能出现这种直播事故，十分不专业。

弹幕已经全炸开了。陆北尧竟然笑得这么甜，他的形象崩得找都找不回来，沉默寡言的形象呢？说好的高冷呢？不过他笑着看向镜头的那一下，弹幕上全是感叹号，他又冷又甜，笑起来太好看了，但他是对着周西笑的。

孟晓也没想到会出这种事故。她还在调试机器，拿起手机就看到无数条消息弹出来：周西、陆北尧互动；陆北尧笑。她现在满脑子都是完了，萧晨会“砍死”她，陆北尧也会“砍死”她。完蛋了，现在她去抱周西的大腿能不能留下一条命？

活动开始前，孟晓特意交代周西和陆北尧在现场尽量减少交流。

孟晓按了一下狂跳的太阳穴，让自己冷静下来，快速地分析现在的情况。

“孟总，许总过来了。”

孟晓的太阳穴像是装了弹簧，越按跳得越快。她深吸一口气，滑开手机快速打开热搜。热搜第一位：周西陆北尧有点儿甜。热搜第三位是他们公司的游戏，她鼓起勇气点开第一个热搜。

“哈哈哈，我已经疯了，竟然觉得周西和陆北尧有点儿甜！我一定是疯掉了！陆北尧笑起来真好看！我好难过，好想哭。他真的好温柔，以后有了孩子可能会更加温柔，也许，他本来就是个温柔的男人！我已经不喜欢他了，但是看到这一幕还是流泪了！我的青春结束了！”

这条微博下面的评论已经过千条，孟晓点进去。

“有一说一，有点儿甜，陆北尧好温柔地给周西别名牌。我很酸，我的男神啊！没想到‘温柔’这个形容词能出现在北哥身上，我好不甘心！我恨！”

“真的不喜欢这两位，太能折腾了。但陆北尧的颜值确实绝，天选之子的绝，他怎么能那么好看！那个笑，我腿都软了。我能理解‘人间苏神’几个字了！”

“哇，博主，你竟然也在看这个！给你看个好东西，你会更深刻地体会到北哥的温柔。我不是北哥的粉丝，不知道他们的过往，但他们两个确实很甜。”

截图是《一封情书》里的片段，陆北尧用了很长的篇幅写他的毛绒兔子。

周西送了陆北尧一只毛绒兔子，他很喜欢，一直挂在背包上。后来包旧了，毛绒兔子的眼睛也掉了，这款毛绒兔子早就停产了，买不到配件。他找了好久，在国外的一个小镇上找到了同款毛绒兔子的眼睛，买下来缝到他的毛绒兔子身上，他的毛绒兔子又完整了。

这一段陆北尧写得特别像童话，细腻又温柔。

其实粉丝什么都清楚，陆北尧和周西相识八年感情不变，还公开说深爱周西。在这个浮躁的时代，能爱一个人八年，对感情从一而终，他们喜欢的这个男人人品没有问题，值得喜欢。

博主只是有些难过……

粉丝都会长大，爱会变得厚重，三观会变得成熟，会越来越理智——爱得理智，珍惜得理智，活得理智。他们会淡化一些东西，因为每个人生活的主角其实都是自己。陆北尧有作品时，他们可能还是会消费、会关注，但不会像以前那么狂热。他们笑过、哭过、激动过、疯狂过，整个青春里都有陆北尧的影子。现在一切尘埃落定，他们的青春结束了，他们也迈入了人生的新阶段。

热搜内容并没有想象中的那么激进，大家的发言还挺和谐的，一边骂姓陆的一边讽刺周西是“赵云姐”。周西自从跟陆北尧复合后就得了个外号——“赵云”。赵云是七进七出长坂坡，她是跟陆北尧恋爱分分合合，进进出出娱乐圈。

孟晓快速地翻了几条热门微博，大家都挺冷静的，就是冷眼看笑话。他们发现这两个人特别好看，一边辱骂，一边欣赏这两个人的外貌。颜控就是这样。

虽然是直播事故，但拍到的周西和陆北尧颜值还是那么高，并没有什么离谱的行为，就是陆北尧笑了一下。孟晓点开陆北尧笑的动图，竟然被陆北尧的这个笑给惊得半天没找到呼吸。陆北尧的姿态有些慵懒，他背对着观众，窄腰长腿，身形笔挺，握着手机缓缓地转头，狭长的眼里噙着笑。她理解了陆北尧前粉丝爆哭的原因，如果她的“前墙头”是陆北尧，她能因为这个笑哭得撕心裂肺。陆北尧很快乐，陆北尧的前粉丝喜欢得值，但他们也会很难过，因为陆北尧迈入了人生的新阶段。

孟晓看完，长叹一口气——她的偶像已经失踪半年了，杳无音信。

除了一开始的意外，活动非常顺利，陆北尧和周西两大顶级明星碰头，引爆全场。活动期间，他们除了打游戏交流，几乎没有互动，也算是给粉丝留了几分面子，粉丝也给了他们面子，大家维持着表面上的客套，仿佛春节时亲戚见面。

直播效果非常好，当天上了直播平台同时段的热度第一位。TI 公司的新款游戏被推上热搜第一位，维持了一天，这是免费的广告，孟晓赚大了。

陆北尧想在B市买房，可B市限购，需要交满五年社会保险才有买房的资格。他只交了半年社会保险，离买房遥遥无期。周西就更不用提了，她的经纪公司在S市，她没有在B市交社会保险，买房这件事就暂时搁置了。

五月二十日，周西因为要提前进组训练一周，就赶往了横店。这部剧里她演的是一位马上太后，能文能武，需要提前训练形体。她到横店时，是郑荣飞来接的。

周西非常奇怪地看了郑荣飞一眼，郑荣飞递给她一瓶水，说道："看什么？"

"您怎么有时间来接我？"

"跟你聊个事。"郑荣飞说，"你对赵征羽这个角色有什么看法？"

赵征羽是《萧太后传》这部剧里的男主角，是女主角的第一个男人，是他让女主角走上了政治之路。

"哪方面？"周西有种不好的预感。

"演员选角方面。"

赵征羽的选角郑荣飞这边一直保密，选的明星应该地位不会太高，毕竟这是给周西"抬轿子"，大女主戏里所有的男人都是陪衬。赵征羽的形象不错，属于白月光类型，但他死得早，戏份不多，一般大腕儿不愿意担这个给人"抬轿子"的名号，他连男一号都算不上。

"有备选的人吗？"

"你觉得胡应卿怎么样？"

周西心里咯噔一下："不是吧？"

"你很意外？还没有签，今天胡老师到横店，我们晚上一起吃个饭试戏，大家再感觉一次，你觉得不合适吗？"

"你知道演员圈有个两部戏定律吗？"

两部戏定律：非恋人的男女演员最好不要合作超过两部有感情的对手戏，不然肯定出事。周西和胡应卿合作的《深宫乱》《冠军》都有感情戏。周西这边肯定不会出事，她对胡应卿没有任何想法，和陆北尧的感情也非常稳定。至于胡应卿那边，她不敢打包票。

“不合适。”周西蹙眉，胡应卿演技没问题，人也没问题，地位也够大，“我们已经合作了两部戏，不应该合作第三部。”

胡应卿是周西的伯乐，是她的恩师；她希望胡应卿永远是恩师，永远是她最尊重的朋友。

“你和小陆感情稳定，出不了事。”郑荣飞若有所思，他不喜欢陆北尧，但周西和陆北尧的感情确实很好，反正也不关他的事，“胡应卿应该也不会吧？他是个只追求艺术的人，应该不会这么糊涂。”

“最近半年我也接触了不少艺人，有演技的演员要么年纪太大，要么地位太高，不会碰这种题材。对比之下，我觉得胡老师最合适，能扛收视率，观众缘好，脾气也好，没有那么多事。”郑荣飞认真衡量、对比过，没找到比胡应卿更适合演赵征羽的人，“要不你们试试？这部戏的感情戏不多，你们都是敬业的演员，不要想那些有的没的就没事。”

“你觉得陆北尧怎么样？”周西试探着开口，赵征羽的戏份很少，陆北尧有时间拍。他这半年也没有好剧本，拍完《边境武警》就没剧本了，估计他的下部剧还是网剧。

“不行。”郑荣飞想都没想就拒绝了，非常干脆，“陆北尧上不了我的戏，我看不上那些空有好长相的年轻男艺人，之前那个苏晨严是个什么玩意儿？而且，你们两个没有丝毫的情侣感。”

“陆……”陆北尧跟她没有情侣感？周西差点儿喷出一口老血。

“你不用跟我推荐，我看过你们两个演的那个什么暗恋，什么玩意儿？”郑荣飞的眉头拧成了一团，“那叫电视剧？那就是儿戏！”

周西闭嘴了。她不想跟胡应卿合作第三部戏，不过真要合作也无所谓。

周西拍完《冠军》后就没有见过胡应卿了。她先回酒店放行李，随后跟郑荣飞到达餐厅。这是一家江南风格的餐馆，她推开门让郑荣飞先进，抬头就看到胡应卿。胡应卿瘦了很多，留着胡子，穿着黑色T恤，整个人非常阴郁。

“胡老师。”周西进门点头道。

胡应卿看到周西，皱了一下眉，才站起来伸手：“好久不见。”

周西跟胡应卿握了一下手，随即上扬唇角，说：“好久不见。”

胡应卿看了周西一会儿，才跟郑荣飞和制片人握手，坐了回去。胡应卿接到郑荣飞的电话时，有些犹豫，但最终还是来了。他想试一次，也许陈星给他的阴影没有那么大，但看到周西后，他就知道可能不太行。

郑荣飞本来想让胡应卿和周西在饭桌上像以前那样搭戏，他们演戏都能马上入戏，不需要那么正儿八经的试戏流程。郑荣飞太信任他们了，根本就没考虑过他们会出演技方面的问题。周西入戏很快，这个剧本她看了几个月，非常喜欢。意外的是，胡应卿入不了戏，他的状态非常差，肉眼可见地差。吃完饭，郑荣飞又把他们两个叫到了房间里，想让胡应卿再试一次。

胡应卿抬头看着周西，许久后笑了起来，狠狠地揉了一把脸，取了一支烟叼着，偏头点燃，狠吸一口："这部戏我可能接不了，我入不了戏。"

《冠军》二月份杀青，距今快三个月，八十多天，胡应卿没出戏，看周西还是陈星，状态非常差。

郑荣飞让其他人先离开，留胡应卿在房间，给他倒了一杯水，问："怎么回事？"

胡应卿叼着烟靠在沙发上，抬手按了一下眉心，看向郑荣飞："要么换周西，要么换我。"

郑荣飞坐到沙发扶手上，沉默了许久，问："你对周西有想法？"

"这倒没有，周西是周西，陈星是陈星，我还是分得清楚的。"胡应卿把一支烟抽完，将烟摁灭在烟灰缸里，端起水灌了一大口，拧眉许久，说，"陈星对我的影响太大了，你换个人吧，西西挺适合演这类古装剧的，换她不合适。"

胡应卿不愿意走出戏，世界空荡荡的，他一无所有。他留恋那一抹虚假的温暖，在戏里陈星一直在等他。这是很多文艺工作者的通病。

郑荣飞握住胡应卿的肩膀，半晌后，狠狠地捏了一下："你以后少接点儿这种让你情绪波动大的剧本吧。"

上一次胡应卿因为入戏太深，休养了三年才缓过来。这次他刚拍了两部戏，又陷入了死循环。

入戏深是很多演员的毛病，想让观众入戏自己就得先入戏。有一些演员拍一部戏谈一场恋爱，戏结束了，恋爱也结束了。那是角色的爱还是本人的爱？他们也分不清楚。但在戏结束的那一刻演员就清醒过来太痛苦了。有人会选择沉溺，等感情淡了再分开；有人会立刻分开，用其他的东西代替这种失落感。

"你好好调整，希望下一次见面会更好。"

胡应卿在郑荣飞的房间坐到午夜十二点才起身离开，他的房间在走廊的最里面，因为他怕吵。他走到转角看到了靠在墙上的周西，她拎着两罐啤酒，他恍惚了一下就笑起来。

“胡老师，请你喝酒。”

“去天台吗？”胡应卿抬手指了指上面，周西点头。

两人没有坐电梯，顺着步梯上到观景天台。栅栏外，城市的灯火辉煌，周西拆开啤酒，跟胡应卿碰了一下酒罐，趴在栏杆上看向远处：“你的状态不太好。”

胡应卿倚靠在栏杆上，仰起头灌了一口酒，点头：“郑老师找我，我就想来试试。”

“连着三部戏对着同一位女演员，正常人都受不了。”周西笑出声，转头看向胡应卿，她的头发已经长长了，风吹得发丝凌乱，“我们认识其实也才一年多。”

一年，周西仿佛过了一辈子，她的世界被颠覆了。突然有一天她醒来觉得这个世界是虚构的，那种感觉特别恐怖。她以为她去世的妈妈是出国了，以为她的男朋友是书里的人物，以为她的闺密喜欢的只是另一个她。回到两个哲学问题：你真的是你吗？你所处的空间是真实存在的吗？

在这一年里周西经历了从颠覆到重塑再到如今的完整。她接的两部戏是她人生的两个阶段，所以她没有什么剥离感，这个时间线被她的病拉长了。还有一个最重要的原因是，她现实中有爱人。

“你最近感情方面怎么样？”胡应卿闲话家常。

“很稳定。”周西又喝了一口啤酒，提到陆北尧她就忍不住上扬唇角，然后拨开被风吹到脸上的头发，看向胡应卿，胡应卿于她来说，就是长辈一样的存在，“陆北尧很好。”

胡应卿也笑了起来，陆北尧应该是很好的，胡应卿刚认识周西的时候，她的身上还有着拒人于千里之外的冷漠，她虽然对每个人都客气，但身上是有刺的，像是一只受伤的刺猬。胡应卿转身把手肘压到栏杆上，也看向远处：“那挺好。”

“你的家人都还好吗？”周西问。

“我爸妈在我很小的时候就离婚了，各自组建了家庭。”胡应卿又灌了一口酒，他很少跟人聊这些，不知道今晚为什么会提起，大约在这一瞬间，他觉得小星星回来了，“我是跟着爷爷奶奶长大的，我爷爷在我高中时去世了，我奶奶前几年去世了。”

没有媒体报道过胡应卿的私事，他藏得很深，之前停工三年，大约也是因为这些事。

“你谈恋爱了吗？”周西问。

胡应卿转头看向周西，笑出声：“这是跟长辈能聊的话题吗？”

“我跟我爸就这么聊。”周西笑着喝了一口酒，语气沉了下去，“胡老师，你是资深演员，你知道该怎么出戏。我是初学者，没资格在你面前聊怎么出戏。但胡老师，我希望你能好好的，你是我职业生涯的恩师，我很敬重你，也很希望你能幸福。来路有灯，才不会迷失。”周西跟胡应卿碰了一下酒罐，“希望你每天都快乐！”

“谢谢。”

人生的道路上会遇到很多人、很多事，有些人可能今天见的就是最后一面，分开后就永远不会再见。

胡应卿太理智了，不会允许自己再跟周西见面。他们不会再见了。

周西难得失眠，洗完澡躺到床上失眠到凌晨四点，拿出手机打给陆北尧。铃声响到第二声，陆北尧接通了电话，她立刻就后悔了，他最近也很忙，凌晨被叫醒一定很难受。

“西西？”陆北尧低沉的嗓音传过来，“你怎么了？”

“失眠。”周西开口道，“没事，你要睡就继续睡吧，把手机放到枕头边，我听着你的呼吸。”

电话那头沉默了许久，陆北尧说：“今天训练了吗？”

“还没有。”

周西听到陆北尧那边有窸窸窣窣的声音，随即打火机声响起，她说：“你在抽烟吗？现在抽烟还睡不睡了？”

“陪你聊会儿。”陆北尧低沉的嗓音传过来，“我也快起了，早上六点起床，八点要开会，中午我在办公室补一觉。”

“我今天见胡应卿了。”

陆北尧抽烟的手一顿，目光沉了下去，嗓音还算平缓：“《萧太后传》剧组跟胡应卿也有关系？他探班还是干什么？”

“郑导想找胡应卿演男主角。”

娱乐圈没人了吗？陆北尧一句脏话差点儿脱口而出，为什么一直都是胡应卿？郑荣飞看不上陆北尧，也不用这么疯狂地给周西凑对吧？

陆北尧拧眉，狠狠地抽了一口烟，随即目光变得深沉，嗓音也低了下去："胡应卿不合适吧？"

"我也觉得不合适。"周西低低的声音传过来，"今晚我和胡老师聊了很久，喝了一罐酒就失眠了。"

陆北尧把烟按灭，起身走向衣帽间："你们都聊了什么？"

"胡老师应该不会演赵征羽。"

陆北尧取出衣服拎着出去，将衣服扔到床上，嗓音依旧很沉，慢慢地问："为什么？"

"胡老师演《冠军》入戏太深。"周西叹口气，"他是一位非常优秀的演员，我有一种预感，我们不会再见面了。"

陆北尧握着手机重新回到床上，沉默了很久，开口时语气温柔了许多："人生就是这样，会遇到很多人，会有很多失去。在人生这趟列车上，有人上车，有人下车，列车到尽头时，没有遗憾，对得起任何人，这一生就是圆满的。大家各自选择，不要强求。"

陆北尧以前不会说这么多话，知道周西生病后，看了很多心理学方面的书。他不知道人生有多长，所以拼命地去爱周西。

"我爱你。"

"我也爱你。"

"关灯，闭眼。"陆北尧的嗓音更低了，他抽出床头的《一封情书》，翻开，说，"躺平，把手机开免提放到耳朵边。"

周西照做。陆北尧的声音很好听，低低的，在寂静的黑暗中，十分具有催眠效果。他在读情书，情书是他写的。周西在黑暗里听着他的声音，焦虑缓解了，迷迷糊糊地睡着了。

胡应卿走了，没有跟周西打招呼就离开了横店。郑荣飞火速地回到S市，火急火燎地去筛选男主角的扮演者，真的是十万火急，还有一周《萧太后传》就要开机了，男主演还没定下来。

周西进入训练模式，郑荣飞不用陆北尧也挺好，陆北尧混电影圈，来给她"抬轿子"是降低身价。她也只是随口一提，郑荣飞没用，她反而冷静了。他们的事业互不干涉就是最好的状态。

六月一日《萧太后传》开机，郑荣飞是早上九点到横店的。开完机就要拍第一场戏，周西就先化装了，头套不能戴，怕泄露造型。开机仪式上有不少媒体，毕竟是一部年度大戏，媒体很早就得到了风声。

早上九点半周西在酒店大堂碰到郑荣飞，这部戏里的演员都在。这部戏有不少老戏骨“刷脸”，个个有分量，她挨个儿跟人打招呼，鞠躬鞠得腰都快断了。她走到郑荣飞面前，环视四周，说：“郑导，‘赵征羽’呢？”

“死了，”郑荣飞没好气地说，“被我写死了，《萧太后传》没有男主角，你开局就是寡妇。”

周西无语。

今天是阴天，郑荣飞穿了一件连帽的长款衣服。他抽纸擦着眼镜片：“走了，去现场。”

周西跟郑荣飞坐同一辆车，上车后发微信给秦怡：“《萧太后传》的阵容消息放出来了吗？”

“没有。”秦怡回微信回得很快。

周西靠到座位上。她今天穿得很简单，T恤搭配牛仔裤。经过《冠军》的开机仪式，她已经放飞自我了。从酒店到片场开车要半个小时，郑荣飞在跟制片人聊剧情，她听了一会儿也插不上话，就拿起手机刷论坛。

“报！陆北尧进了郑荣飞的剧组，大家怎么看？今天《萧太后传》开机，有人在横店拍到了他。”

周西的心跳快了几分，她点开论坛首楼，图片还在加载中，下面一排整齐的感叹号。

“不一定是进郑荣飞的剧组吧？郑荣飞对演员还挺挑的。他的上一个男主角是胡应卿演的啊，他偏爱比较正的男主角。陆北尧虽然演技不错，但他的那张脸太帅了，放到正剧里很不合适。而且陆北尧的演技也只是在普通的年轻男演员里拔头筹，离胡应卿的演技还差一万个苏晨严的演技吧。感觉陆北尧和郑荣飞不是一个圈子的人。陆北尧应该是去探班，女朋友演的剧开机，他去捧场也有可能。”

“楼上，陆北尧虽然没有得奖，但他的演技差胡应卿的演技一万个苏晨严的演技这话也太大了。陆北尧的上一部戏是《边境武警》，这部戏的导演拿过最佳影片奖，接受采访时一直夸陆北尧的演技。如果苏晨严的演技的计量单位是零点几，那当我什么都没说。”

最后这个楼歪成了一个陆北尧等于多少个苏晨严。周西继续蹲首楼，图片终于刷出来了。陆北尧穿着黑色风衣，戴着黑色帽子，身材挺拔，腿修长。他弯腰从车里出来，旁边全部是工作人员，那个地方就是《萧太后传》的开机现场。

周西眯了一下眼，拿起手机发微信给陆北尧："你来片场了？"

陆北尧迟迟没回微信。

车开进了片场，郑荣飞先下车，周西也跟着下去。风很大，吹得她的头发糊了一脸，她把头发捋开，就看到陆北尧跟郑荣飞在握手。陆北尧身形高大挺拔，态度谦恭，跟监制、制片人挨个儿问好之后，抬头看向了她。

陆北尧的风衣下摆在风里翻动，他已经拿下了口罩，露出俊美的一张脸。他走向周西，伸手："周老师，你好，我是赵征羽的扮演者陆北尧。"他顿了一下，上扬唇角，眼中噙着笑，"多多指教。"

周西上扬唇角，笑溢了出来，微抬下巴，弯着杏眸。陆北尧身形高大、俊美，身后的一切都虚化黯淡，只有他一个人有光。

秦怡在周西身后狠狠地咳嗽了一声，这里到处都是各家媒体，他们的一言一行都被拍着。周西伸出手："陆老师。"

没想到真的是陆北尧，他竟然会来！郑荣飞是怎么同意的？

陆北尧握住周西的手指，他的手指修长，手背的筋骨分明，那线条一直延伸到腕骨。周西刚要收回手，突然手心被碰了一下，若有若无地痒，她的心一下就跳得飞快。

这是周西惯用的小伎俩，竟然被陆北尧偷学了。

周西抬头看陆北尧，偏了一下头，眼中有压不住的笑意："你不是嫌油腻？"

以前周西挠陆北尧的手心，他就拧眉，坐得笔直，身体紧绷，满脸抗拒。现在他学得飞快，是进修了"塞拉斯"的大招吗？

"下午有一场你们的对手戏，提前准备准备。"郑荣飞开口，不爽地看了陆北尧一眼，"你不要拖后腿。"

郑荣飞是极其不满意陆北尧的，各方面都不满意。他不太爱用徒有其表的年轻男艺人，这种年轻男艺人的另一个代名词就是"不好管"，像苏晨严那样的。拍《深宫乱》时，郑荣飞差点儿把苏晨严踢出剧组。

郑荣飞喜欢兢兢业业的演员，不喜欢总能引起腥风血雨的明星。周西提议陆北尧时，郑荣飞想都没想就拒绝了。他个人对陆北尧有着很大的成见。周西那么一位优秀的演员，过去却被陆北尧拖进深渊，耽误了很多年。他越爱护周西，就越讨厌陆北尧。

许诚把陆北尧推荐给郑荣飞时，郑荣飞很想骂人，拒绝了三次，陆北尧就把郑荣飞的家门堵了，这人耍赖。陆北尧堵了他一天，他连出门买菜都不行。他简直想报警抓陆北尧，但有各方面牵制着。郑荣飞跟鲸鱼传媒有合作，鲸鱼传媒的老总许诚跟许明睿是同宗，同属于京城许家。许明睿是嫡系，许诚是旁支。许诚巴结许明睿，陆北尧现在又跟许明睿穿一条裤子。陆北尧跟郑荣飞耍流氓，郑荣飞还不能报警，气不气？气死了！

郑荣飞被陆北尧骚扰得不行，就同意让他试镜，但公事公办，他跟所有的演员一样竞争。而这个角色又不是郑荣飞一个人能拍板决定的，应该由投资方以及影视制作方来投票决定，这个提议得到了大家的同意。由大家投票淘汰陆北尧，这就不关郑荣飞的事了吧？郑荣飞谁也不得罪。

最后陆北尧以九比一的票数拿下了这个角色，几乎整个团队都选择了陆北尧，竟然只有郑荣飞一个人投反对票。郑荣飞又想吐槽了，这么多年轻演员，没一个“能打”的，竟然都被陆北尧给按下去了，他看陆北尧的演技也就那样。

“你是‘走后门’进来的？”周西看陆北尧的衣服被风吹乱了，抬手帮他整理了一下，“导演那么不待见你？”

周西整理完衣服才反应过来现在是在片场，不远处已经有人拍了好几张照片。

“我光明正大地走进来的。”陆北尧敞着长腿，站在周西面前，任由她摆布，目光中闪过冷傲——他本就是一个挺傲的人，“我试了三次镜，郑导非常满意我。”

“西西，过来。”郑荣飞喊道。

周西眨眨眼，退后两步挥手道：“加油！”

什么满意？郑荣飞满意陆北尧会写死赵征羽？

古装偶像剧和古装正剧是两个概念，用的也是两批演员，基本上互不干涉，没有任何交集。每个圈子都存在歧视链，古装正剧看不起古装偶像剧，古装偶像剧看不起网剧，陆北尧演了古装偶像剧，恰好那个古装偶像剧还降级成了网剧，他是活在歧视链底端的男人。

周西走向郑荣飞。她相信陆北尧能演好。陆北尧很有拼劲，当年是“刷脸”进娱乐圈的，演技被嘲后就去演技班进修了，苦学苦练。哪怕是一部剧本很烂的偶像剧，他也能付出全部的努力，进剧组前一个月就开始准备，让自己入戏。他从来没有放弃过，身上有韧劲。

“男主角死而复生，”周西拧开一瓶水递给郑荣飞，“恭喜。”

郑荣飞横了周西一眼：“你信不信我让赵征羽再死一次？”

“信啊，反正那个角色早晚都得死，我是寡妇。”周西也拧开一瓶水，喝了一口道，“陆北尧的演技不错，没你想象的那么差。我是跟他入的行，他算是我半个师父。”

郑荣飞的白眼都快翻到后脑勺儿了。

“陆北尧跟苏晨严不一样。”

陆北尧一路试镜过来，郑荣飞是看在眼里的。

“陆北尧的演技是还行。”郑荣飞叹了一口气，“我不想用他的原因是怕你们两个没有代入感。现实中的情侣或者夫妻在剧里演恩爱，很难有代入感，何况你们两个有过分合，更麻烦，懂了吧？观众看你不是萧仪，看他不是赵征羽，你们两个往这里一站就是周西和陆北尧。演员在进入剧情后，应该失去自己。”

周西明白这个道理。夫妻或情侣如果是没公开的还好，公开后的夫妻或情侣演戏观众很难有代入感。

《萧太后传》开机仪式结束，周西和陆北尧各自去换衣服，今天拍的第一场戏是床戏。有很多剧由于演员刚进组比较陌生，导演想让演员迅速入戏，就一上来拍床戏，可陆北尧跟周西相识八年，周西剧本看了很多遍，好不容易入戏，一抬头看到陆北尧她就出戏。

开头赵征羽的形象是个纨绔子弟，他对萧仪这个常年混在男人堆里的女人没有丝毫兴趣。

萧仪是萧大将军的女儿，萧大将军家里从小把女儿当男儿养，萧仪十六岁上战场，十八岁扬名。在动荡的乱世，赵征羽的父亲野心勃勃，拉拢萧大将军政治联姻。

萧仪和赵征羽都是权力的牺牲品，新婚之夜，赵征羽离开了心爱之人。男权社会，萧仪无论比多少男儿强，终究不是男儿。她脱掉铠甲恢复女儿装，从此不再戎马沙场，世上再无萧小将军，只有贤良淑德的赵夫人。两个少年人，各有各的痛苦，各有各的无奈。他们此时没有爱情，他们因为利益被捆到了一起。烛光摇曳，烛泪滚落。隔着红色的盖头，萧仪只看到男人绣着黑色云纹的靴子。男人站在她面前许久，抬手掀了她的盖头。她抬头，对上男人冷漠的目光。挺拔的青年身着朱色长袍，头戴玉冠，烛火之下俊美异常。他面无表情，心生厌恶，手指滑过她的脸，眼神冰冷彻骨。他们不情不愿，却必须往前走。赵征羽为了心爱之人的命，萧仪为了家族的荣耀。

这一刻，赵征羽是个尚存幻想的十七岁青年；这一刻，萧仪所有的骄傲被碾碎，被迫成为牺牲品。

这场床戏充满了残酷，充满了身不由己。郑荣飞拍摄之前以为周西和陆北尧会出戏，可当他们走到镜头下，很快就入戏了。这里确实没了陆北尧和周西，他们把那种痛苦和绝望演绎得淋漓尽致，没有出戏，也没有NG。

郑荣飞在拍摄前想象过这段怎么演，但周西和陆北尧演出的是另一种感觉，没有很激烈的肢体接触，每一帧都有美感。他们两个的台词都很稳，郑荣飞见过陆北尧试镜，演技属于及格，但上戏之后，演技是九十分。他们一镜到底，郑荣飞喊停的时候意犹未尽。

陆北尧有些恍惚，看着周西片刻，抬手擦掉她眼角的泪。

拍戏时，周西也看着陆北尧，拼命地让自己入戏，催眠自己面前的人不是陆北尧，是赵征羽。但陆北尧一擦她的眼角，她就出戏了，这是属于陆北尧的独特动作。

难怪郑荣飞让陆北尧和周西先演这段戏，因为这段戏矛盾感最重。以前演的床戏是要熟悉感，现在他们演的床戏是要陌生感，他们得挑战极限，如果有一个人没入戏，郑荣飞就有理由把他们换掉。

郑荣飞刚要上前夸他们两句，看到这一幕，想把剧本砸陆北尧脑袋上，这一幕太让他出戏了。

"再来一次，刚刚你们加了很多自己的动作，没有跟我沟通。'赵征羽'，你可以再狠一点儿。你们的那种矛盾感可以再浓烈一点儿。"郑荣飞又坐回去，举起喇叭，"各部门注意。"

一镜二次，这次一气呵成。郑荣飞看回放，实在挑不出来什么问题，陆北尧和周西的感觉都很到位，他们的演技都是教科书般的，演绎的陌生感也恰到好处。

这段戏结束，周西起身往后台走，忽然手腕被拉住。她回头看到陆北尧，陆北尧还是那个扮相，窄腰被腰带勾勒出，身形挺拔，剑眉星目，鼻梁高挺笔直，好看得要命，陆北尧的古装扮相特别绝。

"你干什么？"

陆北尧看着周西，抬起她的手掰手指。她反应过来，立刻想收回手，陆北尧不松开，还看着她，把她的手指掰开，露出手心的一片红色。陆北尧紧蹙俊眉，目光更沉。

他们在一起太久了，那种陌生感确实不好演。为了入戏，周西在手心里攥了一根牙签，必要的时候扎自己一下。陆北尧看着她的手心，有一些地方皮肤已经被刺破了，渗出血。

陆北尧喉结滑动，抿了下唇，随即抬手摸了摸周西的后颈，把人按到怀里，抱得十分用力。身后脚步声响起，郑荣飞的声音传过来，陆北尧松开周西，若无其事地收回手，嗓音低沉地说："你去换衣服吧。"

郑荣飞走过来看到陆北尧，陆北尧朝他点头，他看向陆北尧的目光有些复杂。半晌后他才点了一下头，说："继续努力，不要膨胀。"

陆北尧点头，眯着眼很轻地舔了一下嘴角，看着郑荣飞一干人离开。陆北尧站了一会儿才走向保姆车。他换衣服时，小飞进来看他腿上的伤。小飞真是佩服这两个人，为了演陌生感都自虐。陆北尧在腿上划了一刀，天气热，又是拍古装戏，伤口捂在厚厚的衣服里，已经泛白且流出不健康的血水。小飞细致地给他处理伤口，两个戏疯子遇到一起能干出什么蠢事真是难以预料，小飞说道："你们在剧里快和好了，和好就不用这么痛苦地自虐了。"

陆北尧套上T恤，不在意地看了一眼腿上的伤口："捂严实点儿，不要让她知道。"

小飞点头。

"还得陌生一段时间，不用处理得那么精细。"

小飞无语。

陆北尧怎么可能和周西陌生！他们在一起生活了这么多年，强行拍陌生感根本不现实。他更不可能对周西残酷，这很矛盾。疼能让他清醒，提醒他要把周西当成一个完全陌生的人。别人拍床戏是洗脑自己，将对方幻想成现实中的爱人；他拍床戏是要把现实中的爱人幻想成陌生人，非常可怕，太分裂了，得保持百分之百的理智清醒才能把周西的感觉淡化。

《萧太后传》官方微博提到了一批演员，周西排第一个，第二个是陆北尧。

陆北尧不是探班，确确实实是进组。周西和陆北尧复合才公开多久，竟然合作了，而且进的是郑荣飞的剧组。粉丝一时间不知道是该骂团队傻让他们合体，还是该上去夸团队会接剧，郑荣飞的剧就代表了收视率，这两个人要一起“飞”。

萧晨接到消息后，看着手机半晌才缓过神来，之前《萧太后传》剧组一直没定男主角的扮演者，他就有种不好的预感，果然是陆北尧。这两个人一直掀起腥风血雨，现在要一起演剧，他不敢想这个剧最终会怎么样。

也有一些人等郑荣飞翻车，希望翻车的郑荣飞把周西和陆北尧一起“砸死”，一举两得。《萧太后传》的阵容公布之后，微博上网友沸沸扬扬地吵了几天，随后归于平静。因为是原创剧本，导演没有透露任何东西，网友也不知道两个人的具体角色是什么，不好直接下场“喷”。陆北尧没有微博不“营业”，周西的微博自从公开复合之后，再没有“营业”过。

两个人闭关拍戏，被郑荣飞折磨得半死，根本没时间考虑网上的言论。郑荣飞的要求特别高，还特别细致，他拿拍电影的劲头来拍电视剧，四十九集电视剧，陆北尧只活了十集就拍了一个月。

乱世混局，赵王揭竿而起，萧赵两家被死死地捆到了一起。长平关战役，赵征羽被困长平。

萧仪带铁骑夜袭敌营，里应外合打赢了这场仗。女人持着长枪坐在高头大马上，白皙的脸上有血，铠甲凌乱。士兵让开，她策马缓缓而来，扬起唇，笑着道：“夫君，我来接你。”

那一笑，赵征羽的一颗心彻底沦陷，这世上不会有第二个如此又酷又美的女人，他们的关系渐渐缓和，两人之间生出了爱情。

这场战役奠定了赵王的势力。公元前九一二年，魏国彻底灭亡，陷入了最混乱的十年，各地势力各自称王。也是这一年，萧仪有了她和赵征羽的第一个孩子，两人恩爱半年，赵家军攻打大梁。蜀国夜袭州城，赵家的男人在外打仗，女眷老小全在州城内，如果州城失守，不堪设想。萧仪身怀六甲却被迫穿上戎装铠甲。暴雨倾盆，她站在城楼上，看着火光漫天，看着千军万马，握着长枪，道：“人在城在，城失人亡。”

铮铮铁骨，曾经的少年将军回来了。萧仪是整个州城的主心骨，她在城在。她扛住了一阵又一阵的猛烈攻势，守了三天，等到了赵家军。州城保住了，她却失去了他们的孩子。

昏暗的房间内烛火飘摇，风卷着云雨在窗外呼啸。暴雨重重地撞到屋檐上，又缓缓地落入尘土之中。

房门被推开，佩剑撞到铠甲上发出声响，寒风卷着潮意涌入室内，吹得烛火疯狂挣扎。房门在身后关上，挡住了风雨，身穿黑色铠甲的男人阔步而至，一直走到床前。镜头拉近，男人俊美，身上杀气敛尽，只剩下无尽的温柔。他在床头坐下看着床上的女人——女人脸色苍白，消瘦脆弱。男人一身凉意，搓了搓手才碰女人的额头。床上的女人清醒，睁开眼睛，漂亮的明眸有着光。她本是要笑，但一扬唇角泪就滚了下来。

然后这一哭就刹不住了。郑荣飞喊停，说道："'萧仪'，你这边的情绪不太对，不能哭得这么痛，应该含蓄点儿。"

怎么含蓄！

周西哭得喘不过气，死死地攥着陆北尧的袖子。曾经她那么渴望有个孩子，一直想有个像陆北尧的孩子，男孩儿女孩儿都行，可他们什么都没有。陆北尧揽着她，泪滚了下来。他知道她为什么哭，他们这一生是不会有孩子了。他不喜欢孩子，以前不能理解她对孩子的渴望。但他跟着剧情走到现在，他们在剧里演怀孕的惊喜、两个人的期盼，后来孩子没了，他看剧本的时候就知道她拍到这里肯定会哭。陆北尧很轻地抚摸着她的头发，低头亲她的额头，唇贴着她的额头。

陆北尧抱着周西，抬头对郑荣飞说："导演，能不能给我们十分钟，调整一下情绪？"

郑荣飞想说什么，看到陆北尧的目光，又把话咽了回去。这是陆北尧进组以来第一次提要求。他跟那些徒有其表的年轻男艺人确实不一样，拍打戏，不管多累多苦，郑荣飞让他拍几遍就拍几遍。

"十分钟。"郑荣飞转身，挥手道，"大家都先休息十分钟。"

昏暗的灯光下，陆北尧捧着周西的脸，两个人额头抵着额头。他看着周西道："萧仪还会有孩子，会母仪天下。"

但他们都知道，在这里的不是萧仪。

周西抱住陆北尧的脖子，深吸一口气，嗓音沙哑地问："你会不会遗憾？"

"不会。"陆北尧没有丝毫犹豫，"我觉得我这一生挺圆满的，有爱人，有家人，有没有孩子我都是圆满的。"

孩子这个问题他们一直避而不谈，周西抱狗回来的时候，陆北尧就知道她在想什么，但没法儿说，不知道该怎么开口。他们不会有孩子，这一生都不会有。这部戏演到这里，他们得直面这个问题。

"我有点儿遗憾，很难受。"周西把脸埋在陆北尧的肩膀上，道具、服装咯得脸疼，她又移开脸，“五分钟就可以，不用十分钟，我调整过来了。”

这样的周西让陆北尧心疼。她很敬业，也很拼。前面她拍守城戏时，虽然是夏天，但被雨淋了三个小时。陆北尧不忍心看，又挪不动脚，就看着她被“折磨”了三个小时。她的拍摄强度一般的男人都受不了，她却扛着一声不吭地拍完。她长大了，坚强有韧性，长成了顶天立地的大女人。

陆北尧把脸埋到周西的头发里：“西西，我们虽然不会有孩子，但拥有很多圆满，不缺什么。”

他们都有些入戏，最近陆北尧的性格都开始往赵征羽身上贴了。

周西感受到潮意，抬头看陆北尧，擦掉他脸上的泪：“我知道，我们很圆满。”

赵征羽快“下线”了。

周西看着陆北尧，上扬唇角，又摸了一下他的脸。昏黄的灯光下，两个人的这一幕特别美。郑荣飞挥手示意摄影师拍下这一幕，铁血硬汉眼睛泛红、无声落泪的画面实在太美了。

五分钟后，周西和陆北尧继续拍戏，郑荣飞说：“小北，你可以试试刚刚的落泪。”

陆北尧一点就透。他是个有天赋的演员，第二遍就把克制与温柔演绎得非常好。他穿着一身冷硬的铠甲，却温柔地揽着他的心上人。学来的演技有上限，但天赋就无上限了。陆北尧和周西都有这个天赋，他们就是天生的演员。

最后一个镜头定格：陆北尧低头吻周西，温柔克制，这部戏里他们第一次接吻。整个画面很美，很动人。郑荣飞的鼻子发酸，他抬手捂着眼睛，太难了，这个吻并不令人讨厌，他们跨越一切走到对方面前低头接吻。

还有两集赵征羽就要“下线”了，郑荣飞能想象出观众到时候会哭得有多崩溃。

种种原因，前半年所有的聚集性活动全部搁置，电影节无法如期举办，《冠军》也没能送审。李欣把《冠军》的发行签给了许明睿，许明睿最擅长发行运作。

《冠军》定档到八月六日。许明睿的计划是他就算吃不了肉，也要分点儿汤。这一个月国家对国产电影的扶持力度巨大，小成本的《冠军》需要尽可能地蹭点儿热度。他们对《冠军》的票房不抱希望，这部戏就是拍来冲奖的。《冠军》投资不大，票房千万元就赚了，前期宣传没砸多少钱，也没有首映。许明睿的意思是，八月六日，周西请假一天跟着跑两个城市路演，票房不那么难看就行。

陆北尧的《边境武警》也提档了，八月一日上映，这部戏有点映，也要办首映礼，也有路演。这部戏是大投资，各方面都很重视。陆北尧七月二十日就要去参加活动，必须在七月二十日之前结束《萧太后传》的拍摄。陆北尧原计划《萧太后传》拍摄一个月，签的合同也是一个月的，但越拍郑荣飞越喜欢他，就不停地给他加戏。

赵征羽这个角色被陆北尧演活了，有血，有肉，有野心，有抱负。能让萧仪成为千古一后，能让萧仪念一生，这个男人就是白月光似的存在，人物不能太单薄，郑荣飞就一直在丰满这个角色。

公元前九一八年，赵家一统天下，老赵王死在了登基的路上。赵征羽发动兵变，囚禁了前往京都的大哥。赵征羽手握兵权，在一干建国功臣的拥护下登基称帝，萧仪封后。他称帝第六年，北边外敌来侵，他御驾亲征，将朝中政务交给了皇后。这一仗打了三年，他声势浩大地开疆拓土，打出了武帝的魄力，极具震慑力，却在班师回朝的途中遭遇暗杀。他望着京城的方向，却再也回不去了。

陆北尧的杀青戏是在蒙古拍的。七月盛夏，草原上的温度却还带着寒意。风卷着帐篷顶，呼啸着，牧草的气息落入帐内。一身血的男人挣扎着，看向回路。他用最后的力气，交代身后事：皇子年幼，皇后贤德，政事皆决于皇后。

周西裹着火红色的披肩坐在郑荣飞身边，看着脆弱消瘦的男人胡子拉碴，身上血迹斑斑，吐出最后一口血，缓缓地倒了下去。镜头拉近，他手中紧紧地握着一个玉佩，至死没松开。这是皇帝出征时，皇后亲自给他系上的。帐内归于平静，周西捂着脸不敢发出声音，怕当场哭出来。她不能哭，得省着眼泪拍下一场戏。

“皇帝驾崩！”

太监的声音飘荡在草原上，袅袅似乎带着回音。

“停！”郑荣飞先哭了，捂着脸哽咽地把红包递给周西，抬手指了一下，“去，给小北。”

郑荣飞不想去，还在别扭。陆北尧杀青了，演得非常好。开拍时，郑荣飞给他打八十分，现在就是给他打满分郑荣飞还嫌不过瘾，又让他做完了“加分题”。

周西握着红包的手攥得很紧。她看着床上的陆北尧，心里蓦然一空，大脑一片空白，慌得不知所措。好在他起身得及时，坐起来抹掉嘴角的血迹。小飞送来水让他漱口，他漱了口，压下那股怪味，看向周西，然后笑了起来，张开手：“皇后。”

这是唯一一位没有后宫的皇帝，唯一一位全心全意信任着他的皇后的皇帝。他们从少年走到中年，在乱世中一步步地走来。他心狠手辣，为权力不择手段，残害兄弟，冷血无情，唯独把皇后放在心尖上。

周西走过去用力地抱紧陆北尧，把红包塞到他的手里：“恭喜杀青！恭喜陆老师！”

这是周西和陆北尧拍的第二部戏。时隔五年，他们从无知无畏的青年走到现在，有了敬畏心。剧里两个人结为夫妻十六年，都已过了三十岁，陆北尧留了胡子，周西也更端庄、稳重、成熟。

“你还有很长的路要走。”陆北尧抚摩着周西的头发，入戏很深，笑得眼睛含泪，“皇后，以后的路虽然你是一个人走，但我的爱永远陪着你。不要怕，你是大盛王朝最强大的女人，是我的女人。”

周西抬头看陆北尧，眼睛一眨，鼻子有些酸：“陆北尧。”

“嗯。”

周西抿了抿嘴唇，死死地揽住陆北尧的脖子，声音沙哑地说：“你以后不准比我先死，听到了吗？不准。”

陆北尧拉开周西，修长、骨节分明的手指缓缓地擦过她漂亮的眼睛。他静静地注视着她，她浓密纤长的睫毛动了一下，沾上了雾，有些潮，他嗓音低沉地说：“好，我永远不会离你而去。”

他一定会死在周西后面，如果死在周西前面，周西该多难过呀，周西得哭成什么样？他怎么舍得！

“拍完这部戏我要休假。”周西的额头抵着陆北尧的手，她想跟陆北尧结婚了。

周西生病之后，总觉得结婚没有什么意义，但看到赵征羽和萧仪婚后十六年，义无反顾，相爱相守；赵征羽弥留之际，回望京城，眼中那深深的渴望与爱意。她想跟陆北尧结婚了，组成家庭，他们是彼此的家。周西说：“我们结婚，度蜜月，休长假，什么都不管。及时行乐，不要留遗憾。”

秦怡咳嗽得嗓子都快断了，现场这么多人，周西说的这些话传出去怎么办？小飞在旁边也急得团团转，频频地想插话：“西姐，北哥……”

“好，我们结婚，拍完这部戏就结。”陆北尧什么都不要，就守着周西，“我们办一场盛大的婚礼，昭告天下。”

陆北尧想立刻求婚，此时求婚周西肯定会同意。他火急火燎地找戒指，但那枚两次都没送出去的倒霉戒指被他扔了后，他订的新戒指还没到。

陆北尧原本想杀青后陪着周西拍戏，结果第二天许明睿亲自开车过来接他，迫不及待地来接他，火烧屁股一样。不要问，问就是没有他，许明睿立刻暴毙。他真想一剑戳穿许明睿，许明睿真是比周扒皮都狠。他身不由己，成年人的世界没有“容易”二字，不管他多想跟周西出去度假，多想撂下所有的事情一走了之，责任都让他寸步难行。

陆北尧走后，周西拍到得知皇帝驾崩，萧仪哭得撕心裂肺。

《边境武警》是陆北尧拍的第二部电影，业内有个说法，电视剧和电影是两个市场。陆北尧就是电视剧演员，他的上一部电影失败后，他就一直没有再拍过电影，直到拍《边境武警》。他对《边境武警》的票房没有特别期待，随缘，不“扑”得太惨就好。他玩儿命地拍这部电影，希望有机会拿个奖项提名。

陆北尧从《萧太后传》剧组出来，没有任何过渡地直接进入下一个工作。他出戏虽然不算慢，但这么急，又是全身心地投入一部剧，直接被拽出来，他的灵魂还在挣扎，以至于他那张面无表情的脸看上去特别阴沉。《边境武警》剧方一开始打算让陆北尧上综艺节目宣传，但看到他那张面无表情、阴沉的脸，剧方就放弃了这个念头——让他上综艺节目做宣传，肯定砸招牌。于是剧方决定直接跑路演，陆北尧拍《萧太后传》时减重十斤，身高一米八五，体重六十五公斤，瘦得特别明显，五官线条显得愈加冷硬，眸子透着一股平静。

第一个活动的地点是在B市电影院，导演想让陆北尧说两句，将话筒传到他的手里。他环视四周，然后垂下眼帘，沉默片刻才抬头道：“这是整个团队的心血，所有人的努力。大家非常用心地拍，这个故事很好。”他的声音低沉，有一些哑，“希望你们能来电影院观看。”

电影和电视剧不一样，电视剧看一会儿就是收视率，点一下就是播放量，如果没有强烈的需要，不需要额外付费；电影则需要大家走出家门，走进电影院，付钱买票。

陆北尧的口碑不怎么样，他担心自己拖累票房。虽然所有人都说票房的好坏与他无关，都不会让他担责，但他是主演，如果《边境武警》“扑”得太难看，就是他的“锅”。

陆北尧穿着一件黑色衬衣，袖扣一丝不苟地扣着。他站在电影院的大屏幕前，逆光之下，俊美的脸严肃。片刻后，他郑重地鞠躬：“谢谢。”

今天来现场的人大半都是陆北尧的老粉丝，时隔多年，陆北尧的第二部电影上线，他们想来为曾经热爱过的男孩儿买一张电影票。他鞠完躬，全场尖叫。每个人都在蜕变，他从曾经那个沉默冷傲的少年，一步步地走到现在，他们都被生活改变着。

陆北尧的粉丝是奔着陆北尧来的，听他的话把电影看完后，他的粉丝疯了，这部电影就算陆北尧求他们中途退场，他们也不走。

《边境武警》点映口碑大爆，超出所有主创的预料。他们想过这部电影的反响应该不错，因为他们确实用心拍了，剧本也磨了很多年。演员被按到深山里拍了四个月，才被放出来，其间陆北尧还被钢条几乎刺穿肩膀。大家经历了很多，就是想把这部电影拍好。他们没想到得到的会是铺天盖地的好评。陆北尧的俊美不太适合拍这种主旋律电影——这部电影节奏快，热血，是军人题材，但在这部电影里他不会让观众有丝毫出戏。

八月一日《边境武警》首映当天票房1.6亿元，不过大家也没敢飘。电影首映赶上周六，还是“八一”建军节，他们这部电影的主旋律又是致敬边境武警的，大家猜测1.6亿元应该跟节日有关。这部电影的前期投资挺大的，这算是基本盘。

八月二日的中午十二点，《边境武警》的票房就飞到了1.6亿元。晚上十二点的钟声响起，导演死死地抱着旁边的许明睿号哭——爆了。八月二日票房达到两亿元，电影上映后累计票房达3.6亿元。同期一共七部电影，其他电影累计票房才一亿元，还不到《边境武警》票房的三分之一。

陆北尧正在跟周西打视频电话，房门被踹开，他缓缓地抬头，许明睿冲进来，直扑向他，他抬腿就将许明睿踹到床上。他的耳朵通红，他关掉视频电话道：“你有病？”

“三亿六千万元票房！两天！”许明睿扑过来，握住陆北尧的肩膀使劲晃，狂吼道，“你不激动吗？你不是票房毒药了，不激动吗？你知道老子是顶着多大压力把你推到‘一番’位置上的？你个票房毒药，电影导演都不敢用你。你知道你有多可怕吗？吓死我了！我是跟人签了‘对赌协议’的。要是票房惨淡，我‘头’都没了！”

陆北尧还不知道“对赌协议”的事，难怪许明睿会力荐他拍《边境武警》：“‘对赌协议’？跟谁？”

“这不重要，重要的是我们都赚了！”

陆北尧抬腿踹开许明睿，捡起手机给周西发微信：“三亿六千万元！”

周西还在蒙：“什么三亿六千万元？”

周西：“啊啊啊！票房三亿六千万元？”

周西：“两天三亿六千万元！”

陆北尧的唇角微微上扬，随即又压了下去。他考大学选专业是高三班主任给他推荐的。他随着大流麻木地往前走。大二跨大三那年暑假，他答应了经纪公司的签约邀请，一脚踏进了娱乐圈。整整六年了，别人骂他只有一张脸，没演技，没能力，他就拼命地去学演技；别人骂他不敬业，他就做好每一份工作。数据爆了是运气好，是天时、地利；数据“扑”了，全是他的“锅”。

“这两天是周末，人流量本来就大，也不用太膨胀。”陆北尧面无表情，冷静地说，“一周过完再说，虽然整部电影节奏很好，但也不是全无瑕疵，现在高兴为时过早。”

许明睿坐在地毯上，长腿提到另一边钩开柜门，翻身过去取出两罐啤酒，扔给陆北尧一罐：“谦虚了，哥哥。”

陆北尧果然是谦虚了，周一《边境武警》的票房是下跌了，只有 1.7 亿元，但周二又炸回来了，有人去二刷，还有单位包场，票房直接飞到了 2.3 亿元，之后就平稳地停到了 3 亿元。

许明睿已经在准备开狂欢派对了，《边境武警》上映第五天票房就破十亿元了。

原计划于八月六日上映的《冠军》，因《边境武警》的数据大爆，《冠军》剧组在犹豫要不要在这个时间上映。《边境武警》以碾压式的数据干翻了同期的全部电影，一骑绝尘，《冠军》在这个时候上映就是“送人头”。两部电影，一部是陆北尧主演，一部是周西主演，这是情侣互搏吗？两部电影许明睿都有投资，他是左右手互搏？

周西原本打算八月六日请假回去参加路演宣传，但《冠军》剧组因为这件事争论起来，她的行程就成了未定。

最后许明睿发出疑问："《冠军》和《边境武警》有竞争可言吗？上吧，早死早投胎。"

反正《边境武警》赚了，《冠军》的投资本来就小，赔也赔不到哪里去。李欣张了张嘴，愣是没反驳的话，他的上一部电影票房百万元，他没有话语权。如果说曾经的陆北尧是票房毒药，那李欣就是票房"鹤顶红"——一滴死。

周西第一次拍电影，还得罪了自己的大粉丝，现在所有人都坐看她的电影失败，她根本就不扛票房。胡应卿的微博已经半年没更新了，他也不参与宣传。到底谁给李欣的自信，《冠军》能跟《边境武警》争市场？

《冠军》按照原计划上映，八月六日周西飞回了S市，做第一场活动。接机的是萧晨的助理，最近萧晨把周西的工作重心都移给了秦怡，以后可能不会亲自带周西了，他手底下的艺人太多，他忙不过来。之前他想把秦怡提到经纪人的位置，奈何秦怡的性格太平和，不争不抢做不了经纪人。他就想提拔他的助理，他的助理姓林，是一个三十来岁的女人，非常干练。

周西坐上车，接过林助理递过来的水喝了一口，林助理把通告表递了过来："这个活动没有什么价值，不用花费太多时间。活动结束后，你今晚就回《萧太后传》剧组。"

还没开局，所有人都给周西判了死刑。她看了林助理一眼，接过通告表，懒得多说什么。她不喜欢这个林助理。

"其他的有什么问题，直接跟我说就好了。"

微信上《冠军》剧组群里弹出一条消息，周西打开，看到胡应卿发了个红包："票房大卖！"

胡应卿已经很久很久没有出现了，周西看着这个红包，有流泪的冲动。所有人都看不上这部电影，可他们是很努力地去拍的。她拍完这部电影很久才出戏，胡应卿沉寂了半年。

群里的人一个个跳出来——导演、制片人、灯光师、摄影后期人员、道具组人员、服装组人员，每一个人都是那么努力地去完成自己的工作，他们共同努力才有了这部电影。

胡应卿："《冠军》拍得很好，非常好，这是一部质量非常高的电影，我很喜欢。我不能去现场做活动，不代表我不欣赏这部电影。我很爱它，希望它越来越好。”

随后李欣在群里发了一条微博链接：“虽然这点儿宣传杯水车薪，大家能转发的还是转发一下吧，哪怕多卖出一张票，能多一个人观看，都是值得的。”

周西点开链接转发，手机卡了一下，她从微博登录再进去找《冠军》官方微博，看到官方微博已经转发了八万条，官方微博的影响力什么时候这么大了？昨天的宣传微博一天才一万条的转发。她打开转发，第一个转发的是陆北尧工作室，第二个转发的是陆北尧后援会。陆北尧工作室送一万张《冠军》电影票，请一万个人看《冠军》；陆北尧后援会是直接办了个八万六千元的抽奖：八月六日，《冠军》首映。

周西再往下翻，看到胡应卿转发，并写了一封给《冠军》观众的信。他的微博半年没“营业”了，他在信里写了拍《冠军》时他们都经历了什么，拍完之后他入戏太深，陷入了困境。最后，他希望大家能支持一下《冠军》，这是一部值得看的电影，求大家能给个机会。他的这封信写了一万字，做了张长图。他那么傲气的人，竟然会低头求观众！他在圈内多年，有一票朋友，所有人都帮忙转发。

周西突然不敢转发了，怕因为她造成粉丝的逆反心理，这半年她的口碑可是差到了极点。李欣说多卖一张票就多一个机会，她怕她出声后会失去这些机会。她曾经轻狂，无所顾忌，自认为对得起所有人，但此刻她感受到了身上的压力，那么沉重，那里站了太多人，有太多人的期待、太多人的希望。她握着手机，最终还是放了回去，没敢转发。

活动现场是在环海影城，S市最大的电影院，在S市最大的商场里，活动进展得却不是很顺利。当天上映的还有一部青春电影，主演是前段时间女团出身的女星。两部电影剧组同时做活动，电影院肯定选择钱多的。女团出身的女星的粉丝在商场没开业就过来蹲守了，人山人海的。《冠军》剧组惨兮兮的，只有周西和李欣，对比之下周西的名气还算大的，李欣直接查无此人。但过完年周西作了一通，公开恋情伤了粉丝的心。她在路人中口碑还不错，路人是《深宫乱》积累的观众群体，但这部分人很少有狂热的，也很少出来买票看电影。

明明是电影院沟通的问题，是他们的工作失误才导致两个剧组正面撞上，但电影院那边直接取消了《冠军》剧组的活动，这操作令周西目瞪口呆，换一个厉害的明星，能立刻让电影院道歉。可惜，她没有多少粉丝了。李欣气得骂脏话，他们的活动被迫取消。他们在安全通道等了一个小时，下午三点才进入电影院放映厅。周西进去的那一刻，心都凉了半截儿，中号厅竟然还没坐满。

只有十分钟宣传时间，周西看着观众席，忽然眼睛就红了，握着话筒转身："对不起，抱歉。"

李欣递给周西纸巾，拍了一下她的肩膀："没事。"

"希望大家不要因为我错过这部电影。"周西深吸一口气，看向镜头，看向观众席，也看向所有人，"这部电影非常优秀！"

观众陆陆续续地进场，这里有很多人都不是周西的粉丝，大部分是路人，也不知道有这个宣传，买了票并没有立刻进场，开场时才进来，也不知道是什么状况。

周西离场时，观众席坐满了，可能是唯一一次坐满人。

周西走出放映厅，垂着头低声说："对不起！"

"本来就不抱太大希望，预料之中。"李欣拍了一下周西的肩膀，长叹一口气。这一天真正到来的时候，他没有想象中的那么难受，如释重负。这怪不了周西，对他来说，电影能拍出来就是最好的结果。陈星是他们的小孩儿，周西也是他们的小孩儿，他不忍心看周西道歉："没有对错，你面对了自己，没有欺骗任何人。我的电影的票房就是赔掉裤子与赔掉内裤的区别，没差了，我也正面认识了自己。你放宽心，加油拍新戏，你演的电视剧很好看。"

李欣对《冠军》的票房已经不期待了，唯一的希望是不要影院"一日游"。排片多少不重要，哪怕只占百分之一也行，他希望能撑到七天，起码"七日游"——豪华。

之前许明睿吐槽李欣竟妄想跟《边境武警》争市场，当时李欣的内心还有点儿不服气，万一呢？事实证明，"万一"的概率比他参加世界小姐拿冠军的概率还低。

第一天经过微博全方位的明星转发炒热度，《冠军》的票房是七百万元，很好了，已经超越了李欣上一部电影的票房，他心满意足。当天院线就发来通知，希望《冠军》能下线，许明睿扛住全部压力，又争取了两天，万一能翻个身呢？第二天票房三百万元，许明睿惊得下巴都掉了。他也算是见过大风大浪的人了，没想到这回真是大开眼界，七百万元的票房竟然还有降低的空间！

孟晓最近在忙新项目，忙得昏天黑地。她看到《冠军》的票房时已经是第三天凌晨，胡应卿的粉丝群里《冠军》被嘲得很惨。

论实绩，胡应卿拿过影帝，拿过票房冠军；周西从出道到现在就有一部不怎么好的青春剧，在《深宫乱》里是“三番”，现在直接在《冠军》里扛“一番”。胡应卿平和，不代表胡应卿的粉丝不在意。顶级小花的首部电影一千万元票房，还面临院线劝退，看过这部电影的人成了小众，很多人只是跟风抹黑周西，都没有进电影院，就开始说她演技差、电影剧情不好。

孟晓打开群回复：“你们看过电影吗？看过就晒票根，没看过就评论有意思吗？这是老大的群。老大为了这部戏付出了多少心血？他在微博里求人。他求过人吗？他会为一部烂片求人吗？他们付出了多少努力，你们知道吗？你们可以不去看，老大也没强迫你们去看，你们有什么资格这样说？至于番位就更可笑了，这部电影里没有番位，每个人都是主角，都是一番。”

孟晓是群主，没人能踢她。

“周西做过什么？她只是喜欢了一个人，有什么错？他们因为爱情在一起，因为爱情分开，因为爱情复合。她完全可以隐瞒，但她公开了，很勇敢，这是对她的粉丝负责，对她的爱人负责。她没对不起你们，你们有什么资格抹黑她？”

“群主，你是周西的粉丝吗？”

“我不是周西的粉丝，我只是看不惯你们这样说。我去看了这部电影，因为老大去的，质量非常好，节奏非常快，群里有看过这部电影的人出来吱一声。这部电影是质量过硬的励志片，凭什么被诬蔑？我不会因为别人的眼光连电影都不敢看，也不会被别人的言语影响而失去思考能力。大家都是成年人，老大的粉丝群里，我想应该没有不会独立思考的人，希望大家有判断能力。”

群里安静了几秒，冒出一个老粉丝发了票根：“我看过，确实是质量片。老大和周西演得都很好，没大家说的那么糟糕，群主说看过之后再发言有一定的道理，希望大家理智。”

话语权把控在大多数人手里，少数看过《冠军》的粉丝也不敢说话，说话就会被嘲讽。孟晓是大粉丝，有发言权。

孟晓看过《冠军》的成片，对这部片子的期望还挺高的。这是一部高质量的片，她几度看哭，结局那里，她哭到喘不过气；这也是一部励志片，就是让人眼睛里含着沙。胡应卿和周西的演技都很绝，虽说是小成本，可一点儿都不敷衍。全程无“尿点”，节奏快，打戏热血。

孟晓以为《冠军》的保底票房一个亿，如果不碰到特别“能打”的，估计会再往上冲。没想到上映两天一千万元的票房，前面七百万元的票房还是靠着明星们转发，拼命地给宣传，还有主演的粉丝买票撑起来的；第二天票房砍半。口碑崩了吗？孟晓迅速搜索《冠军》，评价还不错，但每个好的评价下面一定有嘲讽的声音。

孟晓揉了一下眉心，心情很复杂，跟风现象就是如此。周西得罪了人，一百个人抹黑她，真相是什么就没有人关心了，大家知道跟着嘲笑、抹黑她有热度就会跟风。孟晓打开朋友圈，看到许明睿刚刚发的一张截图，是院线那边的工作人员跟他的聊天记录：最后一天，《冠军》的票房到不了五千万元就下线。

孟晓点开大图，还想再看，返回发现许明睿把朋友圈删除了。她抿了下唇，打开微信发信息给许明睿：“《冠军》就这样了？”

许明睿：“就这样了。”

许明睿也看过《冠军》，这部电影的宣传发行是他做的，虽然不如《边境武警》投资多，但该给的宣传都给了，就是票房邪门，惨到让人迷惑。他以为最差也得五千万元票房、院线“七日游”吧。他虽然之前吐槽李欣，但也是不想让李欣压力太大，他们不指着这部电影赚钱，但惨成这样，他吐了。

许明睿：“你怎么还没睡？几点了？天天熬夜？熬成国宝了，快去睡觉。我忙完也要睡了，今晚最后努力一把，怎么也得‘七日游’。怪我，不应该放到竞争力这么强的月份上映，如果放到九月或者十一月——竞争力小的月份上映，能撑得久一点儿。我太自信了。”

许明睿：“这部电影的内容真没问题，我不知道问题出在哪里。赶快睡，今晚我和老陆都不睡了，为这几千万元票房熬夜。”

许明睿又发了几句脏话，孟晓已经懒得纠正他的脏话了，随他去吧。周西没有什么根基，复出之后，演《深宫乱》的女二号、《冠军》的女一号，只有这两部作品，而且还公开恋情，这是致命性的打击。

孟晓：“你们有什么计划？怎么做？”

许明睿发来一张截图。他们不需要这部电影赚多少钱，起码不能难看，这是周西的第一部电影。孟晓扫了一眼文案，立刻打电话给他，那边接得很快。

“你们写的文案也太烂了，这样不行。”

“应该怎么写？”

“你们公司的宣传发行谁负责？”

许明睿报过来一个名字，孟晓啧了一声，说：“老古董，果然不懂年轻人的营销，这是八百年前的套路了，如今已经进棺材埋土了，也就骗骗你这种人傻钱多的二世祖。”

许明睿无语。

业内大拿在孟晓这里一文不值，许明睿在孟晓这里都是笑话。

“几点要发？”

“早上七点之前。”许明睿说，“你想干什么？不准熬夜，听见了没有？熬夜对身体不好。你最近什么样，心里没数？”

“没有。”孟晓撑回去。

许明睿没话了，停顿了几秒，说：“姑奶奶，你去睡好吗？没有五千万元的票房，我自己去买五千万元的票。”

“凌晨三点之前，我把文案发给你。”孟晓深吸一口气，抬起下巴，咬了一下牙，“我不能让那些别有用心的人毁了这部电影，这部电影很好，不应该被埋没。”

S市，周启宇的手还不是很利索，他戳着电脑键盘一个字一个字地输入，给曾经的老朋友发邮件。邮件发出后，他又给S市餐饮协会发去邮件。他的火锅店开起来后，他就迅速地把餐饮行业的人脉联动起来了。他之前一直糊涂，清醒后智商就又“上线”了。

敲门声响起，周启宇推了一下鼻梁上的眼镜：“进来，没睡呢。”

董阿姨进门看到周启宇在艰难地上网，把炖好的汤放到他面前：“《冠军》的票房一定会起来的，你也不要着急，你的身体不能熬夜，你早点儿睡。”

周启宇急啊，那么好的电影，就一千万元的票房。这个时间点，一千万元票房的电影基本上就要下线了，下线再回来就很难了。

“你先去睡吧，不用管我，我等会儿再睡。”

周启宇在联络S市餐饮联盟，跟《冠军》电影方联合起来做活动——票根换折扣，电影方宣传时把餐饮联盟带上，互惠互利。

周启宇一个字一个字地敲，言语诚恳地联络各方面关系，来打通这个环，《冠军》多一张电影票就多一个机会。他发完邮件，去微博电影大V博主底下评论和私信推荐《冠军》。他在传媒方面的人脉全没了。他知道周西的团队应该有对策，但那是团队的事。他作为普通人，想力所能及地做一些事，这是最笨的方式。

凌晨三点，第一位大V博主回复周启宇："我看过《冠军》，拍得不错，但这个影评我不会发，发出去一定会引起争议，我不想沾脏水。"

周启宇两眼放光："电影是好看的，对吧？"

沉默良久后，对方回复："是。"

"那就好，谢谢你欣赏这部电影。"周启宇给对方发了一个红包，"谢谢你，小朋友。"

之后再没有大V博主回复过周启宇，他摘掉眼镜，看着电脑屏幕上一家三口的照片，抬手放到屏幕上，许久后，长叹一口气，继续去大V博主微博底下刷评论。

第十二章

愿你得偿所愿

孟晓把文案发给许明睿后，看到微博提醒，于是打开微博，看到周西在凌晨两点半发了一条微博。配图是周西仰起头站在散打台上，光从她的头顶打下来，一滴汗从下巴滑落。她浑身都是伤，却使劲握着拳套，高举着。配文："被打倒过，被折过脊骨，被命运踩在脚底，无能为力，被嘲讽、奚落、蔑视，放弃吗？我不想放弃，那就往前走。"这是《冠军》里的一句台词。

凌晨四点，李欣放出了十个花絮。他本来想在电影下线时放，后来想想，可能下线的时候他们又"查无此人"了，不如在还有人看时，把一切都放出来。

第一个花絮：周西被打倒在地上，然后撑着爬起来，疼得面容扭曲，靠在围绳上喘气："让我休息两……一分钟，再来一次。"

第二个花絮：周西的脸上有血，她笑着回头看向镜头，短发如被狗啃过般，脸很纯净，笑得也纯净，仿佛又回到曾经，还是那个无畏的少女。

第三个花絮：周西靠在围绳上，队医为她涂药，她疼到咬自己的手臂，眼睛泛红。

第四个花絮：胡应卿问，"疼不疼？"周西抬起头，眼睛里含着泪："我刚刚拍得好不好？入戏了吗？"

第五个花絮：周西裹在羽绒服里叫冷，李欣说"开拍了"。周西毅然地脱掉羽绒服，走了出去。

第六个花絮：广西那个四合院中，周西躺在露天的散打台上，捂着脸说："周西，加油，你能拍好！陈星，加油，你能拿冠军！"

…………

这些周西从来没有说过，没有叫过苦，也没有叫过累。一个个镜头过去，剩下最后一个视频。

摄影师扛着机器采访，镜头里是一张张的脸。

"你好，我是陈星。"周西下巴一抬，张扬自信，"我是拿冠军的女人！"

"你好，我是李勋，是一直想拿冠军，却一直拿不到冠军的男人，"胡应卿看着镜头，"但我的星星拿到了冠军。"

"你好，我是李欣，票房'鹤顶红'。"李欣靠在椅子上，压下帽檐盖住脸，哽咽出声，"有生之年，我想拿一次票房冠军！"

"你好，我是李浩，拿过世界散打冠军，"李浩站在台前，笑得露出一整排牙齿，"依旧没有人认识我。"

随后整个画面陷入黑暗，大约有半分钟，画面突然亮了起来。女孩儿坐在空荡荡的体育馆里，坐在台上，荡着腿趴在围绳上。镜头越来越远，一直到画面中看不到女孩儿，最后整个画面再次陷入黑暗。

"最后一天，"李欣的声音哽咽，"我们用全部心血拍成的《冠军》，就剩下一天了。"

十个花絮一共一个半小时，许明睿全部看完后，想骂李欣。李欣会拍电影，确实会拍，太会拍了，但《冠军》的宣传片是真烂，太矜持了，以至于有点儿装。要是将最后一个花絮当宣传片，票房怎么会垃圾成这样？该煽情的时候就要煽情，矜持含蓄不适合这个快销市场。

许明睿拿过电脑打开聊天框，陆北尧匆匆地从洗手间出来。他澡洗到一半看到李欣发的微博，冲了一下就裹着浴巾出来了。他大步走向电脑，喉结滑动，嗓音沙哑，电脑屏幕的亮光映入他的眼中："李欣发的花絮比宣传片有意思多了。"

李欣发的《冠军》花絮多有意思？早上六点半，李欣发的花絮被推上了热搜。

早上七点半，第一缕金色的阳光普照大地，此刻，万物苏醒。新的一天，新的开始。

“《冠军》的最后一天”冲上了热搜第一位。周西又请了一天假，多跑一天路演。她转发了《冠军》剧组的微博，又发了一条新的“营业”微博。陈星是踩着荆棘踏上铺满鲜花的领奖台的，周西不想放弃，哪怕是最后一个小时，她也想努力到最后一秒，相信自己也会走过荆棘，踏上人生的领奖台。

许明睿在挨个儿地联系电影院，最后一天，电影院会下《冠军》的排片，他昨晚就在安排了。他又让院线抽了一成票房，换排片，拿头保证上座率达到百分之六十。

周西和她的团队要跑遍整个S市的电影院，只有一天时间，其他的城市实在没办法了，不然她恨不得每个地方都去一遍。周西化好妆要出门时接到了胡应卿的电话，他们已经很久没有联系了，她握着手机，听到胡应卿的声音。

“我到S市了，一起做今天的活动。”胡应卿停顿了片刻，“我不想让这部电影沉没，我们共同努力，再拼一次，成败在此一举，无论结果如何，我都认了。”

周西攥着手机，垂下头，随即脊背挺得笔直：“好。”

“加油！”

“加油！”

周西、胡应卿和李欣三个主创一家电影院一家电影院地跟人讲剧情，鞠躬感谢大家的支持，一直忙到晚上十一点半。不知道是李欣的热搜有用，还是周西和胡应卿联动发微博“营业”有用，今天活动时放映厅里一直有人，《冠军》每一场播放时放映厅都是坐满人的。晚上十一点四十分，三个人回到车里，靠在座位上麻木地看着车顶，车内寂静，所有的声音被隔到了外面。周西心跳得飞快。她没敢看实时票房，仿佛在等待审判，在等待最后一刻刀落下来。

“你怕不怕？”胡应卿的嗓音有些哑。

胡应卿本身不爱说话，但今天从上午十点开始做活动，他一直跟粉丝、跟观众聊到晚上十一点半，感觉自己把下半辈子的话都说完了。周西也是，怕说多错多，就一直给人唱歌，唱《冠军》的主题曲，嗓子哑得厉害，都怀疑回到《萧太后传》剧组会被郑荣飞打死。

“怕。”

“其实我挺好的，这部戏有一千万元的票房，还上了好几个热搜，已经是我票房生涯中最高光的时刻。”李欣抬手盖在脸上，“豪华‘三日游’，我已经很知足了。”

周西转头看向李欣，也抬手盖在脸上：“胡老师，还有几分钟午夜十二点？”

“十分钟。”胡应卿抬起手腕看时间，也没敢看手机。他是拿过十几亿元票房的人，竟然会怕这个。

真煎熬！周西的尾指都在发抖，她知道不该期望，但还是不甘心，不想就这么放弃。也许有峰回路转，也许有奇迹，也许上天被他们感动了，大发慈悲，赏他们个几千万元的票房。

他们从早上关手机到现在，拒绝跟任何人聊《冠军》的票房。

昨天许明睿发的朋友圈周西看到了，五千万元的票房，在粉圈不值一提，甚至会引起“众嘲”，多么微不足道的数字，可对《冠军》来说，那是不可逾越的大山。国内竞技题材电影的票房一直不怎么样，他们有心理准备，但这一天到来时他们还是被惨烈的票房重重地击到了现实的“沙滩”上。

忽然，车门被拉开，周西抬头，心一下子跳到了嗓子眼，手心冒汗，想让秦怡别太快把结果说出来。

秦怡探头进来：“《冠军》的票房累计八千万元，许总今晚开庆功宴，已经订好了餐厅，你们三个不用躲了。”

周西一整天什么都没有吃，听到秦怡说话，脑子一片空白。

粉丝和明星本来就是相互的，周西什么都明白，也很清楚不能把自己全部剖开放到太阳底下，这样注定会失去一些东西。她能接受这种失去，但对团队她非常内疚。她不喜欢欺骗，无论是在哪个阶段，都不愿意去欺骗别人，这是她做人的唯一原则。

《冠军》的票房过五千万元了，能再撑一段时间。这部电影投资一千万元，再加上宣传发行、院线分成，票房三千万元就能回本。过了五千万元，就是赚了。

周西抬手盖在脸上，这是所有人的努力、所有人的心血。她先听到嗷的一声惨哭，以为是自己，随即想到自己不会在外面发出这么惨烈的哭声。她转头，李欣转身把头埋到她的肩膀上，号啕大哭。

《冠军》累计票房八千万元，单日票房七千万元。李欣喜欢拍电影，纯粹地追寻着自己的喜欢，也没想拿多高的荣誉，就是想拍故事给大家看。但电影能拿奖时大家一起捧他，电影拿不了奖又没有票房时大家一起骂他，以至于他连拍电影的机会都没有了。现在有八千万元的票房，他可能有机会再拉到投资，能再拍自己喜欢的故事。

其实这一次活动胡应卿不应该参加，《冠军》的“一番”是周西，他来不来关系都不大。他这几年很少参与宣传，也不喜欢宣传。“《冠军》的最后一天”上了热搜，他没有通知他的经纪人就赶了过来，甚至都没考虑这样做会造成什么样的影响。

陈星在台上厮杀，李勋穿越山海、穿越所有的困难疯狂地赶到现场，声嘶力竭地呐喊：“星星加油！”

《冠军》的最后一天，也许没有明天了，那“李勋”会不顾一切地到“陈星”身边。

胡应卿转头看向窗外，眼泪夺眶而出。

秦怡冷静地看着车内的三个人，狠狠地咳嗽了一声：“外面有记者拍呢，你们冷静点儿。”

没办法冷静，这车上就没有冷静的人。秦怡拍了一张照片，说道：“你们要不……拍个合照？”

午夜十二点三十分，《冠军》的官方微博发出来一张照片。昏暗的车厢里，《冠军》的三位主创坐在车的后排扬唇笑，眼睛里噙满了泪。他们狼狈到了极点，每个人都是拼尽全力后的样子。车外是霓虹灯，是这个世界的繁华，车内是他们拼命守护的梦想。旁边是巨大的字：《冠军》票房八千万元。

这几年票房膨胀，大约除了《冠军》剧组，没有哪个剧组会为了八千万元的票房做一张海报，这个票房太烂了。八千万元的票房有什么好吹捧的？值得吹捧吗？值得。每一张电影票都值得吹捧，大家走进电影院去看了《冠军》，就值得吹捧。

许明睿看到这张海报立刻就皱眉了，啧了一声：“穷酸样，八千万元的票房至于吗？没见过八千万元的票房吗？他们三个就适合坐在车里吃泡面，给他们一人发一桶康师傅方便面。”

随后《冠军》官方微博放出来一段视频，听到八千万元票房的时候，李欣哭得撕心裂肺。李欣火了，因为那个“《冠军》的最后一天”，有不少人去看他的微博，看他过去拍的片子，发现他是一位宝藏导演。他拍的文艺片确实是业内顶尖的，但他生不逢时，现在不是文艺片的时代，大部分人都浮躁，很难沉进去细致地品味那些细腻的情感。

《冠军》是李欣的转型之作，是他花费三年时间打磨的剧本，有当下年轻人喜欢的喜剧，也有他喜欢的悲剧，但是他运气不好，正好赶上周西的粉丝大规模“脱粉”。《冠军》确实是很好的电影，内容热血励志，有笑点也有泪点，节奏飞快。去看电影的人快快乐乐地走进电影院，看完互相搀扶着走出去，哭得不能自已。这部电影的评分应该在九分以上。周西的演技很好，非常好，好到无可挑剔。之前对周西“脱粉”的人，被朋友拉着进电影院看完整部电影后，捂着哭肿的眼睛说：“周西真是个可怕的女人！我都快成赵云了，七进七出周西的粉丝群！”

周西确实不是个好的偶像，粉丝认为女偶像的感情就不应该反复。可周西是偶像吗？女演员的感情能不能和作品分开呢？这是个问题。但作为演员，周西是满分的。

一位电影博主站出来说话：“对《冠军》这部电影，我的第一反应是抗拒。我不喜欢周西，算是路人黑，为什么呢？因为她没作品，还喜欢上热搜。我没有看过《深宫乱》，对她的演技也不评价。我为什么看了这部电影呢？我跟朋友去看电影，没买到《边境武警》的票，等待的时间好奇，就去隔壁《冠军》放映厅看了一场。看完之后就有了一个想法，求你们了，买一张票去电影院看看吧！我给你们磕头了！好电影不应该被埋没！这是一部9.5分以上的电影，如果有哪个平台评分低过这个，那肯定是因为周西，跟电影没有关系。”

“周西这个人，我该怎么评价？她是一位好演员，非常优秀。想反驳、想跟我对骂的，麻烦你先去看完《冠军》，看完之后再来跟我争论她是不是一位好演员；看完之后，你还坚持之前的观点，我给你磕头！但她确实不是一个好的偶像。她太真了，这样的人成不了偶像。她只是一位真实的、有血有肉的演员。”

这位博主洋洋洒洒地写了一万多字，归根结底就一句话——求你去买票。他看上去很像票贩子。他有一定的粉丝基础，很少做广告。当初《冠军》宣传团队去找他，被他直接拒绝了。周西的团队很喜欢营销，他很烦这一套。他去看《冠军》，是带着偏见去的，看完却给了非常高的评价。

“《冠军》的最后一天”上了热搜，“《冠军》三人组抱头痛哭”上了热搜，“S市餐饮行业举办的拿《冠军》票根九折用餐活动”上了热搜。

周西真像陈星，一场场比赛打下来，蜕变后，长成了顶天立地的女人。

周西、胡应卿和李欣因为《冠军》八千万元的票房爆哭，网友嘲不起来，他们的票房翻了八倍，他们所有人的努力有了这八千万元票房，没有人有资格嘲笑别人的梦想。电影粉突然很期待，《冠军》的票房过亿的话，他们会怎么庆祝？

院线又因为这八千万元的票房，将《冠军》的上映时间延长到十天，势头很好，许明睿的意思是，让他们再跑几天路演，去其他省路演。周西打电话给郑荣飞，做好了被骂的准备。演员拍戏期间出来做活动，宣传一两天可以，但要加时间就太难了。

周西把话说完，沉默良久后，郑荣飞说："剧组今天组织大家去看了《冠军》，拍得很好，非常好，李欣是位好导演，你也是位好演员。"

"《冠军》的最后一天"上了热搜后，郑荣飞就带《萧太后传》全剧组的人去包场看了电影。小县城，只有一家电影院有排片，时间还是早上九点。那场电影，电影院里除了剧组的人，只有一个观众。他们从片头轻松地笑，一直到最后哭得泣不成声。这是一部很好的电影，故事非常完整。郑荣飞以专业的角度来评价，也是九分以上。而且据说这部电影的投资不多。

"给你多放三天假，希望票房能过亿元。过亿元了，你回来给你开篝火晚会庆祝。我会跟公司那边的人沟通，尽量给你争取更多的时间。"

"谢谢。"

"在看电影之前我以为你不行呢，很好，'双担'了，票房会起来的。"

《冠军》的票房确实起来了，这部电影靠着质量和导演的硬核让观众爆哭。《冠军》存在感刷多了，知名度就上去了，有不少路人好奇，想去电影院看看这到底是部什么样的电影，八千万元的票房主创都要哭一次。

第四天，片方其实是有意压缩排片的。第三天时，许明睿是赌上脑袋，到处找关系，才把排片提上去的。现在《边境武警》大热，所有院线都知道上《边境武警》赚钱，他们何必要上一个经过大肆宣传票房才不到一亿的电影呢？这个压排片是必然的，第四天他们根本就不抱希望，已经有八千万元的票房了，他们都赚了，周西也不难看。

第四天，周西、胡应卿和李欣飞到了B市。他们尽量跑大城市，大城市影院多，手缝里漏一点儿就是机会，小城市没排片。他们忙了一天，晚上十二点统计票房。三人组是真的吃上泡面了，坐在酒店的房间里抱着泡面桶，谁都没有开口，不知道该说什么。团队里心脏最强大的就是秦怡，公布结果这个任务得交给她。

“八千万元的票房。”秦怡翻着手机道。

周西心里咯噔了一下，抬头：“啊？零增长？还是没更新？昨天不就是八千万元的票房吗？”

“今天新增票房八千万元，挤进了前五位，累计票房一亿六千万元。”秦怡翻着微信，“许总说大家可以休息一下了，一亿六千万元的票房很赚了。”

《冠军》一天就有八千万元的票房，最夸张的时段上座率是百分之百。因为排片少，基本上场场爆满。路人好奇这到底是一部什么样的电影，演员的粉丝想去给演员多刷一张电影票。

周西握着塑料叉子抬头，盯着秦怡看了许久，问：“过亿元了？”

“过了，一亿六千万元。”

那还吃什么泡面？周西把叉子一撂，说道：“我请你们吃烧烤，点外卖，现在！”

《冠军》口碑的转变是从路人到电影博主，从一个个小博主到大博主的推荐开始的。人越来越多，他们自发而来。路人看到了真实的评论，看到了这部电影的好。

第五天，《冠军》的口碑全面翻盘，单日票房九千万元，没办法，排片太少了，场场爆满也到不了亿元。许明睿跑完《边境武警》的宣传，又要搞《冠军》的排片，真是左右手互搏。他当初为什么要做这么吃力不讨好的决定？

《边境武警》和《冠军》不是一个题材，观众群体倒是没有什么冲突，就是排片问题。同期电影，撞上大热，稍微不好的那一方一定会被压缩排片，这是惯例。

许明睿每天都在被骂死和被夸死之间疯狂跳跃，没办法，两边都得顾及。《冠军》的排片要争取，还不能动《边境武警》的“蛋糕”，真难。他和陆北尧轮番喝死在酒桌上，拼命地争取《冠军》的排片。《冠军》也争气，竟然翻盘了，口碑翻了后票房也跟着起来了，场场爆满，许明睿鼓动舆论对电影院施加压力。

第六天，《冠军》的排片彻底上去了，当天票房冲到了一亿三千万元，《边境武警》当日的票房两亿元，两部电影占据了当日票房排行的第一位和第二位，被业内戏称为“夫妻档”。

许明睿松了一口气，三亿八千万元，就算现在《冠军》下线也已经有非常优秀的票房了。《冠军》能从一千万元票房冲到现在的票房，他知足了。

第七天，《冠军》的票房冲到了两亿元，累计票房五亿八千万元，与《边境武警》齐头并进。许明睿惊得下巴都要掉了，比看到《边境武警》的票房过十亿元还震惊。《边境武警》前期的宣传发行成本过亿元，而《冠军》的制作成本一千万元，宣传发行成本两千万元，投资三千万元的电影，赚了五亿元，这是现象级的爆。这部电影的投资人只有陆北尧和许明睿，他们的酒没白喝，账算下来，《冠军》比《边境武警》赚得多。

《冠军》的票房过五亿元，《冠军》圆满了，周西、胡应卿和李欣的最后一场路演是在西安。李欣给人鞠躬，随即捂着脸哽咽道：“谢谢你们来看我的电影，谢谢。”

周西握住李欣的肩膀，心里五味杂陈，随即也鞠躬：“谢谢。”

周西十分由衷地感谢。

“星星加油！”有个小孩儿喊出了第一句话。《冠军》这部电影是励志竞技题材，也适合孩子看，有不少家长带着孩子去电影院。他们不知道演员是谁，只知道屏幕里的陈星为了梦想拼搏，披荆斩棘，一次次地被打倒，一次次地站起来，最终走上了人生巅峰。

“谢谢。”

他们从活动现场出来已是晚上七点，盛夏的晚上七点夕阳刚刚沉入天边。金色的余晖洒在大地之上，城市被染成了金色，光芒万丈。黑夜正跃跃欲试地要吞没城市。

今天分开后，他们下次见面不知道是什么时候了，周西回头看向胡应卿和李欣。胡应卿今天穿了件休闲款的麻料白色衬衣，看起来很有仙风道骨。

“你们的时间赶不赶？我们一起吃顿饭？”

胡应卿看向周西，现如今她的头发已经留了起来，她笑起来明朗大方，渐渐脱离了陈星，也脱离了曾经的皇后——拍《深宫乱》时，她还有些阴郁。

“喝一杯，我今晚的飞机，喝完这杯酒，我们下次见面可能就是年底了。”周西这两天为了方便活动穿得很随意，头发扎了起来，穿着T恤和牛仔裤，看起来十分酷。

胡应卿点头道："可以啊，李导呢？"

"终于忙完了，喝一杯。"李欣还有些恍惚，《冠军》的票房过五亿元，他仿佛在做梦。

"陆总已经订好了餐厅，"秦怡上前低声说，"我们直接过去就行。"

周西突然听到"陆总"，愣了一下，随即才反应过来说的是陆北尧。不知道这些人什么毛病，突然开始叫陆北尧"陆总"，听起来很奇怪。这个叫法，大概是从许明睿那里说出来的。这次回来，她和陆北尧没怎么见面，只在许明睿庆祝《冠军》票房过八千万元时见过一次，就是在一个桌上吃饭。之后两个人都忙，她在S市都没回家，一直在飞机、酒店、车、活动现场之间穿梭。

"那就过去。"

他们上车，李欣继续刷实时票房，梦想着今天《冠军》的票房能破六亿元。

"送你个礼物。"胡应卿接过他的助理递过来的包，取出一个深色的木质盒子，檀木的香气在车厢内弥漫。

周西转头看过去，胡应卿递了过来："闲着没事磨的珠子，送给你玩玩。"

周西和胡应卿之间还是第一次送东西，她迟疑了一下，不知道该不该收。

"不贵重，小玩意儿。"胡应卿的眼睛里噙了笑，眼尾的纹路很清晰，"我们老家有个规矩，孩子长大了，长辈会给孩子做个首饰，庆祝孩子成年，这是对孩子的祝福。我没有孩子，星星就是我的小孩儿。"胡应卿顿了一下，笑意更深，看着前方，"给你，也是给星星，收着吧。"

"谢谢师父。"周西接过盒子打开，看到碧绿的翡翠串珠，珠子很大，价格不菲。

"你老家哪里的？跟我老家的规矩差不多。"李欣说，"我怎么记得你是陕西的？"

胡应卿缓缓地看向李欣，半晌后说了个地名，说："我家祖上是那个地方的，从我爷爷开始才住在西安。"

李欣一拍胡应卿的大腿："我们是老乡！"

胡应卿无语。

李欣滔滔不绝地跟胡应卿聊了一路老家的风俗习惯。李欣果然是个话痨。

晚上八点半他们到达餐厅，餐厅是一家本地菜馆，李欣拉着胡应卿打算原地认亲。电梯门打开，周西抬头看到戴着黑色口罩的陆北尧。他穿着黑色衬衣，搭配同样的黑色长裤，没有戴帽子，眉骨到鼻梁的线条清晰，身形挺拔修长，长腿笔直。周西看他，他也看周西，片刻才移开目光，转身跟胡应卿和李欣握手问好。李欣看到他就笑了起来，说道："陆总啊，赚了。"

周西这才反应过来，难怪《冠军》剧组的人都叫陆北尧"陆总"，他是这部戏的第二投资人，所以这顿饭也名正言顺——《冠军》的票房爆了，他请大家吃饭。

周西走进电梯站到一角，面前出现一道阴影。她抬头看到陆北尧笔挺的脊背，薄薄的衬衣勾勒出轮廓，她不由自主地抬手摸了一下他的肩胛骨。

陆北尧回头看周西，偏了一下头，手落下来握住周西的手，与她十指交扣，他的脸上依旧没什么表情："你累不累？"

李欣像发现新大陆似的跟陆北尧说："你知道吗？我和胡老师的老家是一个地方，我们也算是老乡……"

他转头看到陆北尧跟周西紧握的手，眨眨眼，狠狠地咳嗽一声，问："《边境武警》的路演结束了吗？"

"结束了。"

电梯门打开，其他人都出去了，最后陆北尧拉着周西的手走出了电梯。他们是公开了恋情的，光明正大地谈恋爱，当众牵手非常合理。胡应卿看了一眼，蹙眉，有种养了很久的白菜被猪拱了的不爽感。

今晚陆北尧做东，邀请的只有《冠军》的主创团队。晚上周西要赶飞机，酒虽然是低度数的，但差不多都进了陆北尧的肚子，她没怎么喝。饭局快结束时，周西站起来端起酒杯，跟胡应卿和李欣碰了一下酒杯，一饮而尽。她有很多话想说，最终什么都没说出口。酒喝完，就散场了。

陆北尧送周西去机场，夜色深沉，城市的灯光辉煌，落入车厢，周西靠在陆北尧的肩膀上，问："《民国探案录2》什么时候开机？"

“九月一日。”陆北尧低头亲周西的额头，握着她的手，“我明年一年空下来了。”

周西抬起头看陆北尧，他的唇缓缓地落下，落到她的唇上，他们轻轻地接吻，慢吞吞地缠绵，渐渐深入，耳鬓厮磨。

“那我也空一年。”陆北尧身上有淡淡的酒气，周西离开他的唇，靠在他的怀里，说。

“周游世界吗？”陆北尧的嗓音低沉，他钩着周西的手指，“我想穿越撒哈拉沙漠。”

陆北尧的内心住着一个文艺青年。

周西握着陆北尧的手指，蹭了一下他的下巴：“那你会晒得很黑吧？”

“嗯。”陆北尧低头亲周西的额头。

“那不行，我不喜欢你太黑。”陆北尧拍《边境武警》时就黑了很多，这一年好不容易白回来一点儿，再黑周西就不想要他了。

陆北尧凶狠的吻落了下来，周西这深度颜控！

陆北尧把周西送到机场，就回去了。他原本想送周西到片场，但实在走不开，最近工作太多，他无法脱身。他们因为生活被工作绑架，又因为工作失去了生活。

胡应卿送的串珠一共十二颗翡翠，十二因缘，因起缘灭。周西不信佛，珠子就被她放了起来。

《冠军》的票房并没有如他们所想的那样落下去。第八天，当日票房两亿三千万元，甚至压过了《边境武警》，这个票房是奔着十亿元去的。《边境武警》比《冠军》早上映一周，票房已经是二十六亿元，现在的票房处于疲软期。

李欣做海报时手都在抖，有生之年竟然能看到自己的作品是当日票房榜首，梦里的场景实现了！

以前匿名论坛里有人笑《冠军》八千万元的票房做出了十亿元票房的海报，《冠军》团队这是很有自知之明，票房到不了十亿元，先爽一把。谁也没想到，《冠军》真的会有十亿元的票房。《冠军》上映第十天，票房破了十亿元。当天论坛里都炸开了，《冠军》在送往屠宰场的路上被拦了回来，放到赛场上成了一匹黑马，逆风而上，直冲顶峰。

今年八月上十亿元票房的只有两部电影，一部是陆北尧的《边境武警》，另一部是周西的《冠军》。

《冠军》十亿元票房的海报是一张合照。《冠军》剧组全部成员共五十八人，在破旧的四合院里，背景是散打台，每个人都在笑，但都眼含泪水。这是一张杀青照。

《冠军》上线三十六天，总票房是十七亿元，没能跨过二十亿元的大关。《冠军》上面有大爆的《边境武警》，拿不了年度票房冠军，但这个数据票房前五位没有问题。《冠军》本来就是冲奖的作品，能有十七亿元的票房，李欣做梦都笑醒了。

《冠军》就是奇迹，是整个团队创造的奇迹。

周西一直在《萧太后传》剧组拍戏，这部剧后面的演绎难度也很大，她要从十六岁演到七十三岁，年龄跨度太大，还要扮老，每一个时间段都要重新调整心态。

周西非科班出身，她的演技是体验派演技，体验派演技就是不断地把自己变成角色，变成那个人，情绪、心理年龄、形态都要跟着角色走。一开始她没办法入戏，萧太后三十多岁时她还能驾驭，四十岁时她就有些吃力了，拍摄时间再三拉长，她强迫自己沉入剧情。

萧太后五十岁失去了儿子，扶持年幼的皇孙登基。这深宫圈住了她的一生：权力、爱情、亲情。她十六岁嫁给赵征羽，经历了乱世，经历了长平战，经历了赵城兵变。赵征羽杀兄上位，为天下文人所不齿；赵征羽于边关驾崩，大盛内忧外患。大盛内乱不休，没了赵征羽的声名震慑，外敌虎视眈眈。萧仪辅助新帝平内乱、镇边疆，大盛王朝走上盛世。

萧仪辅佐了三代帝王，三代帝王成为三代明君。她七十三岁时，寿终正寝。

最后一场戏拍完，少雪的横店竟飘起了第一场雪，纷纷扬扬的雪花飘落。周西化着苍老的妆，穿着烦琐、厚重的太后的衣服，坐在高高的台阶上看外面的雪。

《萧太后传》从盛夏拍到深冬，再有两个月就过年了。周西静静地看着雪，剧组的年轻演员都跑出去看雪了，郑荣飞也坐在一旁。这部戏拍了太久，拍得他们都有些恍惚了。

萧太后哭不动，也没有泪了，她的这一生又长又短：长到郑荣飞煎熬，怎么都拍不完；拍完的这一瞬间，又短得让人猝不及防，她的这一生就走到头了。

雪越来越大，鹅毛大雪纷纷扬扬。今天是二〇二〇年十二月三十一日，再有一天，就是二〇二一年了。

《萧太后传》一场场戏拍下来，有人进组，有人离开，到如今，剧组里已全是周西陌生的演员。如今周西的地位上去了，是西姐。他们恭恭敬敬地叫她“西姐”，大家也不是朋友，感情生疏。

高大挺拔的男人逆光而来，跨过高高的门槛，一直走到周西面前，她抬起头，男人俊美的脸在阴影当中显露，她的泪滚了下来，陆北尧还是年轻的模样——不对，他本就是年轻的陆北尧。

陆北尧用修长、骨节分明的手指揩掉周西的眼泪，张开手，眼中的笑溢开：“我来接你回家，我的皇后。”

周西化着老年妆，皱纹沟壑分明。她眼睛泛红，抬手抚摸着陆北尧的脸。旁边正在拍雪的摄影师，回头看到这一幕就拍了下来。画面非常美，太后已经苍老，人生迟暮，她的爱人还站在时光之初，等她归来。恍然之间，摄影师仿佛看到年迈的萧仪离开这个世界，年轻的赵征羽拉起她的手，一起走向轮回。

我等了你很久，从初春等到深冬，又从深冬等到盛夏，四季轮回，春去秋来，日复一日，年复一年，终于等到了你，我带你回家。

《萧太后传》杀青后，周西就销声匿迹了。她卸载微博，关闭所有的网络软件，每天遛狗、伺候花，顺便去周启宇的餐厅里看看账。周启宇开的火锅店的生意红红火火，一开始周西还担心她经常去店里会影响不好，后来发现她真是想多了，食客对店里的东西比对她感兴趣多了。她来不来，店里都是排长队。

周启宇最近在准备开分店，拄着拐杖扭着肥硕的身体健步如飞。周西接到萧晨电话的时候，正陪周启宇去看新店的装修，周启宇在跟设计师交流，她越过地上堆积的材料，走到落地窗前接通电话。

S市天气不好，阴沉沉的，似乎要下雨，也有可能是下雪。

“你入围金影奖最佳女主角奖了，《冠军》入围了两个奖项，”萧晨说，“一个最佳女主角奖，一个导演奖。”

金影奖是华语电影界最高奖项的代表之一，是殿堂级奖项，是实力的证明。

虽然之前周西有预感《冠军》这部电影会入围金影奖，所有人都认为这部电影会入围金影奖，毕竟一开始就是冲着拿奖去的，但她真听到这个消息，还是很意外："胡老师呢？胡老师没有奖项吗？"

"今年最佳男主角奖的竞争太激烈，胡应卿被刷下去了。"胡应卿演的是《冠军》的男主角，参加最佳男配角奖的评选不合适，最终李欣决定把《冠军》送交最佳男主角奖的审查，结果胡应卿落选了。

"哦。"周西稍稍有些失望，胡应卿在《冠军》里表现得非常好。她抿了下唇，把手伸进羽绒服的口袋，想立刻打电话给陆北尧，"那入围最佳男主角奖的都有谁？"

"陆北尧入围了最佳男主角奖。"萧晨轻描淡写地说，又说了几个名字，都是小众电影的男主演。

周西被这个重磅消息炸得脑内一片空白："陆北尧入围了最佳男主角奖？"

"《边境武警》里陆北尧演得很好，这部电影有三十八亿元的票房，是年度票房冠军。他入围了金影奖最佳男主角奖就够吃一辈子了，拿不拿奖无所谓，有这个实绩，演员这条路就稳稳当当的。"

陆北尧和周西八字不合，在一起就是"西北风"。上一次他们两个同时参加金视奖，周西拿奖了，陆北尧没有，网上闹得很大。最后网友得出结论：周西和陆北尧在一起，总会有一个人倒霉。萧晨清楚地知道金视奖的评委为什么会那么操作——评委本质上看不起网剧罢了。但这次他也不太看好陆北尧拿奖，对手太强了，陆北尧够优秀，但没有优秀到顶峰。

周西跟萧晨确定好出席活动时间后，挂断电话，刚想打给陆北尧，他的电话就打了过来。周西接通电话，他的声音传过来："恭喜。"

周西的唇角溢出了笑："也恭喜你。"

"你已经知道了？"

"我刚挂断萧晨的电话。"周西心情大好，声音里也浸了笑，"我要给你打电话，你已经打过来了。"

"你在什么地方？"

"我陪爸爸看新店的装修。"

陆北尧到家没看到周西，刚要给周西打电话就先接到了许明睿的电话，知道了这件事。团团已经长成了大"白团子"，上蹿下跳地扑他，没一会儿他的黑裤子就全沾上了白毛。

"我去接你？"陆北尧走回去坐到沙发上，团团疯够了，把下巴搁在他的膝盖上，用大眼睛看着他。

狗长得越来越好看，发腮了，猴脸退去，现在是只漂亮的萨摩耶。陆北尧揉了它一把，弄得满手狗毛。最近家里开暖气了，它以为到了春天，疯狂地掉毛。

“你回来了？”

“嗯。”陆北尧刚从B市回来，“我忙完了，《民国探案录2》三月上线，其他的跟我没关系了。”

董阿姨给陆北尧端来一盘水果，叫团团，说：“不要再拱哥哥的腿了，哥哥的裤子都成‘毛’裤了。”

陆北尧抬头看向董阿姨，觉得这个称呼不太对，说：“是爸爸，不是哥哥。”

董阿姨愣了一下，哧地笑出声，说：“称呼都叫乱了，西西不是叫团团‘弟弟’吗？”

“叫团团‘弟弟’只是因为它的性别。”陆北尧纠正道。周西和周启宇叫团团“弟弟”，都是出于这个原因。

电话里周西的笑声传过来，陆北尧很长时间没听到她这么笑了。从《萧太后传》剧组出来，她就陷入了短暂的自闭状态。陆北尧陪她去看医生，她的主治医生建议她以后尽量不要再接戏了，以免病情加重。她调养了大半个月，陆北尧陪了她大半个月，她很少笑。等她好了一点儿陆北尧才去处理工作，忙完立刻飞回来，没想到这么快就听到了她的笑声。

“团团爸爸，孩子乖不乖？”周西笑着道，“你不用来接，我这就和爸爸回去。”

“我以后可能不会再买黑裤子了。”陆北尧的语气无奈，他上扬唇角，眼中噙着笑，“你们几点到家？”

团团跟着董阿姨去吃狗粮，一边吃一边往这边看，大概是怕陆北尧走。之前陆北尧陪周西，天天带着它出去玩，和它建立了感情。陆北尧走了一段时间，回来它就特别黏人。

陆北尧拿粘毛刷子在裤子上滚，把狗毛粘掉。

“大概下午五点。”

陆北尧抬起手腕看时间，现在刚好下午四点。

“开车注意安全，今天可能有雨。”

“好。”

陆北尧挂断电话后，团团趁董阿姨不注意，连最爱的三文鱼也不吃了，直奔过来坐到他的膝盖上。他放下手机，团团往前挪了一步，把头放到他的膝盖上，刚弄干净的裤子瞬间又成了“毛裤”。

陆北尧一直缺乏亲情的共鸣，从不期待孩子，对宠物也是麻木的。不管是他自己的爸爸妈妈还是周西的爸爸，对他都很好，可他就是对他们生不出什么感情。他以前没注意过这个问题，跟周西分手那段时间，他去看了医生，他的情况属于抑郁症的一种表现，很多年了，只不过以前他没有在意这些。

除了周西，陆北尧对什么都不感兴趣，这种不感兴趣并不会影响他的生活，他也就这么活着。团团大概是除了周西，他唯一亲近过的生物。他看着腿上的狗头，心里生出异样的情绪。他抬手摸了一下狗的耳朵，觉得养狗好像并没有那么糟糕。

陆北尧缓缓地滑下修长的手指，抬了一下狗的下巴，说：“叫爸爸。”

团团哼唧了一声。

一月三十日，金影奖在S市举办。陆北尧提前一周订好了礼服，顺便跟萧晨确定了走红毯的顺序。这次他要跟周西一起走，周西被安排得明明白白。

活动在晚上举行，陆北尧和周西下午赶往活动现场。露天广场，明星的车一辆辆地开过来，最后一辆黑色轿车开来时，所有人的目光都落了过去。车门打开，男人修长笔直的腿先伸出车厢，现场有粉丝尖叫。男人下车后朝粉丝、摄影师点头，风度翩翩地走到另一边拉开车门，身穿粉色长纱裙的女人走出了车厢，随后女人美丽的容颜出现在镜头里。她肤色白皙，头戴碎钻组成的花环，头发绾起来露出修长漂亮的天鹅颈。她白得反光，美得仙气飘飘。

周西换造型了，没有走以往的野路子，今天走仙女路线。她只要出场就满脸写着“我全场最美，别人美不美我不在意，我美得脱尘”。

周西握住陆北尧的手，一俊一美走上红毯。两个人的颜值都高，他们在一起的画面非常和谐，今年是“西北”年。从年初两个人公开恋情，“西北风”一直刮到年底，且越刮越烈。

周西和陆北尧走到签名板前接过工作人员递过来的笔，找了一处空白的地方，周西签完名后，陆北尧松开她的手，在自己的签名的尾巴处补了个心，把她的名字画了进去。

周西无语，心想陆北尧又想上热搜了。

两个人把笔还回去，站到台前拍照，顺便等剧组的人。《冠军》剧组今天就来了周西和李欣，人数太少，李欣就跟《边境武警》剧组的人一起走红毯了。

“这是剧组联姻了？”主持人打趣道，“两位都是第一次参加金影奖颁奖典礼吗？”

《冠军》是周西演的第一部电影，陆北尧的第一部电影根本没机会竞争这种高层次的奖项。

“是。”

“两位都有了提名，期待吗？”

陆北尧把话筒递给周西，周西点头道：“期待，当然期待。这是电影的最高奖项，每位演员都期待拿奖。”

周西太耿直了，观众和摄影师笑成了一片。

“北哥呢？”

“我跟西西一样期待。”陆北尧笑着看向周西，目光充满深情，说完，又补充了一句，“尽力而为，希望有所收获。”

主持人道：“北哥最近开朗了很多，也很爱笑了，是人逢喜事心情好吗？最近是不是有喜事？”

“确实有喜事，我和西西都能入围金影奖，双喜临门。”

“有没有第三喜？”

陆北尧又看向周西，跟她十指交扣：“希望今晚命运眷顾，我们今天能拿回一个奖杯，就是第三喜。”

他们等剧组的人过来，又拍了合照才走进大厅。进入大厅之后，陆北尧就揽住了周西的肩膀，周西穿的这件衣服虽然是长袖，但薄纱长袖挡不了风。

“冷不冷？”

“还好。”

秦怡快步过来递给周西暖手宝。陆北尧拉着周西往座位走。他们遇到几个业内大佬，陆北尧带着她跟人问好，入座之后，又把她的手捂在手心。

周西看着陆北尧，看了有一分钟，陆北尧开口，嗓音低沉地道：“你看什么？”

“你在外面秀恩爱，不怕被骂？”最近陆北尧的性格开朗了很多，可能是他天天跟团团在一起，整个人都平和了。

陆北尧眯着眼看着周西，看了一会儿，俯身过去靠近她的耳朵，道：

“你的男朋友有五亿元资产。”

周西无语。

陆北尧是炫富吗？投资人了不起哦！

《冠军》的十七亿元票房分账下来，陆北尧拿到了不少。今年他的公司盈利了，赚的钱很可观，加上他一年的片酬、稿费，以他的消费观，够他花一辈子了。

“我们可以一辈子不工作，提前退休，别人说什么跟我有什么关系？”陆北尧微敞长腿。他穿着黑色西装，没有系领带，修长的手臂搭在周西的肩膀上，俊美的脸上多了几分慵懒。他靠着椅子，偏头凝视着周西，嗓音更低：“我等这一天很久了。”

陆北尧和周西完全自由了，脱离了所有的绑架。陆北尧没有什么野心，他向往的生活是周西健健康康的，他们像寻常夫妻那样平安地度过这一生。

周西笑着别开脸，有人拍照，她又看向陆北尧，灯光暗下去，陆北尧的眼睛里如装着浩瀚星辰，她点头道：“是的，别人怎么评价，跟我们确实没有什么关系。爱比恶言多，恶言就显得微不足道，确实无关紧要。”

两年时间，周西已经二十八岁，从一个没有目标的人，成长为一个如今目标明确、用实力踏上梦想之路的人，一步步地攀爬，走到了今天，没什么可怕的，他们是自由的。

金影奖颁奖典礼开始了，陆北尧坐端正，握紧了周西的手。刚开始是邀请嘉宾——业内的一些知名导演——讲述电影发展史，嘉宾中就有李欣。漫长的时间一分一秒地过去了，颁发了最佳男配角奖、最佳女配角奖、最佳新人导演奖……最佳女主角奖和最佳男主角奖在最后面。

周西对这个奖有期待，也有渴望，这是对她的努力的认可。等待的时间越长越是煎熬，中间还有节目表演，每一场节目都像是在她的心脏上表演的，她有些心烦意乱。手再次被握紧，她回头看向陆北尧。

陆北尧的唇紧抿，他目光沉静地看着前方，下颌线条冷硬紧绷，已全然没有了刚进场时的轻松。他也期待得奖，他的演技从来没有被认可过，一次都没有。

最佳女主角奖终于要颁发了，颁奖的是《边境武警》的导演和一位资深老演员，大屏幕上滚动着提名名单，一共六个提名。提到周西的时候，她心跳得飞快，陆北尧轻抚她的手背，提醒她不要紧张。她也想不紧张，可是到这一步没有人会不紧张，她紧张得快要发射出去了。

六部电影，每一部都精彩，有小众的，也有票房不错的。票房最好的就是《冠军》，这部冲着拿奖拍的电影，票房却爆了。周西原本觉得自己稳了，但看到六部电影的片段放出来后，她心里又惶恐忐忑。

“二〇二一年，第三十九届金影奖，最佳女主角奖的得奖者是——”《边境武警》的导演姓陈，陈导翻开手卡，看上面的字，“是——谁呢？”

台下有人哄笑，陈导拿着手卡跟搭档说道：“这个人跟我还有点儿关系。”

“什么关系？亲戚？朋友？还是跟你有过搭档？”

“《边境武警》的联姻对象。”陈导笑着把手卡背到身后。

“《边境武警》《冠军》联姻”在今天两家剧组的人走完红毯就上了热搜，这两家剧组从上映就捆绑，一直捆绑到金影奖颁奖现场。全场哗然，大家都在寻找周西的位置。

“第三十九届金影奖，最佳女主角奖的获得者是《冠军》陈星的扮演者周西！恭喜周西！”陈导在掌声中看着台下的周西，“这是不是今天的第三喜？”

周西起身，随即转身抱住陆北尧，一切恍惚得像是在做梦，那么不真切。她又转身拥抱李欣，然后在灯光下走上了领奖台。

现场是直播，周西拿最佳女主角奖很快就上了热搜。萧晨一边刷热搜一边听台上的周西发表获奖感言，他的心情很沉重，也很感慨。周西一步步走到如今，稳扎稳打，萧晨是看着她成长起来的。

周西拿奖，微博评论区有一大部分网友在开玩笑，开“西北风”的玩笑——周西和陆北尧在一起，总有一个人在喝西北风——够他们笑一年了。

“陆北尧走远了，明年见吧！”

“‘西北风’魔咒，周西拿奖，陆北尧必然陪跑。”

“恋爱‘玄学’，这两个人不能同时盛，只能一盛一衰。啧啧，看样子陆北尧很满意现在的爱情，爱情让他有情饮水饱，大约也不需要这个奖。”

“这两个人八字不合吧？真的能结婚吗？”

萧晨把手机装回去，看向台上，周西说完获奖感言打算下台，主持人让她揭晓最佳男主角奖。她傻了几秒，迅速地看向陆北尧，如果陆北尧没有拿奖，她站在这里就太难受了。她紧紧地攥着奖杯，主持人请李欣上台，跟她一起颁发最佳男主角奖。

周西看不清陆北尧，不知道他是什么表情。

“紧张吗？”李欣上来就取笑周西，“上台前，小北让我给你带个话，不用紧张，今年拿不了最佳男主角奖，明年再战。”

周西和陆北尧是公开的情侣，这种场合很多人会拿这个来打趣。李欣这个乌鸦嘴，他才拿不了奖。

大屏幕滚动提名，周西不动声色地深呼吸，心跳得比刚刚还快。她不想给最佳男主角颁奖，太煎熬了，堪比砍头行刑前的那一刻。主持人递来手卡，她的心跳快到令她大脑一片空白，她以为手卡上是获奖名单。

“不是获奖名单，只是演员介绍。”李欣笑着接过卡片，开始宣读。

周西的手心里有汗，她再次深呼吸，但还是要让自己看起来尽可能地好看，尽可能地优雅。

“第三十九届金影奖，最佳男主角奖的获得者是谁呢？”李欣接过工作人员送来的卡片，卖了个关子，转头说，“西西，你希望是谁？”

这不是废话吗？周西当然希望是陆北尧，但能说吗？如果最终不是陆北尧，陆北尧的脸上不好看，周西也落下个乌鸦嘴的名。

周西扬眉：“我希望你不要卖关子，李导。”

李欣翻开手卡就十分夸张地叫了一声：“哦嚯！”

你哦嚯个什么劲？

周西往那边看，李欣躲开不让她看，面色沉下去，说道：“一个好消息，一个坏消息，你想听哪个？”

周西想等金影奖颁奖典礼结束后，给李欣套上麻袋把他扔黄浦江里。

“好消息。”

“好消息就是获奖的这个人跟你有关。”

周西唇角的笑溢开，哦嚯！

“坏消息呢？”

“坏消息是——今晚你要发红包了。”李欣提高声音道，“第三十九届金影奖，最佳男主角奖的获得者是陆北尧，代表作《边境武警》。他凭借着出色的演技打动人心……”

夫妻档，双喜临门。烟花在黑暗里绽放，太绚丽了，以至于白茫茫的一片。

全场掌声如雷，周西用力地拥抱李欣，然后松开他，看向台下的陆北尧。周西笑得异常灿烂：“恭喜陆北尧！”

掌声与音乐声同时响起，大屏幕在播放《边境武警》中陆北尧表演的片段。

陆北尧站了起来，灯光落到他身上。他穿着笔挺的黑色西装，俊美的脸上满是严肃。他遥遥地看向周西，忽地上扬唇角，笑在眼中荡漾开来，如同黑暗里最璀璨的星闪烁的一下，无比迷人。

随即陆北尧跟《边境武警》剧组的其他人握手，他没想到自己会拿到这个奖，许明睿跟他信誓旦旦地打包票说肯定能拿奖，他不以为然——之前的金视奖许明睿还押上自己的头赌他一定能拿奖呢。

大屏幕定格在陆北尧的剧照，他身上的军装沾满了血，他抱枪背靠着树站着。他看着自己的照片，有些恍惚。他入行将近七年，起起伏伏，如今二十九岁，快到而立之年。他有过巅峰，有过低谷；有过鲜花，有过掌声；有过谩骂，有过诋毁。他曾经迷失过，怀疑自己走错了路。

陆北尧看向周西，台上的周西眼里含着泪，灯光映照在她的眼泪上，眼泪如星辰般璀璨。唯一不变的是她，她一直站在那里。她的身上有光，指引着陆北尧前行。她在台上，漂亮夺目。他们识于微时，一路走到现在，已经迈入他们认识的第九年。她永远那么坚定，给他全部的力量。

恭喜声连绵不绝，响在陆北尧的耳侧。陆北尧挨个儿和《边境武警》剧组的其他人握手，注意力一直在台上的人身上。他走到这排座位的一端抬手到小飞面前。小飞捂着脸哭，小飞的脸太大，两只手都捂不住。小飞跟了他很多年，看着他起起伏伏，看着他拼命，看着他迷失、陨落，又东山再起。他终于被人认可，这是他的荣誉，也是整个团队的荣誉。

小飞道："恭喜北哥！恭喜北哥！"

"戒指，"陆北尧压低嗓音，"给我。"

小飞恍然大悟，狠狠地抹了一把脸，连忙从包里翻出戒指，他们都没想到这枚戒指今天能用上。陆北尧设计了好几个求婚方案，这是其中的一个——他如果拿奖，就在台上跟周西求婚，没想到真的拿奖了。

小飞慌忙地找到盒子递给陆北尧，陆北尧打开盒子取出戒指攥在手心，将盒子扔给小飞。旁边的人已经看清楚了他的动作，低呼一声，他要搞大事了。

陆北尧看着台上的女人，整理了一下西装，迈开长腿走向领奖台。

新影帝上场，影后就要退场了。周西和陆北尧握手，克制地浅浅拥抱。她不能太激动，要保持形象："恭喜。"

"谢谢。"

周西松开陆北尧，看向他的脸："那我先下去了。"

"等等。"陆北尧攥着周西的手腕，看着她。

周西突然生出不好的预感，好像有什么大事要发生。

陆北尧对主持人说道：“占用一下时间。”

主持人顿了一下，不知道该不该走下面的流程，然后就看到陆北尧单膝下跪，手上的钻石戒指露了出来：“周西，我们相识至今十年。”

全场哗然。

周西拿影后不意外，《冠军》这部戏拍得太好了，李欣当年的处女作就能惊艳四座，经过这么多年的沉淀，他“讲故事”的能力更令人叹绝，他的处理手法更炉火纯青。好导演能带动演员，好演员也能成就作品，李欣和周西的合作契合，《冠军》是一部几乎满分的电影。

陆北尧拿影帝也不意外，有着多方面因素。从题材上来讲，如今世界形势发生了重大变化，国家也开始扶持这类题材；从演技上来说，《边境武警》是陆北尧的演技巅峰，无可挑剔。

但这两个人一起拿奖就很意外了，一家人两个奖杯。影帝和影后真联姻了，今晚他们抢尽了风头。

金影奖颁奖典礼是直播，弹幕瞬间全部是感叹号——陆北尧真有种，敢在金影奖颁奖典礼上求婚。

周西也傻了，直直地看着陆北尧。他太疯狂了，太冲动了，太不可思议了，竟然这么求婚！

“从青葱校园，走到如今的而立之年。”

镜头拉近，陆北尧的眼睛泛红，曾经他想事业有成再娶周西，周西等了太久，等到他们差点儿走散。他握着周西的手，喉结滑动：“我是个很幸运的男人，你一直没放开我的手。我想，我们应该迈入人生的新阶段。周西，我爱你，你嫁给我好吗？”

周西睫毛动了一下，泪就滚了下来。她俯身亲吻陆北尧。陆北尧曾说过，要给她一场举世瞩目的求婚仪式，她只当是戏言，没想到陆北尧真的会这么做。她的声音哽咽：“我愿意。”

陆北尧霍然起身拥抱周西。

主持人笑着提醒道：“戒指是不是没戴？”

陆北尧第二次求婚，依旧手忙脚乱。他重新跪下去，周西拉他起来：“站着就好。”

陆北尧把硕大的钻石戒指戴在周西的无名指上，这枚钻石戒指不再是以前的那枚“倒霉”戒指，他又换了个新的，钻石是心形的，光芒四射。

“我没想到今天能拿奖，这个求婚很仓促，我什么都没有准备。”陆北尧想象中的求婚更盛大、更轰动，他轻柔地擦掉周西眼下的泪，“西西，我只带了我和戒指。”

“有你就好。”在很久之前，周西觉得心形钻石很土，后来发现心形钻石也可以这么精致漂亮，大约是钻石够大，一贵遮百丑。

“我爱你！”

陆北尧在颁奖典礼上求婚瞬间就冲上了热搜第一位，这两个人太疯狂了，也太勇敢了，声势浩大地求婚，昭告天下地在一起。他们高调，也有高调的资本：一个影帝，一个影后；一个出演的是年度票房榜首作品，一个出演的是年度最佳导演作品——李欣当晚拿下了最佳导演奖。两个人的实绩太“能打”了，他们有韧劲，也有拼劲，倒下了还能站起来，下一次绽放得更美丽。他们不顾一切地认定了对方，约定为终身伴侣，谁说也没用。热搜发酵了一天一夜，才彻底沉下去。

陆北尧推掉了过年期间的所有邀约，周西也因为在《萧太后传》剧组拍戏，错过了商业活动。他们突然就闲下来了，高速运转地工作后突然停下来，分外空虚。闲了两天，陆北尧问周西要不要在这期间把婚礼办了。周西之前想过办婚礼的事，但也只是想，没有具体行动。陆北尧这么一问，她陷入了沉思，确实应该办婚礼了。两人一拍即合，办婚礼，立刻办。但办婚礼需要很多流程，不是想办就能办的，需要准备婚纱、礼服、酒店、结婚对戒，还要回陆北尧的老家接他的父母，两个人算了半天时间，最后婚礼定到了正月十九。

他们想象很丰满，现实一塌糊涂。婚礼的酒店他们选了几十套方案都没达成一致，最后抓阄决定，选出了一个国外的旅游小岛。既然是命中注定的，那就相信命运的选择，两个人一人一个手印签下这份合同。写请帖、拍婚纱照、选婚纱礼服、选伴娘服，全部确定下来已经过完了年。正月十六，他们先飞往了婚礼现场。

旅游小岛非常漂亮，美到出乎意料。选择在这里结婚再合适不过了，这里就是陆北尧理想中的举办婚礼的地方。果然，命运的安排就是最好的。

湛蓝的天空，一望无际的大海，海风适宜，温度正好。陆北尧一直向往二人世界，找了一辆当地的单车，带着周西飞驰在海边公路上。他从认识周西那一天起就幻想着这个场景：他骑着单车，带着心爱的姑娘，去往他的理想国。后来他才发现，有周西的地方就是他的理想国。从骑上单车带着心爱姑娘的那一刻开始，他便身处理想国，与目的地无关。

两人坐到海边，陆北尧拿出手机支到对面，设定延时拍照，坐回去和周西靠在一起。阳光下，她戴着草帽，穿着长裙，陆北尧白色的衬衣被风掀起了衣角，两个人认识的第九年，仿佛初识。照片定格的瞬间，陆北尧回身握住她的下巴，低头和她接吻。风吹走了她头上的草帽，她想去捡，陆北尧把她拉回去，加深炽热的吻。五分钟后，海浪卷来，陆北尧从海水里捡起手机。她笑倒在沙滩上，这个男人的浪漫充满了各种意外。陆北尧卷起牛仔裤，站在冰凉的海水里，擦干手机看到手机还能拍照，就拿起手机给她拍照。

"周同学。"

周西眉眼弯弯，眼睛里有光。

"陆先生。"

周西躺在沙滩上拿起手机拍陆北尧。她以前特别喜欢给陆北尧拍照，拍各种各样的照片，只是后来不拍了。大约是应激后的反应，她抗拒着以前的很多行为，已经很久没有给陆北尧拍照了。

"我爱你！"

海面波光粼粼，泛着金色的光。陆北尧站在海水里，挽起裤脚，微敞开笔直的长腿，笑得十分灿烂。周西认识他以来，第一次看到他笑得如此毫无保留。

陆北尧会学着热爱这个世界，会学着和周西探索未来。他们还有很长的路要走，依旧不知道未来的人生会怎么样，周西会不会有一天病发，他们能爱多久。但这有什么关系呢？他们认识的第一天对视时，也不会想到未来他们会携手度过一生，也不会想到他们的生命会捆绑在一起，他们再没有分开。每个人都是第一次活，都是在慢慢地探索人生。他们只要在一起，就没有什么可怕的。

陆北尧和周西举行婚礼的前一天，陆北尧在短视频网站上发了一条短视频：广阔美丽的沙滩，背景音里有海浪声，有海鸥的鸣叫声，还有周西那一如初见时的笑声。她看向镜头，目光纯净。陆北尧的声音很有辨识度，偏冷又有一点儿低，陆北尧在跟她对话。随后陆北尧在镜头外说"我爱你"，拍摄结束。

周西的粉丝摸过来在评论区一片尖叫，周西素颜很美，在陆北尧的镜头下又多了一份一尘不染的纯净。她的粉丝不喜欢陆北尧，可她太久没"营业"

了，微博上都长出了“荒草”，他们只能来陆北尧的社交软件里找她。好在陆北尧会拍摄，摄影技术“在线”，她在陆北尧的镜头里美得要命。

正月十九，陆北尧和周西在当地最大的教堂举办婚礼，请了半个娱乐圈的艺人，伴娘团和伴郎团阵容强大。陆北尧一改往日的低调，和周西办了一场万众瞩目的盛大婚礼。

我会告诉全世界，我爱你。我爱的人，每一天都被热烈的爱包裹，热闹着，温暖着，永远不会孤独。愿你每天都快乐，愿你得偿所愿。

番　外

我　们

我们的生活

《萧太后传》是二〇二二年年初在卫星电视上播出的，开播第一周收视率就爆了。网络平台同步播出，《萧太后传》登上了播放量榜首。郑荣飞执导的剧，周西主演，本身就有群众基础，唯一的争议点就是男主演陆北尧。在开播前还有人讨论艺人夫妻演夫妻，观众会不会出戏。《萧太后传》播了一周，观众嗑帝后情侣嗑得每天都神魂颠倒的，感觉真香。

陆北尧能拿影帝靠的是实力，也实实在在地让观众看到了他的实力。他在《萧太后传》里的演技达到了巅峰，毫无不和谐感。他完全脱离了以往的角色，甚至脱离了他自己，让观众感觉赵征羽是活生生存在的，有血有肉。周西在这部剧里也有很大的突破，不再是《深宫乱》里那个悲情的皇后，也不是《冠军》里那个有叛骨的小孩儿，她就是萧仪。

他们两个的情侣感渐渐浮出屏幕，呈现到大家的面前。剧里，赵征羽和萧仪的感情初时并不浓烈，后来一点点地融入剧情，融入人生，渐渐缠绵。他们有共同的抱负、共同的理想，夫妻同林，生死相随。

《萧太后传》第二十集，赵征羽死于关外，遥望京城。到这里，帝后情侣已经大火，这才是真正的帝后情侣。现实中，陆北尧和周西一起进步，拿下影帝影后；剧里，他们携手共进，攀过重重险关，携手站到了权力的顶峰。谁说周西和陆北尧没有情侣感？谁说他们不能搭档？影帝和影后的演技是教科书级的。陆北尧以前也演过感情戏，但总是淡淡的，差点儿火候。

《萧太后传》里两个人把感情演绝了，细腻深刻，缠绵入骨。他们的亲热戏并不多，但每一场亲热戏，陆北尧的眼神都非常到位，观众相信赵征羽是深爱着萧仪的。再没有什么感情能比深爱更打动人心。赵征羽死了，观众哭得声嘶力竭，心有不甘，也为他们惋惜。

《萧太后传》播到四月，马上要大结局了。官方微博放出一张照片：年迈的萧仪坐在台阶上，人生走到了尽头，年轻的赵征羽站在她面前伸出手。陈旧昏暗的大殿里，两人一坐一站，仿佛赵征羽穿越了时空，也仿佛赵征羽永久地守候萧仪。来时有灯光，回时有路。

摄影师太会拍了。

陆北尧第一次看到这张照片，看了很久，眼睛发涩。他发微信给郑荣飞，要没有水印的原照片。

周西牵着团团进门，细致地给它擦脚，解开它的牵引绳，带它去喝水。她洗干净手，去掉口罩，走到客厅，看到陆北尧靠在沙发上，修长、骨节分明的手指抵在鼻梁上，拇指几乎压到了眼睛，长长的睫毛上有雾气，眼睛泛红。

陆北尧冷漠的脸上眼睛泛红是怎样的诱人情景？周西心跳得飞快。他们刚在一起时，偶尔闹得过分，陆北尧就会眼睛泛起潮气，眼尾微红。他本身是冷漠的，不会说什么情话。就这个样子，周西也被迷得神魂颠倒，疯狂地撩他。她喜欢看他把持不住，但又拼命克制的样子。他们认识至今十年，在一起也七年了，如今的他很少因为床上那点儿事激动到眼睛泛红，只会把周西弄哭。

周西从沙发后面抱住陆北尧，探头蹭他的脸颊："你在看什么？"

陆北尧打开手机把照片给周西看，周西最近在戒手机，很少刷微博。她这一年多没接工作，拍《萧太后传》时她的精力消耗太大，她也怕情绪失控。她最近在跟周启宇学做生意，人生有很多选择，很多样化，每一样都学一学、看一看，不白活。

周西不知道这张照片上了热搜，把下巴搁在陆北尧的肩膀上，看着那张照片，忽地就笑了，眼睛仿佛进了沙子。她每一次出戏，陆北尧都在等她。生命的尽头，她的爱人在等待，多么美好。

这张照片上了热搜，热度持续了一天，前世今生，爱与守候。

晚上萧晨给周西打电话，问她要不要参加夫妻档综艺节目，她和陆北尧现在的热度很高，很多粉丝、观众想看他们夫妻合体秀恩爱。她觉得无所谓。

陆北尧想都没想就拒绝了，不想参加综艺节目。他现在不缺钱，也不需要去综艺节目上多露脸，何况周西性格耿直，参加综艺节目太招黑。

五月，许明睿过来问陆北尧要不要参加《我们的生活》。许明睿和孟晓打算参加，但都生活不能自理，指望着跟陆北尧夫妇搭档，蹭口饭吃。许明睿和孟晓是年初结的婚，两只“哈士奇”竟然真的能搭伙过日子。陆北尧把许明睿踹出了门。

五月底，周西把《我们的生活》的合同送到了陆北尧面前，威逼利诱、软磨硬泡地让陆北尧签合同，理由是孟晓怀孕了，跟许明睿那只“哈士奇”出去，她不放心。

陆北尧抬头看着周西，冷冷地道：“孟晓怀孕了不在家养胎，出来‘营业’？许总破产了？”

“许总欠高利贷……”周西坐到对面的椅子上道，许明睿一天到晚像只老猫把孟晓叼在嘴上、揣在怀里，走哪里叼哪里，生怕别人不知道他有个老婆，八辈子没见过老婆似的，“和见缝插针秀老婆，你看哪个理由比较合理？”

陆北尧懒得搭理许明睿，那是个炫妻狂魔。

“你跟他们凑什么热闹？许明睿敢把孟晓带去，就做好了万全的准备。”

“我和孟晓也很久没一起旅行了，等她有了孩子，我们见面的机会可能会更少。”周西翻看着手里的合同，“剧组给钱很阔绰。”

“给多少钱？”综艺节目给的钱比拍戏的片酬高，上综艺节目还比拍戏轻松，陆北尧一直都知道。

“三千万元两个人，一人一千五百万元。我拍了三部戏花费了两年时间，片酬一共才一千万元。上综艺节目只需要一个月的时间，就能有一千五百万元。”周西懒洋洋地靠在椅子上，道，“综艺节目时代，综艺节目真赚钱。”

最近越来越多的老演员参加综艺节目，搞直播，也是有原因的。

“这个节目要拍什么内容？有剧本吗？”

“没有剧本，慢综艺，老友聚会吃喝玩乐。”周西把综艺流程递给陆北尧，手肘撑在椅子扶手上，漂亮的大眼睛看着他，十分勾人，“北哥，有兴趣吗？”

周西高三毕业旅行是和孟晓一起去的，她们回来之后约定每年旅行一次。她们履行了两年，第三年周西开始狂追陆北尧，就失约了；毕业后孟晓忙于工作，她们就很少一起去旅行了。这次孟晓提起来，周西就很想参加这一个月的旅行。

陆北尧翻着手里的流程，《我们的生活》的拍摄地点在云南，节目一季一个拍摄地点，他们签的是第一季，确实没有剧本，只有个大概流程。节目有三对夫妻参加，陆北尧和周西、许明睿和孟晓，还有郑秀夫妻。其间会有飞行嘉宾，至于飞行嘉宾的名单，目前还没有确定。

陆北尧思考许久，抬头看着周西，郑重地道：“参加真人秀的话，可能我们的形象都不那么完美，这个你要有心理准备。”

周西点头。

“这种不完美可能会被观众放大，进而固化你的形象，也许你会受到很多舆论攻击。”

“你在乎吗？”周西将下巴搁在白皙的手臂上，用清澈的大眼睛看着陆北尧，“老公，你在意吗？”

陆北尧的嗓子有些干，他和周西认识十年了，还是受不了周西这么看他，再加上撒娇的话，他彻底沦陷了。他俯身过去亲周西的唇，两个人的睫毛几乎碰到，他抵着周西的头，嗓音低哑地说：“我只在意你。”

“好巧，我也是。”周西抬起头亲陆北尧，笑得眉眼弯弯，“北哥，三千万元，被议论几句也值得。”

她真是小财迷！如今陆北尧不是财迷了，周西才是财迷。

周西一直想正面回应一次她和陆北尧的感情，可各方利益牵扯，她始终不能开口。这一次参加综艺节目，她能跟孟晓一起旅行，也能借此正面回应她和陆北尧的感情。

《我们的生活》节目组早就筹备好了，只是主嘉宾没确定，就一直在等。陆北尧和周西签完合同，节目组立刻就开始了正式拍摄。六月十五日，周西和陆北尧从S市出发，竟然是第一对到拍摄地的，下车就看到了摄影机。

周西是第二次参加这样的综艺节目。她上一次参加综艺节目是干农活，手上扎个刺都要去医院。那个综艺节目一半骂一半夸，她扛下半边天，承担了骂的部分，最后还被劝退了，得罪了一票业内人士。后来她去参加《演技派》被柳琴轻视，被明里暗里地讽刺。她“娇气包”的外号被叫了好几年。这次为了好好表现，她提前跟陆北尧说，一定要让她多干活，什么都交给她，一定要给她塑造顶天立地大女人的形象。

车把两个人送到别墅前，下车周西去搬行李，导演一挥手，两位工作人员飞快地过来，扛走了全部行李箱，生怕周西累着。

六月，云南繁花似锦，空气中弥漫着花香。玻璃墙别墅，像人间仙境似的，阳光铺满地板，屋子里舒适得让周西想立刻进门窝进沙发里。屋子里没有开空调依旧凉爽，两人进门，周西怕有“坑”，没敢坐那个舒服到死的沙发，问道：“有没有什么任务？”她一边说一边拉开冰箱门，“食材……”

好家伙，冰箱里琳琅满目，瓜果蔬菜都有。周西又拉开冷冻层来看，里面有各种肉，非常齐全。有的综艺节目会不给肉，让人自给自足，演员需要做一些任务才能得到。

《我们的生活》的导演道：“我们的东西非常齐全，需要什么跟我说，我给你补充。”

说好的艰苦奋斗呢？说好的体验生活呢？

周西转头看向导演，目光里满是疑问。导演笑得一脸灿烂，把卡片递过来，道：“我们不搞贫穷创业那套，有金主在，我们的经费充足，你们过来就是享受人生的。我们就是要拍摄生活最美好的一面，风花雪月，惬意人生。”

“不用劈柴、砍树、上山挖红薯、下海摸鱼？”周西怕了这些综艺节目的套路，生怕一不留神又被抹黑，一千五百万元这么好赚？“不用钻木取火、自己种地？”

《我们的生活》的导演道：“绝对不会出现这些情况，我们不是绝地求生类综艺节目。”

周西以前到底经历过什么？这个综艺节目的投资人之一是许明睿，就他那个护妻狂魔，会让孟晓钻木取火吗？会让孟晓下山插秧、上山砍树吗？以孟家大小姐的脾气，他会被剁成肉泥吧？

《我们的生活》的导演道：“做自己！加油，西姐！”

这么梦幻的开局？

“喧嚣的都市，我们每个人都忙碌，匆匆忙忙地工作，为生活付出了大量的时间。”陆北尧拿起节目组的任务卡，清越的嗓音响在午后的阳光里，“我们为了生活匆匆而行，却也失去了生活。”

这一段原本是要对台词再录，陆北尧直接就读了，切入得恰到好处。他的声音很好听，跳跃的阳光静了下来，窗外的风也停了下来，浮尘飘在光束之中，缓缓落下。

“放下一切，回归最初。”陆北尧顿了一下，上扬唇角，“一室二人，三四好友，十分满足。”

陆北尧俊美的五官格外迷人，他的身材保持得很好。他年过三十岁，并没有什么岁月的痕迹。可能是结婚的原因，他的身上少了过去的那些独劲。《我们的生活》节目组的工作人员中有他的粉丝，已经发出了无声的尖叫，他这居家的样子迷死人了。

周西回头看着陆北尧，也笑了起来，睫毛在光下是金色的。

陆北尧将修长的手落到周西的后颈，捏了一下才意识到有摄像头，下意识的亲昵是收不住的。他看了一眼镜头，又回头注视着周西道：“有你，就是最好的时光。”

陆北尧低沉的嗓音在空气中响起，周西的脸唰地红了，陆北尧竟然说情话！她亮晶晶的眼睛看向陆北尧。

“你现在最想干什么？”陆北尧被周西看得心里痒痒的，问道。

周西最想亲陆北尧，但不能亲，便随手一指客厅的沙发：“我想试试那个沙发。”

陆北尧无语。

她竟然不是想亲他，他明明看到周西眼里的想亲他的信号。

既然这是一档休闲度假节目，那周西就不客气了。她快步走向客厅里那个看起来巨舒服的沙发——奶白色，像云朵——把自己扔到沙发里，瞬间舒服得整个人都要昏睡过去了。沙发柔软得仿佛厚重的云层、大棉花糖，又白又软，把她包裹其中。这个角度摄像头应该看不到吧？她寻找着摄影师，摄影师跟着陆北尧，她就放心地躺着了，舒服得要命。

陆北尧放下卡片，本能地检查房间内的设施，查看玻璃门的防盗情况。

“北哥，检查过的，很安全。”导演出口提醒，这对夫妻谨慎过头了。他们也算业内大佬了，就算没有许明睿的面子，哪个节目组敢整他们两个？怕是活腻了。

陆北尧走回去洗干净手，看了一眼客厅的机位，又看了一眼已经陷入沙发的女人，想出声提醒周西注意形象，但目光落到她身上就移不开了，她可爱度超标了。陆北尧不知道自己是带老公滤镜，还是她真就这么三百六十度无死角，他完全不觉得这样的她有需要改的地方，她太完美了。

陆北尧打开冰箱，取出柠檬和蜂蜜走向厨房。他今天穿了一件白色休闲T恤，牛仔裤勾勒出笔直的长腿，细长的手指拿着橙色的柠檬。他打开水冲洗柠檬，问导演："就一套房？"

"二楼三个房间，你们三家人一家一间，三楼是客房，有客人来的话可以住。"

陆北尧的手指十分漂亮，水流冲过他的指尖，显出冰冷肃穆之感。他擦干净案板，才开始细致地切着柠檬："三个房间一样吗？"

"一样的！"不需要挑房间，每个房间都一样，朝向都是南北，面积差不多大小，设施齐全，非常舒服。

陆北尧将柠檬放入玻璃杯中，加一勺蜂蜜，阳光从窗外落进来照射在杯子上，一缕金色在水中荡漾开来。他又丢了两个冰块进去，水微凉，但不至于让周西喝了不舒服，他搅拌好拿到客厅。

周西从沙发上挪开："你来躺着，很舒服。"

陆北尧看了周西一眼，给她倒水，沙发能有多舒服？

五分钟后，周西和陆北尧瘫在沙发里看外面一碧如洗的蓝天，阳光灿烂，窗外有蝉鸣，院子里有盛开的玫瑰。陆北尧揽住周西的肩膀，昏昏欲睡，舒服极了。

孟晓在车上就给许明睿科普在综艺节目上怎么表现观众才喜欢，总结了半天，最后说道："你等会儿不要跟我抢，让我干活。"

许明睿乜斜着孟晓："这是休闲度假节目。"

"这个不重要，所有的休闲度假节目最终都是看谁干活多，谁更会干活，谁没有干活。"孟晓抬起下巴，轻哼道，"我积极向上、励志女强人的形象不能倒。"

许明睿收回目光，点头道："是，孟总励志，积极向上，就应该下地插秧。"

许明睿握着方向盘转过一道弯，已经看到了仙境一样的玻璃房。山里空气极好，碧蓝的天空近在咫尺，空气中飘荡着花香。

许明睿用余光往孟晓身上瞥，碰到孟晓的目光，他的话锋陡转："我怎么舍得？孟总是我最爱的小宝贝，应该宠着，给你准备了一个小行李箱，你拉着。"

许明睿是准备了一个小行李箱，就是儿童玩的那种小书包，里面装满了零食。

孟晓无语。

周西被抹黑过一次，再次参加综艺节目肯定积极，孟晓已经打定主意，绝对不能做矫情的孕妇。她推开门进去就看到瘫在沙发上的两个人。

两人扭头看到许明睿和孟晓，周西开口道："你们来试试，这个沙发超级舒服。"

周西拿着水杯像个退休老干部一样窝在沙发里喝柠檬水，一丝不苟、严于律己的陆北尧竟然也窝在沙发里，两个人毫无形象。孟晓转头看向摄影机，确定是在拍摄。

"你们就这样？"

陆北尧枕着手臂慢吞吞地喝了一口水，淡淡地道："房间在二楼，冰箱里有吃的，自己去拿，不要客气。"

周西道："沙发真的很舒服！"

"堕落！没有形象！"孟晓对这两人怒其不争，三十岁就退休也是够了，他们确实没有大出息。她坚决不同流合污。她是一位多么优秀的企业家！

五分钟后，孟晓和许明睿窝在沙发里，昏昏欲睡。孟晓道："西西，我们多久没纯粹地度假了？"

"我们上一次一起出去旅游是大二。"周西认真地算了一下时间，"九年。"

九年时间，转瞬即逝，人生有时候真的过得很快。

周西看向孟晓的肚子，孟晓刚怀上，还没显怀。沙发仿佛云团，包裹着他们，让人彻底放松。

"你们认识多少年了？"许明睿问。

孟晓想了想，说道："我们是幼儿园还是小学认识的？我最近记忆力不好。"

"幼儿园吧。"初遇太遥远，周西想了一会儿说，"晓晓小时候长得像个豆芽菜。”

孟晓无语。

孟晓小时候很胆小，周西像个霸王龙一样挡在她面前。后来周西生病了，变成了被保护的那个人。

下午的阳光暖和，晒得人没有一点儿精神。孟晓从大三开始创业，活得像个陀螺，不停不休地转，都不记得自己有多久没这么闲下来过了。她抬手盖在眼睛上：“我家孩子出生，认你们做干爹干妈吧。”

“不要。”陆北尧坐起来，给周西又倒上了水，缓慢地道，“我没兴趣每年给你的孩子发红包。”

“抠死你！”孟晓咬牙切齿地道，“陆北尧！你明天改名叫‘陆葛朗台’吧。”

周西笑滚到沙发里，本来还想认认真真地做这个节目，孟晓一来，周西已经完全忘记了自己在做节目。

许明睿揽住孟晓的肩膀：“别搭理陆北尧，周西同意就行，他说话不算的。”

四个人的关系是真好，这就像很普通的朋友聚会。他们天南海北地聊，聊生活，聊作品，聊理想，也聊过去。一个小时后，郑秀夫妻赶到，也陷入了沙发魔咒。

《我们的生活》节目组想：让你们惬意，也不用这么丧心病狂吧！六个人真的在沙发上瘫了半天，什么事都没做，纯聊天、喝茶、窝沙发。

《我们的生活》节目组原本打算让郑秀夫妻来做饭，他们年纪大，看起来很会生活。三对夫妻到齐，陆北尧很自然地就掌勺了，一开始节目组还有些质疑，他看上去真的不像是会做饭的人。但他的做饭技术好到爆，做出来的饭色香味俱全，又十分养眼，这个节目简直成了美食节目。英俊的男人做饭简直是艺术品，周西偷偷地给他拍了一张照片，又拍了一张山里晚霞的照片，发了朋友圈。周西直接秀陆北尧有些不矜持，拍个景色照片能含蓄点儿。

大片金色的晚霞染红了天，十分绚丽。孟晓走出门站到周西身边，回头看厨房方向，落地窗能看到在里面忙碌的男人。许明睿在偷师学艺，跟着陆北尧学做饭。

“这里真舒服。”

周西点头，晚风徐徐，她最近一年都很平静。

“你幸福吗？”孟晓问。

“爱人在身边，我爸的身体越来越好，我此刻拥有的就是最理想的生活。”周西笑道，“我非常幸福。”

周西的电话响了起来，她拿起来看到是胡应卿的来电。她和胡应卿很久没联系了。她转身走到镜头外面接电话：“胡老师。”

“你在云南？”

“你怎么知道？”周西惊了一下。

“我在你拍的这个山头上。”胡应卿笑着说，“我看到你发的朋友圈了，你们在这边度假？”

“我们在录节目。”

“什么节目？”

“吃饭的节目，休闲度假。我和陆北尧，还有我朋友夫妻、郑秀夫妻，你要过来吃饭吗？”胡应卿这两年都没作品，他们上一次见面还是她和陆北尧结婚，他过去参加婚礼，之后他就再没出现过，她挺担心他的状态的，“过来喝一杯？”

“方便吗？”

“你方便露面的话就方便，看你的档期还有经纪公司。你不方便露面的话，节目后期有剪辑。”

“给我发个地址，一个小时后过去。”胡应卿很爽快地道，“我和李导在一起，蹭个饭。我们在山上修行，吃素吃得李导快疯了，有肉吗？”

李欣也在？

“有肉，有酒，”周西单手插兜，眺望着远处，晚风卷着花香吹来，有了些凉意，山里能看很远，遥远处的山头上闪烁着灯光，“有房间，来吧。我去跟节目组导演说一声，你们到门口通知一声。”

周西走回去碰上了孟晓，孟晓拦住她，用口型说道：“胡应卿？”

“胡应卿在对面的山头，问能不能过来吃饭。”

孟晓嚯了一声，随即转身大步往回走。

“你干什么去？”

“我先揍许明睿一顿，以免他造次。”许明睿自从知道孟晓的偶像是胡应卿，且孟晓追星很多年，他就不能看见胡应卿了，每次看到胡应卿就阴阳怪气的，孟晓摩拳擦掌地收拾他去了。

《我们的生活》开拍的第一天还没有邀请嘉宾，节目组要先拍先导片。拍先导片能来重量级嘉宾，导演恨不得立刻排练个女团舞热烈欢迎。这档节目的意义是什么？一壶酒，半盏茶，三两好友把夜话。

缘分有时候就是这么微妙，不期而遇，恰好是你。周西随手拍了一张照片，李欣和胡应卿就在这个山头上静修，还有什么事比老友见面更快乐的呢？

导演不跳女团舞，周西这个大龄女团团员出门迎接去了。许明睿端着水杯阴沉着脸喝水，十分怨念地看向大门口的方向。

陆北尧把烧烤炉子端到外面，打算在院子里吃饭："胡应卿看不上你老婆，你可以放心。"

许明睿缓缓地看向陆北尧："你这是宽慰？谁会看不上我老婆？孟晓那么优秀。"

陆北尧面无表情地拿着酒走到院子里，不想接这个话。

"我老婆不优秀吗？她又美，又优秀，性格又好。"许明睿把水喝完，十分不满意陆北尧对孟晓的态度，"你的审美有问题。"

陆北尧缓缓地看了许明睿一眼，许明睿这是带了十万米厚的滤镜吗？

"你根本就不懂女人的魅力。"许明睿转头看向门口，长叹一口气，"胡应卿有我帅吗？"

"平心而论，"陆北尧放下酒杯，"有。"

许明睿无语。

陆北尧道："你需要回去照照镜子吗？"

郑秀端着菜出来，许明睿转头对她说："郑姐，你觉得胡老师帅吗？"

"帅呀！"郑秀立刻操着她那不标准的普通话说，"超级帅的！男神。"

郑秀因为新戏跟许明睿有合作，就被邀请过来参加节目了。许明睿转身就走，这天没法儿聊了。

夜风凉如水，山里视野开阔，山路蜿蜒曲折。对面山上的车灯一闪而过，穿越在树林之中，隐约可见。

周西把手揣进兜里，身后响起脚步声，她回头看到了陆北尧。陆北尧把手里的衣服递给她，嗓音低沉地道："穿上。"

周西握住陆北尧的手，和他十指交扣。

胡应卿的车终于到了，李欣下车大步走过来，先跟周西拥抱，随即又抱住陆北尧狠狠地拍了一下肩膀，两眼放光地道："肉呢？"

胡应卿走下车。他穿着白色麻料衬衣，看到周西就笑了："好久不见。"

胡应卿剃短了头发，现在留着板寸，依旧很瘦，但很精神，劲瘦显得挺拔。他跟陆北尧招了一下手，算是打招呼，转身拉开后排车门取出一个包，道："给你们带了个小生命。"

"什么东西？"周西忍不住笑了起来，老朋友见面确实开心，都是熟悉的人，不需要拘谨。

胡应卿把包放到地上，从里面拿出一只毛茸茸的"白团子"，笑着仰起头道："小猫，可爱吗？"

纯白的小猫，像个毛线球似的，嘴是粉红色的。它小心翼翼地缩在胡应卿的手心，像一团棉花糖。周西对这种毛茸茸的小动物没有任何抵抗力，想伸手又怕吓到小猫，问道："会应激吗？先让它适应适应吧。"

"那在我口袋里适应。"胡应卿把小猫装进口袋，小猫立刻探出头，打量着这个世界。周西很轻地碰了一下猫头，毛如看上去的那么软，她想要一只小猫。

胡应卿往院子里走去，道："节目要录多久？"

"一个月。"

陆北尧握着周西的手，强行将她拉到自己的身边，看向小猫蹙眉，家里又要多个成员了。

小猫不怕人，吃饭期间就从胡应卿的口袋里爬到了周西的腿上。周西养宠物，可能养宠物的人都会特别招小动物亲近。陆北尧起身回厨房，片刻后，端出一碟水煮鸡胸肉放到一旁的地上给小猫吃。

胡应卿说："这只小猫的妈妈难产去世了，一窝六只小猫，我用羊奶粉喂活了四只。打了一针疫苗，给你们养一段时间。"

"你这是给我养一段时间吗？"周西笑着看陆北尧细心地喂小猫，她的心里特别满足，陆北尧的善良是细致入微的，"你这明明是来送猫的。"

胡应卿端起酒杯跟周西碰了一下，道："是啊，你要不要？"

"家里有一只狗。"陆北尧洗完手重新坐到桌边，端起酒杯跟胡应卿碰了一下，一饮而尽，道，"猫、狗不好放在一起养吧？"

周西家的狗是网红狗，之前跟着周启宇去店里就意外走红了。

"那我们还要再给小猫买套房子？"周西诧异地看向陆北尧。

陆北尧也看向周西，比她更诧异，几秒后全场爆笑，她这套路，没给陆北尧拒绝的机会。

他们喝酒到很晚，孟晓是孕妇先去睡了，陆北尧、周西、胡应卿、李欣移到客厅继续聊天，天南海北地聊。李欣在筹备新电影，在拍摄《冠军》之前他其实还有个故事想拍，这个故事叫《我没罪》，没有人愿意投资，他就先拍了《冠军》,《冠军》火了之后，他又动起了拍旧剧本的心思。

周西提议看剧本，电影剧本很短。剧本从她手里传到陆北尧手里，两个人都沉默了。这个剧情太残酷了，还掺杂着社会问题，题材非常致郁。

李欣一直在拍女性题材，他成名的几部电影主题全是与女性相关的，包括最阳光的《冠军》，女主角也是一直努力地争取平等，让这个社会少一点儿偏见。这部《我没罪》就更直接了，把所有的问题都摆了出来，直击人心。

周西第一次看到这样的故事，心情很复杂。这个故事太沉重了，她的第一反应是，她的病让她应该是拍不了这么致郁的故事，很遗憾。陆北尧和周西在沉默，客厅里寂静，灯光静静地亮着，谁都没有说话，胡应卿托着下巴靠在沙发扶手上慢吞吞地喝茶。他看过这个剧本，这是一个不讨喜的剧本。

许明睿哄睡了孟晓，穿着一身烟灰色衬衣式睡衣晃下了楼，坐到他们对面，道："你们在聊什么？"

"剧本，李导的新剧本。"

周西看向李欣，说道："可以给许总看吗？"

"可以，剧本写出来就是让大家看的。"李欣挺感谢许明睿的，如果没有许明睿，《冠军》就彻彻底底地失败了，根本就没有让他拍新戏的机会，"这个剧本如果只是拍给自己看的，或者写给自己看的，我就不会带过来了。"

李欣的上一部电影赚到钱了，许明睿也大方，合同之外又给他分了一笔钱，他能拍得起戏，但剧本发行是个问题。

许明睿大大咧咧地靠在沙发上打开了剧本，看了半个小时，然后把剧本扔到桌子上，拧眉看向李欣，道："你怎么会写这么个剧本？不讨好，也没有什么市场。"

"《我没罪》中女主角的原型是我的朋友，她去世了。"李欣端起桌子上的酒一饮而尽，想笑，扬了下唇，却做了个苦笑的表情，道，"在她最需要帮助和开导的时候，我没能帮到她，一直很内疚。"

许明睿放下腿，郑重地把剧本拿起来，客厅里静得落针可闻，胡应卿也把茶杯放了回去，原来是李欣朋友的故事，难怪他执意要拍。

李欣是个独身主义者，没有结婚，没有谈恋爱，几乎没有什么朋友，大多时间都是独来独往。他喜欢拍电影，喜欢写故事，对拍电影偏执得痴迷。他的镜头下，是故事还是人？

周西端起水杯喝完已经凉了的水，道："身体原因，我演不了女主角，但可以给你投钱。"

李欣红着眼睛抬头，周西起身去拿酒，给每个人都倒了一杯酒，看向李欣，道："敬您！"

敬信仰，敬心中的敬畏，敬正义，敬生命。

他们这场酒喝到凌晨四点才散场，许明睿答应会给李欣想办法，只要他拍，这部电影无论如何都会面世，谁还没几分热血呢？

第二天周西和陆北尧起床时，胡应卿和李欣已经走了。

周西早上没化妆、没洗脸，披着头发裹着陆北尧的外套站在门口看遥远处的山谷。花香弥漫在空气当中，鸟儿鸣叫的声音清脆，晴空万里，蓝天一碧如洗，高而开阔。这里一切都是静的，静得空旷。

拖鞋声在周西身后响起，随即陆北尧站到她身边，钩住了她的手，她转身抱住陆北尧，道："老公。"

"嗯。"陆北尧道，"太太。"

周西笑出声，道："嗯。"

陆北尧亲了一下周西的唇，嗓音低沉地道："你今天真美。"

叼着面包片出门遛弯的许明睿唠了一声，掉头就走。陆北尧这滤镜太厚了，周西那披头散发、灰头土脸的样子，美在哪里？

陆北尧和周西结完婚就消失了，一直没有露面。

七月十五日，水果台的官方微博放出一段视频：一个宽大松软的沙发里窝了六个人，最左边的两个人就是陆北尧和周西。配文："我们在一起，我们的生活。"

《我们的生活》节目组也太懂观众了！

随后周西转发了水果台的官方微博："一壶好茶，三两知己，时光如此惬意。七月二十五日我们在一起，等你来约。"

陆北尧和周西在沉寂一年多后竟然参加了综艺节目，而且是夫妻合体。这到底是什么神仙节目，怎么请得动这两尊退休神？粉丝都要哭了，他们以为周西和陆北尧真的退休了！

半个小时后，水果台的官方微博放出《我们的生活》先导片预告，周西一改之前的高冷女王形象，扑到沙发上窝进去，抬起头，长发散落，露出一张绝美的脸，道："你来躺着，很舒服。"

陆北尧嗤之以鼻。下一个镜头，两个人窝进沙发。许明睿夫妻进门，也窝进了沙发。郑秀夫妻成熟稳重，但进来也毫无形象地瘫在沙发上。六个人回头看向镜头：我们在这里等你。

"西北"夫妻合体被推上了热搜。

很多年前周西因为上综艺节目被骂上了热搜，粉丝一边期待一边担心。他们期待周西和陆北尧合体秀恩爱，"前世今生"；又担心周西的性格太直，她本身的情商不高，她打破剧内的滤镜，开启"自黑"，就很让人难受了。所以评论两极化，他们一边期待周西和陆北尧秀恩爱，一边吐槽这两个人应该给大家留点儿幻想。曾经的腥风血雨，这两个人心里没数吗？

七月二十五日，《我们的生活》首播。

节目是从家里开始拍的，陆北尧过来开门，摄影师进去，"白团子"先扑了过来，陆北尧温柔地摸了一下它的头，道："去叫妈妈。"

团团跑上楼找周西，周西从二楼现身，娴静，美丽，优雅。她迎着阳光走来，画面美好且梦幻。周西和陆北尧相视而笑。他们相识十年，恋爱七年，再熟稔不过了。两个人没有过多亲密的动作，就在举手投足之间都能看到默契。

陆北尧和周西赶往他们的世外桃源，等待他们二十多年的好友。

《我们的生活》前半段走的是搞笑风，周西非常熟悉综艺节目的套路，观众笑得泪都出来了。周西粉丝的一颗心放回了肚子，她长大了，也沉稳了，很会把握分寸。她和陆北尧的关系拿捏得恰好，不腻，但在同一个空间也能感受到他们之间的默契感、深情。

《我们的生活》是一档真正的休闲节目，老友聚会，吃喝玩乐，谈天说地，三两知己上门，谈谈理想，谈谈养老。陆北尧的厨艺不错，他做的饭赏心悦目，节目组也会拍，画面堪比《舌尖上的中国》，香气四溢。

这个时代所有人都忙碌——忙着生活，忙着一切，很少停下来感受生活。于是这档下饭综艺节目就从许多快节奏的节目中厮杀出来，节目反响不错，收视率比想象中的好。

慢节奏，让生活慢下来，让人生慢下来。品味、欣赏、感受这个世界其实是一件非常美的事。一室二人，三餐四季。一切渐渐归于平静，尘埃落定。他们像所有夫妻一样，平淡地生活，平淡地相爱。

录了一个月节目，许明睿胖了十斤，孟晓胖了五斤。周西不敢上秤，怕忍不住对陆北尧下手，伤害了夫妻感情。陆北尧就是魔鬼，闲着没事就琢磨吃的。周启宇转行做餐饮，而陆北尧一直想做餐饮，于是在周启宇的餐厅找到了人生的新方向。

暑假，一档吃饭、喝茶、睡觉、聊天、做无聊游戏的节目冲上了收视榜首。

八月十六日，周西有通告，要去C市录一个节目，宣传《我们的生活》。她本着“闲着也是闲着，不如赚点儿钱”的原则，就应了下来，也为《我们的生活》第一季做个总结。早上八点她接到萧晨的电话，萧晨许久没用这么严肃的语气对她说话了，道：“你不要看手机，不要上网，今天不用录节目了，就在家待着。”

“为什么？”周西心里茫然。

陆北尧匆匆进门，面色阴沉，满眼戾气。周西心跳得快了些许，她的手机响了一声，手机屏幕上弹出一个通知，她将手机拿离耳朵，看清了上面的内容。

“网友拍到周西的病历，周西疑似精神分裂……”

周西脑袋嗡了一声，握着手机，大脑空白了一瞬，但很快就平静下来，随即世界阒然。她抿了下唇，起身抱住大步往外面走的陆北尧。她死死地抱着陆北尧，跟萧晨说道：“终于曝光了，挺好。我能接受，也能面对。我不会逃避。我会给所有人一个交代。”

陆北尧握住周西的手指，非常用力。周西的脸埋在他的脊背上，她的声音低了下去：“终于来了，我本来就是这样的。”

“我有勇气面对所有的事，怕什么？我坦坦荡荡，没有对不起谁。”周西更在意她的爱人、她的家人，现在没有太多工作，她的病情曝光挺好的，现在是最好的时机，“我无所畏惧。”

“公布病情吗？”萧晨开口道，“我压下了一部分新闻。”

“公布病情吧。”周西扬了一下唇角，“萧总，给你添麻烦了。”

“我永远是你的朋友。”萧晨的声音沉了下去，他们合作快四年了，他没办法完全用利益来衡量，“周西，无论未来如何，我们都在，你不要绝望。”

“我不会绝望的。”周西笑道，“我拥有很多爱，爱带来的希望大于一切。”

周西挂断电话后，用白皙的手臂圈住陆北尧的腰，抱紧这个男人，抬起头道：“不要害怕，只要我们在一起，我什么都不怕。”

陆北尧回身用力地把周西抱进怀里，他的脸埋在周西的头顶，周西感受到他温热的眼泪。周西知道病情曝光后并没有慌，也没有怕，反而松了一口气。悬在头顶的那把刀落下来了，她没有多少失望，也没有多少恐惧，更没有疼。事情发生得突然，但并不是很意外，至少意外得有限。她知道陆北尧在身边，所有人都在，她生病是不幸，但很幸运的是，她有一群爱着她的人。

“陆北尧，你是我的全部勇气，我什么都不怕，真的，”周西握住陆北尧的手，“只要我们在一起。”

周西经常去医院做检查，偶尔还会住院，天下没有不透风的墙，她生病的事被人传出去也不意外。世界上总有生活在阴沟里、满怀恶意的人，但这不重要，她遇到的大部分人还是温暖、积极、向上的，都努力地活着，努力地实现自身价值。

周西当天晚上发了一条很长的微博，从她被网络暴力到她发病，到她陷入混沌，到陆北尧给她勇气，到亲人、朋友、粉丝给她鼓励，正面的一切带她走出了黑暗。她努力地活着，积极地接受治疗，没有放弃自己。她在清醒的时间努力地去实现自己的价值，没有对不起任何人。最后一句话她写道：“我依然热爱这个世界，依然热爱着生活。我对未来充满了憧憬，充满了希望。最后，希望每个人都能记得来路，保留初心。爱永远是生命的主题，唯一的主题。”

为什么周西会跟陆北尧和好？为什么他们还会在一起？为什么他们不要孩子？一切有迹可循。周西曾经公开说过她生了一场很严重的病，并没有隐瞒。陆北尧不顾一切地跟她在一起，他们拼命地爱着。

周西的这条微博发出去后自然就上了热搜，引起了热议。

很意外，周西是个病人；很意外，很多人对她施加过网络暴力。最开始是因为什么呢？她娇纵，任性，张扬，她的男朋友是陆北尧。她本身有什么错呢？很多人陷入了沉默。网络越来越发达的时代，言论自由，每个人都是辩论者，都有发言权，隔着网线，每个人都可以用最恶毒的语言攻击完全不认识的人。

年轻的女孩儿刷着微博，对身边的人说道：“你‘前墙头’有病。”

“你‘前墙头’才有病呢。”另一个女孩儿撑了回去。

“真的，热搜第一位，周西有病，字面上的意思，她生病了。”

“什么？什么病？”

“你看一眼，我觉得你可能对她有误会。”

女孩儿看着手机屏幕上的新闻，一个个文字落入视野。她停住脚步，抬手捂着脸，片刻后蹲了下去。

“你怎么了？”

女孩儿捂着脸哭出了声，偏见、误会、盲目的言论差点儿杀了周西。

女孩儿喜欢过周西，在周西最红的时候，那时候的周西又酷又美。周西和陆北尧复合后，她气极“脱粉”，在论坛上发了十几个帖子骂周西贱。她给周西发了一千多字的私信，在微博上写了千字“脱粉”微博，被推上了热搜。周西不配被她喜欢，她骂周西脑子不清醒。他们高高在上，自以为是地指导着别人的人生，可他们不知道周西在经历着什么，不知道周西是不是一只脚已经迈入深渊。

追星本应是快乐美好的事，大家一起为热爱的事物努力奋斗，一起进步。可最终，大家因为控制欲变了味，失去了初心。

《我们的生活》最后一期，最后一个镜头。

周西和陆北尧收拾行李打算离开，周西抱着已经长胖的圆圆——圆圆是胡应卿送的那只猫。她对着镜头笑得灿烂，道：“我很爱这里的一切，今天就要走了，有点儿舍不得。这是我第一次完整地做完一季综艺节目，跟我的朋友们、我的爱人，当然了，还有最爱的你们，一起度过了这一个月的快乐时光。感谢你们带给我很多爱，很多惊喜。”她亲了一下镜头，继续道，“我们的生活还在继续，继续美好，继续希望，继续积极向上。希望我们下一次再见时，都已是最好的自己。我爱你们，再见了。”

一生一世一双人

周西对孩子一直有执念，知道他们不能有孩子后就很遗憾。孟晓生女儿时，顺产没顺下来，转剖宫产，丢了半条命，周西吓出心理阴影就死心了。

陆北尧考入电影学院与编剧有关的专业，周西也进了同一所学校的表演系，他们一起读研究生，就住到了B市，手拉手读研。孟晓和许明睿结婚后定居在B市，两家住在同一个城市往来密切，孟晓的女儿十分可爱，周西偶尔会有领养孩子的念头。

孟晓的女儿叫孟煦，取了孟晓的姓和许明睿的姓的谐音——煦，温也。孟煦满月的时候认了陆北尧和周西做干爸干妈，陆北尧送给孩子一份价值千万元的成长基金。

孟煦八个月时，半夜周西接到孟晓的电话，孟晓说她妈妈生病住院了，许明睿的爷爷也进了重症监护室。孟煦一直是许明睿和孟妈妈带的，保姆辅助。现在许明睿的爷爷和孟妈妈都在医院，孟晓有些手足无措，不知道该怎么办。周西喜欢孟煦好久了，自告奋勇地帮孟晓带孩子，开车直奔她家，把孟煦连奶粉、婴儿车一块儿打包带回了家。

陆北尧早上七点到家，拎着菜进门听到孟煦咯咯的笑声。他眯了一下眼，推开门进去，看到周西跪在地上跟孟煦在比赛谁爬得快。他看见小孩儿头就大，放车钥匙时，周西抬头看过来。周西穿着黄色斑点连体装，可爱得要命。他的睫毛动了一下，他把便利袋放到厨房，回来蹲到周西面前，碰了一下周西的衣服，嗓音低下去，道："你怎么穿成这样？孟煦的爸妈呢？她怎么在我们家？"

"许总的爷爷住院了，孟晓的妈妈也住院了，孩子没人带。"周西义正词严地说，"作为孟晓最好的闺密，我就帮这个小忙了。"

"许家人也都手脚不能动弹了？"陆北尧也坐了下去，地上铺的是柔软的羊毛地毯，他倾身亲周西的唇，心里微动。他跟周西在一起十几年了，她换套衣服他们就是初恋，他依旧怦然心动。

"别人能有我靠谱吗？"周西下巴抬起，傲娇地道，"我是孟煦的干妈，我多上心啊！"

陆北尧用余光看到孟煦已经扶着桌子爬起来，抓东西往嘴里塞。他倾身过去，长手一捞把孟煦提到腿上。孟煦瞪大眼睛看着他，紧紧地攥着手里的半片黑巧克力。

周西立刻去夺，道："你不能吃。"

孟煦哇地就哭出了声。她很会长，挑孟晓和许明睿最好看的地方长，哭起来圆眼睛里蓄满了泪，可怜兮兮的，周西心一软就想松手。陆北尧抱着孟煦起身，似乎是她感觉远离了危险源，她的手松了一些，陆北尧拿走黑巧克力扔进了垃圾桶。

孟煦愣住。

孟煦哭得歇斯底里。陆北尧生平最怕孩子哭，哭声吵得他头痛。他把孩子递给周西，将桌子上的零食全部扔进垃圾桶。零食都是他买的，是戒烟时烟的替代品。

陆北尧收拾完客厅就去了厨房，小孩儿的哭声像魔音穿耳，他说道："你要带孟煦几天？保姆呢？就你一个人带她？"

他们家没请保姆，只请了一个钟点工。周西能带得了孩子？陆北尧拿出手机看到许明睿在微信上发了三十七条消息。老爷子病危；孟晓的妈妈心脏病发作了；许明睿已经在找带孩子的保姆，这两天保姆就到，到了之后把孩子接走；等等。许明睿还把养孩子的细节一条条地列了出来，陆北尧往下翻，许明睿还在发。最后许明睿发了个拜托的表情："让你老婆离孟孟吃的东西远点儿。"

孟煦有好几个小名，其中包括孟孟、许许、狗崽子。

陆北尧看着在客厅里还在哭的孟煦，蹙眉发微信："孟煦一直哭是什么情况？"

许明睿："饿了？拉了？尿了？磕碰了？"

陆北尧还没来得及回微信，许明睿的视频电话打了过来，陆北尧接通往客厅走，把画面切到孟煦身上："你爸跟你说话，别哭了。"

许明睿叫了两声，孟煦梗着脖子哭，根本不理他。

"孟孟饿了，冲奶粉。暂时不要喂她辅食，你们两个不会做辅食。"许明睿看孩子哭就心疼，说话时忍不住带了哭腔，"小孟孟，看爸爸这里，爸爸在这里。不要哭，过几天爸爸就去接你，嗓子哭哑了会很疼……"

"哦。"陆北尧直接把视频电话给挂了，怕许明睿哭了，吵得头痛，他看向周西，道，"奶粉呢？"

"在柜子上的包里，你会冲吗？"周西急得出了一头汗，换了一只手抱孟煦，随即手里一空——陆北尧把孩子给抱走了。他一只手抱着孟煦，一只手拿奶粉去厨房冲。

孟煦是个小胖墩，还拼命地挣扎，周西抱久了肯定手酸。

"你会冲奶粉吗？"周西边凑过来，边活动手腕，手快要断了。

"嗯。"陆北尧的手机在口袋里响起来，他懒得接，单手试水温冲奶粉，没吃过猪肉还没见过猪跑吗？他盖上奶瓶晃匀送到孟煦的嘴边："吃。"

孟煦哭得出了一头汗，小手搂住陆北尧的脖子，抽噎着咬住奶嘴。

周西从后面抱住陆北尧的腰，抵着他的肩膀，道："孟煦不哭了。"

陆北尧沉默了几秒，道："她尿了。"

周西无语。

初秋季节，陆北尧穿得单薄，感觉到孟煦的纸尿裤已经热了。

"孟煦喝完奶，你给她换纸尿裤。"陆北尧道，"既然你想体验带孩子，这几天你就带。"

周西倏地抬头。

"带孟煦一段时间，如果你还对孩子感兴趣，我们就去领养一个孩子。"陆北尧嗓音淡淡的，目光沉静，手里抱着孟煦，背上贴着周西，"你坚持要养，我也可以配合你，我会学着爱你所爱的。"

之前周西建议过领养孩子，但陆北尧不喜欢孩子，就拒绝了。他是纯粹的丁克，只想要二人世界，一辈子都两个人。如今他放话了，周西肯定要"撸起袖子干"。

当晚，周西在给孟煦换纸尿裤时被熏吐了，孟煦不老实，小腿乱蹬，特别难换，周西求助陆北尧，被他以男女有别给拒绝了。其他方面他可以帮忙，但换纸尿裤、洗澡、换衣服，他毕竟不是亲爸，帮忙不合适。周西咬牙忍着恶心把纸尿裤换好，刚要抱孟煦起来，孟煦又尿了。

白天带孩子还好，就是消耗体力，晚上才要命，不知道孟煦是因为换了新地方还是本来就这样闹，一夜哭了五六次。周西困得头晕眼花，还要硬撑着起床冲奶粉。陆北尧睡眠浅，看到她闭着眼睛冲奶粉，就起床把她按到了床上，自己去冲。折腾到凌晨，她都快哭出来了。陆北尧亲了一下她，安抚她的情绪，抱着孟煦去隔壁睡了，这下她睡了个好觉。她醒来已是中午十二点，恍惚了几秒，猛地坐起来，没看到孩子，也没看到陆北尧。她快步下楼。一楼客厅里，陆北尧坐着打电话，手边是电脑，脚腕上还绑着满地爬的孟煦，真是一心三用。

陆北尧在跟那边聊合作，时不时地看一眼孟煦的动向，看她有没有磕碰。他像一台高速运转的电脑，同时运行着好几个软件。周西下楼听到他跟那边道歉，应该是他刚刚报错了数据，重新报了一遍。周西走过去，抱起地上的孟煦，他看到周西才解开脚腕上的牵引绳。他穿着纯白色衬衣式家居服，赤脚穿着拖鞋，精致的脚踝线条清晰，肤色白，看起来格外性感。

周西抱着孟煦在旁边坐下，陆北尧打完电话，抬手按了一下眉心，说道："厨房里有吃的，阿姨今天过来做饭了，我有工作，很急。你先吃，等会儿我再下来吃。"

陆北尧拎着电脑大步上楼。周西靠在沙发上，感受到了他的疲惫。他这几年睡眠质量不怎么好，受不了一点儿吵。他昨晚睡了吗？

下午许明睿安排的保姆就过来了，人还可以，能住家。陆北尧和周西住的房子之前是许明睿的，他们搬到B市后，就将房子从许明睿手里买了下来。房子大，住保姆不是问题，问题是孩子不跟保姆。孟煦明明不认生，可到保姆手里就哭，声嘶力竭地号。孩子只让周西和陆北尧碰，换到保姆手里就不行，孟煦可能不是不认生，只是她接触的环境里没有陌生人。陆北尧和周西虽说不是和她朝夕相处，但偶尔也会见一次，她还是熟悉的。

周西带了孟煦三天，仿佛过去了三年，真的是度日如年。这三天的大部分时间孟煦都是陆北尧在带，周西只是换纸尿裤、换衣服、陪孩子洗澡，还累得半条命都没了。

第四天，孟煦突然半夜发起了高烧，周西匆忙穿上衣服，和陆北尧把孩子送到最近的医院挂急诊。孩子很小一团地窝在周西的怀里，生病让她很蔫，很脆弱。周西心疼得要命，六神无主，一时不知道如何是好，好在有陆北尧在身边。陆北尧腿长走得飞快，楼上楼下地跑，拿单子跟医生沟通。最后确诊她是得了季节性流感，不知道怎么就中招了。凌晨两点，孟晓和许明睿赶到医院。孟煦的烧已经退了，她吃了药在陆北尧的怀里睡着，身上裹着陆北尧的外套，旁边靠着无精打采的周西。

许明睿先抱过孟煦贴了一下额头，孟煦退烧了，出了很多汗，额头还有点儿黏。他亲了亲女儿的额头，朝陆北尧点了一下头，压下哽咽，道："你们辛苦了。"

许明睿太心疼女儿了，都不敢高声说话，怕哭出来。

孟晓最近也很狼狈，心力交瘁，想抱周西，但只是伸出手握住周西的肩膀，语气沉重地道："改天请你们吃饭，谢谢。"

婚姻、孩子、家庭，他们都走上了人生的新阶段，这条路不能回头，只能往前走。

许明睿和孟晓把孩子接走了，许家老爷子抢救回来了，孟晓妈妈的情况也稳定了，他们两个不用再守在医院了。明天陆北尧把孟煦的东西给他们送过去，今天就先到这里。陆北尧的长手揽住周西的肩膀，两个人瘫到椅子上，终于交差了，累个半死。

医院的走廊安静，空气突然就寂静下来，陆北尧转头亲了一下周西的额头，道："累不累？"

"嗯。"

"还想要孩子吗？"

周西摇头。她都快疯了，几天没睡好，每天都提心吊胆的，记忆力急速衰退，严重失眠。她怕再这样下去会病发。陆北尧把她按到肩膀上，闭眼靠了一会儿，嗓音沙哑地说："隔着孩子，我都不能好好地抱你。"

陆北尧的语调很慢，每一个字都慎重。

周西累得大脑一片空白，闭着眼睛找陆北尧的唇，跟他接吻，吻得缠绵。他们在走廊里亲了很久，周西站起来，拉着他的手，道："回家了。"

他们都精疲力竭了，不单单是身体累，还有心理压力，孩子生病周西都快吓死了。她负担不起一个生命，她的喜欢只不过是叶公好龙。他们也并不是非要小孩儿不可，还有很多事可以做。两个人牵着手走出医院大门，凌晨时分的城市寂静。

秋风起，夹杂着清寒，梧桐树叶被风卷起发出沙沙的声响，城市久违地安静。周西钩着陆北尧的手指，觉得这样走到老也挺好，他们在一起就能不畏生老病死。这几天她都没好好地跟陆北尧牵手拥抱，他们也没有好好地看对方。隔着孩子，他们实在是没精力想其他的。

坐进车里，陆北尧没有立刻发动引擎，而是靠在座位上沉默着。许久后，他转头看向周西，目光凝重："西西，我不要孩子，不是讨厌孩子，而是养孩子需要花费大量的精力，不是单单付出金钱就可以了，孩子需要很多的爱才能健康。我已经把这辈子所有的爱都给了你，分不出更多的爱给孩子。"

陆北尧一心一意地爱周西，不想将爱分出去。一辈子这么短，他的爱只够爱一个人，只够他和周西白头到老。

独家番外一

假如没有当年的钟情

二〇一一年九月。

已是立秋，天气依旧炎热如盛夏。周西极厌恶夏天，滚烫的阳光炙烤着肌肤，让她的心情都跟着差了起来。她第一次住校，她的爸爸周启宇万般不放心，给她装了三个巨大的行李箱，还特意过来送她。身形肥硕的周启宇走两步就流汗，一边搬行李一边劝说她："住校可没那么好的条件，你要跟其他三个小姑娘同住，受这罪干什么？晚上你饿了，阿姨也不能给你煮饭，你就得饿着。家里多好，你为什么非要住宿舍？"

周西抬手遮着阳光，转身去拿行李箱，司机立刻把行李箱揽到自己身边，说道："不用，你走前面。"

三个行李箱，周启宇拿一个，司机拿一个，董阿姨在后面推了一个。很好，没周西的事了。

高大宏伟的白色校门上，SH 大学几个字潇洒飘逸。今天是新生报到的第二天，门口大多是送学生的家长。周西看着来来往往的行人，深吸一口气，燥热的空气中夹杂着自由的味道。

"西西，打着伞，别晒伤了。"董阿姨在推行李箱的间隙把遮阳伞递过来，"涂防晒霜了吗？我这里还有喷雾。"

周西在家被按着涂了三遍防晒霜，董阿姨喜欢唠叨，周西极其厌烦。不过，她很快就不用听董阿姨和爸爸无孔不入的唠叨了，她自由了。她接过遮阳伞，看到人群中一个拖着大背包的高瘦青年。

“快把伞打开遮起来。”董阿姨叮嘱道，“这么大的太阳，今天有四十摄氏度。”

周西收回目光打起伞走在前面，侧了一下身，把伞的阴影遮到爸爸身上。爸爸身材肥胖，走几步路已是汗如雨下，她从包里拿出纸巾给周启宇擦了一把汗，道：“你该减肥了。”

周启宇难得被女儿怜爱一次，猛地停住脚步，面红耳赤地看着周西，道：“西西？”

周西给周启宇擦完汗继续往前走，有些心不在焉，转头道：“怎么了？”

周启宇又把所有的情绪压下去，干劲十足地拎起箱子，道：“没事，我就是想叫叫你。你在学校有任何不满意的，都要给我打电话，我来接你。我们不受这委屈，知道了吗？”

周西再次回头看人群，总觉得少了点儿什么，但想不起来，心里空落落的。

“知道了。”周启宇极其护短，让周西不胜其烦。

周西读书以来，谁敢碰她一下，周启宇能把对方的祖坟给掘了，以至于她在十几年的读书生涯中，只有孟晓一个朋友，其他人全不敢靠近她。上大学了，她终于能摆脱周启宇的控制了，迈入全新的生活、全新的世界。

宿舍里的其他三个人没有家长来送，也没有带巨大的三个箱子，只有周西一个人特殊。周启宇嫌弃宿舍太小，条件太差，空调陈旧，绿化不好。周西用余光看到住在她对面的女生撇了一下嘴，女生目光接触到周西的目光，起身叫另外两个女生一起出去了。

周西连忙把周启宇赶了出去，怕周启宇再待下去就要捐宿舍楼了。家里人离开后，她坐到自己的床上看着空荡荡的宿舍，兴奋之余生出豪情壮志，她的新生活开始了。

大学生活开始得并不顺利，由于报到当天周西太高调，第二天周家小公主体验民间生活的帖子就“挂”到了学校论坛上。周西对铺的女生踩坏了周西的箱子，女生趾高气扬地问多少钱，要赔给她。她也不知道箱子多少钱，就找董阿姨要了购物单给女生，LV（路易威登）的经典款行李箱市值两万六千元。结果女生没赔箱子，周西还被宿舍的其他人孤立了。

大学的生活枯燥乏味，周西依旧没有交到新的朋友。哲学专业是她自己选的，但她对哲学没有太大的兴趣，只是按部就班地上课，放假就去B市找孟晓。进入大三，孟晓越来越没时间接她的电话。孟晓开始创业了，那是一个全新的领域，孟晓一夜之间长成了大人。

周西去B市找孟晓，等了一天才见到她。孟晓穿着一身职业装，已经脱离了学生的模样，侃侃而谈她的事业。她有方向，有理想，身上有光。周西这么多年浑浑噩噩地活着，没有方向，仿若浮萍漂在海面上，听着孟晓的梦想，感觉遥远不切实际，但变化又真真切切地发生在孟晓身上。

孟晓喝完最后一杯酒，看着周西道："西西，真正的自由不是你摆脱父母出去住，而是你能掌控你的人生，有拼搏的勇气。你能拥有一切你想拥有的，能把所有的向往贴上你的标签，生出利爪，长出刀枪不入的鳞片，能收起也能放下。这才是真正的自由。"

周西还没想好她的人生，她的爸爸就发生了意外。她二十五岁那年，爸爸突然生重病进了医院，爸爸的秘书找到她，她才知道爸爸的公司面临着什么样的危机——爸爸被多年的朋友坑骗，投资失败，负债累累。她还从爸爸的书房里找到了妈妈去世的真相。

她在书房里坐了很久，夜色浓重，整个书房陷入黑暗她才起身。好在，爸爸的公司还没到绝路，还有可救的余地。

周西被迫长大，硬着头皮进入她爸爸的公司，从零开始接触她爸爸公司的业务，举步维艰。她遇到了第一个帮手，孟晓推荐过来的职业经理人。这位职业经理人周西之前听说过，陆北尧，今年二十七岁，跟她读同一所大学，是个风云人物。陆北尧大一后半学期突然转专业，从生物专业转到商科；大三争取到了美国知名商学院的交换生名额，之后他就顺理成章地拿到了商学院硕士 offer（录用信或录取通知）。毕业后，他没有留在美国，而是选择了回国。

陆北尧的简历上贴着一张规规矩矩的两寸照片，他黑发短寸，五官端正，穿着整齐的白衬衣，中规中矩。以陆北尧的简历完全可以进大企业，这个时候他来这个濒临破产的小公司，实在令人困惑。但周西没有太多的选择，现在无人可用，爸爸手底下那些人的办事拖拉程度让她看不上，她想要新鲜的"血液"加入。

周西见了陆北尧，陆北尧长相非常英俊，真人比照片英俊得更加有冲击力。他穿着黑色衬衣、黑色长裤，梳着一头利落的短发，剑眉星目，高挺的鼻梁，目光锐利。他和其他的面试者不同，给周西提供了一份周氏传媒拆分策划案，很大胆也很有想法。换个人收到这份策划案，可能会把他打出去，但周西不会。周西需要的就是这样的帮手，敢做。周氏传媒烂到根了，不破不立。陆北尧确实敢做，周西扛住董事的压力，给了他发挥的空间。他大刀阔斧地整顿，拆分周氏传媒，最后只剩下核心产业。

周启宇每天都在气死和气活之间反复跳，有心想管周西，但看到她眸中的光，又不舍得让她回到从前没有方向的浮萍状态。

陆北尧犹如脱缰的野马，周西就是那个解缰绳的人，他们配合默契。周西这辈子第一次为一件事拼尽全力，终于明白了孟晓所说的自由。周氏传媒被他们的疯狂作为给盘活了，新项目红遍大江南北。周氏传媒起死回生，成为业内奇迹，周西的标签从“废物二世祖”变成了“年轻有为、敢做敢拼的新青年”。

庆功宴上，周西多喝了几杯，她的酒量一般，她醉意朦胧地被陆北尧扶上了车，视野不大清晰，偏头看向坐到驾驶座的英俊男人。陆北尧永远一丝不苟，穿着整齐的衬衣西装，扣子扣到最上面一颗。

陆北尧拉上车门，回头对上周西的目光，停顿片刻后，周西忽地笑了，道：“你要什么？股份？钱？总裁的位置？”

灯光下，周西笑靥如花，红唇勾人。

陆北尧喉结滑动，收回目光，把修长、骨节分明的手指搭在方向盘上。周氏传媒只是他的试验田、他的研究对象，现在结束了，他便要离开了。

“我……”

“留下来。”周西的声音压下了陆北尧的声音，她敛起笑，认真地注视着陆北尧，“我需要你。”

陆北尧才华横溢，是天之骄子，做事果断，人生的规划清晰明确。这是第一次，他犹豫了。也许是夜色过于朦胧，周西也过于美丽，也有可能是周西的那句“我需要你”过于诚恳，他留在了周氏传媒。

周西三十岁、陆北尧三十一岁时，周氏传媒重新上市。上市当晚周西宴请公司元老，酒会上陆北尧穿着黑色西装，长腿挺拔，犹如欧洲贵族，风度翩翩。陆北尧有野心，有手腕，年轻有为，前途不可限量。有董事私心里想拉拢陆北尧，转头就看到走过来的周西。她红裙艳妆，明艳不可方物，喝了酒艳色更浓，高跟鞋轻晃了一下，陆北尧的手贴着她的腰很轻地扶着，他温柔体贴，随即站到了她身后，呈现保护姿势。董事恍然大悟，难怪陆北尧这样优秀的人物至今单身，难怪陆北尧会心甘情愿地留在周氏传媒，一切皆有缘由。

周西三十一岁生日时，陆北尧跟她表白，恰好她也喜欢着陆北尧。两个人第一次接吻，明明在外面都是呼风唤雨的人物，在爱情上却笨拙得状况百出。他们郑重地接吻，细水长流地谈恋爱。

周西三十五岁时，和陆北尧举行了婚礼，婚礼盛大华丽。他们从朝至暮，直到走到生命的尽头……

周西猛然从梦中惊醒。四周黑暗，她急促地喊了一声“老公”，灯光随即亮起，陆北尧坐起来，嗓音沙哑地道：“西西？”

陆北尧还是年轻的模样，周西看着他就笑了起来。

陆北尧彻底清醒，把周西揽入怀中：“怎么了？”

这里是他们在玫瑰园的主卧，他们没有变老。周西抱住陆北尧，抱得十分用力，随即又跟他接吻。他回应着她，他们耳鬓厮磨，亲昵至极。空气中尽是两个人的气息，甜蜜的气息在缠绵中越来越浓烈。他们亲了许久后，他揽着她靠在柔软的枕头上，轻轻地亲她的额头。

“我梦到大学时没有追你。”周西心跳得飞快，原来一切都是梦，但那个梦那么真实，仿佛是真的。

陆北尧的身体僵住，片刻后他死死地把周西抱进怀里，亲周西的额头，声音低沉：“然后呢？”

周西抬起头看陆北尧，那个梦太真实了，梦里他们走过了一生，陆北尧的鬓角长出了白发，她先离开了，陆北尧在她走后的第二年也离开了。她摸着陆北尧的头发，郑重而珍视地道：“我们没有做演员，选择了不同的人生。”

“我们……在一起了吗？”

周西点头。

陆北尧的唇贴在周西的额头上，他松了一口气，嗓音沙哑地道：“我也做了一个梦，你没有追求我，我也没有做艺人。”

周西怔住。

陆北尧跟周西十指交扣。他做了同一个梦，大学开学那天他便见到了周西。他拼命地往周西身边走，可他们之间隔着山海，于是他填平了海，打穿了山，走到周西面前。

“我毕业后进了你的公司，站到了你的身边，这回是我追你。”陆北尧比周西醒来得早，在黑暗里回忆这个梦，心有余悸，好在他们最终还是走到了一起，“不同的身份，不同的遇见，唯一相同的是我爱你，自始至终都是你。”

他们做了同一个梦，守着同一份爱情。即便没有年少时的一腔热血，冲动使然，他们也会在漫长的岁月里找到彼此，依然相爱。

独家番外二

那封情书

S市已入秋，满园的玫瑰凋零，来不及剪的枯花在风里摇晃着。窗户没有关，风卷进来掀起了白色的纱帘，纱帘轻轻地晃动着。身穿烟灰色羊毛衫的男人戴着窄边眼镜，斯文儒雅地坐在窗边的宽大书桌前，脊背挺得笔直，修长的手指铺开了白色信纸。

秋日午后的阳光是金色的，泛着璀璨的光，艳而不烈，映到了书桌上，落到了笔触之间，化为一抹温柔。

致我的爱人周西：

我们在一起已有二十年，做了十年夫妻。我当年说要每日给你写一封信，由于工作忙碌，我食言了，错过了不少时光。

我整理旧稿件，发觉这才是第二千零一封信，补不了我们在一起的二十年，离一生更是遥远。我上一次写信是两年前，但那是为了配合电影宣传写给你的情书，没什么诚意。若是大学时，你一定会“大闹天宫”，质问我为什么食言，渣男才如此言而无信。我想象着你曾经的样子，不禁失笑，你那时可爱鲜活，让我着迷。我多想看你骄纵明艳地搂着我的脖子质问，或者罚我把所有的情书补起来，可你什么都忘记了。

爸爸走后，你又一次发病，忘记了过去，也忘记了我们之间的很多约定。我并不是责怪你忘记了我，只是我很……想念你。当然，我们在一起，遗失的过去无关紧要，当下才值得珍惜。

今天，我之所以郑重地给你写这封信，是庆祝你出院。周西同学，恭喜你圆满地完成任务，健康地出院。楼下厨房里炖着姜母鸭，香气飘了上来。我知道你不喜欢吃姜，但最近S市天气阴冷潮湿，你手脚冰凉，怎么都暖不热，我就自作主张地做了姜母鸭，你吃了会好一些。

我还有很多话想写给你，诸如对你的爱多么深沉，但写出来总觉得矫情，便不提了。我下午三点半要出门接你，今天就写到这里。

人生是修行，路途漫长、寂寞、孤独。人与人之间的感觉互不相通，每个人都是孤单的个体，少年时我曾恐惧着漫漫人生与死亡来临时的寂寞感。多幸运的人才能遇到所爱之人、所懂之人，不惧不怕，不恨不悔？所幸，我遇到了你，余生我的欢喜与你相通。余生我与你携手与共，三生有幸。

陆北尧

二〇三一年十一月一日

陆北尧落下最后一笔，盖上钢笔笔帽。现今已经很少有人手写书信，但他是个老古董，坚持如一。他把钢笔放回原处，等信纸上的笔迹彻底干了，将信纸整齐地叠起来塞进粉色信封。周西喜欢粉色，他便纵容着。他将信封放进抽屉，起身关窗，把秋风阻到了外面。他回房间换了一套三件套西装，一丝不苟地打上了领带，这套衣服庄重得堪比他结婚的礼服。

陆北尧一边穿西装外套，一边往门口走去。家里新请的阿姨快步上前，把车钥匙递给他，道："需要叫司机过来吗？"

"不用。"陆北尧接过车钥匙，从落地窗看到外面有全副武装的工人在修剪枯萎的玫瑰花枝。

"园艺师刚刚过来，正在修剪玫瑰。"阿姨顺着陆北尧的目光看过去，说，"按照您吩咐的修剪。"

陆北尧点头，走出了门。他和周西最终还是定居到了S市，住在他最初准备的婚房——玫瑰园。往年都是他亲自修剪玫瑰花枝，今年周西生病，他没精力管理，院子荒得不成样子。

陆北尧的车驶出玫瑰园，路过花店时，他让店员包了一束九十九朵红玫瑰。店员想配点儿装饰，显得有格调，被他拒绝了。他把花放在副驾驶座上，调整了手表的位置，精致到了头发梢。

下午四点，黑色的汽车刚停到医院门口，陆北尧便看到了穿着格子大衣、踩着高跟鞋的女人靠在医院的大门旁，长发被风掀动。岁月并没有在她身上留下什么痕迹，只是让她更加成熟妩媚，美得落落大方。她静静地看着陆北尧，陆北尧也看着她。

陆北尧绕到副驾驶座取出鲜花，走向了周西。